Peter Orontes
Der Seelenhändler

Peter Orontes

Der Seelenhändler

Historischer Kriminalroman

fredeboldundfischer
derdeutscheautorenverlag

1. Auflage 2009

fredeboldundfischer
fredebold&partner gmbh
schaafenstraße 25, 50676 köln

Titelabbildung: Thomas Denn (Fotograf)
Autorenfoto: © Privat
Umschlaggestaltung: Roland Pecher, Köln
Satz: D.I.E. Grafikpartner, Köln
Druck und Bindearbeiten: CPI – Ebner & Spiegel, Ulm
Printed in Germany
ISBN 978-3-939674-19-1

Die Figuren und deren Namen dieses Romans sind frei erfunden. Ähnlichkeiten mit lebenden oder verstorbenen Personen sind nicht beabsichtigt und wären rein zufällig.

fredeboldundfischer
derdeutscheautorenverlag

Anmerkungen zur mittelalterlichen Tageszeiteinteilung

Das gesamte Mittelalter hindurch wurden Tageseinteilung und Lebensrhythmus der Menschen durch zwei Faktoren bestimmt. Zum einen durch den natürlichen Tagesverlauf: Morgendämmerung, lichter Tag, Abenddämmerung, Nacht. Zum anderen durch bestimmte, rhythmisch wiederkehrende, von der Kirche festgesetzte Zeitabschnitte, die so genannten kanonischen Stunden, auch Horen genannt. Dies waren festgesetzte Zeiten, zu denen von den Mitgliedern der verschiedenen Mönchsorden jeweils bestimmte gottesdienstliche Handlungen verrichtet wurden. Dabei orientierte man sich an der alten, von den Römern übernommenen Einteilung des Tages in Stunden. Diese Einteilung teilte, im Gegensatz zu heute, den Tag jedoch nicht in vierundzwanzig gleiche Zeitabschnitte ein; vielmehr maß man die Zeit in zwölf Tages- und zwölf Nachteinheiten. Beginnend mit Sonnenaufgang, zählte man zwölf Tagesstunden bis Sonnenuntergang und zwölf Nachtstunden von Sonnenuntergang bis Sonnenaufgang. Infolgedessen variierte die Länge der Stunden je nach Jahreszeit und Gegend (Breitengrad) erheblich. So waren im Sommer die Tagesstunden länger, die Nachtstunden kürzer, im Winter war es umgekehrt.

Zum besseren Verständnis der in diesem Roman geschilderten Tagesabläufe und genannten Zeitbegriffe folgt daher hier im Anschluss eine Gegenüberstellung der klösterlichen Horen mit den heute gebräuchlichen Tagesstunden. Dabei handelt es sich um einen Tagesablauf, wie er in der Gegend, in der dieser Roman spielt, während des Sommers üblich gewesen sein dürfte. Es gibt verschiedene Quellen mit unterschiedlichen Tagesstunden-Angaben, die von den nachstehend genannten durchaus etwas abweichen können (siehe u. a. „Alltag im Spätmittelalter“, hrsg. von Harry Kühnel, Verlag INGENIEUM, GmbH & Co. KG, Graz)

Matutin (*Mette, Vigilien*)	= frühmorgens, etwa 2.00 Uhr Nachtgottesdienst
Laudes; Morgengebet	= morgens, etwa zwischen 4.30 und 5.00 Uhr
Prim; erste Tagesstunde	= etwa gegen 6.00 Uhr
Terz; dritte Tagesstunde	= gegen 9.00 Uhr
Sext; sechste Tagesstunde	= etwa 12.00 Uhr (Mittag)
Non; neunte Tagesstunde	= gegen 15.00 Uhr
Vesper; Abendgebet	= etwa gegen 18.00 bis 19.00 Uhr
Komplet; Nachtgebet	= etwa gegen 20.30 bis 21.00 Uhr, danach Schlafenszeit

PROLOG

Die Steiermark, Mittwoch/Donnerstag, 21. und 22. Juni
im Jahr des Herrn 1385

Auf samtenen Pfoten schlich die Dämmerung heran; Beute witternd wie ein Raubtier. Der Tag floh. Erste Wolken begannen im Westen heraufzuziehen, begleitet von einer frischen Brise. Als leichter Hauch strich sie über die dunklen Wälder hinweg, streichelte sanft das Wipfelmeer und entlockte ihm ein leises Rauschen.

Regen kündigte sich an.

Abendliche Kühle strich auch über die erhitzten Gesichter der vier Männer, die sich verbissen den Berg hinaufquälten.

„Verdammt, Luchs, warte, nicht so schnell!"

„Ja, verflucht, mach langsamer. Diese Eile bringt einen ja um. Wir brauchen unsere Kräfte noch für später."

„Randolph hat Recht, Luchs. Wie sollen wir den ganzen Rest noch schaffen, wenn uns jetzt schon die Zunge zum Hals heraushängt?"

Die Rufe der drei Männer, die laut maulend ihrem Unmut Luft machten, galten dem vierten, der ihnen voranstieg und das Tempo vorgab. Seiner Kletterkünste und seiner geschmeidigen Behändigkeit wegen nannten sie ihn stets nur den „Luchs". Immer größer war der Abstand zwischen ihm und ihnen geworden; nur mühsam vermochten sie ihm noch zu folgen.

Jetzt wandte er sich erbost nach ihnen um.

„Haltet endlich das Maul, ihr Memmen. Ich sagte doch, bevor's dunkel wird, müssen wir oben sein. Sonst können wir das Ganze vergessen. Bis zum Ziel sind's schließlich noch mal verdammte zwei Stunden. Dass es kein Spaziergang wird, habt ihr bereits gewusst, bevor wir von Rieden aufgebrochen sind. Also, reißt euch verflucht noch mal zusammen und hört auf zu jammern."

Das Murren verstummte. Was der Luchs sagte, war richtig. Dass der Auftrag, den sie zu erfüllen hatten, seine Tücken haben würde, war ihnen im Voraus bekannt gewesen. Ebenso, dass der Berg, den sie nun zu bezwingen hatten, den schwierigsten Teil der Strecke ausmachte. Doch erst, wenn sie seine Kuppe erklommen hatten, konnten sie sich wähnen, bald am Ziel zu sein. Dann erst würde sie ein kaum begangener, abschüssiger Pfad auf der anderen Seite den dicht bewaldeten Hang wieder nach unten führen.

Hinunter in die Abgeschiedenheit des Tales, das die Hütte barg. Die Hütte, in der der Köhler wohnte.

Dabei hatte sie schon der gestrige Tag ordentlich Kraft gekostet.

Bereits am Nachmittag waren sie im Tal der Enns angelangt und dann, nach einer kurzen Ruhepause, im Schutz der Nacht bis Pürgschachen weitergezogen. Zu diesem Zeitpunkt waren sie noch zu fünft gewesen; da hatte sich noch der Einarmige in ihrer Begleitung befunden. Dann, heute, in aller Frühe, lange bevor es zu tagen anfing, hatten sie dem Krüppel die Pferde anvertraut und ihm Weisung gegeben, sich mit den Tieren in einer geräumigen Waldhöhle versteckt zu halten; erst im Morgengrauen des übernächsten Tages sollte er an dem vereinbarten Treffpunkt bei der großen Eiche am Fluss wieder zu ihnen stoßen. Sie selbst hatten bei Frauenberg die Straße nach Admont verlassen und sich seitlich in den Wald geschlagen. Dem Straßenverlauf folgend, waren sie mühsam durch die Wildnis vorgedrungen und erst spätnachmittags am Fuß des Waldberges angelangt, dessen höchsten Punkt sie noch vor Einsetzen der Dunkelheit zu erreichen hofften.

Der Luchs hatte diese Route ganz bewusst gewählt, obwohl sie schwierig und vor allem zeitraubend war. Es wäre weitaus bequemer gewesen, den Vorstoß auf die in der Senke gelegene Hütte des Köhlers direkt von der Straße her zu unternehmen. Doch die führte über Zeiring, Trieben und Admont über den Buchauer Sattel nach Altenmarkt und war stark befahren, seitdem ein Verbot Herzog Albrechts den Steyrer Kaufleuten untersagte, die von Venedig kommenden Waren über den Pyhrn zu führen und ihnen damit die Strecke über Admont und Sankt Gallen nach Altenmarkt regelrecht aufzwang. Im Gegensatz dazu wies die mühselige Variante abseits der Straße über den Berg einen nicht zu unterschätzenden Vorteil auf: Die Gefahr, irgendwelchen Personen zu begegnen, war so gut wie ausgeschlossen.

Überhaupt hatten sie, seit sie im Ennstal angekommen waren, dank der Ortskenntnisse des Luchses sämtliche Hauptverkehrswege meiden können. Er kannte das Gelände wie seine Gürteltasche. Was nicht weiter verwunderte, denn hier hatte er fast sein ganzes Leben verbracht, bevor er vor Jahren wegen einer unangenehmen Geschichte aus der Gegend hatte verschwinden müssen.

„Na endlich, verdammt noch mal!“

Erschöpft ließ sich der Mann, der Randolph hieß, auf einem der Felsbrocken nieder, die zuhauf über die kahle, moosbewachsene Kuppe verstreut waren. Der Luchs tat es ihm gleich, während die beiden anderen sich einfach auf den weich federnden Boden fallen ließen und alle viere von sich streckten. Die Männer keuchten vor Anstrengung, und obwohl es kühl war, troff Schweiß von ihren Gesichtern. Aber das war ihnen gleichgültig. Sie hatten den Aufstieg geschafft; das allein zählte. Es war aber auch an der Zeit. Inzwischen hatte die Dämmerung den Tag zur Gänze gefressen; am nachtdunklen Himmel spielten Wolken mit dem Licht des Mondes Katz und Maus.

„Wie lange noch bis zum Ziel, sagtest du?“

Einer der beiden, die auf der Erde lagen, hatte die Frage gestellt.

Sein Blick richtete sich auf den Luchs, der neben ihm auf dem Stein hockte.

Der zuckte mit den Schultern.

„Vielleicht zwei Stunden; allerhöchstens drei“, brummte er.

„Nicht mehr lange, dann schüttet es wie aus Kübeln“, prophezeite der andere der beiden, die sich auf den Moosteppich hatten gleiten lassen, mürrisch. Die Hände unter dem Kopf verschränkt, starrte er in den wolkenverhangenen Nachthimmel.

„Das kann uns scheißegal sein. Im Wald dürften wir vorerst trocken bleiben. Hauptsache, wir schaffen alles, noch bevor der Morgen graut“, entgegnete Randolph und erhob sich.

Der Luchs sprang auf. „Du sagst es. Also, sehen wir zu, dass wir weiterkommen! Faulenzen können wir morgen früh wieder!“

Entgegen ihrer Erwartung gestaltete sich der Abstieg über den bewaldeten Nordhang allerdings nicht weniger mühevoll als der Aufstieg über die Südseite. Der Pfad war schwierig und steil. Darüber hinaus erschwerte Dunkelheit ihr Vorwärtskommen. Nachdem sich der Mond auch noch hinter einer Wolkenbank versteckt hatte, zwang undurchdringliche Schwärze die Männer, die mitgeführten Fackeln zu entzünden.

Wieder fluchten sie.

Mittlerweile hatte der Wind weitere Wolken herangetrieben, und heftiger Regen setzte ein. Doch den nahmen die Männer vorerst nur als dumpfes Rauschen wahr. Das dichte Dach aus Zweigen und Blättern über ihnen dämpfte den prasselnden Lärm und hielt sie verhältnismäßig trocken. Dann aber hatten sie die Talsohle erreicht – der schützende Wald war zu Ende. Eine mit niederen Büschen und hohem Gras bestandene Senke breitete sich vor ihnen aus.

„Löscht die Fackeln. Sie könnten uns verraten“, zischte der Luchs und trat vorsichtig aus dem Schutz der Bäume heraus. Die Männer folgten ihm – und bekamen augenblicklich die ungehemmte Wucht des Regens zu spüren. Hunderte wütender Tropfen peitschten ihnen ins Gesicht und attackierten die breitkrempigen Hüte, die sie trugen – das dumpfe Rauschen verwandelte sich in wütendes Trommeln. Dennoch hielten sie voller Anspannung inne und spähten angestrengt in die Lichtung. Wo lag ihr Ziel?

Dann sahen sie das Glimmen.

Unheimlich und verheißungsvoll zugleich, bohrte sich ein verschwommener rötlicher Schein ins Nassschwarz der Nacht und schien sie durch den strömenden Regen hindurch zu grüßen. Dort, im Osten, wo die Senke im Begriff war, wieder in einen steilen Hang überzugehen, musste der Köhler wohnen.

Mit seiner Frau. Mit seinem Bruder. Und dem Jungen. Das Glimmen verlieh ihnen neue Kräfte. Sie rückten weiter vor, wurden schneller. Als sie ihr Ziel fast erreicht hatten, verringerten sie das Tempo wieder und hielten heftig atmend inne als sie erkannten, woher das verhaltene Leuchten stammte: Neben der niedrigen Hütte, die schief am kahlen Fels lehnte, glühten die Reste eines Feuers – in einer grob ummauerten, offenen Herdstelle und von einem ausladenden Felsvorsprung vor dem Regen geschützt.

Die Glut war noch frisch, die Flammen noch nicht lange erloschen. Obwohl kein Laut aus der Hütte drang, bereitete ihnen ihre Entdeckung Unbehagen.

Verunsichert blickten sie einander an. Fragend, unentschlossen. Doch sie wagten nicht zu sprechen.

Angespannt heftete der Luchs seinen Blick auf die Tür des Hütteneingangs. Seine Gedanken rasten. Mit der Frau und dem Jungen würden sie schnell fertig sein. Aber der Köhler und sein Bruder waren wahre Hünen. Was, wenn sie noch nicht schliefen?

Sie brauchten Gewissheit!

Eng an den Boden geschmiegt, robbte der Luchs nahe an die Behausung heran und spähte vorsichtig durch die Ritzen der aus groben Bohlen bestehenden Tür. Behutsam drückte er dagegen – sie war nicht verriegelt. Angestrengt verharrte er noch einige Augenblicke und horchte, bis er erleichtert jenes regelmäßige Schnarchen registrierte, das nur im Tiefschlaf befindliche Personen von sich geben.

Erst danach richtete er sich wieder auf. Rasch bewegte er sich auf die rot glühende Feuerstelle zu, die ihnen den Weg gewiesen hatte. Zum wiederholten Mal in dieser Nacht zog er eine Fackel aus dem Gürtel. Sie würden Licht benötigen, um sich im Dunkel der Hütte zurechtzufinden. Er stieß den Stab in die verbliebene Glut, die das Werg augenblicklich entzündete und ihm das umständliche Feuerschlagen ersparte.

Die brennende Fackel in der Rechten, wandte er sich wieder seinen Begleitern zu. Er atmete tief durch. Dann nickte er und hob langsam den Arm, um das Zeichen zu geben. Das Zeichen, auf das die anderen, wie zum Sprung bereite Raubtiere, warteten. Die Zeit des Handelns war gekommen.

Und sie würden handeln. Ohne Wenn und Aber. Und noch bevor die vor Nässe triefende Schwärze im Begriff wäre, sich im feuchten Grau des beginnenden Morgens aufzulösen, würden sie ihre Mission erfüllt haben.

So, wie man es von ihnen erwartete.

I – Freitag, 23. Juni im Jahr des Herrn 1385

1

Nebelschwaden entstiegen dem Fluss, waberten über die dunklen Fluten hinweg und stiegen nach oben, um sich hoch über den Wipfeln der Bäume im dämmrigen Morgengrau aufzulösen. Noch verbarg sich die Sonne hinter der schwarz gezackten Silhouette des Buchsteinmassivs. Doch sie hatte ihren Boten vorausgeschickt – ein schmaler Streifen diffusen Lichtes kündigte von ihrem Kommen.

In einem notdürftig aus Reisig und Blättern gefertigten Unterschlupf, nah am Flussufer, schliefen zwei Männer; ein älterer und ein jüngerer.

Schon am Abend des vorhergehenden Tages hatte ein prüfender Blick zum Himmel die beiden bewogen, sich ins dichte Unterholz am Ufer der Enns zu verkriechen. Schließlich galt es, sich vor der unbarmherzigen Nässe zu schützen, die irgendwann in den nächsten Stunden vom Himmel herniederprasseln würde.

Als Wanderprediger der „Armen Christi", der geheimen Bruderschaft, die vom römischen Klerus verächtlich als „Waldenser" beschimpft und als Ketzer gejagt wurden, waren sie es gewohnt, im Freien zu nächtigen. Ihr Versteck am Rande des Waldes, der sich bis ans Ufer der Enns erstreckte, schützte sie nicht nur vor dem Unwetter, sondern auch vor den möglichen Blicken Neugieriger, die sich auf der gegenüberliegenden Seite des Flusses auf dem Uferpfad entlangbewegen mochten. Sie mussten vorsichtig sein, denn es waren schlimme Zeiten angebrochen. Die Inquisition war wieder aktiv in dieser Gegend geworden und drohte all denen, die sich nicht zum römischen Glauben bekannten, mit Kerker, Folter und Verbrennung. Daher bedurften ihre Glaubensbrüder in den verstreut liegenden Dörfern und Weilern des Ennstales gerade jetzt zunehmend ihres Rats, ihrer Hilfe und ihrer tröstenden Worte.

Die beiden waren nicht blutsverwandt, dennoch betrachteten sie sich als Brüder. „Bruder" Heinrich und „Bruder" Rudlin, so nannten sie sich gegenseitig, während sie von den Gläubigen, denen ihr Dienst galt, ehrenvoll mit „Meister" angesprochen wurden.

„Die Versammlung morgen Nacht – sie wird im Haus Peter Mohrs stattfinden, nicht wahr?"

Den Kopf in die Rechte gestützt, lag Heinrich auf seinem Lager und sah den neben ihm liegenden Gefährten fragend an.

Rudlin nickte. „Ja, er ist einer der Zuverlässigsten unter den Brüdern."

„Wird auch Konrad Steckelyn dabei sein?"

Wieder nickte Rudlin. „Mit Frau und Kindern, wie die anderen auch. Die Familie rumort schon seit Tagen in meinem Kopf herum", seufzte er.

Gedankenversonnen nickte Heinrich. Wenn jemand ein Problem hatte, dann die Steckelyns. Auch sie bekannten sich zu den „Armen Christi" und wohnten in einem abgelegenen Weiler, der zur Ortschaft Weng gehörte, nur einen Katzensprung von Admont entfernt. Rudlin und Heinrich hatten davon gehört, dass Konrad vor dem Stadtrichter in Rottenmann per Eid eine Aussage bestätigen sollte. Die Verhandlung sollte in einigen Wochen stattfinden.

Damit schwebte jedoch die Gefahr der Preisgabe ihrer Identität wie ein Damoklesschwert sowohl über den Steckelyns als auch dem Rest der Gemeinde. Denn die „Armen Christi" waren diejenigen, die jegliches Schwören unter allen Umständen, sogar bis in den Tod hinein, kategorisch verweigerten.

„Wenn Konrad nicht schwören will, wird er sich in eine schwierige Lage bringen. Und was dann mit ihm geschieht ..." Heinrich unterbrach sich und zuckte vielsagend mit den Schultern.

Auch ohne dass sein Gefährte den Satz zu Ende brachte, wusste Rudlin, was er meinte. „Damit müssen wir rechnen, das weißt du. Er wäre schließlich nicht der Erste, den sie in die Mangel nehmen, um ihm ein Geständnis abzupressen."

Heinrich überlegte kurz; dann entschloss er sich, Rudlin einen Vorschlag darzulegen, der ihn insgeheim schon lange beschäftigte.

„Ich glaube, dass man den Stadtrichter durchaus dazu bringen könnte, auf den Schwur zu verzichten", begann er.

„Ach ja? Welchen Grund sollte es für einen Stadtrichter wohl geben, die Verweigerung eines Eides zu akzeptieren?"

Heinrich richtete sich auf.

„Wie wäre es, wenn Konrad sagen würde, er müsse seine Aussage zurückziehen. Weil man ihn inzwischen damit erpresse, dass, wenn er dabei bleibe, man seiner Frau und den beiden Kindern Übles antun werde."

Noch hatte er nicht zu Ende gesprochen, als Rudlin vom Lager hochfuhr und zu einer scharfen Erwiderung ansetzte. „Wie stellst du dir das vor! Soll Konrad seinen Kopf etwa mit einer Lüge retten? Willst du unsere Grundsätze verraten?"

„Nein, Bruder Rudlin. Bei allem schuldigen Respekt, aber ich beurteile die Dinge anders. Ich sehe darin keine Lüge – eher eine List. Sagte nicht der Herr selbst, dass wir unschuldig wie Tauben, aber listig wie Schlangen sein sollen? Wir halten uns an das Gebot des Herrn, das uns den Schwur verbietet. Aber wir befinden uns in einem Krieg – dem Krieg des Glaubens. So sagt es der heilige Paulus in seinen Briefen. Und in einem Krieg, Bruder Rudlin, muss es auch erlaubt sein, sich einer List zu bedienen!"

Heinrich hatte sich in einen leidenschaftlichen Eifer hineingeredet. Er glühte förmlich. Wie viele andere unter den Armen, verfügte er über eine ausgezeichnete Kenntnis der Heiligen Schrift.

Rudlin hatte seinem jüngeren Begleiter stirnrunzelnd zugehört. Danach fiel seine Antwort etwas sanfter aus als zuvor. „Vielleicht hast du Recht, Bruder Heinrich. Ich will mir das Ganze noch einmal durch den Kopf gehen lassen."

„Tu das, Bruder Rudlin. Und verzeih mir meinen Eifer. Ich wollte dir nicht zu nahe treten."

„Schon gut. Du bist mir nicht zu nahe getreten."

Das herzhafte Gähnen, das seinen Worten folgte, wirkte geradezu ansteckend auf Heinrich, und so waren sie kurz nach Mitternacht mit ihrer Unterhaltung zu Ende gekommen und bald über dem monotonen Rauschen des Regens eingeschlafen.

Rudlin wusste nicht, was ihn geweckt hatte, aber er war auf einen Schlag wach geworden. Es hatte aufgehört zu regnen, Nebel kroch über den Fluss. Er sah zu Heinrich hinüber, der noch immer tief und fest den Schlaf des Gerechten schlief. Im Gegensatz zu ihm verfügte Rudlin über viele Jahre an Erfahrung, die seine Sinne außerordentlich geschärft hatten.

Vor allem seinen Sinn für Gefahr.

Da – da war es wieder!

Das Schmatzen stapfender Stiefel auf dem vom Regen aufgeweichten Boden. Stark gedämpft, aber doch vernehmbar, klang das Geräusch vom gegenüberliegenden Ufer herüber.

Rudlin erstarrte. Waren sie entdeckt worden?

Vorsichtig richtete er sich auf. Die Ohren gespitzt wie ein Wachhund, spähte er, verborgen hinter einem Gewirr von Laub und Zweigen, in Richtung des Geräusches.

Jetzt, endlich, begann er deutlicher zu sehen.

Das erste fahle Licht des Tages, das als Streifen am Horizont heraufzog, genügte, um ihn durch die Nebelschwaden hindurch, mal mehr, mal weniger deutlich, die dunklen Silhouetten von vier Männern erkennen zu lassen. Langsam ging einer von ihnen, groß und schlank gebaut, den am Fluss entlangführenden Weg auf und ab.

Er läuft wie eine Katze, registrierte Rudlin in Gedanken. Zwei der Männer, beide mit schwarzen Bärten, standen bei einer knorrigen alten Eiche nahe am Fluss. Der vierte hatte sich auf einem großen Stein dicht am Ufer niedergelassen. Auch er verfügte über eine beachtliche Körpergröße, aber besonders auffällig war sein langes Haar, das ihm bis auf die Schultern fiel.

Die zwei bei der Eiche unterhielten sich, wobei sie aufgeregt mit den Armen fuchtelten. Obwohl sie laut zu sprechen schienen, klang das Gemurmel ihrer Stimmen nur gedämpft an Rudlins Ohr, sodass er nicht verstehen konnte, was sie sprachen. Dann gesellte sich der Katzengestaltige, der bis jetzt unruhig hin und her geschritten war, zu den beiden. Er sagte etwas zu ihnen und deutete mit der Linken zuerst in die eine, dann in die andere Richtung des Weges.

Rudlin hielt den Atem an, Schweiß trat auf seine Stirn. Wer waren diese Männer? Schergen im Dienst der Inquisition, ausgesandt, um Heinrich und ihn zu ergreifen?

Jetzt ließen sich die drei, die bei der Eiche standen, im Gras nieder und lehnten ihre Rücken an den Stamm des Baumes. Der vierte auf dem Stein am Ufer erhob sich, schlenderte zu ihnen hinüber und setzte sich zu ihnen. Im Gegensatz zu vorher verlief die Unterhaltung nun wesentlich ruhiger, das aufgeregte Gefuchtel der beiden Schwarzbärte hatte aufgehört, das Gemurmel war leiser geworden.

Mit einem Mal wurde Rudlin klar, dass die Männer warteten. Sie waren nicht geschickt worden, um nach ihm und seinem Begleiter zu suchen. Sonst hätten sie sich anders verhalten. Sie warteten einfach nur. Und sie hatten keinen blassen Schimmer, dass sie dabei von einem Häretiker beobachtet wurden. Die Vorstellung brachte ihn zum Schmunzeln, seine Anspannung legte sich.

Blieb nur die Frage, auf wen die vier warteten.

In diesem Augenblick kam Rudlin ein Gedanke.

Seitlich seines Unterschlupfes ragte ein schmaler, mit Bäumen und Büschen dicht bewachsener Streifen Land ein gutes Stück weit in den Fluss hinein. Wenn er es schaffte, ungesehen bis dorthin zu robben, würde er so nah an die Männer herankommen, dass er mühelos verstehen konnte, was sie sagten.

Rudlin überlegte. Er sah auf seinen schlafenden Begleiter. Sollte er ihn wecken? Nein. Tiefe, regelmäßige Atemzüge verrieten, dass Heinrich nicht so schnell erwachen würde. Also kroch er kurzentschlossen und ohne ein verdächtiges Geräusch zu verursachen, im Schutz des Dickichts zur Landzunge hinüber. Als er jedoch am Ende der Zunge ankam und hinter einem Gebüsch innehielt, musste er feststellen, dass die Unterhaltung zwischen den Männern mittlerweile verstummt war. Das Kinn auf die Brust gesenkt, dösten sie vor sich hin.

Rudlin beschloss zu warten. Doch während der schmale Streifen am Horizont zunehmend breiter und sein Licht stärker wurde, machte keiner der Männer auch nur die geringsten Anstalten, zu erwachen. Schon glaubte Rudlin, sich unverrichteter Dinge zurückziehen zu müssen, als einer der beiden Schwarzbärte urplötzlich mit einem Fluch aufsprang, worauf auch die anderen hochfuhren.

„Verdammt! Gleich geht die Sonne auf. Wo bloß der Einarmige bleibt", hörte Rudlin den mit den langen Haaren schimpfen.

„Vielleicht hat er verpennt", antwortete die „Katze".

„Was machen wir, wenn er nicht kommt?", fragte einer der beiden Schwarzbärte.

„Er wird schon noch kommen", antwortete ihm der andere.

„Er müsste schon lange da sein", erwiderte der eine.

„Hör auf, dir in die Bruche zu scheißen, du Nonnenfurz."

„Halts Maul, du verlauster Hund."

„Ich glaub, du willst eine aufs Fressloch, du Stück Eselsscheiße."

Rudlin bemerkte, dass die beiden bärtigen Streithähne kurz davor standen, handgreiflich zu werden.

Energisch ging der Langhaarige dazwischen und trennte sie. „Gebt Ruhe, ihr Schwachköpfe. Ihr wollt Brüder sein? Eure dämlichen Schädel könnt ihr euch einschlagen, wenn wir wieder zu Hause sind. Wenn ihr nicht aufhört, euch wie Kindsköpfe zu benehmen, seid ihr diesmal das letzte Mal dabei gewesen, verstanden?"

„Is' ja schon gut", lenkte einer der beiden ein. „Wir sind eben ein bisschen gereizt. Is' doch kein Wunder. Da erledigen wir die Sache, verstecken uns danach einen ganzen beschissenen Tag, wo der Wald am dichtesten ist, hauen uns wieder eine Nacht um die Ohren, um uns den ganzen verdammten Weg zurück bis hierher zu schlagen, und was macht der Einarmige? Der Ziegenarsch lässt uns warten."

„Ihr werdet's schon überleben. Und jetzt haltet endlich das Maul", schimpfte der Langhaarige.

Plötzlich erschallte ein überraschter Ruf. „Verfluchter Mist, wo bist du so lange gewesen?"

Ärgerlich klang die Stimme des Katzengestaltigen zu Rudlin herüber. Seine Worte galten einem Reiter, der plötzlich hinter einer Wegbiegung aufgetaucht war und vier Pferde hinter sich herführte.

Rudlin hatte ihn zuerst nicht bemerkt; zu sehr war er auf den Streit der Männer konzentriert gewesen. Erst als er den Kopf in die Richtung wandte, in die die „Katze" gerufen hatte, nahm er den Mann und die Tiere wahr. Kein Zweifel, es war der Einarmige. Dem Reiter fehlte der linke Arm; nutzlos baumelte der Ärmel seiner Jacke hin und her. Bei der Eiche angekommen, stieg er vom Pferd.

„Wo warst du, Ingolf? Verdammt, seit Stunden warten wir auf dich", wiederholte der Katzengestaltige seine Frage.

Ingolf begann daraufhin seltsam zu gestikulieren, wozu er seinen gesamten Körper mit einsetzte. Doch er sagte nichts. Er deutete nur und bewegte seine Lippen, über die jedoch kein einziges Wort drang. Es war, als vollführe er einen seltsamen Tanz.

Vor allem die „Katze“ schien der wunderlichen Vorstellung des Einarmigen konzentriert zu folgen. Erst nachdem Ingolf seinen Auftritt beendet hatte, wandte sie sich den anderen wieder zu.

„Er sagt, dass er warten musste. Kurz bevor er aufbrechen wollte, machte ein Tross Reisender mit spitzen gelben Hüten bei seinem Versteck Rast. Wahrscheinlich verdammte Juden, die genauso wenig darauf aus sind wie wir, jemandem zu begegnen“, lachte er hämisch.

Jetzt verstand Rudlin. Ingolf fehlte nicht nur der linke Arm, sondern auch die Fähigkeit, zu sprechen. Er war stumm. Nur die „Katze“ konnte sich anscheinend mit ihm verständigen, seine Gesten deuten und ihm von den Lippen ablesen. Um den anderen dann seine unausgesprochenen Worte zu übersetzen.

„Genug der Trödelei, Männer! Wir brechen auf! Wir müssen uns sputen. – Und du, Randolph, gib Acht auf die Zehe. Der Eber in Rieden wartet auf seine Trophäe!“, schallte der Ruf der „Katze“ über den Fluss.

Der langhaarige Mann, der sich als Randolph herausstellte, lachte roh. „Keine Sorge, die hab ich gut verwahrt“, antwortete er. Er zog einen kleinen Beutel aus seinem Gürtel hervor und schwenkte ihn in der Luft. „Hier ist das kostbare Stück. Warum sich der Alte wohl gerade die Zehe ausgesucht hat? Wir hätten ihm ja auch was anderes abschneiden können!“

Jetzt war es an dem Katzengestaltigen, laut zu lachen – so, als ob der Langhaarige einen guten Witz gemacht hätte.

Ein seltsamer Witz, dachte Rudlin und erschauerte, während die Männer die Pferde bestiegen und davonritten.

Erleichtert verließ Rudlin sein Versteck und kehrte zu seiner Lagerstatt zurück. Heinrich schlief noch immer. Rudlin lächelte. Was würde sein Gefährte wohl sagen, wenn er ihm später von dem Geschehen berichtete, dessen Zeuge er geworden war? Er beschloss, noch ein wenig zu schlafen, obwohl es immer heller wurde. Schüchtern tasteten sich die ersten Strahlen der Sonne in den beginnenden Tag hinein.

Es war ein Freitag; der dreiundzwanzigste Tag im Monat Juni im Jahr des Herrn 1385.

2

Dafür, dass die Sonne noch lange nicht im Zenit stand, war es bereits ungewöhnlich heiß. Die Nässe der vergangenen Nacht war im Verdampfen begriffen, die angenehme Kühle des frühen Morgens einer drückenden Schwüle gewichen. Auf den beiden Reitern, die an diesem Vormittag auf dem Weg in die Buchau waren, lastete sie wie eine schwere, feuchtwarme Decke, die ihnen den Schweiß aus allen Poren trieb.

„Sag, Bertram, was macht dich so schweigsam? Ist es die Schwüle, oder habe ich dich gestern Abend zu spät aufs Lager geschickt?"

Wolf von der Klause, ein hochgewachsener, kräftig gebauter Mann mit schwarzem Bart und auffällig blauen Augen, hatte seinen Rappen zum Stehen gebracht und sah über die Schulter hinweg schmunzelnd nach hinten.

Der Junge, der ihm in einigem Abstand auf einem Fuchs folgte und seinen Kopf bis jetzt tief über den Hals des Pferdes gebeugt hatte, richtete sich entrüstet auf.

„Zu spät aufs Lager? Von wegen, ich bin wach wie eine Kaulquappe im Tümpel, wenn's regnet."

Wolf von der Klause lachte. Der Vergleich gefiel ihm.

„Dann sag mir wenigstens, worüber du nachdenkst."

Bertram grinste. „Ihr wisst also, dass ich nicht müde bin, sondern nachdenke. Warum tut Ihr dann so, als ob Ihr es nicht wüsstet?"

Erneut lachte Wolf. „Ich gebe mich geschlagen. Du hast mich durchschaut. Also – worüber denkst du nach?"

Bertram zögerte. Wieder grinste er. „Ich denke darüber nach, wie

Ihr Euch als Ehemann ausnehmen würdet. Das Fräulein, das wir gestern im Gästehaus des Klosters trafen, Ihr wisst schon, die mit dem Adlerzinken", er fasste sich an die Nase und machte eine ausladende Geste, „wäre die nicht etwas für Euch?"

Wolf war verblüfft.

Jetzt war es an Bertram, schallend zu lachen. „Verzeiht, Wolf, aber ... aber wenn Ihr jetzt ... wenn Ihr jetzt Euer Gesicht sehen könntet ...", prustete er.

Die Verblüffung in Wolfs Miene verwandelte sich in ein Schmunzeln. Dann brach es auch aus ihm heraus, und er fiel in das Gelächter des Jungen mit ein.

„Du meinst also, ich sollte heiraten", erwiderte er. „Nun, gut, Hauptsache, sie hat hiervon genug." Er klopfte mit der Rechten an den Beutel, den er am Sattel hängen hatte und in dem er Geld und andere Utensilien aufbewahrte, die ihm wichtig waren. „Damit sie mich ordentlich ernähren kann", fügte er hinzu.

Scherzend ritten sie weiter, doch mit der zunehmenden Hitze verging ihnen die Lust am Plaudern; immer öfter mussten sie sich den Schweiß aus Stirn und Nacken wischen.

Während sie ihrem Ziel immer näher kamen, dachte Wolf von der Klause an die Zeit zurück, als er vor dreizehn Jahren das erste Mal auf diesem Weg geritten war. Mitten im Winter war er damals in dieser Gegend aufgetaucht und hatte sich irgendwo in einem der unzähligen, schier unzugänglichen Waldlabyrinthe niedergelassen.

Wie ein einsamer, verirrter Wolf.

Anfänglich war man ihm mit einer gehörigen Portion Misstrauen begegnet. Hier im Tal der Enns war den Menschen alles Fremde zunächst suspekt. Alles, was sie nicht sofort in die Truhen und Kisten ihres einfachen Denkens einordnen und ablegen konnten, erschien ihnen nicht geheuer. Doch im Laufe der Jahre hatte sich ihr Misstrauen gelegt, und nicht nur das: An seine Stelle war sogar wachsende Sympathie getreten.

Das hatte durchaus handfeste Gründe. Denn so zurückhaltend und knapp an Worten Wolf im Umgang mit den Leuten auch war, so bereitwillig bot er ihnen seine Hilfe an, wenn er sie von unmittelbarer Not betroffen vorfand. Stand und Herkunft spielten dabei keine Rolle. Manch einer aus dem Tal verdankte ihm sogar das Leben.

So wie Otto Metschacher, der Prior im Benediktinerstift zu Admont.

An einem Wintertag, während eines Rittes durch den Wald, war Ottos Pferd auf dem hart gefrorenen Pfad gestürzt und hatte seinen Reiter unter sich begraben. Eingeklemmt unter dem Gaul, der sich nicht mehr erheben konnte, hatte der Geistliche aufgrund rasender Schmerzen, klirrender Kälte und der Tatsache, dass er sich weit entfernt von jeglicher menschlicher Behausung befand, bereits mit seinem Leben abgeschlossen.

Dann war Wolf gekommen – ein glücklicher Zufall – und hatte sich seiner angenommen. Er hatte ihn unter dem Tier hervorgezogen, fürs Erste seine Wunden versorgt und ihm das gebrochene Bein geschient. Hatte ihn aufs Pferd gehievt und ins Stift zurückgebracht. Der Prior vergalt es ihm mit einer großzügigen Geste. Er räumte ihm fortan das Recht ein, sich völlig frei in den klösterlichen Auen und Wäldern bewegen und ohne Einschränkung jagen und fischen zu können.

Allerdings glaubte Wolf, dass dieses Zugeständnis Metschachers lediglich dem Anstand geschuldet und aus der Erkenntnis heraus geboren worden war, ihm, dem Lebensretter, Dankbarkeit zollen zu müssen. Obgleich das Ereignis jenes Wintertages zweifelsohne ein Gefühl gegenseitiger Wertschätzung in ihnen hatte entstehen lassen, war ihre Beziehung von herzlicher Freundschaft noch immer weit entfernt. Das Einzige, was von einer gewissen Vertrautheit zwischen ihnen zeugte, war, dass sie sich beim Vornamen nannten, wobei sie es allerdings vorzogen, gleichzeitig das förmliche „Ihr“

beizubehalten. Sie waren einfach zu unterschiedlich. Auf der einen Seite der Prior: ein kompromissloser Mann der Kirche, umgeben von einer Aura subtiler Anmaßung, unduldsam gegenüber allem, was er für nicht katholisch hielt, und stets darauf bedacht, die Erwartungen, die man klösterlicherseits in ihn setzte, zu erfüllen. Auf der anderen Seite er, der Einzelgänger: zurückgezogen das Leben eines Klausners führend, ohne wirklich einer zu sein. Jemand, der die Einsamkeit nicht um des Herrn und des allerheiligsten Glaubens, sondern ausschließlich um seiner selbst willen gewählt hatte. Weil ihm die damit verbundene Freiheit über alles ging. Ein Freigeist, der, was nur wenige wussten, sich ein hohes Maß an Bildung und umfangreiches Wissen erworben hatte, aber jede Art dogmatischer Gängelei verabscheute und deshalb im tiefsten Innern mit der allerheiligsten Kirche auf Kriegsfuß stand – was allerdings niemand wusste. Und so blieb Letzteres auch dem Prior verborgen, denn Wolf widerstand der Versuchung, sich mit Otto in Streitgesprächen messen zu wollen.

Ganz anders geartet war dagegen seine freundschaftliche Beziehung zu Arnulf, dem Köhler. Rein äußerlich ein Hüne von Gestalt, war Arnulf seinem Wesen nach sanft und empfindsam. Ein einfacher, aber aufrechter Mann. Ein geradliniger Charakter, stets hilfsbereit und zu jedermann freundlich.

Auch zu Arnulfs Familie hatte Wolf ein herzliches Verhältnis aufgebaut. Zu Agnes, der Ehefrau. Zu Tassilo, dem Bruder, und zu den Kindern Anna und Bertram. Letzterem galt seine besondere Zuneigung. Wolf mochte den aufgeweckten Knaben. Im Alter von sechs Jahren hatte er ihn das erste Mal auf einen seiner Streifzüge mitgenommen. Von da an war die Beziehung zwischen den beiden noch enger geworden; der Junge hielt sich mit Einwilligung des Vaters oft tagelang in Wolfs abgelegener Klause auf und begleitete ihn zeitweise auf Schritt und Tritt.

So war im Verlauf der Jahre aus dem väterlichen Freund zunehmend auch ein Lehrer geworden. Schon früh hatte Wolf die besonders schnelle und klare Auffassungsgabe des Knaben erkannt und nach Kräften gefördert. Mit der Zeit brachte er ihm Lesen, Schreiben, Rechnen und sogar Latein bei. Er führte ihn ein in die Geheimnisse von Wald und Flur, zeigte ihm, wie man Spuren las und die Himmelsrichtung bestimmte, aber auch, wie man mit Bogen und Schwert umging und sich in halsbrecherischem Galopp erfolgreich auf einem ungesattelten Pferderücken hielt.

Besonderes Vergnügen bereitete es Wolf jedoch, sich mit Bertram über „Gott und die Welt", wie er es nannte, zu unterhalten.

So wie an diesem Tag.

Der, wie so viele andere Tage, unbeschwert begonnen hatte – aber in einen Abgrund des Entsetzens münden sollte.

Wolf und Bertram spornten die Tiere zu einer schnelleren Gangart an. Rasch näherten sie sich ihrem Ziel; bald würden sie die Behausung des Köhlers erreicht haben.

Aber diesmal würden sie nicht nur von Arnulf, Agnes, Anna und Tassilo begrüßt werden.

Sondern auch von Paul.

Schon seit einigen Tagen wohnte Paul bei der Köhlerfamilie. Der Junge war schon des Öfteren Gast in Arnulfs Hütte gewesen. Seine Mutter war schon vor Jahren gestorben, und so war Hademar, sein Vater, der als Taglöhner in einem der Hammerwerke bei Sankt Gallen arbeitete, froh darüber, dass Paul hin und wieder Familienanschluss im Heim des Köhlers genießen durfte.

Diesmal allerdings hatte nackte Not den Sohn Hademars dazu gebracht, die Hütte Arnulfs aufzusuchen. Einige Tage bevor Bertram mit Wolf aufgebrochen war, war Paul schluchzend aufgetaucht und hatte Arnulf davon in Kenntnis gesetzt, dass sein Vater auf dem Weg von Sankt Gallen nach Hieflau tödlich verunglückt war. Arnulf hatte daraufhin beschlossen, Paul, der keine Verwandten besaß, vorübergehend bei sich aufzunehmen. Wolf wiederum hatte Arnulf versprochen, sich im Kloster für Paul zu verwenden. Noch heute, gleich nachdem er Bertram zu Hause abgeliefert hätte, wollte er mit dem Prior darüber reden.

Sie verließen den Hauptweg und gelangten an eine Wegkreuzung, die von drei dicht beieinanderstehenden Buchen markiert wurde. Dort bogen sie auf den Pfad, der in das Tal führte, in dem die Köhlerfamilie wohnte. Schon jetzt sahen sie hinter einigen hohen Bäumen Qualm aufsteigen – ein vertrauter Anblick; denn dort befanden sich auf einer gerodeten Fläche die Meiler: in die Erde getriebene Gruben, in denen Holz zu Kohle verschwelte und aus deren Öffnungen der im Innern entstehende Rauch entlassen wurde.

Und doch war das Bild, das sich ihnen diesmal bot, ein anderes.

Während des Sommers waren sie gewohnt, bei ihrer Heimkehr auch stets Rauch aus der neben der Hütte gelegenen Herdstelle aufsteigen zu sehen. Auf ihr bereitete Agnes gewöhnlich die täglichen Mahlzeiten zu.

Aber dieses Mal vermissten sie den Rauch des Feuers. Die Herdstelle war kalt.

Sie hielten kurz inne und sahen sich erstaunt an.

Zögernd ritten sie weiter. Auf Rufweite bei der Hütte angekommen, stiegen sie ab und führten die Tiere am Halfter.

Niemand war zu sehen; nichts war zu hören.

Keine Antwort auf ihr Rufen.

Ein ungutes Gefühl bemächtigte sich Wolfs. Er hieß den Jungen in einiger Entfernung warten und übergab ihm die Zügel seines Rappen. Vorsichtig blickte er sich um und ging dann allein weiter. Bei der Hütte angekommen, stellte er fest, dass die Tür etwa eine Hand breit offen stand. Vorsichtig drückte er dagegen. Mit einem klagenden Knarzen bewegte sie sich in den hölzernen Angeln – glitt schwerfällig auf und gab zögernd den Blick in das dunkle Innere frei.

Wolf duckte sich langsam durch die niedrige Öffnung hindurch und betrat den aus groben Lehm gestampften Boden.

Hinter ihm fiel die Tür wieder in ihre ursprüngliche Position zurück; nur durch den handbreiten Spalt drang Licht herein.

Das Erste, was er wahrnahm, war das plötzliche Summen einer Unmenge aufgescheuchter Schmeißfliegen, die unmittelbar vor ihm vom Boden aufstoben.

Erschrocken richtete er den Blick nach unten, blieb stehen und versuchte Genaueres zu erkennen – doch noch legte sich das Dunkel wie eine schwarze Binde gnädig auf seine Augen.

Dann hatte es mit der Gnade jedoch ein Ende.

Er begann zu sehen – schemenhaft zunächst, doch allmählich immer deutlicher.

Zuerst die seltsam dunklen Stellen auf dem Lehmboden zu seinen Füßen. Das durch den Türspalt und die Ritzen der Wände eindringende Licht, verlieh ihnen ein eigenartig stumpfes Aussehen.

Er beugte sich nieder, berührte die Stellen mit dem Finger – und fing an zu begreifen.

Blut! Lachen getrockneten Blutes!

Das Blut – die Fliegen.

Er richtete sich wieder auf, tappte zwei, drei Schritte vorwärts – und stieß plötzlich gegen einen weichen Gegenstand. Verstört blickte er abermals nach unten – und erstarrte.

Jetzt erst erfasste sein Blick das gesamte Grauen und brannte es unauslöschlich in sein Gedächtnis.

Unmittelbar vor ihm, auf dem Boden hingestreckt, direkt zu Füßen des Lagers, das er mit Agnes teilte, lag Arnulf, der Köhler. Inmitten einer riesigen geronnenen Blutlache und lediglich mit einer Bruche bekleidet. Ein mächtiger Hieb hatte ihm die rechte Schläfe zertrümmert. Trotz der mageren Lichtverhältnisse vermochte Wolf die halb geschlossenen Lider des Toten zu erkennen. Sie waren blutunterlaufen und verhüllten nur unzureichend den stumpfen Schleier des Todes, der sich auf das einst so kraftvoll blitzende Augenpaar gesenkt hatte.

Neben Arnulf: Agnes, nackt, unter ihrem Haupt ebenfalls eine riesige Lache getrockneten Blutes, das eine geschwollene Lid halb geschlossen, mit dem anderen Auge blicklos ins Leere starrend.

Achtlos und wie zufällig über die Füße der beiden gebreitet: das grobe wollene Nachthemd, das Agnes immer getragen hatte, wenn sie zur Ruhe ging. Es war schmutzig und zerrissen.

Wolf stand wie vom Donner gerührt. Eine Welle eisigen Entsetzens breitete sich in ihm aus, die ihn zunächst völlig lähmte. Dann kam das Zittern. Heftig erfasste es seinen ganzen Körper, ohne dass er ihm Einhalt gebieten konnte. Noch weigerte sich sein Verstand zu glauben, was er sah, als auch schon eine Ahnung in ihm aufstieg, gepaart mit ohnmächtigem Zorn. Offensichtlich hatten *sie* wieder zugeschlagen. Doch was, zum Teufel, hatten sie denn geglaubt, bei einem einfachen Köhler finden zu können, bei dem es, weiß Gott, nichts zu holen gab. Warum mussten sie Arnulf töten? Warum Agnes? Warum ...?

Er blickte auf.

„Mein Gott", murmelte er bebend, „oh, mein Gott – nein."

Schwindel ergriff ihn, dennoch drang er einige Schritte weiter vor, zwang sich, zu sehen, was er bereits wusste.

Auf der rechten Seite, im hinteren Teil der Behausung, auf ihrer hölzernen Bettstatt in ihrem Blut liegend, fand er Anna, die Augen friedlich geschlossen, als ob sie schliefe. Ihr Leibchen war blutdurchtränkt. Offensichtlich hatte ein gezielter Stich ins Herz ihrem Leben ein Ende gesetzt. Das gleiche bei Paul. Er schlief dort, wo Bertram sonst seinen Schlafplatz hatte. Beide hatten noch die Schaffelle über ihre Unterkörper gebreitet, der Tod war verhältnismäßig schnell und barmherzig – wahrscheinlich während des Schlafs – über sie gekommen.

In panischer Hast wandte sich Wolf nach links. Dort befand sich, wie er wusste, durch eine Bretterwand vom übrigen Raum getrennt, das Lager Tassilos. Und dort fand er auch ihn. Mit eingeschlagenem Hinterhaupt, bäuchlings, mit dem Gesicht nach unten; die Arme hingen seitlich schlaff herunter. Im Gegensatz zu den anderen war er fast vollständig angekleidet. Auch hier überall Blut. Blut auf dem Boden. Blut auf dem hölzernen Bretterverschlag. Blut, das durch das grobe Laken aus Hanf gedrungen und in das sich darunter befindende Stroh gesickert war.

Heftig atmend versuchte Wolf, die aufsteigende Übelkeit niederzuringen. Immer noch sträubte sich sein Bewusstsein verzweifelt, das Furchtbare zur Kenntnis zu nehmen. Er stolperte durch das Halbdunkel des Raumes, vorbei an der ummauerten Feuerstelle, die während des Winters Wärme spendete, hinüber auf jene Seite, auf der ein Holzladen eine kleine Fensteröffnung verschloss. Er stieß den Riegel zurück und klappte den Laden auf. Helles Tageslicht strömte in die Hütte und offenbarte gnadenlos das vollständige Ausmaß des Grauens.

Die leblosen Körper. Das Blut. Die Schmeißfliegen.

Jetzt erst begriff Wolf die volle Tragweite dessen, was geschehen war. Er brach in die Knie, fassungslos, hilflos. Stöhnend schlug er die Hände vors Gesicht – und plötzlich wurde ihm bewusst, dass er weinte, weinte, wie ein kleines Kind ...

... ein Kind! Er fuhr auf. Der Junge schoss ihm in den Sinn. Er durfte nicht sehen, was hier geschehen war. Alles, nur das nicht. Er würde, er musste es zwar erfahren, aber er sollte es wenigstens nicht sehen müssen. Wolf schnellte hoch, stürzte zum Eingang ...

Bertram!

Fast schlagartig hatte er die Tür aufgestoßen. Mit kurzem heftigem Druck, ungeduldig, ahnungsvoll.

Wolf erstarrte.

Bewegungslos verharrte der Junge im Türrahmen. Seine kräftige Gestalt warf einen dunklen Schatten ins Innere der Hütte.

Er sah Wolf an ... blickte an ihm vorbei ... sah ihn wieder an. Ließ dann die weit aufgerissenen Augen langsam über das Bild des Grauens wandern, auf dem wie zum Hohn das Sonnenlicht tanzte.

Die entseelten Körper. Das Blut. Die Schmeißfliegen.

Er sah all dies. Aber er begriff es nicht. Noch nicht.

Bis zu dem Moment, da Wolf sich bewegte und auf ihn zuging. Jetzt erst löste sich die Starre des Jungen. Jetzt erst begann er zu begreifen.

Schock und Schmerz ließen ihn zuerst unartikuliert stammeln – dann brach es aus ihm heraus.

„Neeeiiiin!" Mit einem Schrei, der Wolf bis ins Mark traf, warf sich der Junge auf den leblos daliegenden Vater. Kniend barg er den Kopf Arnulfs in seinen Händen, drückte ihn fest an sich, küsste verzweifelt die blutige Stirn, während er seinen Schmerz und seine Verzweiflung laut hinausschrie.

Rasch trat Wolf hinter ihn. Umfasste ihn mit beiden Armen und drückte ihn an sich. Versuchte, ihn zu beruhigen, aus der Hütte zu ziehen. Vergeblich. Die Kraft des Schmerzes, ungleich größer als die Kraft der Vernunft, ließ es nicht zu. Bertram riss sich los, stürzte dorthin, wo die Mutter lag, warf sich abermals nieder, streichelte ihr Haar, küsste die kalte Stirn und den leicht geöffneten Mund, warf schreiend den Kopf hin und her und schluchzte immer wieder „Mutter! Mutter!". Und wieder war Wolf hinter ihm und legte seine Arme um ihn, diesmal fester, wie eiserne Klammern. Lange hielt er ihn so an sich gepresst, wiegte ihn hin und her, wie ein kleines Kind. Bis der Junge, von Weinkrämpfen geschüttelt, seinen Widerstand endlich aufgab und sich aus der Hütte führen ließ.

Sie traten hinaus und tauschten das Halbdunkel des Grauens gegen die trügerische Idylle eines hellen Sommertages. Schmetterlinge und Bienen teilten sich die Blüten der sommerlichen Wiese;

Grillen zirpten, Vögel zwitscherten – die Banalität eines ganz gewöhnlichen Junitages im Tal umfing sie.

Wäre da nicht das Geschehen in der Hütte gewesen.

Die das Unfassbare barg.

Die leblosen Körper. Das Blut. Die Schmeißfliegen.

Bertram war ins Gras gesunken und weinte noch immer hemmungslos. In dumpfer Verzweiflung ruhte Wolfs Blick auf dem Jungen. Er legte den Arm um ihn und zog ihn an sich. Bertram ließ es willenlos geschehen. Irgendwann ging sein Weinen in leises Wimmern über.

Wie lange sie vor der Hütte gesessen hatten, um dem Schmerz Raum zu geben, wussten sie später nicht mehr. Jedenfalls stand die Sonne ein gutes Stück weiter westwärts, als Wolf schließlich das Schweigen brach und dem Jungen behutsam klarzumachen versuchte, dass es an der Zeit war, den Ort zu verlassen.

Vorher aber hatte er noch etwas zu erledigen. Er erhob sich und ging langsam zur Hütte hinüber. Vor der Tür blieb er kurz stehen. Dann trat er entschlossen über die Schwelle und ging rasch zum Fenster hinüber. Er schloss den Laden, den er kurz zuvor aufgestoßen hatte, und verriegelte ihn von innen. Mit einem Strick und einigen kräftigen Ästen sicherte er danach die Tür von außen, so gut es ging, damit Arnulf und Agnes, Anna, Paul und Tassilo wenigstens vor den Tieren der Nacht sicher waren.

Etwa eine und eine halbe Stunde nachdem sie aufgebrochen waren, ritten sie durch das obere Tor der Abtei. Das Klappern der Hufe schreckte Bruder Theobald – Pförtner und *hospitarius* im Stift zu Admont und damit auch zuständig für die Belange der Pilger und Gäste – aus seinem nachmittäglichen Dösen auf. Mit einigen wenigen Sätzen gelang es Wolf, ihm klarzumachen, dass er sie sofort zu Prior Metschacher bringen müsse.

Über den Klosterhof folgten sie Theobald in Richtung des Abtshauses. Für gewöhnlich befand sich die Arbeitsstätte Metschachers im Priorat, das sich im Konventsbereich befand und direkt an den Kreuzgang anschloss. Zurzeit wohnte und arbeitete der Prior allerdings im Haus des Abtes, das sich außerhalb des Klausurbereiches im Osten der Klosteranlage befand. Als Vertreter des Abtes Wilhelm von Reisperg, der zu einer größeren Reise nach Bayern aufgebrochen war, hatte er nicht nur dessen Vorsteheramt wahrzunehmen, sondern auch Repräsentationspflichten zu erfüllen; eine Aufgabe, die er in den großzügigen und gut ausgestatteten Räumlichkeiten des *domus abbatis* weitaus besser wahrnehmen konnte.

Knarrend öffnete sich die Tür zum Scriptorium des Abtes.

„Der Vater Prior erwartet Euch", sagte Theobald an Wolf gewandt, nachdem er zuvor Metschachers Erlaubnis, den Besucher eintreten zu lassen, eingeholt hatte. Bertram ließ sich auf einer Bank, die gegenüber der Tür zum Scriptorium an der Wand stand, nieder.

Kaum dass Wolf über die Schwelle trat, erhob sich der Prior vom Schreibtisch. Metschacher war ein großer, hagerer Mann mit römischen Gesichtszügen, dessen gesamtes Äußeres kongruent den zwar feinsinnigen, aber auch kompromisslos dogmatischen Kleriker widerspiegelte, der er im Innern war. Das tonsierte Haupt von einem silbergrauen Haarkranz umgeben, wölbte sich unter der hohen Stirn eine kühn gebogene Nase über schmalen Lippen. Die tiefen Furchen um die Mundwinkel wirkten wie gemeißelt und verliehen dem bartlosen Gesicht einen permanent leidenden Ausdruck. Der Blick aus schmalen, grauen Augen, die unter leicht geschwungenen Brauen lagen, wirkte meist seltsam distanziert, fast hochmütig, verriet in seltenen Augenblicken jedoch auch einen Anflug von Heiterkeit und Güte.

Jetzt eilte er seinem Besucher mit ausgebreiteten Armen entgegen. Er lächelte, allerdings nicht wirklich herzlich, sondern mehr aus pflichtbewusster Höflichkeit. „Ihr, Wolf? Seid gegrüßt. Was führt Euch denn hierher?"

Seine Stimme klang unverbindlich freundlich, wies aber einen leichten Anflug von Ungeduld auf. Der Gruß war nichts weiter als eine bloße Floskel. Doch kaum, dass er ihn geleistet hatte, entdeckte er den flackernden Blick Wolfs, in dem sich die unterschiedlichsten Gefühle zu mischen schienen.

Trauer und Wut. Verzweiflung und Ratlosigkeit.

„Wolf? Wolf! ... Was ... was ist mit Euch?“ Die ansonsten sonore Stimme Otto Metschachers hatte plötzlich einen scheppernden Klang angenommen.

Wolf trat hart an ihn heran.

„Was mit mir ist, fragt Ihr? Ich will es Euch sagen. Erinnert Ihr Euch an Rutgerd Baro, den Weinhändler? Ihr wisst schon, der, der das viele Geld unter seiner Bettstatt versteckt hielt. Oder an Peter Söller, den Tuchmacher aus Judenburg? Oder an Gero von Weiningen aus Steyr? Ist Euch der Überfall auf die ungarischen Kaufleute noch in Erinnerung, die nach Passau wollten?“ Seine Stimme wurde heiser. Er stand jetzt unmittelbar vor dem Prior, sodass ihre Gesichter sich fast berührten. „Sie haben wieder zugeschlagen. Und wer, glaubt Ihr, ist diesmal das Opfer?“

Metschacher war zusehends blasser geworden. „Hört auf, in Rätseln zu sprechen. Sagt es frei heraus. Was ... was gibt es?“

„Arnulf, den Köhler, haben sie sich diesmal vorgenommen. Mitsamt seiner Familie. Außer Bertram sind alle tot“, stieß Wolf in verzweifeltem Grimm hervor.

Der Prior sah ihn ungläubig an.

„Den Köhler? Was sollte es bei ihm zu holen geben?“ Er schüttelte verständnislos den Kopf. „Und überhaupt ... woher wisst Ihr ...?“, fragte er gedehnt, worauf Wolf ihn in kurzen Zügen über die Einzelheiten dessen, was er in Arnulfs Hütte vorgefunden hatte, in Kenntnis setzte.

Metschacher ließ sich auf einen der Stühle fallen, die den mitten im Raum stehenden Tisch flankierten. Er war tief getroffen. Er wusste um die Freundschaft, die Wolf mit der Familie des Köhlers verband, und um die besondere Beziehung, die sich zwischen ihm und Bertram herausgebildet hatte.

„Und wo ist der Junge jetzt? Was soll mit ihm geschehen?“, fragte er.

Wolf zuckte mit den Achseln. „Gegenwärtig sitzt er auf einer Bank. Da draußen, auf dem Gang“, er deutete mit dem Kopf zur Tür. „Ich werde ihn natürlich zu mir nehmen. Allerdings ...“ – er zögerte kurz – „allerdings wäre ich Euch sehr verbunden, wenn er fürs Erste bei Euch unterkommen könnte. Ich möchte dem Jungen ein neues Heim geben. Doch dazu sind Umbauten in meiner Klause nötig.“

Metschacher nickte. „Keine Frage. Natürlich kann der Junge so lange hier im Kloster wohnen.“

Sie schwiegen.

Wolf trat an eines der Fenster und blickte hinaus. Die Sonne, mittlerweile tief im Westen stehend, spiegelte sich in den Butzenglasscheiben. Feiner Dunst umwob die gezackten Gipfel der Haller Mauern.

Er wandte sich um. „Was werdet Ihr jetzt tun, Otto? Die Tat geschah auf Eurem Grund und Boden.“

Es war eine rein rhetorische Frage, denn er wusste, was nun geschehen würde. Aber er hatte irgendwie das Gefühl, das zwischen ihnen entstandene Schweigen brechen zu müssen.

Der Prior seufzte. „Ihr wisst, was zu geschehen hat, Wolf. Der Fall muss ordentlich abgewickelt und untersucht werden. Dafür ist der Landrichter auf Wolkenstein zuständig, Markwart von Taupekh. Doch er befindet sich gegenwärtig zusammen mit dem derzeitigen Stiftsrichter in Graz und hat die Amtsgeschäfte vorübergehend dem Stadtrichter in Rottenmann übertragen. Also werde ich als Vertreter Abt Wilhelms einen Boten nach Rottenmann senden und bei der weltlichen Obrigkeit um Amtshilfe bitten.“

Wolf lachte verächtlich. „Obrigkeit! Amtshilfe! Seit vier Jahren mordet und raubt die Bande. Das Pack taucht auf, schlägt zu und verschwindet ins nichts. Und was geschieht? Die Obrigkeit tritt auf den Plan und versucht, Spuren zu sichern. Sie findet aber keine und kehrt achselzuckend in die Amtsstube zurück. Ob Landrichter oder Stadtrichter, bleibt sich dabei gleich. Glaubt Ihr etwa, dass es diesmal anders sein wird?"

Wolf hatte sich in Rage geredet. Er war an den Tisch herangetreten und schlug mit der Faust ärgerlich auf die dunkle Eichenplatte.

Sofort erkannte er, dass er zu weit gegangen war.

„Verzeiht, Otto", entschuldigte er sich. „Ihr könnt, weiß Gott, nichts dafür. Doch wenn es so weitergeht, wird man der Bande nie das Handwerk legen können – und das wisst Ihr nur zu gut!"

Der Prior war sichtbar zusammengezuckt. In der impulsiven Geste Wolfs lag unbestreitbar eine gewisse Respektlosigkeit. Doch er ignorierte sie.

„Ich sehe es Euch nach, Wolf", erwiderte er beherrscht. „Ihr seid verständlicherweise sehr erregt. Und Ihr habt Recht. Wenn es so weitergeht, wird man der Bande nie das Handwerk legen. Sie wird weiter morden und rauben und den Weg über die Buchau zur Eisenstraße noch mehr in Verruf bringen, was natürlich dem Stift und seinen Geschäftsbeziehungen außerordentlich schadet."

Metschacher erhob sich und trat an das geöffnete Fenster. Nachdenklich wanderte sein Blick am mächtigen Felsmassiv der Haller Mauern empor. „Es sei denn", fuhr er bedächtig fort, „jemand anders nimmt sich der Sache an. Jemand, der Mut und einen scharfen Verstand besitzt. Jemand, der es versteht, Spuren zu lesen und Zusammenhänge zu erkennen. Wie zum Beispiel – Ihr!" Beim letzten Wort hatte er sich ostentativ umgedreht.

Wolf sah ihn verblüfft an. „Das meint Ihr doch wohl nicht im Ernst."

„Da irrt Ihr Euch, es ist mein voller Ernst. Ich denke, dass Markwart von Taupekh nichts dagegen hätte, wenn ihm ein fähiger

Mann diese Aufgabe abnehmen würde. – Also, stimmt zu, Wolf. Nehmt Euch der Sache an. Im offiziellen Auftrag des Stiftes, gewissermaßen als sein Sonderbeauftragter. Und denkt daran: Ihr tut es nicht nur für das Stift. Sondern auch – für Bertram!", beschwor Metschacher seinen Besucher.

Der Prior hatte seine Worte sehr sorgfältig gewählt.

Die beabsichtigte Wirkung blieb nicht aus.

Betroffen sah Wolf ihn an. Metschacher hatte unbestreitbar Recht. Bertram würde in seinem künftigen Leben besser mit dem schrecklichen Geschehen zurechtkommen, wenn er wusste, dass die Tat gesühnt worden war.

„Nun, was sagt Ihr?"

Die Frage des Priors machte den Grübeleien Wolfs ein Ende.

„Vielleicht habt Ihr Recht, Otto. Ich will's mir überlegen. Lasst uns morgen früh noch einmal darüber reden. Aber jetzt bitte ich Euch um ein Nachtlager für den Jungen und mich. Wir sind beide erschöpft."

Der Prior nickte und ging zur Tür. „Ihr wisst, dass Ihr in Admont jederzeit willkommen seid. Wegen des Lagers wendet Euch an Bruder Theobald."

Als er die Tür öffnete, sahen sie Bertram auf der Bank kauern. Er war vor Erschöpfung eingeschlafen. In einem Anflug von Mitleid legte der Prior den Zeigefinger an die Lippen.

„Lasst ihn vorerst schlafen", raunte er Wolf zu. „Der Pförtner wird ihn holen, wenn er Euer Lager bereitet hat. Wenn Ihr unten seid, schickt ihn mir noch einmal hoch."

II – Samstag, 24. Juni im Jahr des Herrn 1385

3

Die Nacht zum Samstag schien nicht enden zu wollen.

Von seinem Lager aus beobachtete Wolf die helle Scheibe des Mondes. Karges, weiches Licht drang durch die Fensteröffnung und erfüllte seine Kammer mit jenem seltsam milden Schimmer, den er schon als Kind gemocht hatte, weil er ihn stets zutiefst beruhigte.

In dieser Nacht jedoch hatte er das Empfinden, als habe sich der milchige Schimmer des Mondes in das skelettfarbene Weiß des Todes verwandelt. Ein grässliches Weiß, das ihn nicht schlafen ließ. Erst gegen Morgen fiel er in einen unruhigen Dämmerschlaf, aus den ihn das Läuten zur Prim recht unsanft herausriss.

Langsam erhob er sich und blieb erst einmal auf der Bettkante sitzen. Er fühlte sich wie gerädert. Mit Schaudern dachte er an die vergangene, von bleierner Schwere erfüllte Nacht zurück: an die unsäglich langsam dahinziehende Zeit, den dunklen, jenseitsgerichteten Gesang der Mönche – und an das Schluchzen und Weinen des Jungen, das aus der Kammer neben ihm an sein Ohr gedrungen war.

Wolf stand auf und reckte die Glieder. Er beschloss, sich anzukleiden und in den Hof hinunterzugehen. Am Brunnen würde er sich frisch machen und versuchen, die Reste der albtraumgeschwängerten Nacht zu verscheuchen, die ihm immer noch ins Gesicht geschrieben stand.

Das kalte Wasser war in der Tat erfrischend. Es kühlte die

heiße Stirn. Aber nicht die Gedanken, die hinter ihr glühten. Geschweige denn, dass es den Schmerz zu löschen vermochte, der in seinem Innern brannte. Nein, dazu bedurfte es des Wassers der Vergeltung. Aus dem Brunnen zu schöpfen, der dieses Wasser enthielt, würde nun seine vorrangige Aufgabe sein. Er wusste, dass er dazu einen klaren Kopf benötigte – jetzt, da er sich dazu entschlossen hatte, dem Ansinnen des Priors stattzugeben und die Suche nach den Verbrechern aufzunehmen, die seinem Leben und vor allem dem des Jungen eine so furchtbare Wende gegeben hatten. Er wusste auch, dass er nicht eher ruhen würde, bis er sie gefunden hätte.

Gleich nachdem er zusammen mit Bertram gefrühstückt hatte, begab er sich ins Abtshaus. Metschacher hatte ihm ausrichten lassen, dass er ihn möglichst bald zu sprechen wünsche.

Er fand den Prior am Tisch sitzend vor.

„Nun, Wolf, wie habt Ihr Euch entschieden?“, empfing ihn dieser, indem er ohne Umschweife auf das gestrige Gespräch zurückkam.

Wolf trat an den Tisch, stützte die Arme darauf und beugte sich weit nach vorne.

„Ich nehme Euren Vorschlag an“, antwortete er bedächtig. „Unter einer Bedingung: Ich erhalte von Euch so etwas wie eine Generalvollmacht – persönlich von Euch unterzeichnet und gesiegelt sowie von dem Landrichter, Markwart von Taupekh, und dem Inquisitor Heinrich von Olmütz. Er weilt zur Zeit in Steyr, wie Ihr wisst.“

Metschacher hob überrascht die Brauen. „Eine Generalvollmacht? Warum denn das, in drei Teufels Namen?“, fragte er, seine mönchische Zurückhaltung gänzlich aufgebend.

„Ich will es Euch erklären, Otto. Ich beabsichtige, als Vertreter des Inquisitors getarnt, die Untersuchungen aufzunehmen. Unter dem Vorwand, dass sich die Bande eines Sakrilegs schuldig gemacht hat, hefte ich mich an ihre Fersen. So die offizielle Version meiner Aufgabe. Ihr versteht: Die Vollmacht dient mir gewissermaßen als Tarnkappe."

Der Prior hatte mit wachsendem Interesse zugehört. Jetzt erhob er sich von seinem Stuhl und ging nachdenklich auf und ab. Unmittelbar vor Wolf blieb er stehen.

„Was Ihr da sagt, klingt einleuchtend. Ihr sollt Eure Vollmacht bekommen", stimmte er schließlich zu. „Aber es wird einige Zeit dauern – Ihr müsst Euch gedulden."

„Daran soll's nicht liegen." Wolf atmete auf. Die erste Hürde war genommen. „Und noch etwas, Otto: Ich werde viel und vielleicht auch über längere Zeiträume hinweg unterwegs sein müssen. Ich möchte Euch bitten, Euch während dieser Zeiten des Jungen anzunehmen. Ihr wisst, er ist begabt. Könnte er nicht bei Euch im Kloster bleiben und in der äußeren Schule Unterricht erhalten?", bat Wolf.

Das Gesicht des Priors entspannte sich. „Wenn es nur das ist ... das wird sich regeln lassen. Aber was gedenkt Ihr nun als Nächstes zu tun?"

„Ich werde mir die Spuren ansehen, welche die Mörder vor Ort hinterlassen haben. Und ich will, dass Arnulf und die Seinen endlich Ruhe finden. Wenn der Amtmann mit seinen Bütteln wieder abgezogen ist, möchte ich die Leichen daher an Ort und Stelle begraben – mit Eurer Erlaubnis."

Metschacher nickte. „Die habt Ihr natürlich. Ich werde Euch einen Helfer mitgeben."

Wolf schüttelte den Kopf. „Nein, Otto. Ich danke Euch, aber das ist nicht nötig. Lasst mich die Sache allein erledigen."

Der Prior sah ihn erstaunt an. Dann hob er die Schultern. „Wie Ihr wollt. Wendet Euch an den Cellerar, Bruder Basilius. Er wird Euch alles zur Verfügung stellen, was Ihr benötigt."

Als Wolf die Mauern der Abtei verließ, war er mit allem versehen, was er für die deprimierende Arbeit, die vor ihm lag, benötigte. Etwa ein und eine halbe Stunde nachdem er aufgebrochen war, verrieten dünne Rauchschwaden, die über die Wipfel der Bäume hinwegwaberten, dass er sich seinem Ziel näherte. Noch verschwelte an dem Platz, an dem sich die von Arnulf und Tassilo errichteten Erdmeiler befanden, Holz zu Kohle. *Wie schon gestern ... nein, eigentlich wie schon immer,* dachte Wolf bitter, als er in das Tal einbog, das bis vor Kurzem noch die Heimat der Köhlerfamilie gewesen war.

Er lenkte seinen Rappen zur Feuerstelle und stieg ab. Dann schnürte er einen Packen und eine eiserne Kohlenpfanne vom Sattel. Der Packen barg Werkzeuge und einen in ein Tuch gehüllten kupfernen Behälter. Vorsichtig wickelte er ihn aus und nahm den Deckel ab. Gelbe, unterschiedlich große, kristallen aussehende Brocken glänzten ihm entgegen: Schwefel. Er schüttete die Schwefelbrocken in die Pfanne und ging zur Hütte hinüber, um sie neben dem Eingang abzustellen. Anschließend begab er sich hinter die Behausung, wo ein winziger Bach den Hang hinabrieselte. Er zog ein großes Stück Tuch aus dem Gürtel, tauchte es in das Nass und band es sich als Schutz gegen den Verwesungsgeruch, der ihn gleich erwarten würde, vor Nase und Mund. Dann nahm er einen dicken Ast auf, der nahe dem Rinnsal lag, und begab sich mit schweren Schritten wieder zur Vorderseite der Hütte. Dort löste er den Strick, mit dem er gestern den Eingang gesichert hatte, stieß die Tür weit auf und klemmte den Ast so zwischen Boden und untere Kante, dass sie nicht von selbst wieder zufallen konnte. Ein kurzes Zögern noch – danach trat er mit der mit Schwefel gefüllten Pfanne in der Hand entschlossen über die Schwelle.

Dank der geöffneten Tür war das Dunkel, das ihn umfing, bei Weitem nicht so dicht wie gestern. Doch dafür nistete der süßliche Geruch verwesenden Fleisches bereits intensiv in jeder Ritze der Behausung. Der Gestank drohte ihm den Atem zu rauben. Wie schon gestern erhoben sich ganze Schwärme von Fliegen, als er sich den Leichen näherte. Lärmend und wütend summten sie um seinen Kopf herum und veranlassten ihn, kurz stehen zu bleiben.

Das Bild, das sich ihm bot, war unverändert. Die Leichen lagen noch genau so, wie er es in Erinnerung hatte. Vorne, am Boden, Arnulf und Agnes. Weiter hinten in ihren Betten Anna und Paul. Seitlich, durch einen Verschlag von den anderen getrennt, musste Tassilo liegen.

Ganz gegen seinen Willen wurde er wie gestern erneut von panikartiger Verzweiflung gepackt. Doch diesmal gelang es ihm, sie niederzuringen und das Zittern, das Wut und Schmerz abermals in ihm hervorriefen, zu bezwingen.

Er zwang sich mit energischen Schritten, in die Mitte des Raumes weiterzugehen. Dort stellte er die Pfanne neben der Herdstelle ab und entnahm einem am Gürtel hängenden Lederbeutel die Utensilien zum Feuermachen. Vorsichtig gab er Zunder auf die Schwefelbrocken und zündete ihn an. Gleich darauf stieg gelblicher, beißend stechender Qualm aus der Pfanne empor, und Wolf sah zu, dass er so schnell wie möglich die Behausung wieder verließ. Nachdem er die Tür geschlossen hatte, wartete er vor der Hütte, bis der brennende Schwefel seine Wirkung tun und Schmeißfliegen und anderem Ungeziefer, das, durch den Verwesungsgeruch angelockt, sich gierig der Leichen bemächtigt hatte, den Garaus machen und den pestartigen Gestank etwas neutralisieren würde.

Erst nach einer guten Weile öffnete er die Tür erneut und sorgte mittels des Astes dafür, dass sie offen blieb. Dicker, gelber Qualm drang nach draußen. Wieder wartete er. So lange, bis der Schwefel völlig verbrannt war und der beißende Dampf sich einigermaßen verzogen hatte.

Endlich war es so weit, das Innere der Hütte einer genauen Inspektion zu unterziehen. Wolf trat über die Schwelle und ging zuerst zum Fenster hinüber, um es zu öffnen.

Er stieß den Riegel zurück und klappte den Laden auf. Wie gestern tanzten auch heute die Strahlen der Sonne in die Hütte und tauchten die grauenvolle Szenerie in helles Licht.

Doch diesmal blieb er gelassen. Er sah sich um – und spürte, wie kalte Ruhe von ihm Besitz ergriff.

Mit einem Mal begann er, die Dinge anders zu sehen. Nicht mit den Augen blinder Panik, wie am gestrigen Tag, als Schmerz und Verzweiflung sein Wahrnehmungsvermögen getrübt hatten. Diese Gefühle waren zwar noch immer vorhanden. Doch sie trübten nicht mehr seinen Blick. Diesmal nahm er das Bild, das sich ihm bot, mit dem Verstand wahr. Analytisch, fast sezierend glitt sein Blick über die Tragödie, nahm er Einzelheiten wahr, die ihm tags zuvor noch verborgen geblieben waren.

Arnulf und Agnes zu Füßen ihrer Bettstatt auf dem Lehmboden liegend. Arnulf lediglich mit seiner Hose bekleidet, Agnes völlig nackt.

In die Hocke gehend, beugte sich Wolf über die entseelten Gesichter der beiden. Noch im Tod hatten sie die Augen halb geöffnet. Warum? Es gab nur zwei Möglichkeiten. Entweder sie waren noch wach gewesen, als die Mörder in die Hütte eingedrungen waren, oder sie waren kurz danach aufgewacht, in Panik hochgefahren und aus dem Bett gesprungen. Kaum hatte er die beiden Möglichkeiten erwogen, verwarf er die Erste auch schon wieder. Dagegen sprach, dass Tassilo und die Kinder im Schlaf getötet worden waren. Hätten Agnes und Arnulf das Eindringen der Mörder in die Hütte jedoch bemerkt, hätten ihre Schreie und Hilferufe Tassilo und die Kinder aufgeweckt, und dies war offensichtlich nicht geschehen. Die Täter hatten den Bruder des Köhlers und die Kinder im Schlaf umgebracht, während das Ehepaar selbst noch geschlafen hatte. Erst danach waren beide, wie und warum auch immer, aus dem Schlaf gerissen worden. Hatten sie sich noch zu wehren versucht?

Das lange, grobe Wollhemd stach ihm ins Auge. Agnes trug es

gewöhnlich, wenn sie zur Ruhe ging. Es war zerrissen und, von wem auch immer, achtlos beiseitegeworfen worden. Ein Teil des Hemdes bedeckte sowohl ihre als auch Arnulfs Füße.

Ein fürchterlicher Verdacht begann in Wolf zu keimen. Wurde sie, bevor sie sie töteten, ... möglicherweise vor den Augen ihres Mannes ... und der Kinder ...?

Nein, dachte Wolf und schalt sich einen Narren. Gewiss nicht vor den Augen der Kinder. Sie waren eindeutig im Schlaf getötet worden. Wie Tassilo. Agnes und Arnulf waren allerdings wach gewesen, als der Tod über sie kam. Da war er sich sicher. Hatten sie ihre Mörder erkennen können?

Licht!, schoss es ihm durch den Sinn. Die Mörder hatten Licht benötigt, denn in der Hütte musste es stockdunkel gewesen sein.

Suchend blickte er sich um. Da – seitlich links, neben der Türöffnung. Er richtete sich wieder auf, ging die wenigen Schritte zum Eingang und hob eine zur Hälfte abgebrannte Fackel auf.

Danach begab er sich in die rechte hintere Ecke der Behausung. Dorthin, wo die Kinder lagen.

Anna. Sie hatte die Augen geschlossen. Entspannt und friedlich lag sie da. Er schob das Schaffell, mit dem sie sich bis zum Bauch zugedeckt hatte, zur Seite. Das Blut auf ihrem Hemdchen war eingetrocknet. Er überwand sich und schob es hoch. Eine tiefe, klaffende Wunde, schwarz gerändert, markierte die Stelle, an der das Messer, durch den dünnen Stoff hindurch, in die Brust gedrungen war.

Dann Paul. Er lag unmittelbar neben Anna, war wie diese nur zur Hälfte mit einem Schaffell zugedeckt und hatte den Oberkörper frei. Auch hier ein tiefer Stich ins Herz, die Wunde ebenfalls schwarz vom inzwischen getrockneten Blut. Wolf schob das Schaffell mehr zufällig und unbewusst beiseite. Es glitt zu Boden.

Plötzlich erstarrte er.

Ungläubig sah er auf den rechten Fuß des toten Jungen. Er benötigte einen Augenblick, um zu begreifen, was er da sah. Die große

Zehe fehlte. Sie war abgetrennt worden. Ein weißer Knochen ragte ein Stück weit aus der grässlichen, ebenfalls schwarz gewordenen Wunde. Ihm drohte übel zu werden. Er drehte sich um, trat ans Fenster und atmete mehrmals tief durch. Auf der blühenden Wiese tanzten die Schmetterlinge im Licht der Vormittagssonne.

Die Zehe. Die große Zehe an Pauls rechtem Fuß. Warum, fragte er sich. Was sollte das Ganze?

Er wandte sich um und zwang seinen Blick erneut ins Innere der Hütte zurück. Das Schaffell, das zu Boden geglitten war, hob er auf, um Pauls Füße wieder damit zu bedecken. Dann ging er zu dem hölzernen Verschlag hinüber, hinter dem Tassilo, der Bruder Arnulfs, noch immer bäuchlings auf seinem Lager lag. Wolf neigte sich über den eingeschlagenen Schädel. Tassilos Hinterkopf wies eine tiefe, von schwarzem Blut verkrustete, nach innen gewölbte Delle auf. Ein starkes Rundholz hatte seinem Leben ein Ende gesetzt.

Wolf richtete sich auf. Arnulf und Agnes. Wie hatte man sie getötet? Rasch brachten ihn einige wenige Schritte wieder an die Seite des Ehepaares, wo er sich erneut prüfend über die Häupter der Leichen beugte. Beide Schädel wiesen jeweils einen tiefen, keilförmigen Spalt auf. Arnulf hatte es an der rechten Schläfe erwischt, Agnes an der Stirn. Sicher war, dass beide mit derselben Art von Waffe getötet worden waren.

Er überlegte, resümierte. Arnulf und Agnes: eine gleichartige Wunde, beide mit einem spitzen, keilförmigen Gegenstand getötet. Die Kinder: jeweils mit einem Stich ins Herz ermordet. Tassilo: umgebracht mit einem Rundholz. Drei verschiedene Waffen – drei verschiedene Täter? Waren sie zu dritt gekommen?

Nein, es mussten mindestens vier gewesen sein. Denn einer musste währenddessen ja noch die Fackel gehalten haben. Vielleicht der Anführer? Es war zumindest unwahrscheinlich, dass er sich direkt am Töten beteiligt hatte. In der einen Hand die Fackel, mit der anderen die Waffe schwingend, das wäre viel zu umständlich gewesen. Nein, er hatte lediglich für das notwendige Licht gesorgt, auf das die anderen angewiesen waren, um ihre tödliche Mission erfüllen zu können. Doch was war der Grund? Die Aussicht auf Beute? Wie bei all den anderen Opfern, die die Bande auf dem Gewissen hatte? Aber was hatte ein einfacher Köhler denn Wertvolles zu bieten? Wie oft hatte er sich dies seit gestern Nachmittag schon gefragt. Und jedes Mal, wenn er mit seinen Überlegungen auf der Suche nach einem möglichen Motiv bei dieser Frage angelangt war, merkte er, dass er sich im Kreise drehte.

Und doch gab es eine Frage, die ihm noch weit mehr Kopfzerbrechen bereitete. Was, zum Teufel, hatte es mit der abgeschnittenen Zehe an Pauls rechtem Fuß auf sich?

Ein Glitzern riss ihn aus seinen Überlegungen heraus. Er bemerkte es eher zufällig, als er seinen Blick den Strahlen der Sonne folgen ließ, die durch die Fensteröffnung fielen.

Es ging von einem Stück Metall aus, das auf der dem Fenster gegenüberliegenden Seite am Boden lag. Wolf hob es auf und wunderte sich. Er hielt das abgerissene Stück eines mit silbernen Nieten besetzten ledernen Gürtels in den Händen. Eine schwere silberne Schließe befand sich daran. Er hielt sie ins Licht. Sofort erkannte er ihren Wert. Die Schließe war äußerst kunstvoll gearbeitet. Das filigrane Muster zeigte einen wunderschön ziselierten Eberkopf, eingefasst von einem Lorbeerkranz. Wolf wusste: Solch einen Gürtel hatte Arnulf nie besessen. Oder etwa doch? Hatte er vielleicht irgendwo, ohne dass sonst jemand davon gewusst hatte, wertvolle Dinge versteckt? Ein absurder Gedanke. Wolf verwarf ihn sofort wieder; ärgerte sich, dass er überhaupt darauf verfallen war. Nein. Der Gürtel musste einem der Täter gehört haben, und der hatte ihn, aus welchem Grund auch immer, hier in der Hütte verloren. Er rollte das kostbare Stück zusammen und steckte es in den Beutel, den er um die Schulter trug.

Sorgfältig suchte er daraufhin den Boden nach weiteren Spuren ab. Langsam ging er Stück für Stück durch die Behausung, den Blick nach unten gerichtet. Außer Flecken und Spritzern getrockneten Blutes bedeckten kleinere und größere Brocken Erde sowie Gras- und Pflanzenreste den gestampften Lehm; Schmutz, der offensichtlich an den Stiefeln, vielleicht auch an der Kleidung der Mörder haftete, als sie in die Hütte eingedrungen waren.

Auch dort, wo die Körper von Agnes und Arnulf lagen, inspizierte er gründlich den dunklen Lehmboden. Dabei ließ er einmal mehr seinen Blick über die Leichen gleiten …

… und stutzte plötzlich. Gleichzeitig wunderte er sich darüber, wie ihm das, was er sah, bisher hatte entgehen können. Arnulfs Arme! Blutunterlaufene Striemen wanden sich um seine Handgelenke.

Er überlegte. Offensichtlich war Arnulf über einen bestimmten Zeitraum hinweg gefesselt gewesen. Die Stricke hatten Schürfspuren hinterlassen. Doch warum hatten sie ihn gebunden? Und was war der Grund, dass man ihm später die Fesseln wieder abgenommen hatte?

Sein Blick wanderte den Körper abwärts und fiel erneut auf das wollene Nachthemd von Agnes, das wie zufällig über ihre sowie die Füße ihres Mannes gebreitet lag. Er beugte sich vor, zog es an sich – und stutzte abermals!

Beider Füße starrten vor Schmutz. Sie waren kohlrabenschwarz! Getrocknete Erde und Lehm, Blätter, Moos und Fichtennadeln hafteten an ihnen. Was hatte das zu bedeuten? Hatten sich die beiden etwa kurz vor ihrem Tod barfuß im Freien aufgehalten? Offensichtlich. Und noch dazu in unbekleidetem oder fast unbekleidetem Zustand. Aber weswegen? Und wo?

Er brauchte nicht lange zu überlegen, bis er zumindest auf das Wo kam: Sie mussten bei den Meilern gewesen sein! Unweit der Hütte hatte Arnulf schon vor vielen Jahren auf einem natürlichen Plateau eine Fläche in den Wald hineingeschlagen und gerodet. Um an dieser Stelle die Meiler zu graben, in denen Holz zu Kohle wurde. Der Boden bestand hier vorwiegend aus Erde, vermischt mit Lehm und Kohlenstaub. In den vergangenen Nächten war heftiger Regen niedergegangen und hatte den Boden aufgeweicht, daher die schwarzen Klumpen an den Füßen.

Je gründlicher er über alles nachdachte, desto mehr kam er zu der Überzeugung, dass es so gewesen sein musste. So und nicht anders. Er beschloss, den Ort, an dem sich die Meiler befanden, in Augenschein zu nehmen, um dort seine Theorie bestätigt zu finden.

Aber käme er dort auch der Antwort auf die alles umfassende Frage nach dem Warum näher?

Wolf trat aus dem Zwielicht der Behausung nach draußen und atmete erst einmal tief durch. Er setzte sich ins hohe Gras, um nachzudenken. Nach einer Weile fiel ihm ein, dass er ja ursprünglich den Platz, an dem die Meiler vor sich hinschmauchten, hatte inspizieren wollen. Doch kaum dass er sich erhoben hatte, um zu der Lichtung hinüberzugehen, veranlasste ihn das entfernte Wiehern eines Pferdes, nach Süden zu blicken. Auf dem sanft geschwungenen Weg, der aus der Talsenke zu ihm heraufführte, konnte er drei Reiter ausmachen. Die „Amtshilfe“, dort kam sie angeritten. Ein verächtliches Lächeln spielte um seine Mundwinkel. Als die Männer nahe genug herangekommen waren, erkannte Wolf Hermann Jenninger, den Stadtrichter von Rottenmann, nebst zwei Bütteln. Offensichtlich hatte er es für nötig befunden, selbst zu kommen, anstatt seinen Vertreter zu schicken. Wolf erhob sich.

Der Richter nickte ihm grüßend zu. Wolf nickte zurück. Sie kannten sich, mochten einander jedoch nicht.

Hermann Jenninger sah Wolf an. „In der Hütte, also?“, fragte er kurz und trocken.

„In der Hütte“, bestätigte Wolf, ebenso trocken.

„Na, dann wollen wir mal“, sagte der Stadtrichter, „kommt Ihr mit hinein?“

Wolf schüttelte verneinend den Kopf. „Ich habe bereits genug gesehen", erwiderte er tonlos.

Der Stadtrichter nickte verstehend. „Na, dann wollen wir mal", wiederholte er, sich an seine Gehilfen wendend. Es klang nicht sehr überzeugend, eher so, als wolle er sich selbst Mut machen.

Sie gingen hinein.

Einer der Büttel kam als Erster wieder heraus. Besser gesagt, er stürzte – beide Hände vor dem Mund – heraus, sank in die Knie und kotzte sich geradezu die Seele aus dem Leib. Gleich darauf wankten auch der andere Büttel und der Stadtrichter wieder ins Freie.

Hermann Jenninger, im Gesicht aschfahl, wischte sich den Schweiß von der Stirn. „Das ist ... das ist ja ... entsetzlich", keuchte er. „Das ... das mit dem Schwefel ... wart Ihr das?", fragte er heiser.

Wolf nickte.

„Gute Idee ... wirklich gute Idee", krächzte Jenninger und bekam auf einmal einen Hustenanfall. Erst nachdem er wieder einigermaßen bei Stimme war, wandte er sich erneut an Wolf. „Würdet Ihr mir ein paar Fragen beantworten?"

„Aber natürlich. Fragt ruhig", erwiderte Wolf. Er saß auf einem der Steine, welche die Feuerstelle umgaben.

„Wann habt Ihr die Leichen entdeckt?"

„Der Bote, den Otto Metschacher zu Euch sandte, wird es Euch sicher schon gesagt haben. Gestern, um die Mittagszeit, zusammen mit Bertram."

„Als Ihr die Hütte zum ersten Mal betreten habt, habt Ihr da irgendetwas Ungewöhnliches wahrgenommen – außer den Leichen natürlich?"

„Nein, Herr Stadtrichter", log Wolf. Er sah nicht ein, warum er Jenninger, den er für völlig inkompetent hielt, all seine Erkenntnisse, die er gewonnen hatte, auf die Nase binden sollte. Er holte zu einer Gegenfrage aus.

„Habt Ihr denn etwas Auffälliges entdeckt?"

Wichtigtuerisch legte Jenninger seine Stirn in Falten. „Nun, sie sind offenbar im Schlaf überrascht worden. Was folgt daraus? Die Tat geschah des Nachts.“ Der Stadtrichter sprach in einem Tonfall, als habe er durch scharfes Nachdenken eine ungeheuer wichtige Erkenntnis gewonnen.

„Aha“, bemerkte Wolf ironisch, „eine geniale Schlussfolgerung.“

„Nicht unbedingt genial, aber durchaus von Bedeutung“, entgegnete der Stadtrichter geschmeichelt, dem der Spott in Wolfs Bemerkung entgangen zu sein schien.

„Habt Ihr, was die Umstände des Todes angeht, sonst noch etwas Außergewöhnliches festgestellt?“

„Außergewöhnliches ...?“ Jenninger zögerte. „Nun ja ... wenn Ihr die Art und Weise meint, wie die Opfer getötet wurden ... vielleicht. Ziemlich brutal ... würde ich sagen ... erschlagen ... erstochen. Wie auch immer. Am Boden lauter getrocknete Blutpfützen ... überall Schmutz. Aber das habt Ihr ja selbst auch alles wahrgenommen.“

„Überall Schmutz? Wie meint Ihr das?“

„Nun, Ihr wisst schon ... einfach Dreck: Lehm, Gras, und so fort. Vielleicht wurde er von den Mördern hineingetragen, vielleicht war er aber auch schon vorher da. Wer weiß das schon? Bei einem Köhler geht es ohnehin nicht sehr reinlich zu.“

Jenninger hatte im Brustton der Überzeugung gesprochen – und damit seine Unfähigkeit offenkundig gemacht. Die ungewöhnlichen Merkmale, welche die Leichen aufwiesen, hatte er nicht im Entferntesten als solche wahrgenommen. Die platte Art, mit der er die vorhandenen Befunde kommentierte, verriet ein hohes Maß an Unvermögen.

„Was werdet Ihr denn nun weiter unternehmen, Herr Stadtrichter?“, erkundigte sich Wolf weiter.

„Ich werde bekannt machen lassen, dass jeder hier in der Gegend, dem in den letzten zwei Tagen etwas Verdächtiges aufgefallen ist, sich bei mir melden soll.“ Mit den letzten Worten hatte sich

Jenninger aufs Pferd geschwungen. Auch die Büttel, die bis jetzt nicht einen einzigen Satz von sich gegeben hatten, saßen auf.

„Ach ja, Herr von der Klause, beinahe hätte ich es vergessen – was soll denn nun mit den Leichen geschehen?“, wandte sich Jenninger vom Pferd herab nochmals an Wolf.

„Ich werde sie begraben. Hier an Ort und Stelle. Die Erlaubnis dazu habe ich schon. Irgendwann in den nächsten Tagen wird Prior Metschacher einen Priester vorbeischicken, der die Gräber dann einsegnen wird.“

Der Stadtrichter zog die Brauen hoch. „Ihr wollt es allein tun? Sollen meine Gehilfen Euch nicht dabei helfen?“, schlug er vor, worauf die Genannten die Nase rümpften.

„Danke. Ich nehme Euer Angebot gerne an. Aber sie brauchen mir nur beim Graben zur Hand zu gehen. Den Rest erledige ich selbst.“

„Also, ihr habt es gehört. Ihr werdet ihm helfen!“, wandte sich Jenninger an die beiden Büttel, die daraufhin mit mürrischen Gesichtern wieder von den Pferden stiegen.

Jenninger selbst zog es offenbar vor, sich schnellstens zu verabschieden. „Nun denn, Herr Wolf, gehabt Euch wohl. Solltet Ihr einmal nach Rottenmann kommen, besucht mich. Ich lasse Euch wissen, wenn es etwas Neues gibt.“

„Das werde ich. Gehabt Euch wohl, Herr Stadtrichter“, erwiderte Wolf kühl, woraufhin Jenninger hastig davonritt.

Das Ausheben des Grabes, in dem die Toten gemeinschaftlich bestattet werden sollten, nahm den gesamten restlichen Vormittag in Anspruch. Als sie damit fertig waren, bedankte sich Wolf bei jedem der Büttel mit einigen Pfennigen für ihre Hilfe, was die bis dahin mürrisch dreinblickenden Männer veranlasste, sich wenigstens höflich von ihm zu verabschieden. Er wartete noch eine Weile, bis sie verschwunden waren. Dann ging er, dem Rand der Talsenke folgend, ein Stück weit den bewaldeten Hang hinauf. Indem er den immer dichter werdenden Rauchschwaden folgte, die zwischen den Bäumen waberten, gelangte er schließlich auf das gerodete Plateau, auf dem sich die Grubenmeiler befanden.

Er blickte sich um. Ein leichter Wind hatte sich erhoben und streifte die Wipfel der benachbarten Bäume mit leisem Rauschen. Brandgeruch stach ihm in die Nase. Zu seinen Füßen sandten rechteckig geformte, mit Erde abgedeckte Flächen Qualm in das blaue Fleckchen Himmel über ihm. Sie markierten die Gruben, in denen Holz zu Kohle verglomm.

Wolf nahm den dunklen, von Brand und Kohle schwarz gefärbten Boden näher in Augenschein. Und registrierte etwas, das zu finden er sich sicher gewesen war, auch wenn er noch nicht hier gewesen war: Um die Meiler herum bedeckte ein Durcheinander mittlerweile getrockneter Spuren den zum Teil lehmig erdigen Boden. Abdrücke von Stiefeln, dazwischen die Spuren nackter Füße. Sie gehörten eindeutig einem Mann und einer Frau: Arnulf und Agnes.

Wolf schauderte und sah genauer hin.

Eine Spur nackter Füße führte in nördlicher Richtung an den Rand der von Arnulf gerodeten Fläche zu einem unregelmäßig gegrabenen Loch von etwa zwei Ellen Durchmesser. Es war über zwei Ellen tief mit einem Spaten in die Erde getrieben worden. Dieser lag seitlich des Loches im Strauchwerk, dort, wo das Unterholz wieder begann. Nur der Stiel ragte noch heraus. Offensichtlich hatte der Köhler das Loch gegraben, während die anderen, den Spuren nach zu urteilen, einige Schritte von ihm entfernt gewartet hatten, bis er damit fertig war.

Doch was war danach geschehen? Und vor allem, was war in dem Loch gewesen?

Prüfend ging er in die Hocke und spähte hinein. Mit den Händen tastete er an den Kerben entlang, die der Spaten in die lehmige Erde getrieben hatte. An einer Stelle ragte aus der seitlichen Wand ein Stückchen Fels heraus. Sonst aber fand er nichts. Zumindest nichts, was ihm eine Antwort auf die Frage hätte geben können, was sich in diesem Loch befunden hatte.

Er richtete sich auf.

Arnulf. Agnes. Hatten sie irgendetwas vor ihm verborgen? Sie waren nicht nur Freunde für ihn gewesen. Sondern fast so etwas wie Bruder und Schwester und hatten einander vertraut. Keine Geheimnisse voreinander gehabt.

Oder etwa doch?

Noch einmal beugte er sich nieder. Kniete auf dem harten Lehmboden und streckte den Kopf weit in das Loch hinein. Zum wiederholten Mal tastete er sorgfältig die seitlichen Wände ab, diesmal bis zum Grund.

Plötzlich wurde er fündig. Mit den Fingerspitzen ertastete er etwas, das sich anfühlte wie ein Band. Er versuchte, noch tiefer unter den hervorstehenden Stein zu greifen. Vergeblich.

Er richtete sich wieder auf. Der Spaten fiel ihm ein. Er zog ihn aus dem Dickicht hervor und versuchte, das Loch an der Stelle, wo der Fels in die Öffnung ragte, zu erweitern. Es gelang ihm ohne große Mühe. Achtlos warf er danach den Spaten zur Seite und fasste abermals hinein. Endlich konnte er den Gegenstand umfassen, den er vorhin mit den Fingerspitzen gefühlt hatte. Wahrscheinlich ein Beutel, versehen mit einer Schlaufe. Er zog daran, doch der Beutel steckte fest. Nochmals zerrte er an ihm, diesmal kräftiger. Dann ein Knacken, der Widerstand löste sich. Gleich darauf barg er den Beutel in seiner Rechten. Ein Teil der Schlaufe war um ein daumenstarkes Stück eines Wurzelfingers geschlungen gewesen, den er durch sein Zerren abgebrochen und aus der Erde mit herausgerissen hatte.

Der Beutel war aus fein gegerbtem Leder und gut erhalten, jedoch stark verschmutzt von der Erde, die ihn bis jetzt geborgen hatte. Vorsichtig befreite Wolf ihn vom gröbsten Dreck. Dabei ertastete er einen harten Gegenstand und zuckte plötzlich zurück. Etwas hatte ihn durch das Leder hindurch in die Hand gestochen. Blut quoll aus der kleinen Wunde, doch angesichts dessen, was da aus dem Beutel ragte, ignorierte er es: Es war eine Nadel. Und sie war zweifellos aus Gold!

Also doch, dachte er. Arnulf und Agnes hatten kostbare Dinge besessen, die sie vor anderen verborgen hatten. Eine gewisse Enttäuschung bemächtigte sich seiner, vermischt mit leichter Bitterkeit; irgendwie fühlte er sich hintergangen.

Er öffnete das Ledersäckchen, indem er die zugezogene, verknotete Schlaufe aufzog. Vorsichtig griff er hinein und zog den Gegenstand hervor: es war eine Brosche. Ein kostbar gearbeitetes Schmuckstück aus schwerem purem Gold.

Sorgfältig betrachtete er seinen Fund, dabei packte ihn höchste Erregung.

In das wie ein Eschenblatt geformte Stück war mit filigraner Kunstfertigkeit der Kopf eines Ebers eingearbeitet.

Das gleiche Motiv wie auf der silbernen Gürtelschließe.

Nur, dass der Eberkopf dort von einem Lorbeerkranz umgeben war.

Nachdenklich steckte er die Brosche in seine Schultertasche zu der silbernen Gürtelschließe und fragte sich, was für überraschende Wendungen die Suche nach den Mördern wohl noch für ihn bereithalten würde.

Ein letztes Mal noch sah er sich prüfend um – dann entschloss er sich, zurückzugehen.

Die schwerste Aufgabe des Tages lag noch vor ihm.

Arnulf und Agnes, Anna, Paul und Tassilo warteten darauf, ihre letzte Ruhestätte zu finden.

III – Samstag, 22. Juli im Jahr des Herrn 1385

4

Lärm drang in den Wald, der sich beiderseits der Straße nach Sankt Gallen hinzog.

Träge bewegte sich der schwere Wagen, der im Zentrum des Trosses fuhr, voran. Rumpelnd und ächzend schürften die eisenbereiften Räder über den steinigen Weg. Den Mittelpunkt des Zuges, der an diesem Vormittag von Admont kam und sich über den Buchauer Sattel in Richtung Sankt Gallen bewegte, bildeten drei Fuhrmänner aus dem Salzburgischen, die für das Pferdegespann verantwortlich waren. Ferner drei venezianische Kaufleute, die, in kostbares Tuch gekleidet, auf mindestens ebenso kostbaren Pferden ritten, sowie eine schlanke, hochgewachsene Gestalt in leichter Rüstung und Lederhelm, deren Anmut auf den ersten Blick überraschte. Doch schon beim zweiten Hinsehen bemerkte man, dass es sich bei der auf einem Zelter reitenden Person um eine Dame handelte. Den notwendigen Geleitschutz stellten zehn Berittene: Waffenknechte des Burggrafen Friedrich von Saurau, der auf Burg Gallenstein residierte und die Venezianer im Auftrag des Admonter Stiftes bereits erwartete.

Eigentlich hätte der Kaufmannszug erst am folgenden Tag auf Gallenstein eintreffen sollen, denn man hatte zunächst einen eintägigen Zwischenaufenthalt in Lietzen geplant. Dann aber hatten sich die drei Herren aus Venedig kurzfristig entschlossen, doch lieber weiterzureisen. Der Graf war durch einen Kurier darüber unterrichtet worden, dass man bereits heute eintreffen würde.

Im Schneckentempo war der Trupp den Berg hinaufgekrochen, bis er den Buchauer Sattel passiert hatte. Jetzt ging es die Straße wieder vorsichtig hinunter. Die drei Fuhrleute hatten bislang gute Arbeit geleistet. Zwei saßen vorne auf dem Kutschbock. Der dritte hockte hinten auf einem Brett und bediente die Handkurbelbremse. Letzteres war, da es nun steil bergab ging, besonders wichtig, galt es doch, das klobige Fuhrwerk davor zu bewahren, zu schnell zu werden und unkontrolliert den Hang hinunterzurollen.

Schon jetzt, es mochte um die Terz herum sein, deutete alles darauf hin, dass auch der heutige Tag wieder sehr heiß werden würde.

„Verdammte Plackerei!", schimpfte Engelbert, einer der beiden Fuhrleute, die vorne auf dem Wagen saßen. Stöhnend wischte er sich mit dem Handrücken den Schweiß von der Stirn.

„Was gäbe ich jetzt für ein kühlen Humpen", seufzte Martin und leckte sich sehnsüchtig die ausgetrockneten Lippen.

„Da wirst du dich noch ein Weilchen gedulden müssen. Wir haben noch nicht einmal Mittag. Mit dieser verdammten Ladung werden wir noch lange brauchen. Verflucht schwer ist sie diesmal. Hoffentlich hält der Wagen, bis wir auf der Burg sind, ohne dass vorher Deichsel oder Räder verrecken."

„Was ist denn in den geheimnisvollen Kisten überhaupt drin? Hast du es immer noch nicht herausgefunden?"

„Woher, zum Teufel, soll ich das wissen? Glaubst du, dass die vornehmen venezianischen Herren, die da hinter uns reiten, das ausgerechnet mir auf die Nase binden?"

„Das nicht. Aber du bist der Hellere von uns beiden. Du verstehst doch ihre Sprache. Hast du aus ihren Gesprächen nichts heraushören können, was auf den Inhalt schließen lässt?"

„Nein, die sind nicht gerade gesprächig. Was mich am meisten ärgert: Dieses arrogante Pack hat bislang noch nicht einmal einen einzigen Blick an uns verschwendet. Obwohl vor allem wir bei diesem verdammten Transport mächtig ins Schwitzen kommen – flohbepackte Venezianerbrut“, wetterte Engelbert und sah nach hinten. „Auf jeden Fall muss irgendetwas besonders Wertvolles in diesen dämlichen Kisten stecken. Sonst hätte der Graf uns nicht zehn seiner Waffenknechte entgegengeschickt, die uns begleiten sollen. Außerdem hat er die Straße für andere Reisende vorübergehend sperren lassen. Wir scheinen ihm ganz schön wichtig zu sein.“

„Wo du Recht hast, hast du Recht. Der Saurauer wird schon wissen, warum er gerade unseren Transport so scharf bewachen lässt. Schließlich steht er im Dienst der Herrschaft zu Admont. Und die stiftischen Kuttenscheißer haben allen Grund, vermehrt auf die Sicherheit der Strecke zu achten. Zumindest für den Bereich, für den sie zuständig sind. Du weißt ja, dass es hier in der Gegend schon öfter Aufruhr gegeben hat. Hoffentlich erwischt es uns nicht.“ Martin bezog sich mit seiner Bemerkung auf einige Überfälle, die der Strecke in den letzten Jahren einen zweifelhaften Ruf eingebracht hatten.

„Uns? Du glaubst doch wohl nicht im Ernst, dass die sich an unseren Transport rantrauen. Zehn berittene Waffenknechte können selbst die nicht knacken“, tönte Engelbert im Brustton der Überzeugung und fuhr fort: „Außerdem denk daran, dass uns eine vornehme Dame begleitet.“

Martin warf ihm einen fragenden Blick zu. „Seit wann hält eine vornehme Dame irgendwelche Schurken davon ab, einen Tross zu überfallen?“

„Du missverstehst mich. So meine ich's nicht. Überleg doch mal: Glaubst du, dass der Klingfurther seine Tochter in unserem Tross mitreiten ließe, wenn er glauben würde, dass Gefahr für sie besteht?“

„Du meinst – ah, jetzt verstehe ich. Aber du irrst. Ihr Vater wollte sie ursprünglich ein paar Wochen später mit einer größeren Gruppe direkt nach Venedig reisen lassen, doch das wollte sie nicht. Es ging ihr nicht schnell genug. Also schloss sie sich uns an und nahm lieber den Umweg über Sankt Gallen in Kauf. Ihrem Alten war das gar nicht recht. Aber er konnte nichts gegen sie ausrichten. Diese Katharina verfügt über einen eisernen Willen, sage ich dir. In ein paar Tagen werden die drei arroganten Schnösel dahinten wieder zurückreisen und sie mitnehmen." Bei dem letzten Satz hatte Martin mit dem Kopf nach hinten gedeutet.

„Ach, und woher weißt du das alles?", fragte Engelbert erstaunt.

„Ich hab rein zufällig ein Gespräch mit angehört, das sie in Salzburg mit einem reichen Wiener Kaufmann hatte, kurz bevor wir aufgebrochen sind."

„Dass sie Haare auf den Zähnen hat, sieht man ja schon allein daran, wie sie rumläuft. Traut sich sogar, Hosen zu tragen. Was andere darüber denken, schert sie einen Dreck. Obwohl die Pfaffen nicht müde werden, solchen Frauen ordentlich die Leviten zu lesen, sogar von der Kanzel runter."

„Du sagst es. Aber ein verdammt schönes Weib ist sie. Auch wenn die Männerkleidung einiges davon verbirgt. Was gäb ich drum, ihr mal beim Ausziehen behilflich zu sein. Ich glaube fast, diesen seltsamen Helm trägt sie nur, damit die Männer nicht verrückt werden, wenn sie ihr Gesicht und ihre Haare sehen."

Engelbert lachte. „Du hast vielleicht Gedanken."

Die beiden Brüder stammten aus einem kleinen Ort nahe Salzburg, wo sie einen kleinen Fuhrbetrieb unterhielten. Die Venezianer hatten sie angemietet, nachdem das Gefährt, mit dem sie von Venedig heraufgezogen waren, unrettbar zu Bruch gegangen war. Auch die italienischen Fuhrleute und das Bewachungspersonal waren bei dieser Gelegenheit ausgewechselt worden. Es war billiger so.

Engelbert und Martin waren die Einzigen im Tross, die sich unterhielten, die anderen ritten schweigend vor sich hin. Eng nebeneinander hockten die Brüder auf dem Bock und ließen entspannt die nackten Füße baumeln; die Stiefel hatten sie der Hitze wegen abgelegt. Dietrich, der Fuhrknecht, der hinten sitzend als Bremser fungierte und im Dienst der beiden Brüder stand, schöpfte in regelmäßigen Abständen mit einer hölzernen Kelle Wasser aus einem Fass, das neben ihm hing, und goss es über die wuchtigen Bremsklötze. Immer wenn er es tat, stieg zischend Dampf auf.

Ein gutes Stück vorneweg ritten sechs der Soldaten des Grafen mürrisch des Weges; das Stechen der Sonne hatte ihnen die Lust am Plaudern genommen. Dasselbe galt auch für ihre vier Kameraden, die den Schluss des Trosses bildeten. Ohne es zu merken, waren sie zurückgefallen. Zwischen ihnen und den Kaufleuten aus Venedig, die, begleitet von dem weiblichen Ritter, dem Wagen in einigem Abstand folgten, klaffte eine erhebliche Lücke. Aber auch mit der Kondition der Venezianer stand es nicht gerade zum Besten. Weit vornübergeneigt saßen sie im Sattel, gähnten immer öfter und konnten sich nur noch mühsam auf dem Rücken ihrer Pferde halten. Einzig der Frau schien die drückende Hitze nichts anzuhaben; mit wachen Augen musterte sie aufmerksam die Umgebung.

Inzwischen hatte der Zug den abschüssigsten Teil der Strecke hinter sich gebracht, das Gefälle wurde sanfter.

Bald würde der Wald beidseits der Straße einer kleinen Lichtung weichen, die mit Gras und niederen Büschen bewachsen war. Rechter Hand ging das Gelände allerdings sehr rasch wieder in schroffe, bewaldete Steilhänge über, während linker Hand – einen tiefen Graben bergend und ebenfalls dicht bewaldet – die Admonter Höhe heranwuchs, nordwestlich davon lag das Tal der Laussa.

Gero, einer der Waffenknechte, die die Nachhut bildeten, sinnierte vor sich hin. Er ritt als Letzter im Tross. Gegenwärtig war er wahrscheinlich der Munterste von allen. Denn so unangenehm die drückende Hitze war, so angenehm prickelnd waren seine Gedanken. Er dachte an Hilde. In einigen Wochen würden sie heiraten. Dann würde das Leben einen neuen Anfang nehmen. Hilde war eine der Mägde, die in der Küche auf Gallenstein diente und für das leibliche Wohl des Burggrafen zuständig war. Natürlich nur, was das

Essen und Trinken anging. Für gewisse andere Dinge, die das Leben lebenswert machten, hatte der Graf wiederum andere Dienerinnen, die ihn nach Kräften verwöhnten. Alle wussten das. Abgesehen von seiner Frau, der fetten Gräfin, der man nie etwas recht machen konnte. Angelehnt an ihren Namen, Ottilie von Saurau, hatte man ihr einen Spitznamen verpasst, der sie nach Meinung vieler treffend kennzeichnete. Kurz und bündig wurde sie von jedermann respektlos „die Sau" genannt. Selbstverständlich nur hinter ihrem Rücken.

Gero grinste. Natürlich, auch Hilde war nicht gerade schlank. Aber bei ihr waren die Pfunde anders verteilt. Nämlich genau so, wie es sich für ein junges, dralles Ding gehörte. Genüsslich schnalzte er mit der Zunge. Heute Abend würde sie ihn wieder erwarten. An derselben Stelle wie sonst. Und dann ...

Gero kam nicht mehr dazu, den Gedanken zu Ende zu bringen. Denn in diesem Moment flog pfeilschnell der Tod heran und bohrte sich lautlos in sein Herz. Das Geschoss traf ihn von hinten. Für den Bruchteil eines Augenblicks nur nahm Gero noch einen Schlag in seinem Rücken wahr. Dann stürzte er, ohne einen Laut von sich zu geben, vom Pferd.

Arco war der Nächste. Zwei Pferdelängen nur ritt er vor Gero her. Auch er hatte gerade an den bevorstehenden Abend gedacht. Aber nicht an so etwas Unanständiges wie Gero. Nein, nach einem Tag wie diesem, an dem einem die Hitze die Kehle trockenlegte, gab es nur eines, was Arco interessierte: ein wunderschöner großer Humpen voller Bier, mit einer Krone aus Schaum, gegen die die Krone des allergnädigsten Königs im fernen Prag geradezu verblasste.

In Gedanken leerte Arco bereits seinen zweiten Humpen, dann war es vorbei. Der Bolzen, der ihn traf, drang ihm von hinten in die Halswirbel. Er durchbohrte die Kehle und löschte so für immer seinen Durst.

Danach waren Siegbert und Gieselher an der Reihe. Bedauerlicherweise dachten sie an gar nichts, als der Tod sie ereilte. Als die

Bolzen in ihre Körper schlugen, hatten sie einfach nur vor sich hin gedöst. Fast gleichzeitig fielen sie vom Pferd.

Die Frau und Lodovico, der aus dem alten venezianischen Kaufmannsgeschlecht der Polos stammte, waren die Ersten, die aufmerkten. Das seit Stunden vertraute Geräusch rumpelnder Räder, unter denen Sand und Steine knirschten, war mit einem Mal verstummt. Stattdessen waren von der Spitze des Zuges her Geschrei und Flüche zu hören, was auch die beiden anderen Kaufherren unsanft aus ihrem Halbschlaf riss. Die Vorhut schien plötzlich gestoppt zu haben. Der Grund dafür war jedoch nicht auszumachen, denn sowohl der Karren als auch die vorneweg reitenden Waffenknechte befanden sich hinter einer scharfen, nicht einsehbaren Biegung, die der Weg an dieser Stelle beschrieb.

Unwillkürlich brachten die vier ihre Pferde zum Stehen.

Plötzlich sahen sie Dietrich, den Fuhrknecht, der hinten auf dem Wagen gehockt hatte, um die Kurve biegen. Aufgeregt schreiend rannte er auf sie zu und fuchtelte wild mit den Armen. Dann aber blieb er abrupt stehen, und sein Geschrei brach ab – fast so, als ob ihm ein noch größeres Entsetzen Körper und Stimme lähmte. Ungläubig starrte er in Richtung der vier Reiter, nackte Angst stand ihm im Gesicht.

Für den Bruchteil eines Augenblicks starrten die Männer und die Frau fragend zu ihm zurück. Bis ihnen klar wurde, dass Dietrich nicht sie anstarrte, sondern irgendetwas Grauenvolles, das sich hinter ihrem Rücken befinden musste.

Fast gleichzeitig fuhren sie herum – und erstarrten ebenfalls.

Ein gutes Stück hinter ihnen tänzelten vier herrenlose Pferde. Ihre Reiter lagen bewegungslos am Boden.

Die Frau reagierte als Erste. Einen Laut von sich gebend, von dem man nicht wusste, ob er eine Verwünschung oder eine Äußerung des Schreckens darstellte, sprang sie vom Pferd und rannte am Rand des Waldes entlang.

„Porca miseria. Attenzione, attenzione!“, fluchte Lodovico und sprang ebenfalls aus dem Sattel.

„Madonna mia, cosa è successo?“, brüllte Francesco Lombardi, der eine venezianische Bank sein Eigen nannte und mit dem regierenden Dogen verwandt war.

„Banditi, assassini, aiuto! – Banditen, Mörder, Hilfe!“, kreischte Luigi dal Pietra, der mit kostbarem Tuch und Gewürzen handelte, mit hoher Stimme.

„Presto, presto, nascondiamoci nel bosco – Schnell, schnell, verstecken wir uns im Wald!“, schrie Lodovico Polo wieder, der mit allem handelte.

Doch da brachen sie auch schon zwischen den Bäumen hervor: mehr als ein Dutzend Männer, die Gesichter mit schwarzem Tuch vermummt. Während mehrere von ihnen sich auf die Venezianer stürzten, gelang es der Frau vorerst, unbehelligt weiterzufliehen.

Dann aber brüllte eine Stimme: „Verdammt! Ivo, Kaspar! Die Frau, achtet auf die Frau! Sie darf nicht entkommen“, woraufhin sich ein Lulatsch, der fast nur aus endlos langen Beinen zu bestehen schien, und ein kleinwüchsiger Glatzkopf an die Fersen der Flüchtenden hefteten. Als die Frau die Schritte ihrer Verfolger im Rücken vernahm, blickte sie sich um und registrierte sofort die Ausweglosigkeit ihrer Lage; vor allem der Langbeinige würde sie gleich eingeholt haben. Zu allem Unglück tauchte in diesem Moment auch noch ein dritter Kerl auf, der sich ihr plötzlich in den Weg stellte.

„Oho, warum so eilig, mein hübscher Ritter?“, lachte er ihr entgegen.

Blitzschnell löste sie den Riemen ihres Lederhelms und riss ihn sich vom Kopf. Die atemberaubend blonde Pracht, die darunter hervorquoll, hatte auf den Strauchdieb eine fast hypnotische Wirkung: aus weit aufgerissenen Augen glotzte er die auf ihn zustürmende Frau sekundenlang an, ohne sich zu rühren.

„Da, nimm das von deinem hübschen Ritter, du Schwein!“, rief die Frau und schleuderte ihm den mit kantigen Metallnieten besetzten Lederhelm mit aller Kraft entgegen.

Mit einem Aufschrei schlug der Mann die Hände vors Gesicht und ging wimmernd in die Knie, während die Flüchtende an ihm vorbeijagte, unvermittelt einen Sprung zur Seite machte und zwischen den Bäumen verschwand.

Die Männer, die sie verfolgten, waren von dem Geschehen so überrascht, dass sie einige Augenblicke zögerten, bevor sie den Haken nachvollzogen. Doch die wenigen Sekunden genügten der Fliehenden, um zwischen Stämmen und Sträuchern hindurchzuflitzen und den Abstand zu ihren Verfolgern zu vergrößern. Plötzlich entdeckte sie einen umgestürzten Baumstamm vor sich, dessen übermannshoher Wurzelstock ihr die Möglichkeit eines Verstecks bot. Sie warf sich hinter ihm zu Boden und entdeckte, unter einem Gewirr armdicker Wurzelstränge verborgen, eine Erdhöhle. Ohne lange zu überlegen, zwängte sie sich, mit den Füßen voran, in das finstere Loch hinein und ließ sich einfach fallen. Der stechende Schmerz, der sofort darauf in ihren linken Fuß fuhr, ließ sie diese Unvorsichtigkeit jedoch sogleich bereuen. Gequält stöhnte sie auf. Die Erdhöhle war tiefer, als sie angenommen hatte, und der aus dem Boden ragende Felsbuckel, auf dem sie aufgekommen war, war nicht einkalkuliert gewesen. Trotz des Schmerzes im linken Knöchel versuchte sie ihren fliegenden Atem, der dem schnellen Lauf geschuldet war, zu unterdrücken. Dann aber hörte sie, wie sich jemand ihrem Versteck näherte, und zwang sich, obwohl Panik in ihr hochstieg, vorsichtig über den Rand der Höhle zu spitzen und die Lage zu sondieren. Durch das Wurzelgewirr hindurch bemerkte sie, wie nur wenige Schritte von dem Erdloch entfernt der unendlich lange Kerl und der mickrig geratene Glatzkopf in alle Richtungen spähten.

„Mist, wir haben sie verloren“, ärgerte sich der Glatzkopf. „Der

Alte macht uns einen Kopf kürzer, wenn wir ohne sie wieder auftauchen."

„Du hast Recht. Auf mich ist Schwarzer sowieso schlecht zu sprechen, seit letzte Mal ich chabe Sache mit diese Weinhändler fast versaubeutelt", erwiderte der Lulatsch radebrechend mit deutlich slawischem Einschlag.

„Verdammt, Ivo, was machen wir jetzt?", überlegte der Glatzkopf.

„Sagen wir, Frau ist gestürzt und chat sich Genick gebrochen, und wir chaben sie in Graben dort geworfen", schlug Ivo vor und deutete auf eine nicht weit entfernte Erdspalte im Waldboden.

Kaspar, der Glatzkopf, überlegte eine Weile. „Ja, scheint wohl das Einzige zu sein, womit wir den Kopf aus der Schlinge kriegen", bestätigte er. „Hoffentlich glaubt uns der Alte. Verdammt noch mal, dass ausgerechnet uns das passieren musste!", setzte er fluchend hinzu und stampfte wütend mit dem Fuß auf den Boden.

Dann trollten sich die beiden, weitere Verwünschungen vor sich hin murmelnd.

Unterdessen waren Polo, Lombardi und dal Pietro an den Händen gefesselt und unter derben Tritten und Schlägen bis zu der Stelle hinter der Wegbiegung getrieben worden, an der sich das Fuhrwerk befand. Noch während sie sich ihm näherten, hatten sie mit Entsetzen die Leichen der zu Boden gestreckten Waffenknechte zur Kenntnis genommen, die an der Spitze des Zuges geritten waren. Auf sie musste ein regelrechter Bolzenhagel niedergegangen sein, der die Meisten von ihnen blitzschnell von den Pferden gemäht hatte.

Nachdem die Venezianer mit ihren Peinigern den Karren erreicht hatten, wurden sie kurzerhand zu Boden geworfen und an das hintere der vier Räder gefesselt. Erstaunt stellten sie fest, dass auch die beiden Fuhrknechte, die vorne auf dem Bock gesessen hatten, an eines von ihnen gebunden waren. Zwar hatten Martin und Engelbert noch verzweifelt versucht, vom Karren zu springen und sich in den Wald zu schlagen, aber auch sie waren auf der Stelle überwältigt worden. Dennoch hatten sie das bessere Los gezogen als Dietrich, der Bremser.

Dieser hatte, als die Wegelagerer aus dem Dickicht brachen, natürlich ebenfalls versucht, Fersengeld zu geben. In panischer Hast war er von der Straße in das dichte Unterholz des Waldes gehetzt und hatte sich schließlich nach Luft ringend hinter einen morschen Baumstumpf niedergeworfen, in der Hoffnung, dort sicher zu sein. Dann aber nahm er entsetzt wahr, wie sich plötzlich ein mit einer schwarzen Halbmaske bedecktes Gesicht über ihn beugte, das nur Mund und Kinn freiließ und um dessen Mundwinkel ein zynisches Grinsen spielte.

„Für dich, mein Freund, habe ich leider keine Verwendung“, sagte der Mund, und noch bevor Dietrich über den Sinn dieser Worte nachdenken konnte, war schon kalter Stahl in sein Herz gefahren und hatte sein Bewusstsein ausgelöscht.

Währenddessen hatten einige der Maskierten begonnen, sich an der Plane des Wagens zu schaffen zu machen. Sie lösten die Stricke, mit der sie befestigt war, und zogen sie herunter. Drei große eisenbeschlagene und mit schweren Schlössern versehene massive Kisten aus Holz kamen zum Vorschein.

Die Männer sahen sich an und lachten.

Plötzlich löste sich die hochgewachsene Gestalt des Schwarzen aus dem Schatten der Bäume am Waldrand. Das Gesicht hatte er noch immer mit der Halbmaske bedeckt; nur Mund- und Kinnpartie waren frei.

„He, Ivo, Kaspar, wo steckt ihr? Habt ihr das Vögelchen wieder eingefangen?“, brüllte er in die Runde der Strauchdiebe.

Ängstlich eilten der Lulatsch und der Glatzkopf herbei.

„Nein, hat sich nicht fangen lassen, kleines Vögelchen. Ist über Stamm gestolpert und hat sich dabei Genick gebrochen“, log Ivo und blickte Hilfe suchend zu Kaspar.

Der nickte bestätigend mit dem Kopf und trat verlegen von einem Bein aufs andere. „Was er sagt, ist richtig. Fast hätten wir sie gehabt, da stürzte sie über den Stamm und lag auf einmal tot da. Wir konnten nichts dafür“, beteuerte er.

„Ja, wirklich nicht. Wir chaben sie in Erdspalte geworfen, damit niemand Frau findet“, log Ivo weiter.

Während seine Lüge großes Entsetzen bei den Venezianern auslöste, schien sie den Schwarzen nicht weiter zu beeindrucken.

„Schade“, brummte er stattdessen nur, „hätte uns bestimmt ein zusätzliches Sümmchen eingebracht, die Kleine.“ Dann baute er sich dicht vor den Venezianern auf, die fahl vor Angst zu ihm emporblickten.

„Buon giorno, Signori“, grüßte er. Seine Stimme klang angenehm voll. „Ist unter Euch jemand des Deutschen mächtig?“, fuhr er freundlich fort.

Die Angesprochenen schwiegen. Der Schwarze wartete. Aber den Venezianern kam kein Wort über die Lippen.

„Nun gut. Da dies nicht der Fall zu sein scheint, kann ich Euch bedauerlicherweise auch nicht mitteilen, wie Ihr Eure Lage verbessern könnt.“ Achselzuckend wollte sich der Schwarze entfernen.

„Ich spreche Eure Sprache.“ Es war Lodovico Polo, der sich dazu entschlossen hatte, sein Schweigen zu brechen, und nun darum bemüht war, seiner Stimme einen Hauch von Autorität zu verleihen. „Und ich sage Euch: Vielleicht solltet Ihr eher darüber nachdenken, wie sich Eure Lage verbessern lässt. Nämlich nur dadurch, dass ihr uns sofort freigebt. Ihr wisst, welche Strafe auf Wegelagerei steht.“

„Oh, guter Versuch“, meinte der Schwarze und lachte verhalten. „So spricht also doch einer von Euch deutsch. Und dazu noch ganz hervorragend, fast akzentfrei. – Aber, Signore, glaubt Ihr tatsächlich, dass wir sämtliche Eurer Begleiter umgebracht haben, um Euch gleich wieder frei zu geben? Da wären sie ja völlig umsonst gestorben“, witzelte er zynisch. „Also fügt Euch in Eure Lage, ohne Sperenzchen zu machen. Ich rate Euch, dies auch Euren beiden Landsleuten nahezulegen. Ihr seid in meiner Gewalt. Und ich verstehe keinen Spaß." Bei den letzten Sätzen hatte der Schwarze seinen amüsierten Tonfall geändert; kalt und drohend klangen seine Worte.

Lodovico war kein Dummkopf. Als Kaufmann verstand er sich aufs Kombinieren. Langsam dämmerte ihm, dass sie im Grunde genommen froh sein konnten, noch am Leben zu sein. Mit der gleichen Präzision und Schnelligkeit, mit der die Banditen den bewaffneten Begleitschutz ausgeschaltet hatten, hätten sie auch ihn und seine beiden Begleiter aus dem Weg räumen können. Es musste also einen Grund dafür gegeben, weshalb sie das nicht getan hatten.

„Würdet Ihr die Güte haben, uns zu erklären, was Ihr eigentlich von uns wollt?" Lodovico bemühte sich um einen neutralen Tonfall.

„Ah, seht Ihr, so ist es schon besser. Wenn ihr nach meiner Güte fragt, will ich sie Euch gern gewähren", spöttelte der Schwarze. „Allerdings bitte ich Euch noch um etwas Geduld. Ihr werdet beizeiten erfahren, was Ihr tun könnt, um Euer Leben zu retten. Zunächst einmal wäre mir damit gedient, wenn Ihr die Schlüssel herausgeben würdet, mit denen sich die Kisten dort öffnen lassen. Es wäre schade, wenn wir die Schlösser sprengen müssten, meint Ihr nicht auch?"

„Ihr findet alle Schlüssel in einem ledernen Beutel, der an meinem Sattel hängt. Sie sind mittels eines Eisenringes miteinander verbunden."

„Seht Ihr, Signore, das nenne ich Kooperation. Im Übrigen: Würdet Ihr mir Euren Namen und den Eurer Begleiter verraten? Mich selbst dürft Ihr Signor Nero nennen – was ja, wenn ich mich nicht irre, so viel wie ‚schwarz' in Eurer Sprache bedeutet. Also – Eure werten Namen?", wiederholte Signor Nero, der jetzt die Höflichkeit in Person war.

Widerwillig begann Polo, sich und seine zwei Begleiter vorzustellen. Es widerstrebte ihm, eine Konversation mit einem Verbrecher führen zu müssen, wie sie eigentlich nur unter Männern von Ehre üblich war, aber es blieb ihm nichts anderes übrig. „Ich bin Lodovico Polo. Gleich neben mir seht Ihr Francesco Lombardi. Und rechts von ihm, das ist Luigi dal Pietra. Wir sind Kaufherren aus Venedig, wie Ihr Euch denken könnt."

„Ich sehe, Ihr sagt die Wahrheit. Ihr, Polo, handelt mit allem, mit dem sich handeln lässt, Lombardi ist Bankier und ein Neffe des Dogen, und dal Pietra ist für seine hervorragenden Gewürze und erlesenen Tücher bekannt."

Lodovicos Überraschung war grenzenlos. Mit offenem Mund starrte er den Wegelagerer an. Der Schwarze wusste, wer sie waren. Die Frage nach den Namen hatte lediglich dazu gedient, herauszufinden, ob man ihm die Wahrheit sagte.

„Ich sehe, Ihr seid überrascht." Wieder lachte der Schwarze hinter der Maske. „Aber vielleicht überzeugt es Euch davon, dass es keinen Sinn macht, mich hintergehen zu wollen. Merkt Euch das für die Zukunft. Und nun, Lodovico Polo, werden wir gemeinsam eine kleine Reise antreten. Allerdings bitte ich Euch um Verständnis, wenn wir Euch nun die Augen verbinden. Es dient zu Eurer Sicherheit."

Lodovico wollte protestieren. „Aber, was fällt Euch ..."

„... Haltet den Mund, Signor Polo", fiel ihm der Schwarze ins Wort. „Ich sagte, es dient zu Eurer eigenen Sicherheit. Also, macht keine Schwierigkeiten und verhaltet Euch ruhig, wenn Euch Euer Leben lieb ist."

Der Schwarze wandte sich um und erteilte seinen Leuten eine Reihe von Befehlen, die die Gefesselten betrafen. Den Venezianern wurden die Augen verbunden, dann verfrachtete man sie auf den Wagen zu den Kisten. Anschließend wurde die Plane wieder über den Karren gedeckt und zugezogen. Niemand würde die Gefesselten bemerken, sollten sie jemandem auf dem Weg, der vor nun ihnen lag, begegnen.

Dann trat der Schwarze auf die beiden Fuhrknechte zu. „Hört zu, ihr beiden Ratten. Ihr werdet jetzt genau das tun, was ich euch sage. Ihr geht beide wieder an eure Arbeit. Ihr folgt uns mit dem Karren. Aber diesmal auf dem Weg, den wir euch weisen. Und stellt euch nicht dümmer an, als ihr seid. Keine faulen Tricks. Sonst ..." Er machte eine unmissverständliche Geste, indem er sich mit der flachen Hand über die Kehle fuhr.

Engelbert und Martin verstanden nur zu gut und kletterten widerspruchslos auf den Bock.

Jetzt nahm der Anführer seine Maske ab. Ein dichter, dunkler Bart rahmte sein Gesicht. Ungewöhnlich buschige Brauen saßen über stechend blickenden Augen. Er forderte seine Männer auf, ebenfalls die Masken abzulegen. Dann schwang er sich zusammen mit einigen seiner Kumpane auf die frei gewordenen Pferde. Zuvor hatte man den Leichen sämtliche Waffen abgenommen, sie anschließend ins Unterholz gezerrt, und danach mit Reisig und Erde notdürftig bedeckt. Erneut setzte sich der Tross in Bewegung. Würde man irgendjemandem begegnen, erweckte der Zug einen völlig normalen Eindruck. Doch es war unwahrscheinlich, dass sie auf jemanden treffen würden. Der Saurauer hatte der Venezianer wegen beschlossen, die Straße durch die Buchau am heutigen Tag vom frühen Morgen bis in den Abend hinein für andere Reisende zu sperren. Und ab Weng und Altenmarkt sorgten jeweils Wachen dafür, dass diese Verfügung, die Burggraf Friedrich von Saurau mit dem Stift in Admont abgesprochen hatte, auch eingehalten wurde.

Kaum, dass sie sich in Bewegung gesetzt hatten, bogen sie auch schon auf einen Pfad ein, der von der Straße nach Sankt Gallen abzweigte. Gleich darauf verließen sie auch diesen und wandten sich querfeldein durch unbefestigtes Gelände.

Nicht lange danach gelangten sie zu einer kleinen Senke, die von einem dünnen Rinnsal durchschnitten wurde und deren nördlicher Hang von lichtem Laubwald bewachsen war. Von hier aus konnte man bereits die mächtige Pölzmauer erkennen, die rechter Hand des Grabens steil emporstieg.

Der Tross hielt an. Die Männer ließen sich im hohen Gras neben dem Rinnsal nieder, das trotz der Trockenheit der vergangenen Wochen immer noch Wasser führte. Es bot allen Rastenden, auch den Gefangenen, endlich Gelegenheit, sich zu erfrischen.

Engelbert und Martin fiel auf, dass der Schwarze von nun an immer öfter den Stand der Sonne prüfte und zum Nordhang der Senke hinüberblickte. Plötzlich ertönte von dort ein scharfer Pfiff. Unmittelbar darauf traten etwa ein halbes Dutzend Männer aus dem lichten Wald, die etwa doppelt so viele Maultiere hinter sich herführten; starke, gebirgserprobte Tiere, wie Engelbert sofort erkannte. Auf dem Rücken trugen sie Tragegestelle, auf denen jedoch nur eine Menge leerer Säcke lagen. Allmählich kamen die Männer näher. Laute Rufe aus den Reihen der Rastenden drangen ihnen entgegen.

„Na endlich“, begrüßte sie der Schwarze, „ihr seid schon überfällig.“ Dann wandte er sich dem übrigen Haufen zu, der faul und träge am Boden lümmelte. „Trollt euch, Leute, an die Arbeit, wir haben keine Zeit zu verlieren.“

Er trat mit einigen der Männer an den Wagen heran und hieß sie, die Truhen auf die Erde zu wuchten. Dann zog er die Schlüssel Lodovicos hervor, öffnete die Schlösser und klappte nacheinander die eisenbeschlagenen Deckel nach hinten.

Engelbert und Martin sahen sich fragend an. Sie saßen noch immer am Ufer des Baches. Ihre Bewacher hatten sich mittlerweile zu den anderen gesellt, die in einem großen Halbkreis um den Wagen herumstanden.

„Was meinst du, was soll das alles?“, flüsterte Martin seinem Bruder zu.

„Was weiß ich. Sieht so aus, als ob sie den Inhalt der Kisten auf die Maultiere umladen wollen“, raunte Engelbert zurück.

„Stimmt, – da, sieh, es geht schon los."

Tatsächlich begannen die Männer, den Inhalt der Kisten – lauter einzelne Beutel – in Säcke zu verstauen und sie auf die Gestelle zu hieven, die sie den Tieren aufgeschnallt hatten. Dumpfes Klimpern ließ ahnen, was die Beutel enthielten.

„Verdammt, hab ich's mir doch gedacht. Da ist Geld drin", flüsterte Engelbert andächtig, als er das Klimpern vernahm.

„Ja, so viel davon hab ich noch nie auf einem Haufen gesehen", bestätigte Martin mit glänzenden Augen.

Plötzlich trat der Anführer an ihre Seite.

„Heda, ihr beiden. Ihr werdet jetzt eine kleine Wanderung machen und meinen Männern beim Führen der Tiere helfen. Darin habt ihr als Fuhrleute ja Erfahrung."

„Verzeiht, gnädiger Herr, aber was ist mit dem Wagen und unseren Pferden?", fragte Martin unterwürfig.

„Die bleiben hier. Wie auch die übrigen Tiere. Dort, wo wir hin wollen, kommt man mit Pferd und Wagen nicht durch."

„Aber, Herr. Mit dem Fuhrwerk verdienen wir doch unser Brot", wagte Martin zaghaft zu widersprechen.

„Euer Brot? Euer Brot werdet ihr künftig mit etwas anderem verdienen müssen." Der Schwarze grinste geheimnisvoll.

„Wie meint Ihr das, Herr?"

„Das wirst du beizeiten erfahren. Und jetzt hör auf, Maulaffen feilzuhalten. Da hinten, die beiden letzten Tiere, die werdet ihr führen. Und jetzt pack dich gefälligst; los, an die Arbeit. Wir brechen gleich auf."

Sie erreichten ihr Ziel, als die Dunkelheit längst hereingebrochen war: ein einsam gelegenes Felsplateau, irgendwo in den Bergen bei Windischgarsten. Den letzten Teil der Strecke hatten sie im Licht der Fackeln zurückgelegt. Von Westen durch einen Hohlweg kommend, waren sie auf dem fast kreisförmigen Plateau angelangt, das rechts und links von mächtig aufragenden Steilwänden umgeben war und nach Norden hin einem offenen Kessel glich. Direkt auf der gegenüberliegenden Seite der Stelle, wo der Hohlweg gleich einem natürlichen Eingang auf das Plateau führte, endete der Fels abrupt. Eine klaffende Schlucht tat sich dort auf, aus deren dunkler Tiefe man donnerndes Rauschen hörte. In brausenden, weiß schäumenden Kaskaden zwängte sich ein Wildbach durch die Enge des felsigen Korridors, urtümlich und abweisend wie seit Jahrtausenden. Man musste nicht mit besonderen Geistesgaben gesegnet sein, um zu begreifen, dass diese Stelle ein ideales Versteck darstellte.

Unterdessen hatte man das Gepäck von den Tragetieren abgeladen und die Säcke vorsichtig an einer Seite der Felswand aufgeschichtet. Die Männer begannen das Nachtlager zu bereiten. Man schlug Zweige und Äste aus dem Strauchwerk, das an den Steilwänden entlang wuchs, und entzündete einige Lagerfeuer, um die sich das Gesindel herumzugruppieren begann. Auch die Venezianer und die beiden Fuhrknechte setzte man jeweils an eines der Feuer.

Da sahen Martin und Engelbert, wie ein paar der Männer sich auf ein Wort des Schwarzen hin wieder erhoben und auf die senkrechte Felswand zugingen, die zu ihrer Linken das Plateau begrenzte. Auf einmal waren sie verschwunden. So, als habe sie der Fels plötzlich verschluckt.

Martin traute seinen Augen nicht. „Hast du das gesehen? Wo sind die auf einmal hin? Das geht nicht mit rechten Dingen zu!“, wisperte er erregt und bekreuzigte sich.

„Red keinen Blödsinn; mach dir bloß nicht in die Bruche. Hast du die breite Spalte dort im Fels nicht gesehen, als wir angekommen sind? Mir sah das ganz nach einer Höhle aus. Dahinein sind sie verschwunden“, knurrte Engelbert unwirsch. „Da – jetzt kommen sie wieder heraus.“

In der Tat: Von der Stelle aus betrachtet, an der die Fuhrknechte saßen, sah es so aus, als ob die Männer direkt aus dem Fels heraustreten würden. Sie schleppten einige Fässer an. Offensichtlich befand sich dort ein größeres Versteck, denn die Fässer waren nicht gerade klein.

Der Schwarze hatte sich erhoben. Im flackernden Schein der Feuer warf sein Körper unruhige Schatten.

Er hob die Hand zum Zeichen, dass er etwas sagen wollte, und das Schwatzen verstummte. „Hört zu, Männer“, begann er, „ihr habt gute Arbeit geleistet. Wie immer, wird euch euer Anteil an der Beute in blankem Silber ausbezahlt werden. Und zwar gleich morgen früh, nachdem ihr die Ware ordentlich im Lager verstaut habt und wir von hier abziehen und uns trennen. Dass diejenigen von euch, die danach wie gewohnt nach Hause gehen, die üblichen Vorsichtsmaßnahmen zu treffen haben, versteht sich von selbst. Wir anderen haben hier noch einiges zu erledigen, bevor wir den Horst verlassen.“ Er hielt kurz inne und blickte bedeutungsvoll zu den Gefangenen hinüber. Dann fuhr er fort: „Ich weiß, ihr denkt jetzt alle ans Feiern. Und ihr sollt auch heute wieder euren Wein bekommen. Doch diesmal gibt’s nur einen Humpen voll für jeden. Damit ihr euch nicht besaufen könnt. Denn heute Nacht“, er machte eine Pause und ließ seinen Blick bedeutungsvoll in die Runde schweifen, „heute Nacht werden wir noch Besuch bekommen.“

Ungläubig sahen ihn die Männer an.

„Ihr habt richtig gehört“, fuhr er langsam fort und sich der Wirkung der Worte, die jetzt folgen würden, bewusst. „Unser aller Gebieter, der ehrwürdige Abt unseres geheimen Ordens, wird höchstpersönlich zu uns sprechen. Zusammen mit dem Prior. Denn dies ist nicht die Nacht des Feierns, sondern die Nacht des Gerichts. Die Nacht, in der offenbar werden soll, dass jeder, der unsere Sache verrät, den Tod verdient!“

War hie und da während der kurzen Rede des Schwarzen noch Gemurmel zu hören gewesen, wurde es jetzt für einen kurzen Augenblick mucksmäuschenstill. Dann wanderte ehrfürchtiges, fast ängstliches Raunen an den Feuern entlang.

Normalerweise sahen die Mitglieder der Bande den Abt nur zwei- oder dreimal im Jahr. Der Prior ließ sich dagegen öfter blicken. Manchmal traf er sich auch nur mit den beiden Subprioren, von denen einer der Schwarze war. Der andere war ein baumlanger Kerl mit roten Haaren und rotem Bart, genannt der Rote Peter, der heute, aus welchem Grund auch immer, beim Überfall nicht mit dabei gewesen war.

Sowohl um die Person des Abtes als auch um die des Priors rankte ein Geheimnis. Beide traten stets vermummt auf. Niemand kannte ihr Aussehen, niemand wusste, woher sie stammten. Es empfahl sich auch nicht, ihre Identität lüften zu wollen. Einmal hatte es einer von ihnen versucht – und mit dem Leben dafür bezahlt. Man hatte ihn mit durchgeschnittener Kehle und mit den Füßen an einem Baum aufgehängt gefunden.

Die Tatsache, dass heute Nacht nicht nur der Prior, sondern auch der Abt zu ihnen kommen würde, musste einen außergewöhnlichen Grund haben. Der Schwarze hatte ihn genannt. Er hatte von Verrat gesprochen. Der Abt würde erscheinen, um zu richten. Die Regeln des Ordens sahen vor, dass er in besonderen Fällen sogar über Leben und Tod der zur Bruderschaft Gehörenden entscheiden konnte.

Auch Engelbert und Martin sowie die drei Venezianer hatten die Rede des Schwarzen mitbekommen; Lodovico hatte seinen Gefährten jedes Wort übersetzt. Der Angstkloß, der den beiden Fuhrleuten eh schon im Halse steckte, wurde dadurch nicht gerade kleiner, und auch die stoische Gelassenheit, mit der sich die drei Kaufherren vorübergehend in ihre Lage geschickt hatten, begann zu schwinden.

Jetzt wurde Wein ausgeschenkt. Krüge und Becher wurden aus dem Felsversteck geschleppt und mit dem Inhalt aus den Fässern gefüllt. Doch die aufgeräumte Stimmung, die noch vor der Rede des Schwarzen unter dem Gesindel geherrscht hatte, war dahin. Furcht zeichnete sich in den Mienen der Wegelagerer ab, während sie sich leise murmelnd unterhielten.

Martin stieß seinen Bruder in die Seite: „Ich sag dir, Engelbert, allmählich krieg ich kalte Füße. Dieser verdammte Transport; hätten wir ihn bloß nicht übernommen."

„Ich hab dir schon mal gesagt: Hör auf, dir in die Bruche zu scheißen. Glaubst du, ich fühl mich wohl in meiner Haut? Trotz allem müssen wir einen kühlen Kopf bewahren."

„Du hast gut reden. Hast du nicht den Blick bemerkt, den der Schwarze uns zugeworfen hat, als er sagte, sie würden noch etwas zu erledigen haben? Ich sage dir, das Gesindel hat noch eine Riesenschweinerei mit uns vor. Wenn wir bloß abhauen könnten."

„Abhauen? Wohin denn? Zum Hohlweg hinaus? Da wirst du nicht weit kommen. Oder vielleicht die verdammte Schlucht hinunter? Nein, mein Lieber. Wir sitzen hier gefangen wie die Maus in der Falle."

„Engelbert, ich sag's dir noch mal: Ich hab 'ne Scheißangst. Ich glaube, dass die uns um die Ecke bringen. Überleg doch mal: Die können keine Zeugen brauchen, und wir haben alles mitbekommen. Wir kennen das Versteck hier oben. Wir kennen den Weg hierher. Wir kennen sogar ihre Gesichter."

‚*Wir kennen sogar ihre Gesichter*'. Es waren diese Worte Martins, die Engelbert blitzartig einen Umstand bewusst machten, dem er bisher keinerlei Bedeutung geschenkt hatte: Die Tatsache, dass man ihm und Martin im Gegensatz zu den Venezianern nicht die Augen verbunden hatte. Er war nicht dumm. Er konnte durchaus zwei und zwei zusammenzählen. Jetzt wurde ihm klar: Die Venezianer hatten nicht sehen sollen, mit wem sie es zu tun hatten, damit sie künftig keinen von der Bande identifizieren konnten. Was wiederum bedeutete, dass man beabsichtigte, sie am Leben zu lassen. Warum hatte man es nicht für nötig befunden, ihm und Martin die Augen zu verbinden? Etwa weil ...

Martin stieß ihn in die Seite und unterbrach seine Überlegungen. „Der Schwarze und die Venezianer sind verschwunden. Wo sie wohl stecken mögen?"

Engelbert wandte den Kopf und fand die Beobachtung Martins bestätigt.

„Tatsächlich. Sie sind verschwunden. Weiß der Geier, wohin", brummte er. Plötzlich fiel ihm die Felsspalte ein, aus der die Männer die Fässer hervorgeholt hatten. „Nein", korrigierte er sich sofort, „ich glaube, ich weiß es. Erinnere dich an vorhin. Als sie die Weinfässer anschleppten." Er nickte mit dem Kopf in Richtung der Felsspalte. „Ich sage dir, dorthinein sind sie verschwunden."

Martin zuckte mit den Achseln. „Vielleicht hast du Recht." Er legte sich auf den Rücken, verschränkte die Arme hinter dem Kopf und sah schicksalsergeben zum bestirnten Himmel hinauf.

Jäh zerriss ein Donnerschlag kurz nach Mitternacht die nächtliche Stille.

Pulverdampf erfüllte die Luft.

Erschrocken sprangen die Männer auf und starrten zum Hohlweg hinüber. Dichter, weißer Rauch quoll dort hervor, verzog sich träge in den nächtlichen Himmel – und gab schließlich den Blick auf einen albtraumhaften Mummenschanz frei.

Zwei Mönche waren auf das Plateau getreten – absonderlich aussehende Gestalten mit Fackeln in den Händen, deren zuckende Flammen das obskure Habit der eigenartigen Figuren gespenstisch leuchten ließen – blendend weiß das des einen, blutig rot das des anderen.

Die Skapuliere zierte ein eigenartiges Zeichen. Weiß auf Rot, Rot auf Weiß prangte ein Ring darauf, der ein Kreuz umschloss. Das Kreuz stand auf dem Kopf.

Das Haupt des Roten war schwarz vermummt. Ein gesichtsloses Nichts unter einer roten Kapuze.

Das Gesicht des Weißen schimmerte wie Erz. Die metallenen Züge gleißten im Licht des Mondes und der Fackeln und wirkten starr und leblos. Es war ein kaltes, aber kostbares Gesicht – eine Maske, gefertigt aus purem, schwerem Silber.

Der seltsame Spuk ergriff die Sinne der ohnehin abergläubischen Männer und setzte ihr Zeitgefühl vorübergehend außer Kraft.

Der Rote mit dem schwarz vermummten Gesicht trat vor. Es war der Prior. Die Fackel in seiner Hand qualmte.

„Begrüßt unseren Gebieter, wie es sich ziemt!“, hallte seine Stimme durch die Nacht. Dann fiel er, mit der Stirn den Boden berührend, vor der weißen Gestalt nieder.

Augenblicklich taten es ihm alle nach. Gingen in die Knie, beugten sich nach vorn und berührten mit ihrer Stirn den felsigen Grund.

Während die Männer in dieser demütigen Haltung verharrten, erhob sich der Prior wieder. Erneut begann er zu sprechen. „Heute ist ein besonderer Tag. Heute werdet ihr die seltene Stimme unseres Gebieters und Wohltäters vernehmen. Vernehmt nun in Ehrfurcht, was er euch zu sagen hat. – Wir sind bereit, o Herr.“ Die letzten Worte hatte der Prior demutsvoll an den Abt gerichtet, der nun erstmals zu sprechen begann.

„Richtet euch auf und seht mich an“, forderte er die Männer auf. Dumpf und drohend klang seine Stimme hinter der erzenen Maske.

Die Männer gehorchten. Sie erhoben sich aus ihrer gebeugten Haltung, blieben aber auf den Knien, so wie es das Zeremoniell des Ordens von ihnen verlangte. Wenn der Gebieter zu ihnen sprach, hatten sie vor ihm zu knien.

„Hört, die ihr Treue und Eifer dem Orden vom heiligen Ring geschworen habt! Heute ist die Nacht gekommen, in der ihr euren Schwur erneuern sollt. Aber auch die Nacht des Gerichts. In der kund werden wird, dass man nicht ungestraft Treue verachten und Vertrauen mit Füßen treten darf. Denn es sind Dinge geschehen, die unseren Orden beinahe ins Verderben gestürzt hätten", begann der Abt seine Rede.

Mit einer Mischung aus Angst und Ehrfurcht hingen die Männer an seinen Lippen.

Dann, nach einer Pause, fuhr er fort: „Ihr wisst, dass der Orden Mutter und Vater für euch geworden ist. Was wärt ihr ohne den Orden? Der Orden hält euch in Arbeit und Brot. Außerdem dient ihr einem edlen Ziel. Ihr wisst, dass vielen Bedürftigen unsere geheimen Wohltaten schon zum Segen geworden sind. Von euch selbst und euren Familien ganz zu schweigen. Bei Sonnenaufgang werdet ihr für eure Arbeit einmal mehr fürstlich entlohnt werden. Einen ganzen Judenburger Taler wird es für jeden von euch geben. Ist dies nicht ein großzügiger Beweis der Gunst, die der Orden euch erweist?"

Wieder hielt der Abt inne. Nach wie vor brannte die Fackel in seiner Rechten, nach wie vor knieten die Männer vor ihm und hielten ihre Blicke auf die silberne Maske gerichtet.

Langsam trat der Abt einen Schritt auf sie zu. „Und doch gibt es hin und wieder Undankbare in unseren Reihen" – Erregung begann sich seiner Stimme zu bemächtigen –, „die auf die Gesetze unseres Ordens spucken. Die die Untreue zu ihrer Schwester und den Verrat zu ihrem Bruder machen. Wie die, die ihr jetzt sehen werdet. – Bringt sie heraus." Die letzten Worte rief er in die Spalte hinein, die zu seiner Rechten den Fels öffnete.

Sofort kamen zwei Männer aus dem Versteck, die zwei weitere in ihrer Mitte führten. Einen Alten und einen Jungen. Die beiden waren nahezu unbekleidet und wirkten abgemagert. Schütteres, wirres Haar hing dem Alten in die Stirn, während dem Jungen eine verfilzte blonde Mähne ins Gesicht fiel. Sie waren an den Händen gefesselt. Unstet und gehetzt blickten ihre Augen auf die starre Maske ihres Obersten, der, in blendendes Weiß gekleidet, vor ihnen stand.

Jetzt stießen die beiden Schergen die Gefesselten zu Boden. Laut jammernd brachen sie vor ihm in die Knie.

Bereits als die beiden mit ihren Bewachern aus dem Felsversteck getreten waren, war ein Raunen durch die am Boden kniende Gruppe der Männer gegangen. Sie kannten die beiden, über die der Gebieter nun richten würde. Es waren Hans und Rutger Seipold, Vater und Sohn. Sie waren schon seit Längerem von ihren Kumpanen vermisst worden. Schon beim letzten Überfall waren sie nicht mehr dabei gewesen. Nun wusste man, warum.

Der Abt blickte auf die beiden hinunter und hielt die Fackel unmittelbar vor ihre Köpfe. Grausam und zynisch tanzte der flackernde Schein auf ihren Gesichtern und ließ die Todesangst auf ihren ausgemergelten Zügen sichtbar werden.

„Diese Männer", hob der Abt erneut an, „diese um ihr Leben winselnden Kreaturen, haben geglaubt, den Orden, der ihnen Vater und Mutter war, verraten zu müssen. In schändlicher Weise beabsichtigten sie, unsere kostbaren Geheimnisse den Ohren Unwürdiger anzuvertrauen. Mit dem Ziel, unsere Bruderschaft zu zerstören. Glücklicherweise hat die Vorsehung dies verhindert, bevor sie mit ihren verräterischen Zungen unserer Sache schaden konnten. Sie haben den Tod verdient. – Hinunter in den Schlund mit ihnen."

Die beiden Delinquenten hatten der Rede des Abtes mit unverhohlenem Entsetzen zugehört und sich, noch während er sprach, bäuchlings vor ihm auf den Boden geworfen, dabei fortwährend gewimmert und um Gnade gefleht.

Abt und Prior kümmerte es nicht. Genauso wenig wie den Schwarzen. Der war inzwischen an den Rand des Plateaus neben eines der beiden großen, dort brennenden Feuer getreten. Ungerührt stand er dort und beobachtete mit kaltem Blick das Schauspiel, das er selbst zu inszenieren mitgeholfen hatte.

Auf die Aufforderung ihres Gebieters hin hatten sich die Männer aus ihrer knienden Stellung erhoben. Nun sahen sie dabei zu, wie die Bewacher die zum Tod Verurteilten an den Stricken packten, vom Boden emporzerrten und sie prügelnd über die Fläche des Plateaus zum Abgrund trieben, wo die beiden schließlich zusammensackten. Das Wimmern hatte aufgehört; die Angst vor dem, was sie nun erwartete, schnürte ihnen die Kehle zu. Jetzt, da sie am Boden lagen, banden die beiden Schergen auch ihre Füße. Dann traten sie zurück.

Wie gebannt starrten die Männer auf ihre verurteilten Spießgesellen. Abt und Prior standen nach wie vor am Eingang zum Hohlweg, die brennenden Fackeln in den Händen. Mittlerweile war der Schwarze nahe an die Todgeweihten herangetreten. Er hob die Linke wie zum Schwur und begann dann, offenbar einem grausamen Zeremoniell folgend, seinen Spruch aufzusagen. „Als Subprior des Ordens vom Ring bestätige ich hiermit das Urteil unseres ehrwürdigen Gebieters. – Die ausgewählten Brüder mögen hervortreten und ihres Amtes walten, wie die Gerechtigkeit es von ihnen fordert.“

Daraufhin traten vier Männer aus der Gruppe zu den am Boden Liegenden heran, beugten sich zu ihnen hinunter und rollten ihre Körper bis an den Rand des Abgrunds. Dann schauten sie zum Prior hinüber, der die Hinrichtung befehligte.

Langsam hob der die linke Hand, wobei er den Daumen zunächst nach oben gestreckt hielt. Die Hand drehte sich, der Daumen fuhr nach unten. Im gleichen Augenblick gaben die vier den beiden Gebundenen einen letzten Stoß.

Sie schrien nicht einmal, als sie fielen. Der Schlund, in den sie stürzten, erwies ihnen eine letzte Gnade. Kaum waren sie ein paar Klafter tief gefallen, beendete bereits ein aus der Wand herausragender Felsbrocken jäh ihr Leben. Es war der erste Aufschlag. Die vielen weiteren, die folgten, spürten sie nicht mehr. Tief unten, dort, wo noch niemals eines Menschen Fuß den feuchten Fels berührt hatte, nahmen die schäumenden Wasser des Wildbaches ihre Leichen in Empfang.

„So soll jeder sterben, der den Orden verrät. Hütet euch darum vor der Schlange der Untreue. Sollte sie bereits in irgendjemandem von euch nisten, vertreibt sie, auf dass sich ihr tödlicher Biss nicht gegen euch selbst richtet." Die pathetischen Worte waren die des Priors, die Aufmerksamkeit der Männer richtete sich wieder auf ihn und den Abt. Beide standen nach wie vor am Eingang zum Hohlweg.

„Fallt nieder und huldigt dem Gebieter." Der Prior fiel auf die Knie; wieder taten die Männer es ihm nach. „Nun lasst uns den Eid der Treue erneuern. Sprecht mir nach ..." Die Rechte wie zum Schwur erhoben, begann er, einige in Latein gehaltene Verse vorzutragen, die die Männer ehrfurchtsvoll nachsprachen: würdevoll klingende lateinische Sätze, deren einzelne Worte sie zwar nicht verstanden, deren Bedeutung man sie jedoch gelehrt hatte. Damals, als sie in den Orden eingetreten waren, hatten sie diese Worte schon einmal gesprochen. Nun führte ihnen ihre Wiederholung angesichts der Hinrichtung, deren Zeuge sie geworden waren, erneut auf grausam nachdrückliche Weise vor Augen, dass sie auf Gedeih und Verderb für den Rest ihres Lebens an die Bruderschaft des Rings gekettet waren, aus deren Würgegriff sie sich lebend niemals wieder würden befreien können.

Die Schwurzeremonie war zu Ende.

„Und nun, die Stirn auf den Boden. Verabschiedet den Gebieter, wie es sich ziemt." Zum letzten Mal in dieser Nacht hallte die Stimme des Priors über das Plateau.

Wieder gehorchten die Männer, während Abt und Prior, langsam rückwärts gehend, das Plateau verließen. Nur wenige Schritte entfernt, im Hohlweg selbst, befand sich eine weitere Höhle, deren Zutritt nur den beiden Ordensoberen gestattet war. Eine eisenbeschlagene, mit einem schweren Schloss versehene Tür verhinderte das Betreten des Verstecks durch Unbefugte. Dorthin zogen sie sich nun zurück. Sie wussten, dass keiner der Männer auf dem Plateau es wagen würde, ihnen nachzugehen, denn es war bei Todesstrafe verboten, ihnen in den Hohlweg zu folgen, bevor nicht ein halber Tag vorüber war.

Lange vor Anbruch der Helligkeit verließen zwei unauffällig gekleidete Handelsreisende, auf Maultieren reitend, den Hohlweg. Der Mond leuchtete ihnen. Stunden später langten sie bei einem einsam gelegenen Schuppen an, wo sie Halt machten, um zu rasten und sich etwas zu erfrischen. Dort warteten auch frische Pferde auf sie. Auf ihnen ritten sie weiter, dem heimatlichen Ziel entgegen.

5

Abermals erwachte Katharina von Klingfurth. Noch immer umgab sie stockfinstere Stille. Diesmal jedoch hatte sie das Empfinden, als habe die Dunkelheit um sie herum ihre Bedrohung verloren. Als sie das letzte Mal aus ihrem Dämmern hochgeschreckt war, war das noch anders gewesen. Umfangen von jenem Dunkel, das Verzweiflung gebiert, weil es nicht nur schwer auf den Augen, sondern auch auf der Seele und dem Denkvermögen liegt, war sie regelrecht in Panik geraten, so wie schon mehrere Male zuvor in dieser Nacht.

Der Überfall. Die toten Waffenknechte. Ihre Flucht. Die Männer, die sie verfolgt hatten. Die Bilder waren ihr nicht mehr aus dem Kopf gegangen. Immer wieder war sie in Gedanken zu jenem Ereignis zurückgekehrt, das sie veranlasst hatte, mit den Füßen voran in die Erdhöhle zu kriechen, in der sie seit gestern Vormittag festsaß.

Und dann die rasenden Schmerzen in ihrem Knöchel.

Erst nachmittags hatten sie endlich nachgelassen. Aber nur, weil sie den Fuß immer wieder dick mit der feuchten, kühlen Erde bedeckt hatte, von der es genug in der Höhle gab. Gegen Abend war die Schwellung dann deutlich zurückgegangen, und als sie den Knöchel vorsichtig betastete, hatte sie festgestellt, dass zumindest nichts gebrochen war. Jetzt, mitten in der Nacht, spürte sie weitere Besserung. Noch ein paar Stunden Ruhe und Kühle – und der Fuß wäre vielleicht wieder so weit belastbar, dass sie versuchen konnte, aus dem Erdloch wieder ins Freie zu gelangen. Zwar war das schon für jemand mit zwei gesunden Füßen keine Kleinigkeit, war die Höhle doch recht tief, die Wände steil und feucht. Dennoch: Es stellte kein unüberwindbares Problem dar. Irgendetwas würde ihr schon einfallen, das war so sicher wie das Amen in der Kirche.

„Du wirst es schaffen. Du musst es schaffen, Katharina“, murmelte sie beschwörend, und ihr war, als brächte der Klang der eigenen Stimme auch die Zuversicht zurück. Eine Katharina von Klingfurth ließ sich nicht unterkriegen. Keiner, der den Namen Klingfurth trug, ließ sich unterkriegen! Denn wenn es ein Erbe gab, das innerhalb des Geschlechts, dem sie entstammte, von Generation zu Generation weitergegeben wurde, dann war es der ungezähmte Wille zum Sieg.

Und das Bewusstsein, dass es immer einen Ausweg gab.

Sie dachte zurück an ihre Jugendzeit. Auch damals hatte es einen Ausweg gegeben. Als ihre Familie, die über viele Besitztümer verfügte, unverschuldet in Geldnot geraten war. Pernolt von Klingfurth, ihr Vater, hatte vor acht Jahren einen großen Teil seines Besitzes verkaufen müssen. So auch die geliebte Feste Lanzenkirchen mit allem was dazugehörte: Wälder, eine Au, das Fischrecht auf der Leitha, das Dorfgericht zu Lanzenkirchen und so manches mehr.

Für sie, die auf Feste Lanzenkirchen geboren worden war und dort einen großen Teil ihrer Jugend verbracht hatte, war dies ein herber Schlag gewesen. Ihr Vater hatte das sehr wohl bemerkt und sie eines Tages beiseitegenommen und ihr einen Rat gegeben, den sie zeit ihres Lebens nie mehr vergessen sollte.

„Merke dir eins, mein Kind. Nicht das, was man an Äußerlichkeiten vererbt bekommt, ist wichtig. Sondern das Erbe, das man im Innern trägt. Hier, und hier“, hatte er gesagt und dabei mit seiner Hand auf Kopf und Herz gedeutet. „Dies Erbe zu verwalten und es sinnvoll zu mehren, daraus erwächst das wahre Glück.“

Sie hatte schnell begriffen, was er meinte, und sich nicht lange in nutzlosem Wehklagen ergangen. Klein beizugeben und, nach der Art der meisten Frauen ihrer Zeit, ihr Schicksal und ihre Zukunft dem männlichen Geschlecht zu überlassen, war nicht ihre Sache. Entschieden hatte sie ihr Leben selbst in die Hand genommen, um es wieder zu ihren Gunsten zu wenden. Wofür sie zugegebenermaßen auch gut gerüstet war. Zum einen verfügte sie trotz der finanziellen Einbußen, die ihre Familie hatte hinnehmen müssen, noch immer über genügend Mittel, um ein unabhängiges Leben führen zu können. Zum anderen hatte sie, obwohl ein Mädchen, über einige Jahre hinweg eine hervorragende Ausbildung durch erstklassige Lehrer genossen.

Natürlich war dies ungewöhnlich für eine Frau. In einer Welt, in der die Männer das Sagen hatten, war es verpönt, einem Weibe die scharfen Waffen des Geistes an die Hand zu geben.

Katharina kam in den Sinn, was der aus dem Italienischen stammende Moralist Paolo da Certaldo, dieser Schwachkopf, von sich gegeben hatte: ein Mädchen gehöre nicht hinter ein Lesebuch, sondern in die Küche, es sei denn, es wolle Nonne werden. Und von der Sorte Männer, die so dachten, gab es viele. Leider. Hatte nicht schon Aristoteles behauptet, dass Mädchen sich nur aus einem schadhaften Samen entwickeln würden? Selbst der hochgelehrte *doctor angelicus*, der große Thomas von Aquin, hatte verkündet, jeder Mann müsse eigentlich ausschließlich männliche Kinder zeugen. Lediglich durch widrige Umstände während des Zeugungsaktes würden Mädchen entstehen. Zum Beispiel durch Südwinde, die viel Regen mit sich führen!

„Sie fürchten uns, darum unterdrücken sie uns", murmelte Katharina, und ein verächtliches Lächeln huschte über ihr Gesicht. Die Meinung, die diese Herren vertraten, focht sie nicht an. Sie verfügte über ein hohes Maß an Ehrgeiz sowie genug gesundes Selbstbewusstsein, um beharrlich ihre Ziele zu verfolgen. Und über eine gehörige Portion von jener Dickschädeligkeit, die man üblicherweise nur erfolgreichen Männern zuschreibt. Was sie sich in den Kopf setzte, pflegte sie auch auszuführen.

Deshalb hatte sie sich auch auf den Weg nach Salerno gemacht. Denn an der dortigen Universität gestattete man Frauen das Studium der Medizin, und einige ihrer Geschlechtsgenossinnen hatten es in den vergangenen zweihundert Jahren aufgrund ihrer Ausbildung, die sie dort absolvierten, weit gebracht. So etwa die Ärztin Trota, die sogar Mitglied der medizinischen Fakultät geworden war.

Katharina war dankbar, dass sie sich in Salzburg den Venezianern hatte anschließen dürfen. Ermöglicht hatte ihr dies wiederum ihr Vater. Von Michael Prenner, einem reichen Bürger Wiener Neustadts, der die Feste Lanzenkirchen gekauft hatte, war er von der geplanten Zusammenarbeit zwischen den steyrischen und venezianischen Handelshäusern informiert worden. Prenner hatte ihren Vater mit Jakob von Schmelzer, einem reichen Steyrer Handelsherrn, bekannt gemacht und diesen bewogen, die nötigen Kontakte nach Salerno zu knüpfen, um Katharina die Immatrikulation an der dortigen Universität zu erleichtern. Schmelzer hatte auch höchstpersönlich dafür gesorgt, dass sie ab Salzburg in der Gesellschaft der venezianischen Kaufherren zunächst nach Sankt Gallen und von dort nach Venedig reisen konnte. Von Venedig würde es dann mit einer Handelskarawane nach Salerno weitergehen.

So sah es zumindest ihr Plan vor.

Doch Pläne konnten scheitern. Die Tatsache, dass sie hier in der Höhle festsaß, war ein eindeutiger Beweis dafür.

Scheitern?

Nein! Nicht ihr Plan. Sie würde nach Salerno kommen.

„Verwalte dein Erbe, Katharina. Und kämpfe“, flüsterte sie und sah zum Rand der Höhle empor.

Ein dünnes Lichtbündel zwängte sich durch das Wurzelgewirr. Zuversichtlich begrüßte sie der neue Tag.

6

Geduldig wartete der Jäger. Ohne auch nur eine Spur von Erregung zu zeigen. Schon weit bevor der Morgen graute, hatte er sich in das dichte Laubwerk der Eiche, hoch über dem Boden, zurückgezogen.

Er blickte auf die Lichtung. Zögernd nur flüchtete der Nebel vor den ersten Strahlen der Sonne. Geduldig wartete er weiter.

Plötzlich schärfte ein Knacken im Unterholz, nahe der Straße, seine Sinne.

Dann sah er ihn.

Sofort wusste der Jäger, dass sich das Warten gelohnt hatte. Und auch, dass die Stelle, die er dafür gewählt hatte, goldrichtig war. Seine Position hätte nicht günstiger sein können.

Langsam trat ein mächtiger Rothirsch aus dem Dunkel der Bäume heraus. Vorsichtig die Witterung aufnehmend, verharrte er kurz am Rand des Unterholzes. Er kreuzte die schmale Straße, die durch den Wald führte, und betrat die Lichtung – ein wahrer König des Waldes.

Ein solch edles Stück Wild zu jagen war eigentlich ein Privileg, das nur dem Burggrafen, Friedrich von Saurau, zustand. Doch dem hatte der Jäger schon vor Längerem einen größeren Gefallen erwiesen. Er hatte ihn nämlich davor bewahrt, von seiner Gattin Ottilie von Saurau mit einer seiner Gespielinnen entdeckt zu werden, was für den Saurauer die Hölle auf Erden bedeutet hätte. Daraufhin hatte ihm der Graf dankbarerweise für den Rest des Jahres die Pirsch auf das Hochwild erlaubt.

Der „König" kam näher. Gleich war es so weit. Der Herrscher des

Waldes würde abtreten und seine Krone dem Sieger überlassen müssen; sechzehn Enden zählte sein Geweih. Der Rothirsch hob den Kopf und sah durch den dünner werdenden morgendlichen Dunst zu ihm herüber. Aber er nahm ihn nicht wahr. Noch hatte sich keine Brise erhoben, die den Geruch des Waidmanns in seine Nüstern hätte wehen können. Das Tier neigte den Kopf und begann ruhig zu äsen.

Ganz langsam hob der Jäger die gespannte Armbrust, um sie an seiner Schulter in Position zu bringen.

Mit einem Mal hielt der Hirsch mit dem Äsen inne und hob das prächtige Haupt.

Jetzt! Besser konnte er gar nicht mehr stehen. Der Jäger zielte und zog den Hebel ruhig durch.

Ein klackendes Geräusch; leise sirrend verließ der Tod die Sehne, flog durch den Dunst und bohrte sich nur einen Lidschlag später in das Blatt des Roten.

Der Hirsch warf den Kopf nach hinten. Ein leises Röcheln, ein heftiges Zittern; die Vorderläufe knickten ein, und tödlich getroffen kippte der Geweihte langsam zur Seite.

Behände kletterte der Schütze den breiten Stamm hinunter. Mit langen Schritten ging er durch das feuchte, hohe Gras auf das leblose Tier zu. Vor dem gefällten Körper blieb er stehen. Still sah er auf den „König" hinunter. Er hatte ihn an einer günstigen Stelle zur Strecke gebracht. Der Hirsch lag nicht weit vom Rand der Straße entfernt, die nach Sankt Gallen führte. Er würde einen Wagen kommen lassen, der das mächtige Stück Wild zur Burg brächte. Der Graf würde sich freuen. Einen solch kapitalen Burschen präsentierte ihm sein Waidmann nicht alle Tage.

Gerade hatte der Jäger einen kleinen Zweig von der Eiche gepflückt, um dem Hirsch nach alter Väter Sitte den letzten Bissen ins Gebrech zu stecken – als sein Blick zufällig auf den gegenüberliegenden Rand der schmalen Straße fiel.

Nein, das war einfach nicht möglich! Er musste sich täuschen!

Dort, wo der Rothirsch aus dem Wald getreten war, schien der Fuß eines Mannes aus dem Unterholz zu ragen! Ein Fuß, der in einem Stiefel steckte, wie ihn die Waffenknechte des Burggrafen trugen.

Er hielt den Atem an und sah sich um. Dann brachten ihn einige schnelle Schritte auf die gegenüberliegende Seite des Weges. Kein Zweifel – es war ein Bein. Das Bein eines Toten. Entschlossen räumte er Zweige, Blätter und ein wenig Erde beiseite, unter denen der Rest des Körpers lag – und erstarrte.

Der Tote war Arco, einer der Soldaten des Grafen, den er gut kannte und mit dem er schon so manchen Humpen zusammen geleert hatte. Jetzt starrten die leblosen Augen seines ehemaligen Zechgenossen jedoch durch ihn hindurch ins Leere. Ein Bolzen steckte in seinem Hals. Der leichte Helm, den er getragen hatte, lag neben ihm.

Der Jäger blickte sich abermals um. Der Mund wurde ihm trocken, Panik begann in ihm aufzusteigen. Denn nach und nach gab das Unterholz seinen Blicken die ganze Tragödie preis, die sich hier abgespielt hatte. Voller Entsetzen registrierte er, dass überall Leichen herumlagen. Langsam, wie betäubt, schritt er das Gelände längs der Straße ab. Die Mörder hatten die Körper der Männer ins Unterholz gezerrt und nur oberflächlich mit Ästen, Zweigen und Erde bedeckt. Zehn Tote zählte er insgesamt. Bis auf zwei kannte er alle. Sie waren Waffenknechte im Dienste Friedrichs von Saurau gewesen. Erst vor wenigen Tagen hatte ihm Arco noch anvertraut, dass sie zur Bewachung eines besonders wichtigen Transportes eingesetzt werden sollten. Das also war das Ende ihrer Mission.

Fieberhaft begann er zu überlegen, was er tun sollte.

Nicht allzu weit von hier entfernt befand sich seine Jagdhütte. Mitten im Wald, auf einer kleinen Rodung. Dort hatte er die letzte Nacht verbracht. Und dort wartete auch sein Pferd.

Eigentlich war ihm klar, was zu geschehen hatte. Dennoch zögerte er. Er warf einen bedauernden Blick zu dem Hirsch hinüber, den er mit so viel Geduld zur Strecke gebracht hatte. Aber es half nichts. Er musste vorerst dort bleiben, wo er war. So, wie er war. Vielleicht würde er später zurückkommen, um den Roten aufzubrechen. Oder jemanden mit dem Wagen, der das Tier holen würde, mitschicken, der das an seiner Stelle besorgen konnte.

Das Massaker, das hier stattgefunden hatte, hatte seinen Plan für diesen Tag gründlich durcheinandergebracht.

Diesen Tag würde er sein Leben lang nicht mehr vergessen.

Wolf von der Klause erreichte die Nachricht im Stift zu Admont. Er saß mit Bertram im Hof der Abtei, nahe dem Brunnen, auf einer Bank.

„Wie steht es mit dem Lernen, Bertram – hilft es dir ein wenig?“, hatte Wolf gefragt und damit indirekt auf die schlimmen Ereignisse Bezug genommen, die sie vor Kurzem durchlebt hatten.

„Das Lernen hilft nur tagsüber, Wolf“, hatte Bertram einsilbig geantwortet und dann leise hinzugefügt: „Ich fürchte mich vor den Nächten.“

Wolf hatte nur verstehend genickt.

Seit jenem furchtbaren Tag, der ihrer beider Leben von Grund auf verändert hatte, waren nunmehr vier Wochen ins Land gegangen. Wieder einmal war Wolf ins Stift geritten, um den Jungen zu besuchen. Und um beim Prior nachzufragen, wie weit denn die Sache mit der Generalvollmacht, auf die er immer noch wartete, nun endlich gediehen wäre.

Er war in den vergangenen Wochen nicht untätig gewesen. Systematisch hatte er eine Reihe von Personen befragt, in der Hoffnung, Hinweise zu erhalten, die ihn auf der Suche nach den Mördern Arnulfs und seiner Familie weiterbringen würden. Doch bislang gab es lediglich eine Aussage, die es wert zu sein schien, weiterverfolgt zu werden. Obwohl sie von Alfons stammte, einem Schweinehirten aus der Buchau, der von jedermann als nicht ganz richtig im Kopf angesehen wurde. Wer ihn kannte, wunderte sich allerdings nicht darüber, denn was Alfons in seinem Leben alles an Bier und schlecht gebranntem Schnaps in sich hineingeschüttet hatte, ließ so manch wackeren Liebhaber berauschender Getränke vor Ehrfurcht erstarren.

Vor wenigen Tagen erst hatte Wolf mit dem Hirten in dessen Kate ein Gespräch geführt.

„Du bist also am Tag vor der Tat zwei Fremden begegnet, die dir unheimlich vorkamen? Wo genau?", hatte er auf eine Bemerkung des Schweinehirten hin nachgehakt.

„Bei den drei Buchen", lautete die prompte Antwort des Schweinehirten und meinte damit eine Baumgruppe, die eine Wegkreuzung markierte. Auf einem der drei Pfade, die sich dort schnitten, gelangte man in das Tal, in dem die Köhlerfamilie gewohnt hatte.

„Was war es denn, das dir so unheimlich an den beiden vorkam?"

Der zahnlose Mund in Alfons' verfilztem Bartgesicht verzog sich zu einem geheimnisvollen Grinsen. Gleichzeitig hob der Hirt verschwörerisch einen vor Schmutz starrenden Zeigefinger.

„Nun, Ihr müsst wissen, Herr von der Klause – einer von ihnen muss der Teufel gewesen sein", flüsterte er aufmerksamkeitheischend.

„Aha, der Teufel", entgegnete Wolf trocken.

„Ja, der Gottseibeiuns", bestätigte Alfons und nickte heftig mit dem Kopf. „Es war der Ältere der beiden, er hatte nämlich nur noch zwei Finger an seiner Rechten. Seht Ihr, so." Alfons hielt Wolf seine rechte Hand unter die Nase, wobei er Zeige-, Mittel- und Ringfinger nach unten abgeknickt hielt.

„Verstehe, der Teufel hat deiner Meinung nach also nur zwei

Finger an seiner Rechten?", hakte Wolf ungerührt nach, während er tief in seinem Innersten seufzte.

„Nein, nein, das allein ist es nicht, Herr", widersprach Alfons. „Ihr hättet sehen sollen, wie er mit der verkrüppelten Hand auf seiner Flöte spielte. Als ob sie verhext wären, so schnell griffen die Finger."

„Er spielte auf einer Flöte?", vergewisserte sich Wolf verblüfft und belustigt zugleich.

„Ja. Und ich sage Euch, nur der Teufel beherrscht die Kunst, so zu spielen."

„Und wie kam es dazu, dass er dir vorspielte?"

„Sie fragten mich, ob ich ihnen den Weg nach Ardning weisen könne. Ich fragte sie, was sie mir dafür geben würden. Da lachte der Ältere und zog eine Flöte unter seinem Umhang hervor. Dann sagte er mir, sie seien zwar Handelsreisende, aber sie hätten selbst keinen Pfennig, da die Geschäfte schlecht liefen. Aber er könne mir auf seiner Flöte etwas vorspielen, das sei doch auch ein schöner Lohn."

„Das heißt, du beschriebst ihnen den Weg nach Ardning, und er bedankte sich mit einem Ständchen?"

Alfons kicherte und nickte eifrig mit dem Kopf. „Ja, ja, ein Ständchen. Ein hübsches kleines Ständchen. Wie der Teufel spielte er. Die Finger flogen nur so über das Holz", wiederholte er sich.

Wolf überlegte. Er war davon überzeugt, dass der schrullige Hirt die Wahrheit sagte. Was ihn an seiner Geschichte stutzig machte, war allein der Platz, an dem Alfons den beiden Fremden begegnet sein wollte. Die Wegkreuzung, an der die Baumgruppe stand, lag weit abseits der Hauptstraße. Durchreisende, Fremde zumal, die nach Ardning wollten, benutzten stets die Straße zwischen Sankt Gallen, Admont und Lietzen, aber keine Nebenwege. Was also hatten die beiden an dieser einsamen Stelle, nicht weit vom Anwesen des Köhlers entfernt, zu suchen gehabt?

Als Wolf den Schweinehirten verließ, tat er es mit dem festen

Vorsatz, der Sache nachzugehen, sobald sich die Möglichkeit dazu bot ...

Irgendwann nach der Sext – Wolf und Bertram unterhielten sich noch immer auf der Bank beim Brunnen – kündigte Hufgeklapper das Nahen eines Reiters an. Wolf, der Junge und einige der Brüder, die gerade über den Hof gingen, sahen unwillkürlich zum Tor, das weit offen stand. Üblicherweise machten Besucher, noch bevor sie dieses passierten, Halt und meldeten sich beim Pförtner an. Doch der Reiter, der soeben in leichter Rüstung wild in den Hof hineinpreschte, kümmerte sich nicht um solche Gepflogenheiten. Staub wirbelte auf, als er seinen Rappen hart zum Stehen brachte und behände aus dem Sattel sprang.

„Wo ist der Prior? Ich muss ihn sprechen. Dringend!", herrschte er die Brüder an, die zufällig seinen Weg kreuzten und erschrocken zurückwichen.

„Vielleicht solltet Ihr mir zunächst einmal sagen, was um aller Heiligen willen Euch veranlasst, wie ein wildgewordener Ochse in den Hof zu stürmen. Anstatt Euch, so wie sich's gehört, erst ordentlich bei mir anzumelden", gab Theobald, der Pförtner, erbost zurück. Er war dem Reiter in heller Aufregung nachgelaufen und keuchte nun vor Anstrengung.

„Verdammt, Theobald, glaubt Ihr, dass Arnim von Hallstatt, Vertreter des Burggrafen zu Gallenstein und zugleich sein Neffe, es nötig hat, kriecherisch um Einlass zu bitten? Ich habe keine Zeit, Maulaffen feilzuhalten. Also, wo ist er?", herrschte der Ritter den *hospitarius* an.

Theobald stemmte die Hände in die Hüften. „Verzeiht Herr Ritter, aber Ihr seid hier auf dem Boden der Herrschaft, der auch der Burggraf zu dienen hat. Gallenstein ist dem Stift Admont zu eigen. Also benehmt Euch entsprechend. Als Pförtner habe ich das Recht und die Pflicht, jeden, der um Einlass bittet, nach seinem Begehren zu fragen – auch Euch! Aber lassen wir das – ich will es Euch nachsehen. Ihr seid offenbar in heftiger Erregung. Ich werde Euch zum Prior bringen."

Wolf und Bertram hatten den Wortwechsel zwischen den beiden Männern zwangsläufig mitbekommen. Er war laut genug geführt worden. Vorübergehend war sogar ein amüsiertes Lächeln über Wolfs Gesicht gehuscht. Ihm gefiel die Courage, die der Pförtner gegenüber dem Ritter an den Tag legte. Er kannte Arnim von Hallstatt, mit dem er hin und wieder schon zu tun gehabt hatte. Vor zwei Jahren hatten sie zusammen im Auftrag des Metschachers einen Streit geschlichtet, der zwischen dem Stift Admont und der Kartause in Gaming wegen des Jagd- und Fischbannes entstanden war. Seitdem hatte sich zwischen ihnen zwar so etwas wie gegenseitiger Respekt herausgebildet, doch hatte Wolf das unbestimmte Gefühl, dass der Ritter ihn in Wirklichkeit nicht mochte und ihm das Ansehen, das er im Stift und anderswo genoss, neidete.

Theobald war mit seinem Besucher gerade erst im Abtshaus verschwunden, als er auch schon wieder herauskam. Trotz seiner Körperfülle bewegte er sich eilig auf Wolf zu, der immer noch auf der Bank beim Brunnen saß und sich mit Bertram unterhielt.

„Verzeiht, Herr Wolf, der Prior lässt Euch ausrichten, dass Ihr dringend zu ihm kommen mögt. Die Sache duldet keinen Aufschub. Wenn Ihr mir folgen wollt", schnaufte er.

Wolf sah Bertram fragend an und zuckte mit den Achseln. Er legte dem Jungen die Hand auf die Schulter. „Mach's gut Bertram. Ich muss gehen. Dein Unterricht beginnt ohnehin bald wieder. Wir sehen uns morgen."

Wie bereits das letzt Mal empfing ihn Otto Metschacher im privaten Scriptorium des Abtes. Diesmal jedoch nicht mit dem üblichen unpersönlichen Lächeln. Die Bestürzung, die sich in seiner Miene spiegelte, sprach Bände. Erregt und bleich stand er an dem großen Eichentisch, die Hände auf die Kante gestützt, als müsse er sich daran festhalten. Neben ihm stand, grimmig dreinblickend und mit verkniffenem Mund, Arnim von Hallstatt. Wolf ahnte Unheil.

Ohne einen Gruß kam Metschacher sofort zur Sache. „Gut, dass Ihr gerade hier im Stift seid, Wolf. Ihr müsst Euch einer neuen Sache annehmen.“ Die Stimme des Priors klang gehetzt, fast verzweifelt. Er sprach abgehackt. „Sie haben wieder zugeschlagen ... diesmal noch dreister als sonst ... einen Transport mit drei venezianischen Kaufherren haben sie überfallen. Auch eine Dame reiste in ihrer Begleitung; eine gewisse Katharina von Klingfurth. Das Schlimme daran ... zehn Waffenknechte des Burggrafen wurden dabei getötet ... wie es aussieht, aus dem Hinterhalt. Von den Venezianern und ihrer weiblichen Begleitung, den drei Fuhrknechten und dem Transport fehlt jede Spur.“

Die Augen Wolfs verengten sich zu schmalen Schlitzen. „Zehn bewaffnete Männer haben sie getötet? Ein starkes Stück! Wo genau ereignete sich der Überfall?“

Metschacher wandte sich an Ritter Arnim. „Nennt Ihr ihm die Einzelheiten. Ihr wisst ja bereits, dass er mein und des Abtes volles Vertrauen genießt.“

Kurz und knapp schilderte der Hallstatter daraufhin das Bild, das sich ihm am Schauplatz der furchtbaren Tat geboten hatte, wobei er nicht versäumte, Wolf auch sämtliche mit dem Transport verbundenen Details zu nennen. So erfuhr dieser, dass Friedrich von Saurau die Strecke bereits einen Tag vorher aus Sicherheitsgründen für andere Reisende hatte sperren lassen. Was wiederum bedeutete, dass die Bande, die den Überfall verübt hatte, sich mindestens einen, wenn nicht mehrere Tage davor in den Wäldern rechts und links der Strecke versteckt haben musste.

„Gestattet mir eine Frage, Otto“, wandte sich Wolf wieder an den Prior. „Was hatte es mit dem Transport auf sich? Warum ließ der Saurauer diesmal ausgerechnet die gesamte Strecke sperren, was schließlich nur mit Eurer ausdrücklichen Erlaubnis geschehen konnte?“

Metschacher sah ihn lange an, bevor er antwortete. „Weil dieser Transport besonders wichtig war. Die Venezianer führten sehr viel Geld mit sich; Münzen aus purem Gold. Ihr müsst wissen: Mehrere Handelshäuser aus Venedig haben sich zu einem Verbund zusammengeschlossen, um hier bei uns anteilig Rechte am Erzabbau, an den Hammerwerken und am Salz zu erwerben. Die drei verschwundenen Kaufherren waren Abgesandte dieses Verbunds. Auch mit den Steyrer Eisenwarenherstellern und -kaufleuten sollte ein Abkommen getroffen werden. Einige von ihnen, und auch einige Vertreter von der Zunft der Messerer, sollten in den nächsten Tagen auf Gallenstein zu Verhandlungen eintreffen. Ihr wisst, dass Steyrer Eisenwaren in Venedig einen sehr hohen Stellenwert besitzen. Die Gespräche diesbezüglich wurden schon seit geraumer Zeit geführt. Auf Burg Gallenstein sollten nun entsprechende Verträge abgeschlossen werden. Ich selbst wollte in den kommenden Tagen ebenfalls nach Sankt Gallen aufbrechen, da auch das Stift sich mit einer beträchtlichen Summe an den Geschäften beteiligen wollte. Für das Kloster und die ganze Umgebung sind diese Handelsbeziehungen, wenn sie zustande kommen, von großem Vorteil. Darum auch der besondere Schutz, den wir den Venezianern gewährt haben. Bis fast nach Trieben wurden sie von einigen gut bewaffneten Reisigen, die sie ab Salzburg angemietet hatten, begleitet. Ab Trieben übernahmen dann die Waffenknechte des Saurauers die Bewachung des Zuges. Vorsorglich ließ der Graf deshalb vorübergehend, mit meinem Einverständnis, die Strecke bis hin nach Sankt Gallen für andere Reisende sperren – aus Sicherheitsgründen. Die Strecke sollte so lange gesperrt bleiben, bis der Tross auf der Burg angelangt wäre."

„Und die Frau? Diese Katharina von Klingfurth? Reiste sie in derselben Mission?"

Der Prior schüttelte den Kopf. „Nein, sie ist die Tochter des Ritters Pernolt von Klingfurth. Altes Adelsgeschlecht. Nach dem Abschluss der Gespräche auf Gallenstein wollte sie in Begleitung der Venezianer nach Venedig und dann weiter nach Salerno reisen."

„Nach Salerno?"

„Ja. Angeblich, um dort ein Studium der Medizin aufzunehmen. Ihr wisst vielleicht, dass Salerno die einzige Universität ist, die auch Frauen zum Studium aufnimmt."

Noch während er redete, hatte der Prior sich aus seinem Stuhl erhoben und war an eines der Fenster getreten. Heftig stieß er die Riegel zurück und riss beide Flügel weit auf, sodass die Butzenglasscheiben in ihren bleiernen Fassungen klirrten.

Wolf trat an seine Seite.

„Ihr selbst, Otto, habt Euch nichts vorzuwerfen. Ihr habt getan, was Ihr tun konntet. Es oblag dem Grafen, geeignete Männer für die Begleitung des Zuges auszuwählen. Er hätte auch einige Geharnischte auswählen können anstatt der leicht bewaffneten Knechte. Allein, wie konnte er wissen, mit wem seine Leute es zu tun bekommen würden? Irgendwelche Vorwürfe an irgendjemanden zu richten, ob an ihn oder an Euch – ergibt jetzt keinen Sinn. Aber erlaubt nun, dass ich gehe. Ich denke, es wäre gut, mir den Ort, an dem der Überfall geschah, einmal genau anzusehen. – Werdet Ihr mich begleiten?", wandte sich Wolf an Arnim von Hallstatt.

Der Ritter nickte. „Unser Weg ist derselbe. Man erwartet mich auf Gallenstein ohnehin bald zurück."

Noch immer herrschte flirrende Hitze, als Wolf und Arnim sich der Stelle näherten, an welcher der Überfall geschehen war.

Als sie dort ankamen, erblickten sie schon von Weitem mehrere Ochsengespanne samt einigen Knechten, die soeben erst eingetroffen waren. Der Saurauer hatte die Männer gesandt, um die Leichen zu bergen. Einige der Leute standen herum, andere waren gerade im Begriff, in das Unterholz und den Wald vorzudringen, um sich der toten Körper anzunehmen.

Sie preschten auf die Gruppe zu. Die Leute sahen auf.

„Halt, wartet noch damit!“ Gebieterisch klang der Ruf des Ritters zum Waldrand hinüber. Er sprang vom Pferd, Wolf ebenso.

Lorenz, einer der Stallmeister auf der Burg, der bei einem der Ochsenkarren stand, starrte die beiden mit offenem Mund an. „Aber Herr Ritter, der Befehl des edlen Herrn lautete, die Toten so schnell wie möglich zu bergen. Sie werden bald anfangen zu riechen. Kein Wunder, bei dieser Hitze.“ Lorenz – offenbar hatte er die Aufsicht inne – schien durch den Auftritt des Hallstatters reichlich verunsichert zu sein.

„Ihr tut, was ich sage. Ihr werdet die Leichen nicht eher bergen, bevor Herr von der Klause den Ort, an dem die verruchte Tat geschah, untersucht hat. Er ist der Generalbevollmächtigte des Stiftes.“

Wolf nickte dem Ritter dankbar zu und begab sich zum Waldrand.

„Sag deinen Leuten, sie sollen sich vorerst auf die Straße zurückziehen. Sie könnten mir sonst die Spuren verderben“, wandte sich Wolf an Lorenz.

Der Stallmeister gehorchte. Er steckte zwei Finger in den Mund – ein scharfer Pfiff und eine kurze Handbewegung ließen die Männer wieder auf die Straße treten.

Wolf drang in das Unterholz am Rand des Waldes ein. Einige wenige Schritte durch hohes Gras und niederes Buschwerk führten ihn zunächst zur Leiche Geros, den er flüchtig gekannt hatte. Voller Grimm nahm er den Bolzen wahr, der ihm im Rücken steckte. Dann stapfte er langsam weiter, zwischen den Stämmen hindurch, den Blick zur Erde auf die Waffenknechte gerichtet, deren Leichname in ein Durcheinander aus Laub, Gräsern und Sträuchern gebettet lagen. Er beugte sich nieder und sah sich jeden Einzelnen näher an. Dabei versuchte er die bittere Erkenntnis, dass er darin ja schon eine gewisse Übung besaß, zu verdrängen.

Vier von ihnen waren jeweils mit einem wohl gezielten Schuss von hinten niedergestreckt worden – offenbar hatten sie die Nachhut gebildet, stellte er bei sich fest. Über die Übrigen, die den Zug angeführt hatten und ein erhebliches Stück weiter vorne lagen, war offensichtlich ein wahrer Hagel von Geschossen niedergegangen. Nur wenige hatten ihr Ziel verfehlt, sie lagen überall auf dem Boden verstreut. Dafür steckten aber in dem einen oder anderen Körper gleich mehrere der kurzen, bauchigen, mit Eisenspitzen versehenen Bolzen, abgeschossen von Einfußarmbrüsten oder auch solchen, die mittels eines so genannten Geißfußes gespannt wurden; tragbare Katapulte, deren Geschosse sogar Rüstungen durchschlagen konnten. Wie durch Butter waren die Bolzen durch die dicken Lederwämse der Waffenknechte gedrungen. Offenbar war es nur wenigen von ihnen gelungen, zur Gegenwehr anzutreten. Wolf sah, dass zwei der Soldaten noch im Tod ihre Schwerter umklammert hielten. Die Waffen der anderen waren offensichtlich Beute der mörderischen Strauchdiebe geworden.

Wolf überlegte. Gemessen an der Anzahl der Geschosse, die aus dem Wald geflogen waren, mussten die Wegelagerer an die drei Dutzend Personen gezählt haben. Aus dem Dickicht heraus, hinter Bäumen stehend, hatten sie die tödlichen Bolzen von den Sehnen schnellen lassen und die bewaffnete Eskorte, die die Venezianer hätte schützen sollen, blitzschnell niedergemäht.

Wolf verließ das Dickicht und trat wieder auf die Straße. Schon auf dem Weg hierher hatte er, trotz des schnellen Rittes, mühelos die markanten Spuren verfolgen können, die der Tross auf der steinigen, sandigen Straße verursacht hatte. Doch hier, wo der Überfall stattgefunden hatte, stachen ihm noch andere Hinweise ins Auge: das Durcheinander unzähliger Stiefelabdrücke und Schleifspuren. Auch war gut zu erkennen, wo der schwere Wagen infolge des Überfalls plötzlich zum Stehen gekommen und irgendwann danach wieder weitergefahren war. Sämtliche Spuren waren gut erhalten.

Wolf blickte die Straße entlang. Die Radspuren führten weiter in Richtung Norden und verschwanden hinter einer Wegbiegung.

Sein Blick wanderte zu der Stelle zurück, an der das Gefährt angehalten hatte. Plötzlich stutzte er. Im Durcheinander der Schuh- und Stiefelabdrücke, die sich um die Spuren der Vorderräder herum gruppierten, zeichneten sich ganz deutlich die Umrisse nackter Füße ab. Er betrachtete sie näher. Es handelte sich um die Fußabdrücke zweier Männer. Bei einem von ihnen waren sie ungewöhnlich spitz zulaufend. Die Abdrücke hatten sich im Umkreis von etwa sieben Schritt um die Spur des rechten Vorderrades herum in den Sand geprägt. Ansonsten waren sie nirgendwo zu finden. Das konnte nur eines bedeuten: Die beiden Männer hatten bis zum Zeitpunkt, da der Überfall erfolgte, auf dem Wagen gesessen und waren dann offenbar heruntergesprungen. Der Wirrwarr an Abdrücken an dieser Stelle deutete darauf hin, dass die zwei offenbar sofort überwältigt worden waren und keine Gelegenheit zur Flucht hatten. Es konnte sich dabei nur um die Fuhrleute handeln, die vorne auf dem Kutschbock gesessen hatten. Vermutlich hatten sie, der Hitze wegen, die Stiefel ausgezogen. Der dritte musste sich hinten auf dem Wagen befunden haben. Wolf betrachtete die Spuren, die sich um die beiden Hinterräder herum gruppierten, konnte dort jedoch keine nackten Fußabdrücke erkennen. Offensichtlich hatte der dritte Fuhrknecht seine Stiefel anbehalten.

Er kehrte an die Stelle zurück, wo Arnim von Hallstatt auf ihn wartete.

„Ihr seid fertig?“, empfing ihn dieser schlecht gelaunt.

Wolf nickte. „Was ich sehen musste, habe ich gesehen.“

„Nun, dann können die Leute ja mit dem Bergen beginnen.“ Der Ritter nickte Lorenz und seinen Männern zu und bedeutete ihnen mit einer Geste, ihre traurige Arbeit erneut aufzunehmen. Dann wandte er sich wieder an Wolf. „Mich braucht Ihr ja nun nicht mehr. Ich muss zurück auf die Burg. Der Graf erwartet mich.“

„Richtet ihm meinen Gruß aus und sagt ihm, dass ich ihn noch heute aufsuchen werde."

Der Hallstatter nickte kurz. Dann schwang er sich in den Sattel und sprengte in Richtung Norden davon.

Auch Wolf folgte der Straße nach Sankt Gallen, wobei er die Spurrillen, welche die Wagenräder hinterlassen hatten, im Auge behielt. Hinter einer Kehre zweigten sie plötzlich in Richtung Westen auf einen schmalen Pfad ab. Er wunderte sich. Er kannte den Pfad und wusste, dass man auf ihm mit einem Karren, wie ihn die Venezianer mit sich führten, nicht weit kommen konnte.

Tatsächlich endeten die Spuren schon kurz darauf, führten ihn seitwärts einen sanften Grashang hinunter und ein Stück weiter vorne einen verhältnismäßig steilen Hügel wieder hinauf. Dann, kaum dass sein Rappe den Hügelkamm erklommen hatte, sah er ihn auch schon: Der mächtige Karren stand mitten in der Senke. Um ihn herum drei schwere Kisten, die Deckel weit nach hinten geklappt. Eine schmutziggraue Plane lag schlampig zusammengerollt daneben. Eine Anzahl Pferde graste am Rand eines winzigen Rinnsals, das, von einer noch winzigeren Quelle gespeist, aus einem moosbewachsenen Felsen zu sickern schien und quer durch die Senke mäanderte.

Er glitt aus dem Sattel und stieg, den Rappen hinter sich herführend, den sanften Hang hinunter. Gründlich inspizierte er den Karren und auch die leeren Kisten, ohne jedoch etwas Außergewöhnliches zu entdecken. Dann wandte er sich den Pferden zu; er zählte insgesamt achtzehn. Vier von ihnen waren unschwer als Zugtiere zu erkennen; muskulöse Kaltblüter, an schwere Lasten gewöhnt. Zehn weitere, allesamt Reittiere, trugen noch Sättel. Es waren die Pferde der ums Leben gekommenen Soldaten. Bei den vier restlichen handelte es sich um rassige Vollbluthengste, denen man die Sättel abgenommen hatte. Sie hatten den Venezianern gehört und der Frau, die in ihrer Begleitung gewesen war.

Wolf schaute sich weiter um. An vielen Stellen war das hohe Gras niedergetreten und flachgewalzt worden. Offenbar hatte der Tross hier noch Rast gemacht, bevor er das Tal wieder verlassen hatte.

Prüfend den Blick nach unten gerichtet, schritt er den Lauf des winzigen Rinnsals entlang, wo sich an verschiedenen Stellen Fußspuren in das Bachbett geprägt hatten. Offenbar hatten einige der Rastenden ihre nackten Füße ins kühle Nass gehalten. Einzelne Abdrücke konnte er unzweifelhaft den Fuhrleuten zuordnen, deren Spuren er bereits am Ort des Überfalls wahrgenommen hatte.

Langsam ging er zu dem bewaldeten Hang hinüber – und hielt plötzlich inne. Im hohen Gras entdeckte er unzählige Spuren unbeschlagener Hufe, die etwas kleiner waren als die von Pferden – Abdrücke von Maultieren! Offenbar hatte die Bande den gesamten Inhalt der Kisten hier auf Maultiere umgeladen. Verblüfft fragte er sich, warum und vor allem wo die Banditen die Tiere aufgetrieben haben mochten. Maultiere wurden eigentlich nur im wärmeren Süden als Saumtiere eingesetzt. In dieser Gegend des Reichs bevorzugte man gewöhnlich Pferde oder Ochsen. Was aber, wenn jemand beabsichtigte, große Mengen irgendwelchen Materials in schwer zugängliche Gebirgsregionen zu schaffen? In diesem Fall wären Maultiere für ihn unzweifelhaft die bessere Wahl. Trittsicherer als ein Pferd sowie zäh und ausdauernd, waren sie hervorragend geeignet, auf schmalen, steinigen Pfaden Lasten zu einem hoch in den Bergen gelegenen Ziel zu schaffen.

Wolf erhob sich aus der Hocke und pfiff leise durch die Zähne. Ja, so musste es sein. Das Ziel der Bande lag dort, wo man nur mit gebirgserprobten Saumtieren hinkam. In diesem Fall gab es nur einen Weg, auf dem sie ihre Flucht hatten fortsetzen können: nordwestlich durch den Graben, der ein Stück weit an der Pölzmauer entlangführte, hinauf zur Admonter Höhe. Von dort gelangte man auf unterschiedlichen Wegen ins felsbewehrte Tal der Laussa hinunter und – so man wollte – über den Hengstpass weiter in die Berge um Windischgarsten, wo es viele Höhlen und damit auch unzählige Versteckmöglichkeiten gab.

Spätestens in diesem Moment wurde Wolf bewusst, dass die mörderischen Strauchdiebe bestens organisiert waren und über hervorragende Verbindungen verfügten. An ihrer Spitze musste ein strategischer Kopf ersten Ranges stehen, denn um ein solches Vorhaben erfolgreich durchzuführen, bedurfte es mehr als der simplen Logik einiger tumber Wegelagerer.

Und noch etwas glaubte er sicher zu wissen: Zwischen dem Mord an der Familie Arnulfs und dem Überfall auf die Venezianer musste es eine logische Verbindung geben.

Allerdings gab es etwas, das in keiner Weise ins Bild passen wollte – die fehlende große Zehe an Pauls rechtem Fuß ...

Wolf prüfte den Stand der Nachmittagssonne. Dann schwang er sich aufs Pferd.

Es war an der Zeit, den Grafen aufzusuchen.

7

Friedrich von Saurau schaute mit versteinerter Miene aus dem Fenster der Stube, die sich im obersten Stockwerk des Turmes befand, den man auf der Burg den „Roten“ nannte. Hierher zog er sich meist dann zurück, wenn er allein sein wollte, um nachzudenken. Wie von selbst wanderte sein Blick zum dreigezackten Gipfel des Reichensteins, der über der Buchauer Senke aufragte. Irgendwo dort, wo die Straße vom Buchauer Sattel herabkam und in das Sankt Gallener Tal führte, lagen zehn seiner Waffenknechte in ihrem Blut. Ihrer Seele entleibt von elendem Diebsgesindel, das sich mit kühner Dreistigkeit und unglaublicher Rohheit dem Handwerk des Tötens und Raubens verschrieben hatte.

Gestern, irgendwann am Vormittag, musste es geschehen sein. Schon kurz nach der Prim, so hatten die erst heute Morgen zurückgekehrten Wachen, die bei Weng die Strecke kontrollierten, ausgesagt, hatte der venezianische Kaufmannszug die Strecke zwischen Admont und Weng in Richtung Buchau ziehend passiert. Die Wachen waren die Letzten, die die Venezianer, die in ihrer Begleitung reitende Katharina von Klingfurth sowie die drei Fuhrleute und die bewaffnete Eskorte lebend gesehen hatten. Seitdem galt der Transport als verschollen.

Nun stand er, die Arme auf den steinernen Sims gestützt, am Fenster, starrte zur Buchau hinüber und wartete auf seinen Neffen. Wo blieb er nur?

Am späten Vormittag hatte er ihn ins Stift geschickt, um dem Prior die schreckliche Nachricht zu überbringen, die ihm selbst bereits am Morgen übermittelt worden war. Eigentlich hatte er schon gestern Abend gewusst, dass etwas Schlimmes geschehen sein musste, nachdem der Trupp nicht eingetroffen war. Doch er hatte es zunächst einfach nicht wahrhaben wollen.

Auf Gallenstein hatte man mit dem Eintreffen der Venezianer irgendwann am Nachmittag des gestrigen Tages gerechnet, nachdem tags zuvor, am Freitag, um die Mittagszeit herum ein Kurier auf der Burg eingetroffen war, um zu melden, dass die Venezianer bereits einen Tag früher als geplant das Gastrecht auf Gallenstein wahrnehmen würden.

Als die Stundenkerzen auf der Burg jedoch den Beginn der Vesper anzeigten, ohne dass der Transport in Sicht war, hatte Friedrich zum ersten Mal begonnen, sich deswegen Gedanken zu machen. Doch er verscheuchte die Unruhe, die in ihm aufkam, sogleich wieder. Es war durchaus denkbar, dass der Bruch einer Deichsel oder eines Rades das Eintreffen des Transportes verzögerte.

Nachdem aber bei Einbruch der Dämmerung von den Venezianern noch immer nichts zu sehen war, wurde der Saurauer von ernster Sorge erfasst. Er beschloss, einen Reiter in die Buchau zu schicken, der nach dem Rechten sehen sollte. Als dieser spät am Abend zurückkehrte und meldete, dass er bis zum Sattel hinaufgeritten sei, aber nichts von einem Kaufmannszug gesehen habe, hatte es der Graf schließlich mit der Angst zu tun bekommen. Was war mit dem Transport geschehen? Und was mit den Venezianern und der Eskorte, die er ihnen geschickt hatte? Das Ganze konnte nicht mehr mit rechten Dingen zugehen, dessen war er sich nun sicher und bekreuzigte sich unwillkürlich. Allein, es half nichts. Er musste sich gedulden. Vielleicht würde der nächste Tag des Rätsels Lösung bringen und sich alles in Wohlgefallen auflösen, hatte er sich noch einzureden versucht. Obwohl es gegen jegliche Vernunft gewesen war.

Heute Morgen schließlich – er hatte nach einer schlecht verbrachten Nacht mit brummendem Schädel und von Sorgen gezeichnet gerade beim Frühstück gesessen – war Simon Schachtner, einer seiner Jäger, bei ihm erschienen und hatte ihm über den grausigen Fund, den er gemacht hatte, Bericht erstattet. Dem Grafen waren dabei fast die Bissen im Halse stecken geblieben. Seine schlimmsten Befürchtungen hatten sich bestätigt. Er musste unverzüglich den Prior zu Admont über das Geschehen unterrichten. Er würde seinen Neffen, Arnim von Hallstatt, zu Otto Metschacher schicken. Doch Arnim war nicht auf der Burg; er hatte die Nacht nach einem Saufgelage im „Schwarzen Adler“ in Sankt Gallen verbracht. Glücklicherweise war er dann um die Terz herum verhältnismäßig nüchtern heimgekehrt und nur wenig später auf dem Weg nach Admont gewesen.

Inzwischen war die Sonne ein gutes Stück weitergewandert. Noch immer stand Friedrich am Fenster. Langsam wurde er unruhig. Wo blieb sein Neffe nur so lange?

Mit einem Mal sah er einen Reiter die Straße durch das Tal entlangjagen und auf den trockenen Sandweg einbiegen, der steil zur Burg hinaufführte. Es war Arnim.

Friedrich rannte die gewendelte Treppe zur Vorhalle hinunter und stürzte durch die offen stehende Tür ins Freie. Kurz darauf preschte Arnim durch das innerste der Tore in scharfem Galopp in den Hof und brachte unmittelbar vor dem Grafen das Pferd hart zum Stehen.

„Nun, wie steht es? Wie hat der Metschacher die Botschaft aufgenommen?“ Die Stimme Friedrichs zitterte vor Bangen.

„Aber Onkel, wie soll er eine solche Botschaft wohl aufnehmen? Ihr könnt Euch doch vorstellen, wie furchtbar ihn diese Nachricht treffen musste“, entgegnete Arnim, während er absaß. „Er fürchtet nicht nur um Ruf und Ansehen des Stiftes und der ganzen Gegend. Er ist auch davon überzeugt, dass wir alle gewaltig Federn werden lassen müssen, wenn erst der Herzog und der Erzbischof von der Sache Wind bekommen. Und das wird sich nicht vermeiden lassen. Nicht nur der Landesherr, auch das Stift trägt Verantwortung für die Strecke von Trieben bis hin nach Altenmarkt; und damit auch Ihr als Burgherr. Der Prior glaubt, das Privileg, das Herzog Albrecht der Strecke einst verlieh, sei in Gefahr, wenn es nicht endlich gelingt, die Bande zu fassen. Was das bedeutet, brauche ich Euch nicht zu sagen."

Gramvoll nickte der Graf. Er wusste, dass viele Steyrer Kaufleute nur darauf warteten, die von Venedig kommenden Waren endlich wieder über den Pyhrnpass führen zu können, was ihnen ein Dekret des ehemaligen Herzogs Albrecht des Dritten seit dem Jahr des Herrn dreizehnhundertsiebzig bis zum heutigen Tag untersagte. Stattdessen hatten sie die Strecke über Zeiring, Trieben, Admont und Altenmarkt zu befahren, was natürlich bedeutete, dass man um die Strecke herum kräftig von den durchreisenden Kaufleuten profitierte. Dem Admonter als auch den Sankt Gallenern Stift hatte das herzogliche Edikt einen dicken Geldbeutel beschert.

„Ich teile die Befürchtung, die man in Admont hegt", gab Friedrich zur Antwort. „Aber was, zum Teufel, soll ich denn tun? Die Herren im Stift machen es sich leicht, wenn sie allein mir die Verantwortung für die Straße über die Buchau aufhalsen wollen."

„Aber Onkel, davon war nicht die Rede. Der Metschacher hat mit keinem Wort erwähnt, dass er Euch die alleinige Schuld gibt."

„Erwähnt hat er es vielleicht nicht. Aber er denkt es. Ich kenne ihn", erwiderte der Graf heftig.

„Mit Verlaub, das glaube ich nicht. Aber ...", Arnim hielt kurz inne, „... ein anderer könnte ihm vielleicht einen Floh über Euch ins Ohr setzen."

„Ein anderer? Wer will mir am Zeug flicken? Wen meinst du, Neffe?" Der Graf war hellhörig geworden.

„Nun, ich denke, Ihr werdet überrascht sein, wenn ich es Euch sage. Ich spreche von Wolfram von der Klause."

Der Graf sah ihn verständnislos an. „Wolf? Er soll mir Übles wollen? Nie im Leben. Wie kommst du denn darauf? Du weißt, wie sehr ich ihn schätze. Dass du nicht mit ihm zurechtkommst, ist für mich kein Grund, ihm zu misstrauen."

„Haltet von ihm, was Ihr wollt, Onkel. Ich habe mit eigenen Ohren gehört, wie er dem Metschacher weiszumachen versuchte, dass Ihr statt ein paar leicht bewaffneten Knechten auch Geharnischte hättet schicken können."

„Das hat er gesagt?"

„So wahr ich hier stehe. Das hat er gesagt."

„Und – was hat der Prior daraufhin entgegnet?"

„Nichts. Aber der Hinweis saß, das dürft Ihr mir glauben."

„Eigentlich hat er Recht – der Wolf. Ich hätte tatsächlich die Knechte mit schweren Rüstungen versehen lassen sollen. Aber konnte ich denn ahnen, dass sie gewissermaßen in eine Schlacht ziehen würden?", versuchte der Graf sich zu rechtfertigen.

„Nein, das konntet Ihr nicht. Grämt Euch nicht, Onkel. Man muss die Dinge nehmen, wie sie nun mal sind. Im Übrigen meine ich, dass der Prior selbst einen schweren Fehler begangen hat."

„Einen Fehler?"

„Einen schweren Fehler, sagte ich. Otto Metschacher hat den Wolf mit einer Generalvollmacht versehen. Er soll die Sache untersuchen. Er soll der Bande auf die Spur kommen und ihr das Handwerk legen. Ein Witz, findet Ihr nicht auch?"

„Er hat den Wolf damit beauftragt? – Die Idee ist so schlecht nicht", entgegnete der Graf sinnend. „Er ist ein schlauer Kopf. Und was den Prior angeht: Niemand kann ihm verwehren, dass er jemanden beauftragt, sich der Sache anzunehmen, wenn er das als im Interesse des Stiftes erachtet. Ich denke, das solltest auch du akzeptieren."

Arnim fühlte sich zurechtgewiesen. Er lenkte ein. „Ich akzeptiere es auch, Onkel. Ich habe dem Wunsch Wolfs entsprochen und bin mit ihm zum Tatort geritten. Außerdem habe ich ihn gebeten, sich mit Euch unverzüglich in Verbindung zu setzen. Er wird es sicherlich heute noch tun."

„Das war sehr vernünftig. Ich danke dir." Müde wandte sich der Saurauer um, trat in den Turm zurück und stieg zu seinem Gemach empor. Er hatte das Bedürfnis, allein zu sein.

Der Ritter führte indes sein Ross über den inneren Burghof zum Stall hinüber. Dabei fluchte er, was das Zeug hielt. Dass der Schlag, den er gegen das Ansehen Wolfs beim Grafen hatte führen wollen, gründlich danebengegangen war, ärgerte ihn gewaltig. Gewiss, er hatte das eine oder andere Mal auf Bitten des Priors hin mit ihm zusammengearbeitet, sich dabei aber immer von ihm in den Hintergrund gedrängt gefühlt, weshalb auch sein Groll gegen den Klausner stetig gewachsen war. Doch er musste achtgeben. Er durfte sich ihm gegenüber nichts anmerken lassen. Also würde er weiterhin gute Miene zum bösen Spiel machen. So lange, bis er endlich sein Ziel erreicht hatte – freier und unabhängiger Herr auf Burg Gallenstein zu sein. Danach würde er weitersehen, was den Klausner anging.

8

Hufe stampften, Staub wirbelte auf. Sporenklirren, Lederknirschen und lautes Rufen waren zu hören.

Soeben war die berittene Schar im Hof der Feste Gallenstein angekommen. Geräuschvoll saßen die Männer ab.

Pünktlich zur Sext, wie vorgesehen, war die Abordnung aus Steyr, die die Handelsgesellschaft der dortigen Eisenkaufleute vertrat, eingetroffen. Angeführt wurde sie von Jakob von Schmelzer, der einem der vornehmsten und reichsten Steyrer Kaufmannsgeschlechter entstammte. Er selbst war schon einige Tage vorher aufgebrochen, um diverse Geschäfte in der Gegend zu tätigen, und erst heute Morgen bei Altenmarkt zur Gruppe hinzugestoßen. Seit Jahren schon unterhielt er ein eigenes Kontor im *Fondaco dei Tedeschi* in Venedig und genoss dort hohes Ansehen. Man behauptete, er kenne Venedig wie seine Gürteltasche. Ein Umstand, der ihn geradezu dazu prädestinierte, die Verhandlungen mit den Kaufherren zu führen.

Jakob von Schmelzer übergab die Zügel seines Rappen einem der herbeieilenden Reitknechte und ging freudestrahlend auf den Grafen zu, der, zusammen mit Arnim von Hallstatt, die Gäste bereits im Burghof erwartete.

„Welche Freude, Euch gesund und munter zu sehen, lieber Graf. Auch Euch einen guten Tag, Herr von Hallstatt“, rief er gut gelaunt.

Dann aber merkte er, dass der Gruß, den er geleistet hatte, wohl gänzlich unpassend zu sein schien, sah er im versteinerten Gesicht seines Gastgebers doch in ein Augenpaar, in dem dumpfe Verzweiflung flackerte. Von Schmelzers Blick glitt zu Arnim hinüber, aber auch in dessen Miene spiegelte sich unübersehbar der Widerschein einer Katastrophe.

„Aber Herr Graf ... edle Herren ... was gibt es? ... Was ist geschehen?“, entsetzte er sich und trat unwillkürlich einen Schritt zurück.

Auch die anderen Besucher waren mittlerweile näher gekommen, das lebhafte Stimmengewirr betretenem Schweigen gewichen.

Der Saurauer sandte einen langen Blick in die Runde, bevor er zu einer Erklärung ansetzte.

„Ich grüße Euch, Herr von Schmelzer. Und auch Ihr anderen Herren, seid willkommen. Doch entschuldigt, wenn meine Begrüßung nicht so ausfällt, wie Ihr es eigentlich erwarten dürftet. Ich bitte Euch, mir in die große Halle zu folgen, dort werde ich mich näher erklären. Ich habe schlechte Nachrichten“, sagte er im Tonfall eines alten, gebrochenen Mannes.

Die Tür zur großen Halle stand weit offen.

Gedämpft klangen die Stimmen einiger Männer auf den Flur hinaus. Prior Otto Metschacher, Wolf von der Klause und Nikolaus Schinopl, Pfarrer zu Sankt Gallen, saßen auf einer Bank neben dem offenen Kamin und unterhielten sich. Zu ihren Füßen lagen Felle und dicke Kissen aus Brokat, die einzige Andeutung von Behaglichkeit in dem ansonst karg eingerichteten Raum, dessen Mitte von einem gewaltigen Tisch mit einer eichenen Platte dominiert wurde, um den herum wiederum zwölf Stühle mit hohen Lehnen angeordnet waren. Plötzlich verstummte die Unterhaltung. Der Graf und die Steyrer betraten den Saal.

Wie schon zuvor der Empfang durch den Grafen, fiel auch die Begrüßung zwischen den drei bereits wartenden und den neu angekommenen Gästen sehr zurückhaltend aus. Grabesstimmung erfüllte die Halle.

Mit einer stummen Geste bedeutete der Saurauer den Anwesenden, sich zu setzen. Er selbst nahm an der Stirnseite des Tisches Platz. Das unvermeidliche Räuspern und Stühlerücken war noch nicht ganz verklungen, als er auch schon das Wort ergriff.

„Meine Herren, ich sagte es schon: Es gibt schlechte Nachrichten“, wandte er sich unvermittelt an die zuletzt angekommenen Gäste. „Ihr findet mich in großer Not. Um es kurz zu machen: Es ist etwas Entsetzliches geschehen. Die Herren Polo, dal Pietra und Lombardi wie auch die Dame, die sich in ihrer Begleitung befand, Katharina von Klingfurth, wurden überfallen und entführt, der Transport gekapert. Von den eben Genannten, den Fuhrleuten und natürlich auch von den Waren und dem Geld fehlt jede Spur. Die bewaffnete Eskorte, die ich zur Sicherung des Zuges abgestellt habe, wurde getötet; zehn meiner Waffenknechte haben ihr Leben verloren“, die Stimme des Grafen bebte vor Wut und Trauer. „Das, meine Herren, ist die Situation“, beendete der Saurauer seine knappe Zusammenfassung der Geschehnisse.

An der Seite des Tisches, an dem die Steyrer Gäste Platz genommen hatten, machte sich Entsetzen breit. Jakob von Schmelzer schlug die Hände vors Gesicht, während die ihn begleitenden Herren den Saurauer nur ungläubig ansahen.

Otto Metschacher, Arnim von Hallstatt, Niklas Schinopel und Wolf von der Klause, die die andere Seite des Tisches flankierten, starrten betreten vor sich hin. Aus ihren Mienen sprach Ratlosigkeit.

Jakob von Schmelzer fuhr sich mit dem Handrücken über den dichten Bart, wobei er ein singendes Räuspern von sich gab. Er brach als Erster das bedrückende Schweigen. „Ihr sagtet, dass der Transport gekapert und die Venezianer zusammen mit Fräulein von Klingfurth und den beiden Fuhrleuten entführt worden sind. Habt Ihr denn wenigstens einen Hinweis, wohin man sie verschleppt haben könnte?“, wandte er sich mit brüchiger Stimme an den Grafen.

Der Saurauer blickte ihn an und hob achselzuckend die Hände. „Bis jetzt nicht einen einzigen“, antwortete er tonlos.

Wolf meldete sich zu Wort. „Verzeiht, Graf, wenn ich Euch widerspreche“, wandte er ein. „Ich denke, einige Hinweise gibt es schon. Allein: Ob sie ausreichen, die Signori zu finden, mag dahingestellt sein. Doch wir werden jeder noch so geringen Spur nachgehen.“

Von Schmelzer wandte sich ihm interessiert zu.

„Hinweise? Würdet Ihr die Güte haben, dies näher zu erläutern?“

„Nun, die Spuren der Entführten, wie auch des gesamten Transportes, scheinen nach Nordwesten zu weisen, vom Ort des Überfalls aus gesehen. Um genauer zu sein: hinauf zur Admonter Höhe. Von dort gelangt man ins Tal der Laussa und noch weiter, so man will. Es kann eigentlich gar keinen anderen Fluchtweg geben. Ansonsten wissen wir, dass die Bande sehr zahlreich gewesen sein muss. Und dass ihre Mitglieder geübt sind, was den Gebrauch der Armbrust angeht. Dass sie vor keiner Schandtat zurückschrecken, brauche ich nicht eigens hervorzuheben. Zudem ist klar: Der Überfall muss von langer Hand geplant gewesen sein.“

„Ihr sprecht von Spuren, die ins Laussatal weisen. Und davon, dass es keinen anderen Fluchtweg geben könne. Woher wollt Ihr das wissen?“, fragte von Schmelzer.

„Zum einen habe ich selbst diese Spuren verfolgt – soweit es mir in dieser kurzen Zeit möglich war. Zum anderen: Wohin sollten sie sich wohl sonst wenden? Abseits der stark befahrenen Wege gibt es nur eine sinnvolle Fluchtmöglichkeit – und die führt über die Admonter Höhe hinunter ins Tal der Laussa oder noch ein Stück weiter.“

„Ihr selbst habt die Spuren verfolgt?“ Von Schmelzer wunderte sich.

Prior Metschacher schaltete sich ein. „Ihr müsst wissen, dass Herr von der Klause von mir, von Landrichter Taupekh und dem Inquisitor, Heinrich von Olmütz, gewissermaßen als Sonderbevollmächtigter eingesetzt wurde, um die Suche nach den Mördern aufzunehmen. Er ist ein Meister im Erkennen und Deuten von Spuren und Hinweisen." In der Tat hatte Otto Metschacher das von Wolf geforderte Dokument endlich erhalten und es ihm gerade erst diesen Morgen ausgehändigt.

„Ich verstehe", von Schmelzer nickte mit dem Kopf. „Doch wenn Ihr schon wisst, in welche Richtung sie sich davongemacht haben, sollte es doch Möglichkeiten geben, die Verbrecher aufzuspüren", wandte er sich direkt an Wolf.

„Mit Verlaub – Ihr vergesst, dass es unterschiedliche Ziele gibt, die infrage kommen. Die Bande könnte sich durchaus im Laussatal aufhalten. Aber sie kann sich auch genauso gut weiter in Richtung Westen davongemacht haben. Auf jeden Fall bewegt sie sich in einem Gelände, in dem die Versteckmöglichkeiten so zahlreich sind wie die Sterne am Himmel."

„Da habt Ihr natürlich Recht", räumte von Schmelzer ein. „Andererseits denke ich ..."

Schmelzer hielt inne. Ein heftiges Klopfen hatte ihn seine Rede unterbrechen lassen, unvermittelt fuhr sein Blick zur Tür. Auch die anderen wandten erstaunt den Kopf.

„Ich sagte doch, man soll uns nicht stören", rief der Saurauer ärgerlich.

Ungeachtet dessen flog die Tür auf, und einer der Torwächter erschien. Sein völlig verstörtes Gesicht ließ ahnen, dass er einen guten Grund für diese Unverfrorenheit haben musste.

„Verzeiht, edler Herr Graf ... aber ... aber ... da ist wohl jemand dem Überfall entkommen. Eine Dame ... sie ... wünscht Euch zu sprechen."

Der Saurauer starrte seinen Diener an, als sei er nicht ganz bei Sinnen. Dann sprang er mit einem Ausruf der Verblüffung vom Stuhl.

„Was sagst du da? Das ... das kann nicht sein!“

In diesem Augenblick tauchte eine Gestalt hinter dem Wächter auf und schob sich einfach an ihm vorbei in die Halle.

„Doch!“

Die um den Tisch versammelte Männerrunde erstarrte.

Eine Frau war in den Saal getreten. Sie hatte das Haupt mit einer Gugel verhüllt. Reithose und Wams, in die sie gekleidet war, vermochten nur unzureichend die weiblichen Formen zu kaschieren, die ein erfahrenes Männerauge darunter vermutete.

Die Frau grüßte mit einem leichten Nicken, in dem die Gelassenheit einer Königin lag.

„Gestattet, dass ich mich vorstelle, edle Herren: Katharina von Klingfurth.“

Indem sie den Kopf mit der Gugel selbstbewusst nach hinten warf, legte sie ihre blonde Mähne frei – eine Bewegung, die die Männer geradezu von ihren Stühlen aufspringen und sie die Frau anstarren ließ, als sei sie ein Wesen aus einer anderen Welt.

Sie sahen in ein Gesicht von atemberaubender Vollendung, dessen Züge eine faszinierend eigentümliche Kombination aus mädchenhafter Zartheit und unbeugsamer Entschlossenheit aufwiesen. Tiefblaue Augen unter vollendet geschwungenen, dunklen Brauen, die einen reizvollen Kontrast zu der blonden Haarpracht bildeten, musterten ernst, fast kritisch die männliche Gesprächsrunde, während um den markant geschnittenen Mund herum eine eigentümliche Starre lag, die zu dem sonst makellosen Antlitz nicht recht zu passen schien. Erst beim zweiten Hinsehen bemerkte man auch einige blutverkrustete Kratzer in ihm. Die Frau schien einiges durchgemacht zu haben.

„Ich konnte tatsächlich entkommen, wie Ihr seht. Besser gesagt, bin ich mit dem Leben noch einmal davongekommen“, fuhr sie fort. „Im Gegensatz zu Euren Waffenknechten, die ich in ihrem Blut liegen sah. Ich versichere Euch, dass es mir unendlich leid um sie tut,

Graf", wandte sich die Klingfurtherin leise an den Saurauer. Die Starre in ihrer Miene begann sich aufzulösen. Um ihre Mundwinkel zuckte es, ein erster Hinweis darauf, dass sie trotz ihres selbstbewussten Auftretens nicht auf Dauer verbergen konnte, was sie durchgemacht hatte.

Langsam, mit federnden Schritten, trat Katharina an den Tisch heran. Mit einer besitzergreifenden Geste umfasste sie die Lehne des noch einzig leer stehenden Stuhles.

„Wenn es die Herren interessiert, bin ich gerne bereit, die näheren Umstände meines plötzlichen Auftauchens zu erklären. Offensichtlich bin ich die Einzige, die dem Überfall entkommen konnte. Wäre dem nicht so, würde ich hier wohl auch die Herren Polo, Lombardi und dal Pietra begrüßen können; habe ich nicht Recht?"

Nur wenig später war Katharina ebenbürtiger Partner der Tischrunde und das Ziel einer Unmenge von Fragen geworden.

In kurzen Zügen unterrichtete sie die Männer über die Umstände des Überfalls und ihr Entkommen aus der Höhle. Was Letzteres anging, hatte sie zunächst versucht, sich selbst zu befreien, was ein äußerst mühseliges Unterfangen gewesen war. Dann aber hatte sie durch das Gewirr von Wurzeln hindurch einen alten Mann nahe der Höhle vorbeigehen sehen, der offensichtlich dabei war, Kräuter zu sammeln. Er hatte einen vertrauenswürdigen Eindruck gemacht, und so beschloss sie kurzerhand, ihn um Hilfe anzurufen. Zunächst gewaltig erschrocken ob der Stimme, die aus dem Erdreich zu kommen schien, hatte er ihr sogleich tatkräftig geholfen, die Höhle zu verlassen, und ihr anschließend den Weg nach Sankt Gallen beschrieben. Das letzte Stück hatte sie auf dem Fuhrwerk eines Bauern zurückgelegt.

„Um noch einmal auf den Überfall zu sprechen zu kommen ... Ihr sagtet, das Letzte, was Ihr von Euren männlichen Begleitern wahrgenommen hättet, seien entsetzte Rufe und die Aufforderung

Signor Polos gewesen, in den Wald zu verschwinden. Was danach geschah, entzieht sich Eurer Kenntnis?“ Jakob von Schmelzer hatte die Frage gestellt.

„Ja“, bestätigte Katharina geduldig. „Wie ich schon sagte: Ich bekam bei Weitem nicht das ganze Ausmaß des Desasters mit. Mit weiteren Einzelheiten kann ich Euch leider nicht dienen.“

Wolf von der Klause, neben den die Klingfurtherin zu sitzen gekommen war, erhob sich. „Ich denke, es erübrigt sich, Fräulein von Klingfurth mit weiteren Fragen zu behelligen. Sie hat uns über alles, was sie gesehen hat, ausführlich berichtet. Was das Schicksal der entführten Kaufherren und der Fuhrmänner angeht, kann sie uns jedoch nicht weiterhelfen, weil sie nichts darüber weiß.“

„Ihr glaubt tatsächlich, dass die drei Herren aus Venedig noch am Leben sind?“, fragte Katharina nun ihrerseits und sah Wolf an.

„Davon bin ich überzeugt, edles Fräulein“, antwortete Wolf. „Man fand am Ort des Überfalls nur die Leichen der Waffenknechte. Nicht die der Venezianer. Das heißt für mich, sie leben. Was übrigens auch für die drei Fuhrleute gelten muss. Auch ihre Leichen wurden nicht gefunden. Wenn der Bande nur an dem Geld und den Waren gelegen gewesen wäre, hätten sie mit den Herren aus Venedig ebenfalls kurzen Prozess gemacht. Und zwar an Ort und Stelle. Doch dies ist, wie gesagt, nicht der Fall gewesen. Die Herren wurden entführt. Und ich glaube, dass dieser Umstand dazu führen wird, dass wir über kurz oder lang etwas von der Bande hören werden.“

„Verstehe ich Euch richtig? Ihr glaubt, dass die Bande ein Lösegeld fordern wird? Daran habe ich bis jetzt noch gar nicht gedacht. Doch zugegeben, der Gedanke entbehrt nicht einer gewissen Logik“, meldete sich Metschacher stirnrunzelnd zu Wort.

„Eine Erpressung? Glaubt Ihr tatsächlich, dass die Mordbuben es wagen werden, mit der Forderung nach einem Lösegeld an irgendjemanden heranzutreten? Niemals! Dieses Risiko würden sie nie eingehen“, tönte Arnim von Hallstatt im Brustton der Überzeugung.

„Was macht Euch da so sicher?“, widersprach Wolf ruhig. „Wie Prior Metschacher bereits sagte: Der Gedanke hat etwas zwingend Logisches an sich.“

Arnim ärgerte sich. Da war es wieder: dieses Belehrende, Besserwissende in der Argumentation des Klausners. Was nahm sich dieser arrogante Hund nur heraus? Ihn so bloßzustellen! Und das noch in Anwesenheit dieser Frau.

Nur mühsam schluckte er seinen Ärger hinunter. „Nun ja, man wird sehen“, sagte er und zuckte mit den Achseln.

„Herr von der Klause hat mich auf diese Möglichkeit bereits gestern Abend aufmerksam gemacht. Und ich gestehe: Auch mir scheint sie schlüssig.“ Der Graf hatte wieder das Wort ergriffen und bezog sich dabei auf das Gespräch, das er mit Wolf am vorherigen Abend geführt hatte, kurz nachdem dieser auf Gallenstein eingetroffen war.

„Wenn ich Euch richtig verstehe, Graf, geht also auch Ihr davon aus, dass sich die Entführer melden werden, um ein Lösegeld zu erpressen. Doch von wem?“ Nikolaus Schinopl, der Pfarrer, hatte die Frage gestellt und sich damit zum ersten Mal in das Gespräch eingeschaltet. Er galt als wortkarg, verfügte aber über einen scharfen Verstand und genoss in der Gegend hohes Ansehen. Im vergangenen Jahr hatte ihn der stiftische Konvent zu Admont dazu auserkoren, der Wahl des derzeitigen Abtes Wilhelm von Reisberg die oberhirtliche Genehmigung aus Salzburg zu verschaffen.

„Die Schnapphähne werden es schnell herauszufinden wissen, wem wohl am Leben der drei Herren am meisten gelegen sein könnte“, antwortete der Graf.

„Doch wohl deren Familien“, warf Katharina von Klingfurth ein.

„Grundsätzlich ja“, gab ihr Wolf Recht, „vielleicht bauen die Entführer tatsächlich auf das Band des Blutes. Es verbindet bekanntlich am stärksten. Doch es gibt noch eine andere Möglichkeit. Wir müssen davon ausgehen, dass die Räuber es von Anfang an auf eine Entführung abgesehen hatten. Offenbar wussten sie, welch dicker Fisch ihnen da ins Netz gehen würde. Und auch, in welcher Mission die drei Herren reisten und von welcher Bedeutung diese Mission für das Stift ist. Also liegt die Möglichkeit nahe, dass sie auch das Stift erpressen könnten."

Die Runde schwieg. Was Wolf sagte, klang zunächst durchaus plausibel.

Heinrich Schemphiren, Kaufmann zu Steyr, meldete sich zu Wort.

„Mit anderen Worten: Ihr glaubt, dass sich die Entführer irgendwann melden werden, um dem Stift ihre Forderungen zu unterbreiten?", wandte er sich an Wolf.

„Ja, diese Vermutung liegt nahe."

„Und wann?"

„Das mag der Himmel wissen."

„Das heißt, wir können alle miteinander nichts weiter tun als warten?"

„Nein, Herr Schemphiren, das heißt es nicht. Ihr könnt gewiss sein, dass wir hier alles unternehmen werden, um Licht ins Dunkel zu bringen. Es gibt da auch noch weitere Hinweise, die zu verfolgen ich im Begriff bin."

„Weitere Hinweise?", fragte Schemphiren verwundert, „wollt Ihr sie uns nicht nennen?"

„Mit Verlaub – darüber möchte ich erst sprechen, wenn ich mehr Klarheit gewonnen habe", wehrte Wolf ab. „Ihr müsst wissen, dass die Schurken noch ein anderes Verbrechen auf dem Kerbholz haben. Sie haben vor vier Wochen eine ganze Familie ausgelöscht. Ich suche noch nach Zusammenhängen", fügte er mit bebender Stimme hinzu.

Die versammelte Runde blickte erstaunt auf.

„Hmm", räusperte sich nun ein weiterer zur Begleitung des Schmelzer gehörender Kaufherr, Ruprecht von Rohnstein. „Weitere

Hinweise? Ich denke doch, dass Ihr uns die nennen solltet. Wir haben ein Anrecht darauf. Schließlich geht es um ein Unternehmen, in das wir alle investiert haben – und damit um unsere Zukunft und die Steyrs."

Auch Jakob von Schmelzer war sichtlich pikiert. Erneut schaltete er sich ein. „Verzeiht, Herr von der Klause ...", begann er und strich sich zum wiederholten Mal den Bart, „auch ich bin ... nun, sagen wir ein bisschen überrascht. Immerhin sind auch Menschenleben in Gefahr – das der drei Herren aus Venedig ... sowie der beiden Fuhrknechte. Und natürlich ist ein unerhört wichtiges Geschäft davon betroffen. Ich denke, dass wir angesichts dessen mit Geheimniskrämereien nicht gerade weiterkommen."

Schemphiren, von Rohnstein und auch die drei Steyrer, die bis jetzt noch keinen Ton von sich gegeben hatten, nickten zustimmend.

Arnim von Hallstatt nutzte die Gunst des Augenblicks. „Wolf, Ihr wisst, dass wir Eure Bemühungen sehr schätzen. Aber auch ich bin der Meinung, dass wir ein Anrecht darauf haben, alles Wissenswerte zu erfahren. Warum also wollt Ihr die Dinge nicht beim Namen nennen?", sagte er forsch.

„Ihr habt es eben selbst gesagt, Arnim. Das *Wissenswerte* sollt und habt Ihr auch erfahren. Doch was würde es nützen, Euch mit Dingen zu behelligen, mit denen Ihr nichts anzufangen wisst und die ich selbst noch nicht richtig einzuschätzen vermag? Es würde nur verwirren."

Otto Metschacher ergriff das Wort.

„Ich denke, wir sollten dieser Bitte stattgeben", entschied er. „Herr von der Klause genießt das uneingeschränkte Vertrauen des Stiftes. Er wird seine Gründe haben, wenn er in diesem Stadium des Nachforschens bestimmte Dinge für sich behält."

Damit war das Thema erledigt und die Einwände der Steyrer und des Hallstatters abgeschmettert.

„Wenn Ihr mir vielleicht noch eine Frage gestatten würdet?", wandte sich Katharina von Klingfurth erneut an Wolf.

„Aber nur zu, gnädiges Fräulein", forderte er sie auf.

„Ihr spracht davon, dass die Schnapphähne lange im Voraus über den Transport und die Mission der drei Herren aus Venedig Bescheid gewusst haben könnten. Allein, ich frage mich, woher?"

„Diese Frage solltet Ihr nicht mir stellen. Ich vermag nicht zu beurteilen, in welchem Ausmaß das Wissen um die Mission der drei Herren der Öffentlichkeit zugänglich war. Herr von Schmelzer und Graf von Saurau werden Euch dazu sicher mehr sagen können." Wolf blickte zum Grafen hinüber.

„Nun ja ... das Ganze wurde nicht gerade als Geheimnis gehandelt", erwiderte der Saurauer zögernd. „Es gab viele, die davon wussten. Sowohl hier auf der Burg, im Stift – und auch in Steyr, nehme ich an." Er sah in Richtung des Schmelzer.

„Ja, natürlich ... es war kein Geheimnis ... wie Ihr bereits sagtet", bestätigte der Steyrer.

„Mit anderen Worten: Den Schnapphähnen dürfte es nicht gerade schwergefallen sein, alles über den Transport und seine Begleiter zu erfahren", resümierte die Klingfurtherin.

„Ihr sagt es", bestätigte Wolf. „Mit diesem Wissen gerüstet, konnte die Bande zum richtigen Zeitpunkt am richtigen Ort sein und wirkungsvoll zuzuschlagen."

Betroffenes Schweigen breitete sich in der Runde aus. Friedrich von Saurau erhob sich und trat an eines der Fenster.

Am Himmel über der Buchau, dort, wo die Gier der Räuber den Boden blutig gefärbt hatte, kreiste ein Habicht auf der Suche nach Beute.

Die zehnte Stunde des Tages nahte. Noch ruhten die Gäste aus Steyr in den Kammern, die ihnen nach dem Mittagsmahl zugewiesen worden waren. Nicht so Katharina von Klingfurth. Sie stand gerade im Begriff, die ihre zu verlassen und auf den langen Flur zu treten, als ihr Wolf begegnete, dessen Unterkunft am anderen Ende des Ganges lag. Erstaunt stellte er fest, dass sich die junge Frau umgezogen hatte. Sie trug das Habit eines Jägers. Über einem weißen leinernen Wams, an welchem eine geschlossene Hose aus Hirschleder mit Gürtel und Jagdmesser befestigt war, trug sie eine eng anliegende braune Schecke. Ihr blondes Haar war unter einem in engen Windungen um den Kopf geschlungenen Tuch und einem darübergestülpten braun-grünen Jagdhut verborgen.

Es war nur natürlich, dass sich Wolfs Verwunderung schnell in Bewunderung wandelte. „Ihr erstaunt mich immer wieder, edles Fräulein", sagte er galant, „wollt Ihr etwa zur Jagd ausreiten?"

„Warum nicht?", lächelte sie ein wenig mokant zurück. „Lasst Euch nicht irritieren. Meine Kleidung ist stets eher praktischer als damenhafter Natur. Ich möchte ein wenig die Gegend erkunden. Der Graf war so freundlich, mir eins seiner Pferde zu borgen. Wollt Ihr mich begleiten?"

Trotz des leicht spöttelnden Blickes war ihre Frage mit jener entwaffnenden Natürlichkeit gepaart, der kein Mann widerstehen konnte.

„Es wird mir ein Vergnügen sein", antwortete Wolf.

Gemeinsam stiegen sie die Treppe zur Eingangshalle hinunter, wo Katharina zielsicher auf eine gegenüber der Tür abgestellte Kiste zusteuerte, der sie ein Paar derber Stiefel aus braunem, dunklem Leder entnahm, welche sie sogleich anlegte. Sie reichten ihr bis unters Knie.

Wolf sah ihr verwundert zu.

Wieder lächelte sie. Diesmal jedoch ohne Spott. „Meine Habseligkeiten kamen schon einige Tage früher auf Gallenstein an. Ein Fuhrmann, der einen Weintransport von Steyr nach Judenburg bringen sollte, war so freundlich, meine Truhe bis hierher mitzunehmen."

„Aha", nickte Wolf.

Sie traten auf den Hof hinaus. Es war heiß und schwül.

Katharina blickte sich suchend um. „Wisst Ihr, wo die Ställe liegen?"

„Die Ställe? – Sie befinden sich dort drüben. Wenn Ihr mir folgen wollt?"

Als sie bei den Stallungen anlangten, war bereits einer der Reitknechte damit beschäftigt, einen prächtig aussehenden Fuchs zu satteln. Dienstbeflissen verbeugte sich der Mann. „Euer Pferd ist gleich bereit, edle Dame", wandte er sich an Katharina, die nicht lange warten musste, bis auch Wolf seinen Rappen aus dem Gästestall geholt und gesattelt hatte.

„Würdet Ihr den Führer machen? Ihr kennt die Gegend", bat Katharina und schwang sich auf den Rücken des Fuchses.

„Wenn Ihr meint – gerne", stimmte Wolf zu und stieg ebenfalls auf. Gemächlich trabten sie zum Tor hinaus.

Den ersten Teil des steilen Weges, der sie in vielen Windungen hinunter ins Tal führte, ritten sie schweigend nebeneinander her. Katharina tat so, als mustere sie interessiert die Gegend. Nur hin und wieder blickte sie distanziert lächelnd zu Wolf hinüber, der ebenso distanziert zurücklächelte. Fast schien es, als ob sich eine gewisse Verlegenheit zwischen ihnen breitgemacht hatte, die ihnen das Sprechen verwehrte.

Erst als sie schon fast unten im Tal angekommen waren und das Gefälle sanfter wurde, brach Katharina das Schweigen.

„Seid Ihr in Gesellschaft einer Dame immer so schweigsam, Herr von der Klause?", fragte sie. Diesmal wirkte ihr Lächeln seltsam kühl, fast hochmütig, und Wolf fragte sich, über wie viele Varianten zu lächeln die Frau, die da neben ihm ritt, wohl noch verfügen mochte.

Dann aber schmunzelte er. „Ich habe schon sehr lange die Gesellschaft einer Dame vermissen müssen", erklärte er schließlich und sah nachdenklich auf seine Hände. „Wahrscheinlich habe ich die Dinge, die man in Gesellschaft einer so bezaubernden und schönen Dame, wie Ihr es seid, sagen sollte, verlernt."

„So? Das scheint mir aber nicht der Fall zu sein. Ihr versteht es zumindest, einer Dame Dinge zu sagen, die Ihr für ein Kompliment haltet. Schönheit und Anmut – ist das das Einzige, was ihr Männer an uns Frauen schätzt?" Die Schärfe in ihrer Frage war unüberhörbar. Fast erschrocken fuhr Wolf hoch und blickte zu ihr hinüber. Allein ihre Mundwinkel zeigten noch die Andeutung eines Lächelns.

„Ist Eure Frage dahingehend zu verstehen, dass Ihr keine Komplimente mögt?", antwortete er verblüfft.

„Nicht unbedingt. Ich mag es nur nicht, wenn man nichtssagende Redensarten drischt. Und dabei dem äußeren Schein eine größere Bedeutung zumisst als dem inneren Sein – wenn Ihr versteht, was ich meine."

„Ihr müsst mit Männern schlechte Erfahrungen gemacht haben, wenn Ihr jeden, der Euch sagt, dass Ihr bezaubernd seid, einen Schwätzer nennt. Ihr wisst, dass Ihr nicht nur schön seid. Ihr verfügt auch über einen scharfen Verstand – allerdings auch über eine scharfe Zunge."

Mit einem Ruck hielt Katharina ihr Pferd an.

Leicht betreten sah sie ihn an. „Verzeiht, Herr von der Klause, so habe ich das nicht gemeint. Es ist nur ... ", sie hielt kurz inne, als suche sie nach den geeigneten Worten, „... ist es nicht so, dass fast alle Männer an uns Frauen nur das Äußere wahrnehmen und nur das an unseren Körpern zu schätzen wissen, was ihnen Lust zu bereiten verspricht? Und dabei ignorieren, dass auch wir Geist besitzen? Dass sie uns Frauen die Waffen des Geistes jedoch verwehren, aus Furcht, wir könnten die von ihnen beherrschte Welt damit in Stücke hauen? Und uns darum in die Kerker von Küche, Haus und Hof verbannen? Dass sie uns den Zugang zu den Stätten des Wissens verwehren und uns lieber in die Ketten der Unwissenheit geschmiedet sehen, weil sie fürchten, dass wir aufbegehren könnten gegen Ungleichheit und Knechtschaft? Obwohl auch wir Frauen nach dem Bilde Gottes geschaffen wurden?“ Die Klingfurtherin hatte sich in Rage geredet, ihre Wangen glühten.

Wolf wusste zunächst nicht, wie er auf diesen unerwartet heftigen Ausbruch reagieren sollte, entschied sich dann aber dafür, zu schweigen. Die junge Frau neben ihm irritierte ihn ebenso, wie sie ihn faszinierte. Was hätte er ihr auch sagen sollen? Dass er ähnlich dachte wie sie? Dass auch er die Welt, in der sie lebten, als eine von Willkür, Ungerechtigkeit und Ungleichheit erfüllte Welt betrachtete? Und dass auch er von allen Formen der Unterdrückung die des Geistes als die schlimmste empfand?

Wieder ritten sie wortlos nebeneinander her. Ihr Weg hatte sie eine bewaldete Anhöhe hinaufgeführt. Jetzt wurde der Wald lichter, und sie gelangten auf eine mit Gras bewachsene Kuppe, von der aus sie weit ins Tal und auf die gegenüberliegenden Höhen blicken konnten. Noch schien die Sonne. Doch am Horizont begannen dunkle Wolken heraufzuziehen.

„Wir werden bald in ein Gewitter kommen“, sagte Wolf und sah prüfend in den Himmel.

Katharina folgte seinem Blick. „Ja“, stimmte sie ihm zu, „es wird nicht mehr lange dauern.“

Sie stieg vom Pferd und setzte sich auf ein Stück Fels, das aus dem grasigen Boden ragte. Wolf tat es ihr gleich, hockte sich aber neben sie auf die Erde. Versonnen blickten sie in die Ferne.

„Ein herrliches Fleckchen ist das hier“, begann Katharina schließlich. „Es ist so friedlich; wenn die Menschen es doch nur auch wären.“

„Ja“, entgegnete Wolf sarkastisch, „ohne die Menschen wäre die Welt friedlicher.“

Wieder schwiegen beide.

„Könnt Ihr mir noch einmal verzeihen, Herr von der Klause?", bat Katharina unvermittelt.

Fragend blickte Wolf sie an. „Euch verzeihen? Was, in aller Welt, sollte ich Euch verzeihen?"

Katharina zögerte. „Nun ... ich meine ... das von vorhin ... Ihr wisst schon ... das mit den nichtssagenden Redensarten ... und all das andere ... mein Ärger über die Unfreiheit der Frauen, den ich an Euch ausgelassen habe."

„Aber ich bitte Euch, da gibt es nichts zu verzeihen. Ihr habt in Vielem recht gesprochen – und das mit den Redensarten beziehe ich nicht auf mich." Er lächelte. „Andererseits ..." Er unterbrach sich, als wäre er sich nicht sicher, ob er weitersprechen sollte.

„Andererseits?", hakte sie nach. „Sprecht!"

„Andererseits seid Ihr in einer bedeutend glücklicheren Lage als die meisten Frauen. Denn Ihr seid eine freie Frau. Außerdem seid Ihr auf dem Weg nach Salerno, um an der dortigen Universität das Studium der Medizin aufzunehmen, nicht wahr?"

„Das wisst Ihr?"

„Man hat es mir mitgeteilt."

„Das ist richtig. Ich bin mir des Privilegs, eine freie Frau zu sein, bewusst. Ich wünschte jedoch, alle Frauen wären frei."

„Es ehrt Euch, wenn Ihr Stellung bezieht für diejenigen Eurer Geschlechtsgenossinnen, denen diese Freiheit versagt ist. Doch denkt daran, es gibt noch viele andere – nicht nur Frauen –, deren Geist man zu fesseln versucht. Und diejenigen, die es wagen, diese Fesseln zu sprengen, bezahlen es mit ihrem Leben oder zumindest mit dem Verlust ihrer körperlichen Freiheit. Und warum? Einfach weil sie anders sind. Weil sie anders fühlen und anders handeln. Und vor allem: Weil sie sich nicht vorschreiben lassen wollen, was sie zu denken haben."

Die Klingfurtherin warf ihm einen erstaunten Blick zu. „Das sagt Ihr, der Ihr ein Bevollmächtigter des Inquisitors seid?"

Wolf schüttelte den Kopf. „Ich besitze zwar seine Vollmacht, aber ich gehöre nicht zu seinen Schergen. Ich kenne ihn nicht einmal persönlich."

„So? Wie kommt Ihr dann zu seiner Vollmacht?"

Wolf schwieg. Er sah zum Reichenstein hinüber, dessen Gipfel inzwischen hinter mächtigen Wolken verschwunden war.

„Ich will es Euch erklären", meinte er schließlich.

Aufmerksam hörte Katharina ihm zu, während er ihr, beginnend mit dem Mord an Arnulf und seiner Familie, in kurzen Zügen von den Geschehnissen der letzten Wochen berichtete. Dabei entging ihr nicht, dass ein verhaltenes Beben in seiner Stimme lag, als er von Bertram sprach.

„Jetzt verstehe ich", sagte sie leise, als er zu Ende gekommen war. Und dann, nach einer Pause: „Ihr mögt den Jungen sehr, nicht wahr?"

Er nickte. „Ich betrachte ihn wie einen eigenen Sohn", entgegnete er mit heiserer Stimme.

Als sie den feuchten Glanz in seinen Augen wahrnahm, legte sie, einem plötzlichen Impuls folgend, ihre Hand auf seinen Arm.

„Ihr seid ein guter Mensch, Herr von der Klause. Ich habe große Achtung vor Männern wie Euch. Weil Ihr das zeigt, was viele Männer – sei es aus Schwachheit oder Dummheit – nicht zu zeigen vermögen: Gefühle", erklärte sie sanft. Sie wirkte wie verwandelt. Jegliche Schärfe, alles Mokante und Distanzierte war plötzlich von ihr gewichen.

Wolf erwiderte nichts. Gedankenverloren wanderte sein Blick ins Tal hinunter, um auf der anderen Seite wieder die bewaldeten Höhen hinaufzugleiten, auf die sich ein grauer Schleier gesenkt hatte.

„Ihr habt also nicht die geringste Spur von den Tätern?", hakte Katharina nach einer Weile nach. Offensichtlich beschäftigte sie das Verbrechen an der Familie Arnulfs noch immer.

Wolf schüttelte verneinend den Kopf. „Nicht die geringste. Außer der Aussage eines schwachsinnigen Schweinehirten, der behauptet, am Tag vor der Tat eine etwas merkwürdige Begegnung gehabt zu haben."

Auf die fragenden Blicke der Klingfurtherin hin berichtete Wolf ihr von seinem Gespräch mit Alfons. „Der ältere der beiden Männer soll ihm virtuos auf der Flöte vorgespielt haben. Obwohl ihm an seiner rechten Hand drei Finger fehlten", fügte er hinzu.

Unvermittelt schnellte Katharina vom Stein empor und packte Wolf beim Arm .

„Was sagtet Ihr da eben? Dem Mann fehlten drei Finger?", stieß sie atemlos hervor.

Überrascht starrte Wolf auf seine Begleiterin, in deren Miene auf einmal höchste Erregung stand.

„Ja", erwiderte er befremdet.

„Der Mann, der mir aus der Höhle half, dieser Kräutersammler – auch er hatte nur zwei Finger an seiner Rechten. Zeige-, Mittel- und Ringfinger fehlten. Es fiel mir auf, als er mir die Hand reichte und mich nach oben zog", sprudelte es aufgeregt aus Katharina heraus.

Wolf sprang auf.

„Das ist kein Zufall. Es bedeutet, dass sich die mutmaßlichen Täter immer noch in der Gegend aufhalten. Und das vier Wochen nach der Tat", resümierte er nicht weniger erregt. „Andererseits ..." – er überlegte kurz – „... andererseits scheint damit auch klar zu sein, dass zwischen dem Überfall auf die Venezianer und dem Mord an der Familie Arnulfs kein Zusammenhang besteht. Darauf deutet der Umstand, dass Euch der Mann aus der Höhle befreit hat."

Katharina nickte nachdenklich. „Ich verstehe. Wäre der Alte an dem Überfall beteiligt gewesen, hätte er mir wohl kaum geholfen, mein unterirdisches Gefängnis zu verlassen. Allerdings ..." – Katharina blickte sinnend zu Boden – „... allerdings ... machte der Mann auf mich sowieso nicht den Eindruck, als sei er ein Mörder. Im Gegenteil. Er erschien mir irgendwie ... gütig. So, als ob er keiner Fliege etwas zuleide tun könnte. Ich fasste sofort Vertrauen zu ihm, als ich ihn sah."

Wolf ließ ein hartes Lachen hören. „Das bedeutet nichts. Selbst der Teufel erscheint manchmal in Gestalt eines Engels", erwiderte er bitter.

Sie schwiegen und sahen einige Augenblicke lang nachdenklich in die bewaldete Ferne, wo es bereits zu regnen schien. Inzwischen türmten sich auch am Himmel über ihnen bedrohlich schwarze Wolkenmassen, während sich der Horizont gegen Osten hin Unheil verkündend schwefelgelb färbte.

Plötzlich pflügte eine ungestüme Windbö durch das Wipfelmeer, auf das sie blickten, und erste schwere Tropfen fielen.

„Kommt! Es wird Zeit, einen geschützten Platz aufzusuchen", meinte Wolf und erhob sich.

Sie führten die Pferde am Halfter ein Stück den Pfad zurück, auf dem sie gekommen waren. Dann bog Wolf nach einigen Schritten plötzlich in den Wald ab und ging zwischen den Bäume hindurch auf eine Lichtung zu, die einen aus Bohlen und Brettern gefertigten und mit Schilfbündeln gedeckten Unterstand barg, dessen Öffnung der Wetterseite abgekehrt war und der sie verhältnismäßig gut schützte.

„Eine Holzerhütte für die Waldknechte", erklärte Wolf seiner Begleiterin.

Kaum dass sie sich mit den Tieren dorthin zurückgezogen hatten, brach das Unwetter auch schon über sie herein; heulend, brüllend und krachend vermischten sich Donner, Regen und Sturm zu einem infernalischen Getöse. Blitze fuhren weißglühend durch die dunklen Wolken auf die Erde hernieder, und das Lärmen der Elemente mischte sich mit dem panischen Aufbegehren der Pferde. Sie hatten alle Hände voll zu tun, um die furchtsamen Tiere zu beruhigen.

Doch so schnell, wie das Unwetter gekommen war, ging es auch wieder vorüber. Der Himmel klarte zunehmend auf. Bald zuckten nur noch vereinzelte Blitze am Horizont, und der Donner verlor sich in der Ferne zu einem verhaltenen Grollen. Auch der Sturm legte sich allmählich. Zwar hielt der Regen noch an, doch er hatte seine Gewalt verloren. Das trommelnde Prasseln war einem sanften Rauschen gewichen.

„Gut, dass Ihr diesen Platz hier kennt. Ich wage nicht daran zu denken, was geschehen wäre, wäre ich ohne Euch ausgeritten", sagte Katharina.

„‚*Besser Zwei als Einer*'", rezitierte Wolf. „Altes Testament", fügte er lächelnd hinzu.

„Ich weiß, Buch des Predigers. ‚*Auch wenn zwei beisammen schlafen, so wärmen sie einander; der Einzelne aber, wie wird er warm werden?*'", zitierte die Klingfurtherin verschmitzt.

Wolf hob die Brauen. „Ihr seid bibelfest?", fragte er erstaunt.

„Nur ein wenig", gab Katharina zur Antwort. „Ihr wohl auch?"

„Nur ein wenig", schmunzelte Wolf.

Die junge Frau schüttelte nachdenklich den Kopf. „Herr von der Klause, Ihr gebt mir Rätsel auf. Ihr seid hochgebildet, was ich an Eurer Art zu sprechen erkenne. Ihr genießt im Stift und auf Gallenstein hohes Ansehen. Manchmal werdet Ihr Herr Wolf genannt, manche nennen Euch einfach nur Wolf, andere sagen Herr von der Klause zu Euch. Mit einem einfachen Köhler verband Euch eine enge Freundschaft. Seinen Sohn liebt Ihr wie Euren eigenen. Ihr lebt in einer verborgenen Klause. Irgendwo in einem der Täler. Nur wenige kennen sie – so berichtete es mir zumindest der Graf. Darf ich Euch fragen, wer Ihr eigentlich seid?"

Wolf senkte den Kopf. Ein harter Zug hatte sich um seinen Mund gelegt. Die Frage der Klingfurtherin hatte ihn wie einen kalten Guss erwischt.

Er rang lange mit sich, bevor er sich zu einer Antwort entschloss, die eigentlich keine war. „Erlasst es mir, Fräulein von Klingfurth, Euch auf diese Frage die Antwort zu geben, die Ihr erwartet. Wenn Ihr allerdings unbedingt meinen vollen Namen hören wollt: In dem Dokument, das meine Vollmacht ausweist, werde ich Wolfram von der Klause genannt. Doch lasst mich auch für Euch der sein, der ich für alle anderen bin – Wolf. Nennt mich einfach Wolf. Dabei dürft Ihr getrost das ‚Herr' beiseite lassen."

Katharina nickte bedächtig. „Nur, wenn Ihr mich Katharina nennt, einfach Katharina – und das ‚Fräulein' und die ‚edle Dame' beiseite lasst."

„Einverstanden", entgegnete Wolf lächelnd und stand auf. „Ich denke, es ist an der Zeit, zurückzukehren. Wir sollten aufbrechen."

Der Weg zurück zur Burg kam ihnen sehr kurz vor. Was unzweifelhaft an der angeregten Konversation lag, die sie pflegten. Als sie auf die Reise Katharinas nach Salerno zu sprechen kamen und Wolf sie fragte, wie sie angesichts der veränderten Umstände, bedingt durch die Entführung der Venezianer, dorthin gelangen wolle, krauste sie die Stirn.

„Ich habe mir diese Frage selbst schon gestellt", gab sie zu. „Nach Hause zurückzukehren, um dort auf eine erneute Möglichkeit zu warten, scheint mir sehr umständlich zu sein."

„Vielleicht solltet Ihr die weitere Entwicklung der Dinge erst einmal abwarten und so lange hierbleiben?", wandte Wolf ein.

„Sinnvoll wäre es. Da gebe ich Euch Recht. Ich werde es mir überlegen."

Von Weitem schon sah er die beiden kommen.

Seine Miene gefror zu einem verächtlichen Lächeln. Eine diabolische Häme lag darin.

Er wusste nicht, wie lange er bereits am Fenster gestanden und auf sie gewartet hatte. Er hätte auch nicht mit Bestimmtheit sagen können, warum er eigentlich wartete.

Vielleicht, weil er ein Gefühl des Triumphes empfand, wenn er *ihn* sah? Ja, das musste es sein!

Ihn zu beobachten, *ihm* in die Augen zu sehen und dabei zu wissen, dass er derjenige war, nach dem *er* verzweifelt suchte, gleichzeitig aber die Gewissheit zu besitzen, von *ihm* niemals erkannt und gefasst werden zu können, verlieh ihm ein Gefühl der Macht. Ja, er war *ihm* überlegen. Mochte man *seinen* Spürsinn und die Schärfe *seines* Verstandes noch so preisen, in ihm hatte *er* seinen Meister gefunden.

Natürlich musste er weiterhin Vorsicht walten lassen; schließlich eilte dem Wolf nicht umsonst der Ruf voraus, der beste Spürhund weit und breit zu sein. Jetzt, nachdem er wusste, dass man *ihn* – ausgestattet mit einer umfangreichen Vollmacht –, auf seine Spur und die seiner Männer gesetzt hatte, wäre es ein Leichtes gewesen, sich seiner zu entledigen. Eine unerwartete Begegnung bei Nacht, ein Messerstich oder der Bolzen einer Armbrust würden das Problem schnell lösen. Doch dann würde der Verdacht sofort auf diejenigen fallen, die heute an der Tafel des Grafen gesessen hatten, und damit auch auf ihn; denn niemand sonst wusste bislang von dem Auftrag, der dem Klausner erteilt worden war. Schon aus diesem Grund musste er *ihn* weiterhin gewähren lassen. Hinzu kam, dass er ein leidenschaftlicher Spieler war. Und was konnte erregender sein, als ein Spiel auf Leben und Tod, zumal er einen gewaltigen Vorteil hatte: Er kannte einige der Karten seines Gegners. Warum also das Spiel neu beginnen, indem er *ihn* tötete? Mit dem Risiko, neue Karten aufgelegt zu bekommen, die er nicht kannte? Nein, das ergab keinen Sinn. So, wie es war, musste es bleiben. Nur so hatte er das Spiel fest im Griff.

Ein Klopfen an der Tür riss ihn aus seinen Gedanken.

Er öffnete.

Trude, eine der Mägde, die für die Reinigung der Kammern zuständig waren, stand vor ihm. Sie knickste, wie es sich gehörte, und richtete ihm die Bitte des Grafen aus, sich in den großen Saal zu begeben.

Die Zeit der Vesper war gekommen.

VI – Dienstag, 25. Juli im Jahr des Herrn 1385

9

Die Sonne stand bereits hoch im Mittag, als ein Reiter durch das innere Tor in den Burghof trabte.

Es war Wolf, der von einem Ausritt nach Altenmarkt zurückkehrte.

Er stieg aus dem Sattel und hieß einen herbeieilenden Stallknecht, das Pferd zu versorgen. Dann beschloss er, den Grafen aufzusuchen. Als er die Eingangshalle des Wohntraktes betrat und eben die Treppen hinaufgehen wollte, sah er plötzlich unterhalb der ersten Stufe eine Gürteltasche auf dem Boden liegen. Irgendjemand musste sie dort verloren haben. Er hob die Tasche auf und öffnete sie. Sie enthielt einen Ring, zwei Silberpfennige, Feuerstahl, ein Stück Zunderschwamm und einen abgenutzten Feuerstein. Darüber hinaus bemerkte er ein zusammengefaltetes Stückchen Pergament und eigenartigerweise auch ein wenig feinen, rötlichen Sand, wie er an einer bestimmten Stelle am Ufer der Enns vorkam. Wahrscheinlich war er zufällig hineingeraten, als sich der Besitzer der Tasche einmal dort aufgehalten hatte.

Zuerst betrachtete Wolf den Ring. Es war ein einfacher Siegelring, der ein ihm unbekanntes Motiv aufwies und keinen besonderen Wert besaß. Danach wandte er sich dem Pergament zu. Er faltete es auseinander. Es war beschriftet, enthielt jedoch nur zwei in schneller Handschrift dahingekritzelte Zeilen: *Sankt Bartholomä. Schenke ‚Zum Bären' auf dem Weg nach Rottenmann*, stand dort zu lesen. Wolf zuckte mit den Achseln. Er beschloss, die Tasche Lisa zu geben. Lisa führte die Aufsicht über die Mägde und würde sicherlich Sorge dafür tragen, dass die Tasche bald wieder zu ihrem rechtmäßigen Besitzer zurückfinden würde.

Der Graf erwartete ihn in seiner Studierstube, in die er sich schon frühmorgens, gleich nachdem er die Steyrer verabschiedet hatte, zurückgezogen hatte, um zu arbeiten. Als Wolf eintrat, stand er gerade im Begriff, einige Abrechnungen zur Zehntabgabe durchzusehen, die ausgebreitet vor ihm auf dem Tisch lagen.

„Verzeiht, Graf, wenn ich Euch störe. Aber es gibt da noch etwas, was ich Euch gerne gefragt hätte“, begann Wolf die Unterhaltung.

„Aber ich bitte Euch, Wolf, Ihr stört nicht. Was wollt Ihr denn wissen?“, entgegnete der Saurauer und legte die Feder aus der Hand.

„Ist Euch in den Tagen vor dem Überfall irgendetwas Außergewöhnliches aufgefallen? Ich meine, hier auf der Burg oder unten in Sankt Gallen. Ich bitte Euch, genau nachzudenken, auch Kleinigkeiten könnten wichtig sein“, bat Wolf.

„Etwas Außergewöhnliches? Was meint Ihr mit außergewöhnlich?“ Der Graf runzelte die Stirn.

„Nun, ich meine, ob Ihr oder einer Eurer Bediensteten irgendetwas bemerkt habt, das in letzter Zeit anders war als sonst.“

Der Graf starrte geistesabwesend auf die Pergamente, die vor ihm lagen, und überlegte angestrengt. „Nein“, antwortete er schließlich und schüttelte den Kopf. „Nichts. Ich wüsste nicht, was in letzter Zeit anders gewesen sein sollte als sonst. Was meine Bediensteten angeht – da fragt Ihr sie am besten selbst.“

Wolf ließ nicht locker. „Verzeiht meine Beharrlichkeit, aber gibt es denn wirklich gar nichts, was Euch wenigstens ein bisschen seltsam vorgekommen wäre?“

Unwillig schüttelte Friedrich den Kopf. „Ihr braucht Euch nicht zu wiederholen. Ich sagte es bereits: Da war nichts, was mir seltsam vorgekommen wäre!", beschied er unwirsch.

Abrupt erhob sich Wolf. „Ich bitte um Verzeihung, Graf, es lag nicht in meiner Absicht, Euch zu verärgern", sagte er kühl. „Doch Ihr werdet verstehen, dass ich allen Möglichkeiten nachgehen muss. Erinnert Ihr Euch noch an das gestrige Gespräch im großen Saal? Wir waren uns einig darin, dass der Überfall nur durch Planung und Voraussicht gelingen konnte. Was bedeutet, dass die Bande genaue Kenntnis davon hatte, wann der Transport die Buchau passieren würde. Habt Ihr schon einmal darüber nachgedacht, wer den Schnapphähnen zugetragen haben könnte, dass die Herren aus Venedig einen Tag früher als geplant hier ankommen werden? Die Botschaft darüber erhieltet Ihr selbst doch verhältnismäßig spät – nämlich gerade einen Tag vorher." Während er sprach, war Wolf nahe an den Tisch des Saurauers herangetreten; nun wurde sein Blick hart. „Begreift doch, Graf – nur irgendjemand hier auf der Burg, der in Euren Diensten steht, oder jemand, der regelmäßig auf Gallenstein verkehrt, konnte davon wissen und es den Räubern verraten."

Der Saurauer war bei den Worten Wolfs kreidebleich geworden. „Glaubt Ihr das tatsächlich? Jemand von meinen Bediensteten? Wer sollte das sein?"

„Wenn Ihr's nicht wisst, wie sollte ich es wissen? Doch wie Ihr unschwer erkennen könnt, ist es unbedingt notwendig, Augen und Ohren offen zu halten. Nur darum wollte ich Euch bitten, Graf. Und nun erlaubt, dass ich gehe. Ich werde Euch nicht länger stören." Wolf wandte sich zur Tür.

„Wartet! Auf ein Wort noch", bat Friedrich. Er hatte sich erhoben. Mit schweren Schritten schlurfte er um den Tisch herum. Die unverblümten Ausführungen Wolfs schienen die Last, die ihn seit Tagen bedrückte, noch vergrößert zu haben.

„Verzeiht mein unwirsches Auftreten", sagte er mit spröder

Stimme und legte Wolf die Hand auf die Schulter, „aber mit meinem Gemüt steht es nicht zum Besten. Was Ihr sagt, ist natürlich richtig. Wir alle werden Augen und Ohren aufsperren müssen. Und bitte, glaubt mir, ich weiß Euch sehr zu schätzen und werde Euch nach Kräften unterstützen. Gebe Gott, dass Ihr Erfolg habt."

Während er die Stufen zur Eingangshalle hinunterschritt, versuchte Wolf seine Gedanken neu zu ordnen. Das Gespräch mit dem Grafen hatte ihm selbst noch einmal schonungslos vor Augen geführt, in was für einer hilflosen Lage sie sich angesichts des Überfalls befanden.

Zum wiederholten Mal zog er in Gedanken die Bilanz der Ereignisse: *Ein Überfall in der Buchau am helllichten Tag. Zehn tote Waffenknechte und mehrere entführte Personen, von denen jede Spur fehlt; ganz zu schweigen von den mitgeführten Waren und dem Geld. Ein Verräter im Umkreis des Grafen. Nicht greifbar, noch ohne Identität, nicht einmal die Spur eines Verdachtes. Vor gut einem Monat der Mord an Arnulf, Agnes, Tassilo, Paul und Anna mit all seinen rätselhaften Begleitumständen. Zwei Verbrechen, die offenbar nichts miteinander zu tun hatten und deren Konturen sich gleichermaßen im Nebel verloren.*

Ja, das war es, was ihm besonders zu schaffen machte. Das Nebulöse, fast Unwirkliche der Situation; die Tatsache, dass er blind umhertastete, ohne auch nur den geringsten Anhaltspunkt zu haben, der ihm wenigstens eine Richtung hätte weisen können ...

Katharina von Klingfurth!

Wolf erschrak fast, als er ihrer ansichtig wurde – fast hätte er sie angerempelt. Sie war ihm auf der Treppe entgegengekommen, ohne dass er sie zunächst bemerkt hatte.

„Oh, Ihr scheint nicht gerade sehr erbaut zu sein, mir zu begegnen", bemerkte sie schelmisch.

Wolf war peinlich berührt. „Verzeiht Katharina, aber ich war in Gedanken. Ich sah Euch nicht kommen."

„Das habe ich wohl bemerkt“, lachte sie. „Doch Ihr macht in der Tat einen sehr nachdenklichen Eindruck – um nicht zu sagen, einen äußerst bedrückten“, fuhr sie ernster werdend fort. „Gibt es etwas Neues, was den Überfall angeht?“

Wolf schüttelte den Kopf.

„Ich wünschte, es wäre so“, meinte er verdrießlich. „Vielleicht wäre dann auch irgendetwas darunter, was uns weiterbringen würde. Aber es ist leider alles beim Alten – und genau da liegt der Hund begraben.“

„Ich verstehe. Was werdet Ihr also als Nächstes unternehmen?“

Wolf hob die Schultern. „Noch habe ich keine feste Vorstellung. Auf jeden Fall werde ich mir heute noch einmal den Ort der Tat vornehmen, drüben in der Buchau.“

Katharina hob die Brauen. „Habe ich richtig gehört? Ihr wollt in die Buchau? Nun, dann würde ich vorschlagen, dass ich einfach mitkomme. Ich hatte ohnehin vor, nach einigen Kräutern zu suchen.“

Wolf zögerte. Eigentlich hatte er vorgehabt, allein dorthin zu reiten. Um konzentriert nach weiteren Anhaltspunkten zu suchen. Doch irgendetwas in Stimme und Gebaren der Klingfurtherin hielt ihn davon ab, ihr Ansinnen abzulehnen.

„Ein guter Vorschlag. Vier Augen sehen mehr als zwei. Und nach Kräutern werdet Ihr dort bestimmt nicht vergeblich suchen“, stimmte er schließlich zu.

Nur wenig später waren sie auf dem Weg in die Buchau.

Die Unterhaltung, die sie während des Rittes führten, war diesmal, im Gegensatz zu gestern, weniger philosophischer als vielmehr allgemeiner Natur. Später bestimmte jedoch das Ziel, dem sie entgegenstrebten, den Inhalt des Gesprächs.

„Hofft Ihr tatsächlich, am Ort des Gemetzels noch weitere Spuren zu finden?“, fragte Katharina. Ihre Stimme klang auf einmal spröde.

„Ich will einfach sichergehen, dass ich nichts übersehen habe. Bisweilen ist es von Vorteil, sich bestimmte Dinge ein zweites, wenn nötig auch ein drittes Mal anzusehen", antwortete Wolf.

Sie nickte nur.

Je näher sie dem Ort des Überfalls kamen, desto einsilbiger wurde ihre Unterhaltung, was vor allem an Katharina lag. Aus den Augenwinkeln heraus beobachtete Wolf, wie sich wieder jene Starre um die Mundwinkel seiner Begleiterin zu legen begann, die ihre Miene bestimmt hatte, als sie vor drei Tagen mitten in die Gesprächsrunde im großen Saal geplatzt war.

„Es sind die Erinnerungen. Das Ganze ist gerade einmal drei Tage her", entschuldigte sich die Klingfurtherin, die die Blicke ihres Begleiters sehr wohl bemerkt hatte. Eine gewisse Schärfe lag in ihrer Stimme, nur glaubte Wolf inzwischen zu wissen, dass sie diese immer dann an den Tag legte, wenn sie der Meinung war, sich gegen irgendetwas wappnen zu müssen.

Wolf fühlte sich ertappt.

„Natürlich", murmelte er daher auch nur; mehr fiel ihm nicht ein.

Bald hatten sie den Ort des Überfalls erreicht, und Wolf stieg aus dem Sattel. Er wies auf den Rand des Weges, dorthin, wo im dichten Unterholz die Leichen der Waffenknechte entdeckt worden waren.

„Seht Ihr, hier fand man die Vorhut. Und weiter hinten stoppte der Wagen", führte er mit rauer Stimme aus.

„Ja. Und dort hinter der Kehre hat es mich und die drei Herren erwischt", erwiderte Katharina und deutete nach vorne, wo der Weg eine Kurve beschrieb.

Sie war mittlerweile ebenfalls vom Pferd gestiegen. Prüfend sah sie sich um und versuchte sich mit all ihren Sinnen auf die Umgebung zu konzentrieren. Leise, mit kaum vernehmbarem Rauschen, streichelte eine leichte Brise das mächtige Blättermeer des Waldes, der sich an dieser Stelle vorübergehend zurückgezogen hatte, um einem samtgrünen Teppich Platz zu machen. Abgesehen vom Zirpen der Grillen und dem Gezwitscher einiger Vögel erfüllte einsame sommerliche Stille den Platz. Nichts wies in dieser Idylle mehr auf das grauenvolle Geschehen hin, das sich erst kürzlich hier abgespielt hatte.

Fast nichts.

Denn ihren Blicken bot sich noch ein anderes Bild.

Da war der sandige, mit Steinen übersäte Weg.

Und da waren die Spuren – stumme Zeugen des Überfalls. Zwar vom Regen des vergangenen Tages und der Nacht verwischt, aber immer noch deutlich zu sehen.

Die Abdrücke der schweren Räder hatten sich tief in den Sand eingegraben.

Ebenso die Spuren von Schuhen, Stiefeln und Hufen – ein Durcheinander unzähliger verwaschener Abdrücke.

Spuren – hinterlassen von Opfern und Tätern.

Langsam begann Wolf den Weg abzuschreiten, den Blick konzentriert auf den Boden gerichtet. Hin und wieder ging er in die Hocke, um sich die Abdrücke genauer anzusehen.

Katharina beobachtete ihn dabei und meinte dann nach einer Weile: „Ihr werdet, wie ich sehe, noch eine Zeit lang beschäftigt sein. Ich werde derweil im Wald nach meinen Kräutern suchen."

Er blickte auf.

„Gut. Aber bleibt in Rufweite und seid vorsichtig. Es gibt hier unberechenbares Schwarzwild, und mit einem Eber ist nicht zu spaßen."

„Keine Sorge, ich bin behände im Klettern", erwiderte sie trocken und verschwand im Dämmerlicht des Waldes.

Jählings ließ ihn das Geräusch nach oben fahren.

Er vermochte nicht zu sagen, wie viel Zeit seit Katharinas Eintauchen in den Wald bis zu diesem Augenblick verstrichen war. Aufmerksam hatte er den Weg abgesucht und auf nichts anderes mehr geachtet.

Nun aber hatte ihn das Geräusch unvermittelt in die Gegenwart zurückkatapultiert. Auch wenn er es zunächst nicht zuordnen konnte, sagte ihm sein Instinkt, dass es nichts Gutes bedeuten konnte. Die Sinne zum Zerreißen gespannt, horchte er in Richtung des Waldes.

Da – wieder vernahm er es. Deutlicher diesmal, weil er sich bewusst darauf konzentrierte.

Ein Rufen!

Gedämpft und aus weiter Ferne zwar, doch in regelmäßigen Abständen. Eine Stimme aus der Tiefe des Waldes, die nach ihm rief.

Katharina!

Im Nu durchbrach er das Unterholz und spurtete in den dichten Wald hinein, obwohl er dem Rufen zunächst keine Richtung zuordnen konnte. Es schien von überall und nirgends zu kommen, so, als wolle es ihn narren; das Dickicht aus Stämmen, Ästen und Blättern, die ihm ins Gesicht peitschten, brach den Schall und ließ ihn richtungslos verhallen.

Schnell erkannte er, dass das unkontrollierte In-den-Wald-Hineinpreschen nichts brachte. Abrupt blieb er stehen. Sein Atem ging keuchend und stoßweise. Er versuchte, ihn zu unterdrücken, um besser horchen zu können.

Vor allem aber versuchte er, klar zu denken.

An einen Baumstamm gelehnt, stellte er sich eine Reihe von Fragen.

Was war der Grund dafür, dass Katharina nicht zu ihm zurückkehrte, sondern stattdessen anhaltend nach ihm rief? Hatte sie sich nur verlaufen? Oder steckte etwas anderes dahinter? Je intensiver er darüber nachdachte, desto mehr ließ seine Besorgnis die absonderlichsten Gedanken in ihm aufkommen. Zorn auf sich selbst überkam ihn. Warum hatte er überhaupt zugelassen, dass sie weggegangen war?

Seine Unruhe wuchs. Umso mehr, als das Rufen mit einem Mal aufgehört hatte.

Nein, da war es wieder – lang gezogen diesmal: „W-o-o-l-f!, W-o-o-l-f!"

Osten, konstatierte er.

Wieder hetzte er zwischen den Bäumen hindurch, wieder schlugen ihm Äste und Blätter ins Gesicht, doch zumindest kam das Rufen näher.

„W-o-o-l-f, h-i-e-r-h-e-r; h-i-e-r-h-e-r, W-o-o-l-f!"

Endlich wich das Zwielicht des Waldes. Zwischen unzähligen Stämmen nahm er einen hellen Fleck war – eine kleine, baumfreie Schneise, in die das Sonnenlicht fiel.

Jetzt sah er auch die Klingfurtherin. Die Hände zu einem Trichter geformt, um den Klang ihrer Stimme zu verstärken, stand sie neben den Resten eines vermoderten Baumstumpfes. Gerade hatte sie erneut nach ihm gerufen.

Eine Last fiel von ihm ab, während er, nun ohne die Notwendigkeit besonderer Eile, weiter vorwärtsdrang ...

Noch bevor sie ihn sah, wusste Katharina aufgrund des Knackens im Unterholz, dass Wolf nahte. Wenige Augenblicke später trat er aus dem dunklen Schatten der Bäume in die lichtdurchflutete Schneise.

„Endlich!", rief sie, als er auf sie zutrat; ihre Stimme zitterte leicht. „Ich dachte schon, Ihr würdet mich niemals finden."

„Ihr seid gut", entgegnete Wolf in ärgerlichem Ton. „Habt Ihr schon einmal versucht, einer Stimme nachzulaufen, die im Wald in alle Richtungen verhallt und Euch an der Nase herumführt? Was, zum Teufel, ist eigentlich in Euch gefahren, dass Ihr Euch die Seele aus dem Leib schreit, nur weil Ihr Euch verlaufen habt? Wisst Ihr überhaupt, dass ich vor lauter Sorge ..." Er unterbrach sich. Erst jetzt bemerkte er den entsetzten Ausdruck in ihren Augen.

„Katharina! Was ist mit Euch? Was ist geschehen?“, fragte er höchst besorgt.

„Was geschehen ist? Zuerst haut Ihr mir Eure Vorwürfe um die Ohren, und dann fragt Ihr, was geschehen ist?“, fuhr sie ihn zornfunkelnd an. „Kommt, ich will es Euch zeigen! – Aber vorher nehmt gefälligst eines zur Kenntnis: Ich kann sehr wohl auf mich selbst aufpassen, verstanden? Von wegen verlaufen; was Euch nur einfällt!“

Wütend stapfte sie auf die im Schatten liegende andere Seite des vermoderten Stamms hinüber.

„Hier, seht selbst! Das ist Dietrich, einer der Fuhrmänner. Oder besser gesagt: das, was von ihm noch übrig ist!“

Wolf erstarrte.

Die Leiche des Mannes hinter dem toten Stamm bot einen fürchterlichen Anblick. Die aus dem Mund hervorgequollene Zunge war dick geschwollen und braun-grünlich verfärbt. Der Leib war aufgedunsen, Ungeziefer kroch über ihn hinweg. An den mit schwarzblauen Flecken übersäten unbekleideten Stellen des Körpers, im Gesicht sowie an Armen und Beinen, waren Hunderte von Ameisen dabei, ganze Arbeit zu leisten. Am rechten Oberarm schien sich bereits ein Fuchs oder ein anderes Raubtier gütlich getan zu haben, er war bis auf den Knochen angefressen. Ungeachtet des grausigen Anblicks und trotz des penetranten süßlichen Verwesungsgeruchs ging Wolf in die Hocke, um den Toten näher in Augenschein zu nehmen. Der Mann mochte um die sechzig Jahre zählen und war einfach, fast ärmlich gekleidet. Über den abgenutzten Beinlingen trug er ein weites, ausgebleichtes Hemd, das früher einmal tiefblau gewesen sein mochte, an den Füßen abgewetzte Stiefel, die auch schon bessere Tage gesehen hatten. Im Gürtel steckte eine eng zusammengerollte, kurze Peitsche. Als Wolf genauer hinsah, entdeckte er auch den Stich, der seinem Leben eine Ende bereitet hatte.

„Verzeiht, Katharina“, entschuldigte er sich zerknirscht, während er sich erhob. „Eigentlich hätte ich wissen sollen, dass Ihr nicht ohne Grund nach mir ruft.“

„Ist schon gut. Ich wollte, dass Ihr Euch die Bescherung anseht. Natürlich hätte ich die Strecke durch den Wald zurücklaufen können, um Euch zu holen. Aber ich war mir nicht sicher, ob ich wieder hierher zurückfinden würde. Deswegen rief ich nach Euch“, antwortete sie versöhnlich. Ihr Zorn war so schnell wieder verraucht, wie er gekommen war.

„Ihr habt richtig gehandelt. Es war vernünftig, hier auf mich zu warten.“

Nachdenklich glitt Wolfs Blick über die Leiche. Auch Katharina musterte den toten Fuhrmann, dessen Augen blicklos ins Leere starrten. Mit einem Mal sah sie auf.

„Engelbert und Martin“, meinte sie leise.

Er sah sie fragend an. „Engelbert und Martin?“

Sie nickte heftig. „Ja, Engelbert und Martin Poetsch. So hießen die beiden anderen Fuhrleute.“

Er erriet ihre Gedanken. „Ich verstehe. Ihr fragt Euch, ob die beiden anderen auch getötet wurden und irgendwo hier im Wald herumliegen.“

Katharina nickte nur.

Er schüttelte den Kopf. „Nein. Die Spuren am Ort des Überfalls als auch in dem Tal, in dem die Bande rastete, bevor sie sich davonmachte, deuten darauf hin, dass nicht nur die Kaufherren, sondern auch die Fuhrleute entführt wurden. Dass sich allerdings nur noch zwei und keine drei mehr in den Händen der Schnapphähne befinden, wissen wir ja nun“, fügte er bitter hinzu.

„Es steht mir nicht zu, das Ergebnis Eurer Spurensuche anzuzweifeln – dennoch frage ich Euch: Seid Ihr da ganz sicher?“, wandte sie ein.

„Ganz sicher. Die Spuren sind eindeutig“, antwortete er bestimmt. Er deutete mit dem Kopf auf die Leiche. „Dieser Mann versuchte zu fliehen – vielleicht als Einziger. Sie haben ihn erwischt und kurzen Prozess mit ihm gemacht.“

Sie nickte. „Wahrscheinlich ist es so gewesen. Was werdet Ihr jetzt tun?“

Er zuckte mit den Schultern.

„Ich werde den Grafen informieren. Er wird einige seiner Leute hierher schicken, um die Leiche zu bergen. Der Mann soll schließlich ein christliches Begräbnis erhalten – wie die anderen auch“, fügte er grimmig hinzu.

Die Sonne stand ein ganzes Stück weiter westlich, als sie sich endlich auf den Rückweg machten.

Zuvor hatte Wolf noch in regelmäßigen Abständen deutlich sichtbare Kerben in die Stämme einiger Bäume geritzt, um den Gallensteiner Knechten, die den toten Fuhrmann bergen mussten, den Weg in die Schneise zu weisen.

Den Weg zur Burg legten sie so gut wie schweigend zurück. Was diesmal vor allem an der Einsilbigkeit lag, mit der Wolf den Bemühungen der Klingfurtherin begegnete, eine Unterhaltung zwischen ihnen in Gang zu bringen. Völlig in sich gekehrt, starrte er geistesabwesend vor sich hin.

Dann jedoch, kurz bevor sie auf den Pfad einbogen, der hinauf zur Burg führte, hielt Wolf plötzlich seinen Rappen an und wandte sich ihr zu.

„Sagt, Katharina, könnt Ihr Euch noch an das Gespräch im Gästesaal erinnern – Ihr wisst schon, die Debatte gestern Vormittag, unmittelbar nach Eurem Eintreffen auf Gallenstein?“

Abrupt brachte auch Katharina ihr Pferd zum Stehen. „Natürlich, warum fragt Ihr?“

„Ist Euch dabei etwas Besonderes aufgefallen - ich meine so etwas wie ein ...“ - er zögerte kurz, bevor er weitersprach - „... so etwas wie ein ... Widerspruch ... eine Unstimmigkeit ... oder etwas dergleichen?“

„Etwas Besonderes? Eine Unstimmigkeit?“ Sie runzelte erstaunt die Stirn und überlegte eine Weile.

„Nein, nicht, dass ich wüsste“, antwortete sie schließlich kopfschüttelnd. „Wie kommt Ihr darauf?“

Er antwortete nicht sogleich, sondern sah sie nur gedankenverloren an - mit einem seltsam entrückten Blick, wie sie ihn bis jetzt noch nie an ihm wahrgenommen hatte.

Sie wusste nicht warum, doch sie begann unvermittelt zu frösteln. Ein leichter Schauer lief ihr über den Rücken.

Wolf bemerkte ihr Befremden und lächelte gequält. „Verzeiht“, entschuldigte er sich. „Ich war gerade in Gedanken. Es gibt da irgendetwas, das mich verwirrt. Und ich bin sicher, dass es mit dem Gespräch zu tun hat, das gestern an der Tafel des Grafen geführt wurde. Aber ich vermag nicht zu sagen, was es ist. Kennt Ihr das Gefühl, das sich einstellt, wenn man glaubt, etwas zu sehen, und es doch nicht sieht?“

Sie nickte nachdenklich. „Glaubt mir, ich kenne das Gefühl“, sagte sie leise.

Schweigend ritten sie weiter. Als sie die Burg um die Vesper herum erreichten, war es kühler geworden.

Der Wind hatte dunkle Wolken vor die Sonne geschoben.

10

Am folgenden Morgen wurde Wolf schon früh von einem lauten Schimpfen geweckt, das vom Burghof herauf in seine Kammer drang. Als er aus dem Fenster blickte, entdeckte er Lorenz, den Stallmeister, der gerade unter heftigem Fluchen einen zweirädrigen Karren aus einer Scheuer in den Hof hinausschob. Den Grund für das Fluchen vermochte er nicht auszumachen, doch in dem Karren erkannte er auf Anhieb das Gefährt wieder, mit dem die entseelten Körper der Waffenknechte heimgeholt worden waren und mit dem nunmehr auch die Leiche des Fuhrmanns geborgen werden würde.

In Gedanken ließ Wolf noch einmal den vergangenen Tag an seinem geistigen Auge vorüberziehen. Und wieder verspürte er dabei jene eigenartige Irritation, die ihn seit gestern nicht mehr zur Ruhe kommen ließ. Eine bohrende Gewissheit, dass anlässlich der gestrigen Gesprächsrunde in der großen Halle, bei der der Graf die Gäste aus Steyr über den vermissten Transport informiert hatte, irgendjemand etwas Entscheidendes gesagt hatte, an das er sich nicht mehr zu erinnern vermochte. Etwas, das nicht ins Bild der Ereignisse rund um die Tragödie in der Buchau passte.

Das Eigenartige war nur, dass sich dieses nicht greifbare Etwas schon nach dem mit den Steyrern gemeinsam eingenommenen Mittagsmahl irgendwo in seinem Innern einzunisten begonnen hatte. Anfänglich hatte er dem noch keine größere Beachtung beigemessen – es sogar verdrängt. Erst als sie gestern die Leiche des Fuhrknechtes gefunden hatten, war es schlagartig wieder aus den Tiefen seines Bewusstseins aufgetaucht und hatte sich in den Vordergrund gedrängt. Warum dies so war, wusste er nicht.

Unwillkürlich verglich er die Überlegungen, die er bisher angestellt hatte, mit einem Schachspiel, das er in Gedanken spielte. Wobei ihm zwangsläufig die seltsam geformten Figuren des Spiels einfielen, das der Saurauer besaß. Figuren, die angeblich schon vor Jahrhunderten aus dem Gebein unheimlicher Bestien geschnitzt worden waren, welche die Gestade der nördlichen Meere bevölkerten. Das Schachzabel befand sich schon seit mehreren Generationen im Besitz derer von Saurau; niemand wusste mehr, auf welch verschlungenen Pfaden es einst in ihre Hände gelangt war.

Sämtliche Hinweise, Spuren und Personen waren wie die Figuren dieses Spiels, die auf dem Brett hin- und herwanderten. Figuren allerdings, die zum großen Teil aus dunklen, nur schwer greifbaren Schatten zu bestehen schienen. Nur auf wenigen von ihnen lag ein Lichtschimmer, der ihre reliefartig herausgearbeiteten, merkwürdigen Gesichter klar konturierte. Die Meisten von ihnen verbargen ihre starr geschnitzten Züge jedoch im diffusen Halbdunkel und muteten eigenartig fremd an. Nur ihre Konturen ließen mit einiger Mühe Funktion und Stand erkennen.

Eine dieser Figuren stand jedoch seltsamerweise auf einmal nicht mehr dort, wo sie korrekterweise hingehörte, und brachte dadurch den Verlauf des Spieles durcheinander. Das Problem war nur, dass er nicht wusste, um welche Figur es sich dabei handelte. War es ein Bauer, dessen Position sich nur geringfügig verschoben hatte, und bewegte er sich nun irgendwo am Rande, ohne groß Einfluss auf die nächsten Züge nehmen zu können? Oder war die Position des Bauern spielentscheidend? Vielleicht war es aber auch gar kein Bauer, sondern ein Springer, Läufer oder Turm? Oder gar die Dame selbst? Er wusste es nicht. Und so blieb ihm nichts anderes übrig, als weiterzuspielen. Auch auf die Gefahr hin, einen falschen Zug zu machen. Denn das Spiel zu unterbrechen hieße, aufzugeben. Und Kapitulation war das Letzte, woran er dachte.

Ein Klopfen riss ihn aus seinen Gedanken.

Er ging zur Tür und öffnete.

Vor ihm stand Katharina. Sie trug eine blaue Cotte und sah hinreißend aus.

„Wollt Ihr mit mir das Frühmahl einnehmen? Oder habt Ihr auch heute beschlossen, Hunger und ein wenig Plaudern durch Grübeln zu ersetzen?“, fragte sie ihn schmunzelnd.

Er bemerkte den leichten Vorwurf sehr wohl und zeigte ein zerknirschtes Lächeln. „Ihr habt Recht. Ich habe mich gestern wohl ziemlich danebenbenommen.“

„Nein, habt Ihr nicht. Ich weiß, dass eine große Bürde auf Euch lastet. Dennoch, Ihr wisst ja, mit leerem Magen lässt sich's schlecht denken.“

„Mit vollem erst recht“, lachte er. „Aber, weiß Gott, ein wenig sollte er schon gefüllt werden. Sonst hängt er durch wie ein leerer Sack.“

„Seht Ihr, so gefallt Ihr mir schon besser“, antwortete sie und lachte ebenfalls.

Während er ihr in den kleinen Saal folgte, dachte er unwillkürlich an den Vorfall zurück, der sie gestern hatte aneinandergeraten lassen. Jetzt, im Nachhinein, verstand er, warum sein Verhalten eine so ungewöhnlich heftige Reaktion bei ihr hervorgerufen hatte. Es war nicht so sehr die Art und Weise, wie er seinem Ärger Luft gemacht hatte. Sondern vielmehr der Umstand, dass seine Worte zwar gut gemeint gewesen waren, aber dennoch eine Bevormundung enthalten hatten, die eine Person, die es gewohnt war, selbständig Entscheidungen zu treffen, geradezu zwangsläufig in Rage bringen musste. Und genau solch eine selbstständig handelnde Person war Katharina. Ganz im Gegensatz zu den Meisten ihrer Geschlechtsgenossinnen war sie eine Frau, die sehr wohl auf sich selbst achtgeben konnte und genau wusste, was sie wollte. Und die sich von niemandem davon abbringen ließ, das, was sie wollte, auch durchzusetzen. Eine Kämpferin. Eine Pantherin in der Gestalt eines Engels. Und doch gab es noch eine andere Seite an ihr. Eine überaus empfindsame Seite. Nämlich die eines mitfühlenden, verstehenden, von jenem Liebreiz der Seele durchdrungenen weiblichen Wesens, für das ein Mann alles gibt, was er besitzt. Und so unüberbrückbar dieser Gegensatz auch auf den ersten Blick erscheinen mochte, vereinigte er sich doch auf seltsam harmonische Weise in ihr.

Als sie im kleinen Saal anlangten, bemerkte er, dass der Tisch für das Frühmahl bereits gedeckt war – für zwei, wie er innerlich schmunzelnd feststellte.

Während des Frühstücks plauderten sie über alles Mögliche und beschlossen spontan, sich auch heute Abend wieder im Burghof zusammenzusetzen. Als Wolf ihr eröffnete, dass er am Vormittag noch nach Admont reiten wolle, um Bertram zu besuchen, horchte sie interessiert auf.

„Ich würde ihn gerne einmal kennen lernen. Meint Ihr, dass sich dies einrichten lässt?"

„Natürlich. Wollt Ihr nicht mitkommen?"

Sie schüttelte den Kopf. „Nein, Wolf, heute nicht. Der Graf versprach, mir nachher einige Schriften und Bücher zu zeigen, die er in Verwahrung hält. Ein Thomas von Aquin und ein Bonaventura sollen darunter sein."

„Aha, die beiden befreundeten großen Denker", sagte Wolf etwas spöttisch.

„Ja", erwiderte Katharina, „obwohl sie trotz ihrer Freundschaft in mancherlei Hinsicht unterschiedliche Standpunkte vertreten haben."

Wolf nickte. „Während der von allen so verehrte ‚*doctor angelicus*' sich ganz der forschenden Vernunft oder, wenn man so will, dem reinen Wissen verpflichtet fühlte, glaubte Bonaventura, bloße

Gelehrsamkeit um ihrer selbst willen ablehnen zu müssen. Die Erforschung Gottes und seines Wirkens mittels der *ratio* hält er für überflüssig, da seiner Meinung nach allein schon die Betrachtung der Natur dessen Wirken erkennen lässt."

Katharina sah ihn an. Mit jenem seltsam versonnenen Blick, mit dem sie ihn schon einmal angesehen hatte – an jenem Nachmittag vor zwei Tagen, als sie zum ersten Mal gemeinsam ausgeritten waren und sie ihn nach seiner Identität gefragt hatte.

„Und? Welche Meinung vertretet Ihr? Die des Thomas von Aquin oder die Bonaventuras?", fragte sie ihn.

Er antwortete mit einer Gegenfrage.

„Habt Ihr schon einmal darüber nachgedacht, wie es der heilige Paulus mit den beiden halten würde, insbesondere mit Thomas von Aquin, der große Stücke auf Aristoteles, einen Heiden, hielt?"

Sie zog die Stirn kraus. „Der Apostel Paulus?"

Jetzt war es an ihm, zu schmunzeln. „Ja, der Apostel Paulus", wiederholte er. „Sagt er nicht in seiner Epistel an die Kolosser, dass man sich vor jeder Philosophie in Acht nehmen soll, die betrügerischem Gerede gleiche und in Wirklichkeit nur vom Herrn wegführe? Und leugnet der große Philosoph Aristoteles, dessen Lehren Thomas mit denen des Herrn vermischt, nicht das persönliche Wesen Gottes, indem er das Göttliche als etwas Unpersönliches darstellt, als reinen Geist, dessen Denken sich nur auf sich selbst richtet und der sich nicht um die Welt kümmere? Wie vereinbart ein so genannter Diener des Herrn, der noch dazu ein großer Kirchenlehrer sein will, es wohl mit seinem Gewissen, die Ideen und Lehren eines Heiden mit denen des Heilands der Welt zu verknüpfen? Muss sich die römische Kirche, als Hüterin der Heiligen Schrift, die sie vorgibt zu sein, nicht fragen lassen, ob sie es nötig hat, sich griechischer Philosophien, und sei es nur in Teilen, zu bedienen, um Gott und sein Wesen erkennen zu können?"

Obwohl er nach wie vor schmunzelte, war der beißende Sarkasmus in seiner Stimme nicht zu überhören.

Mit offenem Mund starrte Katharina ihn an. Dann begann sie lauthals zu lachen.

„Ihr seid ja fast so etwas wie ein ketzerischer Inquisitor. Wenn es nach Euch ginge, müsste jeder, der Thomas von Aquin oder Aristoteles liest, auf dem Scheiterhaufen enden."

Wolf schüttelte energisch den Kopf. „Nein, da missversteht Ihr mich gründlich. Ich verdamme niemanden. Es steht keinem Menschen zu, einen anderen zu verfolgen, nur weil er anderer Meinung ist. Es gibt nur einen, der verdammen und endgültig richten darf, und das ist Gott. Leider scheint die Kirche dies vergessen zu haben und verfolgt deshalb jeden, der anders denkt, als sie zu denken vorgibt. Angeblich im Auftrag des Herrn. Es geht auch nicht darum, die Philosophen zu verbieten. Oder ihre Werke zu verbrennen, nur weil man ihre Ansichten nicht teilt. Jeder sollte frei das sagen und niederschreiben dürfen, was er denkt. Und dafür wird auch jeder dem Herrn selbst Rechenschaft ablegen müssen. Doch jeder sollte auch von der Möglichkeit Gebrauch machen können, alles zu prüfen und das Gute zu behalten – auch das ist ein Ausspruch des heiligen Paulus. Was ich soeben sagte, über die Philosophie im Allgemeinen und Aristoteles im Besonderen, ist eine Meinung, die ich mir im Laufe vieler Jahre selbst gebildet habe. Doch ich werde den Teufel tun, sie laut hinauszuposaunen. Ich habe es einmal versucht, vor vielen Jahren – und bin dem Tod nur knapp entkommen. Ich bin, wenn Ihr so wollt, ein Freigeist, wenn auch ein stiller; aber bestimmt kein Märtyrer, vielleicht bin ich sogar ein Feigling – denn ich gedenke nicht, für meine Überzeugung mein Leben auf dem Scheiterhaufen zu lassen."

Wolf war zu Ende gekommen. Er hatte sehr ruhig gesprochen und seine Worte sorgfältig gewählt, sich durchaus dessen bewusst, dass er damit der Frau, die ihn so faszinierte, einen weit reichenden Einblick in sein Innerstes gewährte.

Die Klingfurtherin hatte ihm aufmerksam zugehört. Jetzt sah sie ihn betroffen an. Vor zwei Tagen hatte der Mann, der da vor ihr saß, auf ihre Fragen hin noch jeden Hinweis auf seine Identität verweigert. Und jetzt hatte er von sich aus völlig unvermittelt einige bedeutsame Details aus seiner Vergangenheit preisgegeben. Eine Art von Offenbarung, die sie sicherlich als einen Beweis besonderen Vertrauens werten konnte. In ihrer Verlegenheit wusste sie zunächst nichts zu sagen.

Erst nach einer guten Weile wandte sie sich mit leiser Stimme an ihn.

„Ich danke Euch für Eure Offenheit, Wolf. Und ich freue mich schon auf den Abend mit Euch – unten im Burghof."

Am Nachmittag dieses sechsundzwanzigsten Juli, um die neunte Stunde herum, wanderten, vom Buchauer Sattel herabkommend, zwei Männer am Ufer eines parallel zur Straße fließenden Baches entlang.

Heinrich und Rudlin, die beiden Wanderprediger der „Armen Christi", befanden sich auf dem Weg nach Altenmarkt und waren in eine angeregte Unterhaltung vertieft.

Der Kleidung nach zu urteilen, konnte man sie für heimkehrende Pilger halten. Das sollte man auch. Die Muschel an der Hutkrempe, der Pilgerstab und ihr zerschlissenes Schuhwerk sollten auf den langen Weg verweisen, den sie angeblich von Santiago de Compostela bis hierher zurückgelegt hatten. In Altenmarkt beabsichtigten sie, bei „entfernten Verwandten" zu übernachten, um am darauffolgenden Tag den Weg nach Weyer fortzusetzen.

Als sie auf der Höhe des Gehöftes angelangt waren, das der Buchbauer bewirtschaftete, sahen sie, wie ein mächtiger schwarzer Hund einen Hasen durch das hohe Gras der Wiese hetzte, die den

Hof umgab. Die Männer gaben nichts darauf und schritten einfach weiter. Bis sie der Hund entdeckte. Jäh schlug er einen Haken, ließ den Hasen Hasen sein und begann mit weiten Sprüngen auf die Pilger zuzujagen.

Heinrich bemerkte die Gefahr als Erster.

„Vorsicht, gib Acht", rief er seinem Begleiter noch erschrocken zu, aber es war bereits zu spät.

Ohne einen Laut von sich zu geben, war das Tier auch schon herangekommen und warf Rudlin mit einem gewaltigen Satz zu Boden. Reflexartig hatte dieser seine Arme vors Gesicht gerissen, während der Rüde seine Zähne in Rudlins rechte Schulter schlug und an ihm zerrte. Der Wanderprediger brüllte vor Schmerz. Heinrich drosch verzweifelt mit seinem Stab auf das Tier ein, dem das jedoch nichts auszumachen schien. Der Hund hatte zwar die Schulter Rudlins freigegeben, sich stattdessen aber in seinem Oberschenkel verbissen. Wütend hieb Heinrich weiter auf den Rüden ein, seine Schläge wurden wuchtiger. Jetzt endlich ließ der Hund von seinem Opfer ab, um sich Heinrich zuzuwenden. Dieser begann langsam rückwärtszugehen, den Stab mit beiden Händen umfassend, den Blick starr vor Angst auf den Hund gerichtet. Zähnefletschend und gefährlich knurrend folgte ihm das Tier. Langsam, in geduckter Haltung setzte es eine Pfote vor die andere – gleich würde es zum Sprung ansetzen.

Da hörte er plötzlich das dumpfe Trommeln von Hufen. Gehetzt warf Heinrich einen Blick nach hinten. Auf einmal wirbelte Staub auf, der ihm in Nase, Mund und Augen drang. Zwanghaft hustete er, seine Augen brannten. Unmittelbar neben ihm hatte ein Reiter seinen Rappen zum Stehen gebracht. Aufgeregt wiehernd stieg der Gaul auf die Hinterbeine, woraufhin der Hund erschreckt zurückwich. Behände sprang der Reiter aus dem Sattel; seine Faust umschloss einen Dolch, den er noch vor dem Sprung gezückt hatte.

Der Hund knurrte böse und bleckte das mächtige Gebiss;

seine Nackenhaare sträubten sich. Die Vorderbeine in den Sand gestemmt, das Hinterteil erhoben, starrte er den Reiter, der sich schützend vor Heinrich gestellt hatte, aus blutunterlaufenen Augen an.

Mit kehligem Knurren bewegte sich der kalbsgroße Rüde seitwärts. Ebenso der Reiter. Einander nicht aus den Augen lassend, begannen sie, sich langsam im Kreis zu drehen. Dann der Reflex im Auge des Tieres. Für den Bruchteil eines Augenblicks nur hatte ihn der Reiter wahrgenommen. Doch er genügte, um ihn blitzschnell zur Seite treten zu lassen, den langen Dolch in der ausgestreckten Rechten.

Mit einem einzigen Satz sprang der Hund direkt in den Tod. Er jaulte nicht einmal, als die Klinge in seine Brust drang. Reglos landete er auf dem Boden. Auf seinen Lefzen mischte sich das Blut aus den Wunden Rudlins mit seinem eigenen, das ihm aus dem offenen Maul zu sickern begann.

Als ob nichts geschehen wäre, bückte sich der Reiter in aller Ruhe, um die blutige Schneide im hohen Gras zu reinigen. Nachdem er sie gründlich abgewischt hatte, steckte er den Dolch in den Gürtel zurück und ging langsam auf die beiden Pilger zu. Rudlin hockte am Boden, sein Gesicht war schmerzverzerrt, Staub bedeckte seinen Mantel. Dennoch waren ihm Erstaunen und Dankbarkeit anzusehen. Sein Hut lag etwas abseits im Gras, die Jakobsmuschel war abgerissen. Daneben lagen zwei kleine Bücher, die ihm bei dem Angriff des Hundes aus der Tasche seines Umhangs geglitten waren.

Noch während des Kampfes zwischen Reiter und Hund war Heinrich an die Seite seines Begleiters geeilt. Jetzt, nachdem der Hund tot am Boden lag, ging er mit zitternden Knien ihrem Retter entgegen und verbeugte sich tief. Das Auftreten und die Ausrüstung des Reiters ließen den Schluss zu, dass es sich bei ihm um eine höhergestellte Persönlichkeit handelte.

„Wir sind Euch zu großem Dank verpflichtet, edler Herr. Ohne Euch wäre es um uns geschehen gewesen“, sagte er mit bebender Stimme.

„Ja, ich würde sagen, ich kam gerade zur rechten Zeit“, entgegnete Wolf von der Klause ruhig lächelnd. „Habt Ihr arge Schmerzen?“, wandte er sich an den Älteren der beiden und beugte sich zu ihm hinunter.

„Es geht“, stöhnte Rudlin und versuchte das Gesicht zu einem Lächeln zu verziehen, was jedoch gründlich misslang.

„Lasst sehen“, sagte Wolf und schob vorsichtig das zerfetzte Hemd über der Schulter zurück. Er blickte auf eine tiefe Wunde, die bis auf den Knochen hinabging, der allerdings unverletzt zu sein schien.

„Ihr habt nur eine Fleischwunde davongetragen. Tief zwar, und schmerzhaft, aber nicht lebensgefährlich, wie ich meine“, bemerkte Wolf. „Wie steht es um Euer Bein?“

„Es schmerzt bei Weitem nicht so sehr wie die Schulter.“ Ächzend schob Rudlin den vom Biss zerrissenen Beinling an der verletzten Stelle zur Seite, und Wolf nahm auch diese Wunde genau in Augenschein.

„Auch das hier scheint nur eine Fleischwunde zu sein. Ihr habt wirklich Glück gehabt.“

In diesem Moment nahm er die rechte Hand des Verletzten wahr, die dieser auf die Wunde des Oberschenkels gepresst hielt. Sie besaß nur zwei Finger; Zeige-, Mittel- und Ringfinger fehlten.

Verblüfft starrte Wolf auf die verkrüppelte Hand.

Die Schachfiguren in seinem Kopf begannen zu tanzen.

Alfons der Schweinehirt ... seine Begegnung mit den zwei Männern ... Katharina von Klingfurth ... der Alte, der ihr aus der Höhle herausgeholfen hatte.

Obwohl es ihm nur mühsam gelang, seine Überraschung zu unterdrücken, hatte er sich rasch wieder in der Gewalt.

Er richtete sich auf und klopfte sich den Staub von den Beinkleidern. „Übrigens, mein Name ist Wolf von der Klause“, sagte er unverbindlich. „Würdet Ihr mir verraten, wer Ihr seid?“

Eilig verbeugte sich Heinrich. „Aber natürlich, edler Herr ... äh ... Herr von der Klause. Verzeiht unsere Unhöflichkeit. Aber das liegt an dem erlittenen Schrecken. Dies ist Rudlin Koller und ich bin Heinrich Koller. Wir sind heimkehrende Pilger und miteinander verwandt“, behauptete Heinrich.

In seinen Augen war dies nicht gelogen. In gewisser Hinsicht waren sie tatsächlich Pilger. Schließlich wanderten sie von einer Gemeinde der „Armen Christi“ zur anderen. Natürlich trugen sie die breiten Hüte, an der die Jakobsmuschel haftete, nicht ohne Grund. Jeder, der ihnen begegnete, ging, ohne dass sie etwas zu sagen brauchten, davon aus, dass sie Jakobspilger waren. So bewahrten sie sich vor einer Lüge. Der Betreffende zog selbst den Schluss, und es war nicht ihre Pflicht, ihn über ihre wahre Herkunft aufzuklären. Auch dass sie irgendwann wieder heimkehren würden, von wo sie einst aufgebrochen waren, entsprach der Wahrheit. Ebenso, dass er und Rudlin miteinander verwandt waren. Dass es sich dabei um eine rein geistige Verwandtschaft handelte, musste man nicht jedem auf die Nase binden.

„Ihr seid also Pilger; heimkehrende Jakobspilger, nehme ich an“, nickte Wolf und betrachtete die abgerissene Muschel im Gras. „Wann seid Ihr denn von Santiago aufgebrochen?“

„Man benötigt drei Monate von Santiago bis hierher, Herr“, entgegnete Heinrich spontan und umging so die direkte Behauptung, sie selbst seien vor drei Monaten von Santiago aufgebrochen, was schließlich nicht den Tatsachen entsprach.

„So, so, vor drei Monaten. Und wo seid Ihr zu Hause?“

„In Karlsberg, im Böhmischen“, entgegnete Heinrich prompt. Die Antwort entsprach der Wahrheit; sie kamen ursprünglich tatsächlich von dort.

„Ins Böhmische wollt ihr? Da habt Ihr noch ein gewaltiges Stück Weges vor Euch“, wunderte sich Wolf.

„So ist es, edler Herr“, erwiderte Heinrich höflich. Er hatte beschlossen, das Gespräch zu führen, was sicherlich auch in Bruder Rudlins Sinn war, der sich vor Schmerzen kaum aufrecht halten konnte.

„Wir beabsichtigten, heute noch nach Altenmarkt zu kommen“, fuhr er fort. „Dort haben wir entfernte Verwandte, bei denen wir über Nacht bleiben wollen. Aber dorthin werden wir heute wohl nicht mehr kommen. Ich fürchte, wir werden hier irgendwo in Sankt Gallen nächtigen müssen.“

„Nicht nur das“, bestätigte Wolf. „Ihr braucht heilkundige Hilfe. Ich schlage Euch vor, mit mir auf die Burg zu kommen. Dort wird man die Wunden Eures Onkels versorgen, und ihr bekommt ein Lager für zwei oder drei Tage, so lange, bis Ihr weiterreisen könnt.“

„Edler Herr ... wir haben ... wie sollen wir das bezahlen?“

„Bezahlen? Nun, vielleicht könnt Ihr Euch etwas nützlich machen auf der Burg. Es gibt auf Gallenstein immer etwas zu tun. Ihr selbst seid ja schließlich nicht verletzt. Ich werde mich beim Grafen für Euch verwenden.“

„Wenn Ihr das so seht, nehmen wir das Angebot dankend an, nicht wahr ... Onkel?“

Rudlin nickte. „Ja, habt vielen Dank edler Herr. Ich werde jedoch eine Zeit lang benötigen, um mit dem kranken Bein dorthin zu gelangen. Ihr versteht, ich fühle mich sehr schwach“, sagte er mit matter Stimme.

Wolf sah, dass der Mann nach wie vor unter starken Schmerzen litt, Schweißperlen standen auf seiner Stirn, er sah fahl aus.

„Ihr werdet mit auf meinem Pferd reiten, während Euer Neffe zu Fuß folgen wird“, schlug Wolf vor. Dann wandte er sich an Heinrich: „Bis zur Burg ist es nicht mehr weit, wie Ihr sehen könnt.“ Er nickte mit dem Kopf in Richtung Gallenstein. „Und nun, helft mir, Euren Gefährten aufs Pferd zu heben!“

Gemeinsam hoben sie Rudlin in den Sattel. Wolf schwang sich hinter ihm aufs Pferd, dann brachen sie auf. Vorher noch barg Heinrich hastig die beiden Bücher, die Rudlin verloren hatte. Dabei bedachte er Wolf mit einem eigentümlich ängstlichen Blick, der diesem jedoch nicht entging. Fürs Erste machte er sich darüber aber keine Gedanken.

Inzwischen war er fest davon überzeugt, in den beiden Männern zumindest zwei der Verantwortlichen für das Massaker an der Familie Arnulfs vor sich zu haben. Denn dass sie ein falsches Spiel trieben, lag für ihn auf der Hand. Während sie sich Alfons gegenüber noch als „Handelsreisende“ ausgegeben hatten, behaupteten sie nun, „Pilger“ zu sein, die in Santiago de Compostela das Grab des heiligen Jakobus aufgesucht hatten und sich auf der Heimreise befanden. Eine Pilgerreise nach Santiago dauerte mindestens drei Monate, die Rückreise war ebenso lang. Vor drei Monaten seien sie von Santiago aufgebrochen, hatte der jüngere der Männer ihm weismachen wollen. Vor vier Wochen hatten sich die beiden aber bereits hier in der Gegend herumgetrieben. Offensichtlich logen sie das Blaue vom Himmel herunter. Ihr Verhalten machte sie mehr als nur verdächtig – es stank zum Himmel. Sie waren nicht die, für die sie sich ausgaben, und sie hatten augenscheinlich etwas zu verbergen.

Der Weg zur Burg gestaltete sich mühsam und langwierig.

Als Wolf mit den beiden falschen Pilgern endlich in den Burghof einritt, wurde er verständlicherweise von neugierigen Blicken empfangen. Er machte jedoch nicht viel Federlesens und ritt einfach an den Gaffern vorbei. Vor dem Tor der Eingangshalle hielt er an, sprang aus dem Sattel und forderte den, der Heinrich hieß, auf, seinem Verwandten vom Pferd zu helfen. Dann bedeutete er ihnen, in der Halle zu warten, während er selbst den Grafen aufsuchte.

Friedrich von Saurau war gerade damit beschäftigt, einige Zinslisten durchzusehen, als ihm Rupert Hauensteiner, sein persönlicher Adlatus, den Wunsch Wolfs überbrachte, ihn sprechen zu wollen. Es sei dringend, fügte er hinzu.

Vor zwei Tagen noch, bei seinem Eintreffen auf der Burg, hatte Wolf die Abwesenheit Ruperts mit leichtem Befremden zur Kenntnis genommen, wusste er doch, dass der Graf, gerade wenn er wichtigen Besuch empfing, auf die Dienste Ruperts großen Wert legte. Dann aber hatte er erfahren, dass Rupert darum gebeten hatte, dem Begräbnis seines Vaters in Bärndorf beiwohnen zu dürfen, wofür ihm der Graf großzügigerweise einige Tage frei gegeben hatte. Heute Nachmittag nun war er auf die Burg zurückgekehrt, um sich sogleich wieder auf seinen Posten zu begeben. Ruperts Platz befand sich in einer geräumigen Nische unten in der Einganghalle. Hier erledigte er auch die eine oder andere schriftliche Arbeit, die ihm der Graf auftrug. War die Nische leer oder von jemand anderem besetzt, konnte man davon ausgehen, dass Rupert wieder einmal im Auftrag des Grafen unterwegs war. Auch der Hallstatter betraute ihn ab und zu mit bestimmten Aufgaben. Vor allem damit, in den Wäldern nach dem Rechten zu sehen; Rupert hatte einen geschulten Blick für alles, was mit dem Forst zu tun hatte, und der Saurauer schätzte seine diesbezüglichen Fähigkeiten. Überhaupt mochte jeder den pfiffigen Burschen mit dem stets freundlichen Lächeln im Gesicht, der mit viel Geschick und Umsicht seine vielfältigen Arbeiten erledigte.

Der Graf hatte sein freundlichstes Lächeln aufgesetzt.

„Ihr seht mich gespannt. Was gibt es denn so Dringendes?", begrüßte er Wolf und forderte ihn auf, am Tisch Platz zu nehmen, auf dem, wie fast immer, einige Pergamente und Schreibzeug herumlagen. Er hatte noch immer ein schlechtes Gewissen wegen seines gestrigen Verhaltens.

„Was es Dringendes gibt? Ich will es Euch sagen, Graf. Ich glaube, ich habe zwei interessante Vögel eingefangen. Drunten in der Buchau. Und ich habe den Eindruck, dass sie uns etwas zwitschern könnten – etwas, was mit dem Mord an der Köhlerfamilie zu tun hat."

Erregt sprang der Graf auf. „Dann müssten sie uns doch auch etwas über den Überfall auf die Venezianer sagen können?"

Wolf winkte ab. „Nein, Graf, das glaube ich mittlerweile nicht mehr."

In kurzen Zügen schilderte er dem Saurauer, was sich zugetragen hatte und weshalb er von seiner ursprünglichen Meinung, die beiden könnten etwas mit dem Überfall auf die Venezianer zu tun haben, abgerückt war. Die Enttäuschung des Grafen war unübersehbar. Dennoch stimmte er der Bitte Wolfs, den beiden eine Kammer zur Verfügung zu stellen, in der sie nächtigen konnten, mehr oder weniger gleichgültig zu. Wolf war zufrieden, denn ihm lag daran, für das Verhör, das er heute noch zu führen beabsichtigte, den Überraschungsmoment zu nutzen. Dazu war es notwendig, die beiden vorerst in Sicherheit zu wiegen. Eine besonders gastfreundliche Geste konnte dabei nur hilfreich sein.

Unruhig zuckten die Kerzenflammen und warfen zitternde Schatten an die weiß gekalkte Wand.

Soeben erst hatten die beiden Meister der „Armen Christi" die Kammer betreten, die ihnen für die Nacht zugewiesen worden war, und mit Erstaunen die brennenden Kerzen wahrgenommen. Noch mehr aber wunderten sie sich über die Kostbarkeiten, die für sie auf dem Tisch bereitstanden: Brot, Geselchtes, Käse, sogar ein wenig Butter und ein großer Krug voll Bier nebst hölzernen Schalen und Bechern. Und das, nachdem sie schon befürchtet hatten, sich hungrig zur Ruhe begeben zu müssen. Denn nachdem Rudlins Wunden überraschenderweise von jener außergewöhnlich schönen Frau behandelt worden waren, der er vor wenigen Tagen geholfen hatte, aus der Höhle zu entkommen, hatte man sie lange im Burghof warten lassen. Als es dunkel geworden war und sich immer noch niemand um sie gekümmert hatte, glaubten sie, die Hoffnung, ihre Mägen beruhigen zu können, schon aufgeben zu müssen. Doch schließlich war Wolf von der Klause erschienen, um ihnen zu sagen, dass sie sich die nächsten Tage auf der Burg aufhalten durften; Heinrich sollte derweil dem Schmied zur Hand gehen, der zur Zeit viel Arbeit hatte. Anschließend waren sie von Lisa, der Magd, in ihre Kammer geführt worden.

Jetzt sahen sie sich erstaunt an.

„Verstehst du das, Bruder Heinrich?“, fragte Rudlin und ließ seinen Blick durch die Kammer schweifen. Trotz seiner Schmerzen war ihm die Verblüffung deutlich anzumerken.

„Nein. Das verstehe, wer will. Diese Art von Aufmerksamkeit erweisen uns sonst nur die Brüder. Aber vielleicht legt man hier besonderen Wert auf Gastfreundschaft, gerade wandernden Pilgern gegenüber. So etwas soll es schließlich geben. Doch wie auch immer: Der Herr in seiner Güte scheint es gut mit uns zu meinen. Es wird Zeit, dass wir sein Angebot annehmen. Komm, lass uns essen, Bruder Rudlin.“

Der Abend war schon ein gutes Stück weit fortgeschritten, als Wolf mit einer Laterne in der Rechten in den dunklen Hof hinaustrat. Es war kühl und sehr windig geworden. Mit raschen Schritten ging er zum Nordtrakt hinüber und betrat den Gesindebau, in dessen drittem Stock man die beiden Pilger untergebracht hatte.

Er schlug die Kapuze seiner Gugel nach hinten und blickte sich um. Die Laterne in seiner Hand warf gespenstische Schatten. Er befand sich im Treppenhaus des Gebäudes. Obwohl er nicht oft hierherkam, kannte er sich einigermaßen aus. Rechts von ihm führte ein Gang zur Gesindeküche und den Vorratsräumen. Geradeaus lagen die Räucherkammern. Auf der linken Seite führte eine breite Treppe ins erste und zweite Stockwerk hinauf. Dort lagen die Schlafräume. Die der Knechte im ersten, die der Mägde im zweiten. Die beiden falschen Pilger waren noch ein Stockwerk darüber untergebracht, wo sich eine Reihe weiterer kleiner Kammern befand. Die Meisten von ihnen beherbergten Geräte und Utensilien, die selten oder gar nicht mehr gebraucht wurden. Eine schmale Stiege führte vom zweiten Stock in diesen Bereich des Wirtschaftstraktes.

Vorsichtig stieg Wolf die Treppe hinauf. Obwohl er sich bemühte, so leise wie möglich zu sein, ächzte das Holz hin und wieder unter seinem Tritt. Doch er war sich sicher, dass das Gesinde um diese Zeit schon fest schlief. Wer vor dem ersten Hahnenschrei wach zu sein hatte, konnte es sich nicht leisten, des Nachts lange aufzubleiben.

Endlich hatte er das dritte Stockwerk erreicht und lauschte angestrengt. Da bemerkte er den schwachen Lichtschimmer, der aus einer der Kammern unter der Türritze hervordrang. Die Pilger. Hier also waren sie untergebracht. Er schlich sich heran und horchte an der Tür. Tatsächlich, sie waren noch auf. Er hörte Gemurmel, und als er sich darauf konzentrierte, glaubte er, seinen Ohren nicht recht zu trauen – einer der beiden betete. Und er schien sehr inbrünstig zu beten.

Wolf war verunsichert. Falsche Pilger, die beteten? Gemeine Mörder, die das Gespräch mit Gott suchten? Das wollte nun so gar nicht in das Bild passen, das er sich bislang von den beiden gemacht hatte.

Er horchte weiter. Soeben war der, der betete, offenbar der Ältere, der Rudlin hieß, zu Ende gekommen. Deutlich hörte Wolf, wie die Männer das „Amen“ sprachen.

„Hast du noch arge Schmerzen?“, fragte Heinrich, der jüngere der beiden.

„Es geht. Die schöne Dame hat die ärgsten vertrieben“, antwortete Rudlin.

„Die schöne Dame oder die Arznei, die sie dir verabreicht hat?“ Heinrich lachte.

Wolf hörte, wie auch Rudlin kurz lachte. Dann entstand eine Pause. Beide schwiegen.

„Ich denke, wir sollten nun schlafen, meinst du nicht auch?“, schlug Heinrich schließlich vor.

„Das denke ich auch. Ich will nur noch ein wenig im Evangelium lesen. Dann lösche ich die Kerzen.“

„Willst du mir nicht daraus vorlesen?“

„Aber ja doch.“

Wieder glaubte Wolf, nicht recht gehört zu haben. Er war verblüfft. Zumindest der Ältere musste offenbar Latein beherrschen. Gehörten die beiden etwa dem geistlichen Stand an? Im Evangelium lesen, dachte er grimmig. Das wird ja immer besser. Zwei Halunken – elende Mordbuben –, die ihre Identität verbergen und sich als Pilger verkleiden, lesen das Evangelium!

Es war an der Zeit, sich Klarheit zu verschaffen.

Wolf pochte an die Tür und trat, ohne eine Aufforderung abzuwarten, in die niedrige Kammer.

„Guten Abend“, grüßte er freundlich.

Wie von einer Natter gebissen, sprangen die beiden hoch. Sie hatten auf der Bettkante gesessen und starrten den spätabendlichen Besucher nun entgeistert an.

Heinrich fing sich als Erster wieder.

„Oh ... gu...guten Abend ... Herr von der Klause ... das ist aber ... eine Über...Überraschung ...“, stotterte er. „Wollt ... wollt Ihr ... nicht Platz nehmen?“, forderte er Wolf auf und wies auf einen der beiden Hocker, die neben dem Tisch standen. Auf dem anderen – Wolf musste unvermittelt an Alfons, den Schweinehirten denken – lag eine handgeschnitzte Flöte.

Er setzte sich, während sich die beiden Männer wieder auf der Bettstatt niederließen, von der sie zuvor hochgeschreckt waren. Fragend sahen sie ihn an, mit einer eigentümlichen Mischung aus Respekt, Furcht und Misstrauen.

Gelassen erwiderte Wolf ihren Blick.

„Nun, wie geht es Euch, was machen die Schmerzen?“, wandte er sich an den Älteren.

„Die Schmerzen? ... Nun ja, Herr ... die Schmerzen ... sind ... sie haben ... deutlich nachgelassen. Dank der Behandlung durch die edle Dame. Ich bin ihr sehr dankbar dafür ... und Euch natürlich auch. Wer weiß, was mit uns ... geschehen wäre, wenn Ihr ... nicht zur Stelle ... gewesen wärt“, stieß Rudlin gepresst hervor, wobei er versuchte, die Beklemmung zu unterdrücken, die der späte Besuch ihn ihm auslöste.

„Tja, so etwas nennt man Glück im Unglück haben“, erwiderte Wolf lächelnd. Er schlug die Beine übereinander und kreuzte die Arme über der Brust.

Heinrich und Rudlin tauschten einen unsteten Blick, ihre Körpersprache zeigte deutliche Anzeichen von Unruhe. Mit fahrigen Bewegungen strich sich der Alte immer wieder den Bart. Sich mal nach vorne, mal nach hinten beugend, begann der Jüngere auf der Bettkante hin und her zu rutschen. Wolf registrierte die Signale mit Befriedigung. Gegnern, denen die Angst im Nacken saß, war leichter beizukommen.

Er entschloss sich, zum Angriff überzugehen. „Ihr seid also Pilger?“, eröffnete er das Verhör und machte eine Pause. Noch war sein Ton jovial und freundlich.

Kaum hatte er die Frage gestellt, sah er bereits Argwohn in die Augen der Männer treten.

„Ja, natürlich, Herr ... wie wir bereits sagten. Wir sind heimkehrende Pilger“, bestätigte Heinrich mit trockenem Mund.

„Aha. Nun gut. Wenn ihr Jakobspilger seid, könnt ihr mir sicher sagen, wie man das Eingangstor zur Sankt-Jakobus-Kathedrale nennt, wie der Name des Berges lautet, von dem aus man sie zum ersten Mal erblickt, und wo die Figur des Apostels steht, die jeder Pilger umarmt. Außerdem werdet ihr doch sicher über eine Urkunde verfügen, die bestätigt, dass ihr dort gewesen seid – nicht wahr?" Nicht nur Wolfs Lächeln hatte sich gewandelt, auch der Ton seiner Stimme – in beiden lag unverhohlene Ironie.

Rudlin und Heinrich erstarrten regelrecht. Die Blicke, die sie sich zuwarfen, sprachen Bände.

Wolf merkte, dass er ins Schwarze getroffen hatte.

„Aber, Herr von der Klause, Ihr erstaunt uns. Das klingt ja gerade so, als ob Ihr an uns zweifelt? Ihr könnt doch schon an unserer Kleidung erkennen, dass wir Pilger sind", entgegnete Rudlin nach einer Weile. Seine Stimme schwankte; tausend Gedanken schossen ihm durch den Kopf. Er fragte sich, an wen sie hier geraten waren. Auch Heinrich schwante Böses. Hatte der Herr etwa entschieden, sie heute Nacht in die Hände ihrer Feinde fallen zu lassen?

Wolf beugte sich ruckartig vor. Seine Stimme hatte nun einen schneidenden Tonfall. „Ihr könnt mich nicht täuschen. Euer Äußeres beeindruckt mich nicht. Ebenso wenig die Muschel, die ihr am Hut tragt. Die könnt ihr von irgendjemandem bekommen haben. Also, beantwortet meine Fragen. Wie nennt man das Eingangstor zur Sankt-Jakobus-Kathedrale? Wie heißt der Berg, von dem aus man sie erblickt? Wie weit ist es von dort bis zur Grabstätte? Wo steht die Figur des Heiligen, die jeder Pilger umarmt? Und wo ist die Urkunde, die bestätigt, dass ihr dort gewesen seid? Zeigt sie mir – und ich hege nicht mehr den geringsten Zweifel."

Sie sahen sich an. Diesmal lag in dem Blick, den sie wechselten, jedoch nicht nur Furcht, sondern auch entschlossene Renitenz. Nichtsdestotrotz sagten sie nichts. Sie saßen einfach nur da und blickten ihn an.

„Nun, hat es euch die Sprache verschlagen?"

Wie ein Peitschenknall durchbrach Wolfs Frage das eisige Schweigen.

„Ihr seid so wenig Pilger, wie ich der Papst bin. Wer also seid ihr? Heraus damit!“, fuhr er die beiden an, die jedoch weiterhin schwiegen.

„Wenn ihr nicht endlich antwortet, gibt es noch andere Mittel, euch zum Reden zu bringen. Ich scheue nicht, sie einzusetzen. Habt ihr verstanden?“, drohte er.

Plötzlich kam Heinrich eine Idee, mit der sie vielleicht ihren Hals wieder aus der Schlinge ziehen könnten.

„Hoher Herr, Ihr seht uns in einer zwiespältigen Lage“, begann er, wobei er versuchte, seine Stimme möglichst verzweifelt klingen zu lassen, was ihm angesichts der gegenwärtigen Situation nicht gerade schwerfiel. „Ihr zweifelt an uns. Weil wir Eure Fragen nicht beantworten und weil wir keine Urkunde vorweisen können. Doch würdet Ihr uns glauben, wenn wir sagen, man hat uns die Urkunden gestohlen? Und dass Wegelagerer uns eines Nachts überfallen und das Bündel, in dem sich die Urkunden befanden, entwendet haben? Und was Eure anderen Fragen angeht: Würdet Ihr uns glauben, dass wir sie nicht beantworten können, weil wir ein Gelübde abgelegt haben?“

Heinrich hatte bewusst die Antwort in Form von Fragen gekleidet. Auf diese Weise erleichterte er sein Gewissen. Schließlich *behauptete er nicht*, dass das, was er sagte, die Wahrheit war. Er *stellte lediglich die Frage, ob der, der ihn da verhörte, ihm glauben würde*, wenn er ihm dies oder jenes erzählen würde. So log er nicht, sondern griff lediglich zu einer List.

„So, so, ihr seid überfallen worden. Und ein Gelübde habt ihr abgelegt. Darf man denn wissen, was für ein Gelübde?“, fragte Wolf ironisch.

„Herr“, antwortete Heinrich voller Überzeugung. „Stellt Euch vor, Ihr steht am Grab des heiligen Jakobus. Und Ihr seid von der

Gnade, die Euch widerfährt, außerordentlich ergriffen. Doch Ihr bemerkt, wie viele Eurer Mitpilger damit prahlen und damit der christlichen Demut, wie der Herr sie fordert, einen schlechten Dienst erweisen. Nun gelobt Ihr am Grab des Jakobus, nie so zu werden wie diese und all das Wunderbare und das, was Ihr gesehen habt, für immer in Eurem Herzen zu bewahren und mit niemandem darüber zu reden. Was würdet Ihr sagen, wenn Euch in diesem Fall jemand zwingen wollte, dieses Gelübde zu brechen?"

Heinrich war sich sicher, in diesem Augenblick unschuldig wie eine Taube und listig wie eine Schlange gesprochen zu haben. So, wie der Herr es empfahl. Der Himmel würde seine wahre Freude an ihm haben.

Wolf war verblüfft. Die Durchtriebenheit dieser ausgekochten Scheinpilger kannte offenbar keine Grenzen. Er erhob sich von seinem Schemel und trat unmittelbar vor die beiden hin. Langsam beugte er sich zu ihnen hinunter, bis sein Gesicht fast das des „Neffen" berührte.

„Euer Gelübde rührt mich zu Tränen", spottete er. „Insbesondere, wenn ich daran denke, dass es den heiligen Jakobus so sehr bewegt hat, dass er euch einen Engel sandte, der euch auf seinen Flügeln blitzschnell hierhertrug. So, dass ihr nicht erst nach drei, sondern schon nach zwei Monaten hier bei uns angekommen seid. Ein echtes Wunder. Man sollte euch heiligsprechen."

„Wie sollen wir das verstehen, Herr?", fragte Heinrich gepresst.

„Wie ihr das verstehen sollt? Du stellst dich wohl dümmer, als du bist. Aber ich will es dir sagen. Noch heute Nachmittag sagtest du, dass ihr vor drei Monaten aus Santiago aufgebrochen seid. Von dort bis hierher ist man in der Tat so lange unterwegs. Vor vier Wochen aber habt ihr Alfons, den Schweinehirten aus der Buchau, nach dem Weg nach Ardning gefragt. Damals wart ihr noch Handelsreisende. Erinnerst du dich noch daran – Pilger? Oder soll ich deiner Erinnerung ein wenig auf die Sprünge helfen?"

Es war aus. Wolf bemerkte, wie nackte Verzweiflung in den Augen der beiden aufflammte.

Dennoch raffte sich der Alte zu einem letzten Widerspruch auf. „Euer Gnaden, Ihr tut uns unrecht. Meint Ihr nicht, dass hier eine Verwechslung vorliegt?“

„Eine Verwechslung?“ Wolf beugte sich vor, packte die verkrüppelte Hand Rudlins und schüttelte sie derb hin und her. „Diese Hand ist doch wohl unverwechselbar. Glaubst du nicht auch? – Und nun genug des Possenspiels. Wer seid ihr? Und vor allem: Was hattet ihr in dem abgelegenen Tal in der Buchau zu suchen, in dem ihr Alfons begegnet seid – weitab von der Hauptstraße, die nach Ardning führt? Heraus damit!“

Den beiden Predigerbrüdern war klar, dass jedes weitere Leugnen ihre Lage nur verschlimmerte. Andererseits war es für sie undenkbar, zuzugeben, dass sie zu denen zählten, die die Kirche als Ketzer bezeichnete. Jetzt konnten sie nur noch eines tun: eisern schweigen.

Die Sturheit in den Gesichtern der Männer, die genau wussten, dass sie der groben Lüge überführt worden waren, ließ in Wolf einen unsäglichen Zorn hochsteigen. Hier saßen – hier *mussten* – die Männer sitzen, die Arnulf und seine Familie auf dem Gewissen hatten. Und sie logen, dass sich die Balken bogen. Er sprang auf und stieß den Hocker zurück. Ruckartig beugte er sich nach vorne, packte Heinrich mit eisernem Griff beim Hals und drückte fest zu.

„Wenn du mir nicht sofort sagst, was ihr mit der Familie des Köhlers gemacht habt und wer hinter dieser ganzen Schweinerei steckt, drehe ich dir und deinem sauberen Begleiter hier und jetzt den Kragen um – hast du mich verstanden?“, zischte er und stieß Heinrich so heftig zurück, dass dieser, ohne sich wehren zu können, auf dem Bett zu liegen kam.

Heinrich griff sich an den Hals. „Wa...was ... sagtet ... Ihr da ...

eben?“, röchelte er heiser. „Vo...von was sprecht Ihr ... überhaupt?“ Er begann zu husten.

Kaum hatte er ausgesprochen, als sich Wolf erneut auf ihn stürzte, ein Knie auf seinen Brustkorb stemmte und ihn roh am Kinn packte.

„Von was ich spreche? Du willst also immer noch leugnen, du Bastard?“, presste er wütend zwischen den Zähnen hervor, „ich spreche von Arnulf, dem Köhler, und von seiner Familie - von seiner Frau - und von den beiden Kindern - und von Tassilo -, die ihr bestialisch umgebracht habt.“ Abermals stieß er ihn auf das Bett zurück. In unkontrollierter Wut hob er die Hand, um ihn zu schlagen ...

... und hielt plötzlich inne.

Gestoppt vom Anblick des Alten, auf den sein Blick zufällig gefallen war.

Mit offenem Mund saß dieser am anderen Ende des Bettes. Er sagte nichts. Er saß nur da, starr aufgerichtet, und schüttelte unentwegt den Kopf. Mit so viel Unschuld, unendlichem Nichtverstehen und einem stummen Nein im Blick, dass Wolf seinen Irrtum augenblicklich erkannte.

Die, die da vor ihm saßen, hatten mit dem Mord an Arnulf und seiner Familie nichts zu tun.

Die plötzliche Erkenntnis traf ihn wie ein Schlag

Er ließ die Hand sinken und gab Heinrich frei.

Langsam stand er auf. Heftig atmend, mit hängenden Armen, stand er vor den beiden Männern, die noch immer in grenzenlosem Unverständnis zu ihm aufsahen.

Dann übermannte ihn die Erschöpfung. Mit müdem Blick ließ er sich auf einen der Schemel fallen. Die Ellbogen auf die Knie gestützt, barg er den Kopf in den Händen und schwieg.

Die Verwirrung, die Heinrich und Rudlin angesichts des plötzlichen Wandels ihres Peinigers empfanden, hätte nicht größer sein können. In maßloser Verblüffung starrten sie ihn an. Grübelnd erwiderte Wolf den Blick der Männer, die er zu Unrecht des Mordes verdächtigt hatte. Mittlerweile verstand er, warum er von ihrer Schuld so fest überzeugt gewesen war: Er hatte einfach *gewollt*, dass sie schuldig waren. Erst jetzt erkannte er, dass der brennende Wunsch, um jeden Preis Licht ins Dunkel zu bringen, ihn dazu verleitet hatte, sich an ihre angebliche Täterschaft zu klammern wie ein Ertrinkender an einen Strohhalm.

Er war verbittert. Die Fährte, von der er glaubte, sie würde ihn zu den Verbrechern führen, hatte sich als falsch erwiesen. Erschöpft rieb er sich die Stirn, wobei seine Augen zufällig die Anrichte streiften, auf der die Kerzen brannten.

Da sah er das Buch.

Sofort fiel es ihm wieder ein. Es war eines der beiden Exemplare, die Heinrich nach dem Angriff des Hundes mit ängstlichem Blick vom Boden aufgehoben hatte.

Wolf griff danach. Eigentlich mehr aus Verlegenheit als aus Interesse – doch zur Bestürzung der beiden Männer, wie er verblüfft feststellte. Schockiert, mit weit aufgerissenen Augen blickten sie auf das Buch, das er in seinen Händen hielt. Hatten vorher noch grenzenloses Unverständnis und Unschuld in ihren Mienen gelegen, stellte Wolf nun jenen Ausdruck des Erschreckens darin fest, der sich einstellt, wenn man weiß, bei etwas Verbotenem erwischt worden zu sein.

Schlagartig begriff er: Das Buch barg etwas, das nicht für seine Augen bestimmt war. Seine Mattigkeit war plötzlich wie weggeblasen.

„Sieh an. Ist das nicht eines der beiden Bücher, die ihr beim Angriff des Hundes verloren hattet?“, wandte er sich an den „Onkel“.

Verkniffen, fast feindselig sah ihn der „Pilger“ an. Seine Finger krallten sich in den Strohsack, auf dem er saß. Sein jüngerer Begleiter hatte sich kerzengerade aufgerichtet, so, als wolle er augenblicklich aufspringen.

„Herr, bitte, gebt uns das Buch. Es ist unser", sagte der Ältere auf einmal. Seine Stimme klang fordernd, aber auch heiser vor Erregung.

„Ich habe nicht die Absicht, euch das Buch wegzunehmen", antwortete Wolf ruhig, „aber ich will wissen, womit sich falsche Pilger so beschäftigen."

Argwöhnisch behielt er die Männer im Auge, während er das Buch aufklappte.

Das Erste, was er wahrnahm, war ein loses Blatt Pergament, das beim Aufschlagen des Buches fast herausgefallen wäre. Es handelte sich dabei um eine Liste mit in penibler Schrift geschriebenen Namen und Orten. Er überflog sie und hob verwundert die Brauen. Einige der Personen, die dort aufgeführt waren, kannte er; unter anderem Peter Mohr und Konrad Steckelyn. Er schätzte die beiden, sie waren aufrechte, integere Männer. Er legte das Blatt beiseite und begann langsam in dem Buch zu blättern, vorsichtig Seite für Seite wendend.

Bereits als er die ersten eng geschriebenen Zeilen las, begann er zu stutzen, und doch bestand kein Zweifel an dem, was er da vor sich hatte: den Anfang des Evangeliums nach Matthäus. Er blätterte weiter und entdeckte einige Psalter, dann das Buch Esra. Alle Schriften nicht wie üblich in lateinischer, sondern in deutscher Umgangssprache. Ein Auszug der Heiligen Schrift in der vulgären Sprache des gemeinen Volkes?

Da fiel es ihm wie Schuppen von den Augen. Endlich begann er zu begreifen. Er klappte das Buch zu und blickte auf.

Ketzer!

Die, die vor ihm saßen, gehörten zu denen, welche die Kirche als Häretiker ansah – Nachfolger des Lyonesers Petrus Valdes, die sich selbst „die Armen Christi" nannten. Nur Ketzer wie sie konnten es wagen, die heiligen Schriften in der Sprache des Volkes zu besitzen.

Das erklärte natürlich alles. Die wechselnden Identitäten – die

Tatsache, dass sie einmal als Handelsreisende und ein andermal als Pilger verkleidet reisten. Ihr beharrliches Weigern, ihr wahres Ich preiszugeben. Und auch das Widersprüchliche ihres Verhaltens. Einerseits die Ausflüchte, die er sich hatte anhören müssen. Andererseits das Gebet, das er, an der Tür lauschend, mit angehört hatte, und der Wunsch, vor dem Schlafengehen noch einmal im Evangelium zu lesen.

Er sah die Männer lange an, bevor er zu einer Entschuldigung ansetzte.

„Ich wusste es nicht", schüttelte er schließlich den Kopf und legte das Buch behutsam auf die Anrichte zurück. „Ich wusste es wirklich nicht. Obwohl ich es mir hätte denken können. Ihr seid nicht die, für die ich euch hielt. Ihr seid Jünger des Petrus Valdes. Ich bitte euch in aller Form um Verzeihung." Seine Stimme hatte einen spröden Klang bekommen.

Rudlin und Heinrich wussten nicht, wie ihnen geschah. In ihren Mienen wechselten Fassungslosigkeit, aufkeimende Hoffnung und Misstrauen.

Doch vorerst siegte das Misstrauen. Vor allem bei Heinrich. Ein Scherge der Inquisition, der sich bei den Häretikern, die er verhörte, entschuldigte? Das war nichts weiter als eine raffinierte Finte.

Wolf bemerkte den zweifelnden Ausdruck in seinem Gesicht. „Ich verstehe euer Misstrauen", meinte er. „Doch ihr könnt mir vertrauen. Glaubt mir, wenn es jemanden gibt, der sich nicht zu euch zählt und dennoch Achtung vor eurem Mut und eurer Überzeugung hat, dann bin ich es."

„Ihr sprecht in Rätseln, Herr." Heinrich sah Wolf argwöhnisch an und rieb sich das schmerzende Kinn.

Auch in den Blicken Rudlins lagen noch immer Zweifel und Furcht.

Wolf nickte. „Mein Verhalten muss euch rätselhaft erscheinen. Doch könnt ihr euch vorstellen, was es bedeutet, gewissen Personen zu begegnen, von denen ihr glaubt, dass sie die Familie, mit der ihr verbunden wart, sinnlos abgeschlachtet haben?"

„Aber warum, Herr? Weshalb glaubtet Ihr, ausgerechnet in uns jene Mörder gefunden zu haben?", wagte Rudlin einzuwenden.

„Nun, weil ihr euch in vielfacher Hinsicht verdächtig gemacht habt", antwortete Wolf und begann, die Verdachtsmomente aufzulisten. „Eure Aussage, vor drei Monaten von Santiago aufgebrochen zu sein, konnte nicht der Wahrheit entsprechen. Zudem hattet ihr Alfons gegenüber behauptet, Handelsreisende zu sein. Vier Wochen später seid ihr auf einmal Jakobspilger. Auch konnte für mich an der Tatsache, dass ihr es wart, von denen Alfons gesprochen hatte, kein Zweifel bestehen; er beschrieb euch sehr genau – denk an deine rechte Hand. Außerdem habt ihr ihn ganz in der Nähe des Tales getroffen, in dem Arnulf wohnte. Und nur einen Tag nach eurer Begegnung mit dem Schweinehirten finden Arnulf und seine Familie den Tod. – Begreift ihr nun, weshalb mein Verdacht fast zwingend auf euch fallen musste?"

„Ich verstehe", sagte Rudlin leise und nickte.

„Unglaublich!", murmelte Heinrich kopfschüttelnd.

Sonst sagten sie nichts. Auch Wolf schwieg. Stille erfüllte die Kammer, unterbrochen nur vom gelegentlichen Knistern der Kerzenflammen, die nach wie vor kärgliche Helle verbreiteten und bizarre Schatten an die Wand zeichneten.

Rudlins Gedanken begannen zu kreisen. Tief in sich versunken, betrachtete er die Schatten an der Wand. Welch unterschiedliche Formen sie annehmen, dachte er. Und wie schnell sie sich veränderten – diese dunklen Töchter des Lichts. Glich nicht das Leben selbst dem wechselnden Spiel von Schatten und Licht? Und bestimmte nicht die Art des Lichtes auch die des Schattens? Das scheidende Licht des Tages, zum Beispiel – warf es nicht andere Schatten als das der Morgendämmerung? ...

... Die Männer im Morgengrauen ...

... Der Fluss und die Nebelschwaden ...

... Das Geräusch der Stiefel im Matsch ...

... Die Unterhaltung der vier Männer, die auf den Einarmigen warten ...

... Die rätselhafte Bemerkung des „Katzengestaltigen", als sie davonreiten ...

... Das höhnische Lachen ...

Unvermittelt sprang Rudlin auf.

„Wann, sagtet Ihr, geschah der Mord? Einen Tag nach unserer Begegnung mit dem Schweinehirten?", fragte Rudlin mit bebender Stimme.

Heinrich starrte seinen Mitbruder entgeistert an.

Auch Wolfs Blick wirkte konsterniert. Seine Brauen zogen sich zusammen.

„Ja", sagte er nur. Was hatte der Mann denn auf einmal?

„Herr, ich weiß nicht ... ich machte eine Beobachtung ... am Morgen des zweiten Tages, nachdem ... ihr wisst schon ... nach unserer Begegnung mit dem Schweinehirten ... ich glaube, es könnte Euch interessieren, das heißt ... ich weiß es nicht ..." Rudlin wurde wieder unsicher.

„Nur zu. Heraus damit. Welche Beobachtung? Sagt es mir!", forderte Wolf ihn auf. Er merkte, wie sich die Erregung des Alten auf ihn zu übertragen begann.

Rudlin hatte sich unterdessen wieder auf der Bettkante niedergelassen. „Wir ... ich meine, Bruder Heinrich und ich", begann er – offenbar merkte er nicht, dass er Wolf soeben ihre Identität bestätigt hatte –, „wir waren ... wir hatten am Abend vorher unser Lager an der Enns aufgeschlagen ... Am darauffolgenden Morgen wurde ich wach. Ich hatte Geräusche gehört und Stimmen. Aus unserem Versteck heraus konnte ich sie beobachten. Es waren vier Männer ... rohe Gesellen. Sie warteten. Drüben, am anderen Ufer. Auf einen, der nur einen Arm hatte ... sie nannten ihn auch den Einarmigen. Er brachte ihnen die Pferde. Am Anfang konnte ich nicht verstehen, was sie sagten. Später aber schon ... als sie lauter sprachen. Dem, was sie sagten, konnte man entnehmen, dass sie irgendeinen Grund haben mussten, sich zu verbergen. Als der Einarmige dann gekommen war, ritten sie weiter. Doch davor sagte der Anführer noch etwas ... etwas sehr Seltsames. Er sprach von einer Trophäe ... von einer Zehe ... und ..."

Wolf sprang auf. Polternd stürzte der Hocker hinter ihm zu Boden.

„*Was* sagte er? Wiederhol es", stieß er heiser hervor.

Rudlin schluckte. Ihm war ganz seltsam zumute. „Nun ... wie ich sagte. Der Mann, ich glaube, es war der Anführer, rief einem seiner Kumpane etwas zu ... jemandem solle ... eine Trophäe überbracht werden ... von einer Zehe war die Rede ..." Rudlin hielt inne.

„Weiter, erzähl bitte weiter. Kannst du dich an den genauen Wortlaut erinnern?", drang Wolf in ihn.

Noch immer saß Rudlin auf der Bettkante. Den Kopf in die Hände gestützt, versuchte er sich zu konzentrieren.

Nach einer halben Ewigkeit schließlich, hob er endlich das graue Haupt.

„Und?", fragte Wolf gepresst.

Mit klarem Blick sah Rudlin ihm in die Augen.

„Ich glaube, jetzt weiß ich es wieder", sagte er, nicht ohne Stolz. „Sogar die Namen sind mir wieder eingefallen. Den Einarmigen nannten sie Ingolf. Der andere mit dem langen Haar hieß Randolph."

„Randolph? Mit dem langen Haar? Wer ist Randolph?"

„Na der, zu dem der Anführer es sagte."

„Was sagte? Kannst du nicht deutlicher werden?" Wolf merkte, dass er ungeduldig zu werden begann.

„Nun, das mit der Trophäe und der Zehe. Und dem Eber in Rieden. Ich kann mich genau erinnern. Er sagte: *Randolph, hast du die Zehe? Der Eber in Rieden wartet auf seine Trophäe.*“

Erneut fuhr Wolf vom Hocker hoch und starrte den Alten mit glühenden Augen an.

„Und du irrst dich nicht? Er sagte tatsächlich: *Randolph, hast du die Zehe? Der Eber in Rieden wartet auf seine Trophäe?*“, vergewisserte er sich mit vor Erregung bebender Stimme.

„Ja, Herr. Genau das sagte er. Glaubt mir, ich irre mich nicht. Und dann antwortete der andere ... Er sagte: *Keine Sorge, ich hab sie.* Und noch etwas sagte er ... etwas sehr Hässliches: *Warum sich der Alte wohl gerade die Zehe ausgesucht hat? Wir hätten ihm ja auch was anderes abschneiden können!*“

Langsam sank Wolf auf den Hocker zurück.

Mit einem Mal begann sich alles um ihn herum zu drehen. Auch das Schachspiel in seinem Kopf. Immer schneller schienen die imaginären Figuren umherzuwirbeln.

Doch der Schwindel legte sich ebenso rasch, wie er gekommen war. Was folgte, war fast so etwas wie ein Gefühl des Triumphes. Ausgelöst durch die Worte des Alten, die sich für immer in sein Bewusstsein eingruben. Unauslöschlich.

Randolph, hast du die Zehe? Der Eber in Rieden wartet auf seine Trophäe.

Es passte alles zusammen.

Wolf öffnete seine Gürteltasche und zog die silberne Schließe und die goldene Brosche hervor. Die Schmuckstücke mit dem Eberkopf glitzerten im Licht der Kerzen.

Er betrachtete sie mit grimmiger Genugtuung.

Endlich hatte eine der Spuren zu sprechen begonnen.

Sie würde ihm den Weg weisen. Den Weg zu jenem geheimnisvollen „Eber“, dem eine schreckliche „Trophäe“ überbracht worden war.

Die Zehe eines unschuldigen Jungen, den er, Wolf, vor einem Monat erst begraben hatte.

Als Wolf kurz vor Mitternacht den Gesindetrakt wieder verließ, stellte er fest, dass der Wind zwar nachgelassen, es dafür aber zu regnen begonnen hatte.

Nässe umwob ihn mit dünnen Fäden, während er über den Hof zu den Wohngebäuden hinüberging. Aber er ging noch nicht hinein. Neben dem Tor, das in die Vorhalle führte, blieb er stehen. Er verspürte das Bedürfnis, noch ein wenig im Freien zu bleiben und Bilanz zu ziehen. Was für ein Tag, dachte er. Über Stunden hinweg hatte ihn seine Einbildung zunächst genarrt, ein falscher Verdacht ihn getäuscht. Doch dann war ihm durch die beiden Waldenser die Wahrheit offenbart worden. Und der undurchdringliche Nebel, der über der Bluttat an der Familie Arnulfs lag, hatte sich zu lichten begonnen. Dennoch hatten die neuen Erkenntnisse nicht nur mehr Klarheit, sondern auch neue Fragen aufgeworfen.

Was hatte es mit der so genannten „Trophäe" auf sich? Wer immer der „Eber" war – welche abartigen Neigungen bewogen ihn, die Zehe eines fünfzehnjährigen Knaben als eine solche zu betrachten?

Plötzlich merkte er, wie sich mit erschreckender Deutlichkeit eine Frage in den Vordergrund seiner Überlegungen schob, die er bis zur Stunde stets beiseitegeschoben hatte: Was wäre geschehen, wenn in jener Nacht des Todes alles seine gewohnte Ordnung in Arnulfs Hütte gehabt hätte? Und die Mörder nicht nur Paul, sondern auch Bertram schlafend angetroffen hätten?

Rasch verdrängte er den Gedanken und beschloss, sich zur Ruhe zu begeben.

Na, endlich, verdammt noch mal, dachte sie, und atmete auf.

Sie fror.

Eng an die dunkle Mauer der Stallungen geschmiegt, als wäre sie ein Teil von ihr, hatte die schwarz gekleidete Gestalt regungslos darauf gewartet, dass der Mann, der da sinnend im Regen stand, endlich seine Kammer aufsuchte.

Nicht auszudenken, was geschehen wäre, hätte er sie entdeckt. Gerade noch rechtzeitig hatte sie ihn aus dem Gebäude treten sehen und sich sofort in den dunklen Schatten der Stallmauer geduckt.

Jetzt löste sich die Gestalt wieder aus dem Schutz der Mauer und schlich behände über den Hof. Rasch bewegte sie sich auf die Tür des Gesindetraktes zu, machte sich kurz am Schloss zu schaffen und glitt in den dunklen Bau hinein.

Nach einer Weile kam sie wieder heraus und sprang, sich abermals im Schutz der Stallmauern haltend, in langen Sätzen über den Hof und verschwand, von niemandem bemerkt, im Eingang eines Gebäudetraktes, der unmittelbar an das innere Burgtor anschloss.

Mitternacht war längst vorüber.

Wie ein Dieb hatte sich der Mittwoch endgültig davongestohlen. Gehüllt in eine kalte, nasse Decke aus mondlosem Dunkel.

Ihm folgte, ebenso nass und kalt, der Donnerstag, der siebenundzwanzigste Juli des Jahres des Herrn 1385.

VIII – Donnerstag, 27. Juli im Jahr des Herrn 1385

11

Feiner Nieselregen hüllte die Landschaft in ein tristes Kleid.

Schon früh an diesem Morgen hatten sich der Bauer Moritz Prechtel und sein fünfjähriger Sohn Matthias auf den Weg von Weng in Richtung Admont gemacht. Trotz des knöcheltiefen Schlamms und der vielen Pfützen waren sie guter Dinge. Sie hatten auch allen Grund dazu. Der Ochse, den sie mit sich führten, trug unter anderem ein Fässchen Butter und eine gut gepolsterte Stiege mit frischen Eiern. Die Lieferung war für das Stift bestimmt und würde einige zusätzliche Pfennige abwerfen. Das Kostbarste der Ladung waren aber zweifellos die beiden großen Töpfe mit Honig, eine Köstlichkeit, die Bauer Prechtel dank seiner Bienenvölker liefern konnte. Dafür zahlte ihm Bruder Basilius, der Cellerar, gerne das Doppelte des normal üblichen Preises.

Vater und Sohn hatten bis jetzt über alles Mögliche geplaudert, als Matthias plötzlich still wurde. Eine Weile schritt er einsilbig neben seinem Alten her. Die Sache fiel ihm wieder ein. Jene ganz bestimmte Sache, aus der die Erwachsenen, wann immer sie danach gefragt wurden, unbegreiflicherweise ein großes Geheimnis machten. Sein Vater bildete da keine Ausnahme. Stirnrunzelnd blickte Matthias zu ihm hoch. Würde er es ihm heute sagen?

Er fasste sich ein Herz. „Vater, willst du es mir nicht endlich sagen?“, entfuhr es ihm seufzend.

Moritz sah in erstaunt an. „Sagen? Was denn genau?“

„Aber Vater, du weißt schon. Die Sache mit dem Kinderkriegen. Wie das bei den Kühen und den Ziegen ist, weiß ich ja. Und auch bei den Hunden. Und bei den Hasen. Ich meine, wie es dazu kommt, dass sie Junge kriegen. Aber wie ist das bei den Menschen?"

Moritz grinste gequält. Dieser Bengel. Er ließ nicht locker. Wiederholt hatte er ihn deswegen schon gelöchert, doch bisher war es ihm stets gelungen, einer Antwort auszuweichen. Krampfhaft suchte er nach einer Möglichkeit, um den Knaben ein weiteres Mal hinzuhalten, doch es fiel ihm keine ein.

„Also, pass auf", setzte er zur Antwort an – und schwieg.

„Ja, Vater?"

„Also, pass auf", wiederholte Moritz verlegen. „Wie kann ich es dir am besten erklären ..." Abermals hielt er inne. „Ach, geh! Du bist noch zu jung dafür", platzte es plötzlich aus ihm heraus. Ärgerlich begann er, schneller auszuschreiten. Aber Matthias gab nicht auf.

„Vater", bohrte er nach. „Ich bin doch schon fünf Jahre alt. Viel älter als Rochus und Elsa. Die sind erst drei und wissen doch auch schon, wie man ein Junges macht. Und gestern hat Rochus sie wieder bestiegen, ich hab's genau gesehen. Warum darf ich es nicht wissen? Warum sagst du, ich bin zu jung?" Elsa war eine Ziege und Rochus ein Bock auf dem Prechtel'schen Hof.

Moritz war baff. Er blieb stehen. Mit dieser überwältigenden Logik seines Jüngsten hatte er nicht gerechnet. Sollte er nun lachen oder dem Bengel eine langen?

In diesem Augenblick nahmen beide das rhythmische Klatschen galoppierender Hufe auf dem vom Regen aufgeweichten Lehmboden wahr. Reiter. Sie blickten sich um – noch war nichts zu sehen. Doch das klatschende Geräusch kam schnell näher. Hinter der Wegbiegung, die sie selbst soeben erst passiert hatten, tauchten sie schließlich auf. Sie waren zu viert. Drei schwer bewaffnete Männer und ein Dominikaner, unschwer zu erkennen am Habit seines Ordens: Über der weißen Kutte wehte, heftig flatternd, ein schwarzer Mantel von den Schultern des Mönchs. In halsbrecherischer Jagd hielten die Reiter direkt auf die beiden zu.

Erschrocken drängte Moritz den Ochsen an den Straßenrand und trat, seinen Filius an den Armen packend, schnell zur Seite. Es war höchste Zeit. Grauen Schatten gleich, preschten die Reiter rücksichtslos an ihnen vorüber, sie über und über mit Dreck und Wasser bespritzend. Der Ochse ließ ein verstörtes Muhen hören, Matthias hielt ängstlich die Beine des Vaters umklammert. Doch so schnell, wie der Spuk gekommen war, war er auch wieder vorbei.

Was blieb, war das eisige Entsetzen in der Miene des Moritz Prechtel. Und sein schlammbespritztes Gesicht, aus dem jegliche Farbe gewichen war.

Fassungslos sah er den Reitern nach, deren Silhouetten sich rasch im grauen Dunst der Ferne verloren. Zitternd wischte er sich mit dem Arm den Schmutz von der Stirn.

Ein einziger Blick hatte dem Bauern genügt, um den vorbeistürmenden Mönch sofort wiederzuerkennen.

Vor Jahren war er ihm schon einmal begegnet – diesem Sämann des Schreckens, dem mit Abstand schärfsten unter den *domini canes*, den Hunden des Herrn. Den Rom darauf abgerichtet hatte, die reine katholische Lehre zu bewahren. Und darauf, irrende Schafe in die Herde der römischen Kirche zurückzutreiben. Und der jedem, der sich dem Stab ihrer Hirten nicht beugen wollte, mit ewiger Verdammnis drohte. Und Folter und Feuer über diejenigen brachte, die sich dennoch zu widersetzen wagten.

Heinrich von Olmütz war ins Ennstal gekommen.

Und Moritz Prechtel wusste, was das bedeutete.

„Jesus, Maria“, murmelte er dumpf und bekreuzigte sich.

Als Wolf am Morgen dieses in nassem Grau versunkenen Julitages den Turm betrat, um den Grafen in seinem Arbeitszimmer aufzusuchen, fand er Rupert gerade damit beschäftigt, die Stiefel seines Herrn mit Schweinefett zu wichsen. Er hockte auf einem Schemel in der geräumigen Nische zu Füßen der Treppe, die zu den Wohnräumen der Herrschaft hinaufführte.

Rupert grinste ihm freundlich zu. „Ah, Ihr seid es, Herr Wolf. Seine Gnaden erwartet Euch bereits. Ihr könnt sofort hinaufgehen. Euch brauche ich nicht anzumelden."

Während Wolf die gewendelten Stiegen hinaufschritt, ließ er sich noch einmal die Geschichte durch den Kopf gehen, die er dem Saurauer präsentieren würde. Noch gestern Nacht hatte er beschlossen, ihm die Wahrheit über die Identität Heinrichs und Rudlins zu verschweigen. Das hatte triftige Gründe. Friedrich von Saurau war dem Konvent zu Admont gegenüber zu absoluter Loyalität verpflichtet. Und der wiederum hatte treu zur Kirche zu stehen. Was bedeutete, dass niemand im Umfeld des Stiftes es sich leisten konnte, Ketzer zu beherbergen, geschweige denn, sie laufen zu lassen, war man ihrer erst einmal habhaft geworden.

Kräftig pochte er an die Tür und trat ein, als er das „Nur zu, herein!" des Saurauers hörte.

Friedrich hatte am Fenster gestanden, wandte sich nun aber zu seinem Besucher um. „Ah, Wolf, Ihr seid es. Und ... was hat Euer Verhör ergeben? Habt Ihr die beiden des Mordes überführt?", fragte er.

„Nein, die Männer sind unschuldig. Sie sind arbeitslose Gaukler auf der Suche nach einem neuen Broterwerb. Sie behaupten, als Pilger verkleidet bringe man ihnen mehr Achtung entgegen. Auch falle es ihnen so leichter, Almosen oder eine Herberge zu bekommen", log Wolf und wunderte sich darüber, wie leicht ihm diese Unwahrheit über die Lippen kam. „Wie dem auch sei, sie haben mir einen entscheidenden Hinweis gegeben, was den Mord an der Familie des Köhlers angeht", fuhr er fort und schilderte in kurzen Zügen den Teil des Verhörs, in dem es um die Männer ging, die Rudlin im Morgengrauen belauscht hatte.

„So, wie es aussieht, werdet Ihr nun also an zwei verschiedenen Fronten kämpfen müssen, nicht wahr?"

Es war eine heikle Frage, die der Saurauer da stellte, dem aus verständlichen Gründen in erster Linie daran gelegen war, dass der Überfall in der Buchau aufgeklärt wurde.

Doch gerade als Wolf zu einer Erwiderung ansetzen wollte, wurde ihre Unterhaltung jäh unterbrochen. Mit einem dumpfen Knall wurde die Tür aufgerissen, und Lisa, die Obermagd, stürzte herein. Sie war völlig außer sich.

„Edler Herr", rief sie, ganz außer Atem.

Erschrocken sprang der Saurauer auf. „Lisa! Was fällt dir ein!", schimpfte er.

Unvermittelt erschien die Gestalt Ruperts im Türrahmen.

„Kann ich etwas tun, edler Herr?", fragte er besorgt. Er hatte Lisa trotz ihrer Leibesfülle in heller Aufregung die Treppen hochstürzen sehen und war hinter ihr hergeeilt.

Der Graf winkte ab. Immer noch unwirsch sah er die Magd an, die erst jetzt ihr respektloses Verhalten zu begreifen schien.

„Ich bitte um Verzeihung, edler Herr", empörte sie sich mit zitternder Stimme, „aber es ist etwas Unglaubliches geschehen. Die Tasche ist weg. Die Truhe ... jemand hat meine Truhe aufgebrochen." Fassungslos rang sie die Hände.

„Ruhig, Lisa, ganz ruhig. Der Reihe nach, was ist geschehen? Welche Truhe?" Wolf war auf die Magd zugetreten und versuchte sie zu beschwichtigen.

Die Frau schluckte und bemühte sich, ihre Fassung wiederzuerlangen.

„Also ... wie ich schon sagte", begann sie zu erklären. „Jemand hat die Truhe aufgebrochen. Die Truhe in der Kammer neben der Gesindeküche. Dort, wo ich auch das Geld verwahre ... das Geld, das mir Eure Gnaden für die Einkäufe gibt, die ich hin und wieder tätigen muss ... drunten im Ort ... wenn Markttag ist." Lisas Stimme war heiser vor Aufregung, sie hielt kurz inne.

„Und?", fragte der Graf. „Das Geld wurde also gestohlen?"

„Nein, nein, edler Herr, das ist es ja ... nur die Gürteltasche. Der Beutel mit dem Geld nicht. Obwohl er ganz obenauf lag und prall gefüllt war. Aber das Schloss ist nun kaputt. Und überhaupt, wer kann so etwas tun? Ich meine ... wer bricht des Nachts ein und stiehlt? Man muss ja geradezu Angst bekommen."

„Was das Schloss angeht, mach dir keine Sorgen", winkte der Graf ungeduldig ab. „Du wirst ein neues an deine Truhe bekommen. Sag mir lieber, von welcher Gürteltasche du sprichst."

„Nun, edler Herr, die Gürteltasche, die Herr Wolf mir gab. Die, die er gefunden hat. Ich bewahrte sie in der Truhe auf, um sie ihrem Besitzer zurückgeben zu können, wenn er sich melden würde. Ihr erinnert Euch Herr, nicht wahr?", wandte sich die Magd an Wolf.

„Ja, ja, natürlich", bestätigte er. „Und du bist sicher, dass nur die Gürteltasche entwendet wurde?", hakte er nach.

„Aber ja doch, Herr von der Klause. Ganz sicher. Ich werde doch den Inhalt meiner Truhe kennen", bestätigte Lisa fast entrüstet.

Wolf bemerkte den fragenden Blick des Saurauers und klärte ihn kurz auf.

Der Graf runzelte die Stirn. „Ihr habt die Tasche doch sicher geöffnet. Was enthielt sie?"

„Nichts Außergewöhnliches. Einen Siegelring aus Bronze von geringem Wert, mit einem mir unbekannten Motiv, außerdem zwei Silberpfennige, Feuerzeug und ein Stück Pergament, auf dem irgendeine kurze Notiz stand", antwortete Wolf. „Wann hast du den Diebstahl bemerkt?", wandte er sich an Lisa.

„Gerade erst vorhin, Herr Wolf. Ich wollte ein wollenes Tuch aus der Truhe holen, weil es draußen so kühl ist."

„Hast du schon mit jemand anderem darüber gesprochen?"

„Über den Diebstahl? Nein, Herr von der Klause, ich bin gleich hierher geeilt.“

„Wer wusste, dass du die verlorene Tasche in Verwahrung hieltest?“

Lisa zögerte. „Eigentlich niemand, Herr.“

„Das heißt, du hast niemandem gegenüber verlauten lassen, dass eine Gürteltasche gefunden wurde, die der Verlierer bei dir abholen kann?“

„Nein, Herr. Warum sollte ich? Wenn irgendjemand von unseren Leuten hier auf der Burg etwas vermisst oder verliert, kommt er ohnehin zu mir. Weil jedermann weiß, dass ich solche Dinge, wenn sie gefunden werden, in Verwahrung nehme und sie in meiner Truhe aufbewahre. So lange, bis der Eigentümer sich meldet.“

Wolf merkte auf. „Habe ich dich richtig verstanden? Jedem hier auf der Burg ist bekannt, dass du verlorene Gegenstände in deiner Truhe aufbewahrst?“

„Ja, Herr, das denke ich doch.“

„Ich will mir die Truhe ansehen. Sorge dafür, dass bis dahin niemand die Kammer betritt“, befahl Wolf.

„Ja, Herr“, meinte Lisa wieder; sie schluckte.

Ungeduldig meldete sich der Graf zu Wort. „Nun, was soll's. Ich denke, wir haben anderes zu tun, als uns um eine verlorene Gürteltasche zu sorgen“, sagte er unwirsch. Er wandte sich an die Obermagd. „Sag dem Schmied, er soll sich um ein neues Schloss für deine Truhe kümmern. Ansonsten halte Ohren und Augen auf. Wenn du etwas Verdächtiges bemerkst, komm damit zu mir. – Und nun geh.“

„Jawohl, edler Herr. Danke, edler Herr.“ Lisa knickste und verließ den Raum.

„Kann ich noch etwas tun, edler Herr?“, fragte Rupert dienstbeflissen.

„Nein, es ist gut, Rupert. Auch du kannst gehen.“

Geräuschlos verschwand der Diener.

Wolf war inzwischen ans Fenster getreten. Nachdenklich sah er hinaus. Immer noch fiel der Regen in dichten Schnüren und bildete in der Ferne einen grauen Schleier.

„Es scheint, als ob Ihr dieser wertlosen Gürteltasche größere Bedeutung zumesst? Gibt es einen Grund dafür?“, fragte der Saurauer leicht säuerlich und trat an die Seite Wolfs.

„In Eurer Frage liegt bereits der Grund. Wer, der auf Geld oder sonst etwas Wertvolles aus ist, würde bewusst eine Truhe aufbrechen, um eine *wertlose* Gürteltasche zu klauen? Die außer einem minderwertigen Siegelring und einem Fetzen Pergament gerade einmal ein paar Pfennige enthält? Und dabei den Beutel mit Geld, der daneben liegt, ignorieren? Doch wohl niemand. Das lässt nur einen Schluss zu: Dem, der die Tasche stahl, lag gar nicht daran, Geld oder wertvollen Schmuck oder sonst etwas Kostbares in seinen Besitz zu bringen.“

„Mit anderen Worten: Er stiehlt etwas, wovon er weiß, dass es völlig wertlos ist?“

„Bedenkt Folgendes: Für *uns* enthielt die Tasche nichts Wertvolles. Aber für den Dieb. In *seinen* Augen *ist* sie wertvoll. So wertvoll, dass er beschließt, sie zu stehlen. Also schleicht er sich des Nachts in die Kammer und bricht die Truhe auf, in der er die Tasche richtigerweise vermutet. Wem aber nur kann sie so wichtig sein? Die Antwort: nur dem Besitzer. Wer anders sollte etwas damit anfangen können? Außerdem konnte nur der, der die Tasche verloren hat, vermuten, dass sie in Lisas Truhe ist – dort, wo die Magd, wie alle hier wissen, verlorene Gegenstände aufbewahrt. Was wiederum bedeutet, dass er mit den Gepflogenheiten auf der Burg gut vertraut ist.“

„Verstehe ich Euch richtig? Ihr meint, dass der Eigentümer selbst es war? Und sich die Tasche, die er verloren hat, durch einen Einbruch wieder beschafft hat? Warum sollte er das tun? Warum geht er nicht einfach zu Lisa, um bei ihr nachzufragen und sich das, was er verloren hat, zu holen?"

„Ganz einfach. Weil er nicht will, dass jemand weiß, in wessen Händen sich die Tasche jetzt befindet. Er will um jeden Preis vermeiden, als ihr Eigentümer erkannt zu werden."

„Aber warum? Welchen Sinn ergibt das Ganze?"

„Das weiß ich nicht, Graf. Aber eines weiß ich gewiss: Angesichts dessen, was wir in den letzten Tagen erlebt haben, sollten wir jedem ungewöhnlichen Ereignis nachgehen. Und dies hier ist sehr wohl ungewöhnlich."

Um Terz herum, kurz nachdem er seinen Besuch beim Grafen beendet hatte, stapfte Wolf über den schlammigen Hof zum Gesindehaus hinüber.

Vor Nässe triefend betrat er das Gebäude, aus dem er erst wenige Stunden zuvor in die Nacht hinausgetreten war – erschöpft, aber um viele Erkenntnisse reicher.

Kaum dass die Tür hinter ihm wieder ins Schloss fiel, bemerkte er Lisa, die einen Korb frisch geplättetes Leinen die Treppe hinunterschleppte.

„Oh, Herr Wolf", ächzte sie schnaufend, während sie vorsichtig die letzten Stufen nahm.

Er kam gleich zur Sache. „Kannst du mir die Stelle zeigen, wo die Truhe steht, Lisa?"

„Aber natürlich, Herr." Sie stellte den Korb mit dem Leinen ab und hielt sich den Rücken. Wieder ächzte sie. „Wenn Ihr mir folgen wollt?"

Sie gingen den langen Gang entlang, an dessen Ende die Gesindeküche lag. Daneben befand sich eine Kammer, in die eine niedrige Tür führte. Sie war verschlossen. Lisa zog einen rostigen Schlüssel aus ihrer Schürze und steckte ihn in das Schloss. Sie brauchte eine Weile, bis es endlich aufsprang; Wolf erkannte sofort, dass die Mechanik schon lange nicht mehr in Gebrauch gewesen war.

„Diese Kammer – du hast sie nie verschlossen gehalten?“

Lisa blickte verlegen zu Boden. „Nein, Herr, nur die Truhe. Ich weiß, das war sehr leichtsinnig. Aber es ist ja auch noch nie etwas vorgekommen. Als Ihr vorhin sagtet, dass Ihr Euch die Truhe ansehen wollt, und ich dafür sorgen soll, dass niemand vor Euch den Raum betritt, habe ich die Tür schnell verschlossen.“

In dem Raum war es ziemlich dunkel. Licht fiel nur durch ein kleines viereckiges Loch, das sich knapp unterhalb der Decke in der Wand befand, die zum Burghof hin lag. Unterhalb der Lichtöffnung, an die gekalkte Mauer gelehnt, standen Regale, auf denen sich Töpfe und Schüsseln reihten. An der Wand direkt gegenüber befand sich dagegen nur die aufgebrochene Truhe, die noch immer offen stand, der Deckel lehnte gegen die Mauer. Um sie herum, auf dem Boden, breitete sich ein heilloses Durcheinander von Tüchern, Kleidungsstücken und anderen Gegenständen aus. Die Truhe war offenbar wild durchwühlt worden.

„Kannst du mir eine Fackel bringen, Lisa?“, fragte Wolf freundlich.

„Aber natürlich, Herr.“ Bereitwillig watschelte die Magd nach nebenan in die Küche und zog einen mit Werg umwickelten Stab aus einem Weidenkorb, den sie am Feuer, das im Backofen brannte, entzündete.

Als Wolf damit den festgestampften Lehmboden ableuchtete, fielen ihm als Erstes Fußspuren in Form getrockneten Schmutzes ins Auge. Der Dieb hatte sie hinterlassen, als er, Schlamm und Erde an den Stiefeln, in die Kammer getreten war. Ganz offensichtlich war der Eindringling in der Nacht, nachdem der Regen begonnen hatte, gekommen. Wolf fiel weiterhin auf, dass eine der beiden Stiefelsohlen einen breiten, halbmondförmigen Riss aufwies, der sich ebenfalls im Lehm abgedrückt hatte. Er zog ein Pergament und ein spitzes Stückchen Blei aus seiner Gürteltasche und zeichnete den Abdruck sorgsam nach. Dann fuhr er fort, den Boden sorgfältig abzusuchen. Bei der Truhe angekommen, ging er in die Hocke, um sich das Behältnis und das Durcheinander darum herum genauer anzusehen. Dabei entdeckte er auch das Stemmeisen, mit dem das Schloss aufgebrochen worden war. Unmittelbar daneben lag ein prall gefülltes Leinensäckchen. Es war der Beutel, den der Einbrecher ignoriert hatte. Obwohl unübersehbar war, dass er Geld barg. Die Truhe selbst war aus Eichenholz gefertigt und offensichtlich sehr alt. Sie befand sich in einem stabilen Zustand, lediglich das Schloss war zerstört worden.

Wolf wandte sich an Lisa. „Erinnerst du dich noch, wo du die Gürteltasche hingesteckt hattest? Ich meine, wo ungefähr lag sie in der Truhe?"

„Ganz unten, Herr. Zwischen Tüchern und Laken".

Wolf wunderte sich. „Warum so weit unten?"

„Nun, Herr, wenn ich eine Fundsache aufbewahre, die nicht viel Wert besitzt, dauert es oft sehr lange, bis sich jemand meldet. Manchmal wird überhaupt nicht nachgefragt. Warum also sollte ich den Ramsch zuoberst aufbewahren, wo er mir doch ständig im Weg ist."

Wolf nickte, das leuchtete ein. „Und der Beutel mit dem Geld? Wo lag der?"

„Der lag ganz oben, Herr von der Klause. Ihn brauche ich ja schließlich oft genug."

Auch diese Antwort ergab Sinn.

Wolf erhob sich; er hatte genug gesehen.

„Wie ich heute schon sagte, du solltest dir ab sofort einen anderen Platz suchen, um wichtige Dinge aufzubewahren", riet er Lisa und wandte sich dem Ausgang zu.

„Ja, Herr, ich weiß auch schon, welchen Platz ich wählen werde", antwortete die Magd kleinlaut und folgte ihm.

„Ach ja, noch etwas Lisa“, Wolf, zwängte sich durch die niedere Tür auf den Gang hinaus, „solltest du in den nächsten Tagen irgendetwas bemerken, was dir sonderbar vorkommt, und sei es nur die geringste Kleinigkeit, scheue dich nicht, es mir oder dem Grafen zu berichten – doch sonst niemandem, hast du verstanden?“, wies er sie mit Nachdruck an.

„Ja, Herr von der Klause. Aber warum sprecht Ihr so? Fürchtet Ihr denn, dass bald wieder etwas Schlimmes geschieht? Vielleicht noch ein Diebstahl? Oder Schlimmeres?“ Ängstlich sah Lisa zu ihm auf, während sie neben ihm herging.

„Nein, nein, mach dir keine Sorgen“, wiegelte er ab. „Aber du möchtest doch sicher, dass der Dieb bald gefasst wird, nicht wahr?“

„Ja, natürlich, Herr, wer möchte das nicht?“

„Siehst du, und deswegen ist es notwendig, dass du alles, was dir verdächtig erscheint, meldest. Aber wie ich dir schon sagte: nur mir oder dem Grafen. Sonst niemandem“, schärfte er ihr nochmals ein, bevor er das Gebäude verließ, um in seine Kammer zurückzukehren.

Etwa eine Stunde später ging Wolf zu den Werkstätten hinüber. Er hatte bei Jörg Grießer, dem Schuster, ein Paar neue Stiefel in Auftrag gegeben und wollte nachsehen, wie weit diese gediehen waren. Plötzlich hörte er Hufgeklapper. Ein Reiter preschte durch das Tor.

Das Erkennen war gegenseitig.

Bruder Gregor, ein junger, ehrgeiziger Mönch aus dem Stift – sein vollständiger Name lautete Gregor von Kornthal – ritt eilig auf Wolf zu und sprang aus dem Sattel. Offensichtlich hatte er auf dem Weg hierher weder sich selbst noch sein Pferd geschont, denn dem Gaul zitterten die Flanken, und trotz des kühlen Wetters troff Schweiß an ihm herunter. Auch der Reiter selbst erweckte einen abgehetzten Eindruck.

Wolf war erstaunt. „Bruder Gregor, Ihr? Was führt Euch denn hierher?“

„Wie gut, dass ich Euch gleich treffe, Herr von der Klause. Prior Metschacher fordert Euch auf, so schnell wie möglich ins Stift zu kommen. Hoher Besuch ist eingetroffen. Heinrich von Olmütz, der Inquisitor, wünscht Euch zu sprechen. Heute noch. Die Sache duldet keinen Aufschub, soll ich Euch ausrichten. Ach, übrigens: Könnt Ihr mir sagen, wo ich den Grafen finde? Auch für ihn habe ich eine Botschaft."

Wolf erstarrte.

„Oh, der Herr Inquisitor. Welche Ehre", murmelte er sarkastisch. Dabei war er so verblüfft über die soeben erhaltene Nachricht, dass er die Frage des Mönchs gar nicht mehr beantwortete.

Verständnislos schüttelte Gregor den Kopf und ging mit schnellen Schritten zum Wohntrakt der Herrschaft hinüber.

Wolf stand noch immer wie angewurzelt.

Fieberhaft dachte er nach. Diese ultimative Aufforderung – was sollte das Ganze? Bildete die Tatsache, dass er die Unterschrift des Inquisitors für eine Vollmacht erbeten hatte, den Grund für seine Vorladung? Plötzlich fielen ihm die beiden Waldenserprediger wieder ein, die er verhört hatte. Heinrich und Rudlin. War von Olmütz auf die Spuren einer Gemeinde der „Armen Christi" im Tal der Enns gestoßen und in seiner Eigenschaft als Ketzerfänger hierher geeilt? Aber wenn ja, was wollte der Dominikaner dann ausgerechnet von *ihm*?

Mit einem Mal kam ihm ein erschreckender Gedanke, der ihm einen frostigen Schauer über den Rücken jagte. Was, wenn von Olmütz etwas über seine Vergangenheit herausgefunden hatte? Er wusste, dass die Inquisition über weitreichende Verbindungen verfügte. Ebenso über penibel geführte Register und ein eng geknüpftes Netz an Informanten. Betraf die „Sache", die keinen Aufschub duldete, etwa ihn und sein früheres Leben?

Wolf unterdrückte die in ihm aufsteigende Panik. Nein, das war unmöglich. Seine frühere Identität war ausgelöscht. Alles, was auch nur entfernt an seine Vergangenheit erinnern konnte, lag tief unten auf dem Grund eines versteckt gelegenen Sees – dem See des Vergessens.

Oder etwa doch nicht ...?

Er würde es erfahren!

Noch heute.

12

Als Wolf Katharina über die Vorladung in Kenntnis gesetzt hatte, hatte sie sich sofort bereiterklärt, mitzureiten. Es böte ihr die Gelegenheit, neben dem Stift auch Bertram kennen zu lernen, meinte sie.

Und so ritten sie kurz nach Non am Pförtnerhäuschen des Klosters Admont vorbei, wo sie zwei Personen bemerkten, die ungeachtet des Nieselregens mitten auf dem Hof standen und offensichtlich in einen heftigen Wortstreit verwickelt waren. Es waren Bruder Basilius und ein hochgewachsener, ungewöhnlich hagerer Mönch, den Wolf noch nie zuvor gesehen hatte. Doch nachdem Wolf und Katharina näher an die beiden Streithähne herangekommen waren und den Grund ihrer Auseinandersetzung wahrnahmen, wunderte er sich nicht mehr: Der Mönch war offensichtlich ein Abgesandter des Klosters Sankt Lambrecht. Wolf wusste um die Rivalität, die seit vielen Jahren zwischen den beiden Klöstern herrschte; meist ging es dabei um die Frage, wem denn nun eigentlich die Wälder nördlich des Laussatales von Rechts wegen gehörten, dem Stift zu Admont oder dem Kloster Sankt Lambrecht.

„Soll das denn immer so weitergehen?“, wetterte der Hagere. „Seit Jahren verwehrt uns Admont, die uns rechtmäßig zustehenden Waldpfründe zu nutzen. Erst neulich maßten sich Eure Leute an, einen unserer Holzschläger wieder einmal in Gewahrsam zu nehmen. Dabei schlugen sie ihm gar die Nase blutig. Obwohl er nichts anderes als seine Pflicht tat.“

„Seine Pflicht tat? Dass ich nicht lache!“, konterte Bruder Basilius erbost. „Gehörte es etwa auch zu seiner Pflicht, eine unserer

Holzerhütten abzubrennen? Die, wie Ihr wohl zugeben werdet, unstrittig auf unserem Grund und Boden lag?"

„Aber doch wohl erst, nachdem Eure Leute in unverschämter Weise unseren ehrwürdigen Probst als diebische Elster titulierten", brüllte der Hagere zurück.

„Ist das etwa ein Grund, brandschatzend in unsere Wälder einzudringen?", versuchte Basilius lautstark zurückzugeben. Als die beiden Mönche Wolf und Katharina bemerkten, die mittlerweile nahe herangekommen waren, verstummte ihr Schimpfen. Fast schien es, als ob sie sich schämten. Verlegen senkte der Hagere den Kopf und stapfte ärgerlich davon.

Bruder Basilius seufzte. „Verzeiht", sagte er an Wolf gewandt, der inzwischen vom Pferd gestiegen war. „Aber mit diesen Sankt Lambrechter Brüdern hat uns der Herr eine schwere Bürde auferlegt." Die Augen rollend, sah er mit der Miene eines Märtyrers zum Himmel empor – um anschließend mit höchst irdischem Blick die Gestalt Katharinas von Klingfurth zu mustern.

Wolf grinste spitzbübisch. „Aber Herr Cellerar, dann müsst Ihr Euch fragen lassen, wie Ihr es mit einer Prüfung des Herrn haltet. Statt böse Widerworte zu geben, solltet Ihr sie voller Demut annehmen. Und Euch auch auf die linke Wange schlagen lassen. Meint Ihr nicht auch?"

Bruder Basilius lächelte nachsichtig. „Ich sehe schon, die richtige Auslegung der Heiligen Schrift ist Eure Sache nicht. – Doch wollt Ihr mir nicht Eure Begleiterin vorstellen?"

„Natürlich, verzeiht. Ihr seht das edle Fräulein Katharina von Klingfurth vor Euch, die Tochter des Ritters Pernolt von Klingfurth. – Katharina, das ist Bruder Basilius, der Cellerar und Subprior des Stiftes", stellte er die beiden einander vor.

Basilius kreuzte die Arme über der Brust und verbeugte sich. Katharina nickte ihm freundlich zu. Auch sie war inzwischen aus dem Sattel gestiegen.

„Was führt Euch hierher, Herr Wolf? Wollt Ihr Bertram besuchen?“, fragte der Mönch.

Wolf nickte. „Das auch. Doch zunächst will ich zum Prior. Er erwartet mich.“

„Zu Prior Metschacher? Ich denke, da müsst Ihr Euch noch ein wenig gedulden. Er hat hohen Besuch. Der Inquisitor, Heinrich von Olmütz, ist gerade bei ihm. Er kam heute zur Sext hier an, müsst Ihr wissen.“

„Das trifft sich gut. Zu ihm will ich auch“, entgegnete Wolf lakonisch.

„Wie – Ihr wollt zum Inquisitor?“, fragte Basilius ungläubig.

„Ja. Zum Prior und zum Inquisitor. Würdet Ihr Bruder Theobald bitten, mich zu den beiden zu führen? Er war nicht an seinem Platz, als wir das Tor passierten.“

„Er ist krank. Eigentlich müsste Bruder Siegbert ihn vertreten. Aber der befindet sich im Abtshaus; der Prior bat ihn, sich zur Verfügung zu halten und vor der Tür seines Arbeitszimmers Posten zu beziehen. Geht einfach hinüber, Ihr kennt ja den Weg.“

Wolf nickte. „Noch etwas, Bruder Basilius. Unterrichtet doch bitte Bruder Vitus, Bertrams Lehrer, darüber, dass ich angekommen bin. Und richtet ihm aus, dass er den Jungen nach dem Nachmittagsunterricht in der Vorhalle der äußeren Schule warten lassen möge, bis ich komme. – Was Fräulein von Klingfurth angeht: Sie würde sich in der Zwischenzeit gerne den Konventgarten ansehen. Glaubt Ihr, das ist möglich?“, bat er den Mönch. Auf dem Weg zur Abtei hatten sie beschlossen, dass Katharina, trotz des schlechten Wetters, dort auf ihn warten würde. Sie trug einen langen, mit einer Kapuze versehenen Umhang; die Nässe konnte ihr nichts anhaben.

„Aber natürlich. – Wenn Ihr mitkommen wollt, gnädiges Fräulein“, antwortete der Cellerar.

Katharina folgte ihm, nicht ohne Wolf vorher noch einen ermutigenden Blick zugeworfen zu haben. Während des Rittes hatte er ihr gegenüber seiner Verwunderung über die Vorladung Ausdruck gegeben und gemeint, er vermöge sich nicht vorzustellen, was der Inquisitor von ihm wolle. Dass er sich darum sorgte, seine Vergangenheit könne ans Tageslicht gezerrt werden, hatte er ihr wohlweislich verschwiegen.

Mit gemischten Gefühlen stieg Wolf die Treppe zum Scriptorium hoch. Eine eigenartige Spannung bemächtigte sich seiner, als er vor dem Scriptorium des Abtes auf Bruder Siegbert traf, der ihn bereits erwartete und mit einem Kopfnicken begrüßte. Der Mönch klopfte an die mächtige Eichentür, um den Besucher anzukündigen, öffnete ihm die Tür und bedeutete Wolf mit einer stummen Geste einzutreten.

Vor dem großen Eichentisch standen Otto Metschacher und Heinrich von Olmütz. Wolf sah sofort, dass der Inquisitor eine imposante Erscheinung war. Von stattlicher Größe, gekleidet in das schwarz-weiße Habit eines Dominikaners, war er durchaus das, was man auf den ersten Blick einen gut aussehenden Mann nennen konnte. Bis auf die Tonsur verfügte er über volles schwarzes Haar und einen gepflegten, kurz gestutzten Bart von gleicher Farbe, der ein ebenmäßiges Gesicht mit klassisch geschnittenen Zügen rahmte. Dennoch barg dieses Gesicht etwas Raubvogelartiges. Wolf brauchte nicht lange, um zu erkennen, woran dies lag: Es waren die Augen. Diese großen, fast unnatürlich runden, intensiv grünen Augen, die einen eigenartig stechenden Blick aussandten, der einem durch Mark und Bein drang.

Wolf verbeugte sich. „Gott zum Gruß, Herr Prior, Hochwürdiger Herr Inquisitor. Ihr wünscht mich zu sprechen", grüßte er mit fester Stimme. In Gegenwart des Dominikaners empfand er es als passend, Otto Metschacher nicht bei seinem Vornamen anzureden.

Mit kaum wahrnehmbarem Nicken gab Metschacher den Gruß zurück. Er wandte sich an Heinrich von Olmütz. „Dies, Herr Inquisitor, ist Wolfram von der Klause", sagte er kühl.

Der Inquisitor sah ihn stumm an. Er zeigte keinerlei Regung. Schweigend stand er da und musterte ihn wie die Schlange das Kaninchen.

Wolf hielt der Inspektion gelassen stand. Äußerlich war ihm nicht die geringste Unsicherheit anzumerken. Im Innern aber begann er, sich gegen das zu erwartende Verhör zu wappnen. Denn dass ein solches erfolgen würde, davon war er überzeugt.

Doch er wartete umsonst. Es gab kein Verhör.

Vielmehr geschah etwas, was ihn völlig verblüffte.

Über das Gesicht Heinrichs von Olmütz huschte plötzlich ein Lächeln. Er gab seine starre Haltung auf, ging mit ausgebreiteten Armen auf Wolf zu und legte ihm beide Hände auf die Schultern.

„Ich habe schon viel von Euch gehört", begann er herzlich. „Der Prior hat mir berichtet, wie sehr Ihr Euch um die Aufklärung der schrecklichen Dinge bemüht, die hier im Ennstal geschehen sind. Das Stift kann sich glücklich schätzen, Eure Hilfe in Anspruch nehmen zu können."

Wolf verschlug es die Sprache. Mit allem hatte er gerechnet, aber nicht mit dieser plötzlichen Verwandlung seines Gegenübers. Er war irritiert: Hatte ihn der Inquisitor nach Admont zitiert, nur um ihm das zu sagen?

„Aber ich bitte Euch, Hochehrwürdiger Herr. Das ist zu viel der Anerkennung. Ich habe eben erst begonnen, die Untersuchung aufzunehmen. Noch kann ich keinerlei Erfolge vorweisen. Doch ich hoffe, bald auf einen Durchbruch", hörte Wolf sich sagen. Er spürte, wie der Druck auf seiner Brust merklich abzunehmen begann.

„Ich bin sicher, dass Ihr den bald erreichen werdet", entgegnete Olmütz freundlich. „In diesem Zusammenhang erlaubt, dass ich eine dringende Bitte an Euch richte. Ich wünsche mir, dass Ihr Eure Fähigkeiten auch in den Dienst der heiligen Inquisition stellt. Die

Kirche braucht Männer, wie Ihr es seid, um gegen die Pest der Häresie vorzugehen, deren stinkender Atem bis in die hintersten Winkel dieser Gegend zu dringen droht. Ich wollte Euch diesen Wunsch heute noch mitteilen, da ich morgen nach Rottenmann weiterreisen werde, wo ich mein Offizium eingerichtet habe. Ich denke doch, ich kann auf Euch rechnen?"

Wolf stand wie vom Donner gerührt. Soeben noch war der Druck auf seiner Brust einer deutlichen Erleichterung gewichen. Jetzt spürte er ihn schlagartig wiederkehren.

Gleichzeitig wurde er gewahr, in welch schwieriger Lage er sich befand. Einerseits konnte er sich dem Inquisitor nicht brüsk verweigern, ohne sich selbst zu gefährden. Andererseits würde er niemals dem Ansinnen des Olmütz stattgeben. Fieberhaft suchte er nach einem Ausweg. Der Dominikaner erwartete seine Antwort.

Wolf kämpfte den Aufruhr in seinem Innern nieder und versuchte es zunächst mit einem Ausweichmanöver.

„Euer Vertrauen ehrt mich, Hochehrwürdiger Herr", erwiderte er respektvoll. „Doch gestattet mir den Hinweis, dass ich fürchte, dieser großen Aufgabe nicht gewachsen zu sein. Die Front, an der ich derzeit kämpfe, fordert den ganzen Mann. Ich müsste sie vernachlässigen, wollte ich Euer Angebot annehmen, und mich geradezu zerteilen. Mit einem halbherzigen Einsatz aber wäre Eurem heiligen Vorhaben gewiss nicht gedient."

Heinrich von Olmütz schüttelte den Kopf.

„Das sehe ich anders. Vielleicht habt Ihr mich missverstanden. Ich verlange von Euch nicht, Euch zu zerteilen. Ich gehe davon aus, dass Ihr in absehbarer Zeit die Schwierigkeiten in Verbindung mit den fürchterlichen Verbrechen gelöst haben werdet. Sagen wir – in etwa zwei Wochen. Um dann dem Offizium mit all Euren Fähigkeiten zur Verfügung stehen zu können", entgegnete er mit der Geschmeidigkeit einer Raubkatze und lächelte.

Wolf begann innerlich zu kochen. Trotzdem gelang es ihm, nach außen hin den Anschein kühler Ruhe zu wahren. Er sagte nichts. Er verbeugte sich lediglich, was Olmütz durchaus als Zustimmung werten konnte. Auch wenn es in Wirklichkeit keine war.

Metschacher war es, der ihm aus der Klemme half.

„Ich sehe, Herr Inquisitor, dass wir beide uns auf jeden Fall darin einig darin sind, dass zunächst die Verbrechen hier im Ennstal die ungeteilte Aufmerksamkeit Wolfs von der Klause erfordern“, wandte sich der Prior an den Dominikaner. „Sind diese aufgeklärt, wird man sehen, welche Hilfe Euch das Stift leisten kann, in dessen Dienst Wolf gegenwärtig steht. Allerdings fürchte ich, dass es dazu einer wesentlich längeren Zeitspanne bedarf, als Ihr es eben angedeutet habt. Noch ist nicht abzusehen, ab wann ich Euch Wolf von der Klause zur Verfügung stellen kann.“

Der Inquisitor runzelte unwillig die Stirn.

„Verstehe ich Euch recht, Herr Prior? Ihr stellt Eure Interessen vor die der Kirche und des allerheiligsten Glaubens?“

„Nein, Herr Inquisitor. Ihr wisst, dass davon keine Rede sein kann. Ich bin der Kirche und dem Herrn genauso verpflichtet wie Ihr. Auch ich hasse Ketzerei. Aber ihr wisst, dass Admont seit mehr als dreihundert Jahren ein Bollwerk des allerheiligsten katholischen Glaubens ist. Wer Admont verteidigt, verteidigt die Lehren der Kirche. Und wer Schaden von ihm abwendet, dient der Kirche ebenso wie Ihr. Insofern dient der Einsatz Wolfs von der Klause den gleichen Zielen, wie Ihr sie verfolgt.“

Der Ton des Priors war zunehmend schärfer geworden. Metschacher verfügte über ein gesundes Selbstvertrauen. Und er war ein pragmatisch denkender Mann, der nicht einsah, dass die Interessen des Stiftes hinter denen des Inquisitors zurückstehen sollten. Nicht Häretiker bedrohten gegenwärtig die Lebensader Admonts. Sondern jenes mörderische Lumpenpack, das seit Jahren Angst und Schrecken im Ennstal verbreitete und damit auch die admontische Herrschaft zunehmend in Verruf brachte.

Natürlich wusste Metschacher, dass er Heinrich von Olmütz gegenüber den Bogen nicht überspannen durfte. Der Inquisitor war mit einer Vielzahl außerordentlicher Rechte ausgestattet, denen er eine gewaltige Machtfülle verdankte. Als Hüter des allein selig machenden Glaubens genoss er große Autorität. Selbst einflussreiche Personen taten gut daran, sich genau zu überlegen, ob sie diese in Zweifel ziehen wollten.

Aber Otto Metschacher wusste auch, dass Heinrich von Olmütz und Abt Wilhelm von Reisberg eine enge, fast freundschaftliche Beziehung pflegten. Er selbst wiederum genoss als Prior die Hochachtung seines Abtes und die des ganzen Konvents. Insofern war er überzeugt, dass er sich die eben geäußerte Widerrede durchaus leisten konnte.

Olmütz trat an eines der verglasten Fenster und blickte hinaus. Er dachte nach. Er war ein scharfsinniger Mann und er hatte Erfahrung im Umgang mit Menschen. Darüber hinaus verfügte er über genügend Instinkt, um zu erkennen, dass es nicht weise war, um jeden Preis auf die ihm verliehene Autorität zu pochen. Gezielt Furcht zu schüren war zwar einerseits ein probates Mittel, um Häresie und Aufbegehren gegen Kirche und Klerus zu bekämpfen. Andererseits war es jedoch stets besser, auf Menschen zählen zu können, die aus Überzeugung und nicht aus nackter Angst heraus für eine Sache eintraten.

Er drehte sich um und sah den Prior an. „Nun gut, wahrscheinlich habt Ihr Recht“, lenkte er ein. Dann wandte er sich an Wolf. „Ich gehe also davon aus, dass Ihr mir, sobald die Verbrechen aufgeklärt sind, mit Rat und Tat zur Seite stehen werdet“, sagte er. Sein Ton war kühler geworden.

Wolf verneigte sich schweigend; ansonsten zeigte er keinerlei Regung.

Ganz im Gegensatz zu Metschacher. Dessen Miene verriet, dass er mit dem Verlauf des Gesprächs überaus zufrieden war. Auch wenn er sich bewusst war, dass es nun galt, die zwischen ihnen entstandene Spannung schnellstens beizulegen.

Er räusperte sich. „Nun, ich freue mich, dass die Dinge dann so weit geklärt sind. Im Übrigen, Bruder Heinrich – Ihr seid nun schon einige Stunden Gast in Admont. Höchste Zeit für einen Willkommenstrunk und einen kleinen Imbiss“, meinte er versöhnlich. „Wenn ich die Herren nach nebenan in den Speiseraum bitten dürfte ...“

Etwa eineinhalb Stunden später saßen Wolf und Katharina auf einer steinernen Bank in der Halle des Traktes, in dem die Klassenräume der äußeren Schule untergebracht waren. Sie warteten auf Bertram.

Inzwischen hatte Wolf ausreichend Gelegenheit gefunden, die Klingfurtherin über seine Unterredung mit dem Inquisitor in Kenntnis zu setzen.

„Das also war der Grund, warum er Euch unverzüglich zu sprechen wünschte“, bemerkte sie nachdenklich, als er zu Ende gekommen war.

Er nickte. „Olmütz verlangt etwas, was ich ihm niemals werde geben können.“

Jetzt war es an ihr, zu nicken. „Ja, ich weiß. Wahrscheinlich würdet Ihr lieber sterben.“

„Sterben? Nein! Es gibt noch andere Möglichkeiten, sich dem Befehl des römischen Jägers zu entziehen.“

„Ihr denkt an Flucht? Daran, einfach zu verschwinden? Dorthin, wo Euch niemand kennt?“

Er sah ihr direkt in die Augen. „Glaubt mir, es wäre nicht das erste Mal“, antwortete er bitter.

Plötzlich öffnete sich gegenüber der Bank, auf der sie saßen, eine mächtige Eichentür mit lautem Knarren.

Etwa ein Dutzend Knaben unterschiedlichen Alters strömten in disziplinierter Stille aus dem Schulraum in die Halle. Soeben war der Unterricht zu Ende gegangen. Ihnen folgte ein großer, hagerer Mönch, Bruder Vitus, der Lehrer. An seiner Seite schritt, nur einen halben Kopf kleiner als er selbst, ein blonder, ernst dreinblickender Jüngling – Bertram.

Wolf erhob sich und ging auf die beiden zu.

Als Bertram den väterlichen Freund erblickte, verwandelte sich seine Miene schlagartig. Das ernste Gesicht hellte sich auf, freudestrahlend eilte er ihm entgegen.

„Ihr, Wolf? Wie bin ich froh, Euch zu sehen“, rief er.

„Psst!“ Bruder Vitus legte den Zeigefinger an den Mund. Mit sanftem Tadel sah er Bertram an. In einem Benediktinerkloster war auf Stille zu achten. Auch wenn die Schweigeregel in Admont nicht immer ganz ernst genommen wurde, hatten doch zumindest laute Ausrufe der Freude oder des Ärgers zu unterbleiben.

„Verzeiht, Meister Vitus. Es ist die Freude über die Belohnung“, entschuldigte sich Bertram.

Wolf lächelte. „Die Belohnung?“, fragte er leise.

Bruder Vitus schmunzelte.

„Ich habe Bertram für heute noch eine Belohnung versprochen. Für seine guten Fortschritte in Latein. Aber ich habe ihm nicht gesagt, worum es sich dabei handelt. Es sollte schließlich eine Überraschung sein“, klärte er Wolf auf.

„Ich denke, die ist Euch gelungen, nicht wahr, Bertram?“ Wolf sah in die freudestrahlenden Augen des Jungen, und ihm wurde warm ums Herz.

In diesem Augenblick bemerkte Bertram Katharina, die sich inzwischen ebenfalls von der Bank erhoben hatte und an Wolfs Seite getreten war.

„Oh“, sagte er nur und wurde bis über beide Ohren rot. Von ihrem Anblick gleichermaßen irritiert wie angetan, blickte er abwechselnd zwischen Katharina und Wolf hin und her. Der grinste nur. Doch dann beendete er gnädig die Verlegenheit des Jungen.

„Das – Bertram, Meister Vitus – ist Katharina von Klingfurth, eine gute Freundin“, stellte er seine Begleiterin vor.

Der Mönch verbeugte sich. „Gottes Friede mit Euch, edle Dame."

„Den wünsche ich auch Euch, Meister Vitus", grüßte Katharina zurück.

Bertram sah die Klingfurtherin mit offenem Mund an.

„Eine gute Freundin? Warum kenne ich Euch dann noch nicht?", platzte es mit der herzerfrischenden Offenheit eines Jugendlichen aus ihm heraus.

Katharina begann zu lachen, um sofort verlegen ihre Hand an die Lippen zu führen.

„Ganz einfach. Weil wir uns erst seit Kurzem kennen", sagte sie in verhaltenem Ton, noch bevor Wolf antworten konnte.

Erneut schenkte Bruder Vitus Bertram einen tadelnden Blick.

„Mit den Umgangsformen hapert es noch ein wenig. Doch dafür macht er mir in den anderen Fächern sehr viel Freude", wandte sich der Schulmeister an Wolf und Katharina.

Wolf schmunzelte. „Lasst ihn älter werden, und er wird sich auch darin verbessern."

„Ich denke, so wird es sein. – Aber nun entschuldigt mich, ich habe zu tun. Wir sehen uns morgen wieder", verabschiedete sich der Lehrer und entfernte sich mit langen Schritten.

Bertram wurde sich seiner Ungeschicklichkeit erst jetzt bewusst.

„Verzeiht, edle Dame. Verzeiht Wolf. Ich habe mich wohl ein wenig danebenbenommen", entschuldigte er sich. Wieder zog dunkle Röte über sein Gesicht.

„Aber nein, du musst dich für deine Offenheit nicht entschuldigen. Unter Danebenbenehmen verstehe ich etwas weit Schlimmeres", bemerkte Katharina lächelnd. „Sag mir lieber, was ihr heute in Latein gelernt habt."

Für diese Ablenkung war Bertram ihr unendlich dankbar.

„Was wir in Latein gelernt haben? Nun, Meister Vitus hat uns heute nicht nur öde Grammatik gelehrt, sondern uns mit einem Text des heiligen Paulus bekannt gemacht. Er hat gesagt, dass dies ein Ausspruch sei, der uns die Welt besser verstehen lässt."

„Oh, das klingt ja höchst vielversprechend. Um welchen Ausspruch handelte es sich denn?"

„Um einen Satz aus dem Brief an die Korinther. Ich nenne ihn Euch: *Videmus nunc per speculum in aenigmate, tunc autem facie ad faciem.* Wisst Ihr, was das übersetzt bedeutet?"

„Aber ja! Übersetzt lautet der Satz: *Jetzt sehen wir durch einen Spiegel ein rätselhaftes Bild, dann aber von Angesicht zu Angesicht.*"

Bertram war verblüfft. Und endlos enttäuscht. Voller Enthusiasmus, aber auch mit einer gehörigen Portion Altklugheit, hatte er den lateinischen Satz rezitiert. Höchst angetan von dem Gedanken, seinem „Publikum" mittels dieses Verses jene überwältigende Erkenntnis darlegen zu können, die ihm selbst erst kurz zuvor Meister Vitus beigebracht hatte. Die Erkenntnis, dass die Dinge nicht so sind, wie sie sich oberflächlich betrachtet darstellen. Sondern dass jedes Ding mehr ist als seine sichtbare Oberfläche und eine spiegelnde Symbolik besitzt, die erkannt und ergründet werden muss. Begeistert von diesem neu erworbenen Wissen gedachte er, die schöne Frau an Wolfs Seite damit zu beeindrucken. Seine Frage, ob sie denn wisse, was dieser Vers bedeute, war nicht ernst gemeint gewesen. Wenn er überhaupt mit einer Antwort ihrerseits gerechnet hatte, dann mit einem eindeutigen „Nein". Und nun unterlief sie sein Bemühen, mit einer profunden *lectio* glänzen zu wollen, ganz einfach, indem sie ihm ohne Umschweife die korrekte Übersetzung nannte und ihm damit die Lust an jeder weiteren Erörterung dieses Textes verleidete.

Er stand da, als habe ihn ein kalter Guss erwischt.

„Ihr könnt Latein?", fragte er entgeistert.

„Ja. So, wie du jetzt aussiehst, scheinst du fast entsetzt darüber zu sein. Eine Frau, die keine Nonne ist und trotzdem Latein beherrscht, kommt dir wohl nicht ganz geheuer vor", antwortete Katharina leise lachend.

„Oh, was bin ich für ein Esel, dass ich mir das auch noch ansehen lasse." Zerknirscht kratzte sich Bertram am Kopf.

„Nun, was den Esel angeht, kann ich dich beruhigen", mischte sich Wolf lachend ein. „Weder Katharina noch ich halten dich für ein Langohr. – Aber nun gib Acht. Ich habe noch eine Überraschung für dich. Hättest du Lust, mit Fräulein von Klingfurth und mir ein wenig zu plaudern? Ich habe in Hall beim Wirt zum Weißen Hirschen eine kleine Nebenkammer bereithalten lassen, wo wir ungestört sind; nur für uns drei."

„Mit Euch und der edlen Dame plaudern? Im Weißen Hirschen? Nichts lieber als das. Vorausgesetzt, Bruder Vitus stimmt dem zu."

„Darüber brauchst du dir keine Gedanken zu machen. Ich werde ihn davon in Kenntnis setzen, dass du mit mir zusammen das Kloster verlässt und ich dich beizeiten wieder zurückbringe. Damit die Regeln gewahrt bleiben. Er wird sicher nichts dagegen haben."

Es war kurz nach der Vesper, als sie das ummauerte Stiftsgelände verließen und das Obere Tor passierten. Noch immer regnete es, doch glücklicherweise war es bis zum Weißen Hirschen nicht allzu weit.

Kaum hatten sie ihre feuchten Überwürfe abgelegt und Platz genommen, erschien bereits der Wirt. Er trat aus einem Raum, der an die Stube, in der sie sich befanden, grenzte, wahrscheinlich die Küche. Auf einem großen Brett balancierte er Brot, Käse, Geräuchertes und Schmalz nebst mehreren Krügen und einer Kanne voll Wein. Grinsend grüßte er, stellte alles auf dem Tisch ab und verschwand wieder mit einem Augenzwinkern.

Sie zogen die Messer und begannen ordentlich zuzulangen. Während des Essens kam eine rege Unterhaltung in Gang, die sich allerdings um mehr oder weniger belanglose Dinge drehte. Den

Jungen interessierten sie herzlich wenig. Er wartete ungeduldig auf eine Möglichkeit, endlich seinen Hunger nach Neuigkeiten zu stillen. Die kam, als am Ende des Mahls eine kurze Gesprächspause entstand.

„Sagt, Wolf, es muss doch in den letzten Tagen eine ganze Menge geschehen sein, wollt Ihr mir nicht davon erzählen?“, fragte er erwartungsvoll und streifte mit einem vielsagenden Blick die Klingfurtherin zu seiner Rechten.

„Und ob, mein Junge“, nickte der.

In groben Zügen schilderte er daraufhin die Ereignisse der vergangenen Tage und verband damit auch eine ausführliche Vorstellung Katharinas von Klingfurth. Amüsiert stellte er fest, dass Bertram diesem Teil seines Berichtes besonders aufmerksam folgte. Der weitere Verlauf der Unterhaltung ergab, dass der Junge über den Überfall in der Buchau bereits bestens Bescheid wusste. Die Sache hatte sich erwartungsgemäß nicht verheimlichen lassen und war inzwischen *das* Gesprächsthema in und um Admont.

Wolf vermied es, während der Schilderung gewisse Einzelheiten preiszugeben, die Bertram nur unnötig belastet hätten. Er erwähnte weder die falschen Pilger noch sonst irgendetwas, das in direkter Verbindung zu dem Mord an Bertrams Familie stand.

Dennoch ließ es sich nicht vermeiden, dass der Junge im Laufe des Gesprächs an die tragischen Ereignisse erinnert wurde.

„Die, die den Überfall verübten, sind das auch die, die meine Eltern und Anna auf dem Gewissen haben?“, fragte er mit leiser Stimme, während ein feuchter Glanz in seine Augen trat.

Wolf schüttelte den Kopf. „Nein, mein Junge. Inzwischen weiß ich, dass dies nicht der Fall ist. Aber ich beschäftige mich mittlerweile mit einer anderen Spur. Vielleicht vermag sie mich weiterzubringen“, antwortete er vorsichtig.

„Ihr habt eine Spur? Welche?“ Wie zu erwarten, hatte die Bemerkung Wolfs das Interesse des Burschen geweckt.

Wolf antwortete nicht sogleich. Stattdessen tat er so, als ob er in seiner Gürteltasche nach etwas suche, und legte dabei wie zufällig die beiden Schmuckstücke mit dem Eberkopf auf den Tisch. Aus den Augenwinkeln heraus beobachtete er dabei gespannt die Miene des Jungen. Doch Bertram betrachtete die Fundgegenstände zwar verwundert, aber ohne jede Spur eines Erkennens.

Spätestens in diesem Augenblick war Wolf klar, dass Bertram ihm auf der Suche nach dem Eber in Rieden keine Hilfe sein würde. Eine Tatsache, die er jedoch eher mit Erleichterung zur Kenntnis nahm und die Schmuckstücke wieder in die Wamstasche steckte.

„Nun?", fragte Bertram gespannt. „Bitte, Wolf, was hat es mit der Spur auf sich, von der ihr eben gesprochen habt?"

„Darüber kann ich dir noch nichts Genaues sagen", wich Wolf aus.

„Und wann seid Ihr so weit, etwas darüber sagen zu können?"

„Wie schon gesagt: Das weiß allein der Himmel."

Bertram schwieg. Geistesabwesend blickte er mit zusammengekniffenen Lippen auf den Becher, der vor ihm stand.

Mit einem Mal rann ihm eine vereinzelte Träne die Wange herab und tropfte in den Becher.

Sanft legte Katharina ihre Hand auf seinen Arm.

Wolf sah es und schwieg. Ein Kloßgefühl im Hals versagte ihm das Sprechen. Wieder einmal dominierte Schmerz den Augenblick – wie so oft in den vergangenen Wochen.

Bertram hob den Kopf.

„Ihr werdet die Mörder finden, nicht wahr, Wolf?" Trauer und Zorn brannten in den feuchten Augen.

Entschlossen sah Wolf ihn an.

„Ich verspreche es. Und ich verspreche dir auch, dass sie büßen werden", antwortete er mit rauer Stimme. Er bedauerte zutiefst, dass die Unterhaltung nun doch diese Wendung genommen hatte.

Katharina war es, die die Situation schließlich meisterte.

„Noch herrscht Dunkelheit in deiner Seele, Bertram“, sagte sie leise und legte den Arm um den Jungen. „Doch sie wird zunehmend weichen. Du wirst das Schreckliche nie ganz vergessen können. Aber du bist noch sehr jung, und ein ganzes, langes Leben liegt vor dir. Glaube mir, die Zeit kommt, wo die Sonne auch für dich wieder scheinen wird. Wie heißt es so schön: ... *omnia tempus habent ... Alles hat seine Zeit ...*“

„... *tempus flendi et tempus ridendi, tempus plangendi et tempus saltandi ... eine Zeit zum Weinen und eine Zeit zum Lachen; eine Zeit zum Klagen und eine Zeit zum Tanzen*“, fiel Bertram rezitierend ein. „Ja, ich weiß, Ihr habt Recht. So steht es im Buch *Ecclesiastes,* nicht wahr?“

„Bravo, Bertram. Du erstaunst mich immer wieder. Meister Vitus ist zu Recht des Lobes voll über dich. Wo hast du so perfekt Latein gelernt? Du bist doch erst seit einigen Wochen in der äußeren Schule?“

Katharinas Bewunderung war aufrichtig. Und vor allem: Sie tat gut. Was sich darin zeigte, dass Bertram wieder lächelte.

„Das habe ich Wolf zu verdanken. Er hat mich von klein an Lesen, Schreiben und Latein gelehrt. Aber die ersten lateinischen Worte hat mir meine Mutter beigebracht, als ich sechs Jahre alt war“, sagte er stolz.

„Deine Mutter?“ Katharina wirkte überrascht und sandte einen ungläubigen Blick zu Wolf.

„Ja, das stimmt, ich erinnere mich“, bestätigte Wolf. „Ich zitierte Agnes gegenüber einmal aus dem Buch *Proverbia* einen Spruch. Er gefiel ihr so gut, dass sie ihn auswendig lernte. Als ich einige Zeit später Arnulf besuchte, überraschte mich Bertram damit, dass er den Spruch aufsagte. Das war der Beginn unseres Lateinunterrichtes, nicht wahr, mein Junge?“

Bertram nickte.

„So, und was war das für ein Spruch?“, fragte Katharina.

Wieder warf sich Bertram ein wenig wichtigtuerisch in Positur, bevor er antwortete: „*Aqua profunda verba ex ore viri et torrens redundans fons sapientiae – Tiefes Wasser sind die Reden aus dem Munde eines Mannes; ein strömender Bach ist die Quelle der Weisheit.* Meine Mutter sagte mir, das sei ein kluger Spruch. Ich solle mir diesen Spruch gut merken, er enthalte ein Geheimnis und habe eine besondere Bedeutung für mein künftiges Leben."

„Da hat deine Mutter etwas sehr Schönes gesagt. Aber was meinte sie mit dem Geheimnis?"

„Wahrscheinlich wollte sie damit sagen, dass das Geheimnis des Lernens darin liege, dass man anderen, die viel wissen, zuhören muss", antwortet Wolf anstelle Bertrams.

Katharina lächelte. „Ihr müsst ein außergewöhnlich guter Lehrer sein."

„Nur, weil Bertram ein außergewöhnlich guter Schüler ist", gab er ebenso lächelnd zurück.

Katharina hob den Krug. „Nun denn – auf den Lehrer und seinen Schüler", sagte sie fröhlich.

„Auf eine gewisse Dame, die nicht nur Latein beherrscht, sondern auch die Fähigkeit besitzt, Licht in dunkle Seelen zu schicken", entgegnete Wolf und hob ebenfalls den Krug.

Krampfhaft überlegte Bertram, welchen Trinkspruch er wohl ausbringen könnte, als plötzlich die Tür aufging und eine vor Nässe triefende Gestalt in die Wirtsstube stolperte.

Es war Arnold, ein Novize aus dem Stift. Das Wasser tropfte an ihm herunter und bildete kleine Pfützen auf dem mit Brettern ausgelegten Boden.

„Verzeiht, Herr von der Klause, verzeiht, edle Dame", begann er keuchend. Offenbar hatte er sich ziemlich beeilt. „Der ehrwürdige Prior schickt mich. Es ist eine Bote aus Sankt Gallen gekommen. Graf Saurau bittet Euch, so schnell wie möglich auf die Burg zurückzukehren. Zusammen mit dem Vater Prior. Es ist sehr dringend, soll ich Euch ausrichten."

Wolfs Miene verfinsterte sich. Sollte der Abend, auf den sie sich so gefreut hatten, schon zu Ende sein? Er hatte gute Lust, den Novizen zum Prior zurückzuschicken, um ihm ausrichten zu lassen, dass er nicht daran denke, noch heute auf die Burg zurückzukehren. Mochte der Graf doch bis morgen warten. Andererseits war ihm klar, dass der Saurauer niemals ein solches Ansinnen an ihn richten würde, wenn die Sache nicht von äußerster Dringlichkeit wäre.

„Nun gut, melde dem ehrwürdigen Prior, dass ich schnellstens kommen werde“, wies er den Novizen an, der sich nach einer hastigen Verbeugung sofort auf den Weg zurück ins Stift machte.

„*... sed tempus casumque in omnibus* ... aber Zeit und Zufall treffen jeden ...“, zitierte nun auch er säuerlich lächelnd den Schreiber des Buches *Ecclesiastes* und rief nach dem Wirt, um zu bezahlen.

Katharina und Bertram stand die Enttäuschung ins Gesicht geschrieben. Doch die Sache ließ sich nun einmal nicht ändern. Sie mussten zurück zur Abtei.

Als sie ins Freie hinaustraten, bemerkten sie, dass der seit Stunden andauernde Schnürlregen in einen heftigen Wolkenbruch übergegangen war und zudem ein fernes Grollen ein nahendes Gewitter ankündigte. Katharina blickte stirnrunzelnd zum Himmel.

„Ein Gewitter. Und das bei dieser Kühle. Eine seltene Laune der Natur“, wunderte sie sich.

„Gut, dass Ihr im Stift nächtigt. Bei diesem Gesaue mag man nicht einmal einen Hund nach draußen jagen“, entgegnete Wolf.

„Und Ihr?“, fragte sie. „Ihr wollt tatsächlich heute Abend noch zur Burg zurück? Hat das nicht bis morgen Zeit?“

„Ich fürchte nein. Der Saurauer mag seine Schwächen haben, aber er ist ein besonnener Mann. Wenn er etwas als dringlich bezeichnet, dann ist es das auch.“

„Glaubt Ihr, dass etwas Schlimmes geschehen ist, Wolf?“, fragte Bertram.

„Zumindest etwas sehr Wichtiges. Einer unbedeutenden Sache

wegen würde mich der Graf sicher nicht durch Regen und Wind zu sich zitieren."

Sie hatten inzwischen die Mauern der Abtei erreicht und wollten gerade durch das Haupttor schreiten, als sie Remigius', eines Novizen, gewahr wurden. Er stand im Torbogen und schien sie bereits erwartet zu haben.

„Ich soll Euch sofort zum Prior führen, Herr von der Klause", sagte er. „Die edle Dame kann ja derweil im Parlatorium Eurer harren." Galant verbeugte sich der Novize vor Katharina. Er kam aus einer vornehmen Familie und wusste, was sich gehörte.

„Und ich?", fragte Bertram.

„Du natürlich auch", antwortete Remigius etwas pikiert über die Frage, die der Köhlerjunge an ihn richtete. Was vor allem daher rührte, dass Remigius einen gewaltigen Standesdünkel besaß und zudem noch krankhaft eifersüchtig war. Die außerordentliche Begabung Bertrams hatte sich schnell im Stift herumgesprochen, und nicht nur Remigius neidete ihm seinen Erfolg.

Otto Metschacher formulierte gerade einen Brief am Stehpult, als Wolf – zum zweiten Mal an diesem Tag – den Raum betrat.

Sofort stach ihm das veränderte Aussehen des Priors ins Auge. Statt des gewohnten Mönchhabits trug Metschacher Reiterkleidung und -stiefel. Ein kurzes Schwert im Gürtel, ein schwarzer Tasselmantel und eine Gugel aus Leder, ähnlich der Wolfs, vervollständigten die Kleidung.

Sofort wusste Wolf, dass auch der Prior die Aufforderung des Saurauers als höchst wichtig einstufte. Nur eine Sache von äußerster Dringlichkeit konnte ihn davon abhalten, den Gottesdienst zur Komplet zu besuchen.

Der Prior legte die Feder beiseite, ergriff ein zusammengerolltes Blatt Pergament von dem Pult und ging auf seinen Besucher zu.

„Die Ereignisse überschlagen sich, Wolf", kam er ohne Umschweife zur Sache. „Rupert, der persönliche Diener des Grafen, überbrachte mir vor Kurzem diese Nachricht.“ Metschacher reichte Wolf das Pergament, der es entrollte und las.

Die Botschaft war kurz. Sie enthielt nur einige schnell dahingeworfene Zeilen, in denen Friedrich von Saurau den Prior und ihn bat, unverzüglich zu ihm zu kommen. Der Grund: Ein Schreiben der Entführer sei auf Gallenstein eingegangen; man müsse sich schnellstens über den Inhalt beraten, da die Zeit dränge. Er selbst, Friedrich, könne sich leider nicht auf den Weg machen, da er des Nachmittags schwer gestürzt sei, was es ihm unmöglich mache, aufs Pferd zu steigen.

Wolf pfiff durch die Zähne.

„Ein Schreiben der Schnapphähne! Nun haben sie sich also doch gerührt. Wie ich es vermutete“, sagte er grimmig.

Metschacher nickte bestätigend. „Ihr hattet in der Tat Recht.“

„Wie ich sehe, seid Ihr bereits für den Aufbruch gerüstet“, stellte Wolf fest.

Wieder nickte Metschacher. „Ja“, antwortete er und ging zur Tür. „Bringen wir den Ritt hinter uns. Es dunkelt bereits. Und bei diesem Wetter ist der Weg durch die Buchau alles andere als angenehm.“

„Ich will mich nur noch von Fräulein von Klingfurth und von Bertram verabschieden.“

„Tut das. Wir treffen uns dann bei den Ställen. Übrigens: Ich habe gehört, das edle Fräulein wird die Nacht als Gast bei uns verbringen?“, fragte Metschacher und legte die Hand auf den Türknauf.

„Ja. Auf Vorschlag Eures Cellerars, Bruder Basilius.“

„Ein trefflicher Vorschlag. Hier ist sie gut aufgehoben“, endete Metschacher und öffnete seinem Besucher die Tür.

13

Mitternacht war längst vorüber.

Friedrich von Saurau saß neben dem mächtigen Eichentisch in einem großen, mit mehreren Kissen weich ausgepolsterten Stuhl. Sein rechtes Bein ruhte auf einem hohen Holzschemel. Es war bandagiert.

Auch Prior Metschacher und Wolf von der Klause hatten am Tisch Platz genommen, auf dem einige Talglampen schummriges Licht verbreiteten. Sie waren eben erst in die gräfliche Kammer getreten, nachdem ihnen der Saurauer trotz der späten Stunde zuvor in der Badestube einen Zuber heißes Wasser nebst frischen Tüchern und trockener Kleidung hatte herrichten lassen.

Aus verständlichen Gründen sah sich Friedrich außerstande, seine Besucher stehend zu empfangen.

„Ich danke Euch für Euer Kommen“, begann er matt. „Verzeiht, die Mühe, die ich Euch bereitet habe. Euch auf die Burg zu bitten wäre mir nicht im Traum eingefallen, hätte es nicht diesen ungeheuer wichtigen Anlass gegeben. Selbstverständlich wäre ich nach Admont geritten, aber dieser verdammte Sturz ließ es nicht zu.“ Ächzend beugte er sich nach vorne und schubste ein zusammengefaltetes Pergament, das vor ihm auf dem Tisch lag, in Richtung seiner beiden Besucher.

„Das Schreiben der Entführer?“, fragte Metschacher mit belegter Stimme.

Der Saurauer nickte finster. „Wenn Ihr die Güte haben würdet, es vorzulesen."

Metschacher zögerte einen Augenblick. Dann nahm er das Pergament, entfaltete es und begann laut zu lesen.

„Sonntag, der 23. Juli im Jahr des Herrn 1385.

Die Führer des Ordens vom Ring an die Herrschaft zu Admont!

Nehmt Folgendes zur Kenntnis. Die Herren Lodovico Polo, Francesco Lombardi und Luigi dal Pietra befinden sich in unserer Gewalt. Niemand vermag sie aus unseren Händen zu befreien. Auch der, den Ihr den Wolf nennt, nicht.

Erfüllt all unsere Bedingungen. Nur dann werdet Ihr die Gefangenen lebend wiedersehen. Wir haben die Familien Polos, Lombardis und dal Pietras in Venedig benachrichtigt. In wenigen Tagen werdet sowohl Ihr als auch das Handelshaus der Schmelzer in Steyr von dort Nachricht und weitere Anweisungen erhalten. Wenn Ihr sie nicht befolgt, tötet Ihr die Venezianer. "

An dieser Stelle des Schreibens prangte der Abdruck eines seltsamen Siegels: Ein Kreis, der ein auf dem Kopf stehendes Kreuz umschloss. Als Metschacher es wahrnahm, runzelte er die Stirn und hielt kurz inne, bevor er mit dem Nachsatz fortfuhr, der, versehen mit der Unterschrift und dem Siegel der Polos, den Schluss des Briefes bildete:

„Dies ist meine, Lodovico Polos, eigenhändige Unterschrift und mein Siegel, wie sie auch auf den Briefen erscheinen, die Ihr bereits kennt. Rettet unser Leben. Im Namen Gottes bitten wir Euch: Befolgt die in diesem Schreiben gegebenen Anweisungen. Möge Gott Euch dafür segnen."

Die letzten Worte waren dem Prior nur mühsam über die Lippen gekommen. Zunehmend hatten Zorn und Abscheu in seiner Stimme gelegen.

„Sieh an, ein gewisser Orden vom Ring. Nun wissen wir wenigstens, mit welch erlauchten Gegnern wir es zu tun haben“, stieß er in sarkastischem Ton hervor. Mit vor Wut zitternden Händen reichte er das Pergament an Wolf weiter, der es mit steinerner Miene entgegennahm – um mit einem überraschten Ausruf vom Stuhl aufzuspringen.

Graf und Prior zuckten sichtlich zusammen und musterten den Klausner mit einem verständnislosen Blick. Der stand starr und steif und schien das Schreiben geradezu mit den Augen verschlingen zu wollen, bis schließlich ein Ausdruck höchster Verblüffung in seine Miene trat.

„Wisst Ihr, was das ist?“, fragte er den Grafen sichtlich erregt.

„Wie soll ich Eure Frage verstehen? Es ist eine Nachricht der Schnapphähne. Wie Ihr sie vorausgesehen habt“, antwortete der Saurauer verblüfft.

„Das meine ich nicht. Ich meine das Siegel.“

„Das ist das Siegel der Polos. Was soll damit sein?“

„Ich meine nicht das Siegel der Polos. Ich meine *dieses* Siegel!“

Wolf legte das Pergament auf den Tisch und wies auf den Kreis mit dem auf dem Kopf stehenden Kreuz darin.

„Das dürfte ja wohl das Siegel der Schnapphähne sein, offenbar das Zeichen dieses verdammten so genannten Ordens vom Ring. – Warum fragt Ihr danach?“, entgegnete der Saurauer.

Wolf stützte die Hände auf den Tisch und beugte sich weit nach vorne.

„Warum ich danach frage? Ich will es Euch sagen, Graf. Dieses Siegelmotiv“ – er machte eine Pause – „trug der Ring, der sich in der Gürteltasche befand, welche aus der Truhe Lisas entwendet wurde.“

Es dauerte einige Augenblicke, bis der Graf die volle Tragweite dessen erfasste, was Wolf da eben gesagt hatte. Doch dann begriff er – und wurde leichenblass.

„Was sagt Ihr da?“, flüsterte er entsetzt. „Großer Gott, nein!“

Er stützte die Arme auf den Tisch und barg den Kopf in den Händen. Soeben war ihm klar geworden, dass die Gürteltasche nicht nur den deutlichen Beweis für den Verdacht lieferte, den Wolf Tage zuvor in einer anderen Verbindung schon einmal geäußert hatte: dass es jemanden auf der Burg gab, der mit den Schnapphähnen kooperierte. Sondern auch, dass dieser Jemand ein einflussreiches Mitglied jener Bande des Schreckens sein musste, die heute zum ersten Mal in Form eines Schreibens ihre hässliche Identität offenbart hatte. Verborgen allerdings hinter der höhnischen Maske der Anonymität und einem geheimnisvoll-obskuren Namen, mit dem niemand etwas anzufangen wusste.

Der Prior hatte mit zunehmender Verständnislosigkeit dem Dialog der beiden zugehört und bat nun etwas gereizt um Aufklärung.

„Verzeiht, Otto. Ihr könnt es natürlich nicht wissen“, entgegnete Wolf und fasste die Geschehnisse des gestrigen Vormittages kurz zusammen.

„Jetzt verstehe ich allmählich“, stieß Metschacher grimmig zwischen den Zähnen hervor. „Das heißt, Ihr habt hier auf der Burg einen Verräter, der mit der Mörderbande zusammenarbeitet“, wandte er sich an den Grafen.

„So muss es wohl sein“, antwortete Friedrich tonlos. Noch immer barg er den Kopf in den Händen.

„Wie kamt Ihr an das Schreiben, Graf?“, fragte Wolf, der sich inzwischen wieder gesetzt hatte.

Der Graf sah auf. „Kuno. Kuno Helfrich, der Hauptmann der Waffenknechte, der in der vergangenen Nacht seinen Wachdienst versah, entdeckte es. Es steckte in einer Lederhülse, die im Türspalt des Torhauses eingeklemmt war und ihm fast auf die Füße fiel, als er nach seinem Dienst am frühen Morgen die Tür öffnete. Er öffnete sie und entdeckte den gesiegelten Brief, den er mir dann sofort brachte."

Wolf nickte nachdenklich. „Wie lange dient Kuno bereits bei Euch?"

„Schon seit vielen Jahren. Er gehört zu den älteren Soldaten."

„Hattet Ihr jemals Grund, über ihn zu klagen?"

„Nein, er ist sehr zuverlässig. Er ist nicht nur ein fähiger Mann an der Waffe. Er nimmt sich auch anderer Arbeiten, die es hier auf der Burg wahrzunehmen gilt, ordentlich an."

Wieder nickte Wolf. Er wusste, dass die Waffenknechte auf Gallenstein nicht nur für Kampf und Streit zuständig waren, sondern der Saurauer sie auch für viele andere Aufgaben einsetzte.

„Kuno hat also behauptet, das Schreiben der Schnapphähne sei in den Türspalt des Torhauses geklemmt gewesen. Und er habe es erst wahrgenommen, als er, nachdem seine Wache zu Ende war, das Torhaus verließ?", fuhr Wolf mit der Befragung fort.

„Ja", erwiderte der Graf.

„Wann beginnt der abendliche Wachdienst?", forschte Wolf weiter.

„Im Sommer um die Zeit der Komplet herum, noch bevor es dunkel wird."

„Das bedeutet: Als Kuno um diese Zeit das Torhaus betrat, um seinen Dienst anzutreten, war das Schreiben noch nicht dort deponiert gewesen."

„Nein, natürlich nicht."

„Folglich muss es jemand in den Türspalt gesteckt haben, nachdem er seinen Dienst begonnen hat. Was wiederum bedeutet, dass der Betreffende dies getan hat, ohne von Kuno entdeckt zu werden. Wie konnte das geschehen?"

Der Graf schüttelte den Kopf. „Darüber habe ich noch nicht nachgedacht", gab er stirnrunzelnd zu.

„Hielten sich die Nacht über Fremde oder Gäste in der Burg auf?"

„Nein, außer den beiden Spielleuten, die gestern von Euch in der Buchau aufgegriffen wurden."

„Die könnt Ihr getrost vergessen. Von denen kann es keiner gewesen sein. Schließlich suchen wir die Person, die die Gürteltasche verloren hat. – Andererseits, Graf" – er hielt plötzlich inne und strich sich nachdenklich mit der Hand über die Stirn; ihm war gerade ein völlig neuer Gedanke gekommen – „auf der Burg herrscht jeden Tag reger Verkehr. Wäre es nicht denkbar, dass ein Besucher sich hier irgendwo die Nacht über versteckt und am nächsten Tag, während all der Betriebsamkeit, unauffällig die Burg wieder verlässt, nachdem er – sagen wir – seine Mission beendet hat?"

Der Graf sah auf. Eine Spur Hoffnung lag in seinem Blick.

„Natürlich. Das wäre durchaus denkbar. Ihr wisst selbst, wie viele Stellen es auf der Burg gibt, die als Schlupfwinkel dienen könnten. Wenn ich nicht irre, wollt Ihr damit andeuten, dass der, dem die Tasche gehörte und der den verdammten Brief hier deponierte, gar nicht zum Personal der Burg gehören muss."

„Zumindest sollten wir diese Möglichkeit mit in Erwägung ziehen. Andererseits sollten wir daran denken, dass der Überfall auf die Venezianer nur erfolgreich sein konnte, weil die Schnapphähne Zeit und Umstände des Transportes genau kannten. Die aber konnte ihnen nur jemand offenbart haben, der entweder auf Gallenstein zu Hause ist oder zumindest einen guten Kontakt zur Burg unterhält."

„Mit anderen Worten: Ich muss nach wie vor davon ausgehen, dass ein skrupelloser Verräter in meiner unmittelbaren Nähe sein Unwesen treibt", stellte der Graf bitter fest.

„Wir werden ihn ausfindig machen. Früher oder später", versuchte Wolf dem Saurauer Mut zu machen.

„Gebe Gott, dass dies gelingt", fügte der Prior skeptisch hinzu. „Was schlagt Ihr denn nun vor?"

„Wir werden die angekündigten Nachrichten und Anweisungen,

die angeblich aus Venedig kommen werden, abwarten müssen. In der Zwischenzeit werde ich mich etwas näher mit dem Personal auf der Burg beschäftigen."

Plötzlich begann eine der tönernen Talglampen auf dem Tisch unruhig zu flackern und erlosch, von einem leisen Zischen begleitet, schließlich ganz.

Es war wie ein Signal. Mit einem Mal wurde den Männern bewusst, wie müde sie waren.

„Nun denn. Ich denke, für heute dürften die Dinge geklärt sein. Es wird Zeit, dass Ihr Euer Lager aufsucht. Ihr seid erschöpft", wandte sich der Saurauer an seine Besucher.

„Ja, höchste Zeit", antwortete der Prior einsilbig vor Müdigkeit und erhob sich.

Auch Wolf stand auf. „Soll ich Euch helfen, in Euer Schlafgemach zu gelangen?", fragte er den Grafen mit einem Blick auf dessen lädiertes Bein.

„Danke! Nicht nötig", entgegnete der Saurauer und deutete mit dem Kopf hinüber zum Fenster. Darunter verriet eine mit Decken und Fellen gepolsterte Bank, dass er die Nacht in seiner Studierkammer zu verbringen gedachte.

In dieser Nacht träumte Wolf von der Klause den Traum vom Schachzabel. Ein riesiges Schachbrett schwebte am Himmel und verdunkelte die Sonne. Er selbst befand sich auf der Erde und kam sich winzig klein vor. Auch Bertram war bei ihm. Plötzlich tauchte am anderen Ende des Brettes ein skelettierter Schädel auf: Der Tod grinste ihm entgegen – sein Gegner in dem ungleichen Spiel, das man ihm aufgezwungen hatte zu spielen. Langsam sank das Brett zur Erde nieder und blieb direkt vor ihm und Bertram in der Luft stehen. Auf einmal sah er auch die Figuren des Spiels. Sie lebten. Tanzten und sangen schreckliche Lieder, von einem quadratischen Feld zum anderen hüpfend. Auch Paul und Arnulf mitsamt seiner

Familie waren darunter. Ebenso der Saurauer, Metschacher, die Kaufherren aus Steyr und sogar der Inquisitor. Bis plötzlich Katharina auftauchte. Sie flog am dunklen Himmel auf einem geflügelten Pferd heran, schwebte hernieder und gab dem Schachbrett einen Stoß. Schreiend fielen die Figuren um und lösten sich in einen blutroten Nebel auf, während das Schachbrett selbst in tausend Teile zerbarst. Worauf sich Katharina vom geflügelten Pferd zu ihm und Bertram herunterbeugte und sie zu sich aufs Pferd zog. Dann schwebten sie gemeinsam der Sonne entgegen.

An dieser Stelle endete der Traum.

In halbwachem Zustand blinzelte Wolf mit den Augen. Schlaftrunken lächelte er vor sich hin. Doch mit einem Mal fuhr er von seinem Lager hoch. Er war hellwach. Und er erschrak. Denn ihm war plötzlich eingefallen, dass er Katharina von Klingfurth gerade einmal vier Tage kannte.

Das Lächeln auf seinem Gesicht erstarb.

Was für ein dummer Traum, dachte er.

Er schalt sich einen Narren und drehte sich auf die andere Seite. Aber kaum, dass er erneut eingeschlafen war, fuhr er abermals hoch.

So unwirklich, wie der Traum einerseits war, hatte er ihm andererseits erneut die Realität bewusst gemacht, der er sich gegenübersah: Es war nicht nur *ein* Spiel, das er spielte. Es waren *zwei* voneinander getrennte Partien, die er zu bewältigen hatte.

Zum ersten Mal stellte er sich die Frage, ob er beide gewinnen konnte.

14

Irgendwann während der Nacht hatte es aufgehört zu regnen. Noch war es kühl, wenn auch der wolkenlose Himmel, der sich an diesem frühen Freitagmorgen strahlend blau über dem Ennstal wölbte, versprach, dass der Tag bald wärmer werden würde.

Katharina von Klingfurth befand sich auf dem Weg zur provisorischen Bibliothek, die aufgrund von Umbauarbeiten im Noviziatsgebäude untergebracht worden war. Am Tag vorher hatte ihr Bruder Basilius, der vorübergehend auch das Amt des Armarius verwaltete, die Erlaubnis erteilt, in einigen Werken Nachforschungen anzustellen.

Katharina schritt gerade am Werkhaus vorbei, das mehrere Werkstätten und Arbeitskammern barg und von geschäftigem Lärmen erfüllt war, als sie kurz vor der Schaffnerei einen Mann bemerkte, der einige Kisten, die mit alten Decken und Sacktuch abgedeckt waren, von einem Karren wuchtete. Der Mann trug keine Kutte, sondern die übliche Kleidung eines gewöhnlichen Bauern. Es war einer der „Brüder des Gehorsams", jener Gruppe von Männern, die innerhalb des Klosters Dienst taten und sich den Regeln des Hauses freiwillig unterwarfen, ohne ein Gelübde abgelegt zu haben.

Katharina grüßte schon von Weitem. Brummend gab der Mann den Gruß zurück. Soeben hatte er wieder eine der Kisten heruntergehoben und neben sich abgestellt. Beim Näherkommen bemerkte Katharina, dass ihr ein unangenehmer Geruch entströmte, und richtete unwillkürlich ihren Blick darauf. Über dem Inhalt des Behältnisses wölbte sich eine leinene Decke, die ursprünglich einmal weiß gewesen sein mochte; mittlerweile hatten die Jahre sie jedoch schmutzig und unansehnlich werden sowie die Ränder ausfransen lassen.

Schon wollte sie an dem Mann mit den Kisten vorbeigehen, als sie plötzlich stutzte.

Abrupt blieb sie stehen. Der Pfeil des Erkennens traf sie völlig unvorbereitet und jagte ihr einen frostigen Schauer über den Rücken.

Ungläubig starrte sie auf das Leinen – narrte sie eine Täuschung?

Nein – keine Täuschung!

Es *war* das Wappen! Unzweifelhaft!

Das Wappen mit dem Eberkopf. Umrahmt von einem ringförmigen Kranz aus Blättern.

Das Emblem, das auch die beiden Schmückstücke zierte, die Wolf in Arnulfs Versteck gefunden hatte.

Das Zeichen des „Ebers von Rieden"!

Klar und deutlich prangte es, kunstvoll gestickt, auf der grauen, schmutzigen Decke!

Schwindel ergriff die Klingfurtherin. Sie begann, schneller zu atmen.

Erstaunt blickte der Mann sie an. Ihm war der seltsame Blick der jungen Frau nicht entgangen..

„Sagt Bruder ... wie ist Euer Name?", fragte Katharina mit vor Erregung zitternder Stimme.

„Heinrich", antwortete der Mann verwundert. „Ich bin Bruder Heinrich, einer der Brüder des Gehorsams, edle Dame. Ich diene in der Schaffnerei. – Kann ich Euch helfen? Geht es Euch nicht gut?", fügte er besorgt hinzu.

„Nein, nein ... es ist alles in Ordnung ... macht Euch keine Sorgen", erwiderte sie, lächelte und setzte dann zu einer weiteren

Frage an. „Sagt, Bruder ... Heinrich. Diese Decke – woher stammt sie?“

Argwöhnisch sah der Mann sie an.

„Ihr meint dieses Tuch?“, antwortete er. „Woher es stammt? Nun, aus dem Frauenkloster. Schwester Martha deckt damit immer die Kiste mit den Brotabfällen ab.“

„Die Kiste mit den Brotabfällen?“

„Ja, sie gehört zu der Fuhre, die ich vorhin aus dem Frauenkloster geholt habe. Abfälle und Küchenreste.“

„Ihr sammelt die Abfälle aus dem Nonnenkloster?“

„Ich hole sie täglich dort ab, um das, was davon noch taugt, an die Tiere zu verfüttern. Jeden Morgen fahre ich mit meinem Karren zum Nonnenkloster. Schwester Martha reicht mir die Kisten mit den Abfällen durch die Versorgungsöffnung in der Mauer. Natürlich sind noch zwei andere Schwestern dabei anwesend. Sie darf ja nicht allein mit mir sprechen. Danach bringe ich die Fuhre hierher. Was zum Füttern taugt, sortiere ich aus, das Übrige kommt auf den Restehaufen, wo es vermodert.“

„Diese Decke – wird sie öfter benutzt?“

„Ja, edle Dame.“

„Wie lange verseht Ihr diesen Dienst schon?“

„Seit sechs Jahren, edle Dame.“

„Dieses Leinen – es ist also schon seit sechs Jahren in Gebrauch?“

Der Mann sah sie fragend an und kratzte sich am Kopf. „Ich denke schon. Aber so genau weiß ich das nicht. Ich habe nicht darauf geachtet.“

„Seit sechs Jahren“, wiederholte die Klingfurtherin geistesabwesend. „Es ist gut“, meinte sie dann nach einer Weile seltsam lächelnd. „Könnt Ihr mir sagen, wo ich den Cellerar finde?“, wechselte sie unvermittelt das Thema.

„Vater Basilius? Ich sah ihn soeben noch im Kräutergarten. Bruder Markus, der Infirmarius, ist auch dort.“

„Wo befindet sich der Kräutergarten?“

„Gleich hinter dem Friedhof. Er ist ein Teil des Konventgartens. Ihr könnt durch das kleine Tor dort gehen.“ Heinrich deutete nach Nordwesten, wo sich neben dem Werkhaus ein langer Gebäudekomplex erstreckte, in dessen Mitte ein Torbogen einen Durchgang ahnen ließ.

„Ich danke Euch“, verabschiedete sich Katharina und wandte sich nach Westen.

Schon als sie das Tor durchschritt, verrieten tausend wundersame Düfte, die ihre Nase betörlen, dic Lage des Kräutergartens, und als sie ihn betrat, hatte sie das Gefühl, in ein Refugium kultivierter Ruhe zu treten. Der Kräutergarten war ein einzigartiges, prachtvoll angelegtes Kleinod aus Blüten, Blättern, Ranken und Gräsern. Sorgsam gepflegte Wege, teils mit Kies, teils mit Steinplatten belegt, wanden sich zwischen den mit Steinen und Holzplanken sauber eingefassten Beeten und Parzellen hindurch, in denen all das wuchs und gedieh, was ärztliche Kunst als heilsam und der *sanitas* förderlich ansah.

Der Cellerar und Bruder Markus, als Infirmarius zuständig für die beiden Krankenhäuser des Stiftes, standen neben einem hohen Holunderbaum. Sie waren gerade dabei, ein Stück des Gartens in Augenschein zu nehmen, das seit einem Jahr brachlag.

„Ich denke, dass dieser Platz dafür gut geeignet wäre, Bruder Basilius“, sagte Markus.

„Ja durchaus. Aber vielleicht sollten wir das Beet mit Minze dort drüben auch noch dafür hernehmen“, entgegnete Basilius. „Minze haben wir schließlich genug. Und außerdem ... ah, Fräulein von Klingfurth, Ihr hier?“, rief der Cellerar, der Katharina soeben entdeckt hatte, erstaunt, aber freundlich.

„Gott zum Gruß, Herr Cellerar, seid gegrüßt, Bruder Markus“, begrüßte Katharina die beiden Mönche. „Kann ich Euch unter vier Augen sprechen, Herr Cellerar? Es ist sehr wichtig“, bat sie. Ihre

Stimme klang aufgeregt, und ihr Lächeln konnte über die ernste Besorgtheit, die in ihrem Blick lag, nicht hinwegtäuschen.

„Aber natürlich. – Bruder Markus, lässt du uns für einen Augenblick allein?"

Der Infirmarius kreuzte die Arme über der Brust, verneigte sich stumm und ging.

„Nun? Was gibt es denn so Wichtiges, Fräulein von Klingfurth?", erkundigte sich Basilius leicht befremdet.

„Als ich soeben über den Hof ging, bemerkte ich einen der Brüder des Gehorsams, er nannte sich Bruder Heinrich", begann sie ihn ins Bild zu setzen. „Neben ihm stand eine Kiste mit Abfällen aus dem Frauenkloster, auf der eine Decke lag, eine Decke aus Leinen mit einer Stickerei darauf. Sie stellt einen Eberkopf dar, um den herum sich kreisförmig Blattwerk windet." Katharina hatte schnell und erregt gesprochen. Jetzt machte sie eine Pause.

Basilius sah sie an. „Ja, und?", fragte er.

„Diese Decke – vielmehr das Emblem darauf – hängt mit dem Mord an Arnulf und seiner Familie zusammen. Herr von der Klause versucht in diesem Zusammenhang die Identität des Wappens zu klären."

Ungläubigkeit lag in der Miene des Cellerars. „Was sagt Ihr da? Dieses Leinen soll etwas mit dem Massaker zu tun haben?"

Katharina schüttelte den Kopf. „Nein, Vater Basilius, nicht das Leinen – das Wappen, das sich darauf befindet!"

„Mein Gott", murmelte der Mönch.

„Herr Cellerar, wir müssen unbedingt herausbekommen, was es mit diesem Leinen auf sich hat", beschwor die Klingfurtherin den Mönch. „Es scheint seit Langem im Frauenkloster im Gebrauch zu sein. Wisst Ihr, wer darüber näher Auskunft zu erteilen vermag?"

Basilius dachte nach. Dann nickte er.

„Da kommt nur Meisterin Euphemia infrage, die Vorsteherin des Frauenklosters."

„Könnt Ihr sie dazu bewegen, dass sie mit mir spricht?"

Basilius zögerte ein wenig. „Nun ... Ihr wisst, dass die Schwestern nur in besonderen Fällen mit Außenstehenden sprechen dürfen. Die Regeln sind in dieser Hinsicht sehr streng. Andererseits ...", wieder zögerte er, „... andererseits scheint Euer Anliegen wichtig genug zu sein, um ein solches Gespräch zu rechtfertigen. – Ich will sehen, was sich machen lässt. Kommt in etwa einer Stunde zur Frauenkirche. Dort erwarte ich Euch."

Noch war die Stunde nicht vergangen, als sich Katharina vor dem Portal der Kirche der Benediktinerinnen einfand. Diese war den Heiligen Martin und Rupert geweiht und schloss unmittelbar an das Frauenkloster an, das von einer hohen, geradezu abweisend wirkenden Mauer umgeben war. Während sie diese umrundete, stellte die Klingfurtherin fest, dass kein einziges Tor, nicht einmal die kleinste Tür darin vorhanden waren, die einen Einlass gestattet hätten. Lediglich an der Westseite befand sich eine kleine Öffnung, die mit einem eisenbeschlagenen Laden aus Holz verschlossen war und nur von innen geöffnet werden konnte. Katharina dachte daran, was Bruder Heinrich ihr erzählt hatte. Bei der Öffnung handelte es sich offensichtlich um das Versorgungsfenster, durch das den Schwestern sowohl alltäglich benötigte Dinge gereicht, als auch der Abfall entsorgt wurden, den Bruder Heinrich täglich abzutransportieren pflegte.

Schon vor Tagen hatte sich Katharina für das Frauenkloster interessiert und sich bei Wolf danach erkundigt. Bei dieser Gelegenheit hatte sie erfahren, dass nur eine einzige Pforte ins Kloster hineinführte, die sich direkt hinter dem Altar der Kirche befand und mit drei Schlössern gesichert war. Zwei der Schlüssel waren im Besitz älterer Stiftspriester; den dritten, der von innen sperrte, hielt die Meisterin in Verwahrung. Die Klingfurtherin erschauerte bei dem Gedanken, dass eine Nonne, die sich einmal dazu entschlossen hatte, den Schleier zu nehmen und die Profess abzulegen, niemals wieder lebend diese Mauern verließ. Erst nach ihrem Tod öffnete sich die Pforte wieder für sie. Und durch die mit schweren Schlössern gesicherte Tür, durch die sie einst getreten war, um dem Herrn in der Abgeschiedenheit ihrer Zelle zu dienen, wurde – während die Mönche ein getragenes Responsorium anstimmten, das den Nonnen reichlich Tränen entlockte – ihr Leichnam in feierlicher Prozession in die Kirche der Ordensfrauen getragen, um anschließend von den Mönchen, und nur von diesen, in die Stiftskirche überführt zu werden. Anschließend bettete man sie auf dem Stiftsfriedhof zur letzten Ruhe.

Noch während Katharina in stillem Schauder über all das nachdachte, ging plötzlich ein Türflügel des Portals knarrend auf.

Bruder Basilius erschien und bedeutete ihr einzutreten.

„Ich habe mit Meisterin Euphemia gesprochen. Sie kann Euch tatsächlich Näheres über das Leinen mitteilen und ist bereit, Euch zu empfangen“, sagte er. „Wenn Ihr mir bitte folgen wollt.“

Katharina betrat die Kirche. Kühle, modrige Luft schlug ihr entgegen. Obwohl durch einige wenige schmale Fenster aus farbigem Butzenglas spärliches Licht fiel, war es verhältnismäßig dunkel. Katharinas Augen mussten sich erst daran gewöhnen.

Eilig strebte der Cellerar in Richtung des Chors. Katharina folgte ihm. Der Kirchenraum hallte wider von ihren Schritten, ansonsten war es still.

Vor einem mit einem Holzladen verschlossenen Fenster, das in die Wand eingelassen war, die linksseitig den Chor begrenzte, hielt Bruder Basilius plötzlich inne. Vor dem Fenster stand eine Bank. Der Cellerar bat Katharina, darauf Platz zu nehmen. Dann pochte er dreimal laut gegen den Laden.

Katharina begriff: Das musste das Fenster zum Parlatorium sein, über das die Nonnen mit der Außenwelt verkehrten. Hier hörten sie die geistlichen Ermahnungen, legten an Samstagen die Beichte ab und sprachen mit dem Abt, den Anverwandten oder sonstigen Personen. Mit Letzteren allerdings nur in dringenden Fällen und stets nur in Gegenwart von Zeugen.

Es dauerte nicht lange, bis auf das Klopfen des Cellerars hin das Fenster geöffnet wurde. Katharina erblickte eine alte Nonne, die sie aus großen, blassblauen Augen musterte. Zwei weitere Nonnen, eine junge und eine ältere, hielten sich im hinteren Bereich des Sprechzimmers auf; sie fungierten offenbar als Zeuginnen.

Der Cellerar räusperte sich. „Darf ich vorstellen? Das, wertes Fräulein von Klingfurth, ist Meisterin Euphemia, die Priorin des Klosters. – Meisterin Euphemia, hier seht Ihr Katharina von Klingfurth, die Tochter des Ritters Pernolt von Klingfurth.“

Katharina neigte den Kopf. „Gott zum Gruß, ehrwürdige Meisterin.“

„Der Herr segne Euch, mein Kind“, entgegnete die Nonne mit dunkler Stimme. „Ihr wollt also wissen, was es mit dem Leinen auf sich hat?“, begann sie unvermittelt das Gespräch, wofür ihr Katharina außerordentlich dankbar war. Es half, den Aufenthalt an diesem Ort, dessen düstere Atmosphäre sich wie eine schwere Last auf ihre Brust senkte, etwas zu verkürzen.

„Ja, ehrwürdige Meisterin“, antwortete Katharina. „Wie Euch Vater Basilius sicher schon berichtet hat, geht es um die Aufklärung eines schweren Verbrechens. Das Tuch, das ich gesehen habe, trägt das Zeichen desjenigen, der vielleicht dafür verantwortlich ist. Könnt Ihr Euch noch daran erinnern, wie es in Euren Besitz kam?“

Mit einem fast entrückt wirkenden Blick ihrer blassblauen Augen sah die Nonne sie an. Dann nickte sie.

„Es ist ... zwar schon lange her ... aber der Herr hat mir ein gutes Gedächtnis geschenkt ... Ich kann mich noch sehr genau daran erinnern“, fing sie leicht stockend zu erzählen an und fuhr, immer flüssiger werdend, fort: „Es war eine jener hässlichen Novembernächte, in denen man nicht einmal einen Hund hinausjagen würde

... Es goss in Strömen und war sehr kalt ... Und ein Sturm tobte, wie er schlimmer nicht hätte sein können. Er war so stark, dass er zwei der großen Birken entwurzelte. Eine von ihnen fiel auf einen brüchigen Teil der Außenmauer und schlug krachend eine Bresche in sie hinein. Uns war, als habe das Jüngste Gericht begonnen ... Einige Stunden danach, lange bevor der Morgen graute, pochte jemand heftig an meine Zellentür. Es war Schwester Isidora. Sie befand sich in heller Aufregung. Sie habe einer jungen Frau Einlass gewährt, die auf einem Esel gekommen sei und einen Säugling dabei habe, sagte sie. Die Frau sei in ihrer Verzweiflung durch die Bresche in der Mauer eingestiegen und habe immerfort mit einem Stein an eine der Türen geklopft. Als Isidora auf das Klopfen hin aus dem Fenster des Dormitoriums sah, in dem sie mit den übrigen Schwestern, wachend und betend wegen des Unwetters, die Nacht verbrachte, nahm sie die Frau wahr. Den schreienden Säugling auf dem Arm, bat diese im Namen sämtlicher Heiligen um barmherzige Aufnahme. Also eilte Isidora mit einigen Schwestern die Treppe hinunter, um der Frau zu öffnen. Sie brachten sie und das Kind in den Wirtschaftstrakt. Nachdem Isidora mich informiert hatte, bin ich ebenfalls dorthin geeilt. Die Schwestern kümmerten sich bereits um die Fremde und den Säugling ... Es war übrigens ein Knabe, erst wenige Monate alt. Ich half mit, ihn zu baden. Wir setzten ihn in einen kleinen Zuber mit warmem Wasser. Ich erinnere mich noch daran, wie das Kind vor Kälte zitterte und weinte." Die Meisterin schwieg.

„Wer war die Frau? Wie sah sie aus? Konntet Ihr ihren Namen in Erfahrung bringen?", wollte Katharina wissen.

„Nun ... eigentlich hätte man die Frau als außergewöhnlich schön bezeichnen können. Gott hatte sie mit vielen äußeren Vorzügen gesegnet. Aber er hatte ihr auch einen Dorn ins Fleisch gegeben. Sie war auf einem Auge blind. Es war trüb und das Lid darüber hing herunter. Natürlich habe ich sie nach ihrem Namen gefragt und wollte wissen, woher sie kommt. Und was, um Himmels willen, sie bewog, in dieser scheußlichen Nacht draußen umherzuirren. Sie gab zur Antwort, dass sie Tänzerin sei und zur Gauklertruppe um ‚Rufus, den Riesen' gehöre. Sie nannte auch ihren Namen, doch den habe ich vergessen. Sie habe sich vorübergehend von der Truppe getrennt, um Verwandte aufzusuchen, erzählte sie mir. Eigentlich habe sie damit gerechnet, ihr Ziel noch vor der Dunkelheit erreichen zu können. Doch sie habe sich in der Entfernung getäuscht. Zu allem Unglück sei sie auch noch von Wegelagerern überfallen worden, die ihr das bisschen Geld, das sie bei sich trug, geraubt hätten. Dann seien sie und ihr kleiner Sohn von der Dunkelheit und dem Wetter überrascht worden. Nachdem sie kein Geld hatte, um eine Übernachtung in einer Herberge zu bezahlen, habe sie an mehrere Behausungen geklopft, aber niemand habe ihr geöffnet. Schließlich sei sie in ihrer Angst durch die Bresche, die der entwurzelte Baum in die Mauer schlug, in unser Kloster eingestiegen."

Wieder schwieg die Priorin für einige Augenblicke.

Katharina nutzte dies, um abermals eine Frage zu stellen. „Hattet Ihr den Eindruck, ihr trauen zu können?"

„Ihr meint, ob sie die Wahrheit sagte? Nun, welchen Grund sollte sie gehabt haben, diese zu verschweigen?", antwortete Euphemia mit einer Gegenfrage.

„Ich weiß nicht", sagte Katharina nachdenklich. „Hätte sie nicht jemand ganz anderer sein können?"

„Nein. Sie war die, als die sie sich ausgab."

„Was macht Euch so sicher?"

„Nun, einige Tage danach erhielten wir einen Neuzugang, eine Novizin namens Afra, die mir erzählte, dass sie mir einen Gruß ausrichten solle. Von einer jungen Frau, die Mitglied einer Gauklertruppe sei. Diese wäre ihr auf dem Weg hierher begegnet und mit ihr ins Gespräch gekommen. Und als sie erfahren hätte, welches Ziel Afra hatte, habe sie ihr den Gruß an mich aufgetragen."

„Das heißt, nachdem die Frau mit dem Knaben die Nacht im Kloster verbracht hatte, zog sie weiter?“, fragte Katharina.

„Ja. Zu ihren Verwandten“, antwortete die Vorsteherin.

„Wer waren ihre Verwandten? Was wollte sie dort?“

„Das weiß ich nicht. Ich hielt es nicht für wichtig, sie danach zu fragen. Wir sind hier ausschließlich um den Dienst am Herrn besorgt. Die Not dieser Frau in jener außergewöhnlichen Nacht machte es erforderlich, dass wir dem Gebot der Barmherzigkeit Folge leisteten. Wir sprachen mit ihr, weil die Umstände es erforderten. Entgegen unseren üblichen Gepflogenheiten. Ihr wisst, dass unser Gelübde von uns verlangt, den Dingen dieser Welt zu entsagen. Dazu gehört auch, den Kontakt mit der Welt auf ein Minimum zu beschränken. Selbst mit unseren engsten Angehörigen sprechen wir nur selten. Und mit Fremden nur dann, wenn es unumgänglich und zwingend notwendig ist.“

„Verzeiht, ehrwürdige Meisterin, daran hatte ich nicht gedacht“, entschuldigte sich die Klingfurtherin. „Wenn Ihr mir nun noch sagen würdet, was die Ereignisse jener Nacht mit der rätselvollen Decke zu tun haben, wäre ich Euch zu großem Dank verpflichtet.“

Die Vorsteherin blickte sie erstaunt an. „Hatte ich nicht schon erwähnt, dass es das Leinen war, in das die Mutter den Kleinen gewickelt hatte?“

Katharina horchte auf. „Nein, ehrwürdige Priorin, das hattet Ihr nicht. Der Säugling war also in diese Decke gewickelt?“

„Ja, das Leinen war völlig nass und schmutzig. Eine der Schwestern wollte es waschen und über Nacht trocknen. Doch sie vergaß es. Früh am nächsten Morgen gaben wir der Frau eine andere Decke – eine aus Wolle, trocken und sauber. Das Leinen behielten wir.“

Katharina nickte. „Jetzt verstehe ich. Habt Ihr in jener Nacht sonst noch etwas Auffälliges bemerkt? Insbesondere was die Frau angeht oder das Kind?“

Die Nonne senkte den Blick. Angestrengt dachte sie nach. Dann schüttelte sie den Kopf. „Nein. Da war sonst nichts, was es zu erwähnen gälte. Wie die Frau aussah, habe ich Euch bereits beschrieben. Was den Knaben angeht ...", sie machte eine Pause, „... es war eben ein Säugling ... wie Tausend andere auch ... ein kleiner Schreihals mit einer mächtigen Stimme" – die Andeutung eines Lächelns huschte über das Gesicht der Meisterin –, „ansonsten ... Halt! ... Da war doch etwas!"

Die Nonne hatte plötzlich die Hand erhoben, und ein leichter Glanz trat plötzlich in ihre Augen. So, als empfände sie Genugtuung über die Tatsache, dass ihr Gedächtnis sie nicht im Stich ließ. Obwohl seit jener Nacht viele Jahre ins Land gegangen waren.

„Ja ... jetzt fällt es mir wieder ein", fuhr sie fort. „Der Knabe hatte ein Mal ... Ich erinnere mich genau, obwohl es nicht sehr auffällig war ... Ich entdeckte es, als ich einer der Schwestern dabei half, den Kleinen zu baden. Man konnte es nur wahrnehmen, wenn man genau hinsah ... Dann allerdings konnte man es gut erkennen. Es war in Feuermal ... und zwar an der Unterseite der rechten großen Zehe."

Katharina erstarrte.

„Ein Feuermal. An der Unterseite der rechten großen Zehe", flüsterte sie entsetzt, während ihre Gedanken zu rasen begannen.

Das Massaker an der Familie des Köhlers.

Paul, dem die rechte Zehe fehlte.

Der „Eber" in Rieden, der die „Trophäe" empfangen hatte.

Und sein Wappenzeichen, das auf dem Leinen prangte, um dessentwillen sie hier, in der kühlen, modrigen Kirche, fröstelnd einer alten Nonne gegenübersaß, die über ein erstaunlich gutes Gedächtnis verfügte.

Besorgt und höchst irritiert hatte der Cellerar die plötzliche Veränderung in den Zügen der Klingfurtherin wahrgenommen.

Ebenso die Vorsteherin. Mit emporgezogenen Brauen, die außer Verwunderung auch eine Spur diskreten Missfallens ausdrückten, blickte sie auf die junge Frau, die sie um diese seltsame Audienz gebeten hatte.

„Ist Euch nicht gut, meine Tochter?", fragte sie leicht konsterniert.

Katharina hatte sich jedoch schnell wieder in der Gewalt.

„Nein, nein ...verzeiht, ehrwürdige Priorin", antwortete sie und lächelte verlegen. „Ich bin wohl etwas durcheinandergeraten. Es ist alles in bester Ordnung", versicherte sie.

„Nun denn – ich hoffe, Euch mit meinem Wissen weitergeholfen zu haben. Ist Euer Begehren damit gestillt?", fragte die Nonne.

„Ja, ehrwürdige Meisterin. Doch lasst mich noch eine einzige Bitte äußern: Hättet Ihr die Güte, mir dieses Tuch zu überlassen und es gegen einen kostbaren Schal einzutauschen?"

„Behaltet Euren Schal, mein Kind. Wir sind aufgrund unseres Gelübdes gehalten, keinerlei kostbare Kleidung zu tragen. Nicht einmal ein leinenes Tuch. Darum hatten wir für das Leinen, das den Grund für Euren Besuch darstellt, auch keine andere Verwendung, als die, die ihr bereits kennt. Das Tuch überlasse ich Euch so. Nehmt es als Ausdruck unseres guten Willens, zur Klärung der fürchterlichen Tat beitragen zu wollen. Möge der Herr Euch dabei helfen. – Doch nun habt bitte Verständnis dafür, dass wir dieses Gespräch beenden müssen. Die Stunde des Gebets naht. Die Schwestern erwarten mich." Sie wandte sich an den Cellerar. „Was die Zuteilung für den Wein angeht, Bruder Basilius, werden wir uns wohl morgen noch einmal unterhalten müssen."

„Wenn es denn sein muss", entgegnete der Cellerar unverbindlich, jedoch mit einem hörbaren Seufzen.

„Nun denn – der Herr sei mit Euch beiden", beendete die Vorsteherin das Gespräch.

„Mit Euch ebenso, Meisterin Euphemia“, erwiderte Basilius und verneigte sich.

Auch Katharina neigte den Kopf. „Habt von ganzem Herzen Dank, ehrwürdige Meisterin. Ihr habt einer gerechten Sache einen großen Dienst erwiesen“, verabschiedete sie sich.

Euphemia nickte noch einmal, dann schloss sie das Fenster.

Auf dem Weg zurück zum Stift brachte der Cellerar mit fassungslosen Worten seine Verwunderung über das soeben Gehörte zum Ausdruck, wobei er immer wieder den Kopf schüttelte und der Klingfurtherin eine Frage nach der anderen stellte.

Obwohl ihr eher nach Schweigen zumute war, bemühte sich Katharina, diese einerseits zu beantworten; andererseits hatte sie keine Lust, dem Mönch alles, was sie von Wolf erfahren hatte, auf die Nase zu binden. Als Basilius für einen kurzen Augenblick ins Nachdenken versank, versuchte sie das Gespräch daher in andere Bahnen zu lenken.

„Was meinte die Priorin eigentlich mit dem Wein?“, erkundigte sie sich, wobei sie ihrer Stimme einen möglichst unverbindlichen Tonfall zu verleihen suchte.

„Oh, der Wein – der Wein und die Nonnen“, seufzte Basilius und schaute schicksalsergeben zum Himmel, ganz so, als ob er von dort einen tröstlichen Zuspruch erwartete.

„Ihr müsst wissen, dass den Schwestern täglich eine bestimmte Menge Weines von jener Güte zusteht, wie auch wir ihn trinken“, fuhr er erklärend fort. „Nun behaupten sie, dass wir ihnen diesen vorenthalten, und drohen, den Bischof in dieser Sache anzurufen. Wobei der Herr weiß, dass ihre Klagen unbegründet sind. Dennoch beharren sie auf ihrem Standpunkt. Aber so sind sie eben, die Frauen – der heilige Paulus nennt sie zwar das schwächere Gefäß, aber er verschweigt, dass sie Haare auf den Zähnen haben; die Dienerinnen des Herrn nicht ausgenommen“, beschwerte er sich ungeniert.

Unter anderen Umständen hätte Katharina jetzt laut aufgelacht. So aber kräuselte lediglich die Andeutung eines Lächelns ihre Lippen. „Ihr scheint Euch mit Frauen ja recht gut auszukennen", erwiderte sie leicht spöttisch.

Der Cellerar schmunzelte. „Nun, so gut auch wieder nicht", räumte er ein.

Irgendwann zwischen Terz und Sext ritten Wolf und Prior Metschacher durch das Haupttor des Stiftes.

Theobald, der Pförtner – er war wieder genesen –, eilte auf die beiden zu.

„Gott zum Gruß, Vater Prior, Herr Wolf", er kreuzte die Arme vor der Brust und verbeugte sich. „Ich habe eine Nachricht für Euch, Herr Wolf. Fräulein von Klingfurth erwartet Euch dringend im Parlatorium des Gästehauses. Es geht um etwas äußerst Wichtiges, soll ich Euch ausrichten."

Wolf wandte sich an den Prior. „Wenn Ihr erlaubt, Otto, werde ich sofort nach ihr sehen."

„Tut das", sagte Metschacher kurz angebunden und ritt zu den Ställen hinüber. Schon während des gesamten Heimweges hatte er sich recht einsilbig verhalten, nachdem er auf Gallenstein eine unruhige Nacht verbracht hatte, müde war und sich wie gerädert fühlte.

Als Wolf in die Vorhalle trat und Katharina erblickte, wusste er sofort, dass sich etwas Bedeutsames ereignet haben musste. Der Blick der Klingfurtherin sprach Bände, und über ihrem rechten Arm hing ein zusammengefaltetes Stück Tuch.

„Katharina! Was gibt es?", erkundigte er sich besorgt.

„Wie bin ich froh, dass Ihr da seid, Wolf. Ich muss Euch etwas zeigen. Kommt", sagte sie.

Sie gingen hinaus. Ohne ein weiteres Wort schlug Katharina den Weg zum Kräutergarten ein.

„Wohin gehen wir?", fragte Wolf.

„Dorthin, wo wir ungestört reden können", antwortete sie nur. Wolf war verwundert, verkniff sich jedoch vorerst jede weitere Frage und schritt schweigend neben ihr her. In der Gartenanlage strebte Katharina auf eine Bank zu, die sie erst vor einigen Stunden dort entdeckt hatte und auf die sie sich nun setzten. Vorsichtig blickte sie sich um, doch außer einem Mönch, der mehr als einen Steinwurf entfernt von ihnen damit beschäftigt war Unkraut zu jäten, war niemand zu sehen.

„Ich denke, hier sind wir ungestört", begann sie leise.

„Nun spannt mich nicht länger auf die Folter, Katharina. Was gibt es?", wiederholte Wolf seine Frage von vorhin.

„Seht selbst", entgegnete sie. Vorsichtig faltete sie das Tuch auseinander und legte es auf ihren Schoß.

Wie von einer Natter gebissen sprang Wolf auf.

„Zum Henker! Woher habt Ihr das?", entfuhr es ihm mit lauter Stimme. Ungläubig, fast schockiert, starrte er abwechselnd auf Katharina und das bestickte Leinen.

„Psst. Setzt Euch wieder", mahnte sie ihn und legte beschwörend einen Finger auf die Lippen, nachdem der Unkraut jätende Mönch schon auf sie aufmerksam geworden war.

„Woher ich das Leinen habe, fragt Ihr? Ich will es Euch sagen", antwortete Katharina. Ausführlich begann sie zu erzählen, was sich in den zurückliegenden Stunden ereignet hatte, während Wolf ihr mit wachsender Spannung zuhörte, ohne sie auch nur einmal zu unterbrechen. Doch je näher das Ende ihres Berichtes rückte, desto mehr versteinerten seine Züge.

„... Schließlich bat ich die Priorin, mir das Leinen zur Verfügung zu stellen. – Und wie Ihr seht, entsprach sie meiner Bitte", schloss die Klingfurtherin ihre Zusammenfassung.

Erschüttert starrte Wolf vor sich hin. Das Schachspiel in seinem Kopf rumorte.

Nach einer Weile hob er den Blick und sah sie an.

In seinen Augen brannte nur eine einzige Frage. Noch bevor sie über seine Lippen kam, ahnte Katharina bereits, wie sie lauten würde.

„Der Säugling mit dem Feuermal – Paul?", flüsterte er schließlich.

Beklommen nickte die Klingfurtherin.

Wolf stierte wieder vor sich hin. Mit jenem seltsam in sich gekehrten Blick, den Katharina bereits kannte. Und der anzeigte, dass er in eine Sphäre intensiven Nachdenkens eingetaucht war, die ihn seine Umgebung völlig vergessen ließ.

Sie schwieg.

Er suchte nach Zusammenhängen.

Wieder einmal begannen die Figuren auf dem imaginären Schachbrett in seinem Kopf ihre Position zu verändern und forderten damit erneut seinen analytischen Verstand heraus.

Paul: War er tatsächlich das Kind jener jungen Frau, die vor vielen Jahren Aufnahme im Frauenkloster gefunden hatte? Das schien unzweifelhaft der Fall zu sein. Wie aber war Paul zu Hademar und dessen Frau gekommen? Darüber ließ sich nur mutmaßen. Hatte ihn die junge Mutter den beiden in Obhut gegeben? Und wenn ja, warum? War Hademar etwa der leibliche Vater des Jungen und Paul die uneheliche Frucht aus einer Beziehung, die er mit der jungen Tänzerin gehabt hatte? Wolf fiel ein, dass er über Hademar nicht gerade sehr viel wusste. Nur, dass er vor vielen Jahren bereits in der Buchau gelebt hatte, vor fünfzehn Jahren dann mit seiner Familie weggezogen und vor knapp einem Jahr mit dem Jungen, aber ohne seine Frau, wieder zurückgekehrt war. Die war zwischenzeitlich verstorben. Zumindest hatte Hademar dies Arnulf gegenüber behauptet. Das war alles.

Das Mal an der Unterseite der rechten Zehe: Es konnte durchaus als besonderes Identitätsmerkmal betrachtet werden. War es dieses Mal, das Paul das Leben gekostet und seine Zehe zu einer begehrten Trophäe für den Eber gemacht hatte? Zum ersten Mal begann Wolf über die Bedeutung des Begriffs „Trophäe“ eingehender nachzudenken. War eine Trophäe nicht stets so etwas wie ein Siegeszeichen? Ein Beweis dafür, dass man jemanden überwunden, vielleicht sogar getötet hatte? Wenn man die Sache so betrachtete – war dann die Zehe etwa der Beweis dafür, dass Paul getötet worden war? Ein Zeichen, das derjenige empfangen sollte, der den Auftrag gegeben hatte, ihn zu beseitigen?

Die Decke, in die man den Säugling gewickelt hatte: Sie trug das Zeichen des Ebers. Je mehr Wolf über diesen Umstand nachdachte, desto mehr stieß er auf einen Zusammenhang, der kalte Schauer über seinen Rücken jagte. Was, wenn das Leinen auf die Herkunft des Knaben hindeutete? Dann wäre Paul ein Verwandter des „Ebers“ gewesen! Den dieser, aus welchen Gründen auch immer, beseitigt hatte! In diesem Fall war es allerdings unwahrscheinlich, dass Hademar der Vater war. Oder etwa doch nicht?

Arnulf: Welche Rolle hatte der Köhler in dem ganzen Verwirrspiel innegehabt? Immerhin hatte er zwei wertvolle Schmuckstücke mit dem Zeichen des Ebers bei den Meilern vergraben. Welche Verbindung bestand zwischen ihm, Paul, Hademar – und dem Eber in Rieden?

Der Mord an der Familie Arnulfs und an Paul: In diesem Zusammenhang stellte sich ihm die Frage, die am schwersten zu beantworten war: Wie hatten die, die auf die „Trophäe“ – die Zehe mit dem Feuermal – aus waren, wissen können, dass Paul in jener Nacht bei Arnulf nächtigen würde?

Noch konnte er nicht ahnen, wie nah und zugleich unendlich weit entfernt er in diesem Augenblick der Lösung des Rätsels um den Mord an Paul und Arnulfs Familie war.

Wolf kehrte in die Gegenwart des Nachmittages auf der Bank im Kräutergarten zurück und sah Katharina nachdenklich an.

„Verzeiht, ich weiß, ich war wieder einmal unhöflich", entschuldigte er sich und rieb sich die Stirn.

„Nein, das wart Ihr nicht. Ich kenne Euch mittlerweile. Ihr habt darüber nachgedacht, wer Paul wohl gewesen sein könnte, nicht wahr?", entgegnete sie.

„Ja. Es ist wohl schwer, etwas vor Euch geheim zu halten", gab er lächelnd zu und begann, ihr in kurzen Zügen seine Überlegungen darzulegen.

Als er geendet hatte, nickte sie nur kurz mit dem Kopf. Trotz der Wärme des Nachmittags fröstelte es sie. Ihr Blick wanderte zu dem Mönch hinüber, der, noch immer über die Beete gebeugt, mit einer Harke seiner Arbeit nachging, während der Haufen mit Unkraut neben ihm stetig wuchs. *Unkraut – es wuchert nicht nur hier in den Beeten, sondern auch unter den Menschen,* dachte sie.

„Sagt, Katharina, wie nannte sich jene Truppe von Gauklern, der diese junge Frau angehörte?", unterbrach Wolf ihre Gedanken.

„Die Nonne sagte, es sei die Truppe um ‚Rufus den Riesen' gewesen."

„Rufus der Riese", murmelte Wolf nachdenklich.

„Ihr beabsichtigt, Euch auf die Suche nach der Truppe zu machen?", fragte die Klingfurtherin.

Er nickte. „Ja, so bald wie möglich. Übrigens, Katharina ... Ich bin Euch unendlich dankbar ... Ihr seid eine großartige Frau ... Ich hoffe nur ..." Er hielt zögernd inne. Seine Stimme begann wieder einmal heiser zu werden.

„Ja?", fragte sie.

„Nun ... ich hoffe nur, dass Eure ... Eure Reise nach Salerno noch lange auf sich warten lässt", vollendete er schließlich den Satz.

Ein Lächeln spielte um Katharinas Mund.

„So, das wünscht Ihr also? Nun, ich denke, da kann ich Euch beruhigen. Ich denke nicht daran, Euch mit all den Problemen hier allein zurückzulassen und mich ins schöne Salerno fortzumachen."

Und wieder schenkte sie ihm jenen tiefen Blick, der ihn bereits gestern auf äußerst angenehme Weise irritiert hatte.

Im Gegensatz zu gestern allerdings verzichtete er heute darauf, sich einen Narren zu schelten.

X – Freitag, 11. August im Jahr des Herrn 1385

15

Freitag, der elfte August des Jahres des Herrn 1385, sollte für Arnim von Hallstatt einer der schwärzesten Tage seines bisherigen Daseins werden. Dabei hatte der Tag recht vielversprechend begonnen.

Bereits am Abend zuvor war er in Rottenmann eingetroffen, um am nächsten Morgen pünktlich als Beauftragter des Grafen bei einer Verhandlung vor dem Stadtgericht aussagen zu können. Grund: Der Rottenmanner Bürger Konrad Eichelbeck hatte eine Klage gegen Friedrich von Saurau angestrengt. Doch das Ansinnen Konrad Eichelbecks war abgeschmettert worden, und Arnim von Hallstatt hatte die Verhandlung als klarer Sieger verlassen. Guter Dinge hatte er sich auf den Heimweg gemacht, wo er seinem Onkel nach seiner Rückkehr die Rolle, die er als Verteidiger der Interessen Gallensteins und damit auch des Stiftes gespielt hatte, in den beeindruckendsten Farben zu schildern gedachte.

Soeben ritt er hinter Bärndorf einen dicht bewaldeten Hügel bergauf, als ihn plötzlich ein ungewöhnliches Geräusch in dem Geäst einer Buche, die er soeben passierte, nach oben sehen ließ. Er konnte gerade noch einen dunklen Schatten wahrnehmen, der auf ihn herabfiel, verbunden mit einem dumpfen Schlag auf seinen Hinterkopf, dann schwanden ihm die Sinne.

Als er geraume Zeit später auf dem Rücken liegend und in die grelle Sonne blinzelnd erwachte, hatte er das Gefühl, als ob sämtliche Bienenschwärme des Ennstales in seinem Kopf nisteten. Sofort schloss er wieder die Lider, drehte sich stöhnend auf den Bauch und verharrte eine Weile in dieser Stellung. Dann richtete er sich mühsam kniend auf und blickte sich um. Einige Schritte von ihm entfernt graste der Rappe am Wegesrand.

Arnim fasste sich mit beiden Händen an den Kopf und fluchte. Er versuchte sich vollends zu erheben, doch kaum hatte er sich zur Gänze aufgerichtet, wurde ihm schwarz vor Augen, und er musste sich an den Stamm der Buche lehnen, um nicht zusammenzusacken. Wieder fasste er sich an den Hinterkopf. Er fühlte sich klebrig und feucht an: Blut.

Vorsichtig tastete er die Stelle ab, an der er den Schlag erhalten hatte, und fasste unmittelbar in eine riesige Platzwunde.

Abermals fluchte er und sah sich um.

Natürlich war der Schweinehund, der ihn so niederträchtig überfallen hatte, inzwischen spurlos verschwunden. Und mit Sicherheit hatte er ordentlich Beute gemacht. Denn immerhin enthielt seine Satteltasche einiges an Geld. Sein Blick suchte den Rappen, der seelenruhig am Wegesrand stand und genüsslich ein Grasbüschel nach dem anderen verschlang. Er pfiff dem Tier, das willig herantrottete. Hastig nahm er die Tasche vom Sattel und leerte den Inhalt auf die Erde – doch es war alles da, kein Stück fehlte. Auch der lederne Beutel, in dem er das Geld aufbewahrte, war nicht geöffnet worden, was Arnim seltsam vorkam und ihn die Stirn runzeln ließ. Denn wer sonst, wenn nicht ein gemeiner Dieb, sollte ihn so schmählich überfallen haben? Plötzlich fiel ihm die Verhandlung wieder ein. Und die wütenden Blicke des Konrad Eichelbeck, nachdem der Stadtrichter sein Urteil verkündet hatte. Vielleicht hatte ihm ja sein Gegner vor Gericht einen Denkzettel verpassen wollen?

Wie dem auch war, es war nicht mehr zu ändern, und so beschloss er, weiterzureiten. Er wollte nach Hause. Der Schwindel wich allmählich, mittlerweile konnte er sich wieder ganz gut auf den Beinen halten. Doch als er sich ans Aufsitzen machte, fiel sein Blick auf den Ringfinger der linken Hand.

Er erschrak.

Der Ring. Der Siegelring mit dem Wappen des Saurauers.

Er fehlte.

Der Hallstatter überlegte. Hatte er vergessen, ihn wieder anzustecken, nachdem er im Auftrag des Grafen an diesem Vormittag noch schnell ein Dokument in Gegenwart des Stadtrichters gesiegelt hatte? Nein! Da war er sich ganz sicher. Grimm stieg in ihm hoch. Das Schwein, das ihn überfallen hatte, musste ihm den Ring vom Finger gezogen haben, während er bewusstlos am Boden gelegen hatte.

Zum wiederholten Mal blickte er sich um. Wohin war der Dreckskerl verschwunden? Natürlich in den Wald hinein, wohin sonst. Langsam schritt der Hallstatter den Weg ab und versuchte, rechts und links des Pfades in das dämmerige Dunkel der dicht an dicht stehenden Bäume zu spähen. Er gelangte jedoch schnell zu der Überzeugung, dass das nichts brachte. Der Gauner musste inzwischen schon längst über alle Berge sein.

Er wollte gerade in den Sattel steigen, als sein Blick zufällig auf eine feuchte erdige Stelle am Wegesrand fiel, die von den wärmenden Strahlen der Sonne noch nicht erreicht worden war und in der sich, klar und scharf in den aufgeweichten Boden geprägt, der Abdruck einer Stiefelsohle befand.

Arnim bückte sich, um ihn näher in Augenschein zu nehmen. Kein Zweifel, er war noch frisch. Und gehörte unzweifelhaft zu einem rechten Stiefel, der wiederum dem Kerl zu eigen sein musste, der ihn überfallen hatte. Eigentlich war es ein ganz normaler Sohlenabdruck – bis auf eine Stelle im Bereich der Ferse, an der die Sohle, wie es aussah, beschädigt war und deshalb eine markante, halbmondförmige Kerbe auf der Erde hinterließ.

Konzentriert suchte er nach zusätzlichen Spuren, konnte jedoch nichts mehr finden, was von Bedeutung gewesen wäre. Also bestieg er endgültig seinen Rappen, um nach Hause zu reiten.

Es lag noch ein langer Weg vor ihm.

Friedrich von Saurau saß konzentriert über einem Stoß Pergamente, als ihn ein heftiges Pochen an der Tür aus seinen Überlegungen herausriss.

„Herein!“, rief er ärgerlich. Rupert, sein Diener, wusste doch, dass er montags um diese Zeit nicht gestört zu werden wünschte. Dann fiel ihm allerdings ein, dass er Rupert frei gegeben hatte, der schon gestern zu Verwandten in Bärndorf geritten war, weil es Streit um den Nachlass seines Vaters gab.

Die Tür ging auf; Arnim erschien, oder besser gesagt: Er wankte herein. Das strähnige Haar hing ihm wirr in das zerkratzte Gesicht, von dem sich eine dicke, verkrustete Blutspur bis zum Hals hinunterzog.

Der Graf sprang auf. „Um Gottes willen, Arnim, was ist geschehen?“, rief er entsetzt und humpelte so schnell er konnte auf den Neffen zu. Die Folgen des Sturzes, den Friedrich vor knapp einer Woche erlitten hatte, waren noch deutlich sichtbar.

„Ein Überfall, Onkel“, entgegnete Arnim tonlos. „Ein gemeiner Überfall, der mich beinahe das Leben gekostet hätte“, übertrieb er schamlos.

Der Saurauer schob ihm einen Stuhl zu.

„Hier, nimm erst einmal Platz!“, sagte er besorgt und begab sich an sein Schreibpult zurück. „Also, was ist geschehen?“

Der Hallstatter setzte sich ächzend. Im Tonfall eines Märtyrers begann er zu berichten, während der Graf stirnrunzelnd zuhörte.

„Und du hast den Strolch nicht erkannt?“, fragte Friedrich nachdrücklich, als sein Neffe den Bericht beendet hatte.

„Aber nein. Es ging alles so schnell. Ich sah einen Schatten, verspürte einen Schlag, dann schwanden mir die Sinne. Als ich erwachte, lag ich mit höllischen Schmerzen am Boden, und der Dreckskerl, der mich überfiel, war wie vom Erdboden verschluckt. Wie also hätte ich ihn erkennen sollen?“

Der Graf nickte. „Ja, natürlich“, gab er zu, „du hast Recht.“ Er seufzte. „Es hört nicht auf. Es hört einfach nicht auf“, klagte er und starrte finster zu Boden.

Plötzlich sah er auf. „Wir werden Wolf von der Klause hinzuziehen. Vielleicht kann er sich einen Reim auf die Sache machen.“

„Der Klausner? Wie sollte uns dieser arrogante Besserwisser schon weiterhelfen können“, protestierte Arnim verächtlich.

„Du wirst ihn unterrichten, verstanden? Er ist der Einzige in der ganzen Gegend, dessen Scharfsinn uns weiterbringen kann. Also, hör endlich auf, ständig an ihm herumzunörgeln“, entgegnete Friedrich in ungewöhnlich scharfem Ton.

Seine Antwort kam einer Ohrfeige gleich. So empfand es zumindest der Hallstatter. Er wurde blass. Wut brandete in ihm hoch. War das der Dank dafür, dass er sich für seinen Dienstherrn fast hatte umbringen lassen? Wo blieb die Anerkennung, die er erwarten durfte?

Unvermittelt wurde er in seinem Gedankengang, der seinen Zorn nährte, unterbrochen, als es auf einmal an die Tür klopfte.

„Herein, zum Teufel, was gibt es denn nun schon wieder?“, rief der Saurauer aufgebracht.

Wolf trat herein. Doch er öffnete die Tür nur halb und blieb, den Türgriff in der Hand, im Rahmen stehen.

„Verzeiht, Graf, aber ich kann auch sofort wieder gehen, wenn ich Euch jetzt störe, und später wiederkommen.“

„Nein, nein, bitte verzeiht, Wolf, so war es nicht gemeint. Ich sagte Euch ja schon einmal, mit dem Gemüt und mit der Geduld steht es bei mir nicht gerade zum Besten. Jeden Tag eine andere Hiobsbotschaft; und jetzt auch noch die meines Neffen. Seht ihn Euch an“, entschuldigte sich der Saurauer und wies mit der Hand auf Arnim, der seitlich der Tür auf einem Stuhl saß.

Überrascht trat Wolf in den Raum und schloss die Tür. Jetzt erst bemerkte er den Ritter. Die finstere Miene des Hallstatters sprach für sich.

„Verzeiht, Arnim, ich sah Euch zuvor nicht. – Mein Gott, was ist mit Euch geschehen?"

„Er ist überfallen worden", antwortete der Graf anstelle seines Neffen. „Heute Vormittag, irgendwo bei Rottenmann. Und das Beste: Man hat ihm meinen Siegelring abgenommen, den er zum Zwecke der Zeichnung einer Urkunde am Finger stecken hatte. Ihr wisst, was das bedeuten kann."

„Euren Siegelring? – Man hat Euch den Siegelring Eures Onkels genommen? Wie konnte das geschehen?", wandte sich Wolf an den Ritter.

Obwohl es den Hallstatter eine ungeheure Überwindung kostete, dem Klausner zu antworten, erteilte er ihm die gewünschte Auskunft, erhob sich dann allerdings, um den Raum zu verlassen. Der Überfall habe ihn arg mitgenommen, wie man sich sicher denken könne, darum wolle er sich in seine Kammer zurückziehen, bemerkte er.

„Dürfte ich Euch noch um eine Auskunft bitten, bevor Ihr geht?", bat Wolf.

„Was wollt Ihr denn noch wissen, ich habe Euch bereits alles gesagt?"

Doch Wolf ignorierte die unwirsche Bemerkung und fuhr fort: „Ihr spracht von einem Stiefelabdruck, den Ihr in einer Pfütze entdecktet. Und Ihr sagtet, dass es das Einzige gewesen sei, was Ihr von dem flüchtigen Strauchdieb wahrnehmen konntet. Ihr seid ein scharfsinniger Beobachter und ein hervorragender Jäger, Arnim, und Ihr wisst, welche Bedeutung einer Spur zukommen kann. Ich denke, Ihr habt sie Euch genau angesehen. Ist Euch etwas Besonderes daran aufgefallen?"

Dem Hallstatter gefiel die Bemerkung seines Intimfeindes über seinen Scharfsinn, was es ihm leichter machte, zu antworten.

„Nun, ja, natürlich habe ich sie mir genau angesehen. Und da war tatsächlich etwas ..." – er zögerte – „... etwas Besonderes. Ihr müsst wissen, es war der Abdruck einer rechten Stiefelsohle – und im Bereich der Ferse konnte ich so etwas wie eine halbmondähnliche Kerbe wahrnehmen."

Ein harter Zug legte sich um Wolfs Mund. „Eine Kerbe, sagtet Ihr? In Form eines Halbmondes?"

Rasch öffnete er seine Gürteltasche und zog ein Pergament hervor. Es enthielt eine Zeichnung – die Zeichnung eines Stiefelabdrucks.

„Etwa so?", fragte er und hielt dem Ritter das Blatt vor die Nase.

Erregt riss der Hallstatter Wolf die Zeichnung aus der Hand.

„Verdammt! Was ist das? Das ist die Spur! Woher habt Ihr das?"

„Seid Ihr ganz sicher? Ist das der Abdruck aus der Pfütze?", vergewisserte sich Wolf.

„Natürlich. Der Teufel soll mich holen, wenn er's nicht ist! Woher habt Ihr das Blatt?"

In kurzen Zügen klärte Wolf den Ritter auf: „Ich habe die Zeichnung selbst angefertigt. An dem Tag, als ich die Kammer untersuchte, aus der die Tasche, die ich Lisa zur Aufbewahrung gegeben hatte, entwendet worden war. Der Graf hat Euch sicherlich davon berichtet. Bei dieser Gelegenheit entdeckte ich die Spur."

Friedrich schaltete sich ein.

„Wenn ich es recht sehe, bedeutet dies ja wohl, dass der, der die Gürteltasche stahl, und der Gauner, der Arnim überfiel, ein und dieselbe Person sind. Wie erklärt Ihr Euch das?", wandte er sich an Wolf.

„Ich habe noch keine Erklärung dafür. Alles, was wir bis zur Stunde wissen, ist Folgendes: Erstens: Der Mann, den wir suchen, ist einer der Schnapphähne. Das Zeichen auf dem Schreiben der Entführer beweist dies – es ist identisch mit dem Motiv, das der Siegelring aus der Gürteltasche trug. Zweitens: Er verfügt über Informationen, die nur jemand kennen kann, der regelmäßig auf Gallenstein aus und ein geht. So wusste er beispielsweise, dass verloren gegangene Dinge – also auch die Gürteltasche – von Lisa in ihrer Kammer aufbewahrt werden. Auch war er davon unterrichtet, dass die Venezianer einen Tag früher hier ankommen würden, etwas, das nur auf der Burg und im Stift bekannt war. Drittens: Der Überfall auf Euren Neffen geht offensichtlich ebenfalls auf das Konto der Schnapphähne. Der Bastard, der das tat, war gezielt auf Euren Siegelring aus. Das wiederum kann nur eines bedeuten: Man beabsichtigt, in welcher Form auch immer, Euren Namen zu missbrauchen. Allerdings stellt sich die Frage, wer davon wusste, dass Ihr Euren Neffen zum Siegeln eines Dokumentes nach Rottenmann schicken würdet?"

Der Graf runzelte die Stirn. „Nun, das war kein Geheimnis. Der gesamte Rottenmanner Magistrat war davon unterrichtet. Und andere. Es ging um den Erwerb eines Anwesens. – Wie sieht es mit dir aus? Hast du vielleicht noch mit jemandem darüber gesprochen?", wandte sich Friedrich an seinen Neffen.

Arnim überlegte. „Ja, ich traf mich vorige Woche mit einigen Freunden im Goldenen Krug in Rottenmann. Da kam die Angelegenheit ebenfalls zur Sprache. Ich erwähnte, dass ich in Eurem Auftrag diese Sache siegeln würde."

Wolf nickte nachdenklich. „Viele wussten also davon. Zu viele. Das macht die Suche nach dem Täter nicht gerade einfacher."

Der Hallstatter erhob sich. „Nun denn, Ihr braucht mich sicher nicht mehr. Wenn Ihr mich entschuldigen wollt." Er deutete eine knappe Verbeugung an und strebte zur Tür. Als er sie öffnete, um den Raum zu verlassen, wäre er fast mit Rupert zusammengestoßen, der inzwischen aus Bärndorf zurückgekehrt war und soeben im Begriff stand, sich beim Grafen zurückzumelden.

„Oh, verzeiht, Herr Ritter", entschuldigte sich der Diener, was der Hallstatter mit einem mürrischen „Kannst du denn nicht aufpassen?“ quittierte, um anschließend unwillig brummend die Treppe hinunterzueilen.

„Edler Herr, ich bin wieder zurück. – Gott zum Gruß, Herr von der Klause“, sagte Rupert. Freundlich grinsend stand er im Türrahmen und verbeugte sich. „Kann ich etwas für Euch tun, Euer Gnaden?“

„Es ist gut, Rupert. Vorerst nicht, ich werde dann später nach dir rufen“, entgegnete der Saurauer, worauf sich der Diener geräuschlos entfernte.

Während Wolf sich auf dem Stuhl niederließ, auf dem der Hallstatter gesessen hatte, erhob sich der Graf schwerfällig und trat ans Fenster. Mit düsterem Blick starrte er hinüber zur Buchau. Das warme Licht des späten Nachmittags verlieh dem Tal eine heitere Ruhe, die ganz im Gegensatz zu der Schwermut stand, die seit fast zwei Wochen seine Seele verdunkelte.

„Dieser Stiefelabdruck“, begann er, noch immer aus dem Fenster starrend, „Ihr haltet ihn für sehr wichtig, nicht wahr?“

„Bis zur Stunde ja, Graf. Denn es liegt auf der Hand, dass der Träger des besagten Stiefels jener ist, den wir suchen.“

Langsam drehte sich der Saurauer wieder zu Wolf um. „Habt Ihr schon einmal daran gedacht, das Schuhwerk sämtlicher Bediensteter auf der Burg einer Prüfung zu unterziehen?“

Wolf schüttelte den Kopf. „Das lässt sich nicht bewerkstelligen, denn es müsste im Geheimen geschehen. Außerdem wäre der Täter sofort gewarnt, wenn Ihr Eure ganze Dienerschaft auffordern würdet, ihre Schuhe vorzuweisen. Denkt daran: Unser Mann ist nicht dumm, sondern im Gegenteil äußerst gerissen. Er bräuchte nur zwei und zwei zusammenzuzählen, um sogleich spitzzukriegen, dass wir nach einer Stiefel- oder Schuhspur suchen. Er würde die Sohlen seines Schuhwerks überprüfen, und dann feststellen, dass sein rechter Stiefel eine markante Fährte hinterlässt. Einen Umstand, den er bislang wahrscheinlich nicht wahrgenommen hat. Warum also schlafende Hunde wecken? Nein, Graf, es ist vernünftiger, niemanden wissen zu lassen, dass wir nach einem solchen Stiefelabdruck suchen. Bisher wissen nur Ihr, Euer Neffe und ich von dieser Spur. Lassen wir es vorerst dabei.“

Friedrich sah Wolf mit hochgezogenen Brauen an.

„Eure Sichtweise hat etwas für sich“, gab er zu. „Doch nun entschuldigt mich, Wolf. Ich muss noch einige Listen durchgehen. Der Prior will schon vorab wissen, welche Abgaben wir voraussichtlich zu Michaeli zinsen werden.“

„Zu Michaeli? Bis dahin sind es noch gute sieben Wochen.“

„Wem sagt Ihr das. Aber so ist er eben. Ihr kennt ihn ja.“

Wolf nickte. „Nun ja, er ist eben, der er ist. – Doch bevor ich's vergesse, Graf: Ich wollte Euch davon unterrichten, dass ich in den nächsten Tagen unterwegs sein werde. Ich mache mich auf die Suche nach der Gauklertruppe um Rufus den Riesen. Ihr wisst – es geht um die Frau mit dem Säugling, von der Meisterin Euphemia Fräulein von Klingfurth erzählt hat. Ich habe Euch vor einigen Tagen davon unterrichtet.“

„Ja, ich erinnere mich. Und Ihr glaubt tatsächlich, die Truppe innerhalb von wenigen Tagen aufspüren zu können?“

„Ich denke doch. Ich weiß zumindest, wo ich sie suchen muss. Die beiden falschen Pilger – Ihr erinnert Euch, die Gaukler, die ich in der Buchau aufgriff – lieferten mir den Hinweis. Sie sind ihr begegnet.“

Tatsächlich hatte Wolf – drei Tage nachdem er Heinrich und Rudlin aufgegriffen hatte – die beiden Sektenprediger gefragt, ob sie bei ihren ausgedehnten Reisen zufällig auf irgendwelche Gruppen von Gauklern getroffen seien. Ja, das sei der Fall gewesen, hatten sie geantwortet. Irgendwo bei Gloggnitz seien sie einer begegnet. Anfang Juni müsse es gewesen sein. Weiteren Einzelheiten entnahm Wolf, dass es sich dabei tatsächlich um die Truppe um „Rufus dem Riesen“ gehandelt hatte. Und bei einer Unterhaltung, die Heinrich mit einem der Spielleute namens Erasmus führte, hatte dieser erzählt, dass die Truppe dem umgekehrten Verlauf des Weges folgen würde, den der große Ulrich von Liechtenstein vor über einhundertfünfzig Jahren genommen habe. Als „Frau Venus“ verkleidet war der berühmte steyrische Ritter, im Dienst der Minne, im Verlauf von neunundzwanzig Tagen von Mestre, das im Welschland lag, bis an die Grenze Böhmens gezogen. So hatte er es zumindest in einer von ihm verfassten Schrift, betitelt „Frauendienst“, behauptet. Außerdem hatte Erasmus den beiden Predigern gesagt, dass sich die Truppe an jedem Ort ihrer Reise zwischen vier und sechs Tagen aufhalten würde.

Diese Angaben ermöglichten es Wolf, der im „Frauendienst“ des Liechtensteiners nachgelesen hatte – das Werk befand sich in der Bibliothek des Stiftes –, den Aufenthaltsort der Truppe ziemlich genau zu bestimmen; sie musste sich in der Gegend um Friesach herum aufhalten, wo er sich so schnell wie möglich auf die Suche nach ihr machen wollte.

16

Montag, der vierzehnte August, war ein Markttag, und die Stadt Friesach summte vor Geschäftigkeit. Viel Volk schob sich durch die Straßen und Gassen. Inzwischen war es Mittag geworden, und Wolf atmete auf, als er kurz nach der Sext endlich den Marktplatz erreichte. Er war zu Fuß unterwegs. Den Rappen hatte er in die Obhut der Stadtknechte gegeben, die sich, gegen ein geringes Entgelt, auf einem speziell dafür ausgewiesenen Platz um die Reittiere der ankommenden Besucher kümmerten, denn in der drangvollen Enge zwischen den Ständen und Buden gab es kein Durchkommen hoch zu Ross.

Auf dem Weg hierher hatte er einige schmale Gassen durchschreiten müssen, in deren mittigen Abflussrinnen eine vor sich hin faulende Brühe aus Fäkalien, Essensresten und anderem Unrat stand, an der sich Schweine und Hunde gütlich taten. Stadtluft macht zwar frei, aber sie stinkt erbärmlich, stellte Wolf bei sich fest.

Während er sich durch die Massen schwatzender und feilschender Besucher hindurchzwängte, vorbei an schreienden Krämern und wild gestikulierenden Händlern, hielt er unentwegt nach der Gauklertruppe Ausschau.

Plötzlich erblickte er, abseits von den Ständen, auf einem kleinen freien Platz zwei große Wagen, die mit grellen bunten Tüchern geschmückt waren. Es waren die Karren der Spielleute, zwischen denen sich so etwas wie ein Podest befand, auf dem die Darbietungen erfolgten. Es war mit einem großen hölzernen Rahmen versehen, an dem ein gewaltiger Vorhang hing, eine Applikation aus ebenso grellfarbigen, billigen Stofffetzen wie jene, die die Wagen schmückten. Er war gerade im Begriff, zugezogen zu werden – offenbar war soeben eine Vorstellung zu Ende gegangen. Dafür sprach auch die große Menge Menschen, die sich noch auf dem freien Platz vor der Bühne aufhielt. Scherzend und lachend wogte sie ihm entgegen; das dargebotene Stück musste ein voller Erfolg gewesen sein.

Mühsam schritt Wolf gegen den Strom an, bis er schließlich einen der beiden Wagen, welche die Bühne flankierten, erreicht hatte. Suchend ging er um ihn herum und bemerkte einen hohen Verschlag aus Brettern und Tüchern, der sich hinter der Bühne befand und aus dem Gelächter und Stimmen drangen.

In gleichen Augenblick wurde eines der Tücher wie ein Vorhang beiseitegeschoben und heraus trat ein Hüne von einem Mann, wie Wolf noch nie einen zuvor gesehen hatte. Er überragte ihn um fast zwei Haupteslängen.

Rufus der Riese stand vor ihm.

„Sucht Ihr jemanden, hoher Herr?“, fragte der Hüne mit einer freundlichen, aber unglaublich hohen Stimme. Überrascht schaute Wolf zu ihm auf. Die Fistelstimme stand in völligem Gegensatz zur äußeren Erscheinung des Riesen, der eigentlich über einen bärenstarken Bass hätte verfügen müssen.

„Nun ja, ich suche in der Tat jemanden. Eine Frau, eine Tänzerin, die zu Eurer Truppe gehört“, kam Wolf sogleich zur Sache. Er bediente sich bewusst des „Ihr“, obwohl fahrendes Volk zu jenem Personenkreis zählte, dem diese Form der Anrede normalerweise nicht zugedacht war. Doch er wollte bewusst einen zuvorkommenden Eindruck erwecken.

„Eine Tänzerin?“, fragte Rufus grinsend und zwinkerte mit den Augen. „Ihr meint sicher Esmeralda, die Königin der Sonne. Sie hat

Euch wohl den Mund wässerig gemacht, als Ihr sie vorhin tanzen saht, nicht wahr?“

Wolf lächelte. „Nun, leider sah ich Eure Königin der Sonne nicht tanzen. Ich kam eben erst hier an. Und ich weiß auch nicht, ob Esmeralda die Frau ist, die ich suche.“

Der Hüne neigte fragend den Kopf. „Ihr sucht eine Tänzerin, die in meiner Truppe arbeitet, und wisst nicht welche?“

„Ich suche nach einer Frau mit einem herabhängenden Augenlid, die auf dem gleichen Auge blind sein soll“, entgegnete Wolf und wartete gespannt auf die Reaktion des Mannes. Was, wenn es diese Frau in seiner Truppe nicht mehr gab?

„Ah, Ihr meint Mercedes. Sie hat die Rolle der Schlange der Nacht in unserem großen Mysterienspiel übernommen, das wir morgen Abend erstmals spielen werden. Sie kommt erst später wieder, etwa um die zwölfte Stunde. Was wollt Ihr denn von Ihr?“ Misstrauen schwang in Rufus’ Stimme mit.

„Eine Auskunft. Nichts weiter als eine Auskunft“, entgegnete Wolf und atmete auf. Es gab die Frau also tatsächlich.

„So, eine Auskunft. Nun denn, wie gesagt, da müsst Ihr Euch noch ein wenig gedulden, hoher Herr, und etwas später wiederkommen. Allerdings müsstet Ihr Euch dann in unser Lager bemühen, draußen vor den Toren, nahe der Straße nach Judenburg“, sprach der Hüne und verbeugte sich höflich.

Der Abend nahte. Pünktlich zur zwölften Stunde trabte Wolf durch das Tor, durch das er heute Mittag gekommen war, wieder hinaus und folgte der Straße, die nach Judenburg führte. Und tatsächlich, nicht weit entfernt, abseits der Straße, lagerte die Truppe auf einer freien Wiese am Rande eines kleinen Baches. Wolf zählte drei Wagen, die in einem Halbkreis um mehrere Verschläge aus Brettern und Balken herum angeordnet waren und primitiven Hütten glichen. Ihre Eingänge, mit Tüchern verhängt, öffneten sich zum Bach hin, der in geringer Entfernung munter vor sich hin plätscherte.

Kaum dass er im Lager angelangt war, trat Rufus aus einem der Verschläge heraus.

„Seid willkommen, hoher Herr“, fistelte er und verbeugte sich. „Wenn Ihr mir folgen wollt. Ich führe Euch zu Mercedes“, fügte er ohne große Umschweife hinzu.

Gespannt folgte Wolf dem Hünen zu einem der Verschläge, dessen Eingang mit einer Art Teppich verhängt war. Rufus schlug ihn zurück und bedeutete ihm mit einer einladenden Geste und unter zweideutigem Grinsen, einzutreten. Gebückt trat Wolf durch die Öffnung – und erstarrte unwillkürlich. Eine schlanke Frau stand vor ihm, hochaufgerichtet und offensichtlich in gespannter Erwartung dessen, was der Fremde, der sie aus stahlblauen Augen musterte, von ihr wollte. Kein Zweifel – sie war die Gesuchte und noch immer sehr schön. Langes schwarzes Haar, in das sich die ersten grauen Strähnen mischten, rahmte ein noch immer vollendet geformtes Gesicht, aus dem, wie zum Hohn, ein totes Auge blickte – halb verborgen unter einem Lid, das kraftlos herunterhing. Das gesunde Auge, groß und ausdrucksvoll, betrachtete ihn hingegen äußerst neugierig.

Ein eigenartiges Gefühl bemächtigte sich Wolfs. Das also war Mercedes, die Frau, die mit den kleinen Paul im Arm in jener stürmischen Nacht vor fünfzehn Jahren im Frauenkloster zu Admont um barmherzige Aufnahme gebeten und diese auch gefunden hatte. Und die am nächsten Morgen mit dem Säugling weitergezogen war und die Decke mit dem Zeichen des Ebers bei ihren Retterinnen zurückgelassen hatte.

„Ihr seid Mercedes?“, fragte Wolf. Wie schon bei Rufus, wählte er abermals das „Ihr“ als Anrede, weil er sich durchaus darüber im Klaren war, dass das bewusste Bekunden von Respekt der Frau Vertrauen einflößen konnte, und nichts war ihm momentan wichtiger.

Die Frau nickte, doch sie sagte nichts.

Wolf räusperte sich. „Gestattet, dass ich mich vorstelle, Mercedes. Ich bin Wolf von der Klause, Sonderbeauftragter des Landrichters im Ennstal, Marquardt von Taupekh, des Weiteren Bevollmächtigter des Abtes Wilhelm von Reisberg zu Admont sowie des Inquisitors Heinrich von Olmütz." Dass sich Wolf auf diese Titel berief, auf denen seine Vollmacht beruhte, ergab durchaus Sinn, erhöhten sie doch seine Autorität und flößten Respekt ein.

Wie erwartet, schien die Tänzerin beeindruckt zu sein. Aber nicht nur das: Wolf las auch Angst in ihrem gesunden Auge.

„Habe ich etwas Unrechtes getan, hoher Herr?", fragte sie erschrocken mit einer angenehm dunklen Stimme.

„Nein, Mercedes. Das ist es nicht, warum ich nach Euch suchte. Ich benötige eine Auskunft von Euch. Um Unschuldigen Gerechtigkeit widerfahren zu lassen und Schuldige ihrer gerechten Strafe zuzuführen."

„Ihr sprecht in Rätseln, Herr. Welche Auskunft könnte ich Euch schon geben?", fragte Mercedes unsicher. Die Sache kam ihr nicht geheuer vor.

„Was haltet Ihr davon, wenn wir uns in aller Ruhe unter vier Augen unterhalten", schlug Wolf vor. Zwar hatte sich Rufus mittlerweile diskret zurückgezogen, doch Wolf wollte sein Verhör in aller Abgeschiedenheit ohne jeden störenden äußeren Einfluss führen. „Es führt ein Weg den Bach entlang. An seinem Ufer gibt es sicher eine Stelle, an der wir völlig frei miteinander reden können", fügte er freundlich hinzu.

Kurze Zeit später hatten sie sich ein gutes Stück vom Lager entfernt an einem schmalen Steg niedergelassen, der über den in der Abendsonne glitzernden Bach führte. Wolfs Rappe graste friedlich in der Nähe einiger Sträucher, die bis ans Wasser reichten. Er selbst hatte bequem die Knie angezogen und die Arme darumgeschlungen, die

Frau dagegen saß ihm steif wie eine hölzerne Puppe im Gras gegenüber, die Hände im Schoß gefaltet. Wolf glaubte, deutliche Zeichen von Furcht an ihr wahrzunehmen.

„Würdet Ihr mir Euren vollen Namen verraten, Mercedes?“, eröffnete er ohne große Umschweife das Verhör und bemühte sich, seine Stimme sanft und freundlich klingen zu lassen.

„Meinen vollen Namen? Was tut der schon zur Sache, wenn man zum fahrenden Volk gehört, hoher Herr“, entgegnete die Frau bitter.

„Dennoch würde ich ihn gern erfahren. Schließlich nannte ich Euch auch den meinen.“

„Verzeiht, Herr, Ihr habt Recht. Es ist nur so ...“ Sie zögerte.

„Ja?“, setzte Wolf nach.

„Es ist ... Ihr müsst wissen, Mercedes ist nicht mein richtiger Name ...“

Wolf horchte auf. War dies etwa schon ein erster Hinweis auf die Antworten, nach denen er suchte?

„Und wie lautet Euer richtiger Name?“, fragte er.

„Sofie Mitterer“, antwortete sie zögernd.

Sofie Mitterer! Wolf war irgendwie enttäuscht. Er hatte einen anderen Namen erwartet.

„Und woher stammt Ihr, Sofie Mitterer? Oder ist es Euch lieber, wenn ich Mercedes zu Euch sage?“

„Ja, hoher Herr. Nennt mich Mercedes. Sofie Mitterer ist längst tot“, antwortete die Frau leise und starrte düster auf die sich kräuselnden Wellen des Baches, der munter dahinplätscherte.

Wolf wartete. Dann, ohne dass er sie erneut auffordern musste, sprach sie weiter. „Ich komme ursprünglich aus Augsburg. Ich zählte zwölf Jahre, als meine Eltern starben. Sie waren arme Leute, die im Lech ertranken. Ich hatte keine anderen Verwandten. Rufus gastierte damals mit seiner Truppe in der Stadt. Deshalb schloss ich mich ihm an. Seitdem bin ich bei ihm. Er sorgte stets gut für mich.

Und gab mir einen neuen Namen – Mercedes. Das war vor fünfundzwanzig Jahren."

Wieder machte sich so etwas wie Enttäuschung in ihm breit. Das also war ihre Vita. Unspektakulär; die Lebensgeschichte einer Frau, wie sie Tausenden anderen auch gehören konnte. Aber war das wirklich alles?

„Mercedes, hattet Ihr jemals einen Mann?"

„*Einen* Mann? Ich hatte viele Männer, wenn Ihr versteht, was ich meine, hoher Herr", meinte sie und lachte verächtlich.

Wolf verstand sehr gut. Ihre Offenheit überraschte ihn.

„Ihr missversteht mich. Ich meine nicht, ob Ihr Liebhaber hattet, sondern ob Ihr jemals verheiratet wart? Habt oder hattet Ihr Kinder?"

Versonnen blickte Mercedes auf das schmale, glitzernde Band des Baches zu ihren Füßen. Sie schüttelte den Kopf. „Nein. Nie. Ich wäre gern einem Ehemann zu eigen gewesen. Und ich hätte gern Kinder gehabt. Ich mag Kinder. Aber dazu kam es nie. Ich habe nie ein Kind geboren."

Wieder spielte ein bitteres Lächeln um ihre Mundwinkel.

Wolf sah sie von der Seite her an. Sie schien die Wahrheit zu sagen, und das überraschte ihn. Denn wenn sie nie Kinder besessen hatte, wer war dann Paul – das Kind, mit dem sie vor fünfzehn Jahren im Nonnenkloster zu Admont aufgetaucht war? Und dass sie die Frau mit dem Säugling war, daran bestand nicht der geringste Zweifel.

Gedankenverloren hob er einen kleinen Ast auf und stocherte damit ziellos in dem feinen Sand herum, der an dieser Stelle das Bachbett bildete.

Er beschloss, direkt zur Sache zu kommen.

„Ich will Euch eine Geschichte erzählen, Mercedes. Und ich möchte, dass Ihr mir genau zuhört", begann er langsam, wobei er gedankenverloren seltsame Figuren in den Sand zeichnete. „Vor vielen Jahren irrt eine junge Frau in einer scheußlichen Novembernacht durch Regen und Wind. Oben im Ennstal. Es gießt in Strömen, es ist ungewöhnlich kalt, der Sturm ist so stark, dass er Bäume entwurzelt. Um es kurz zu machen: Für die junge Frau ist es die Hölle. Zumal sie einen schreienden Säugling bei sich trägt, in eine Decke aus weißem Leinen gewickelt. Sie besitzt nicht einen einzigen Pfennig mehr, weil sie das Opfer von Wegelagerern wurde. Also sucht sie nach einer kostenfreien Bleibe für die Nacht, wird aber überall abgewiesen. Immer noch toben Sturm und Regen. Da nimmt sie die Mauern eines Klosters wahr. Und eine Bresche in dieser, die wohl ein Baum in sie schlug, als ihn der Sturm entwurzelte. Verzweifelt steigt sie durch die Bresche in das Areal des Klosters ein. Es ist ein Haus der Benediktinerinnen. Dort endlich nimmt man sich ihrer und des Säuglings an. Am nächsten Morgen zieht sie weiter ..." Er hatte bis jetzt sanft und leise gesprochen, dabei die ganze Zeit über in das Bachbett gestarrt und mit dem Ast Spuren in den Sandgrund gezeichnet.

Plötzlich warf er den Ast mit einem kräftigen Schwung ins Wasser. „Und nun frage ich Euch Mercedes ... wohin seid Ihr mit dem Säugling weitergezogen und vor allem: Wer war das Kind?" Aus seiner Stimme war alle Sanftheit gewichen. Hart und schneidend war sie geworden. Ebenso wie sein Blick.

Doch beides nahm die Frau gar nicht mehr wahr.

Schon nach den ersten knappen Sätzen hatte sie, überwältigt von ihren Erinnerungen, entsetzt die Hände vors Gesicht geschlagen. Tränen rannen ihre Wangen herab und hinterließen feuchte Bahnen auf ihrer braunen Haut. Doch schnell wurde das Weinen heftiger und mündete in einen Krampf, der ihren ganzen Körper schüttelte.

Wolf hatte sich mittlerweile erstaunt erhoben. Mit dieser Reaktion hatte er nicht gerechnet. Der Mund wurde ihm trocken.

Da nahm Mercedes die bebenden Hände vom Gesicht. Ihr gesundes Auge sandte einen Blick zu ihm empor, in dem Verzweiflung und Furcht lagen.

„Wer seid Ihr, hoher Herr? Woher wisst Ihr, dass ich in jener Nacht mit meinem kleinen Liebling unterwegs war?", schluchzte sie leise.

Wolf war verblüfft.

„Euer kleiner Liebling? Es war also doch Euer Kind! Warum sagtet Ihr vorhin, Ihr hättet nie geboren?"

Unter Tränen lächelte die Frau. Es war ein schmerzerfülltes Lächeln, voller unerfüllter Sehnsucht.

Müde schüttelte sie den Kopf. „Nein. Ihr missversteht das Ganze. Es war nicht mein Kind. Es war ... oh, mein Gott! ... Ich wusste, dass es mich irgendwann einholen würde." Abermals übermannte sie der Schmerz und ließ sie erneut in Tränen ausbrechen.

Wolf setzte sich wieder. Behutsam legte er seinen Arm um die Schultern der Frau und versuchte sie zu beruhigen. Auch er war in höchstem Grade erregt. Doch erst als das Weinen nachließ und schließlich ganz verebbte, sah er sich in der Lage, das Verhör fortzusetzen.

„Mercedes, Ihr sagtet, dass Euch der Knabe nicht zu eigen war. Wer also war das Kind?"

Die Frau schwieg eine Weile, bevor sie antwortete. „Lasst mich von vorne beginnen", sagte sie mit ihrer dunklen Stimme, „es ist besser so." Ihr Blick wanderte in die Ferne, zur Friesacher Burg hinüber, hinter der sich im blauen Dunst die Berge abzeichneten.

„Wir lagerten damals vor den Toren Landsbergs, das gegen den Lech hin liegt", begann sie zu erzählen. „Der Juli war gerade zu Ende gegangen, und die Getreideernte hatte begonnen. Es war ein heißer Sommer in jenem Jahr. Gleich am ersten Tag des Augusts kam abends eine Magd zu uns ins Lager. Mit einem Esel. Es war schon spät. Sie hielt etwas im Arm, das wie ein Bündel aussah. Es war in ein Tuch aus Leinen gewickelt. Die Magd hieß Wiltrud. Ich kannte sie damals schon einige Jahre. Wir waren befreundet. Sie hatte mich einmal davor bewahrt, vergewaltigt zu werden, weshalb ich tief in ihrer Schuld stand. Immer wenn unsere Truppe nach Landsberg kam, und das war so zweimal im Jahr, trafen wir uns. Doch an jenem Tag war alles anders. Wiltrud machte einen Eindruck, als wäre sie vom Teufel gehetzt. Sie war ganz außer Atem, und die Angst stand ihr ins Gesicht geschrieben. Kaum hatten wir uns begrüßt, sagte sie auch schon zu mir, ich müsse ihr helfen. Sie habe mir schließlich auch einmal geholfen. *Wobei soll ich dir helfen?*, fragte ich sie. Da schlug sie einen Zipfel des Leintuchs zurück, und ich entdeckte, dass ein Säugling, ein Knabe darin eingeschlagen war; er schlief. *Du musst dieses Kind zu meiner Schwester bringen*, sagte sie. Ich war völlig überrascht. Und auch erschrocken, weshalb ich sie fragte, was denn los sei. Da sagte sie mir, ich solle nicht danach fragen. Ich solle einfach nur das Kind nehmen und es zu ihrer Schwester bringen. *Wo wohnt deine Schwester?*, wollte ich wissen. *Im Steyrischen*, antwortete sie, *in der Nähe von Admont. Dahin wollt ihr doch ohnehin, du und deine Truppe.* Das stimmte. Ich hatte ihr bei unserem letzten Besuch erzählt, dass wir unsere Route wechseln wollten. Und dass wir wohl nur noch einmal in Landsberg gastieren würden. Danach, so hatte Rufus beschlossen, würden wir ins Steyrische gehen; es täte uns allen gut, wieder einmal in eine andere Gegend zu kommen, hatte er gemeint. Ich fragte sie, wie sie sich das denn vorstelle, es würde noch eine gute Weile dauern, bis wir dorthin kämen, erst im späten Herbst sei es so weit. *Dann nimm das Kind so lange zu dir, und wenn ihr dort seid, bring es zu meiner Schwester*, bat sie mich und begann auf ein mal ... zu weinen ...“

Mercedes schwieg abrupt. Wieder überwältigten sie ihre Gefühle und drohten ihre Stimme zu ersticken.

Rasch nutzte Wolf die entstandene Pause zu einer Frage: „Ihr sagtet, die Magd hieß Wiltrud. Wenn Ihr mit ihr befreundet wart, kanntet Ihr doch sicher auch ihren Nachnamen. Erinnert Ihr Euch an ihn? Oder gibt es sonst noch etwas, das Ihr über sie wisst? Zum Beispiel, ob sie einen Mann hatte?"

Mercedes schüttelte den Kopf. „Nein. Ihren Nachnamen kannte ich nicht. Aber dass sie keinen Mann besaß, weiß ich sicher. Zuerst glaubte ich, dass der Säugling ihr gehöre und ein Kind der Liebe sei, das Wiltrud heimlich fortgeben wolle, um nicht der Schande anheimzufallen. Doch als ich sie fragte, ob es sich so verhielte, schüttelte sie nur den Kopf. Nein, so sei es nicht, behauptete sie. Das Kind sei vielmehr in großer Gefahr. Jemand trachte ihm nach dem Leben. Darum müsse man es weit weg von hier bringen. Mehr könne sie mir aber nicht sagen. Und ich solle bei allen Heiligen endlich aufhören, weiterzufragen. *Nimm einfach das Kind und bring es zu meiner Schwester. Es soll dein Schaden nicht sein,* flehte sie mich unter Tränen an. Also willigte ich endlich ein."

Erneut schwieg die Tänzerin und starrte auf die Hände, die sie im Schoß gefaltet hatte.

„Ihr nahmt das Kind also noch am selben Abend entgegen?", wollte Wolf wissen.

Mercedes nickte.

„Was meinte Wiltrud, als sie davon sprach, es solle nicht zu Eurem Schaden sein?"

Die Tänzerin zögerte ein wenig, bevor sie antwortete.

„Nun ja ... sie gab mir Geld. Es war nicht wenig. Auch den Esel, den sie dabeihatte, durfte ich behalten. Er trug zwei – vielleicht waren es auch drei – eng verschnürte Ballen, in Leder eingenäht. Die sollte ich ebenfalls ihrer Schwester aushändigen. Zusammen mit einem versiegelten Brief."

Wolf merkte auf. „Ballen? In Leder eingenäht? Und einen Brief? Wusstet Ihr, was die Ballen enthielten? Oder was in dem Brief stand?"

Sie schüttelte den Kopf. „Nein, ich fragte auch nicht danach."

Wolf nickte verstehend. „Und wie ging es weiter? Immerhin brachte der Knabe ja schließlich gute drei Monate in Eurer Obhut zu, bevor Ihr ihn abliefertet, nicht wahr?“

Mercedes nickt nur. Ihr Blick hatte sich wieder in der Ferne verloren, und Wolf bemerkte, wie sich ihre Augen erneut mit Tränen füllten.

„Ja“, fuhr sie leise fort. „Es waren drei Monate. Die drei schönsten Monate meines Lebens. Drei Monate hatte ich das, wonach ich mich immer gesehnt hatte – ein Kind. Schon nach wenigen Tagen war mir der Säugling ans Herz gewachsen, und schließlich liebte ich ihn wie meinen eigenen Sohn. Es gab zu dieser Zeit noch eine andere Tänzerin in der Truppe, die erst vor Kurzem geboren hatte. Ihre Brüste bargen so viel Milch, dass es auch für meinen kleinen Liebling reichte. Schnell hatte sich der Knabe an mich gewöhnt – und ich mich an ihn. Könnt Ihr Euch vorstellen, was der Gedanke, mich bald wieder von dem Kleinen trennen zu müssen, für mich bedeutete? Am Anfang verdrängte ich ihn. Doch die Zeit ist unbarmherzig. Viel zu schnell vergingen die Tage, Wochen und Monate. Und dann kam der Herbst, und wir kamen im Tal der Enns an. Es war November, und ich wusste, die Zeit des Abschieds war gekommen.“

Erneut barg Mercedes das Gesicht in ihren Händen.

Wolf saß betroffen und hilflos neben der Frau. Jetzt erst begann er, ihre Reaktion zu verstehen. Es waren nicht Scham oder Furcht, die sie die Hände vors Gesicht schlagen ließen. Es war auch kein schlechtes Gewissen, das den Weinkrampf ausgelöst hatte. Die Tränen, die sie vergoss, waren die Tränen einer Mutter, die ihr Kind weggeben hatte – auch wenn sie nicht die leibliche Mutter gewesen war.

„Dann kam der Tag, an dem Ihr Euch von der Truppe trenntet. Und in der Folge die Nacht, als Ihr mit dem Kleinen im Kloster der Benediktinerinnen auftauchtet – verhielt es sich so?“, fuhr er mit der Befragung fort.

„Ja", bestätigte die Tänzerin. Sie zog ein großes Tuch aus den Falten ihres Gewandes hervor, um ihre Tränen zu trocknen und sich zu schnäuzen. „Ich erinnere mich noch genau an diesen Tag. Es war ein Freitag. Es regnete und stürmte den ganzen Tag über. Irgendwann musste ich eine kurze Rast einlegen, obwohl es bereits zu dämmern begann. Aber ich konnte einfach nicht mehr weiter; der Esel zeigte sich störrisch, und der Kleine quengelte. Also schlug ich mich seitlich in einen Wald, um uns und dem Tier eine kleine Pause zu gönnen. Ich nahm die Gepäckstücke vom Esel und band ihn an einen Ast. Plötzlich – gerade hatte ich den Kleinen versorgt und in eine Decke gewickelt – brachen zwei Männer durchs Gebüsch. Einer von ihnen hatte eine furchtbare rote Narbe, die sich übers ganze Gesicht zog. Sie forderten mich auf, ihnen alles zu geben, was ich bei mir hatte. Also gab ich ihnen das Geld, das ich in der Gürteltasche verwahrte. Als sie das Medaillon sahen, welches das Knäblein am Hals trug, wollten sie auch das haben. Ich gab es ihnen und war froh, dass sie die Packen nicht bemerkten, die für Wiltruds Schwester bestimmt waren. Die hatte ich nämlich zufällig hinter einen Baumstamm gelegt. Zuerst hatte ich Angst, dass die beiden Schurken mir noch Übleres wollten – aber dazu war es ihnen wohl zu kalt, und so verschwanden sie genauso schnell wieder, wie sie gekommen waren. Ohne einen Pfennig zog ich schließlich weiter. Den Rest der Geschichte kennt Ihr ja."

Wolf sah sie nachdenklich und voller Mitgefühl an.

„Wohin brachtet Ihr den Knaben, Mercedes? Ihr habt mir immer noch nicht verraten, wo Wiltruds Schwester wohnte. Und wie sie hieß", bohrte er weiter. Er konnte sich nicht erinnern, jemals einer Antwort so entgegengefiebert zu haben wie dieser.

Aber die Tänzerin antwortete nicht sogleich. Schon glaubte Wolf, dass sie seine Frage gar nicht wahrgenommen hatte, da wandte sie bedächtig den Kopf und sah ihn an. „Wo Wiltruds Schwester wohnte? Nun, sie lebte in einer kleinen Hütte. Zusammen mit ihrem Mann und dessen Bruder. In einem abseits gelegenen Tal in der Buchau, zwischen Sankt Gallen und Admont. Als ich am Morgen nach jener schrecklichen Nacht weiterzog, traf ich auf einen Schweinehirten. Ich nannte ihm mein Ziel und fragte ihn nach dem Weg. Er sagte, es sei nicht mehr weit, und beschrieb ihn mir.“ Wieder machte Mercedes eine Pause.

„Nicht mehr weit wohin? Zu wem?!“, fragte Wolf voller Ungeduld, obwohl er die Antwort bereits zu kennen glaubte.

„Zur Schwester Wiltruds natürlich. Agnes hieß sie. Wiltrud hatte mir gesagt, ich solle einfach nach Arnulf dem Köhler fragen. Und nach Agnes, seiner Frau.“

Mercedes’ Antwort fuhr durch Wolf hindurch wie der Blitz in einen Baum. Obwohl er es geahnt hatte, konnte er es kaum fassen.

„Ist das auch wirklich wahr?“, flüsterte er heiser.

Die Tänzerin sah furchtsam zu ihm auf. „Warum fragt Ihr so, hoher Herr? Ich belüge Euch nicht.“

„Schon gut! Erzählt weiter! Ihr hattet also den Hirten nach dem Weg gefragt und zogt weiter. Was geschah dann?“

Diesmal musste sie sich nicht erst lange besinnen, bevor sie antwortete. In knappen Sätzen schilderte sie ihr Zusammentreffen mit Agnes, die sie allein angetroffen hatte. Arnulf und sein Bruder befanden sich in den Wäldern und sollten erst in ein, zwei Tagen zurückkehren. Anfangs hatte sich Agnes misstrauisch gezeigt. Doch dann erbrach sie das Siegel des Briefes, den die Schwester ihr gesandt hatte. Nachdem sie ihn gelesen hatte, änderte sich ihre Haltung schlagartig, und sie versprach, den Knaben, der zu diesem Zeitpunkt tief und fest schlief, zu sich zu nehmen.

Wolf war der Erzählung gebannt gefolgt.

„Ihr sagtet, Arnulf sei nicht dabei gewesen, als Ihr das Kind Agnes übergabt. Das heißt, Agnes übernahm das Kind, ohne mit ihrem Mann darüber gesprochen zu haben?“, unterbrach er nun die Tänzerin.

Mercedes zuckte mit den Schultern. „Ja, ich habe mich auch darüber gewundert. Aber so war es."

„Hat Agnes Euch gegenüber nichts vom Inhalt des Briefes verlauten lassen?"

„Nein. Kein Wort. Aber an ihrem Verhalten merkte ich, dass er großen Eindruck auf sie gemacht hatte."

Wolf dachte angestrengt nach. Bertram war ihm plötzlich in den Sinn gekommen.

„Sagt, Mercedes, hatte Agnes zu jenem Zeitpunkt nicht bereits ein Kind? Einen Jungen, etwa im gleichen Alter wie der Säugling, den Ihr überbrachtet?"

Die Tänzerin schüttelte den Kopf. „Davon weiß ich nichts. Als ich in ihre Hütte trat, sah ich kein anderes Kind."

„Könnte Agnes schwanger gewesen sein?", hakte Wolf nach. Mercedes zögerte. „Darauf habe ich nicht geachtet. Sie trug zwar einen weiten Umhang, als ich sie traf. Aber ob sich ein schwangerer Bauch darunter verbarg, vermag ich Euch nicht zu sagen. Allerdings, jetzt, wo Ihr fragt – es wäre durchaus möglich gewesen."

Wolf dachte kurz nach und meinte dann: „Erzählt weiter! Was geschah danach?"

„Was weiter geschah? Nun, ich sah zu, dass ich so schnell wie möglich wegkam. Solange mein Liebling noch schlief. Ich weiß nur noch, dass ich Agnes unter Tränen anflehte, gut auf den Kleinen achtzugeben. Glaubt mir, es zerriss mir fast das Herz, als ich mich davonmachte. Doch es half alles nichts, ich musste zurück. Seitdem sah ich das Kind nie wieder", schloss sie ihren Bericht. Im Gegensatz zu vorhin, als der Schmerz aus ihr herausgebrochen war, klang ihre dunkle Stimme jetzt matt; ein bitteres Lächeln lag auf ihren Zügen, und nach wie vor glitzerten Tränen in ihren Augen.

Wolf hatte zwischenzeitlich wieder die Arme um die angewinkelten Knie geschlungen. Stumm und ohne jede Bewegung saß er da. Das einzig Lebendige an ihm waren seine Augen, die in die

Ferne zu schweifen schienen. In Wirklichkeit jedoch war sein Blick tief in sein Inneres, auf einen Kosmos intensiver Überlegungen gerichtet, dessen Mittelpunkt das tödliche Spiel bildete, das zu spielen er begonnen hatte und in dem der Schnitter sein Gegner war.

Dieser hatte er gerade einen neuen Zug gemacht – und das ausgerechnet auf jenem Teil des Brettes, auf dem Agnes, Paul und der „Eber aus Rieden" standen. Doch Wolf hatte das unbestimmte Gefühl, dass er ihn damit narren wollte. Nicht nur, weil dieser Zug die Logik des Spielverlaufs empfindlich störte. Es war weitaus fataler. Wieder einmal konnte er sich des Eindrucks nicht erwehren, als ob irgendeine der Figuren auf einem Feld zu stehen gekommen war, auf dem sie nichts zu suchen hatte ...

Zum wiederholten Male begann er, die Situation zu analysieren. Vor fünfzehn Jahren war Paul, ein Kind unbekannter Herkunft, in Landsberg am Lech einer Tänzerin namens Mercedes übergeben worden. Von einer Magd namens Wiltrud. Mit der Bitte, es in die Obhut von Agnes und Arnulf zu geben.

Aber was war danach mit ihm geschehen? So, wie sich die Dinge jetzt darstellten, musste er davon ausgehen, dass Arnulf und Agnes das Kind an Hademar und dessen Frau weitergegeben hatten. Doch weshalb? Wolf versuchte, sich an die Zeit vor dreizehn Jahren zurückzuerinnern, als er ins Ennstal gekommen war und Arnulf und Agnes kennen gelernt hatte. Und Bertram, ihren Sohn. Der war damals gerade einmal zwei Jahre alt und das einzige Kind der beiden gewesen. Bereits zwei Jahre zuvor hatte Hademar mit seiner Familie die Buchau verlassen. Vor einem Jahr wiederum – also vierzehn Jahre nachdem Mercedes mit dem Säugling auf dem Arm an die Tür von Arnulf und Agnes geklopft hatte – war Paul mit Hademar, seinem angeblichen Vater, unverhofft wieder aufgetaucht. Allerdings ohne seine Frau. Warum? Wo hatten sich die beiden all die Jahre über aufgehalten?

Dass Agnes und Arnulf um die wahre Identität des Jungen wussten, den sie entgegengenommen hatten, musste als sicher gelten. Immerhin hatte Mercedes nicht nur den Säugling, sondern auch einen Brief und die mit Leder verschnürten Gepäckstücke bei ihnen zurückgelassen. Je länger Wolf darüber nachdachte, desto klarer wurde ihm, dass sie das Geheimnis um die Identität des Jungen gewahrt hatten. Und dass es diese Identität war, die den Grund und Anfang aller Ereignisse rund um den Mord an Paul und der Köhlerfamilie bildete. Das Verhalten Wiltruds und ihre Aussage, dass man dem Säugling nach dem Leben trachtete, waren Beweis genug für die Annahme, dass außerdem irgendjemand daran interessiert gewesen war, die Herkunft des Kindes zu verschleiern – seine Identität geheim zu halten, um es zu retten.

Stimmten all diese Überlegungen tatsächlich mit dem damaligen Geschehen überein, musste auch ein weiterer Umstand als gegeben angesehen werden: Agnes und Arnulf wussten von Anfang an, dass der Knabe einen Feind hatte, der nach ihm suchen würde. Wiltrud *musste* ihrer Schwester mitgeteilt haben, dass sich das Kind in Gefahr befand und auch den Grund dafür. Doch hatten Hademar und seine Frau ebenfalls davon gewusst? Hatten die beiden Ehepaare sogar gemeinsam beschlossen, den Jungen zu schützen? Etwa dadurch, dass man alles, was seine Herkunft verraten konnte, vor dem Feind zu verbergen suchte? Die verschnürten Ballen und den versiegelten Brief, die Mercedes Agnes übergeben hatte? Die Fundstücke, die er in der Hütte Arnulfs und bei den Meilern in einem Erdloch gefunden hatte, fielen ihm wieder ein und damit auch die einzig logische Erklärung für den Umstand, dass sie vergraben worden waren. Die beiden Schmuckstücke konnten, ja mussten die Reste dessen sein, was die Gepäckstücke enthalten hatten, die Mercedes damals zusammen mit dem Knaben bei Agnes zurückließ! Weshalb aber waren Agnes und Arnulf diese verräterischen Gegenstände dann überhaupt erst überbracht worden? Immerhin stellten sie eine ernste Gefahr für den Jungen dar; waren sie doch zusammen mit dem Feuermal eindeutige Hinweise auf seine wahre Identität. Es gab nur eine einzige vernünftige Antwort darauf: Man wollte dem Knaben irgendwann seine eigentliche Herkunft enthüllen. Und dazu brauchte man die nötigen Beweise.

An dieser Stelle seiner Überlegungen angelangt, schoss Wolf plötzlich das Leinen in den Sinn. Die Decke, in die der Säugling gehüllt gewesen war und die ebenso das Zeichen des „Ebers“ aus Rieden trug, wie die Schmuckstücke. Rieden! Wo lag der Ort überhaupt – etwa in der Nähe von Landsberg?

Mercedes. Sie musste es wissen. Immerhin hatte sie seinerzeit die Gegend um den Lech herum durchzogen.

Er zwang seine Gedanken in die Gegenwart am Ufer des Baches zurück und wandte sich wieder der Tänzerin zu. Die hatte mittlerweile die Augen geschlossen, schlief jedoch nicht, sondern schien in Gedanken weit in die Vergangenheit zurückgereist zu sein.

„Mercedes?“

Sie schreckte hoch und sah ihn an. „Ja, Herr?“

„Kennt Ihr einen Ort – eine Stadt oder ein Dorf – mit Namen Rieden, das in der Nähe von Landsberg liegt?“

„Aber ja. Woher wisst Ihr das, hoher Herr?“, fragte sie erstaunt.

„Wie meint Ihr das: Woher ich was weiß? Dass es diesen Ort gibt?“

Sie nickte heftig. „Ja, und dass Wiltrud dort wohnte!“

Jetzt war es an Wolf, erstaunt zu sein.

„Wiltrud? Sie wohnte dort? Nein, das wusste ich nicht. Ihr habt es bisher mit keinem Wort erwähnt“, antwortete er verblüfft.

„Ihr habt nicht danach gefragt, Herr.“

„Habt Ihr nicht gesagt, Wiltrud wäre aus Landsberg gewesen? Ihr habt sie doch immer dann getroffen, wenn Ihr nach Landsberg gekommen seid.“

„Ja, so war es auch. Doch Wiltrud wohnte in Rieden. Das liegt etwa zwei Stunden zu Fuß von Landsberg entfernt. Sie kam jede

Woche zum Markt in die Stadt und wusste deshalb auch, wann ich mit der Truppe dort auftrete."

Wolf musterte sie mit durchdringendem Blick. „Mercedes, Ihr sagtet, dass Euch Wiltrud die Herkunft des Kindes verschwieg. Wisst Ihr wenigstens, woher es stammte – vielleicht aus Rieden?"

„Nun, ich nahm es an. Woher sollte es wohl sonst sein? Aber ich habe nicht weiter danach gefragt. Es war mir letztlich auch gleichgültig. Wiltrud sagte, ich solle keine weiteren Fragen stellen. Also habe ich es dabei belassen."

„Ihr wusstet, dass Wiltrud in Rieden wohnte. Und dass sie dort als Magd diente. Wusstet Ihr auch, bei wem?"

„Nein. Wir haben nie über ihre Herrschaft gesprochen. Ich weiß, das klingt seltsam, aber so war es."

Wolf nickte. Er dachte nach.

„Seid Ihr nie in Rieden gewesen?", fuhr er nach einer Weile fort.

Die Tänzerin schüttelte den Kopf. „Nein, nie. Unser Weg führte stets daran vorbei."

Wieder nickte er nur. Dann öffnete er seine Gürteltasche und zog die Brosche mit dem Eberkopf hervor.

„Wisst Ihr, was das ist?", fragte er.

Sofort merkte er, dass er einen Treffer gelandet hatte, denn die Frau riss entsetzt die Augen auf. „Mein Gott!", rief sie, „woher habt Ihr das? Das ist das Symbol, das das Leinen zierte, in das der Kleine gewickelt war. Und es war auch auf dem Medaillon, das er trug."

Wolf runzelte nachdenklich die Brauen. „Sagt, Mercedes: Habt Ihr diesen umrankten Eberkopf außer auf dem Leinen und dem Medaillon sonst noch irgendwo gesehen?"

„Nein! Ich kann mich nicht daran erinnern." Sie schüttelte energisch den Kopf.

„Und Wiltrud? Habt Ihr sie jemals wiedergesehen?"

Mercedes' Gesichtszüge nahmen einen ratlosen Ausdruck an.

„Nein. Obwohl ich mich danach sehnte, sie zu treffen. Um sie zu fragen, was aus dem Kleinen geworden ist. Vielleicht hätte sie es ja gewusst. Wiltrud hielt in all den Jahren bestimmt hin und wieder Kontakt zu ihrer Schwester."

„Warum seid Ihr nicht einfach zu Agnes gegangen, um Euch nach ihm zu erkundigen? Schließlich liegen Admont und die Buchau näher als Landsberg?"

Sie zögerte. „Ist das so schwer zu verstehen?", antwortete sie schließlich. „Ich hatte einfach Angst davor, den Jungen zu sehen. Könnt Ihr Euch vorstellen, wie einer Mutter zumute ist, wenn sie nach Jahren das Kind vor sich sieht, das sie einst weggeben musste? Ich sagte es schon: Auch wenn ich nicht seine leibliche Mutter war – ich liebte es wie mein eigenes."

Wolf verstand sehr wohl. Genauso wie er wusste, dass es für die Frau nicht einfach war, auf seine Fragen zu antworten. Mit umso größerer Erleichterung nahm er zur Kenntnis, dass sie auch weiterhin sehr gefasst wirkte.

„Ich möchte Euch noch eine Frage stellen, Mercedes. Besaß das Kind irgendwelche besonderen körperlichen Merkmale?"

Diesmal kam die Antwort schnell und zügig. „Ja. Ein Feuermal. Der Kleine hatte ein herzförmiges Feuermal an der Unterseite der rechten großen Zehe. Und für sein zartes Alter besaß er ungewöhnlich prachtvolles Haar – hellblond und lockig war es ... ein wunderschöner Junge!"

Hellblond und lockig!

Eine der Schachfiguren in Wolfs Kopf fiel lautlos vom Brett und zerbarst mit unhörbarem Krachen. Wolf sprang auf.

Den Hinweis auf das Feuermal hatte er erwartet.

Aber nicht den auf das blonde Haar.

Ungläubig und völlig fassungslos bat er die Tänzerin, das zuletzt Gesagte noch einmal zu wiederholen.

Unsicher sah sie ihn an. „Herr, was ist? Was meint Ihr?"

„Die Haarfarbe. Welche Farbe, sagtet Ihr, hatte sein Haar?" Seine Stimme klang völlig verändert. Entsetzen lag darin.

„Wie ich schon sagte: Es war blond", wiederholte Mercedes. „Der Kleine hatte blonde Locken."

„Blond! – Mein Gott!", murmelte Wolf leise.

Ein ungeheuerlicher Gedanke war plötzlich in ihm aufgekommen, der sich in Bruchteilen eines Augenblicks zur Gewissheit verdichtete und mit brachialer Gewalt die Mauer des Irrtums zum Einsturz brachte, die ihm so lange den Blick auf das wahre Geschehen versperrt hatte. Auf die Wahrheit über den Säugling, der vor fünfzehn Jahren in der Hütte Arnulfs des Köhlers Zuflucht gefunden hatte!

Und der nicht Paul hieß – sondern Bertram!

Denn Paul, dem seine Mörder die Zehe abgeschnitten hatten, hatte nicht blondes – sondern *schwarzes, glattes* Haar gehabt!

Das Kind hingegen, das in die Obhut von Agnes und Arnulf gegeben worden war, besaß *blondes, lockiges* Haar.

Einen Haarschopf wie Bertram!

Der im gleichen Alter stand wie Paul!

Eine gewaltige Erregung ergriff Wolf.

Fassungslos schüttelte er den Kopf, fast so, als weigere er sich, das Ungeheuerliche zur Kenntnis zu nehmen. Dann ging er langsam einige Schritte flussabwärts. Dort, ein gutes Stück weit von Mercedes entfernt, ließ er sich erneut am Ufer nieder. Die erstaunten Blicke der Frau, die ihn mit wachsendem Unverständnis beobachtete, ignorierte er.

Er zwang sich zur Ruhe und rekapitulierte die letzten Bewegungen der Schachfiguren in seinem Kopf. Schlagartig wurde ihm bewusst, wie dramatisch sich die Situation verändert hatte und wie gründlich er sich hatte täuschen lassen. Es war nicht nur ein falscher Zug gewesen, der ihn genarrt hatte. Vielmehr erkannte er, dass der gesamte bisherige Verlauf des Spiels von einem Phantom dominiert worden war – von einer Figur, die mit dem eigentlichen Spielgeschehen nie wirklich etwas zu tun gehabt hatte: Paul, der Sohn Hademars, war in das geheimnisvolle, tödliche Geschehen auf dem Schachbrett lediglich durch eine grausame Laune des Zufalls geraten und dabei irrtümlicherweise ums Leben gekommen.

Gleichzeitig nahm er entsetzt zur Kenntnis, dass das leer gewordene Feld nun von jemandem eingenommen wurde, von dem er bisher nicht im Entferntesten gedacht hatte, dass er auf das Brett gehörte: von Bertram – dem blonden Knaben, der nichts von seiner ungewissen Herkunft ahnte und die Tatsache, dass er noch lebte, nur einem Zusammentreffen glücklicher Umstände verdankte.

Natürlich gab es noch eine Reihe offener Fragen.

Die Sache mit dem Feuermal, zum Beispiel. Wolf war sicher, dass Bertram das Mal besaß. Auch wenn er, obwohl er über all die Jahre hinweg oft mit dem Knaben zusammen gewesen war, diese Tatsache bisher noch nie bewusst zur Kenntnis genommen hatte. Was aber nicht weiter verwunderte, zählte die Unterseite der rechten Zehe ja nicht gerade zu den exponierten Stellen eines Körpers, die sofort ins Auge springen.

Eine andere Frage beschäftigte ihn weitaus mehr. Die Mörder, die Häscher des „Ebers" – war ihnen klar gewesen, dass sie mit Paul den Falschen erwischt hatten? Schließlich mussten sie irgendwann gesehen haben, dass seine Haare nicht blond, sondern schwarz waren.

Da fiel ihm plötzlich die Aussage Rudlins über den Inhalt des Gesprächs ein, das dieser belauscht hatte. Das Gespräch zwischen dem Anführer der Mörder und dem Mann, der Randolph hieß. *Hier ist das kostbare Stück. Warum sich der Alte wohl gerade die Zehe ausgesucht hat? Wir hätten ihm ja auch was anderes abschneiden können!*, hatte Randolph gespottet. Das musste die Erklärung sein. Sie hatten Paul die Zehe abgeschnitten, um sie dem Eber zu überbringen, ohne jedoch zu wissen warum. Und so, wie sie offenbar von der Existenz des Feuermals nichts wussten, waren sie wahrscheinlich auch in Unkenntnis über die Haarfarbe des „Ziels" gewesen, das es zu liquidieren galt. Vielleicht, weil ihr Auftraggeber es nicht für notwendig gehalten hatte, es ihnen zu sagen. Denn natürlich war er nicht im Entferntesten davon ausgegangen, dass der einzige Junge in halbwüchsigem Alter, den sie in jener Nacht in Arnulfs Hütte antreffen würden, jemand anderer sein könnte als der, den er umbringen lassen wollte.

Je intensiver Wolf über alles nachdachte, desto mehr verdichteten sich seine Überlegungen zu einer umfassenden Theorie, die zum ersten Mal eine befriedigende Erklärung für das mörderische Spiel lieferte, das vor fünfzehn Jahren begonnen hatte:

Bertram war im zarten Säuglingsalter dem Köhlerehepaar anvertraut und von diesem all die Jahre hindurch als ihr Sohn großgezogen worden. Obwohl die beiden seine Abstammung kannten, hatten sie ihm diese verschwiegen. Ebenso, wie sie sämtliche Indizien, die seine Identität enthüllen konnten, versteckt hatten. In einem Erdloch vergraben, sollten sie dort verborgen bleiben, bis die Zeit gekommen wäre, dem Jungen seine wahre Herkunft zu offenbaren. Bis dahin beabsichtigten Agnes und Arnulf, ihn vor demjenigen zu schützen, von dem sie wussten, dass er nach ihm suchen würde: vor dem „Eber in Rieden". Fünfzehn Jahre lang war ihnen dies auch erfolgreich gelungen. Dann aber war es dem „Eber", wie auch immer, geglückt, den Aufenthaltsort des Jungen ausfindig zu machen. Woraufhin er seine Häscher ausgeschickt hatte, um ihn töten zu lassen und sämtliche Beweisstücke an sich zu bringen, die seine wahre Herkunft belegen konnten.

Je länger Wolf sich die Einzelheiten dieser Theorie vergegenwärtigte, desto überzeugter war er, dass sie der Wirklichkeit entsprach. Denn sie erlaubte es, sämtliche Geschehnisse jener Mordnacht schlüssig zu erklären: Die Spuren, die er in der Hütte Arnulfs und an den Leichen wahrgenommen hatte. Die Tatsache, dass Arnulf und seine Frau in halbnacktem Zustand gezwungen worden waren, mit ihren Peinigern zu den Meilern hinüberzugehen, um ihnen das Versteck zu offenbaren. Das Versteck, das all das barg, was die Wahrheit über die Herkunft Bertrams enthüllen konnte. Und das die Mörder schließlich ausgeräumt hatten – bis auf jenen kleinen Lederbeutel, der die Brosche mit dem Eberkopf enthielt. Vorausgesetzt, dass er davon gewusst hätte, wäre dies der einzige Fehler gewesen, den der „Eber" seinen Schergen hätte zuweisen können. Denn dass sie den Falschen getötet hatten, dafür konnten sie mit Sicherheit nichts.

An diesem Punkt seiner Überlegungen angekommen, wurde Wolf auf einmal von nackter Angst gepackt, denn seit dem Massaker in Arnulfs Hütte waren nunmehr viele Wochen vergangen. Längst schon musste der „Eber" erkannt haben, dass seine Häscher den Falschen erwischt hatten. Schließlich fehlte der Zehe, die ihm überbracht worden war, jenes Merkmal, um dessentwillen er Befehl gegeben hatte, sie abzutrennen und ihm zu überbringen – das Feuermal. Mit an Sicherheit grenzender Wahrscheinlichkeit würde er daraufhin auch erfahren haben, dass der getötete Knabe nicht über blondes, sondern schwarzes Haar verfügt hatte. Was würde er daher nun unternehmen, um doch noch an den „Richtigen" heranzukommen? Wahrscheinlich hatte er über viele Jahre hinweg nach ihm suchen lassen. Und jetzt, nachdem es ihm endlich geglückt war, auf die Spur des Knaben zu kommen, würde er sich durch diesen Fehlschlag sicher nicht davon abhalten lassen, sein Ziel doch noch zu erreichen.

Dies aber bedeutete, dass Bertram in Gefahr war!

Wolf fühlte sich irgendwie ohnmächtig, rang seine Furcht jedoch nieder. Er durfte sich jetzt nicht von ihr lähmen lassen, nun, da er die Gefahr erkannt hatte und sich gegen sie wappnen konnte.

Außerdem bildeten die Klostermauern von Admont eine Art Schutzwall um Bertram, den selbst der „Eber“ nicht so schnell würde durchbrechen können.

Eine Frage allerdings galt es noch zu klären.

Mercedes musste sie ihm beantworten.

Er erhob sich und kehrte langsam an die Stelle zurück, an der die Tänzerin, die Hände im Schoß gefaltet, noch immer saß. Sachte berührte er sie an der Schulter. „Mercedes?“

Mit fragendem Blick drehte sie sich zu ihm.

„Als Ihr damals das Kind entgegennahmt – wie reagierten Rufus und der Rest der Truppe darauf? Schließlich hat sich das Leben im Lager dadurch doch auch für ihn und die anderen verändert. Zumindest für einige Monate.“

„Nein, eigentlich nicht. Es gab keine große Veränderung. Ich sagte Euch ja schon, dass eine weitere Tänzerin in der Truppe ebenfalls einen Säugling zu versorgen hatte. Da kam es auf einen mehr oder weniger nicht an. Wir vom fahrenden Volk mögen Kinder sehr gern.“

„War den anderen bekannt, dass Ihr den Kleinen von Wiltrud erhieltet? Irgendeinen Grund, der Euch bewog, plötzlich ein Kind entgegenzunehmen, musstet Ihr Rufus ja schließlich nennen.“

„Ja. Alle in der Truppe kannten Wiltrud. Ich sagte Rufus und den anderen, dass es ihr Kind sei – ein Kind der Liebe. Und dass Wiltrud es an ihre Schwester weggeben wolle, weil sie selbst keinen Mann besitze.“

„Das heißt, der Truppe war bekannt, dass Ihr den Säugling zu Agnes und Arnulf bringen würdet?“

„Nein. Die Namen verschwieg ich. Auch den genauen Ort nannte ich nicht. Wiltrud wollte es so. Als ich mich damals von der Truppe trennte, um den Kleinen zu Agnes zu bringen, lagerten wir bei Steyr. Niemand wusste, dass ich nach Admont wollte. Auch nachdem ich zur Truppe zurückgekehrt war, habe ich keinem Menschen etwas davon erzählt – bis heute. Ihr seid der Erste, der es erfährt, Herr."

Wolf musterte sie nachdenklich, war aber überzeugt davon, dass sie die Wahrheit sagte.

Er räusperte sich. „Ich denke, es ist Zeit, dass Ihr zu Eurer Truppe zurückkehrt, Mercedes. Rufus wird Euch bestimmt schon erwarten. Im Übrigen danke ich Euch. Ihr seid sehr ehrlich zu mir gewesen, und Eure Aussage hat mir ein gutes Stück weitergeholfen. Bevor Ihr geht, nehmt das als ein Zeichen meiner Wertschätzung entgegen." Er überreichte ihr einen kleinen Beutel, der einige Münzen barg. „Es ist nicht viel. Aber Ihr werdet es sicher gebrauchen können."

Die Frau erhob sich. Sie wirkte etwas irritiert und nahm den Beutel nur zögernd entgegen.

„Ich danke Euch, hoher Herr. Heißt das, dass Ihr mich nun gehen lasst? Einfach so?", fragte sie erstaunt.

Wolf lächelte. „Ja", bestätigte er. „Ihr könnt gehen. Einfach so."

Doch sie machte überraschenderweise keinerlei Anstalten, aufzubrechen. Stattdessen sah sie ihn fragend an. Irgendetwas beschäftigte sie noch, aber sie schien Hemmungen zu haben, damit herauszurücken.

Dann aber überwand sie sich. „Hoher Herr ... ich weiß nicht, ich kenne Euren Auftrag nicht ... es ist alles so seltsam ... aber wenn Ihr ... wenn Ihr Agnes aufsucht ... Ihr werdet doch sicher Agnes aufsuchen wollen ... nicht wahr? ... Ich meine, jetzt, da Ihr wisst, dass der Knabe dort lebt ..." Sie hielt inne.

Obwohl sie eine Antwort erwartete, zog Wolf es vor, zu schweigen.

„Ich werde ... ich werde ... im Oktober mit der Truppe ins Ennstal kommen", fuhr sie unsicher fort. „Würdet Ihr ... würdet Ihr die große Güte haben ... mir zu sagen, wo ich Euch dort finden kann? ... Bitte, Herr!"

Er verstand.

„Ihr wollt wissen, wie es dem Knaben geht, und Ihr glaubt, dass ich es bis dahin weiß, nicht wahr?“, fragte er freundlich.

Sie nickte.

Er lächelte. „Ihr würdet Euch schwertun, mich zu finden, Mercedes. Aber das ist auch nicht notwendig. Wie es dem Knaben geht, vermag ich heute bereits zu sagen.“

Die Tänzerin starrte ihn entgeistert an.

„Ihr ... Ihr wisst es? ... Ihr habt es also die ganze Zeit über gewusst! ... Hoher Herr, wie soll ... wie soll ich das alles verstehen? Treibt Ihr Scherz mit mir?“ Sie war völlig verstört. Fast meinte Wolf, eine Spur Empörung aus ihrer Stimme herauszuhören.

„Nein, Mercedes. Ich treibe keinen Scherz mit Euch“, antwortete er bestimmt. „Ich kann Euch nur nicht die umfassende Auskunft geben, nach der Ihr verlangt. Ich weiß, dass Euch unser Gespräch ein Rätsel sein muss. Doch ich versichere Euch: Aus dem Knaben ist ein prächtiger Bursche mit einem hellen Kopf geworden, und es geht ihm gut.“

„Es geht ihm gut?“, flüsterte die Frau. „Es geht ihm also wirklich gut? – Oh, Herr, wenn Ihr wüsstet, wie glücklich mich diese Nachricht macht!“, rief sie auf einmal befreit aus, und einem plötzlichen Impuls folgend, ergriff sie seine Hand und küsste sie.

Wolf war peinlich berührt und entzog sie ihr rasch wieder.

„Ich denke, es ist nun wirklich an der Zeit, dass Ihr ins Lager zurückkehrt, Mercedes“, erinnerte er sie. „Rufus wird sicher schon ungeduldig sein. Und noch etwas: Ich möchte, dass Ihr über den Inhalt unserer Unterhaltung absolutes Stillschweigen bewahrt. Wenn man Euch im Lager fragt, warum ich Euch zu sprechen wünschte, sagt einfach, ich sei ein Beauftragter des Landrichters im Ennstal und glaubte, in Euch eine Person zu erkennen, die gesucht wird, hätte meinen Irrtum aber bemerkt. – Habt Ihr mich verstanden, Mercedes: Zu keiner Menschenseele ein Wort!“

Sie nickte. „Ja, Herr, ich habe verstanden. Kein Wort. Zu niemandem. Ich verspreche es."

„Dann also, lebt wohl, Mercedes."

„Lebt wohl, hoher Herr."

Einige wenige Schritte brachten sie über den Steg hinüber auf die andere Seite des Baches. Einmal noch wandte sie sich um und hob grüßend den Arm.

Dann ging sie in Richtung des Lagers davon.

17

Die Sonne stand im Begriff, sich glutrot über dem Ennstal zu verabschieden.

Arnim von Hallstatt ritt gemächlich in Richtung Sankt Gallen und hatte gerade eine Biegung passiert, als er ein gutes Stück vor sich den Bauern Moritz Prechtel die Straße entlangziehen sah. Einen mageren Klepper am Halfter führend, der einen zweirädrigen Karren zog, näherte er sich der Abzeigung, die zu seinem Hof führte. Er hatte beim Steckelyn einen großen Topf Honig gegen ein Fass Most getauscht, das er nun heimwärts beförderte.

Prechtel war guter Dinge, wozu er auch allen Grund hatte, denn der Tag hatte bereits einen erfreulichen Anfang genommen, obwohl es zunächst nicht danach ausgesehen hatte. In aller Früh, noch während er seine Hafergrütze löffelte, war sein Sohn Matthias mit weinerlicher Miene in die Hütte gerannt gekommen und hatte seinen Vater aufgeregt davon in Kenntnis gesetzt, dass Wollie, sein kleines Lamm, in eine Erdspalte droben im Fuchswald gestürzt sei. Es sei eingeklemmt und blöke fürchterlich vor Angst. Woraufhin Prechtel mit seinem Sohn unverzüglich zum Ort des Geschehens geeilt war, um das Tier zu befreien. Kaum dass er das Lamm herausgezogen hatte, machte er eine erstaunliche Entdeckung. In der schmalen Erdspalte lagen ein Paar aus bestem Leder gefertigte Stiefel. Irgendjemand hatte sie aus unerfindlichen Gründen dorthin befördert und mit Laub und Reisig zugedeckt. Moritz Prechtel barg den Fund und schlüpfte in die Stiefel. Sie passten. Zwar war in den rechten eine stark gewölbte Einlage fest eingearbeitet worden – der ursprüngliche Träger musste einen gewaltigen Hohlfuß sein Eigen nennen –, doch diese ließ sich sicherlich mit einigem Geschick wieder entfernen. Moritz freute sich. Sein Lebtag lang hatte er noch nie solch hervorragend verarbeitetes Schuhwerk besessen. Und so behielt er die Stiefel gleich an, obwohl ihn die Einlage ein wenig hinken ließ. Heute Abend, nach getaner Arbeit, würde er sie dann in aller Ruhe vorsichtig entfernen.

Fröhlich vor sich hin pfeifend bog er soeben in den Weg ein, der zu seinem Anwesen führte, als eines der beiden Karrenräder, das in eine tiefe Furche gerutscht war, plötzlich blockierte. Das Gefährt geriet in eine bedenkliche Schieflage, und ohne dass Moritz Prechtel das Geringste dagegen unternehmen konnte, kippte der Karren mitsamt der Ladung schließlich um. Der Holzpfropf, der das Zapfloch des Mostfasses verschlossen hielt, sprang heraus, und ehe sich's der Bauer versah, ergoss sich der kostbare honiggelbe Inhalt in den trockenen Sand. Moritz Prechtel blieb zunächst einmal nichts anderes übrig, als kräftig zu fluchen. Zornig stapfte er um den verunglückten Karren herum und versetzte dem Klepper einen kräftigen Hieb, obwohl das Tier noch am wenigsten für das Malheur konnte.

Mittlerweile war der Hallstatter ein gutes Stück näher gekommen. Er hatte gesehen, was passiert war, und begann schallend zu lachen.

„Das hast du ja geschickt angestellt", begann er, immer noch lachend. „Komm, ich werde dir helfen. Kümmern wir uns zuerst um das Fass." Es gehörte zu den unbestreitbar guten Eigenschaften des Ritters, dass er, sobald Not am Mann war, sofort zupackte und half. War er auch sonst immer sehr auf seinen Stand bedacht, ignorierte er ihn in einem solchen Fall, was ihm von seiner Umgebung stets hoch angerechnet wurde.

Er sprang vom Pferd.

Jetzt erst erkannte Moritz, wen er vor sich hatte.

„Oh, Ihr seid es, Herr Ritter. Habt untertänigsten Dank." Der Bauer verneigte sich. Dabei entdeckte er den Holzpfropf, der das Zapfloch verschlossen gehalten hatte. Rasch hob er ihn auf und steckte ihn wieder ins Fass hinein, um wenigstens den Rest des kostbaren Inhalts zu retten. Dann stellte er zusammen mit Arnim das Fass wieder aufrecht.

„So, und jetzt den Karren", sagte der Hallstatter.

Sie bückten sich und griffen unter das Rad.

„Eins, zwei, drei – jetzt!", gab der Ritter Befehl. Mit einem kräftigen Ruck gelang es ihnen, das Fuhrwerk wieder aufzurichten. Anschließend wuchteten sie das inzwischen nur noch halb volle Fass wieder auf den Wagen.

Artig verbeugte sich der Prechtel erneut und wischte mit dem Handrücken über die schweißnasse Stirn. „Nochmals meinen untertänigsten Dank, gnädiger Herr. Ich weiß nicht, was ich ohne Eure gütige Hilfe getan hätte. Dafür werde ich Euch einen großen Topf meines besten Honigs zukommen lassen."

„Ist schon gut", grinste Arnim. „Das nächste Mal pass besser auf, wo du mit deiner Karre hingerätst!"

„Ja, natürlich, Herr Ritter. Das werde ich", beteuerte Moritz und verbeugte sich gleich mehrere Male.

Der Hallstatter hatte sich seinem Rappen zugewendet und war gerade im Begriff, wieder in den Sattel zu steigen, als sein Blick auf die Spuren im feucht gewordenen Sand fielen. Prechtel und er hatten sie hinterlassen, während sie den Karren wiederaufrichteten. Zuerst wollte er nicht wahrhaben, was ihm da ins Auge stach. Doch es ließ sich nicht leugnen: Unübersehbar prangten gleich mehrfach die markanten Abdrücke einer Stiefelsohle mit halbmondförmiger Kerbe im Bereich der Ferse im vom Most durchtränkten Sand.

Die Spur des Schnapphahns!

Arnim von Hallstatt ließ den Sattelknopf, den er bereits ergriffen hatte wieder los und zog den Fuß aus dem Steigbügel.

Die Hand an den Knauf seines Schwertes gelegt, wandte er sich langsam um und fixierte den Bauern ungläubig. Dann brachten ihn ein, zwei rasche Schritte hart an Prechtel heran.

„D-u-u-u-? – Du also bist das Schwein!“, zischte er. Die Verblüffung in seiner Miene war kalter Wut gewichen.

Moritz wusste nicht, wie ihm geschah.

„Aber ... aber ... Herr ... Euer ... Euer Gnaden ... wa...was ist denn?“, stammelte er und starrte den Hallstatter aus weit aufgerissenen Augen verblüfft an.

„Das wagst du noch zu fragen? Du Dreckskerl? Warte, du Bastard!“

Arnim ballte die Faust, holte aus und schlug blitzschnell zu. Er traf den Bauern am Kinn. Ohne einen Laut von sich zu geben, sackte Moritz bewusstlos in sich zusammen. Suchend blickte der Hallstatter sich um. Da entdeckte er die Seile, mit denen das Pferd an den Karren geschirrt war. Rasch schirrte er das Tier ab, nahm eines der Seile und band dem Bauern damit die Hände auf den Rücken. Dann schleppte er ihn nahe an den Wagen heran, sodass er mit dem Kopf neben das Fass zu liegen kam, und zog den Pfropfen aus dem Zapfloch heraus. Ein Schwall des im Fass verbliebenen Mostes ergoss sich über das Haupt des Moritz Prechtel; prustend und schnaubend kam er zu sich.

„Steh auf!“, befahl ihm der Hallstatter. Seine Stimme zitterte vor Wut und Erregung.

Mühsam erhob sich Prechtel, was ihm mit den gebundenen Händen nicht gerade leicht fiel. Der Kopf brummte ihm von dem Schlag. Doch er war zu schockiert, um etwas zu sagen.

„Los, steig auf deinen Klepper“, wies ihn der Ritter barsch an.

Der Bauer zögerte.

„Wirst du wohl gehorchen!“, brüllte Arnim und versetzte ihm einen unsanften Stoß, der ihn taumeln ließ.

Da setzte Prechtel zu einem neuerlichen Versuch an, zu erfahren, was um alles in der Welt denn in den Ritter gefahren sei, ihn so schmählich zu behandeln.

„Verzeiht, Euer Gnaden ... aber ... aber ... ich ... ich verstehe nicht ... was ... was habe ich denn getan?“

„Ach, das weißt du nicht, du Hundsfott? Du hältst mich wohl für blöde, was? Aber ich werde deinem Gedächtnis schon noch auf die Sprünge helfen. Im Verlies auf Gallenstein werden dir deine Schandtaten bestimmt wieder einfallen. – Sieh zu, dass du aufsitzt! Du reitest vor mir her. Nach Sankt Gallen. Also, wird's bald?“ Drohend schwang Arnim das andere Ende des Strickes.

Moritz Prechtel sah ein, dass im Augenblick jegliches Aufbegehren vergeblich war und dass er nichts anderes tun konnte, als sich ins Unvermeidliche zu schicken, auch wenn es ihm noch so rätselhaft vorkam. Mühsam kletterte er auf den Rücken des Pferdes und schlug den Weg in Richtung Buchau ein.

Grimmig, aber hoch zufrieden, folgte ihm der Hallstatter.

„Beeil dich! Bring deine Schindmähre gefälligst in Trab. Ich will heute noch auf der Burg ankommen“, rief er dem vor ihm her reitenden Bauern ungeduldig zu.

Jetzt schon malte er sich die Reaktion des Onkels aus. Der würde Augen machen. Und ihm Abbitte leisten müssen. Denn nicht etwa Wolf, dem der Onkel in den Hintern kroch, sondern er, der oft gescholtene Neffe, hatte den entscheidenden Durchbruch geschafft.

Friedrich von Saurau befand sich gerade im Gespräch mit Kuno Helfrich, als er das Geklapper von Hufen vernahm. Er wandte sich um und sah, wie ein Reiter mit gebundenen Händen das innere Tor passierte, unmittelbar gefolgt von seinem Neffen. Dem Gefesselten lief das Blut aus der Nase; überhaupt schien er ganz schön malträtiert worden zu sein und konnte sich nur mühsam auf dem sattellosen Klepper halten.

Der Graf und sein Hauptmann blickten einander befremdet an.

Arnim von Hallstatt gab dem Rappen die Sporen und sprengte nahe an die beiden heran. Mit Siegermiene sprang er aus dem Sattel, während das Pferd Prechtels stehen blieb und schnaubte. Sein Reiter war im Gesicht ganz grün vor Angst.

„Was soll das, Arnim? Was ist mit dem Prechtel?“, fragte der Graf. Er kannte den Bauern flüchtig und wusste, dass er zur Grundholdschaft des Klosters gehörte. Moritz war des Öfteren auf der Burg, denn man schätzte auch hier seinen Honig; außerdem bezog Lisa von ihm Eier und Gemüse.

„Was mit ihm ist? Ich will es Euch sagen, Onkel. Vielmehr ich zeige es Euch“, antwortete Arnim. In seiner Stimme schwang Grimm, aber auch eine gehörige Portion Genugtuung mit. Rasch trat er an das Pferd heran und zog dem darauf sitzenden Prechtel mit einem heftigen Ruck den rechten Stiefel vom Fuß. Triumphierend hielt er dem Saurauer die Sohle unter die Nase. „Seht Ihr das, Onkel? Hier diese Kerbe?“

Mit offenem Mund starrte der Graf auf die Sohle. Überrascht musterte er erst seinen Neffen, dann den Bauern.

„W-a-a-a-s-? Der Prechtel? Das kann ja wohl nicht wahr sein!“, brach es schließlich fassungslos aus ihm heraus. „Ich kann es nicht glauben. Ich kann es einfach nicht glauben! Der Prechtel – ein Schnapphahn!“

„Nein, Onkel. Nicht *ein* Schnapphahn. Sondern *der* Schnapphahn! Endlich haben wir ihn. Sein Stiefel spricht ja wohl eine eindeutige Sprache. Es gibt keinerlei Zweifel!“

Noch immer schüttelte der Graf fassungslos den Kopf, dann wandte er sich dem Bauern zu. Hart trat er an ihn heran.

„Du Hurensohn!“, fuhr er ihn mit vor Zorn bebender Stimme an. „Du elender, nichtsnutziger Bastard! Vergiltst du so Schutz und Brot, die man dir all die Jahre hindurch gewährte?“

Moritz Prechtel blickte mit wachsendem Entsetzen auf den Grafen. Verzweifelt versuchte er, eine Erklärung abzugeben. „Euer Gnaden ... bitte ... um aller Heiligen willen glaubt mir ... hier muss eine Verwechslung vorliegen ...Ich bin nicht der, für den Ihr mich haltet, und ..."

„Ach, du bist es nicht? Dann hast du auch nicht diesen Stiefel getragen, wie? Stattdessen war es wohl dein Geist?", fiel ihm Arnim höhnisch ins Wort. Er packte den Stiefel am Schaft und schlug ihn dem Bauern mit aller Kraft gegen den Leib.

Der Prechtel schrie auf. „Nein! Bitte, Herr. Bitte nicht schlagen", wimmerte er. „Was die Stiefel angeht ... ich weiß nicht ... was damit sein soll ... Ihr könnt sie gerne haben ... ich habe sie ja auch nur gefunden ... heute Morgen ... und da dachte ich ..."

„Hört, hört! Er hat sie gefunden", unterbrach der Hallstatter ihn höhnisch. „Er hat die Stiefel aufgelesen. Einfach so. Heute Morgen. Sag, Bursche, für wie einfältig hältst du uns eigentlich?" Erneut wollte er mit dem Stiefel nach dem Bauern schlagen, aber der Graf gebot ihm Einhalt.

„Lass ihn, Neffe. Es ist genug. – Hilf ihm vom Pferd, Kuno! Und danach ab in den Turm mit ihm", wandte er sich an den Hauptmann, der der ganzen Szene bisher sprachlos gefolgt war.

„Nun denn, wie Ihr befehlt, Euer Gnaden." Den Bauern bei der Hüfte packend, zog Kuno ihn grob vom Pferd herunter. Dann trieb er ihn vor sich her in Richtung des schmalen Mittelturmes, in dem eine Treppe in die unter der Erde gelegenen Kasematten führte. Dort lag auch das Verlies.

Währenddessen strebten der Hallstatter und der Graf zum Herrschaftstrakt hinüber.

„Das war gute Arbeit, mein Lieber", lobte Friedrich und klopfte seinem Neffen anerkennend auf die Schulter. „Damit dürften wir ein entscheidendes Stück weitergekommen sein. Ich kann es immer noch nicht fassen. Wolf wird Augen machen, wenn er zurückkehrt. Wie bist du dem Halunken überhaupt auf die Schliche gekommen?"

In kurzen Zügen erklärte Arnim, was sich zugetragen hatte,

wobei er nicht vergaß, seinen Scharfblick, den er beim Erkennen der Spuren bewiesen hatte, gehörig ins rechte Licht zu setzen.

„Ich werde ihn so schnell wie möglich verhören", schloss er seinen Bericht mit einem deutlichen Anflug von Selbstgefälligkeit. „Ich denke, ich bin der Aufklärung all der Verbrechen nun recht nahe. Dieses Lumpenpack wird sich auf etwas gefasst machen können."

„Richtig. Aber ich möchte, dass du mit dem Verhör so lange wartest, bis Wolf zurückgekehrt ist. Er dürfte in den nächsten Tagen eintreffen. Ich denke, dass er die Befragung leiten sollte. Er hat den besten Überblick, und er weiß, worauf es ankommt."

„Aber Onkel, *ich* habe schließlich den entscheidenden Fang gemacht. Traut Ihr mir nicht zu, auch den Rest zu erledigen?", begehrte Arnim auf.

„Nein, da verstehst du mich falsch. Natürlich hast du den entscheidenden Durchbruch erzielt", versuchte Friedrich den Neffen zu besänftigen. „Dennoch soll Wolf das Verhör leiten. Er hat die größere Erfahrung in solchen Dingen", fügte er beharrlich hinzu.

Worauf Arnim es vorzog, zu schweigen. Es machte keinen Sinn, jetzt gegen den Onkel zu rebellieren. Noch war seine Zeit nicht gekommen. Die Zeit, in der jedermann erkennen würde, dass er der Geeignetere war, die Interessen Gallensteins und des Stiftes wahrzunehmen. Immerhin war ihm vom Schicksal heute ein entscheidender Trumpf, was die Ermittlungen anging, an die Hand gegeben worden.

Und, weiß Gott, diesen Trumpf würde er zu nutzen wissen.

18

Bereits von Weitem sah ihn Hanno, der Torwächter, von seinem erhöhten Standort aus kommen.

Stöhnend wischte er sich den Schweiß aus dem Gesicht und genehmigte sich einen ausgiebigen Schluck aus dem neben ihm stehenden Krug mit Wasser. Danach stieg er gemächlich die Treppe hinunter, die eigentlich eher einer Hühnerleiter glich, so schmal und steil war sie. Er hatte den Auftrag, Wolf, sobald er einträfe, davon zu unterrichten, dass er sich eiligst zum Grafen begeben möge. Allerdings hatte man erst für den Donnerstag oder Freitag mit seiner Rückkehr gerechnet; umso überraschter war Hanno auch, ihn schon heute, um die Mittagsstunde des Mittwochs herum, den Weg zur Burg hinaufreiten zu sehen.

Noch bevor Wolf das äußere Tor passierte, trat ihm Hanno mit erhobener Hand entgegen.

„Gott zum Gruß, Herr von der Klause. Der edle Herr wünscht Euch zu sprechen. Ihr mögt so schnell wie möglich zu ihm kommen."

„Danke, Hanno, es ist gut. Ich werde ihn sofort aufsuchen." Wolf wunderte sich. Was konnte so wichtig sein, dass man den Torwächter beauftragte, ihn unverzüglich zum Grafen zu schicken, sobald er eintraf?

Er ritt zu den Ställen hinüber, um den Rappen zunächst einmal von Sattel und Zaumzeug zu befreien. Das Tier hatte in den vergangenen Tagen eine Menge geleistet und ausgiebig Ruhe verdient. Noch während sich Wolf nach einem Stallknecht umtat, der sich sowohl um das Tier als auch um das Reitgeschirr kümmern sollte, sah er Rupert auf sich zukommen.

„Gott grüße Euch, Herr von der Klause“, sagte der Leibdiener freundlich. „Ich sah Euch soeben einreiten. Hat Euch der Wächter Bescheid gegeben? Der Graf wünscht Euch zu sprechen.“

„Ja, hat er. Ich werde ihn gleich aufsuchen. Um was geht es denn Dringendes?“

„Nun, ich nehme an, um den Gefangenen.“

Wolf war erstaunt. „Um welchen Gefangenen?“

„Nun, um Moritz Prechtel. Er sitzt unten im Turm. Er soll einer der Schnapphähne sein, die für den Überfall auf die Venezianer verantwortlich sind. Herr von Hallstatt hat ihn entlarvt.“

„Moritz Prechtel? Etwa der Bauer mit dem guten Honig?“

„Ja, genau der. Alle hier wundern sich darüber.“

Wolfs Erstaunen wuchs ob dieses Wortwechsels noch mehr, doch er sagte nichts weiter und ging mit weit ausgreifenden Schritten zum Wohntrakt der Herrschaft hinüber.

Friedrich von Saurau seufzte. Der Schreibkram wollte einfach kein Ende nehmen. Wie so oft in den letzten Tagen saß er über einem Stapel Pergamente gebeugt, als es klopfte.

„Herein!“, rief er barsch, sprang allerdings erfreut auf, nachdem sich die Tür geöffnet hatte und Wolf über die Schwelle getreten war.

„Ah, Wolf, Ihr seid es schon? Ich hatte erst ab morgen mit Euch gerechnet. Umso besser, dass Ihr schon heute wieder präsent seid. Kommt, setzt Euch. Es gibt gute Neuigkeiten.“

„Ihr macht mich neugierig, Graf. Gute Neuigkeiten sind in den letzten Wochen rar geworden. Also, lasst hören“, erwiderte Wolf und nahm dem Saurauer gegenüber Platz.

Der Graf sah mit einem Ausdruck von Zufriedenheit drein, wie ihn Wolf schon seit Langem nicht mehr bei ihm wahrgenommen hatte.

„Stellt Euch vor, wir haben ihn!“, sagte er voller Genugtuung.

Nach dem kurzen Gespräch, das er mir Rupert gehabt hatte, konnte sich Wolf ausrechnen, wer gemeint war, dennoch fragte er: „Ihr habt ihn? Wen?“

„Aber lieber Wolf, stellt Euch nicht so an. Wen denn schon? Den verdammten Schnapphahn natürlich. Einen der Schurken, die bei dem Überfall auf die Venezianer mitgemacht haben. Den, der meinen Neffen überfiel. Die ganze Zeit über hielt er sich hinter der biederen Maske eines einfältigen Grundholden verborgen. Und wisst Ihr, wer es ist? Ihr werdet es nicht glauben – Moritz Prechtel! Nun, was sagt Ihr?“

Wolf sagte zunächst gar nichts.

Der Saurauer beugte sich nach vorne. „Ich sehe schon, Ihr wollt es nicht glauben. Und doch ist es so. Er trug den Stiefel, versteht Ihr? Den Stiefel, der den Abdruck hinterließ, den Ihr nachgezeichnet habt. Aber lasst Euch erzählen.“

In knappen Worten schilderte der Graf, was vorgefallen war, um sich dann über alle Maßen zufrieden in seinem Stuhl zurückzulehnen. „Nun, was sagt Ihr?“, wiederholte er voller Genugtuung seine Frage von vorhin.

Wolf seufzte. „Ich wünschte, die Sache wäre so einfach, wie Ihr sie eben dargestellt habt, Graf“, entgegnete er. „Allein – Ihr wisst, dass oft genug der Wunsch der Vater des Gedankens ist. Leider auch in diesem Fall. Der Bauer, den Ihr in den Turm gesperrt habt, kann nie und nimmer derjenige sein, den wir suchen. Denn an jenem Montagmorgen, da Euer Neffe bei Rottenmann überfallen wurde, war der Prechtel höchstpersönlich im Stift, um an die Schaffnerei eine Ladung gespitzter Holzpfähle zu liefern. Ich selbst sah ihn. Ihr könnt Euch zudem gern bei Bruder Basilius danach erkundigen.“

Der Tritt eines Pferdes hätte den Saurauer nicht ärger treffen können.

„Was sagt Ihr da?“, flüsterte er fassungslos. „Dann ... dann war also ... alles Hoffen umsonst? – Was ist dann aber mit den Stiefeln, die er trug?“, begehrte er verzweifelt auf.

Wolf beugte sich nach vorn und stützte die Hände auf den Tisch. „Vielleicht hat der Prechtel die Stiefel ja wirklich gefunden, wie er es behauptet hat. Wo und warum auch immer. Man muss ihn eben danach fragen. Im Übrigen: Auch wenn Ihr den Falschen am Schlafittchen habt, könnte uns die Aufmerksamkeit Eures Neffen ein gutes Stück weitergebracht haben. Wir haben auf jeden Fall den Stiefel. Vielleicht gibt er uns nähere Hinweise. Habt Ihr ihn hier? Ich würde ihn mir gerne einmal ansehen.“

Wortlos ging der Graf zu einer Truhe neben der Tür und öffnete den Deckel. Er zog einen Stiefel hervor und reichte ihn Wolf, der ihn mit großem Interesse musterte.

Sofort erkannte er, dass er hervorragend verarbeitet war. „Der hat eine gute Stange Geld gekostet“, bemerkte er.

Er drehte ihn herum und besah sich die Sohle. Kein Zweifel: Das war das Leder, das die Abdrücke hinterlassen hatte. Klar und deutlich war die halbmondförmige Kerbe im Bereich der Ferse zu erkennen. Er griff in den Schaft hinein und stutzte plötzlich, als er eine deutliche Wölbung ertastete – eine fest mit dem Stiefel verbundene Einlage, die sich nicht herausziehen ließ. Offenbar litt der Mann an einem Hohlfuß. Wolf fuhr weiter mit den Fingern die Innenseite entlang und bemerkte auch dort eine Unebenheit, wenn auch nur eine leichte; irgendetwas schien am Schaft zu haften. Er kratzte daran und fühlte, wie es zerbröselte. Er drehte den Stiefel herum und schüttelte ihn über dem Tisch. Die Brösel fielen heraus, zusammen mit feinem Sand.

Aufmerksam betrachtete Wolf, was er da zutage gefördert hatte. Es waren die vertrockneten Reste einer großen Wasserlibelle, wie sie nur an einer bestimmten Stelle entlang dem Ennsufer auftrat; dort allerdings zu Tausenden. Auch den extrem feinen Sand gab es nur an dieser Stelle. Er kannte jenen Abschnitt des Ufers gut, denn der schmale Strand dort eignete sich hervorragend für ein erfrischendes Bad. Schlagartig fiel ihm die Gürteltasche wieder ein, die der Schnapphahn aus der Truhe Lisas entwendet hatte. In ihr hatte er die gleichen Spuren feinen Sandes entdeckt.

„Interessant", murmelte er.

Der Graf sah ihn mit hochgezogenen Brauen an.

„Interessant? Was soll daran interessant sein?", bemerkte er und betrachtete konsterniert die verschmutzte Tischplatte.

„Nun, wir werden sehen", orakelte Wolf.

„Habt Ihr eine Vorstellung, was nun weiter geschehen soll?", fragte der Graf deprimiert, nachdem die Flamme der Zuversicht, die seit gestern in ihm gezüngelt hatte, durch Wolfs ernüchternde Ausführungen wieder erstickt worden war.

„Wir werden den Prechtel nach den Stiefeln fragen. So schnell wie möglich. Wenn es Euch recht ist, am besten sofort."

Friedrich nickte müde. „Ja. Einverstanden. Ich werde ihn heraufbringen lassen. Wir können ihn in einer der Kammern, die sich über den Kasematten befinden, verhören. Sagen wir – in etwa einer Stunde?"

Wolf nickte. „Ich werde da sein. Ich schlage vor, wir ziehen auch Euren Neffen hinzu."

Der Graf schüttelte den Kopf. „Arnim kommt leider erst spätabends zurück. Aber so lange möchte ich nicht warten."

Keine Stunde später betraten Wolf und der Graf den Mittelturm und stiegen in die besagte Kammer hinunter. Obwohl über den Kasematten gelegen, befand sich der Raum immer noch ein Stockwerk unter der Erde.

Die beiden Männer hatten sich auf einer rohen Bank aus ungehobelten Brettern niedergelassen, vor der ein ebensolcher Tisch stand. In den eisernen Haltern an der Wand aus rohen Ziegeln und Lehm steckten Fackeln, die den ansonsten stockdunklen Raum spärlich mit ihrem rötlich flackerndem Licht erhellten. In dem Gewölbe war es modrig und klamm. Trotz der mittäglichen Sommerhitze, die draußen herrschte, empfanden sie die Kühle hier unten als unangenehm.

Soeben führte Kuno den Gefangenen die lehmgestampfte Treppe hinauf. Sein Kommen war nicht zu überhören: Schlüssel klirrten an seinem Gürtel. Dann betrat er mit Moritz die Kammer ...

Moritz Prechtel hatte die scheußlichste Nacht seines Lebens verbracht. Er hatte kein Auge zugemacht, nachdem man ihn in ein schummriges, modriges Verlies gesteckt hatte, in dem es nach Unrat und Kot stank. Hin und wieder war eine Ratte aufgetaucht, um ihn neugierig zu beäugen. Dann hatte er laut geflucht und so lange mit dem Fuß nach ihr getreten, bis sie sich verzog.

Irgendwann jedoch – er hatte mittlerweile jedes Zeitgefühl verloren – war oberhalb der Treppe, die in das Verlies hinabführte, die Tür knarrend aufgegangen, und das Geräusch dumpfer Schritte war an sein Ohr gedrungen. Jemand stieg die irdenen Stufen herunter.

Kuno, der Hauptmann, bog, eine Fackel tragend, um die Ecke, öffnete wortlos die eiserne Klammer, die den rechten Fuß des Bauern umschloss, und bedeutete ihm, die Treppe hinaufzugehen, während er selbst ihm folgte ...

Moritz schwante nichts Gutes. Er stand vor einem Tisch, hinter dem er, auf einer Bank, zwei Männer ausmachte. Als er im flackernden Licht der Fackeln ihre Gesichter erkannte, staunte er nicht schlecht. Von den beiden hatte er allenfalls den Grafen erwartet, nicht jedoch Wolf von der Klause. Jedermann kannte ihn als zurückhaltenden, vornehmen Mann, der sich trotz seiner guten Beziehungen zur stiftischen Herrschaft nicht zu schade war, auch einem armen Bauern helfend zur Seite zu stehen.

Der Hauptmann führte den Gefangenen nahe an den Tisch heran, um gleich darauf Posten neben dem Eingang zu beziehen, wo er in strammer Haltung stehen blieb.

Moritz grüßte mit einer tiefen Verbeugung und starrte mit angsterfülltem Blick auf die Männer.

Wolf hatte beschlossen, ohne große Umschweife zur Sache zu kommen.

„Woher hast du die Stiefel, Moritz Prechtel?“, begann er langsam und ruhig das Verhör.

Prechtel war im Moment zu verdattert, als dass er sofort begriffen hätte, worum es eigentlich ging.

„Die Stiefel, Herr? ... Welche Stiefel? ... Ach, ja ... natürlich ... die Stiefel ... Nun, Herr ... ich ... ich habe sie gefunden. Bitte, glaubt es mir ... Ich habe sie wirklich gefunden ... Sie sind nicht gestohlen ... So etwas würde ich nie tun!“

„Wo hast du sie gefunden, Moritz?“

„Nun ... oben ... oberhalb meines Hofes ... droben im Fuchswald.“

„Aha, im Fuchswald.“ Wolf machte eine Pause.

Moritz zitterte. Was sollte das Ganze? Sollte er bestraft werden, weil er ein Stiefelpaar sein Eigen nennen wollte, das er durch puren Zufall gefunden hatte?

„Kannst du uns erklären, wie und wo du sie genau gefunden hast?“, hakte Wolf nach.

„Aber ja doch, Herr ... das kann ich ... Natürlich ... Also, das war so: ... Gestern Morgen – es war doch gestern ... nicht wahr? ... Also, gestern kam Mattis ... Ihr müsst wissen, Mattis ist mein Sohn ... er ist ... fünf ... fünf Jahre alt ... also, da kam mein Sohn und sagte mir ... Wollie sei in eine Spalte gefallen ... droben im Fuchswald ... sagte er ... und ich müsse ihm helfen, es wieder herauszuziehen ... Und da bin ich ... da bin ich mit ihm nach oben gegangen ... zum Fuchswald ... und da ...“

„Wer ist Wollie?“, unterbrach Wolf den Bauern.

„Ach ja ... verzeiht ... ich vergaß es zu sagen ... Wollie ist das Lamm meines Sohnes“ – die Andeutung eines Lächelns huschte über das Gesicht des Bauern.

„Gut, du gingst also mit deinem Sohn zum Fuchswald hinauf. Und weiter?“

„Da hörte ich es schon blöken ... Bei einer Esche ... da fand ich es ... Das Lamm war tatsächlich in eine Spalte gerutscht ... etwa ... etwas mehr als ein halbes Klafter tief ... war sie ... die Spalte ... Da zog ich es heraus ... und dann ... und dann sah ich, dass da ... dass da noch etwas war ... Unter Reisig und Ästen ... Ich langte noch mal hinein ... und zog es heraus ... Es waren die Stiefel.“

„Und da beschlossest du, sie gleich zu behalten, nicht wahr?“

Moritz nickte. „Ja, Herr“, bestätigte er und sah betreten zu Boden.

„Ich möchte die Stelle sehen. Vielleicht morgen. Ich nehme an, dass du sie wiederfindest?“

Wieder nickte Moritz. Er blickte auf. „Aber ja Herr, sicher doch.“ Hoffnung begann in ihm aufzukeimen.

Wolf sah den Bauern eine Weile schweigend an.

„Sag, Moritz, hast du, nachdem du die Stiefel gefunden hast, ein Bad in der Enns genommen?“, fragte er ihn unvermittelt.

Moritz riss die Augen auf. „Ein Bad? In der Enns? Nein, Herr! Warum sollte ich?“

Auch der Graf zeigte sich ob der seltsamen Frage überrascht, sagte aber nichts.

Wolf nickte nur. „Ja, natürlich, warum solltest du“, murmelte er nachdenklich.

Er wandte sich an den Saurauer. „Habt Ihr noch eine Frage, Graf?“

Friedrich schüttelte den Kopf. „Nein. Keine. Die Sache scheint ja wohl klar zu sein“, entgegnete er gereizt und wandte sich an den

Bauern. „Moritz Prechtel, du bist frei. Warte droben im Burghof. Rupert, mein Diener wird dich für die erlittene Unbill entschädigen. – Kuno, bring ihn nach oben!“

„Ja, edler Herr.“ Kuno verbeugte sich.

„Edler Herr ... heißt das, ich bin wirklich frei?“ Moritz konnte die glückliche Wendung der Ereignisse kaum fassen.

„Ja, ich sagte doch. Du kannst gehen“, wiederholte der Graf unwirsch.

„Ich ... ich danke Euch ... edler Herr. Tausend Dank“, rief der Bauer erleichtert. Eilig folgte er dem Hauptmann über die Treppe nach oben.

Missmutig rieb sich der Graf die Hände. „Wir sind also keinen einzigen Schritt weiter“, resümierte er.

„Das sehe ich anders, Graf. Wir wissen jetzt, dass unser Mann einen deformierten Fuß besitzt. Ein anderer Umstand bereitet mir allerdings einige Sorge. Habt Ihr Euch schon die Frage gestellt, weshalb der Mann die Stiefel versteckt hat?“

Der Graf sah ihn stirnrunzelnd an. Dann zuckte ein Wetterleuchten über seine Miene. Er hatte verstanden.

„Richtig, verdammt noch mal“, bestätigte er zähneknirschend. „Es bedeutet, dass er genau das weiß, von dem wir glaubten, dass er es nicht weiß – nämlich, dass sein rechter Stiefel eine verräterische Spur hinterließ. Darum wollte er die Stiefel loswerden.“

Wolf bejahte und fuhr dann fort: „Die Frage ist nur: Kam er selbst darauf, oder hat ihm jemand gesteckt, dass wir nach einem bestimmten Sohlenabdruck suchen?“

„Aber wer, Wolf, wer? Über diese Sache wussten nur Ihr, ich und mein Neffe Bescheid“, warf der Graf verzweifelt ein.

Geistesabwesend blickte Wolf ins flackernde Licht der Fackeln. „Es gibt noch eine andere Möglichkeit. Ich hätte früher darauf kommen sollen“, meinte er langsam.

„Ach, und welche?“, wollte der Graf wissen.

„Lisa", antwortete Wolf.

„Lisa?"

„Ja. Sie sah mir zu, als ich die Spur zeichnete. Allerdings sagte ich zu ihr, sie solle niemandem etwas davon erzählen. Aber wer weiß, ob sie Wort gehalten hat."

„Ich denke, das solltet Ihr sie schleunigst fragen."

„Das werde ich, verlasst Euch darauf. Noch bevor ich nach Admont aufbreche."

Wolfs Verdacht bestätigte sich nicht – Lisa hatte geschwiegen. Kein Wort habe sie irgendjemandem erzählt, auch nicht andeutungsweise oder aus Unachtsamkeit, beteuerte sie, und Wolf glaubte ihr.

19

Wie immer versah Bruder Theobald den Pförtnerdienst, als Wolf kurz nach der Non im Kloster eintraf und vor dem oberen Tor aus dem Sattel glitt.

„Oh, Herr von Klause, gut, dass Ihr da seid“, rief ihm Theobald durch das Fenster des Pförtnerhäuschens zu und eilte ihm gleich darauf entgegen. „Ihr wisst es sicher noch nicht. Bertram hatte einen kleinen Unfall. Nichts Schlimmes, nur eine Fleischwunde. Er liegt drüben im Infirmarium. Ich denke, dort trefft Ihr auch Fräulein von Klingfurth. Sie war bei ihm, als es geschah“, berichtete er wichtigtuerisch.

Wolf war kreidebleich geworden.

„Was sagt Ihr da?“, stieß er mühsam hervor.

„Beruhigt Euch. Ich sagte es bereits: nichts Schlimmes. Der Junge wird Euch selbst berichten. Seid versichert, es geht ihm wieder ausgesprochen gut. Ihr könnt Euch davon überzeugen, wenn Ihr hinübergeht.“

Wolf überließ den Rappen kurzerhand sich selbst und eilte stehenden Fußes zum nördlichen Trakt der Klosteranlage, in dem das Krankenhaus des Stiftes untergebracht war. Mit einem Ruck riss er die Tür auf und stürmte in das Gebäude hinein. In einer geräumigen Nische entdeckte er Bruder Magnus, einen freundlichen und in den ärztlichen Künsten außerordentlich wohlbewanderten Mönch.

„Oh, Herr von der Klause. Ihr wollt sicher zu dem Jungen, nicht wahr?“, rief er Wolf zu.

„Ja, wo finde ich ihn?“, fragte Wolf kurz angebunden.

„Wenn Ihr die Treppe ins erste Geschoss hinaufgeht, linker Hand den Gang entlang, das fünfte Zimmer auf der rechten Seite“, informierte ihn der Mönch.

Zwei, drei Stufen auf einmal nehmend, sprang Wolf die Stufen empor.

„Das edle Fräulein ist auch bei ihm!“, rief ihm Bruder Magnus noch nach. Er grinste.

Noch hatte Wolf nicht alle Stufen erklommen, als er hörte, wie oben eine der Türen ging, die zum Flur hin lagen. Schritte näherten sich der Treppe.

Katharina!

Für den Bruchteil eines Augenaufschlags vergaß er den Grund, der ihn hierher geführt hatte, und ihm wurde bewusst, wie sehr er diese Frau in den zurückliegenden Tagen, an denen er auf Reisen gewesen war, vermisst hatte. Das üppige blonde Haar kunstvoll hochgebunden, trug sie wieder die eng anliegende blaue Cotte, die ihre vollendeten Formen in einzigartiger Weise zur Geltung – und sein Blut in Wallung brachte.

Rasch sprang er die restlichen Stufen zu ihr empor.

Ganz nah stand sie vor ihm – eine einzige herrliche Verheißung. War das dieselbe Frau, die ihm vor ein paar Wochen noch so unnahbar erschienen war? Deren Souveränität sie wie eine uneinnehmbare Festung hatte wirken lassen?

„Katharina!“, stieß er heiser hervor.

„Wolf!“

Sie hatte seinen Namen nur gehaucht, und doch spürte er, wie alles an ihr nach ihm rief. Ihr Atem, der Duft ihres Haares, ihre Blicke – ihre ganze Gegenwart ...

Bertram!

Der Gedanke an den Jungen und das, was mit ihm geschehen war, drängte sich wieder in sein Bewusstsein und wirkte wie ein kalter Guss.

„Katharina! Es geht Euch also gut. Dem Himmel sei Dank! Aber was ist mit Bertram? Er hatte einen Unfall?“

Die Andeutung eines enttäuschten Lächelns huschte über ihr Gesicht.

„Ja, es hat ihn am Bein erwischt. Aber macht Euch keine Sorgen, es geht ihm gut. Er ist bereits wieder dabei, übermütig zu werden. Seht selbst!“ Sie wandte sich um und ging den Gang zurück zu Bertrams Krankenzimmer. Sie öffnete die Tür und hieß ihn einzutreten.

Er wunderte sich, denn der Raum, den er betrat, war einer von denen, die man im Infirmarium für höherstehende Gäste reservierte und die nur über ein Bett verfügten. Sicher hatte die Klingfurtherin höchstpersönlich dafür gesorgt, dass Bertram einen dieser Räume bekam.

Wolf erblickte den Jungen auf dem Bett ruhend. Das rechte Bein sachkundig umwickelt und auf einem Kissen ausgestreckt, las er gerade in einem mächtigen Folianten, der aufgeschlagen auf seinen Knien lag.

Jetzt erst bemerkte Bertram seinen Besucher.

„Wolf!“, rief er überrascht aus. „Ihr hier?“ Ein Leuchten trat in seine Augen. – „Es ist nichts Schlimmes, wirklich nicht“, fuhr er grinsend fort, als er den bangen Blick bemerkte, mit dem der väterliche Freund sein Bein musterte.

Wolf trat an das Lager heran. „Ich freue mich, dich zu sehen, Bertram. Vor allem bin ich froh, dass es dir trotz allem gut geht“, sagte er herzlich. Er setzte sich auf die Bettkante und legte den Arm um die Schultern des Jungen.

„Was ist eigentlich passiert? Und wann?“, fragte er ruhig.

„Es war am vergangenen Samstag. Und es muss ein Unfall gewesen sein. Er wollte mich bestimmt nicht treffen“, antwortete Bertram und sah Wolf mit großen Augen an.

„Er wollte dich nicht treffen? Wer um alles in der Welt wollte dich nicht treffen?“

„Nun, der, der mich in den Oberschenkel schoss. Wahrscheinlich ein Wilderer. Wohl um nicht erwischt zu werden, verschwand er ganz schnell, ohne sich weiter um den Fehlschuss zu kümmern. Auch Katharina meint, dass es so gewesen sein muss."

Wolf merkte, wie es ihm kalt den Rücken hinablief. Doch er ließ sich nichts anmerken und versuchte, eine gleichmütige Miene aufzusetzen.

„Aha. Ein Wilderer hat also auf dich geschossen", meinte er, sah aber fragend zu Katharina hinüber. Sie hatte sich inzwischen auf einem Stuhl niedergelassen, der in der Nähe des Fensters stand.

„Meinst du nicht, dass du Wolf die ganze Sache von Anfang an schildern solltest?", wandte sie sich an Bertram.

„Wenn Ihr meint. Also: Am vergangenen Samstag wollte ich mit Katharina einen Jagdausflug unternehmen, und da ..."

„... einen Jagdausflug?", unterbrach ihn Wolf verwundert.

Katharina schaltete sich ein. „Ja, Wolf. Wir beide waren übereingekommen, uns ein wenig die Zeit zu vertreiben. Ich hatte Bruder Vitus gebeten, Bertram nach dem Nachmittagsunterricht frei zu geben. Bruder Basilius, der Cellerar, erlaubte uns, Kleingetier und Vögel zu jagen. Das Erlegte sollten wir in der Klosterküche abliefern. Wir ritten also nach Hall hinüber. Ihr kennt die Wälder, die hinter dem Ort liegen. Dort geschah es, nicht wahr, Bertram?"

Der Junge nickte. „Ja. Wir befanden uns noch ziemlich am Rand des Waldes, als es geschah. – Katharina und ich waren vom Pferd gestiegen, um eine Spur zu untersuchen. – Wir waren gerade damit fertig und saßen wieder im Sattel, als wir ein Geräusch im Unterholz hörten und kurz darauf auch den Grund dafür sahen. Es war eine Wildsau. Sie fegte direkt an uns vorüber und verschwand im Dickicht. – Plötzlich verspürte ich einen heißen Schlag im rechten Oberschenkel. Es tat höllisch weh, ich schrie auf – obwohl ich nicht wehleidig bin, Ihr wisst es, Wolf –, und dann bemerkte ich, dass das Bein blutete. Und vor mir im Sattel steckte der Bolzen einer Armbrust. Zum Glück hatte er das Bein nur gestreift. Auch Katharina hatte es mitbekommen. – Sie schrie: Schnell, raus aus dem Wald!, und gab meinem Braunen eins über, sodass er sofort davonpreschte. – Wir ritten wie der Teufel. – Ich vorneweg und Katharina hinter mir drein. – Sie rief mir zu, ich solle nicht auf dem Weg reiten, sondern über die Wiesen rechts des Weges. Und ich solle Haken schlagen und die Deckung der Büsche suchen, die dort stehen. – Nun ja, dann kamen wir bei einigen Bauern an, die mit der Ernte beschäftigt waren. – Dort glaubten wir, in Sicherheit zu sein. – Wir hielten an, und Katharina untersuchte mein Bein; sie meinte, es sei nur eine Fleischwunde. – Von dort sind wir nach Admont zurückgeritten. – Als wir schließlich hier im Infirmarium ankamen, kümmerten sich Katharina und Bruder Harald um mein Bein. – Übrigens: Das ist er.“ Bertram zog ein zusammengerolltes Stück Tuch unter der Bettstatt hervor, wickelte es auf und entnahm ihm den Bolzen.

Wolf nahm das Geschoss entgegen und betrachtete es prüfend. Es war ein ganz normaler Bolzen, wie er Tausenden von Armbrüsten von der Sehne schnellte.

Nachdenklich gab er ihn an Bertram zurück. „Und ihr beide glaubt, dass ein Wilderer den Schuss abgab und dich aus Versehen traf?“

„Ja, natürlich. Er hatte es auf die Sau abgesehen, traf aber mich.“

Wolf nickte. „Es muss wohl so gewesen sein“, antwortete er, obwohl er selbst erhebliche Zweifel an der soeben gehörten Vermutung hegte.

Er wandte sich an die Klingfurtherin. „Ihr habt Euch sehr umsichtig verhalten, Katharina. Habt herzlichen Dank dafür“, sagte er. Zugleich fragte er sich, was sie wohl dazu veranlasst hatte, auf eine Art und Weise die Flucht zu suchen, die deutlich erkennen ließ, dass sie in jenem Moment mit weiteren Gefahren gerechnet hatte.

Warum sollte der Junge Haken schlagen und Deckung suchen, wenn davon auszugehen war, dass es sich bei dem ganzen Malheur lediglich um den unglücklichen Fehlschuss eines Wilderers handelte? Irgendetwas passte da nicht zusammen.

„Nun, es ging alles noch einmal gut aus. Gott sei Dank dafür", schloss Katharina, gab Wolf mit den Augen dabei aber ein Zeichen. Er begriff sofort. Sie wollte ihm offenbar etwas sagen, was nicht für die Ohren des Burschen bestimmt war.

„Mir fällt gerade ein, ich habe noch etwas für dich, mein Junge. Es ist in meiner Satteltasche. Ich vergaß es in der Eile. Lass es mich holen. Ich bin gleich wieder da", sagte Wolf. Es stimmte. In Friesach hatte er bei einem Messerer einen kleinen Dolch erstanden, dessen Griff mit hübschen Schnitzereien versehen war. Er war als Geschenk für Bertram gedacht gewesen. Aber natürlich beinhaltete Wolfs Bemerkung vor allem eine unausgesprochene Aufforderung an Katharina, mit ihr unter vier Augen sprechen zu wollen, was sie auch sofort verstand.

„Ich gehe mit Euch", entschied sie, „ich wollte ohnehin zu Bruder Markus und ihn um ein neues Leinen bitten. – Die Salbe muss erneuert werden. Und dein Verband", wandte sie sich an Bertram.

Gemeinsam verließen sie den Raum, und während sie langsam den Gang entlangschritten, kam Katharina umgehend zur Sache.

„Ich bin froh, dass Ihr gleich gemerkt habt, dass ich Euch etwas zu sagen habe, Wolf", begann sie ernst. „Etwas, das der Junge nicht hören soll. Es würde ihn furchtbar beunruhigen."

„Ich vermutete es. Ich sah an Euren Augenzeichen, dass Ihr etwas auf dem Herzen habt, das Ihr nur mir mitteilen wollt", entgegnete er und wartete gespannt.

„Es gibt zwei Dinge, die ich Euch sagen muss", fuhr sie fort. „Erstens: Als wir nach Hall hinüberritten, folgte uns die ganze Zeit über ein Reiter. Dann, als wir uns im Trab den Wäldern hinter Hall näherten, gab er seinem Pferd plötzlich die Sporen und galoppierte, das Gesicht abgewandt, an uns vorüber, direkt in den Wald hinein. Ich gab zuerst nichts darauf. Dann aber, als Bertram plötzlich aufschrie und ich den Bolzen im Sattel des Jungen stecken sah, war ich sicher, dass er derjenige war, der geschossen hatte. Zuerst dachte ich an einen Fehlschuss. Bis mir blitzartig klar wurde, dass der Mann bestimmt nicht die Sau hatte treffen wollen. Um die zu erwischen, hätte er viel weiter nach rechts zielen und den Schuss viel früher abgeben müssen. Einen solch gigantischen Fehlschuss würde sich nicht einmal ein Blinder leisten. Das war der Grund, warum ich Bertram mit allen Mitteln zur Flucht drängte. Ich hatte das unbestimmte Gefühl, dass der Schütze es auf einen von uns abgesehen hatte und dass er weitere Schüsse absetzen würde. Die Erklärung mit dem Wilderer erfand ich nur, weil ich den Jungen nicht beunruhigen wollte."

Wolf nickte. „Ich dachte mir schon so etwas. – Ihr sagtet, der Reiter galoppierte mit abgewandtem Gesicht an Euch vorüber. Ist Euch dennoch irgendetwas an ihm aufgefallen? Vielleicht seine Körpergröße oder seine Kleidung?"

Sie schüttelte den Kopf. „Nein. Ich gab in diesem Augenblick allerdings auch nicht besonders acht. Ich weiß nur noch, dass er dunkle Kleidung trug."

Wolf schwieg nachdenklich. Sie waren inzwischen bei der Treppe angelangt und begannen, langsam nebeneinander die breiten Stufen hinunterzusteigen.

„Es gibt noch etwas, das ich Euch sagen muss, Wolf ... Etwas, das mich, als ich es sah, außerordentlich verblüffte ... Um nicht zu sagen: entsetzte", fuhr die Klingfurtherin fort. Sie hielt mitten im Hinuntergehen inne.

„So?", fragte Wolf und blieb ebenfalls stehen.

„Als ich ... als ich Bertram den Verband anlegte ...", fuhr sie zögernd fort, „da ... da bat er mich, auch einmal nach der Ferse seines rechten Fußes zu sehen; er habe sich wohl einen Dorn eingetreten. Ich tat es .... Und wisst Ihr ... was ich sah?"

Langsam nickte Wolf mit dem Kopf. „Ich denke, ich weiß es", erwiderte er leise. „Ihr saht das Mal. Ein herzförmiges Feuermal an der Unterseite der rechten großen Zehe, – nicht wahr?"

Mit offenem Mund starrte sie ihn an.

„Ihr ... Ihr wisst es ...?", flüsterte sie fassungslos.

Wieder nickte er. „Ja. Allerdings erst seit vorgestern. – Aber kommt, gehen wir hinab. Ich habe Euch einiges zu erzählen."

Während sie langsam die Treppe hinuntergingen, schilderte Wolf die Ereignisse des vorgestrigen Tages und sein Zusammentreffen mit Mercedes. Schweigend und konzentriert hörte ihm die Klingfurtherin zu. Als er mit seinem Bericht zu Ende war, spiegelte sich Betroffenheit in ihrer Miene.

Nach einer guten Weile – sie waren mittlerweile in den Hof getreten – hob sie den Blick und sah ihn an.

„Der Schuss auf Bertram war also tatsächlich kein Zufall. Dass er fehlging, haben wir wahrscheinlich nur einem glücklichen Umstand zu verdanken. Er ist ein Beweis dafür, dass der „Eber" nun den Richtigen ins Visier genommen hat, nicht wahr?" Ihre Stimme verriet tiefe Sorge.

„Und ein Beweis dafür, dass er bestens informiert ist und über einen hervorragend arbeitenden Spitzel verfügt. Wie sonst hätte er wissen können, wo sich der, den er so fieberhaft sucht, aufhält? Und vor allem, wer von den Schülern in der äußeren Schule Bertram ist", bestätigte Wolf ihren Gedankengang.

„Das heißt: Wenn wir diese Person zu fassen bekämen, könnte sie uns zum „Eber" führen?"

„Ja, *wenn!* Doch bis zur Stunde wissen wir über den „Eber" mehr als über seinen Spitzel", antwortete Wolf sarkastisch und fuhr fort: „Wir müssen also sehr vorsichtig sein. Am besten ist es, der Junge bleibt vorerst hinter den Klostermauern."

„Das wäre wohl das Sinnvollste“, stimmte die Klingfurtherin zu, „doch wie bringen wir ihm das nur bei, ohne ihn zu ängstigen? Und vor allem, ohne ihm bereits jetzt die Umstände seiner dubiosen Herkunft aufzudecken. Er wird ganz schön schockiert sein, wenn er erfährt, dass Arnulf und Agnes nicht seine wirklichen Eltern sind.“

„Das ist es ja. Der Junge wird es erfahren müssen. Aber nicht jetzt und vor allem nicht heute. Erst, wenn wir selbst mehr darüber wissen. Außerdem braucht es Zeit und Ruhe und auch die richtige Umgebung, ihm die Umstände seiner Herkunft schonend beizubringen. Allerdings sollten wir ihm sagen, dass er, solange ihm Gefahr droht, das Kloster nicht verlassen darf.“

„Wie, glaubt Ihr, wird er es auffassen?“, fragte Katharina.

„Nun, Ihr wisst: Bertram ist alles andere als ein Angsthase. Natürlich wird er einen gehörigen Schrecken bekommen. Aber er wird sicher vernünftig sein. Vor allem müssen wir ihm sagen, dass er mit niemandem über die Gefahr, in der er schwebt, sprechen soll. Allerdings werden wir seinen Lehrer, Bruder Vitus, und auch den Prior informieren.“

Die Klingfurtherin überlegte eine Weile. „Wahrscheinlich ist es so das Beste“, stimmte sie dann zu. „Wann werden wir mit ihm sprechen?“

„Noch heute. Am besten gleich nachher.“

20

Früh, viel zu früh war der Mann erwacht und hatte den Fensterladen aufgestoßen.

Diffuses Licht und kühle Luft drangen in seine Kammer. Tief atmete er durch. Die hereinströmende Frische belebte ihn. Das war auch bitter nötig, denn er hatte eine unruhige Nacht verbracht und fühlte sich wie gerädert. Über Stunden hinweg hatte er sich schlaflos auf seinem Lager hin und her gewälzt und über die Geschehnisse der letzten Tage nachgegrübelt. Dabei war ihm die Gefährlichkeit seiner Lage zum ersten Mal richtig bewusst geworden. Es wurde allmählich höchste Zeit, zu verschwinden. Doch noch musste er ausharren. Morgen Nacht würde er neue Anweisungen empfangen. Danach würden weitere vier Tage bis Sankt Bartholomä vergehen. An diesem Tag, einem Donnerstag, würde er in der Schenke „Zum Bären" auf den Boten des Ordens treffen, den sie aus Venedig zurückerwarteten. Er kannte ihn noch nicht, er wusste nur, dass es sich um einen der Fuhrleute des Transportes handelte, die der Schwarze nach dem Überfall in seinen Dienst gezwungen hatte. Auch Matthis würde zum vereinbarten Treffpunkt kommen. Zusammen sollten sie den Fuhrmann am darauf folgenden Freitag zum Plateau geleiten und dann ...

Doch das war nicht mehr seine Sache. Zu diesem Zeitpunkt wäre seine Mission auf Gallenstein endgültig erfüllt. Nicht eine einzige Stunde gedachte er danach noch auf die Burg zurückzukehren.

Aber bis es so weit war, musste er durchhalten, ohne in Kopflosigkeit zu verfallen. Denn Angst war ein schlechter Ratgeber und verleitete dazu, Fehler zu machen. Und davon hatte es bereits genug gegeben. Die verfluchte Gürteltasche! Der verdammte Stiefel! Wie würden Abt und Prior sich wohl verhalten, wenn sie von all dem erfuhren?, fragte er sich. Ein Schauer jagte über seinen Rücken, doch rasch verdrängte er den Gedanken. Ein paar Tage noch, dann wäre alles vorbei. Dann würde er für niemanden mehr erreichbar sein – nicht einmal für den Orden, da war er sich sicher.

Bei dem Gedanken, dass ihn ab diesem Zeitpunkt ein geruhsames und vor allem gesichertes Leben erwartete, lächelte er. In den vergangenen Jahren hatte ihm seine Tätigkeit für den Orden so viel eingebracht, dass er davon bis ans Ende seiner Tage sorglos würde leben können. Oh ja, in dieser Hinsicht verdankte er der „Bruderschaft" viel – sehr viel sogar. Und bei allem Unbehagen, das er hinsichtlich des Gebieters und des Priors empfand, eines musste er ihnen lassen: Dass sie ihn, der für sie an vorderster Front Kopf und Kragen riskierte, stets fürstlich für seine Spitzeldienste entlohnt hatten.

Ein plötzliches Gähnen überfiel ihn und machte ihm bewusst, dass noch ein erhebliches Quantum Müdigkeit in seinen Knochen steckte.

Er beschloss, es noch einmal mit Schlafen zu versuchen, und warf sich erneut aufs Lager. Den Fensterladen ließ er offen stehen. Irgendwann würden die wärmenden Strahlen der aufgehenden Sonne die Bettstatt, auf der er ruhte, erreicht haben und ihn aufwecken.

Schon in aller Frühe war Wolf nach Altenmarkt aufgebrochen. Er wollte sich bei Hartmut Peuger, dem Schmied, nach dem Schwert erkundigen, das er bei ihm in Auftrag gegeben hatte. Als er um die siebte Stunde nach Sankt Gallen zurückritt, war es bereits sehr heiß, und da er genügend Zeit hatte, beschloss er, die Gunst des Augenblicks zu nutzen und zur Enns hin abzubiegen, um sich eine kleine Erfrischung zu gönnen. Ganz in der Nähe einer Schleife, die der Fluss hier beschrieb, befand sich eine beschauliche, nicht einsehbare Stelle am Ufer, an der man ungestört in die Fluten eintauchen konnte. Dort lag auch ein Felsen, der weit ins Wasser hineinragte und ständig von unzähligen Libellen umschwirrt wurde.

Wolf war bereits gestern hier gewesen. Allerdings nicht, um ein Bad zu nehmen, sondern um das Ufer zu inspizieren. Er hatte das unbestimmte Gefühl, an dieser Stelle vielleicht weitere Hinweise auf den Mann, nach dem sie suchten, finden zu können. Schließlich ließen die bisher gesicherten Spuren – die tote Libelle und der feine Sand, der sich sowohl im Schaft des Stiefels als auch in der Gürteltasche befunden hatte – darauf schließen, dass er sich hin und wieder hier aufgehalten haben musste.

Bei der besagten Flussbiegung angekommen, sprang er aus dem Sattel und band den Rappen an einem Strauch fest. Dann drang er auf einem verwilderten Pfad in das dichte Gewirr der Uferböschung ein.

Soeben stand er im Begriff, das Dickicht zu verlassen, um auf die kleine Sandbank hinauszutreten, als er unwillkürlich innehielt. Vor sich nahm er die frischen Spuren nackter Füße wahr. Die Fährte führte ein Stück weit eng am Rand des Dickichts entlang, dann querte sie den Sandstreifen, um dort, wo die Felszunge endete, im Wasser zu verschwinden. Nicht weit entfernt von dem Gebüsch, hinter dem er kauerte, konnte er auch ein Bündel Kleider und ein Paar einsamer Stiefel ausmachen.

Plötzlich lenkte ein Geräusch seine Aufmerksamkeit in Richtung des Flusses. Gleich darauf sah er die Person, der die Fährte gehören musste, aus dem Schatten des in die Enns hineinragenden Felsens hervortreten und prustend und panschend aus dem Wasser waten.

Wolf erkannte den Mann und lächelte.

Dass der langjährige Bedienstete des Burggrafen zu Gallenstein, der, wie Wolf zufällig wusste, noch am Abend zuvor beim Adlerwirt in Sankt Gallen die halbe Nacht durchgezecht hatte, bereits um diese Zeit wieder auf den Beinen sein konnte, sprach für die gute Kondition des Mannes.

Wolf beschloss, dem Zecher den Platz zu überlassen und eine andere Stelle aufzusuchen. Schon war er dabei, sich diskret zurückzuziehen, als sein Blick abermals die Fußspur streifte – und an ihr hängen blieb.

Schlagartig nahm sein geschultes Auge die ungewöhnliche Beschaffenheit der Fährte, genauer, des rechten Fußabdrucks wahr. Der Mann, der da seelenruhig flussaufwärts watete, musste über einen extrem ausgebildeten Hohlfuß verfügen. Klar und scharf verriet die Spur, dass der Fuß ein abnorm hohes Längsgewölbe besaß; teilweise waren nur Zehen und die Ferse im Sand zu erkennen.

Wolf erschrak.

Sollte der, der da badete etwa ...?

Nein, unmöglich!

Oder doch?

Wolf beschloss, zu warten und den Mann weiter zu beobachten. Er war nackt. Inzwischen hatte er das Wasser verlassen und ging am Ufer entlang. Wolf bemerkte, dass er hinkte. Auf einmal blieb der Mann stehen und sah zu seinem Kleiderbündel hinüber, dann wieder in Richtung des Flusses. Er schien unschlüssig zu sein. Jäh wandte er sich um und stieg erneut ins Wasser. Er watete wieder in die Richtung zurück, aus der er gekommen war, und verschwand hinter der in den Fluss hineinragenden Felszunge.

Es war *die* Gelegenheit. Ohne lange zu überlegen, schlich sich Wolf im Schutz des Unterholzes dicht an den Erlenstrauch heran, neben dem Kleidung und Stiefel des Badenden lagen. Wenn der Mann derjenige war, den sie suchten, musste der rechte seiner beiden Stiefel über die gleiche Einlage verfügen wie das zweite, von ihm versteckte Paar. Denn um ohne Probleme gehen zu können, musste er eine Einlage tragen – ein sorgfältig gearbeitetes Stück Holz, das die extreme Deformation des rechten Fußes ausglich.

Wolf zögerte nicht länger. Er langte durch den Strauch, griff sich den rechten Stiefel und besah ihn sich kurz. Dann fasste er in den Schaft. In der Tat, sein Verdacht bestätigte sich: die mit weichem Leder überzogene Einlage war deutlich zu fühlen.

Wolf spürte, wie seine Hände vor Aufregung zu schwitzen begannen; er hatte also doch den richtigen Riecher gehabt. Vorsichtig legte er den Stiefel wieder an seinen Platz zurück, wobei er darauf achtete, keinerlei Spuren im Sand zu hinterlassen.

Nun richtete er seine Aufmerksamkeit auf das Kleiderbündel. Und auf die Lederschlaufe, die darunter hervorlugte. Wolf atmete schneller. War es tatsächlich *die* Schlaufe, die er zu kennen glaubte? Diesmal griff er mit beiden Armen durch den Strauch. Vorsichtig schoben sich seine Hände unter das Bündel und hoben es an – kein Zweifel, er hatte sich nicht getäuscht. Da lag sie – die Gürteltasche, die er Lisa übergeben hatte und die aus ihrer Kammer entwendet worden war.

Er sah zu der in den Fluss ragenden Felszunge hinüber, hinter der der Badende verschwunden war. Nichts regte sich dort. Er musste es wagen. Rasch zog er die Tasche zu sich heran. Mit fliegenden Fingern schnürte er sie auf und griff hinein. Sie barg zwei Pergamentstreifen und – erneut wurde ihm heiß und kalt – zwei Ringe. Den Siegelring, den er bereits kannte, mit dem das Schreiben der Entführer, das sie dem Grafen überbringen ließen, gesiegelt worden war, und – den Siegelring des Saurauers!

Eine ungeheure Erregung, gepaart mit einem unbeschreiblichen Triumphgefühl ergriff Wolf, als er die im Sonnenlicht blinkenden Ringe betrachtete, die in seiner Hand lagen. Wieder blickte er zum Fluss hinüber. Der Mann, der dort hinter dem Felsen das kühle Wasser der Enns genoss, konnte sämtliche Erklärungen liefern, die sie benötigten, um den Fall endlich aufzulösen. Und weiß Gott, sie würden ihn zum Reden bringen.

Er ließ die Ringe wieder in die Tasche gleiten und besah sich die Pergamentstreifen, die beide beschrieben waren. Die Botschaft des einen kannte er bereits. *„Sankt Bartholomä. Schenke ‚Zum Bären' auf dem Weg nach Rottenmann"*, stand dort zu lesen. Auch der andere der beiden Streifen – er war, als Wolf seinerzeit die Tasche fand, noch nicht darin gewesen – enthielt eine Nachricht mit Datum. Sie war etwas ausführlicher formuliert und lautete: *„Sei am Tag vor Sankt Bernhard um Mitternacht bei der großen Höhle am Wasserfall im Johnsbachtal. Dort empfängst du weitere Anweisungen und übergibst mir den Ring des Grafen. Ich werde ihn bald benötigen."* Unterzeichnet war das Schreiben mit einem *„P"*.

Wolf pfiff leise durch die Zähne. Am kommenden Sonntag war der Tag des heiligen Bernhard. Folglich würde der Schnapphahn morgen, Samstag, um Mitternacht, in einer Höhle im Johnsbachtal „weitere Anweisungen" erhalten, was immer das auch heißen mochte.

Wolf prägte sich den genauen Wortlaut der beiden Nachrichten gut ein und steckte die Pergamente wieder in die Gürteltasche. Rasch schnürte er sie zu und legte sie an ihren ursprünglichen Platz unter das Kleiderbündel zurück. Kaum dass er damit fertig war, sah er, wie der Badende langsam wieder um die Felszunge gebogen kam und diesmal zielbewusster der Stelle zustrebte, an der er Kleidung und Schuhwerk zurückgelassen hatte.

Es war Zeit, zu verschwinden.

Noch während er nach Sankt Gallen zurückritt, begann Wolf zu überlegen, wie er weiter verfahren sollte. Dass er den Grafen nicht sogleich darüber informieren würde, dass einer seiner Bediensteten der Gesuchte war, verstand sich von selbst. In seinem ersten Zorn würde der Saurauer sonst vielleicht noch darauf bestehen, den

Schuft sofort einkerkern zu lassen. Doch was wäre damit gewonnen? Natürlich, sie würden ihn verhören und dadurch eventuell wichtige Erkenntnisse gewinnen können. Aber mehr Sinn machte es, mit seiner Festnahme noch zu warten. Immerhin würde sich der Schurke schon morgen Nacht mit einem Komplizen in der Höhle im Johnsbachtal treffen. Das bot Gelegenheit, gleich zwei der Schnapphähne zu fassen. Wolf kannte das Johnsbachtal und auch jene Höhle, die sich an einem der Zuläufe des Johnsbaches befand, wie seine Gürteltasche. Dort boten sich genügend Versteckmöglichkeiten, um die beiden Schurken belauschen und danach festnehmen zu können.

Je länger Wolf darüber nachdachte, desto mehr gelangte er zu der Überzeugung, dass dies die richtige Vorgehensweise war. Sie mussten zusehen, möglichst *alle* der dreisten Verbrecher und vor allem den Kopf der Bande zu erwischen. Denn dass der, der da im Fluss gebadet hatte, nicht das Haupt der Schnapphähne sein konnte, war sonnenklar. Er war mit Sicherheit nur ein Spitzel, ein Untergebener, der Anweisungen empfing und der Bande zuarbeitete.

Wer aber erteilte die Anweisungen? Übermorgen, am Tag vor Sankt Bernhard, um Mitternacht würde Wolf es erfahren. Zusammen mit dem Grafen und einigen Bewaffneten würde er bereits einige Stunden zuvor bei der Höhle sein und von einem sicheren Versteck aus den weiteren Fortgang der Dinge beobachten. Vorerst aber würde er seine Entdeckung für sich behalten.

Nicht einmal Katharina würde er davon erzählen.

Es war besser so.

XIV – Samstag, 19. August im Jahr des Herrn 1385;
der Tag vor Sankt Bernhard

21

Der Bote aus Steyr traf um die Mittagszeit auf Gallenstein ein.

„Hans von Grein. Ich bringe im Auftrag von Jakob von Schmelzer eine wichtige Nachricht! Führt mich sofort zum Grafen!“

In arroganter Knappheit hatte der herrschaftlich gekleidete Fremde seinen Namen und den Grund seines Besuches genannt.

„Zum Grafen wollt Ihr? Da werdet Ihr Euch wohl noch ein wenig gedulden müssen. Der will um diese Zeit seine Ruhe haben“, entgegnete Wolfhart, einer der beiden Wächter, trotzig und trat dem Reiter in den Weg. Nachdrücklich stieß er mit dem Schaft seines Speers auf den Boden; der Abgesandte des Schmelzers war ihm auf Anhieb unsympathisch.

„Ihr habt wohl nicht verstanden? Ich muss sofort zu ihm. Die Sache duldet keinen Aufschub. Oder glaubt ihr, Herr von Schmelzer beauftragt mich, seinen persönlichen Syndikus, mit einer Botschaft für euren Gebieter, damit ihr mich dann warten lasst?“, entgegnete der Steyrer grob. Seine Stimme klang von oben herab; zudem hatte er es bislang nicht für notwendig befunden, aus dem Sattel zu steigen – die Stute, auf der er saß, tänzelte ungeduldig hin und her.

„Is' ja schon gut. Heiner führt Euch zu ihm“, entgegnete Wolfhart kleinlaut und trat zur Seite.

Der andere der beiden Torwächter verbeugte sich kurz. „Wenn

Ihr mir folgen wollt?", sagte er nur und ging voraus. Ungehalten folgte ihm der Reiter.

„Ja, herein! – Ah, Ihr seid es, Wolf, das trifft sich gut. Gerade wollte ich nach Euch schicken. Nehmt Platz, wir müssen reden!" Die Stimme des Saurauers klang erregt, seine Züge wirkten angespannt.

„So?", entgegnete Wolf erstaunt. Er schloss die Tür hinter sich und setzte sich auf einen Stuhl dem Grafen gegenüber an den Schreibtisch.

„Ein Bote aus Steyr, der persönliche Syndikus des Schmelzers, hat mir soeben eine Botschaft überbracht. – Aber da, lest selbst!" Friedrich von Saurau deutete auf einen auf dem Schreibtisch zusammengerollten Pergamentbogen.

Wolf nahm das Schreiben und entrollte es. Seine Botschaft wies einen äußerst dringlichen Charakter auf:

„Hochverehrter Graf. Es ist so weit. Der Bote aus Venedig ist eingetroffen. Giovanni Polo höchstpersönlich, ein Vetter Lodovicos. Habt bitte die Güte und informiert auch das Stift darüber. Ich bitte Euch, Prior Metschacher, Wolf von der Klause sowie all jene, die der Prior und Ihr selbst für geeignet haltet, am folgenden Montag, dem Tag nach St. Bernhard, zu einer Besprechung zu mir nach Steyr zu kommen. Ich selbst kann derzeit leider nicht reisen; dringende Angelegenheiten erfordern meine Gegenwart in Steyr. Darüber hinaus möchte ich auch dem Gesandten aus Venedig nicht noch eine weitere Reise zumuten; er ist, wie Ihr Euch denken könnt, erschöpft und, gelinde gesagt, über die ganze furchtbare Angelegenheit sehr verärgert. Erweist mir die Ehre, Euch gegen Nachmittag erwarten zu dürfen. Es gilt, schnell zu handeln.

Euer ergebener Diener, Jakob von Schmelzer."

Wolf rollte das Schreiben wieder zusammen und legte es auf den Tisch zurück.

„Wie der seltsame Orden es angekündigt hat. Jetzt wird es spannend“, murmelte er nachdenklich.

„Ihr sagt es. Ich werde den Prior informieren lassen. Damit er sich rechtzeitig auf die Reise vorbereiten kann. Es macht Sinn, bereits morgen früh aufzubrechen. Damit wir uns nicht hetzen müssen. Wer, meint Ihr, sollte noch mitreiten?“

Wolf zögerte. „Nun, wenn Ihr so fragt: Ich denke, dass Katha..., ich meine Fräulein von Klingfurth und auch Pfarrer Schinopl wieder dabei sein sollten.“

Der Saurauer nickte. „Ja, das sehe ich auch so. Außerdem werden wir mit Geleitschutz reisen. Denkt Ihr, dass fünf Geharnischte reichen werden?“

„Ja, das genügt. Einen Überfall seitens der Schnapphähne brauchen wir nicht zu fürchten. So paradox es klingt: Wir reiten schließlich in ihrem Auftrag. Sie wissen, dass sie uns brauchen, wenn sie ihr Ziel erreichen wollen“, bemerkte er und lächelte ironisch. Gemächlich schlug er die Beine übereinander.

„Euch ist zum Lachen zumute? So leicht nehmt Ihr die Dinge?“, kommentierte der Graf irritiert das Verhalten Wolfs.

Wolf stützte die Arme auf den Schreibtisch und beugte sich vor. „Ihr missversteht da etwas, Graf. Ich nehme die Dinge keineswegs leicht. Doch seit dem vorgestrigen Tag gibt es Gründe, sie gelassener zu sehen. Die Lage hat sich zu unseren Gunsten geändert. Ich konnte etwas in Erfahrung bringen, was uns ein entscheidendes Stück weiterbringen dürfte! Das ist auch der Grund, warum ich hier bin. Ich wollte mit Euch darüber sprechen.“

Erwartungsvoll sah ihn der Saurauer an.

„Was sagt Ihr da? Ihr habt etwas Neues in Erfahrung gebracht? Und das schon vorgestern? Warum, zum Teufel, erfahre ich erst jetzt davon?“, polterte er los.

„Weil ich mit mir selbst erst einmal zu Rate gehen und mir dann einen Plan zurechtlegen musste. Ich wollte Euch diesmal nicht mit einer neuen Erkenntnis behelligen, ohne Euch gleichzeitig einen Vorschlag präsentieren zu können, was das weitere Vorgehen angeht", entgegnete Wolf. Das klang durchaus plausibel und entsprach sogar den Tatsachen. Den eigentlichen Grund, warum er vorerst geschwiegen hatte, behielt er allerdings für sich.

„Nun spannt mich nicht länger auf die Folter – was habt Ihr herausgefunden?", hakte der Graf, neugierig geworden, nach.

Wolf beugte sich vor. „Was ich Euch jetzt sage, muss unter uns bleiben", begann er und dämpfte seine Stimme. „Zwei der Schnapphähne werden sich heute Nacht im Johnsbachtal begegnen. Bei einem von ihnen muss es sich um einen der Anführer handeln. Der andere ist ein ..."

„Was sagt Ihr da?", unterbrach ihn der Saurauer, völlig außer sich. „Es gibt ein Treffen? Zwei von den Schweinehunden wollen sich heute Nacht ..."

„Psst! Leise! Man hört Euch ja bis auf den Gang hinaus", unterbrach Wolf seinerseits den Grafen. „Ich sagte es bereits: Das, was ich Euch sage, muss unter uns bleiben. Der weitere Erfolg unserer Bemühungen hängt davon ab. Niemand sonst darf davon erfahren. Also, ich bitte Euch, hört mich erst einmal in aller Ruhe an."

Zögernd beruhigte sich der Graf wieder, wenngleich das Wetterleuchten in seiner Miene verriet, dass ihm das weitere Zuhören schwerfiel.

Unbeirrt davon fuhr Wolf mit seiner Darlegung fort. „Zwei von der Bande wollen sich also um Mitternacht bei einer Höhle im Johnsbachtal treffen. Sie liegt an einem der Zuläufe des Johnsbachs, direkt neben einem Wasserfall. Ich kenne die Stelle. Und nun mein Plan: Wir – das heißt Ihr und ich – werden vor den beiden dort sein. Mit ein wenig Glück werden wir die Schurken überraschen und festnehmen. Dazu bedarf es jedoch sicherheitshalber einiger Eurer Waffenknechte, die mit uns kommen. Sie müssen allerdings absolut zuverlässig und verschwiegen sein. Damit das Ganze gelingt, sollten wir baldmöglichst aufbrechen – Also: Kann ich auf Euch zählen?“

„Natürlich könnt Ihr auf mich zählen. Das ist ja wohl keine Frage“, rief Friedrich mit euphorischer Stimme – um seine Lautstärke gleich darauf wieder zu dämpfen; Wolfs Mahnung klang ihm noch im Ohr. „Ich wusste, dass Ihr irgendwann Licht ins Dunkel bringen würdet“, fuhr er leiser werdend fort. „Euer Plan ist vorzüglich. Wir machen alles so, wie Ihr vorgeschlagen habt. Außerdem kann ich bei dieser Gelegenheit dem Prior gleich selbst die Neuigkeiten aus Steyr überbringen. Also, wenn es Euch recht ist, brechen wir sofort auf.“ Der Graf erhob sich mit einem Ruck und schickte sich an, zur Tür zu gehen.

„Einen Augenblick noch, Graf“, hielt Wolf ihn auf; er hatte sich mittlerweile ebenfalls erhoben. „Denkt daran: kein Wort zu irgendeiner Menschenseele über das Ziel unseres Ausrittes“, mahnte er noch einmal dringlich. „Auch nicht gegenüber Eurem Neffen. Die Waffenknechte werden wir erst unmittelbar bevor wir in Richtung Johnsbach aufbrechen, näher informieren.“

Noch trennten zwei ganze Tage den Mond vom Erreichen seines vollen Umfangs. Dennoch sollte die Nacht, die bald heraufziehen würde, eine von jenen werden, an denen er klar und hell die samtene Finsternis beherrschte.

Bereits um Vesper herum hatten sich Wolf und der Graf zusammen mit vier Waffenknechten von Admont aus auf den Weg gemacht. Sie hatten beschlossen, die Pferde in einem Schuppen zurückzulassen, der sich auf einer kleinen Waldwiese nahe der Stelle befand, wo der Weg nach Johnsbach abzweigte. Aufgrund des schwierigen Geländes musste der Rest der Strecke zu Fuß zurückgelegt werden.

Seit über zwei Stunden schon schritten sie schweigend einen steilen Pfad bergan. Mittlerweile war es Nacht geworden, doch noch benötigten sie keine Fackeln.

„Wie weit noch, Wolf?“

Die Stimme des Saurauers, der unmittelbar hinter ihm ging, unterbrach den Gang von Wolfs Gedanken. Er wandte sich um.

„Geduldet Euch noch ein wenig, Graf. Etwa eine halbe Wegstunde, dann ist es geschafft.“

Sie verließen den Hauptweg und bogen auf einen schmalen Pfad ein, der sie in vielen Windungen einen steilen, dicht bewaldeten Hang hinaufführte. Jetzt erst entzündeten sie die Fackeln. Noch bevor die angekündigte halbe Stunde vorüber war, wurde die Steigung wieder sanfter, der Wald noch ein Stück dichter, dennoch kamen sie etwas schneller voran. Gleich darauf gelangten sie an eine Stelle, wo der Pfad einen scharfen Knick nach rechts beschrieb, und noch bevor sie die Kehre passierten, kündigte bereits entferntes Rauschen von der Existenz eines Wasserfalls. Offensichtlich hatten sie den Treffpunkt erreicht.

Wolf stoppte den Trupp und wandte sich an den Grafen.

„Wir sind fast da“, sagte er und deutete mit der Hand nach vorn. „Dort, hinter der Kehre, liegt unser Ziel.“

Anschließend erteilte er dem Anführer der Waffenknechte Order. „Ihr werdet euch nun mit euren Kameraden ein Stück weit ins Gehölz zurückziehen. So weit, dass niemand euch von diesem Pfad aus bemerken kann“, befahl er ihm. „Dort wartet ihr vorläufig. Es sind noch gut zwei Stunden bis Mitternacht. Ihr werdet irgendwann zwei Personen den Pfad entlangkommen sehen, aber nichts unternehmen, bevor ihr nicht mein Zeichen vernehmt. Der Graf und ich sind auf Rufweite von euch entfernt. Erst wenn ihr dreimal kurz hintereinander den Ruf eines Käuzchens hört, stoßt ihr zu uns. Dann aber sofort und möglichst leise. Und noch etwas: keine Fackeln! Das Licht des Mondes muss euch genügen.“

„Jawohl, Herr von der Klause!“, salutierte der Anführer zackig. „Ihr könnt Euch auf uns verlassen. Wir werden das ketzerische Pack schon kriegen.“

Wolf hatte, noch bevor sie von Gallenstein aufgebrochen waren, den Waffenknechten vorgegaukelt, sie müssten ihm beim Ergreifen von Ketzern behilflich sein, daher der Kommentar des Hauptmanns.

„Also dann, gehen wir's an, Graf. – Gott befohlen."

Auf Wolfs Geheiß hin verließen sie den ausgetretenen Pfad, nachdem sie zuvor die Fackeln gelöscht hatten, und schlugen sich linker Hand des Pfades in die Büsche, wobei sie das letzte Stück des Weges durch dichtes Unterholz zurücklegten. Zwar bereitete ihnen die Dunkelheit einige Mühe, dennoch hatten sie verhältnismäßig rasch eine kleine Schneise erreicht, eine platte, fast ebene Fläche, die zum größten Teil aus Fels bestand. An ihrem Rand, hinter dem Stamm einer dicken Fichte, hielten sie inne.

Konzentriert musterten sie die kleine felsige Lichtung, die im Licht des Mondes kahl und silbern schimmerte. Die einer Plattform ähnliche Stelle fiel im Norden, direkt vor ihnen, jäh in eine zerklüftete Schlucht ab. Zu ihrer Rechten konnten sie im fahlen Weiß eines Felsens ein gähnend schwarzes Loch wahrnehmen – den Eingang zu einer Höhle. Links davon stürzte dagegen, aus der schroff bewaldeten Höhe herabkommend, ein wild schäumender Zulauf des Johnsbachs in die Tiefe.

„Werden wir sie hier erwarten?", raunte der Saurauer fragend. Das Jagdfieber hatte ihn bereits ergriffen und dämpfte unwillkürlich seine Stimme.

„Nein!", raunte Wolf zurück. „Ich denke, sie werden sich bei oder gar in der Höhle treffen. Um sie belauschen zu können, müssen wir näher ran. Kommt, aber möglichst leise!"

Obwohl es noch längst nicht Mitternacht war, hatte auch ihn die Erregung ergriffen und ließ ihn äußerst vorsichtig agieren.

Geschickt nutzten sie die Deckung des Unterholzes am Rand der Lichtung und schlichen sich nahe an die dem Wasserfall abgewandte Seite des Felsens heran, wo das Rauschen bedeutend gedämpfter klang. Eng an den kühlen Stein geschmiegt, spähten sie immer wieder in alle Richtungen und drangen schließlich im Schutz des mannshoch wuchernden Dickichts weiter vor, bis sie den Eingang zur Höhle erreicht hatten.

Vorsichtig spähte Wolf in den dunklen Schlund hinein – und unterdrückte nur mühsam einen Ausruf der Überraschung.

„Seht Euch das an", flüsterte er dem Grafen zu, der unmittelbar hinter ihm stand.

„Warum, was gibt es?" Neugierig trat der Saurauer an seine Seite.

Dann sah auch er es: Der spärliche Schimmer, den der Mond in die dunkle Höhle sandte, genügte, um ihn den riesigen Haufen Brennholz erkennen zu lassen, der sich, ordentlich aufgeschichtet, im Eingangsbereich der Höhle stapelte, fast so, als wartete er nur darauf, angezündet zu werden.

„Da muss wohl schon einer vor uns da gewesen sein", kommentierte er verblüfft den Anblick, der sich ihnen bot.

„Ja. Fragt sich nur, wer und wann", ergänzte Wolf. Misstrauisch suchte er mit den Augen die nähere Umgebung ab. „Aber irgendjemand muss das Holz schließlich aufgeschichtet haben. Deshalb denke ich, dass wir gut daran tun, uns endlich in ein Versteck zu begeben. Ich weiß auch schon wo. Kommt!"

Unmittelbar neben dem weißen Felsen befand sich eine Menge Gestrüpp, das einen mannshohen, fast quadratischen Steinbrocken verbarg. Vorsichtig tauchten sie in das chaotische Gewirr aus Sträuchern, Ästen und Blattwerk ein und machten es sich dort so gut es ging bequem. Befriedigt stellte Wolf fest, dass sie den Platz gut gewählt hatten – zwischen dem mächtigen Steinquader, hinter dem sie kauerten, und dem Fels, der die Höhle barg, gab es einen breiten Spalt, durch den hindurch sich der Zugang zu dem finsteren Loch hervorragend beobachten ließ.

„So, nun mögen sie kommen", raunte der Graf grimmig; zunehmende Erregung bemächtigte sich seiner. Wolf bemerkte es mit

Sorge und beschloss, den Saurauer über das, was ihn erwartete, endlich genauer zu unterrichten. Schließlich würde ihn die Nacht mit jener Person konfrontieren, die sein Vertrauen über Jahre hinweg aufs Schändlichste missbraucht hatte. Wäre er nicht darauf vorbereitet, konnte ein unbeherrschter Ausbruch seinerseits ihr Vorhaben gefährden.

„Es ist an der Zeit, Graf, Euch von einem besonderen Umstand zu unterrichten, der Eure ganze Selbstbeherrschung erfordern wird“, begann Wolf leise und hielt inne.

„So? Was heißt das nun schon wieder? Ihr habt mir wohl immer noch nicht alles gesagt! Warum, zum Teufel, rückt Ihr nur stückweise mit der Wahrheit heraus?“, knurrte er voller Misstrauen.

Wolf vermied es, direkt auf seine Frage einzugehen. Stattdessen begann er, ihm reinen Wein einzuschenken.

„Ihr werdet heute Nacht den Verräter sehen. Jenen Spitzel, der, an Eurer Seite dienend, Euer Vertrauen missbraucht hat. Ich kann mir vorstellen, dass es Euch nicht leichtfallen wird, bei seinem Anblick gelassen zu bleiben. Dennoch bitte ich Euch: Bewahrt die Ruhe. Ich zähle auf Eure Selbstbeherrschung.“

Verständnislos starrte der Saurauer seinen Begleiter an. Er benötigte einige Augenblicke, um zu begreifen, was Wolf ihm da eben unterbreitet hatte.

„W-a-a-s-?“, fragte er schließlich völlig konsterniert. „Ich höre wohl nicht recht. Ihr kennt den Verräter bereits? Und das sagt Ihr mir erst jetzt?“

Wieder dieser Vorwurf. Deutlich waren Ärger und Enttäuschung der Stimme des Saurauers zu entnehmen. Wolf bedauerte, ihn nicht doch schon vorher unterrichtet zu haben. Aber jetzt war der denkbar ungünstigste Moment, ihm den Grund für sein Verhalten erklären zu wollen.

„Lassen wir das, Graf, es ist jetzt weder die Zeit für Vorhaltungen noch für Rechtfertigungen. Ich hatte meine Gründe dafür –

Ihr werdet es später verstehen. Ich bitte Euch nur, wahrt Eure Selbstbeherrschung, wenn Ihr ihn seht. Es macht keinen Sinn, sich sofort auf die Halunken zu stürzen, wenn sie auftauchen. Lasst sie uns erst einmal belauschen, danach sehen wir weiter", beschwor ihn Wolf.

„Ja, ja, schon gut", murrte der Graf grimmig. „Ich bin schließlich nicht auf den Kopf gefallen. Aber nun spannt mich nicht länger auf die Folter. Sagt mir endlich, wer der Hundesohn ist, damit ich ..."

„Still, da kommt jemand!", zischte Wolf plötzlich und packte den Grafen beim Arm.

Erschrocken hielt der Saurauer inne – dann hörte auch er es: das rhythmische Schlagen sich nähernder Hufe.

Angestrengt starrten sie durch den Spalt auf die mondbeschienene Fläche.

Aus südwestlicher Richtung näherte sich ein Reiter. Das Gesicht unter einer weit nach vorne gezogenen Kapuze verborgen, trug er unzweifelhaft das Habit eines Mönchs. Soeben hatte er die Schneise erreicht und bewegte sich zielstrebig auf den Höhleneingang zu.

Gebannt verfolgten Wolf und der Graf sein Näherkommen. Nach wie vor goss der Mond hell und silbern sein Licht vom nachtklaren Himmel und erleuchtete die Szene. Nur wenige Schritte von ihnen entfernt, unmittelbar vor dem Eingang zur Höhle, brachte der Mönch das Pferd plötzlich zum Stehen. Er stieg ab und machte sich eine Weile am Sattel zu schaffen.

„Ein Mönch! Hat sich der Dreckskerl etwa als Mönch verkleidet?", wisperte der Graf erregt.

„Nein. Das ist nicht der Verräter. Er kann es schon der Statur nach nicht sein", flüsterte Wolf zurück.

Jetzt sahen sie, wie der Mönch ein Bündel neben sich auf den Boden legte. Erneut nestelte er am Sattel herum. Dann hob er das Bündel auf, nahm das Pferd am Halfter und ging mit ihm in die Höhle hinein.

Hämisch schien der schwarze Schlund die beiden heimlichen Beobachter anzusehen, nachdem der Mann in ihm verschwunden war.

„Er ist in der Höhle. Was machen wir jetzt?“, flüsterte der Saurauer fragend.

„Nichts, wir warten einfach“, antwortete Wolf und sandte einen prüfenden Blick zum Himmel. Gemessen am Stand des Mondes mochte es bis Mitternacht immerhin noch eine gute Stunde sein. Dennoch war der, der die „Anweisungen“ erteilen würde, bereits eingetroffen.

Der Graf nahm Wolfs Gedankengang auf.

„Ob der andere wohl auch früher kommt?“, wisperte er.

„Gut möglich. Warten wir's ab“, erwiderte Wolf.

„Wollt Ihr mir nun nicht endlich sagen, wer der verräterische Schweinehu...“

Aufs Neue wurde der Graf unterbrochen. Plötzliches Knistern und ein verhaltener, rötlicher Schein, der aus der Höhle auf den felsigen Platz davor drang, enthob Wolf auch diesmal einer Antwort – offenbar hatte der Mönch das aufgeschichtete Holz entzündet. Ein Feuer begann zu züngeln, und schnell wurde aus dem anfänglichen Knistern lautes Prasseln. Außerordentlich rasch wuchsen die Flammen empor, verwandelten im Nu den schwarzen Schlund der Höhle in ein hell erleuchtetes Gewölbe.

Gebannt blickten Wolf und der Graf in die grell zuckende Helle – und erstarrten.

Neben dem Feuer stand tatsächlich ein Mönch.

Es war allerdings nicht mehr der Mönch im dunklen Habit, den sie zuvor mit dem Pferd in der Höhle hatten verschwinden sehen.

Der, der dort stand, schien vielmehr eine groteske Inkarnation des Bösen zu sein, gehüllt in ein scheußliches Ornat des Schreckens. Blutrot die Kutte. Blutrot die Kapuze. Das Gesicht verborgen hinter einem schwarzen, mit einem Paar Augenschlitzen versehenen Tuch.

Auf dem Skapulier ein seltsames Zeichen: ein weißer Ring mit einem auf dem Kopf stehenden Kreuz.

„Was, zum Teufel, ist das?“, flüsterte der Graf entsetzt und bekreuzigte sich.

Auch in Wolf hatte die Erscheinung unwillkürlich ein gewisses Grauen ausgelöst. Schnell hatte er jedoch ihre absurde Lächerlichkeit durchschaut und sich sogleich wieder gefangen.

„Nichts weiter als der bodenlos gemeine Mummenschanz eines verbrecherischen Gesindels – der Orden vom Ring. Erinnert Ihr Euch nicht an das Schreiben der Schnapphähne?“

„Ja, schon. Aber weshalb dieses – ... Possenspiel?“, gab der Graf, unwillkürlich lauter werdend, von sich.

„Dafür kann es viele Gründe geben. Wir werden es hoffentlich bald erfahren. – Aber befleißigt Euch um Himmels willen eines leiseren Tons. Wenn der Wahnsinnige dort uns hört, ist es vorbei mit unserem Vorhaben“, mahnte Wolf flüsternd.

Sie hatten sich während des kurzen Wortwechsels angesehen; jetzt, als sich ihr Blick wieder zur Höhle richtete, bemerkten sie überrascht, dass der Mönch mit einem Mal verschwunden war.

„Wo ist er hin?“, wisperte der Saurauer.

„Wahrscheinlich hat er sich mit dem Gaul in den hinteren Teil der Höhle verzogen“, wisperte Wolf zurück.

„Er wird doch wohl wieder auftauchen?“

„Natürlich. Wartet ab.“

Sie schwiegen. Nach wie vor leuchtete das Feuer hell im Eingangsbereich der Höhle und warf bizarr zuckende Schatten an die Wände des felsigen Gewölbes.

Die überraschende Erscheinung des roten Mönchs hatte den Saurauer die bohrende Frage nach der Identität des Verräters vorübergehend vergessen lassen. Doch jetzt, als sie schweigend warteten, fiel ihm wieder ein, dass Wolf ihm noch immer die Antwort darauf schuldete.

Gerade wollte er ihn erneut daran erinnern, als abermals das hohle Klappern von Hufen erklang.

Der zweite der beiden Schnapphähne näherte sich. Ohne zu zögern, ritt er in schnellem Trab auf das Feuer zu, dessen Schein ihm verriet, dass er bereits erwartet wurde.

„Da! Da kommt er, der verräterische Hundsfott. Er kann es wohl kaum erwarten, den roten Teufel zu sehen. – Komm, lass dich anschauen, du Bastard", kommentierte der Graf mit vibrierendem Flüstern das schnelle Herbeikommen des Reiters, dessen Gesicht nicht zu erkennen war – auch er hatte eine Kapuze über den Kopf gezogen. Rasch stieg er aus dem Sattel und strebte zielbewusst dem Feuer zu.

Bis er plötzlich stehen blieb und angestrengt in die gleißende Helle starrte.

Noch lag sein Gesicht im Schatten der weit nach vorne gezogenen Kapuze.

Dann aber schlug er sie nach hinten – und im Schein des Feuers erkannte Friedrich von Saurau das Gesicht des Verräters.

Der Anblick traf ihn mit der Wucht einer Streitaxt.

Rupert! Rupert Hauensteiner ...

Als habe er den Leibhaftigen persönlich vor sich, starrte der Graf zu ihm hinüber. Verzweifeltes Nicht-glauben-Wollen, gepaart mit maßloser Empörung schienen ihn völlig zu lähmen. Überraschung und Wut wechselten in seinem Inneren. Dann aber löste sich die Starre und machte Abscheu und Hass Platz.

„Jetzt verstehe ich. – Und dir habe ich vertraut, du erbärmlicher, widerwärtiger Hurensohn!", kam es verhalten von seinen Lippen, während sich seine Finger um den Griff des Schwertes krampften, das in seinem Gürtel steckte.

Wolf legte ihm die Hand auf die Schulter – behutsam diesmal und freundschaftlich.

„Glaubt mir, er wird seiner gerechten Strafe nicht entgehen", versicherte er ihm, nicht ahnend, wie schnell sich diese Feststellung bewahrheiten sollte.

Unterdessen hatte sich Rupert dem Eingang der Höhle weiter genähert. Wieder spähte er konzentriert in die Flammen, und wieder wandte er sich um und sandte den Blick suchend über das Plateau, das im Licht des Mondes silbern glänzte – wo war der, der ihn erwartete?

In diesem Augenblick ertönte ein dumpfes Rufen aus dem hintersten Winkel der Höhle, wo der Schein des Feuers sich im schwarzen Dunkel verlor.

Rupert fuhr herum und starrte erneut in die Flammen.

Dann sah er ihn.

Langsam schreitend trat sein bizarr gekleideter Komplize in den vorderen von flackernder Helle erfüllten Bereich des Gewölbes.

„Seid gegrüßt, ehrwürdiger Prior." Rupert verbeugte sich.

„Da bist du ja schon. Du bist sehr pünktlich." Hohl und dumpf klang die Stimme des Vermummten aus dem Eingang der Höhle.

„Verzeiht, ehrwürdiger Prior. Aber bin ich nicht stets pünktlich, wenn Ihr mich ruft?", entgegnete Rupert. Ein selbstgefälliges Lächeln umspielte seine Mundwinkel.

„Ja, das stimmt. Pünktlich bist du schon immer gewesen. Zumindest diese Eigenschaft gereicht dir zur Ehre", bemerkte der Prior ironisch.

Rupert merkte auf. „Wie meint Ihr das, hochwürdiger Prior? Gibt es etwas, was ich nicht zu Eurer Zufriedenheit erledigt habe?"

Der Rotgekleidete antwortete nicht sogleich. Stattdessen begann er, langsam auf Rupert zuzugehen. Unmittelbar vor ihm blieb er stehen.

„Hast du die Ringe?", fragte er, seine Frage ignorierend.

Rupert sah ihn argwöhnisch an. Obwohl er das Angesicht des „Priors" niemals erblickt hatte, hatte er im Laufe der Zeit dennoch ein feines Gespür im Umgang mit ihm entwickeln können. Und irgendetwas lag in Stimme und Gebaren des Roten, das ihn zur Vorsicht mahnte.

„Aber ja“, entgegnete er hastig. Er griff in seinen Umhang und zog einen Beutel hervor. „Hier sind sie.“

Der Mönch nahm den Beutel entgegen und ließ ihn unter der roten Kutte verschwinden. Schweigend musterte er Rupert durch die Schlitze des Tuches hindurch, das sein Gesicht noch immer verbarg.

In diesem Moment begann Rupert konkret Gefahr zu wittern. Er beschloss, auf der Hut zu sein.

„Nun? Habt Ihr noch weitere Anweisungen für mich?“, fragte er, wobei er versuchte, einen möglichst unbefangenen Anschein zu erwecken.

„Ja“, antwortete der Mönch knapp.

„Ich nehme an, sie betreffen den Boten aus Venedig. Ich soll ihn ja zusammen mit Matthis an Sankt Bartholomä um Sext herum in der Schenke ‚Zum Bären‘ treffen. Um ihn am Tag darauf in die Windischgarstener Berge zu bringen, hinauf in den Horst, nicht wahr?“

„Nein, du irrst. Du wirst nicht dorthin gehen.“

„Nicht? Ich soll ihn nicht dorthin begleiten?“

„Nein, der rote Peter, Matthis und Heiner werden das erledigen.“

„So? – Und was ist mit der Versammlung? Am Tag nach Bartholomä, um Mitternacht? Wird sie denn nicht stattfinden? Es sollten doch alle kommen. Es hieß, sogar der Gebieter selbst würde diesmal mit dabei sein.“ In Ruperts Stimme schwang grenzenlose Verwunderung mit. Das Gefühl der Bedrohung verdichtete sich zusehends in ihm.

„Natürlich wird sie wie vorgesehen um Mitternacht im Horst unseres Ordens stattfinden“, antwortete der Mönch in aller Ruhe. „Und es werden alle dabei sein, so wie geplant. Auch der Gebieter wird kommen. Nur du – du wirst diesmal nicht dabei sein. Was dich angeht, haben wir unseren Plan geändert – der Gebieter und ich.“

„Ihr ... Ihr habt Euren ... Plan geändert? ... Dann ... dann habt Ihr sicher ... andere Anweisungen für mich?“

„Ja, völlig andere. Du wirst auf die Reise gehen“, entgegnete der Mönch höhnisch.

„Auf die Reise? Ihr schickt mich auf eine Reise? Wohin?“

„An den Ort, von dem niemand wiederkehrt“, sagte der Mönch dumpf. Im gleichen Augenblick fuhr seine Rechte unter das Skapulier und danach an den Hals seines Gegenübers – ein Dolch blitzte auf.

Entsetzt schielte Rupert auf den blanken Stahl an seiner Kehle, auf dem sich der Schein des Feuers spiegelte. Schweiß trat ihm auf die Stirn.

„Ihr ... Ihr scherzt, Herr. Warum solltet Ihr mich dorthin schicken? ... Ich habe dem Orden immer redlich gedient.“

„Redlich gedient? Dass ich nicht lache. Du begehst gravierende Fehler und beschließt dann auch noch, dich dem Orden zu entziehen – nennst du das etwa redlichen Dienst?“

Rupert begriff. Die verlorene Gürteltasche und die Stiefel. Sie mussten Wind davon bekommen haben. Außerdem hatten sie seinen Plan, sich absetzen zu wollen, durchschaut. Irgendwie hatten sie alles herausbekommen.

Verzweifelt versuchte er zu leugnen.

„Aber ... Herr ... ich ... ich weiß nicht, was Ihr meint ... Von welchen Fehlern sprecht Ihr?“, entgegnete er, wobei er seiner Stimme einen empörten Klang zu verleihen suchte.

„Elender Wicht. Du wagst es tatsächlich, den Unschuldigen zu spielen?“

Jetzt begann Todesangst Ruperts Miene zu verzerren. Seine Stimme wurde schrill. „Aber Herr ... ehrwürdiger Prior .... Ich bin wirklich unschuldig ... Lasst Euch erklären ...“

Es waren seine letzten Worte. Ohne weiter auf sie einzugehen, stieß der Rote blitzschnell zu und rammte die Klinge tief in den Hals seines Opfers.

Rupert wollte noch schreien, doch er gab nur noch ein gurgelndes Röcheln von sich. Fontänenartig schoss das Blut aus dem weit auseinanderklaffenden Spalt in seinem Hals. Er knickte ein, fiel auf die Knie, kippte dann langsam nach vorne und schließlich zur Seite. Das panikartige, vergebliche Ringen nach Luft und das Schwinden der Sinne ließen ihn die Gestalt seines Mörders nicht mehr bewusst wahrnehmen; hoch aufgerichtet wie ein Würgeengel sah der auf ihn hinunter, den Blick aus dunklen Schlitzen auf ihn gerichtet. Ein letztes Aufbäumen noch, ein verzweifeltes Gurgeln und ein warmes, weißes Licht, das ihm entgegenkam – dann zerbarst auch dieses ins nichts ...

Wie gelähmt hatten Wolf und der Graf aus ihrem Versteck heraus den Mord beobachtet – in starrem Grausen, unfähig, das Entsetzliche abzuwenden. Was sich soeben vor ihren Augen abgespielt hatte, war zu ungeheuerlich gewesen und zu schnell geschehen, als dass sie noch rechtzeitig hätten reagieren können. Ein vor Grauen bebendes „Mein Gott, seht, er hat ihm die Kehle durchgeschnitten“, war das Einzige, was dem Saurauer über die Lippen kam, während Wolf wie gelähmt zum Eingang der Höhle hinüberstarrte. Schaudernd sahen sie nun dabei zu, wie der Mönch den Toten bei den Füßen packte, um ihn in Richtung Abgrund zu schleppen.

Wolf fasste sich als Erster wieder.

„Er entfernt sich. Vermutlich geht er zum Wasserfall hinüber, auf die andere Seite des Felsens. Dort gibt es eine ideale Stelle, von der aus er die Leiche in die Schlucht werfen kann“, brachte er flüsternd hervor.

Er sollte Recht behalten. Der Mönch hatte den Felsen soeben mit dem leblosen Körper, den er hinter sich herzog, umrundet, als der Graf Wolf plötzlich in die Seite stieß.

„Kommt! Wir schleichen zur Höhle hinüber und lauern ihm dort auf. Wenn das Scheusal zurückkommt, packen wir es", meinte er hastig. Jetzt, da der Mönch hinter dem Felsen verschwunden war, war seine Stimme wieder lauter geworden.

„Nein, das werden wir nicht. Wir ändern unseren Plan. Wir lassen ihn vorerst laufen ..."

„Was wollt Ihr? Ihn entkommen lassen? Seid Ihr des Teufels? Eine solche Gelegenheit bietet sich uns nie wieder!", begehrte der Saurauer auf.

„Ihr irrt, Graf. Uns wird sich sehr bald eine viel bessere Gelegenheit bieten. Ihr habt ja gehört: Die ganze Bande wird sich am Tag nach Sankt Bartholomä irgendwo in den Bergen bei Windischgarsten treffen. Ich bin mir sicher, dass es sich dabei um das Versteck der Schnapphähne handelt. Dort wird auch der, den sie ihren Gebieter nennen – wahrscheinlich ihr oberster Anführer –, anwesend sein. Wenn wir das rote Scheusal jetzt festnehmen, wären er und der Rest der Bande gewarnt. Nein, Graf. Wir schlagen zu, wenn das ganze Pack beisammen ist. Auf diese Weise kriegen wir sie alle, samt ihren Anführern und ..."

„Ach, und wie wollt Ihr in das Versteck kommen? Kennt Ihr etwa schon den Weg dorthin? So, wie Ihr über die anderen Dinge Bescheid gewusst habt, ohne es mir zu sagen?", unterbrach ihn der Graf abermals.

Wolf ging auf den Vorwurf gar nicht erst ein.

„Ich bitte Euch. Erinnert Euch daran, was der Rote gesagt hat. Am Tag nach Sankt Bartholomä, also am kommenden Freitag, wird diese dubiose mitternächtliche Versammlung stattfinden. Aber tags zuvor, um die Mittagszeit herum, werden zwei der Schnapphähne in der Schenke ‚Zum Bären' auf einen Boten aus Venedig warten. Ich kenne die Kneipe. Sie liegt bei Bärndorf, am Weg zwischen Admont und Rottenmann. Wir werden den Männern dort auflauern, sie festnehmen und sie zwingen, uns alles zu sagen, was sie wissen. Anschließend lassen wir uns von ihnen in ihr Versteck führen. Ich schlage vor, dass Ihr einen größeren Trupp Soldaten dafür bereithaltet."

„Das hört sich gut an. Aber was machen wir, wenn es nicht so läuft, wie Ihr Euch das vorstellt? Etwa wenn die, die sich in der Kneipe treffen sollen, gar nicht kommen?"

„Sie werden kommen. Es gibt keinen Grund, warum sie es nicht sollten. Ihr müsst bedenken – Still jetzt!", unterbrach sich Wolf plötzlich und ging erneut zum Flüstern über.

Der Rote kehrte mit schnellen, weit ausgreifenden Schritten wieder zurück und näherte sich der Höhle. Er schien es eilig zu haben. Rasch verschwand er im hinteren Teil des Gewölbes, in dem es zunehmend dunkler geworden war – das Feuer im Eingang war inzwischen so gut wie vollständig heruntergebrannt.

„Was er da drin wohl will?", fragte der Graf leise.

„Er wird sein Pferd holen und sich wieder davonmachen", antwortete Wolf.

„Hört, Wolf: Euer Plan in Ehren, aber sollten wir nicht schnellstens herauszufinden suchen, wer sich hinter dieser roten Bestie verbirgt?"

„Damit werden wir wohl warten müssen bis nach Sankt Bartholomä."

„Bis dahin ist es noch lange. Lasst uns wenigstens versuchen, ihm zu folgen. Natürlich so, dass er nichts davon mitbekommt."

„Wie wollt Ihr das bewerkstelligen? Er würde uns bemerken. Zumindest würde er uns hören und wäre gewarnt. Nein, das könnt Ihr getrost vergessen. Wir müssen uns gedulden bis zum kommenden Freitag. Das sind noch sechs Tage ... Gebt Acht! Er kommt!"

Angespannt blickten sie zur Höhle hinüber. Im Schein der nur noch verhalten züngelnden Flammen glitt eine Silhouette die Felswand entlang. Auf dem Rücken seines Pferdes verließ der Mönch die Höhle.

Überrascht sahen Wolf und der Graf ihm nach. Der Rote hatte

offenbar seine Kleidung gewechselt. Der Mann, der da in die vom milchigen Schimmer des Mondes erfüllte Nacht hinausritt, war wieder in das dunkle wollene Habit gekleidet, in dem er gekommen war – die weit nach vorne gezogene Kapuze verbarg auch diesmal sein Gesicht den Blicken der beiden heimlichen Beobachter.

„Was gäbe ich jetzt darum, ihm die Kapuze vom Kopf ziehen zu können", knirschte der Saurauer.

„Glaubt mir, Eure Stunde kommt noch", erwiderte Wolf grimmig.

Rasch entfernte sich der Mönch, und bald war seine schwarze Silhouette ihren Blicken ganz entzogen.

Wolf fragte sich, wo sein Ziel wohl liegen mochte und wer der Mann wohl war? Etwa einer der Mönche, die zum Konvent gehörten? Oder einer der vielen Brüder des Gehorsams, die Dienst im Kloster taten? Vielleicht hatte er sich aber auch nur verkleidet? Und tat gar Dienst auf Gallenstein? Wenn ja, hatte Rupert ihn dann gekannt? Wolf verwarf den Gedanken sofort wieder. Der Rote trug eine Maske. Und eine Maske trug stets nur der, der seine Identität, aus welchem Grund auch immer, verbergen wollte. Auch ließen die Art und Weise, wie die beiden einander begegnet waren, und die Unterhaltung, die zwischen ihnen geführt worden war, den eindeutigen Schluss zu, dass der Diener des Grafen die Identität seines Mörders nie gekannt hatte.

„Was meint Ihr, sollten wir uns nicht auch auf den Rückweg machen? Wir haben morgen einen anstrengenden Tag vor uns", unterbrach der Graf seine Gedanken.

„Ich würde damit noch warten", widersprach Wolf. „Ich will sichergehen, dass der Schurke uns nicht doch noch bemerkt. Lasst ihn getrost noch ein Stück weit seines Weges ziehen. Hoffentlich verhalten sich Eure Soldaten weiterhin ruhig, wenn sie sehen, dass einer der beiden, die sie festnehmen sollten, plötzlich seelenruhig den Heimritt antritt."

„Natürlich werden sie sich wundern. Trotzdem könnt Ihr Euch auf sie verlassen. Ich kenne sie. Sie werden nichts unternehmen, es sei denn, Ihr gebt das vereinbarte Zeichen“, antwortete ihm der Saurauer.

Plötzlich kam Wolf ein Gedanke.

„Was haltet Ihr davon, wenn wir ein wenig die Höhle erkunden? Vielleicht finden wir ja etwas.“

Der Graf stimmte zu, und so verließen sie das Versteck und gingen die wenigen Schritte zur Höhle hinüber. Das Feuer war inzwischen fast ganz heruntergebrannt, doch es gab noch so viel Licht, dass sie den vorderen Teil des Gewölbes mühelos inspizieren konnten, ohne allerdings etwas zu finden. Wolf hob einen trockenen Ast auf, entzündete ihn am Feuer und benutzte ihn als Fackel, während sie dem hinteren Teil der Höhle zustrebten. Der felsige Gang wurde zunächst etwas enger, dann weitete er sich zu einem kleinen Raum, in dem feuchte Kühle herrschte – sie hatten das Ende der Höhle erreicht. Wolf leuchtete Wände und Boden ab, bis sein Blick plötzlich an einem spitzen Grat hängen blieb, der etwa in Schulterhöhe aus der Wand herausragte. An ihm fand sich ein graues wollenes Stück Stoff, das etwa die Form eines Dreiecks hatte und einen auffällig großen Flecken von dunkelbrauner Farbe aufwies. Offensichtlich war es aus einem Kleidungsstück herausgerissen worden. Wolf nahm es zur Hand und betrachtete es.

„Ein gewöhnliches Stück Stoff. Wahrscheinlich liegt es schon länger hier herum“, bemerkte der Graf.

Wolf schüttelte den Kopf. „Nein, die Höhle ist in diesem Bereich sehr feucht. Würde der Stofffetzen schon länger hier gehangen haben, wäre er von Feuchte durchdrungen; er ist aber trocken. Der Rote muss ihn vorhin zurückgelassen haben. Es sieht fast so aus, als ob er an diesem spitzen Grat hängen geblieben ist und sich ein Stück aus dem Gewand herausgerissen hat“, erläuterte er und steckte den wollenen Fetzen in seine Gürteltasche. Nochmals leuchtete er mit dem brennenden Ast das Gewölbe ab, konnte allerdings nichts mehr entdecken. „Kommt, wir kehren um!“, sagte er schließlich.

„Habt Ihr eigentlich schon daran gedacht, was wir meinen Soldaten sagen werden? Ich denke, wir sollten ihnen nicht unbedingt auf die Nase binden, was geschehen ist. Andererseits: Wie sollen wir ihnen den Umstand erklären, dass sie zwei Männer kommen und nur einen von ihnen wieder gehen sahen?“, bemerkte der Saurauer, während sie dem Ausgang der Höhle zustrebten.

„Ihr habt völlig Recht. Sie dürften von all dem nichts mitbekommen haben, und so soll es auch bleiben. Je weniger darüber Bescheid wissen, desto besser“, entgegnete Wolf und fuhr nach kurzem Überlegen fort: „Wir sagen einfach, dass wir die beiden belauschen konnten und uns daraufhin entschlossen haben, nicht sofort zuzuschlagen. Weil es eine günstigere Gelegenheit geben wird, die es uns ermöglicht, außer an die beiden noch an weitere Ketzer heranzukommen. Während sich der eine wieder davonmachte, entschloss sich der andere, in der Höhle zu übernachten, aus welchen Gründen auch immer. – Seht, nun ist es zur Gänze heruntergebrannt.“ Wolfs letzter Satz galt dem Feuer, das nur noch verhalten glimmte, als sie wieder am Eingang der Höhle angelangt waren.

Eine Weile noch warteten sie, dann machten sie sich endgültig auf den Rückweg. Noch hatten sie die Stelle nicht erreicht, an der der Pfad die Biegung beschrieb, als weit hinter ihnen plötzlich ein klagendes Wiehern ertönte. Erschrocken wandten sie sich um. Ruperts Pferd. Dort, wo der Pfad auf das winzige Plateau mündete, das sie soeben erst verlassen hatten, spielte das Mondlicht um die Silhouette des Tieres – ein schwarzer, einsamer, herrenloser Schatten.

Sie sahen sich an.

„Sollen wir es mitnehmen?“, fragte der Saurauer.

Wolf schüttelte den Kopf. „Nein. Wenn wir plötzlich mit dem Pferd Ruperts auftauchen, könnte uns das verraten. Es wird sich schon irgendwie zurechtfinden.“

Noch lag Dunkelheit über der Abtei, als die Männer vor der Klosterpforte erschöpft aus dem Sattel glitten, doch das würde sich bald ändern. Hinter dem Horizont wartete die Sonne bereits darauf, den müde gewordenen Mond abzulösen – es war höchste Zeit, aufs Lager zu kommen.

XV – Sonntag, 20. August im Jahr des Herrn 1385;
Sankt Bernhard

22

Trotz der Strapazen der vergangenen Nacht, und obwohl er verhältnismäßig wenig Schlaf genossen hatte, fühlte Wolf sich rundum wohl.

Um die vierte Stunde des Tages herum trat er aus dem Haus des Abtes, nachdem er Otto Metschacher über das Ergebnis der nächtlichen Exkursion informiert hatte. Entsetzt war dieser dem Bericht Wolfs zunächst gefolgt. Dann aber, als sich ihm die Bedeutung der neu gewonnenen Erkenntnisse erschloss, wich die anfängliche Bestürzung unverhohlener Erleichterung; endlich war es gelungen, ein gewaltiges Stück voranzukommen. Allerdings bestand Wolf darauf, die Sache weiterhin mit absoluter Verschwiegenheit zu behandeln. Das galt auch für die Besprechung, die in Steyr anstand.

Als Wolf über den Hof schritt, fiel ihm zum ersten Mal seit Langem sein Traum vom Schachspiel wieder ein – zumindest eines der beiden Spiele schien sich dem Ende zuzuneigen, und es sah ganz danach aus, als ob er der Sieger sein würde.

In aufgeräumter Stimmung machte er sich daran, Katharina aufzusuchen. Auf die Frage, wo er sie denn finden könne, hatte Bruder Theobald ihm das provisorische Armarium genannt. Es befand sich in der Nähe des Abtshauses und damit außerhalb des nur den Konventualen vorbehaltenen Klausurbereichs. Dort ruhte vorübergehend eine große Anzahl von Schriften, die man aufgrund bestimmter Umbauarbeiten, die in der eigentlichen Bibliothek vonstatten gingen, ausgelagert hatte.

Als Wolf in die vom Licht der Vormittagssonne durchflutete provisorische Bibliothek trat, der auch ein kleines Scriptorium angegliedert war, wunderte er sich. Auf den ersten Blick war niemand zu sehen; der große Saal schien menschenleer zu sein. Dann aber fiel ihm ein, dass Metschacher trotz des Sonntags eine besondere Kapitelversammlung einberufen hatte, um vor seiner Abreise nach Steyr noch einige Dinge zu klären.

Nach Katharina Ausschau haltend, durchquerte Wolf den Raum, an dessen Wänden sich hoch aufstrebende Regale erstreckten, randvoll bis unter die Decke mit Büchern gefüllt. Unzählige Bände reihten sich dicht an dicht: dicke und dünne, beeindruckend große und bescheiden kleine, und gemeinsam strömten sie jenen Ehrfurcht gebietenden Geruch nach altem Pergament und Leder aus, der das Herz jedes forschenden Geistes höherschlagen lässt – den Geruch gespeicherten Wissens, der wohl allen Bibliotheken der Welt zu eigen ist und der von dem unstillbaren Durst des Menschen nach Erkenntnis und der ewigen Sehnsucht kündet, die Welt begreifen zu wollen.

Während er an den Regalen vorbeischritt, musterte Wolf die Buchrücken, deren akribische Beschriftung verheißungsvoll auf den gelehrten Inhalt zwischen zwei mit Leder bezogenen Holzdeckeln schließen ließ. Amüsiert lächelte er, als er bemerkte, dass das Umlagern der altehrwürdigen Bände die gewohnte Ordnung in den Regalen etwas durcheinandergebracht zu haben schien. Da standen Ciceros *De officiis* und Horaz' *De arte poetica* in stiller Eintracht neben Albertus Magnus' *De animalibus* und Avicennas *Mineralia*, während Aegidius Corboliensis' *De urina*"und Rhazes' *Antidotarius* sich mit Aristoteles' *Rhetorica ad Alexandrum* zu verbrüdern schienen.

In einer der vielen Nischen des Saales entdeckte er schließlich Katharina – und blieb wie gebannt stehen.

Vor einem der schmalen, hoch aufstrebenden Glasfenster stand sie an einem Lesepult über einen mächtigen Folianten gebeugt. Ihre Gestalt war von einer Aura aus Licht umwoben, und mit ihrem hochgesteckten blonden Haar, das in der Sonne gleißte, bot sie einen atemberaubenden Anblick. Für einige Augenblicke hatte Wolf das Empfinden, dass nicht die verschwenderisch einfallenden Sonnenstrahlen, sondern Katharinas Gegenwart selbst es war, die die gesamte Nische mit einem durchscheinenden Glanz aus Gold erfüllte.

Es war die Transzendenz dieses Augenblicks, dieses *Miraculum* aus Anmut und Licht, das ihn auf eine bisher nie gekannte Weise gleichermaßen betörte wie ergriff. Wenn es je einen Moment in seinem Dasein gegeben hatte, da er sich einem Bild vollkommener Reinheit und Schönheit gegenübersah, dann war es hier und jetzt der Anblick dieser von den Strahlen der Sonne umschmeichelten Frau.

Mit einem Mal spürte er, wie eine unbändige Zuneigung in den Tiefen seiner Seele Raum zu greifen begann. Zwar war er sich schon seit geraumer Zeit im Klaren darüber, dass er Katharina liebte. Jetzt aber hatte er das Empfinden, als ob die Macht dieser Liebe alle Fasern seines Wesens erfasste und sein Inneres bersten lassen wollte. Er wollte auf sie zugehen, ihr alles offenbaren, was in diesem Moment an Gefühlen und Gedanken in ihm hochbrandete – allein, er vermochte es nicht; massiv und unverrückbar erhob sich die Mauer einer eigentümlichen Zurückhaltung wie ein Damm in seinem Innern, die seiner Leidenschaft trotzte. Eine Zurückhaltung, die er sich nicht erklären konnte. War es die Scheu, das Bild der Reinheit, das sich ihm bot, zu zerstören, oder die Furcht davor, in einen obsessiven Taumel zu verfallen, der die Gefahr barg, dieser einzigartigen Frau in unangemessener Weise zu nahe zu treten?

Er wusste es nicht.

Er stand noch immer bewegungslos an derselben Stelle, als sie zufällig den Kopf wandte und überrascht und fast ein wenig erschrocken bemerkte, das jemand sie beobachtete. Da Wolf im Schatten eines der Regale stand, nahm sie erst auf den zweiten Blick wahr, dass es sich um ihn handelte.

„Wolf! Ihr!"

Jetzt erst löste sich seine Starre.

„Ja, ich. Verzeiht, ich wollte Euch nicht erschrecken, Katharina", sagte er verlegen und räusperte sich.

„Aber ich bitte Euch. Hätte ich gleich gewusst, dass Ihr es seid, wäre ich nicht erschrocken; ganz im Gegenteil", erwiderte sie lächelnd.

Er trat näher.

„Darf man wissen, über welchen Dingen Ihr gerade brütet?", fragte er, ebenfalls lächelnd. Er blickte auf den aufgeschlagenen Folianten. Auf den matt im Licht der Sonne glänzenden pergamentenen Seiten schien die Schrift wie ein munterer Bach dahinzufließen; jeder Buchstabe eine Welle, gezähmt vom Bett der Zeilen, dessen Höhe und Breite ein fachkundiger Schreiber festgelegt hatte. Das linke Blatt schmückten kunstvoll ineinander verschlungene Blattgirlanden, die sich um eine Initiale rankten – ein von geübter Hand in kräftigen Farben gemaltes, wunderschön geschwungenes „O".

Wolf trat noch einen Schritt näher an das Pult heran.

Osculetur me osculo oris sui quia meliora sunt ubera tua vino – Er küsse mich mit Küssen seines Mundes! Denn deine Liebe ist köstlicher als Wein, las er.

Überrascht sah er Katharina an.

„Ihr lest im *Canticum canticorum* – dem Hohen Lied der Liebe Salomos?"

Sie errötete, als habe er sie bei etwas Verbotenem ertappt. Für einen Moment erstarb ihr Lächeln – um jedoch gleich darauf verschmitzt, aber auch leicht verlegen wiederzukehren.

„Ja. Ich ... ich ...“ Sie stockte.

„Ja? ... Was ... was wollt Ihr denn sagen?“, fragte er leise, wobei seine Stimme zu beben begann. Er machte sich gar nicht erst die Mühe, es zu unterdrücken.

Unvermittelt trat sie ganz nah an ihn heran.

„Wolf“, flüsterte sie. „Muss denn überhaupt noch etwas gesagt werden?“ Das verschmitzte Lächeln war verschwunden. Stattdessen sah sie mit leicht geöffneten Lippen und einem Ausdruck innigen Verlangens zu ihm auf.

Es war der Moment, in dem der Damm brach.

Am Anfang wagte er nur zögernd, ihrem verlangenden Blick nachzugeben. Er beugte sich zu ihr hinunter, legte zärtlich die Arme um sie und zog sie sanft an sich. Eine ganze Weile lang standen sie nur so da – in stummem Glück miteinander verschlungen wie die ineinandergewobenen Blattgirlanden der Initiale, die das Lied der Lieder schmückte, dessen Zeilen nach wie vor in der Sonne glänzten.

Dann aber begannen sich ihre Gesichter einander weiter zu nähern, bis sie sich schließlich zart und behutsam berührten. Endlich fanden sich auch ihre Münder; und während ihre Lippen und Zungen sich zu jenem wunderbar weichen, warmen und von süßer Feuchte erfüllten Tasten, Fühlen, Suchen und Finden vereinigten, schmiegten sich ihre Körper aneinander, liebkosten sich und erkundeten immer kühner werdend und wie im Fieber den Leib des anderen – um schließlich in heißem Begehren auf die mit Kissen gepolsterte Bank zu sinken, die an einer Seite der Nische stand. Ihre so lange zurückgehaltene Leidenschaft verwandelte sich in wenigen Augenblicken in eine Lust, die alle Bedenken und Zurückhaltung vergessen ließ, bis sie schließlich explodierte und danach langsam verlöschte ...

Was blieb, war Wärme.

Die Wärme eines Augenblicks, der zur Ewigkeit wird.

Jene unendliche, zärtliche, wundervolle Wärme – geboren aus Liebe, Licht und Leben.

Irgendwann – der heftige Sturm der Leidenschaft hatte sich längst in eine wohltuende Brise nie gekannter Zärtlichkeit verwandelt – löste sich Katharina sanft aus Wolfs Umarmung und erhob sich. Sie begann, ihre Kleidung, die völlig durcheinandergeraten war, zurechtzuzupfen und ihr Haar wieder hochzustecken.

„Weißt du, was ich mich frage?", flüsterte sie lächelnd; das Du schien wie selbstverständlich über ihre Lippen zu fließen.

Wolf zuckte mit den Schultern. „Vielleicht ist es ja das Gleiche, was ich mich auch frage", entgegnete er und erhob sich ebenso, um sein Wams zu ordnen.

„Nämlich?", hakte sie nach.

„Ich frage mich, warum wir so lange damit gewartet haben?"

„Wir? Sagtest du Wir?", erwiderte sie, wobei sie die Brauen hochzog und erneut schelmisch die Lippen schürzte.

Er begriff. „Ja, du hast Recht. Ich hätte mich dir früher offenbaren sollen", gab er verlegen lächelnd zu, „aber das spielt ja nun glücklicherweise keine Rolle mehr, nicht wahr?" Abermals zog er sie an sich.

Gerade als ihre Lippen wieder zueinanderfinden wollten, hörten sie knarrend die Tür zur Bibliothek gehen.

Erschrocken fuhren sie auseinander. Während Katharina einen konzentriert unschuldigen Blick aufsetzte und sich sofort wieder dem Folianten auf dem Pult zu widmen begann – nicht ohne rasch die verräterischen Seiten des *Canticum canticorum* umgeblättert zu haben –, griff Wolf sich geistesgegenwärtig einen Band aus dem Regal, das sich an einer Seite der Nische befand.

„Ist es dieses Werk, das Ihr benötigt?", fragte er scheinheilig und vor allem laut genug, sodass der Besucher, der offensichtlich in die Bibliothek getreten war, es hören musste.

„In der Tat, danach habe ich gesucht. Habt vielen Dank“, antwortete die Klingfurtherin, ebenso scheinheilig und nicht weniger laut.

Schritte näherten sich, und gleich darauf trat ein Mönch um die Ecke in die Nische. Es war Theobald, der Pförtner.

„Ah, da seid Ihr ja, Herr von der Klause – gnädiges Fräulein“ – Theobald machte, süffisant grinsend, eine tiefe Verbeugung in Richtung der Klingfurtherin, „der ehrwürdige Prior schickt mich. Ihr mögt doch bitte kommen. Man bereitet sich auf den Aufbruch nach Steyr vor.“

„Ja, ich weiß, es ist höchste Zeit“, antwortete Wolf mit der unschuldigsten Miene der Welt, obwohl er den Mönch im Innern verfluchte. „Kommt, Katharina, ich fürchte, Eure Studien müsst Ihr bei einer anderen Gelegenheit fortsetzen“, fuhr er fort.

„Ja, so wird es wohl sein. Also dann: Gehen wir!“, antwortete die Klingfurtherin, setzte gekonnt eine Miene des Bedauerns auf und durchquerte mit Wolf den riesigen Saal.

An der Tür angelangt, blieb Wolf noch einmal kurz stehen und sah sich um. Theobald war ihnen nicht gefolgt, sondern schien angestrengt eines der vielen Regale zu inspizieren.

„Ihr müsst doch nicht etwa arbeiten, Bruder Pförtner?“, fragte Wolf ironisch.

„Aber nein doch, Herr von der Klause. Ich suche lediglich nach einem Rat“, bemerkte der Mönch grinsend.

Einen kurzen Augenblick noch wartete er, nachdem die Tür ins Schloss gefallen war. Dann betrat er mit vor Erregung gerötetem Gesicht die Nische, in der er die beiden vorgefunden hatte. Lüstern blickte er in die Runde. Die Bank stach ihm ins Auge. Und die zerwühlten Kissen darauf. „Ah“, murmelte er grinsend, „hier also habt ihr eure Studien betrieben.“ Er trat an das Pult und betrachtete den

Folianten, den Katharina, bevor sie gegangen war, noch geschlossen hatte. Neugierig schlug er ihn auf. Plötzlich stutzte er. Wie von selbst hatte sich das Buch an einer bestimmten Stelle geöffnet. Nur ein Gegenstand, der zwischen die Blätter geraten war, konnte die Ursache dafür sein. Tatsächlich. Eine Nadel. Eine fein ziselierte Haarnadel aus Silber. Sie befand sich ausgerechnet zwischen zwei Blättern des *Canticum canticorum*. Das edle Fräulein musste sie in der Eile vergessen haben. Wieder grinste Theobald, sein Atem ging schneller. Kein Zweifel – sie hatte in jenem Buch gelesen, in dem Salomo die unsterblichen Wonnen der Liebe pries. Wonnen, die ihm und all den anderen Brüdern leider verwehrt waren. Zumindest offiziell. Doch hin und wieder, wenn die Lust gar zu sehr in den Lenden pochte, verschaffte man sich eben inoffiziell die nötige Erleichterung. Theobald dachte an die letzten Male, da er selbst in dieser Lage gewesen war. Was zwangsläufig dazu führte, dass er auch an Marie, die dralle Magd des Bäckers Arnold, dachte, die schon einige Male mit innigem Verständnis und großer Hingabe die verdienstvolle Aufgabe wahrgenommen hatte, ihn von den Qualen der Fleischeslust zu erlösen.

Theobalds Blick fiel auf die in der Sonne glänzenden Zeilen des Liedes der Lieder. *„Dein Nabel ist wie ein rundes Becken, dem es nie an Würzwein gebricht; dein Leib wie ein Haufe von Weizen, umgeben mit Lilien. Deine zwei Brüste sind wie zwei junge Zwillinge einer Gazelle“*, las er. Plötzlich merkte er, wie jene eigenartige Hitze in seinem Innern wieder zu wallen begann. Er sah auf die zerwühlten Kissen hinunter, die auf der Bank lagen. Der Mund wurde ihm trocken, sein Atem ging heftiger. Rasch nahm er die verwaiste Haarnadel an sich und schlug den Folianten wieder zu.

Es war an der Zeit, dass Marie sich ein weiteres Mal um ihn kümmerte.

Am besten gleich morgen, wenn sie, wie jeden Montag, die Klosterküche mit frischem Brot belieferte.

Für die silberne Haarnadel würde sie ihm bestimmt einige besondere Vergünstigungen gewähren.

Die Vorfreude darauf legte ein verklärtes Lächeln über Theobalds feiste Züge.

Hastig verließ er die Bibliothek.

Im Hof herrschte Aufbruchsstimmung.

Außer Prior Metschacher war die gesamte Reisegesellschaft versammelt: Pfarrer Niklas Schinopl, Friedrich von Saurau, Wolf von der Klause und Katharina von Klingfurth – alle saßen sie bereits im Sattel. Ebenso die neun Soldaten des Saurauers, die als Begleitschutz mitreiten sollten. Dabei handelte es sich um jene vier, welche die nächtliche Expedition mitgemacht hatten, und um fünf Weitere, die, vor etwa zwei Stunden aus Gallenstein kommend, im Stift eingetroffen waren. Wolf hatte den vier in der vergangenen Nacht Dabeigewesenen noch einmal eingebläut, niemandem gegenüber auch nur ein Sterbenswörtchen über die Geschehnisse verlauten zu lassen; selbst den neu hinzugekommenen Kameraden gegenüber sollten sie striktes Stillschweigen bewahren.

Allerdings war in ihm sehr schnell der Entschluss gereift, Katharina von dem Ergebnis der Exkursion zu unterrichten. Jetzt, da ihre Beziehung noch enger geworden war, durfte es kein Geheimnis mehr zwischen ihnen geben. Und so hatte er sie unmittelbar nach dem Verlassen der Bibliothek in kurzen Zügen über das, was geschehen war, informiert.

Natürlich war Katharina, wie nicht anders zu erwarten, seinem Bericht zunächst sowohl entsetzt als auch erstaunt gefolgt. Doch rasch war sie sich darüber klar geworden, dass die neu gewonnenen Erkenntnisse einen enormen Schritt nach vorn darstellten und dem Albtraum, der seit Wochen auf Admont und Gallenstein lastete, ein baldiges Ende bereiten konnten.

„Nun denn, Gott befohlen! Lasst uns aufbrechen!“

Der Befehl des Priors hallte über den Hof. Soeben war er aus Richtung der Ställe auf einem Rappen herangeprescht gekommen.

Zügig setzte sich die Schar in Bewegung. Vier der Waffenknechte ritten vorneweg. Ihnen folgten der Prior, der Graf und Niklas Schinopl sowie Wolf und Katharina; die Nachhut bildeten die restlichen fünf Soldaten des Saurauers. In Sankt Gallen würde sich ihnen noch Arnim von Hallstatt anschließen. Und nachdem sie den Weg über Altenmarkt, Weyer und Großraming nahmen, konnten sie erwarten, morgen Nachmittag in Steyr einzutreffen.

Tief verbeugte er sich.

Soeben passierte die Schar das obere Tor, wobei einer der Reiter ganz nahe an ihm vorbeigaloppierte – Staub wirbelte ihm ins Gesicht. Er rieb sich die brennenden Augen und blickte auf – Katharina von Klingfurth. Sie sah zu ihm hinunter, und für den Bruchteil einer Sekunde kreuzten sich ihre Blicke – dann war sie auch schon vorübergeprescht.

Er sah den Reitern nach, bis sie hinter einer Wegbiegung verschwunden waren. Dann wandte er sich um und ging mit federnden Schritten zum Werkhaus hinüber, in dem sich sein Arbeitsplatz befand. Seit zwei Wochen erst verrichtete er dort als Bruder des Gehorsams seinen Dienst. Plötzlich blieb er stehen. Er erblickte eine Schar Zöglinge der äußeren Schule. Soeben waren die Knaben aus einem rundbogenförmigen Durchgang, der sich neben dem Getreidekasten befand, in den Hof getreten. Bruder Vitus und der Novize Remigius, der ihm hin und wieder als Gehilfe zugeteilt war, begleiteten die Gruppe.

Als er den hellblonden Schopf Bertrams wahrnahm, der seine Kameraden um fast Haupteslänge überragte und inmitten der Schar marschierte, begann auf einmal Wut seine Miene zu verzerren.

Er dachte an jenen Tag vor einer Woche.

An dem er einen großen Fehler begangen hatte.

Den Fehler, das edle Fräulein, das bei dem Jungen gewesen war, zu unterschätzen.

Ein zweites Mal, so schwor er sich, würde ihm das nicht passieren.

Die Gruppe verschwand in dem Trakt, der das Refektorium für die Schüler barg. Die sechste Stunde hatte begonnen, das Mittagsmahl stand an.

Zügig schritt er weiter, und seine Wut wich einem Lächeln. Einem kalten, grausamen Lächeln, das seine Augen zu schmalen Schlitzen verengte und ihm das Aussehen einer Raubkatze verlieh.

Bald, sehr bald würde sich eine neue Gelegenheit ergeben.

Vielleicht musste er bis dahin noch ein wenig warten.

Doch das spielte keine Rolle.

Schließlich war er zäh und ausdauernd.

Und schließlich nannte man ihn dort, wo er herkam, nicht umsonst den „Luchs".

23

Dass die Stadt, deren Mauern sie sich an diesem Montagnachmittag näherten, reich und mächtig war, wusste Katharina bereits aus vielen Schilderungen ihres Vaters. Natürlich gab es auch in ihr von plumpen Holzhäusern gesäumte enge, dunkle Gassen, in denen Schweine und Hunde herumstreunten und es erbärmlich nach Unrat und Kot stank. Doch als die Reisegesellschaft um die Non herum zum Marktplatz Steyrs vorstieß und Katharina der mächtigen Häuser aus Stein ansichtig wurde, deren prachtvoll ausgestattete Fassaden in der Nachmittagssonne glänzten, wusste sie, dass ihr Vater keineswegs übertrieben hatte.

Auch das Haus Jakob von Schmelzers zählte zu den Bauten, die zu jener Pracht beitrugen. Ein zweiflügeliges Tor, das sich zum Marktplatz hin öffnete, wachte über eine breite Einfahrt, durch die man in einen geräumigen Innenhof gelangte, der von weiteren Gebäuden umgeben war. Dabei handelte es sich um Lagerhäuser und Kontore; Umschlag-, Lager- und Verwaltungsstätten für die mannigfaltigen Waren, mit denen das Haus Schmelzer handelte.

Geschäftiges Lärmen schallte den Admontern entgegen, als sie im Schritt durch die mächtige Toreinfahrt des Schmelzer'schen Anwesens ritten und dabei nah an einem der Eingänge des gewaltigen Lagerhauses vorbeikamen, das zusammen mit anderen Baulichkeiten das Viereck des Hofes säumte.

„Müsst ihr unbedingt hier ratschen und den Eingang versperren, ihr dämlichen Gänse? Schert euch weg. Oder glaubt ihr, dass es ein Vergnügen is', die verdammte Ware an euren fetten Hintern vorbei ins Lager zu bugsieren?", hörten sie einen grobschlächtigen Fuhrknecht schimpfen, der ächzend ein Fass vor sich her schleppte. Die derben Worte galten zwei drallen jungen Mägden mit dicken, blonden Zöpfen, die vor einem der unzähligen Eingänge der Lagerhalle standen und sich munter unterhielten.

„Warum auf einmal so stinkig, Melchior? Gestern noch hat dir mein Hintern ganz gut gefallen", lachte das eine Mädchen, worauf auch das andere in lautes Kichern ausbrach.

„Blöde Kuh", schnaufte Melchior böse und schob sich ächzend an den beiden vorbei.

Auf dem Hof herrschte lebhaftes Treiben. Zahllose Personen gingen den unterschiedlichsten Tätigkeiten nach.

Unzählige Kisten, Fässer, Säcke, Ballen und Packen reihten sich, sorgfältig aufeinandergestapelt oder nebeneinandergestellt, an den Seiten des Hofes. Andere lagen und standen in chaotischem Durcheinander über weite Flächen hinweg verteilt, bis sich eine ordnende Hand ihrer erbarmte. Ein mächtiger vierrädriger Wagen, beladen mit Kisten, wartete darauf, entladen zu werden. In schwindelnder Höhe kragte das Gebälk eines Flaschenzuges aus der Mauer des Haupthauses; an dem daran befindlichen Seil wurde soeben eine der Kisten nach oben gezogen, um in einer riesigen Speicherluke zu verschwinden.

Inzwischen war man auf die Besucher aufmerksam geworden, die mittlerweile den Hof durchquert hatten und aus den Sätteln gestiegen waren. Ein gut gekleideter Mann eilte herbei. Es war Hans von Grein, der persönliche Syndikus des Schmelzers. Devot verbeugte er sich und begrüßte die Gäste.

„Seid herzlich willkommen in Steyr, edle Dame, edle Herren. Ich bin beauftragt, Euch in die Gästehalle zu geleiten. Herr von Schmelzer lässt ausrichten, dass er mit den anderen Herrschaften sogleich kommen wird. Für Eure Soldaten, Graf Saurau, steht eine Mahlzeit in der Gesindehalle bereit. Wenn ich bitten dürfte ..." Abermals verbeugte sich der Syndikus tief.

Wenige Augenblicke später betraten sie von Hans von Grein geleitet den im Haupthaus gelegenen Gästesaal, der sich unmittelbar an das Hauptkontor anschloss.

Die Halle wäre selbst den gediegensten Ansprüchen eines Fürsten gerecht geworden. Der mit Platten aus seltenem Marmor geflieste Boden glänzte im Licht der Nachmittagssonne. Ihre Strahlen fielen durch hohe, mit Butzenglasscheiben versehene Fenster – eine Rarität, über die nur wenige Bauten verfügten. Schlanke Säulen stützten die mit Eichenholz getäfelte Decke. Kostbare Teppiche und reich verzierte Truhen, mit aufwendigen Intarsienarbeiten versehen, reihten sich an den Wänden, während die Mitte des Raumes ein gewaltiger Tisch dominierte; zwei Reihen wuchtiger Stühle flankierten die beiden Längsseiten. Aus kunstvoll gedrechselten Rundhölzern gefertigt, die hohen Lehnen mit filigranem Schnitzwerk versehen, fügten sie sich harmonisch in das Gesamtbild des Saales. Die weichen, in samtenem Grün schimmernden Sitzkissen luden geradezu ein, sich auf ihnen niederzulassen. Auf der polierten, mit Einlegearbeiten verzierten Tischplatte stand ein riesiger, mehrarmiger Leuchter aus purem Silber; allein dieser mochte ein Vermögen wert sein.

Kaum dass die Admonter von ihm in den großen Saal geleitet worden waren, räusperte sich Hans von Grein und verbeugte sich zum dritten Mal.

„Verzeihung, edle Gäste, aber ich bitte noch einmal demütigst um ein wenig Geduld. Wie ich schon sagte: Herr von Schmelzer lässt sich für den Augenblick entschuldigen. Ich selbst werde leider im Hauptkontor gebraucht. Soeben ist eine größere Lieferung Barchent eingetroffen, die nur ich überprüfen kann. Wenn Ihr es Euch derweil bequem machen wollt", bat der Syndikus, deutete mit einer galanten Geste seiner Rechten auf die bequemen Sitzpolster, die sich um den Kamin herum gruppierten, und verließ mit hochwichtiger Miene den Saal.

„Eitler Pfau", murmelte der Saurauer und ließ sich auf einer der Sitzgelegenheiten nieder.

Metschacher folgte achselzuckend seinem Beispiel, während sich Nikolaus Schinopl und Arnim von Hallstatt an eines der geöffneten Fenster begaben, um das Treiben auf dem Marktplatz zu beobachten.

Wolf und Katharina waren in eine geräumige Nische getreten, die sich nahe der Tür befand, um einen dort an der Wand befindlichen bunten Teppich in Augenschein zu nehmen.

Plötzlich hallte vom Flur her das Geräusch sich nähernder Schritte durch die geöffnete Tür, und gleich darauf betrat Jakob von Schmelzer den Saal.

„Ich bitte um Vergebung", rief er so laut, dass es durch den ganzen Saal hallte, „aber dringende Geschäfte – Ihr versteht. – Seid herzlich willkommen – ehrwürdiger Prior, verehrter Graf. – Auch Euch einen guten Tag, Herr von Hallstatt – ah, da ist ja auch Hochwürden Schinopl; herzlich willkommen." Schmelzer wirkte gehetzt und reichlich nervös; er schien ganz außer Atem zu sein.

„Der Herr vergelte Euch den freundlichen Empfang, den Ihr uns bereitet, Herr von Schmelzer. Habt auch Dank für die schnelle Benachrichtigung", entgegnete Prior Metschacher freundlich, wenn auch förmlich.

„Sagt, verehrter Prior, ich vermisse Herrn von der Klause. Ihr habt ihn nicht mitgebracht?", fragte Schmelzer leicht befremdet.

In diesem Augenblick traten Wolf und Katharina aus der Nische.

„Verzeiht, aber Ihr konntet uns nicht sehen. Die edle Dame und ich, wir standen dort hinten und betrachteten einen Eurer Teppiche", antwortete Wolf anstelle des Priors.

Überrascht wandte Schmelzer den Kopf. „Oh, Herr von der Klause – ah, und da ist ja auch das edle Fräulein von Klingfurth! Herzlich willkommen in Steyr.“ Er machte eine tiefe Verbeugung. Diesmal fiel sein Gruß noch eine Spur freundlicher aus, was sicherlich der Gegenwart Katharinas zuzuschreiben war, die dem Kaufmann freundlich zulächelte.

„Ich habe einen Willkommenstrunk für Euch vorbereiten lassen. Allerdings möchte ich ihn erst kredenzen, wenn auch die übrigen Herrschaften da sind. Sie müssten gleich kommen“, wandte sich Schmelzer an seine Gäste.

Er hatte kaum ausgesprochen, als auch schon erneut das Geräusch von Schritten in die Halle drang und die soeben Genannten eintraten. Es handelte sich um die gleiche Abordnung der Steyrer Eisenkooperative, die vor wenigen Wochen Gäste des Saurauers auf Gallenstein gewesen war.

Während man die üblichen Begrüßungsfloskeln austauschte, bemerkte Wolf, wie von Schmelzer mit leicht ungeduldiger Miene zur Tür hinblickte. Offenbar schien er noch jemanden zu erwarten. Dann jedoch entspannten sich seine Züge – ein unverbindlich lächelnder Hans von Grein führte einen hochgewachsenen, schlanken Mann mit glatt rasiertem Gesicht und streng nach hinten gekämmtem schwarzem Haar in den Saal. Der kostbaren Kleidung nach, in der er steckte, musste es sich um eine reiche, hochgestellte Persönlichkeit handeln. Was jedoch besonders ins Auge stach, war sein markantes kantiges Gesicht. Geprägt von einer außerordentlich kühn geschwungenen Nase, dichten buschigen Augenbrauen und einem schmalen blassen Mund, verlieh es ihm ein asketisches, fast hartes Aussehen.

Jakob von Schmelzer übernahm es, den Fremden den Admontern vorzustellen; die Steyrer kannten ihn bereits.

„Erlaubt, Herrschaften, dass ich Euch mit Giacomo Polo bekannt mache. Er ist der Vetter Lodovico Polos und ...“ – er hielt kurz inne – „... von den Familien der Entführten beauftragt, die von den ...

von den Verbrechern verlangten ... Modalitäten, das Lösegeld betreffend ... in die Wege zu leiten. Er wird ... er wird uns auch einiges dazu sagen", brachte er stockend den Satz zu Ende. „Übrigens: Signor Polo spricht unsere Sprache perfekt", beeilte er sich noch hinzuzufügen. Offensichtlich fiel es ihm nicht gerade leicht, die Sache anzusprechen, derentwegen man sich heute in seinem Hause traf.

Nacheinander stellte er dem Venezianer daraufhin mit der ihm eigenen Noblesse die Gäste aus Admont vor. Während sich diese bei der Nennung ihres Namens jeweils freundlich verneigten, nickte Polo dagegen nur mürrisch mit dem Kopf; einzig bei Katharina von Klingfurth huschte ein freundlicher Schimmer über seine Gesichtszüge.

Nachdem das Vorstellungsprozedere vonseiten des Hausherrn beendet war, ergriff der Prior das Wort. „Seid herzlich willkommen, Signor Polo. Ich bedaure aufrichtig, dass es nicht angenehmere Umstände sind, die uns das Vergnügen gewähren, Euch kennen zu lernen. Wir alle hoffen, dass diese unerquickliche Angelegenheit ein schnelles Ende findet und Euer Vetter und seine Begleiter bald wieder gesund in unserer Mitte sind", wandte er sich an den Venezianer.

Giacomo Polo hatte sowohl das Vorstellungsprozedere als auch die Willkommensworte des Priors mit regloser, fast steinerner Miene über sich ergehen lassen; wieder war ein knappes Kopfnicken offenbar das Äußerste, wozu er sich entschließen konnte. Ansonsten zog er es vor, zu schweigen.

Metschacher zeigte sich über diese Unhöflichkeit, die einen deutlichen Bruch der Umgangsformen darstellte, sichtlich überrascht.

Jakob von Schmelzer, der dies sehr wohl bemerkte, bemühte sich, mit dem Anflug eines Lächelns die peinliche Situation zu überspielen.

„Nun, ich denke, es ist jetzt wirklich höchste Zeit für einen Willkommenstrunk, bevor wir mit unserer ..." – wieder stockte er, strich sich verlegen den Bart und gab ein singendes Räuspern von sich – „bevor wir mit unserer Besprechung beginnen", vollendete er schließlich den Satz. „Wenn ich die Herrschaften nunmehr bitten dürfte, Platz zu nehmen." Mit einer einladenden Geste wies er auf die Stühle.

Während sich die Gesellschaft zu Tisch begab, versuchte Schmelzer mit einigen weiteren belanglosen Sätzen die Atmosphäre zu entspannen, was ihm jedoch nicht so recht gelingen wollte.

Natürlich hatten auch die anderen Anwesenden die wie ein drohendes Gewitter heraufziehende Missstimmung wahrgenommen. Betretenes Schweigen machte sich breit, als man nun daranging, Platz zu nehmen.

Jakob von Schmelzer hatte sich an einer der Stirnseiten des Tisches niedergelassen. Als auch das letzte Geräusch rückender Stühle abgeklungen war, erhob er sich und klatschte dreimal in die Hände.

Gleich darauf betraten fünf hübsche, gut gekleidete Mägde den Saal, um den angekündigten Willkommenstrunk zu reichen. Drei von ihnen trugen Tabletts aus poliertem Silber, auf denen sich Pokale aus Glas reihten, verziert mit bunten Noppen und filigranem silbernen Rankenwerk; die beiden anderen gläserne Karaffen, in denen es dunkelrot funkelte. Dass es ein kostbarer Tropfen sein musste, der da serviert wurde, dazu bedurfte es keiner besonderen prophetischen Gabe.

Von Schmelzer stand noch immer. Er schickte sich an, eine kurze Rede zu halten. Doch bevor er sich abermals an seine Gäste wandte, strich er sich vorbereitend ein weiteres Mal den Bart und gab jenes singende Räuspern von sich, das für ihn so typisch war.

„Gestattet mir, zunächst meinen Dank für Euer Kommen auszudrücken, edle Herren ... äh ... edle Dame", begann er, wobei er insbesondere dem Venezianer und der Klingfurtherin zunickte. „Ich denke, es ist besonders im Sinne der Herrschaften zu Admont und zu Gallenstein, dass ich mich insbesondere bei Signor Giacomo Polo bedanke, der die äußerst unangenehme Aufgabe auf sich genommen hat, in dieser schrecklichen Angelegenheit die weite Reise von Venedig bis zu uns anzutreten ... Möge die heutige Zusammenkunft dazu beitragen, das Problem zu lösen ... und möge Gott uns einen guten Rat an die Hand geben, wie wir die Geiseln befreien können ... Signor Polo ... wird uns seine Vorstellungen diesbezüglich darlegen. – In diesem Sinne, lasst uns das Glas erheben und auf ein glückliches Gelingen anstoßen!", beendete von Schmelzer seine Rede, die ihm sichtlich schwergefallen war. Mit dem Handrücken wischte er sich einige Schweißperlen von der Stirn und hob den Pokal.

Die Gäste taten es ihm gleich. Bis auf einen – Giacomo Polo. Mit nach wie vor düster-arroganter Mine saß er da und starrte vor sich hin. Während alle Anwesenden ihren Becher zum Mund führten, verzichtete er darauf, den seinen auch nur anzurühren – was erneut eine ungeheure Brüskierung darstellte.

Hatte sich bereits betretenes Schweigen breitgemacht, als man am Tisch Platz zu nehmen begann, schien die Verlegenheit nunmehr ins Unendliche zu wachsen – was sich der Venezianer herausnahm, war ungeheuerlich!

„Der Kerl muss verrückt sein", zischte der Saurauer Wolf zu, der zu seiner Linken saß. „Bei allem Verständnis für seine Lage – was glaubt er eigentlich, wer er ist?" Mit einer heftigen Geste knallte er den Pokal auf den Tisch, so heftig, dass der kostbare Inhalt überschwappte und sich ein roter Fleck auf dem leinenen Tischtuch auszubreiten begann.

„Ja, ich stimme Euch zu, ein arroganter Hund! Dennoch gilt es, die Ruhe zu bewahren", antwortete Wolf leise.

In diesem Augenblick erhob sich Metschacher. Seine Augen verengten sich zu schmalen Schlitzen, auf seinen Wangen begannen sich rote Flecken zu zeigen. Wer ihn kannte, wusste, dass dies ein Zeichen dafür war, dass heißer Zorn in ihm aufzusteigen begann.

„Sehr verehrter Signor Polo", wandte er sich an den überheblichen Venezianer. „Ich schließe mich durchaus den Worten Herrn von Schmelzers an. Auch ich danke Euch, dass Ihr den langen Weg bis hierher zu uns in Kauf genommen habt, um Eure zugegebenermaßen äußerst schwierige Mission zu erfüllen. Wir, und allen voran ich als Vertreter der Grundherrschaft des Stiftes Admont, bedauern die ungeheuerlichen Umstände, die Euren Vetter und seine beiden Begleiter in die Hände einer Bande von Mördern und Erpressern fallen ließen, außerordentlich. Umso mehr, als die Tat auf dem Territorium des Stiftes geschah. Doch glaubt Ihr wirklich, hochverehrter Signor Polo, dass Eure brüske Art, die Ihr uns gegenüber an den Tag legt, dazu angetan ist, das Problem zu lösen? Ihr seid doch ein Mann von Welt, und Ihr müsstet Kaufmann und Stratege genug sein, um zu erkennen, dass die schwierige Situation von uns allen ein einträchtiges, gemeinschaftliches Verhalten verlangt. Vielleicht versucht Ihr es einmal mit ein wenig mehr Höflichkeit und Anstand. Glaubt mir, nicht nur Ihr und Eure Familien sind daran interessiert, die fatale Angelegenheit zu einem glücklichen Ende zu bringen. Auch uns liegt alles daran. Alles – versteht Ihr?"

Metschacher setzte sich wieder. Obgleich seine Stimme leicht vibrierte, war es ihm dennoch gelungen, einen bewundernswert ruhigen Ton an den Tag zu legen. Und seine geharnischte Rede hatte zumindest die Zustimmung der Admonter gefunden, was sich bei diesen durch bestätigendes Kopfnicken bemerkbar machte. Den Steyrern hingegen war keine Reaktion anzumerken; offenbar zogen sie es vor, sich neutral zu verhalten.

„Das war eine wohlgesetzte Rede, nicht wahr?", raunte Friedrich von Saurau Wolf zu. In seinen Zügen spiegelte sich deutliche Befriedigung.

„In der Tat. Es war auch notwendig. Man muss sich schließlich nicht alles gefallen lassen“, bestätigte Wolf.

In diesem Moment erhob sich der Venezianer, dessen ohnehin schon mürrische Miene noch um eine Spur grimmiger geworden war.

„Ausgerechnet Ihr wagt es, von Einträchtigkeit und von Gemeinsamkeit zu sprechen, verehrter Prior?“, antwortete er. Es war das erste Mal seit ihrer Begegnung, dass er sich zu einer Entgegnung herabließ. Überraschenderweise sprach er ein völlig akzentfreies Deutsch; seine Stimme war voluminös und dunkel – im Moment allerdings war sie unverkennbar von verhaltener Wut verzerrt. „Es genügt wohl nicht, dass Ihr Eure Pflicht, die Euch anvertrauten Straßen und Wege von verbrecherischem Gesindel frei zu halten, sträflich vernachlässigt habt“, fuhr er fort. „Oh, nein, durch Eure unbedachten Aktivitäten tragt Ihr noch zusätzlich dazu bei, das Leben meines Vetters und seiner Begleiter zu gefährden. Und da sprecht Ihr von Gemeinschaftlichkeit?“ Wütend hieb der Venezianer die Faust auf den Tisch und blickte grimmig in die Runde.

Nun also ist es heraus, dachte Wolf, *er macht tatsächlich das Stift für das Desaster in der Buchau verantwortlich.* Zugleich fragte er sich, was Polo denn wohl mit den „unbedachten Aktivitäten“ meinte.

Die Antwort ließ nicht lange auf sich warten.

„Würdet Ihr die Güte haben, Euch näher zu erklären? Was versteht Ihr denn unter unbedachten Aktivitäten?“ Metschacher hatte die Frage gestellt.

„Ihr wisst doch ganz genau, was ich damit meine“, antwortete Polo mit kaum verhaltenem Zorn. „Seid Ihr nicht dazu aufgefordert worden, keinesfalls nach der Bande zu suchen, die meinen Vetter und seine Begleiter entführt haben? Ihr wisst, dass für ihr Leben ein Lösegeld gefordert wird. Was, glaubt Ihr, werden die Strauchdiebe mit den Geiseln machen, wenn sie sehen, dass man ihren Plan durchkreuzen will? Und dennoch habt Ihr es gewagt, Wolf von der Klause auf sie anzusetzen, der angeblich in der Lage sein soll, es mit ihnen aufzunehmen – Herr von Schmelzer hat mir davon berichtet. Dass Ihr dadurch das Leben der Geiseln in außerordentlicher Weise gefährdet, kümmert Euch einen Dreck ..."

„Signor Polo, mäßigt Euch!"

Der Ruf des Saurauers unterbrach die Rede Polos. Wütend war er aufgesprungen; was der Venezianer an Ungeheuerlichkeiten von sich gab, war einfach zu viel. „Ihr müsst wahnsinnig sein, solche Worte von Euch zu geben", fuhr er erregt fort. „Zu unterstellen, dass uns am Leben der Geiseln nichts liegt, ist eine Unverschämtheit. Wir sind genauso wie Ihr daran interessiert, Euren Vetter und die beiden anderen Herren frei zu bekommen. Und schließlich ..."

„Ach, hört doch auf!", unterbrach ihn der Venezianer seinerseits und hieb erneut mit seiner Faust auf den Tisch. „Offensichtlich geht es Euch doch nur darum, endlich der Bande habhaft zu werden, um den schlechten Ruf auszubügeln, den Eure Gegend inzwischen genießt! Seit Jahren schon treiben diese Banditen hier ihr Unwesen, ohne dass man von Eurer Seite etwas dagegen unternommen hat. In Venedig hat man leider zu spät davon erfahren. Ausgerechnet jetzt, nachdem mein Vetter und seine beiden Begleiter entführt wurden, glaubt Ihr, einschreiten zu müssen, und gefährdet damit ihr Leben! Man hätte die Finger davon lassen sollen, mit Euch ins Geschäft kommen zu wollen. – Übrigens: Dass daraus nichts wird, muss ich wohl nicht extra noch erwähnen. Ich habe dies bereits gestern Herrn von Schmelzer klargemacht. Es sei denn, irgendjemand würde innerhalb weniger Tage das Wunder vollbringen, meinen Vetter und meine beiden Landsleute ohne Lösegeld, und ohne dass ihnen ein Haar gekrümmt wird, freizubekommen. Da diese Hoffnung jedoch vergeblich ist, fordere ich Euch auf, mich wenigstens darin zu unterstützen, meiner Pflicht Folge leisten zu können. Und die kann leider nur noch darin bestehen, den erpresserischen Forderungen der Schnapphähne nachzugeben, um damit wenigstens das Leben der Geiseln zu retten. – Was im Übrigen unsere künftigen Handelsbeziehungen angeht" – Polo wandte seinen Blick den Steyrern zu – „kann ich den Herren nur raten, dafür Sorge zu tragen, Waren aus Venedig in Zukunft wieder über den Phyrnpass führen zu dürfen. Zu unserer und zu Eurer Sicherheit. Geschieht dies nicht, werde ich in Venedig dafür plädieren, den Handel mit Steyr gänzlich auszusetzen."

Polo setzte sich wieder.

Sowohl der Prior als auch der Graf waren bei seinen Worten sichtlich blass geworden. Wolf merkte, wie Metschacher erneut zu kochen anfing, während sich in der Miene des Saurauers heiße Wut und kaltes Entsetzen abwechselten. Bei den Steyrer Kaufherren begann sich deutliche Panik breitzumachen. Sie hatten schon viel in die Handelsbeziehungen mit den Venezianern investiert – der nun zu erwartende riesige Verlust würde sie empfindlich treffen.

Die Wertung der Situation durch den Venezianer hatte der Auseinandersetzung eine Richtung gegeben, die es Wolf geraten erscheinen ließ, nun selbst in den Disput einzugreifen. Polo hatte seinen Namen genannt und damit seine Mission ins Spiel gebracht. Dies ließ erwarten, dass die Steyrer ihn über kurz oder lang auffordern würden, einen Rechenschaftsbericht darüber abzugeben, was er in den vergangenen Tagen und Wochen herausgefunden hatte. Genau das aber wollte er unter allen Umständen vermeiden – und er wusste auch schon wie.

Rasch flüsterte er dem Saurauer einige Worte ins Ohr, die dieser an Metschacher weitergab, der den Platz zu seiner Rechten eingenommen hatte. Schließlich nickten beide mit dem Kopf, und Wolf erhob sich.

„Ihr habt vorhin auch meinen Namen genannt, Signor Polo", begann er; sein Ton war sachlich, er sprach betont langsam und setzte gezielt Pausen. „Und Ihr habt darauf hingewiesen, dass ich mit der Untersuchung und der Spurensuche in diesem bedauerlichen Fall beauftragt bin. Das ist richtig. – Darum halte ich es auch für notwendig, Euch auf einige Dinge aufmerksam zu machen, die ihr noch nicht wisst. – Und auf einiges, das Ihr – mit Verlaub – nicht richtig dargestellt habt. – Uns blieb anfänglich gar nichts anderes übrig, als die Verfolgung von Spuren aufzunehmen, um mehr über die Hintergründe des Überfalls und den Verbleib Eures Vetters und seiner beiden Begleiter zu erfahren. – Doch Ihr sollt wissen, dass ich nicht allein mit *dieser* Sache beschäftigt war. – Es gilt, noch ein anderes Verbrechen aufzuklären: den Mord an fünf unschuldigen Personen, die ebenfalls ums Leben kamen. Allerdings hat dieser Vorfall, wie ich inzwischen weiß, nichts mit dem Überfall auf Eure Leute zu tun. – Und noch Etwas, Signor Polo. – Die Nachricht, dass sich Eurer Vetter und Eure Landsleute in der Gewalt dieser seltsamen schurkischen Vereinigung, die sich der Orden vom Ring nennt, befinden, erreichte uns am achtundzwanzigsten Juli. Danach, verehrter Signor Polo", – diesmal legte Wolf eine sehr lange Pause ein, um dem Folgenden die nötige Wirkung zu verleihen, – „danach habe ich in Absprache mit Prior Metschacher und Graf Saurau aufgehört, die Sache weiterzuverfolgen, gerade um das Leben der drei Herren nicht zu gefährden. – Offensichtlich wurden Herr von Schmelzer und die anderen Steyrer Herren darüber nicht informiert, ein bedauerlicher Fehler. – Ihr könnt also beruhigt sein. Wir denken in keiner Weise daran, Euren Bemühungen, den Anweisungen der Schnapphähne Folge zu leisten, auch nur im Geringsten Hindernisse in den Weg zu legen."

Wolf setzte sich wieder. Konsterniertes Schweigen folgte seiner Rede. Vor allem die Steyrer bedachten ihn mit ungläubigen Blicken, was zeigte, dass seine Worte sie wie Keulenhiebe getroffen haben mussten.

Natürlich entsprachen seine Angaben nicht der Wahrheit – was jedoch nur die Admonter wussten. Doch mit seiner Aussage, er habe aufgehört, den Fall weiterzuverfolgen, entzog er sich auf geschickte Weise sämtlichen Fragen nach den Ergebnissen seiner Untersuchungen. Je weniger darüber Bescheid wussten, desto ungestörter und sicherer konnte er seine Pläne, der Bande habhaft zu werden, verfolgen.

Dass seine Ausführungen sowohl von Polo als auch den Steyrern mit höchster Überraschung zur Kenntnis genommen wurden, war nicht anders zu erwarten gewesen. Vor allem Letztere befanden sich in einem nicht geringen Zwiespalt. Als sich Wolf erhob, um das Wort zu ergreifen, hatten sie eigentlich mit der Bekanntgabe der Ergebnisse seiner Spurensuche gerechnet und insgeheim gehofft, dass er deutliche Fortschritte erzielt haben und einen todsicheren Plan präsentieren würde, wie man die Geiseln, ohne ihr Leben zu gefährden, befreien und die gekaperten Güter zurückgewinnen könne. Obwohl sie noch vor einigen Wochen kein Hehl aus ihrer Geringschätzung ihm gegenüber gemacht hatten.

Nun aber waren alle Hoffnungen dahin. In den Mienen der Steyrer begann sich Enttäuschung abzuzeichnen. Das „Wunder“ hatte nicht stattgefunden. Natürlich verbot es sich von selbst, ihrem Ärger Luft zu machen – zumindest hier und jetzt. Man konnte weder Wolf von der Klause noch die Herrschaften zu Admont und Gallenstein deswegen zur Rede stellen, dass sie beschlossen hatten, den Fall nicht weiterzuverfolgen. Schließlich hätte dies nichts anderes bedeutet, als ihnen in Gegenwart Polos vorzuwerfen, dessen Wünschen entsprochen zu haben.

Polo fasste sich als Erster.

„Ich muss gestehen, dass mich Eure Rede, verehrter Herr von der Klause, sehr erstaunt hat!“

Die Überraschung, die in den Worten des Venezianers anklang, spiegelte sich auch in seiner Miene; sie hatte sich leicht entspannt, sein Ton war etwas milder geworden. Er hatte sich von seinem Platz erhoben und blickte Wolf unter verwundert hochgezogenen Brauen an.

„Was Eure ... Aktivitäten angeht, wurde ich offenbar tatsächlich ... sagen wir: irrtümlicherweise ... falsch unterrichtet“, fuhr der Venezianer fort, wobei er mit einem kurzen Blick Jakob von Schmelzer streifte. Der saß mit starrem Gesichtsausdruck und steif wie ein Stockfisch da. „Doch wie dem auch sei: Tatsache ist, dass nach wie vor meine erste Pflicht darin besteht, die Geiseln frei zu bekommen. Ohne die Zahlung eines Lösegeldes ist dies jedoch nicht zu bewerkstelligen. Für jeden der Entführten zahlen die betroffenen Familien ...“ – Polo setzte eine Pause und sah finster in die Runde – „zweitausendfünfhundert Dukaten!“ Bei der Nennung der Summe zitterte seine Stimme vor Empörung.

Ein ungläubiges Raunen ging durch die Halle. Rund um den Tisch machten sich Bestürzung und Fassungslosigkeit breit.

Der Prior erhob sich. Er war wie vor den Kopf geschlagen.

„Ihr seht uns fast gelähmt vor Entsetzen, verehrter Signor Polo. Eine ungeheuerliche Summe ... eine bodenlos unverschämte Forderung. Wie lauten die weiteren Bedingungen?“, fragte er in heiserem Ton.

Polo ergriff ein Pergament, das vor ihm auf dem Tisch lag, und entrollte es. „Dies ist ein Dokument, das die Einzahlung der Summe auf das Konto der Schmelzer'schen Filiale in Venedig bestätigt. Gezeichnet von den Familien und dem Vertreter des Schmelzer'schen Kontors im *Fondaco dei tedeschi.* Die Entführer verlangen, dass diese Summe, beziehungsweise ihr Gegenwert, vom Handelshaus Schmelzer in Steyr in Form barer Münze oder in Form von Wertgegenständen – Schmuck, Gold, Silber, Edelsteinen – zur Verfügung gestellt und schnellstmöglich nach Admont geschafft wird. Von dort aus wird der weitere Transport an einen von den Entführern noch zu bestimmenden Ort erfolgen. Weitere Anweisungen diesbezüglich werden erteilt, wenn das Geld im Stift zu Admont eingetroffen ist. So weit die bisher bekannten Forderungen. Herr von Schmelzer kennt das Dokument bereits. Wir haben schon gestern über alles gesprochen."

Schmelzer stand auf. Nachdem sein Name genannt worden war, fühlte er sich aufgefordert, erneut das Wort zu ergreifen.

„Nun ... was die Informationen angeht, die Ihr, Herr von der Klause, uns soeben gegeben habt, muss ich sagen ... äh ... denke ich, hat man in Admont die richtige Entscheidung getroffen ... Das Leben der Geiseln hat natürlich Vorrang ... Allerdings ist es in der Tat bedauerlich, dass man versäumt hat, uns darüber zu benachrichtigen, sodass ich leider nicht in der Lage war, Signor Polo den neuesten Stand der Dinge mitteilen zu können" – wieder räusperte er sich – „doch lassen wir das. – Auf jeden Fall ... wie ich Euch ja bereits gestern sagte: Ich ... äh ... wir ... werden alles in unseren Kräften Stehende tun, um Eure schwierige Mission zu einem glücklichen Ende zu bringen."

Während sich Schmelzer wieder setzte, erhob sich der Prior, um eine Erklärung anzubringen.

„Dem kann ich mich nur anschließen. Auch vonseiten des Stiftes könnt Ihr mit jeglicher Unterstützung rechnen, verehrter Signor Polo. Sobald Abt Wilhelm von seiner Reise zurück ist, wird man in Admont auch über eine Beteiligung an der Lösegeldsumme nachdenken."

Überrascht sah Polo auf. Damit hatte er nicht gerechnet.

„Nun ... seid versichert ... dass wir in Venedig jede Form von Hilfe zu schätzen wissen", entgegnete er stockend. Zum ersten Mal war sein Tonfall freundlicher geworden, was sich dahingehend auswirkte, dass auch die Gesprächsbereitschaft der anderen am Tisch Sitzenden zu wachsen schien.

„Wann, verehrter Signor Polo, schätzt Ihr, wird man so weit sein, den Transport nach Admont schicken zu können?", fragte Niklas Schinopl.

„Das lässt sich noch nicht sagen. Es bedarf Zeit, die Dinge so zu organisieren, dass größtmögliche Sicherheit gewährleistet ist. Herr von Schmelzer sagte mir, dass ein gewisser Teil an Bargeld von anderswoher herangeschafft werden müsse."

„Von anderswoher?", fragte Schinopl erstaunt.

„Was Signor Polo sagt, ist richtig", schaltete sich von Schmelzer ein. „Ihr könnt Euch sicher vorstellen, dass wir hier eine solche Summe in Münzen nicht täglich zur Verfügung haben. Viele der größeren Geschäfte werden schließlich in Form von Wechseln oder Ähnlichem abgewickelt."

Heinrich Schemphiren meldete sich zu Wort. „Haben die Schnapphähne denn keine Frist genannt, innerhalb der das Lösegeld nach Admont geschafft werden soll?"

„Nein. Die Anweisung lautet lediglich: schnellstmöglich", antwortete Polo.

„Ist das alles nicht sehr seltsam? Ihr sagtet, verehrter Signor Polo, dass die Bande verlangt, das Lösegeld nach Admont zu schaffen. Von dort soll der Transport an einen von den Schnapphähnen bestimmten Ort weitergehen. Reichlich umständlich, würde ich sagen. Habt Ihr eine Vorstellung davon, warum diese Verbrecher so verfahren?" Arnim von Hallstatt hatte die Frage gestellt.

„Nein. Aber das ist letztendlich auch gleichgültig. Was zählt, ist, dass den Wünschen der Entführer entsprochen wird. Das Leben der Geiseln steht über allem", erwiderte Polo leicht gereizt.

„Vielleicht bevorzugen die Verbrecher eine Strategie der kurzen Schritte; so können sie sich irgendwelchen überraschenden Wendungen schneller anpassen", bemerkte Ruprecht von Rohnstein, auf dessen Einwurf allerdings niemand weiter einging.

Dafür ergriff der Pfarrer erneut das Wort. „Stellt der Transport des Lösegeldes nicht ein hohes Risiko dar? Wenn bekannt wird, dass von Steyr nach Admont so etwas wie ein vergoldetes Fuhrwerk unterwegs ist, dann dürfte diese Tatsache weiteres Gesindel anziehen wie Motten das Licht. Sollte man dieses Mal nicht für eine besonders starke Schutztruppe sorgen?", gab er zu bedenken.

Nachdrücklich nickte Polo. „Ihr nehmt mir die Worte aus dem Mund, Hochwürden. Dies ist in der Tat etwas, was mir nicht geringe Sorge bereitet. Darum möchte ich besonders an Euch, Graf, eine Bitte richten. Ich benötige für das Sichern des Transportes genügend Soldaten. Ich weiß: Ihr habt bereits den Verlust von ... wie viele Tote, Herr von Schmelzer, sagtet Ihr, hat es bis jetzt gegeben?", richtete Polo plötzlich die Frage an den Hausherrn.

Der schreckte hoch. Offensichtlich war er in Gedanken vertieft gewesen.

„Was meint Ihr ... wie viele Tote? ... Äh ... ich denke ... es waren insgesamt elf ... zehn Waffenknechte von der Burg ... und einer der drei Fuhrknechte, wie mir Graf Saurau berichtet hat", entgegnete von Schmelzer zerstreut.

Nachdenklich fuhr sich Polo mit der Hand über das glatt rasierte Kinn. „Nun, ich bedaure, dass so viele Eurer Waffenknechte ums Leben kamen, Graf", wandte er sich erneut an den Saurauer. „Dennoch, denke ich, werdet Ihr mir Eure Zustimmung nicht verweigern, wenn ich Euch darum ersuche, eine gut bewaffnete Truppe zum Schutz des Transportes zusammenzustellen."

„Selbstverständlich werde ich Eurer Bitte entsprechen, Signor Polo. Und ich werde mich persönlich um die Auswahl der Leute kümmern", entgegnete er entgegenkommend.

„Ich danke Euch, Graf." Polo wandte sich an Wolf. „Würdet Ihr zusammen mit mir die Führung des Transportes übernehmen, Herr von der Klause? Eure Erfahrung und Umsicht kämen uns ... Herr von der Klause? ... Ist Euch nicht gut?"

Keine Antwort!

Seltsam in sich zusammengesunken, den Kopf nach vorne geneigt, vollkommen regungslos, saß Wolf da und starrte vor sich hin.

Verständnislos und verblüfft betrachtete ihn die versammelte

Runde. Nur Katharina wusste, dass dieses außergewöhnliche Verhalten der Ausdruck einer ungeheuren inneren Erregung war. Zweimal bereits hatte sie miterlebt, wie diese eigenartige Metamorphose Besitz von ihm ergriff. Eine Verwandlung, die ihn immer dann überfiel, wenn er etwas Spektakuläres entdeckt zu haben glaubte. Ein Rückzug seines Bewusstseins in einen Kosmos aus Gedanken und Gefühlen, aus dem er stets erst dann wieder aufzutauchen pflegte, wenn er seine Schlussfolgerungen gezogen hatte und ihrer sicher war.

Irgendetwas war geschehen. Entweder in diesem Moment oder aber vor einigen Augenblicken.

Es war dieser Satz. *Nur dieser eine Satz.*

Doch er war über ihn gekommen, wie der Adler über die Lämmerherde.

Wie paralysiert starrte Wolf auf das Tischtuch.

Und auf den Flecken darauf.

Der Rotweinfleck – die Folge der unbeherrschten Geste des Saurauers, die den Pokal hatte überschwappen lassen. Blitzschnell war die Flüssigkeit in das Tischtuch gedrungen und hatte dem jungfräulichen Leinen die makellos weiße Unschuld geraubt.

Tief drang das schreiende Rot in seine Augen – und der Satz, den er erst kurz zuvor vernommen hatte, in sein Gehirn.

Mit einem Mal begann das Gefühl eines unbeschreiblichen Triumphes in ihm hochzusteigen.

Doch mit dem Triumph kam auch der Zorn.

Eine kalte Wut auf die Person, die es über einen so langen Zeitraum hinweg verstanden hatte, sich als genauso makellos rein darzustellen wie das Tischtuch und sich den Anschein höchster Ehrbarkeit geben hatte.

Bis jetzt, da Wolf mit einem Mal, urplötzlich, und ohne dass er darauf vorbereitet gewesen war, den riesigen, hässlichen Flecken an ihr wahrgenommen hatte.

Ein einziger Satz hatte genügt, um ihn zu entdecken.

Blitzartig war er in sein Bewusstsein gedrungen und hatte ihn an die Gesprächsrunde des Tages erinnert, als die Steyrer auf Gallenstein erschienen waren – und damit an jene Äußerung, von der er zwar wusste, dass sie gefallen war, die er aber die ganze Zeit über nie zu greifen vermocht hatte.

Bis zu diesem Augenblick, in dem es ihm wie Schuppen von den Augen fiel und er klar sah.

Glasklar!

Er spürte einen Rempler in der Seite und fuhr hoch.

„Was ist mit Euch? Wollt Ihr denn nicht antworten?", raunte ihm der Saurauer zu, peinlich berührt über sein seltsames Verhalten.

Vage erinnerte sich Wolf, dass ihn der Venezianer angesprochen hatte.

„Verzeiht, Signor Polo ... Ich war gerade in Gedanken ... Würdet Ihr die Güte haben, Eure Frage zu wiederholen?", bat er.

Irritiert ob der geistigen Abwesenheit, die jetzt erst zu enden schien, zog Polo die Brauen hoch. „Nun, ich fragte Euch, ob Ihr mit mir zusammen die Überführung des Lösegeldes übernehmen wollt", wiederholte er.

„Das vermag ich Euch noch nicht zu sagen ... Ich habe noch andere Aufgaben wahrzunehmen, die meine ganze Aufmerksamkeit erfordern ... Ich bin dem Dienst des *officium inquisitionis* verpflichtet worden ... Wie Ihr vielleicht wisst, ist Heinrich von Olmütz gerade in der Gegend."

Erneut zog Polo die Brauen hoch, erstaunt diesmal, fast ungläubig. „Man hat Euch verpflichtet, Ketzer zu fangen?"

„Ihr sagt es ... In den nächsten Tagen steht eine Expedition diesbezüglich an", gab Wolf zurück, wobei ihm die Sätze irgendwie abgehackt und gepresst über die Lippen kamen. Einzig Katharina merkte, dass die seltsame Erregung, die ihn ergriffen hatte, noch immer in ihm nachwirkte.

Wolfs Hinweis auf den angeblichen Ketzerfeldzug war rein taktischer Natur und diente lediglich dazu, die Aktivitäten des übernächsten Tages zu tarnen, an dem man in die Windischgarstener Berge vorstoßen würde. Ein Vorhaben, von dem bis jetzt nur er, der Graf und Katharina wussten. Und ginge es nach ihm, sollte es auch so bleiben. Selbst die beteiligten Soldaten würde man erst unmittelbar vor dem Einsatz über das eigentliche Ziel in Kenntnis setzen.

Polo schien noch immer erstaunt zu sein. „Nun ... wenn das so ist ...“, sagte er nur und fasste sich nachdenklich ans Kinn.

Die Nacht war heraufgezogen. Und mit ihr der Mond. Glänzend spiegelte er sich in den dunklen Fluten der Enns.

Ein gutes Stück außerhalb der Stadt, dort, wo der Fluss eine sanfte Biegung beschrieb, war die schwarze Silhouette eines am Ufer kauernden Mannes auszumachen.

Wolf von der Klause blickte nachdenklich auf das träge dahinfließende Gewässer und versuchte in Gedanken, die Ereignisse des vergangenen Tages zu ordnen.

Unmittelbar nach dem Dialog, der zwischen ihm und Polo geführt worden war, hatte man die Debatte im Gästesaal beendet. Jakob von Schmelzer hatte anschließend zu einem Rundgang durch die Stadt geladen und später ein opulentes Mahl auftischen lassen, dem reichlich zugesprochen worden war. Doch nichts konnte darüber hinwegtäuschen, dass das Verbrechen an den drei Venezianern und der Frust über das entgangene Geschäft nach wie vor wie ein dunkler Schatten auf der Gesellschaft lasteten.

Wolf und Katharina hatten sich während der ganzen Zeit zurückgehalten, allzu vertraulich miteinander umzugehen. Was nicht bedeutete, dass sie nicht miteinander gesprochen hätten. Allerdings hatte Wolf beschlossen, über den Grund seines seltsamen Verhaltens während der Debatte am Nachmittag auch ihr gegenüber zu schweigen. Und Katharina war sensibel genug gewesen zu erkennen, dass er dafür wohl Gründe hatte, und diese stillschweigend akzeptiert.

Irgendwann nach Einbruch der Dunkelheit schließlich hatten sich die Admonter auf die luxuriös ausgestatteten Gästezimmer zurückgezogen, um sich zur Ruhe zu begeben.

Bis auf Wolf.

Noch bevor die Stadttore schlossen, hatte er kurzerhand den Rappen bestiegen und war, die Mauern Steyrs hinter sich lassend, ein kurzes Stück flussaufwärts geritten. Er empfand das dringende Bedürfnis, noch einmal in Ruhe über alles nachzudenken, wofür ihm der abgeschiedene Platz an der Enns geeigneter schien als eines der Gästezimmer im Schmelzer'schen Stadthaus. Zwar hatte sich der Aufruhr in seinem Innern schon seit Stunden gelegt; dennoch trieb ihn die Erkenntnis, die während der nachmittäglichen Besprechung so plötzlich und brachial in sein Bewusstsein gedrungen war, immer noch um.

Ein einziger Satz hatte genügt, um eine der beiden Schachpartien in seinem Kopf ihrem Ende zugehen zu lassen.

Nur noch wenige Bewegungen, und das Spiel war entschieden.

Zu *seinen* Gunsten.

Denn *er* war am Zug!

XVII – Donnerstag, 24. August im Jahr des Herrn 1385; St. Bartholomä

24

Noch lag dichter Nebel über den Auen; ein undurchdringlicher, milchiger Brodem, der die Landschaft einhüllte und ihr sämtliche Konturen stahl.

Noch in der Nacht waren sie aufgebrochen, um Sankt Gallen in südlicher Richtung zu verlassen: Wolf, Friedrich von Saurau, Arnim von Hallstatt und fünf gut bewaffnete Männer; Soldaten des Grafen, die sich durch ein hohes Maß an Zuverlässigkeit und Verschwiegenheit auszeichneten, unter ihnen auch Kuno Helfrich, der neu ernannte Erste Hauptmann der Gallensteiner Waffenknechte. Sie waren gut vorangekommen. Bereits jetzt, es mochte um Prim herum sein, befanden sie sich nicht weit entfernt von ihrem Ziel, dem Gasthaus „Zum Bären", am Weg zwischen Admont und Rottenmann und ein gutes Stück vor Bärndorf gelegen.

„Wie wollt Ihr eigentlich in dieser verdammten Brühe den Weg zu dieser seltsamen Herberge finden?", wandte sich Arnim, der dicht hinter Wolf ritt, skeptisch an diesen.

„Da macht Euch mal keine Sorgen. Wir werden gleich an einen Steg kommen, der über den Bach führt. Unmittelbar danach zweigt ein Weg in Richtung Westen ab. Den nehmen wir. Etwa zwei Meilen weiter stößt man dann auf das Wirtshaus. Ohne die weiße Brühe um uns herum würde man es schon von Weitem sehen. Es liegt zur

Rechten des Weges an einem Felshang. Links des Weges gibt es einen kleinen Wald. Dort verstecken wir uns. Seht den Nebel als unseren Verbündeten an. In seinem Schutz kommen wir an unser Ziel heran, ohne dass uns jemand sieht.“

„Hätte es denn nicht genügt, zwei Stunden später loszureiten? Schließlich wollen sich die Banditen doch erst so gegen Sext treffen“, knurrte der Graf und gähnte. Er war sichtlich müde und leicht gereizt.

„Besser zu früh als zu spät. Vielleicht kommen die Schurken ja auch schon eher. Im Übrigen könnt Ihr die verbleibende Zeit getrost für ein Nickerchen nutzen. Ich werde Euch zeitig genug wecken“, entgegnete Wolf.

„Verlasst Euch drauf, ich nehme Euch beim Wort“, gähnte der Graf erneut.

Inzwischen hatten sie den hölzernen Steg erreicht. Vorsichtig passierten sie den Übergang, wobei sie darauf achteten, einzeln hinüberzureiten, um die altersschwachen Bohlen nicht überzubeanspruchen.

Unmittelbar danach bog die Schar in einen scharf nach rechts weisenden Pfad ein, und nach etwa einer Meile tauchten links des Weges plötzlich hochaufstrebende diffuse Schatten auf – Bäume. Man hatte den Wald erreicht, von dem Wolf gesprochen hatte. Bis zur Stunde war den Reitern noch keine Menschenseele begegnet. Bald aber würde die Sonne den Nebel vertreiben, und die ersten Bauern würden des Weges ziehen. Es war Zeit, sich in das bergende Walddickicht zurückzuziehen.

Wolf hielt an und sprang aus dem Sattel. „Sind wir etwa schon da?“, fragte der Saurauer erstaunt und zügelte sein Pferd.

Wolf nickte. „Wie ich schon sagte: Hier in diesem Wald werden wir der Dinge harren, die da kommen. Er bildet ein ideales Versteck.“

„Und dieses ominöse Wirtshaus befindet sich wirklich dort drüben?“ Der Graf blickte angestrengt nach rechts; doch sein Versuch, die weiße Wand seitlich des Pfades zu durchdringen, blieb ergebnislos.

Wolf grinste. „Wartet erst einmal ab, bis die Sonne dem Nebel Beine macht, dann seht Ihr es.“

Sie saßen ab und drangen die Pferde am Halfter führend, linker Hand in den Wald ein. Bald machten die Bäume einer lichten, moosbewachsenen Stelle Platz, und Wolf gebot Halt.

„Hier vermag uns vom Weg aus niemand zu sehen. Ein guter Platz zum Rasten und zum Beobachten!“

„Zum Beobachten?“, fragte der Hallstatter zweifelnd und hob die Brauen.

„Ja. Dazu verbergen wir uns ein Stück weiter vorn, wo wir hergekommen sind, hinter den Bäumen. Wenn sich der Nebel aufgelöst hat, habt Ihr von da aus einen vortrefflichen Blick über das gesamte Gelände, das sich jenseits des Weges hinzieht; niemand, der zum ‚Bären‘ will, wird dies tun können, ohne von uns gesehen zu werden.“

„Nun gut; warten wir's ab. Eine Weile dürfte es ja noch dauern, bis wir das Gesindel zu Gesicht bekommen“, bemerkte der Graf und gähnte ein drittes Mal. Er nahm einen zusammengerollten Mantel vom Sattel, breitete ihn ohne viel Federlesens auf dem moosgepolsterten Waldboden aus und legte sich darauf. Augenblicke später verrieten tiefe Atemzüge, dass er schlief.

Wolf forderte die anderen ebenfalls auf, es sich bequem zu machen; vorher teilte er die Männer allerdings noch zum Wachdienst ein. Danach rollte auch er seinen Mantel aus, um sich ins Moos zu legen. Kurze Zeit später fielen ihm die Augen zu – die durchrittene Nacht forderte ihren Tribut.

„Herr von der Klause, schnell, wacht auf!“

Wolf fuhr hoch.

„Burkhart, du?“, fragte er verdutzt. Er rieb sich die Augen und schaute sich um. Mittlerweile hatte die Sonne dem Nebel den Garaus gemacht. Er bemerkte, dass die anderen der zum Trupp Gehörenden noch schliefen.

„Ja, Herr, ich glaube, soeben ist einer von ihnen gekommen. Kommt und seht selbst“, wisperte Burkhart aufgeregt.

Wolf sprang auf und folgte Burkhart durch das Dickicht hindurch.

Hinter einem dicken Stamm hielt Burkhart inne und zeigte zum Weg hinüber. „Seht, dort!“

Wolf trat an seine Seite und blickte auf die im Sonnenlicht grün schimmernden Wiesen, die sich auf der anderen Seite des Weges erstreckten; begrenzt von einem felsigen Steilhang, an dessen Fuß ein Haus, vielmehr eine Hütte klebte – die Schenke „Zum Bären“. Auf dem schmalen Pfad, der vom Weg zur Herberge hinüberführte, ritt ein Mann auf einem schwarzen Pferd.

„Aus welcher Richtung kam der Mann, Burkhart?“, fragte Wolf.

„Von dort, Herr“, antwortete der Soldat und zeigte in Richtung Südwesten.

Inzwischen war der Reiter beim „Bären“ angelangt und stieg aus dem Sattel. Sie beobachteten, wie er das Tier an einem der Pflöcke festmachte, die im Hof neben einer knorrigen Eiche in die Erde gerammt waren, und hineinging.

„Was werden wir nun tun, Herr? Hinübergehen und den Kerl festnehmen?“, fragte der Soldat.

„Nein, wir warten, bis auch seine Kumpane da sind. Du kannst dich nun aufs Ohr legen. Ich werde die Wache übernehmen.“

„Ihr selbst Herr? Habt Ihr nicht den Hallstatter für die vierte Wache eingeteilt?“

„Ja, aber jetzt werde ich sie selbst übernehmen, nachdem ich schon einmal wach bin. Also, geh, leg dich nieder. Du hast deine Sache gut gemacht.“

Burkhart ging zum Lager zurück, während Wolf es sich hinter dem breiten Stamm so bequem wie möglich machte. Er dachte nach. Der Fremde, der sich in den „Bären" begeben hatte, war sehr früh gekommen. Vorausgesetzt, es handelte sich bei ihm tatsächlich um einen der Männer, die sie erwarteten, stellte sich die Frage, wann nun die anderen erscheinen würden.

Wolf blickte zum Himmel und prüfte nochmals den Stand der Sonne; noch etwas weniger als drei Stunden bis zur Sext – eine lange Zeit, wenn man warten musste.

Die Sext war längst vorüber, als er unruhig zu werden begann. Heiß und hell brannte die Sonne inzwischen vom Himmel, aber mindestens drei von den vieren, die sie erwarteten, waren noch immer nicht aufgetaucht. Wolf begann eine eigenartige Spannung zu verspüren, die nicht ganz frei von gewissen Zweifeln war. Würden die Männer kommen – oder hatten sie ihren Plan geändert? Er musste es herausfinden. Es war an der Zeit, zu handeln und sich endlich Klarheit zu verschaffen. Er würde zur Herberge reiten und sich den Mann ansehen.

Ein Rascheln in seinem Rücken unterbrach seine Überlegungen. „Nun, Wolf, wie steht's? Was glaubt Ihr, wie lange müssen wir denn noch warten?", fragte der Graf, der sich durchs Dickicht zu ihm durchschlug.

„Ich weiß es genauso wenig wie Ihr", entgegnete Wolf ein wenig unwirsch und unterbreitete dem Saurauer seinen Plan.

Der Graf runzelte bedenklich die Stirn. „Ihr wollt hinüber und Euch den Mann ansehen? Wird das nicht seinen Verdacht wecken?"

„Nein, warum sollte es das. Der Mann kennt mich nicht, und der Wirt ebenso wenig. Schließlich ist das dort drüben ein öffentliches Wirtshaus. Der Wirt lebt von Fremden, die bei ihm einkehren, und eine Plauderei zwischen Gästen ist das Normalste der Welt."

„So gesehen habt Ihr natürlich Recht", räumte der Saurauer ein.

„Also denn. Ich werde jetzt mein Pferd holen. Ihr müsst mit den Männern weiter auf Posten bleiben und das Gelände beobachten. Dürfte ich Euch bitten, während meiner Abwesenheit das Kommando zu übernehmen?“

„Natürlich. Aber was machen wir, wenn die Schurken auftauchen? Vor allem, woran erkennen wir sie?“

„Das kann ich Euch auch nicht sagen. Ich würde vorschlagen, ihr beschränkt euch vorerst nur aufs Beobachten. Sobald sich weitere Personen der Herberge nähern, haltet Ihr Euch mit den Männern bereit, um mir sofort zu Hilfe eilen zu können. Ich werde versuchen, Euch rechtzeitig zu signalisieren, wenn ich Euren Beistand brauche. Seht Ihr die Pflöcke dort neben der Eiche?“

Der Graf spähte zur Herberge hinüber. „Ihr meint wohl die, an denen die Reittiere festgemacht werden?“

„Ja. Ich werde meinen Rappen dort festmachen. Wenn ich aus dem Haus trete und ihn wieder losbinde, ist das für Euch das Zeichen, sofort loszureiten.“

Der Graf nickte. „Nun gut. Wie Ihr meint. Ich wünsche Euch viel Glück. Wartet, ich hole Euer Pferd.“

Der Graf begab sich durch das Dickicht ins Lager zurück und kehrte kurze Zeit darauf mit dem Rappen wieder. Vorsichtig vergewisserte sich Wolf, dass die Luft rein war, dann trat er aus dem Wald hinaus, saß auf und trabte gemächlich in Richtung Wirtshaus.

Dämmriges Zwielicht empfing ihn, als er in den Schankraum trat. Außer der Türöffnung erhellte nur noch ein winziges Giebelfenster, das sich im rückwärtigen Teil des Hauses befand, und zwar in der Wand, die gegen den dunklen Steilhang hin lag, die Herberge. Im Raum selbst war es stickig und heiß, und im Eingangsbereich stank es erbärmlich nach Urin und Kot. Schuld daran war ein Abtritt, der sich gleich neben der Tür befand.

Wolfs Augen benötigten eine Weile, bis sie sich an das schummrige Dunkel gewöhnt hatten. Er sah sich um. Gleich neben dem Abtritt wand sich eine schmale Stiege nach oben. Sie mündete in eine viereckige dunkle Öffnung, die in die Holzdecke eingelassen war und offensichtlich in eine Dachkammer führte. Die Mitte des Schankraumes nahm eine kniehoch gemauerte Herdstelle ein, über der sich ein gewaltiger Rauchfang erhob. Offenbar war sie für die schwarze Decke und die verrußten Wände verantwortlich. Rechts daneben standen zwei Bänke und ein Tisch. Ein Mann saß dort; offenbar der Reiter, den sie vor Stunden schon in der Herberge hatten verschwinden sehen. Er hatte die Arme auf dem Tisch verschränkt, seinen Kopf darauf gebettet und schien zu schlafen. Neben seinem Haupt befanden sich die Reste einer Mahlzeit, des Weiteren ein Krug, der allerdings leer zu sein schien. Auch das Messer des Mannes und die dazugehörende Lederscheide lagen auf dem Tisch. Das Messer hatte er allem Anschein nach zum Essen benutzt, denn die Klinge glänzte fett und schmierig.

Wolfs Blick wanderte nach links zu einem aus rohen Balken gefertigten Gebilde, das als Tresen zu dienen schien. Dahinter stand schweigend der Wirt, einen gefüllten Krug in der Rechten. Er sagte nichts, doch sein zahnloses Grinsen konnte mit einiger Mühe durchaus als Willkommensgruß für den neuen Gast gedeutet werden.

„Guten Tag“, grüßte Wolf freundlich. „Du bist der Wirt?“

Der Mann trat hinter dem Tresen hervor und grunzte bestätigend; das zahnlose Grinsen verbreiterte sich.

„Hast du ein Plätzchen für mich und vielleicht auch einen kühlen Krug Bier?“

„Aber natürlich, Euer Gnaden. Wenn Ihr hier Platz nehmen wollt?“, antwortete der Wirt mit schnarrender Stimme. Er deutete mit der Hand auf den Tisch, vor dem der Schlafende saß, und verschwand über eine Leiter in einem Erdloch, das wohl ein Keller sein mochte.

Wolf setzte sich an den Tisch auf die Bank gegenüber dem Gast.

Befriedigt stellte er fest, dass der Platz idealer nicht hätte sein können, hatte er von hier aus nicht nur den Eingang im Blick, sondern durch die offen stehende Tür auch einen Teil des Hofes und sogar ein Stück des Pfades.

Der Wirt erschien wieder. „Hier, Euer Bier, hoher Herr“, krächzte er und stellte den Krug auf dem Tisch ab.

Wolf nahm einige kräftige Schlucke und wunderte sich. Das Bier war tatsächlich kühl und schmeckte wider Erwarten köstlich frisch. Er setzte den Krug ab und wischte sich den Mund. Seine Augen hatten sich inzwischen an das Dämmerlicht gewöhnt; interessiert musterte er den Mann, der ihm gegenübersaß und noch immer schlief. Obwohl sein Gesicht zum Teil verdeckt war, vermochte er das Alter des Fremden recht gut zu schätzen, er schien nicht älter als fünfunddreißig bis vierzig Jahre zu sein. Dem Körperbau nach zu urteilen war er muskulös und kräftig.

Gerade wollte Wolf sich einen weiteren Schluck Bier genehmigen, als er einen Gegenstand wahrnahm, dessen Anblick ihm den Atem stocken ließ: Auf der ledernen Messerscheide des Mannes, die sich neben den Essensresten befand, prangte – wohl mit einem Eisen eingebrannt und nicht zu übersehen – ein Ring, der ein auf dem Kopf stehendes Kreuz umschloss – das Zeichen des „Ordens vom Ring“!

Heftige Erregung ergriff Wolf, zugleich war er ungeheuer erleichtert. Also doch!

Plötzlich kam ihm ein Gedanke. Er überlegte kurz, dann stand er auf, um sich hinaus in den Hof zu begeben. Der Wirt lief ihm hinterher; trotz seiner Leibesfülle schien er flink wie ein Wiesel zu sein.

„Ihr habt noch nicht bezahlt, Herr“, rief er vorwurfsvoll.

„Keine Angst, mein Lieber. Ich muss nur kurz mal an die frische Luft.“

Wolf trat vor die Tür und entnahm seiner Gürteltasche ein Stück Blei. Dann zog er die Scheide seines Messers vom Gürtel und malte mit fliegenden Fingern das Zeichen des Ordens auf die faserige Rückseite des Leders. Mit einem Stück Holzkohle, das er in einem Aschenhaufen rechts der Tür fand, zog er die Kontur nach.

Als er die Kneipe wieder betrat, bemerkte er, dass der Mann erwacht war. Er gähnte und streckte die Glieder.

Wolf trat an den Tisch heran.

„Einen schönen guten Tag“, grüßte er freundlich.

Der Fremde nickte nur kurz und sah Wolf misstrauisch an.

„Darf man fragen, wohin dich dein Weg führt, Kamerad?“, fragte Wolf leutselig und setzte sich.

Der Mann zuckte mit den Schultern. „Was geht es dich an?“, entgegnete er unfreundlich.

„Oh, du bist wohl nicht zum Plaudern aufgelegt. Aber ich kann's verstehen. Schließlich liegt eine lange Reise hinter dir, nicht wahr?“

Der Mann entgegnete nichts. Argwöhnisch betrachtete er sein Gegenüber.

In diesem Moment zog Wolf seine Messerscheide hervor und legte sie so vor sich auf den Tisch, dass sein mürrischer Gesprächspartner nicht umhinkam, einen Blick darauf zu werfen.

Der Erfolg war durchschlagend.

Ein plötzliches Erkennen glitt über die Miene des Mannes, und er beugte sich über den Tisch zu Wolf hinüber.

„Na endlich, verdammt“, zischte er. „Das hat aber lange gedauert. Ich dachte schon, du kommst nicht mehr. Warum gibst du dich nicht gleich zu erkennen! Hat dich der Schwarze allein geschickt? Wer bist du überhaupt? Auf dem Plateau hab ich dich nicht gesehen. Und bei dem Überfall warst du auch nicht dabei.“

Fieberhaft suchte Wolf nach einer Antwort.

„Wer ich bin, spielt keine Rolle. Es hat seine Gründe, warum ich nicht bei dem Überfall dabei war. Und auch, dass du mich auf dem Plateau nicht gesehen hast. Hauptsache, ich bin da. Meinst du nicht auch?", entgegnete er, obwohl er weder über den Schwarzen noch über das Plateau Bescheid wusste.

„So? Findest du?" Wieder schenkte ihm der Mann einen misstrauischen Blick. „Nun ja, vielleicht hast du Recht. Wer du bist, kann mir gleichgültig sein. Hauptsache, du bringst mich so schnell wie möglich zum Schwarzen. Aber eines wirst du mir ja wohl sagen können: Wie steht es um meinen Bruder?"

Wolf stutzte. Worauf zielte die Frage ab? Hatten die Schurken etwa ein Losungswort ausgemacht, mittels dessen sie einander erkennen konnten? Es galt aufzupassen.

„Nun? Was ist?" Der Mann beugte sich vor und starrte ihn an.

Wolf starrte zurück. Da bemerkte er, dass im Blick des Fremden Sorge und Angst lagen. Nein, dieser Mann wollte von ihm kein Losungswort, sondern eine klare Antwort auf die Frage nach dem Befinden seines Bruders, warum auch immer.

„Dein Bruder? ... Nun ... wie soll es ihm schon gehen. Wie man sich bettet, so liegt man eben – wenn du verstehst, was ich meine", antwortete Wolf sibyllinisch.

Mit einem Mal sprang der Mann auf, beugte sich über den Tisch und packte Wolf beim Kragen. „Was heißt das? Was habt ihr mit ihm gemacht? Ist er etwa nicht mehr am Leben?", zischte er wütend; Panik lag in seiner Stimme.

Obwohl völlig überrascht, erkannte Wolf sofort, dass er sich diesen Übergriff nicht bieten lassen konnte. Er ergriff den vor ihm stehenden Krug und schlug ihn mit aller Kraft gegen den linken Ellenbogen des Mannes. Der Schrei des Fremden mischte sich in das Scheppern des zu Bruch gehenden Kruges, und mit schmerzverzerrtem Gesicht sank der Mann auf die Bank zurück. Gleichzeitig sprang Wolf auf, und ehe er sich's versah, hatte der Fremde seine Hände wie eiserne Klammern um den Hals liegen.

„Hör zu, Freundchen. So springt man mit mir nicht um. Fass mich nicht noch einmal an, verstanden!", zischte Wolf.

„Is' ja schon gut. Aber ich mach mir eben Sorgen um meinen Bruder. Sag mir wenigstens, ob er noch lebt!", lenkte der Mann heiser röchelnd ein.

Wolf ließ ihn los. „Beruhige dich! Mit deinem Bruder ist alles in Ordnung", behauptete er ins Blaue hinein.

Finster musterte ihn der seltsame Gast. „Sei verflucht, wenn es nicht so ist", knurrte er und fuhr fort: „Wie geht es jetzt überhaupt weiter? Wann bringst du mich zum Schwarzen?"

Wolf dachte einen Moment nach. Er entschloss sich, alles auf eine Karte zu setzen.

„Weshalb sollte ich dich zu ihm bringen? Er wird selbst kommen."

„Er kommt selbst? Dann hat er dich also nur vorgeschickt. Warum sagst du das nicht gleich?"

„Er hat nur gesagt, dass wir uns mit dir treffen. Er, Heiner, Matthis, der Rote Peter und ich, wir sollten um Sext herum hier in der Herberge sein. Wie du siehst, bin ich der Erste. Die anderen werden schon noch kommen."

„Heiner? Der Rote Peter? Die kenn ich ebenso wenig wie dich. Von euch Schurken kenne ich außer dem, den ihr den Schwarzen nennt, nur Matthis mit Namen. Und das auch nur, weil er mir den Weg von eurem verdammten Plateau zurück zum Hengstpass weisen musste."

Wolf war überrascht. Das klang ja fast so, als ob der Mann sich selbst nicht zur Bande rechnete.

Noch während er darüber nachdachte, fiel sein Blick zufällig durch die geöffnete Tür ins Freie. Auf dem Pfad, der vom Hauptweg abzweigend zur Herberge führte, näherten sich Reiter – *drei* Reiter!

Endlich! Wolf erhob sich.

„Da fällt mir ein, ich habe noch etwas für dich, das ich dir geben soll. Es ist in meiner Satteltasche. Ich hole es. Warte einen Augenblick", sagte er zu dem Mann, der nichts ahnend mit dem Rücken zur Tür saß und verwundert aufschaute.

Wolf begab sich in den Hof hinaus. Die Reiter kamen näher. Sein Gehirn arbeitete fieberhaft. Diesmal hegte er keinen Zweifel daran, dass die, die da heranritten, auch die waren, die er erwartete. Betont langsam ging er zu seinem Rappen hinüber. Er hoffte, dass der Graf und die anderen das verabredete Zeichen, das er nun zu geben beabsichtigte, wahrnehmen würden. Bedächtig löste er den Strick, mit dem er das Pferd an einen der Pflöcke angebunden hatte und gab dem Tier einen Klaps. „Komm, beweg dich ein wenig, Schwarzer", sagte er. Der Rappe trottete zum Hofrand hinüber; dorthin, wo sich bereits das Pferd des Boten befand und der sandige Boden in eine Wiese überging.

Wolf blickte sich um. Die zum Hof hin offen stehende Tür fiel ihm ins Auge. Sie war aus dicken Bohlen gefertigt und ließ sich von außen mittels eines Balkens verriegeln. Er sah sich den Mechanismus genauer an. Der Balken führte durch zwei mächtige Eisenzwingen, die in die Tür eingelassen waren, und durch eine weitere Zwinge hindurch direkt in das Mauerwerk neben der Tür. Unvermittelt kam Wolf eine Idee, die ein grimmiges Lächeln über seine Züge huschen ließ. Rasch ging er um das Haus herum und verbarg sich in dem schmalen Spalt, der zwischen der Hausrückwand und dem Fels klaffte und mit Unrat übersät war. Kurz darauf vernahm er auch schon das Klappern von Hufen. Die Reiter kamen heran. Unter dem Fenster stehend, eng in den Schatten der Mauer geschmiegt, beschloss Wolf, noch zu warten. Als das typische Klopfen verstummte, wusste er, dass die Männer das Ende des steinigen Pfades erreicht hatten und in dem von einer dicken Sandschicht bedeckten Hof angelangt waren. Gleich darauf vernahm er Stimmen; sie hatten den Schankraum betreten.

„Oh, da bist du ja. Ich hoffe, du hattest eine gute Reise? Und vor allem, dass du das Dokument mitgebracht hast. Der Schwarze wartet schon darauf", hörte Wolf eine tiefe Bassstimme sagen. Gleich darauf wandte sich der Bass an den Wirt: „He, Wirt! Vier

Humpen von deinem Gebräu, aber schnell, sonst machen wir dir Beine!“

Wolf hatte genug gehört. Er beschloss, seinen Plan unverzüglich in die Tat umzusetzen; was er vorhatte, musste schnell geschehen.

An der Nordwestseite des Hauses schlich er an der Mauer entlang zurück und spähte um die Ecke. Außer den Pferden befand sich niemand im Hof. Er blickte zum Wald hinüber. Wieder nickte er befriedigt. Soeben bogen die Gallensteiner unter Führung des Grafen im Galopp auf den Pfad zur Herberge ein – sie hatten sein Zeichen bemerkt.

Eng an die Mauer geschmiegt, stahl sich Wolf hinter die offen stehende Tür und horchte. Vulgäres Grölen drang aus dem Schankraum. Noch wartete er. Bis abermals Hufgetrommel erklang. Er blickte sich um. Die Gallensteiner kamen. Es war Zeit, zu handeln.

Mit voller Kraft und einem lauten Knall schlug Wolf die Tür zu und verriegelte den Zugang zur Schenke, indem er den Balken nach rechts durch die Zwinge schob.

Das Grölen erstarb. Für einen Moment herrschte verblüfftes Schweigen. Dann aber drangen wütende Schreie und das Geräusch dumpfer Schläge nach draußen – die Eingesperrten droschen gegen die Tür. Doch gegen die massiven Bohlen kamen sie nicht an, und der mächtige Riegel saß unverrückbar fest.

Schon wirbelte Staub auf – die Gallensteiner preschten in den Hof.

Friedrich von Saurau sprang aus dem Sattel.

„Gottlob! Ihr seid wohlauf!“, rief er schon von Weitem.

„Aber ja doch, ich schon – im Gegensatz zu denen da drinnen“, lachte Wolf.

Jetzt erst nahm der Graf das Geschrei und die dumpfen Schläge wahr, die aus dem Innern des Hauses drangen.

„Alle Achtung! Ihr habt sie eingesperrt. Wie ist Euch das gelungen?“, fragte er verblüfft.

„Es war nicht besonders schwierig. Aber davon später. Jetzt gilt es erst einmal die Halunken zu zähmen, sie scheinen da drin alles kurz und klein zu schlagen."

„So, wie sich das anhört, werden wir damit einige Mühe haben", wandte sich Arnim von Hallstatt an Wolf.

In der Tat herrschten im Innern der Schenke Panik und Wut. Zum Gebrüll der Schnapphähne gesellte sich mittlerweile auch das trockene Scheppern zu Bruch gehender Tonkrüge und das Bersten von Holz. Auch das laute Jammern des Wirtes war nicht zu überhören.

Wolf griff sich einen Holzpflock, der auf dem Hof herumlag, und ging damit zum Eingang. Mit einigen kräftigen Hieben auf die Tür lenkte er die Aufmerksamkeit der Eingeschlossenen auf sich. Der Lärm erstarb.

„He, ihr da drinnen. Hört genau zu, was ich euch sage", rief er. „Wir wissen, wer ihr seid. Wir kennen euch sogar mit Namen. Das Spiel ist aus; also, ergebt euch. Auch euer verdammter Orden vom Ring kann euch nicht mehr helfen. Wir werden die Tür nun einen Spalt weit öffnen, dann werdet ihr herauskommen, einer nach dem anderen, mit den Händen über euren Köpfen. Aber vorher legt ihr sämtliche Waffen ab, auch die Messer. Und lasst euch nur nicht einfallen, irgendwelche Dummheiten zu machen. Hier draußen steht eine ganze Schar gut gerüsteter Soldaten, die euch empfangen wird. Habt ihr verstanden?"

Wolf legte sein Ohr an eine der Türritzen. Er hörte einige überraschte Flüche, dann ein unterdrücktes Tuscheln – man schien sich zu beraten, doch eine Erwiderung blieb aus.

„Ich warte. Seid ihr etwa schwerhörig?", hakte Wolf nach.

Es war der tiefe Bass, den er bereits kannte, der sich zu einer Antwort entschloss. „Kommt doch herein und holt uns. Wir werden euch gebührend empfangen. Auch, wenn wir dabei draufgehen. Schließlich haben wir nichts zu verlieren", dröhnte die Stimme in ohnmächtiger Wut.

Damit hatte Wolf nicht gerechnet. Entweder waren die Schurken tatsächlich zu allem entschlossen, oder sie wollten nur Eindruck schinden und spielten in ihrer Verzweiflung auf Zeit. Er beschloss, ein anderes Mittel einzusetzen.

„Hör zu, Freundchen. Ich weiß nicht, ob du Heiner, Matthis oder der Rote Peter bist. Aber eines weiß ich. Wir werden nicht hereinzukommen brauchen. Wir werden euch ausräuchern. Siehst du die Fensteröffnung hinter dir? Dort an der Rückwand werden wir ein schönes, großes Feuerchen machen. Weißt du, wie qualvoll ihr ersticken werdet, wenn der Rauch zu euch hineindringt? Oder was es heißt, bei lebendigem Leib gebraten zu werden? Das Dach über euren Köpfen brennt wie Zunder. Also, seid ihr immer noch entschlossen, draufzugehen?"

Entsetzte Rufe drangen aus der Kneipe.

„Dann müsstet ihr aber auch den Wirt töten. Wollt ihr das?", unternahm der Bass einen letzten Versuch.

„Der arbeitet doch mit euch zusammen; um den ist es nicht schade. Er ist mir gleichgültig", log Wolf. Dass er den Wirt mit dieser taktischen Lüge in panische Angst versetzte, ließ sich vorerst nicht ändern.

Wieder deuteten entsetzte Rufe an, dass seine Drohung Wirkung zeigte. Der Wirt stimmte ein Geheul an, als würden die Rauchschwaden bereits schon jetzt in seine Schänke strömen.

„Ruhe, verdammt noch mal!", brüllte plötzlich der Bass.

Die Rufe und das Geheul erstarben. Wolf hörte, wie sich die Männer raunend unterhielten.

„Also, gut, wir kommen. Öffnet uns!", klang es verbissen hinter der Tür nach draußen.

Wolf winkte die Waffenknechte an seine Seite.

„Es gilt! Burkhart, Berthold und Ihr, Hauptmann Helfrich, haltet eure Schwerter bereit", forderte er sie auf. „Thomas und Wido, ihr beide nehmt die Halunken einzeln in Empfang und bindet ihnen

Hände und Füße!“ Dann wandte er sich an den Hallstatter: „Würdet Ihr mir helfen, die Tür zu sichern, Arnim? Wir öffnen sie gerade so weit, dass jeweils nur ein Mann heraustreten kann.“

Der Ritter nickte. Während Wolf den Riegel langsam zurückzuschieben begann, stemmten sie sich gleichzeitig gegen die Tür. Vorsichtig zurücktretend, öffneten sie sie nur wenige Hand breit, während die drei Soldaten und der Graf mit gezogenen Schwertern seitlich des Eingangs Position bezogen.

„Ihr könnt herauskommen – zuerst der, der Matthis heißt! Und denkt daran: keine Mätzchen!“, rief Wolf.

Langsam zwängte sich der Erste der Schnapphähne durch den schmalen Spalt ins Freie. Er war hager, hatte graues, zerzaustes Haar, einen ebensolchen Bart und so etwas wie ein ängstliches Grinsen aufgesetzt, wobei er einige schwarze Zahnstummel entblößte. Wie gefordert, hatte er die Hände über dem Kopf erhoben. Kaum dass er gänzlich aus dem Schatten der Türöffnung getreten war, wurde er sofort von Wido und Thomas zu Boden geworfen und gefesselt.

„Der Nächste! – Heiner!“, befahl Wolf.

Der Zweite trat heraus – ein eher unscheinbar wirkender, untersetzter Mann, glatzköpfig und mit einem blonden Bart; sein Alter ließ sich nur schwer bestimmen. In seinem Blick flackerte Angst. Auch er wurde überwältigt und gefesselt.

„Weiter! – Derjenige, der Roter Peter genannt wird – raus mit dir!“, rief Wolf.

Ein Baum von einem Mann trat ins Freie. Wams und Hose waren schwarz, das dichte Haar und der mächtige, krause Bart feuerrot. Vor Wut schäumend sah er sich um. „Wartet nur. Noch ist nicht aller Tage Abend“, presste er mit tiefer Stimme zwischen den Zähnen hervor. Thomas und Wido zögerten fast, sich seiner zu bemächtigen; etwas Wildes, Animalisches ging von ihm aus. Schließlich aber taten sie es doch und fesselten auch ihn.

„Und nun der Letzte. – Der Bote aus Venedig. Los, heraus!“, befahl Wolf. „Wir kennen uns ja schon ein wenig, nicht wahr“, fügte er grimmig hinzu, als der Mann aus dem Schatten der Tür ins Freie trat. Auch er wurde von den beiden Soldaten unverzüglich zu Boden geworfen, gefesselt und in gebührendem Abstand neben die anderen gelegt.

Zufrieden trat Wolf an die Seite des Grafen. „So, das wär’s. Die sind uns vorerst sicher.“

„Ja. Ihr habt verdammt gute Vorarbeit geleistet“, bemerkte der Saurauer anerkennend. „Ich schlage vor, wir brechen gleich auf und kehren zur Burg zurück. Damit wir die Galgenvögel noch vor Einbruch der Nacht zum Singen bringen. Schließlich haben wir morgen den alles entscheidenden Tag vor uns.“

„Ich denke, wir sollten sie sofort zum Singen bringen. Hier, an Ort und Stelle“, widersprach Wolf.

„Hier?“

„Ja, warum nicht? Je schneller wir erfahren, was wir wissen wollen, desto besser.“

„Schon. Aber dies hier ist eine Herberge. Auch wenn sie nur schwach frequentiert ist, kommen doch hin und wieder Leute vorbei. Das stört.“

„Wir lassen es einfach nicht zu. Münzer und Penzlein werden beim Wald Wache halten und jeden, der zum ‚Bären‘ will, davon unterrichten, dass die Schenke vorerst geschlossen ist. Auf Befehl des Inquisitors.“

Nachdenklich strich sich der Saurauer den Bart. „Ja, eine gute Idee. So könnte es gehen.“

„Also dann. Gehn wir’s an.“ Wolf erhob sich.

„Ich nehme an, wir werden sie drinnen verhören?“

„Ja, und zwar jeden einzeln. Keiner soll wissen, was der andere preisgibt.“

„Das bedeutet, dass wir sie gesondert reinholen?“

„Richtig. Wir schaffen die Schurken dort hinter das Haus. Burkhart, Berthold und Hauptmann Helfrich bewachen sie und achten darauf, dass sie nicht miteinander sprechen. Ihr, Euer Neffe und ich, wir verhören das Pack. Der Hauptmann wird einen nach dem anderen zu uns hereinbringen. Der Wirt muss sich solange draußen bei den Wachen aufhalten."

„Der Wirt. – Was ist überhaupt mit ihm?"

„Er wird vor Angst die Bruche voll haben und sich drinnen irgendwo versteckt haben."

„Wahrscheinlich. Kein Wunder angesichts Eurer Drohung."

„Wir werden ihn entschädigen. Ein paar Pfennige müssten ihn wieder versöhnlich stimmen."

„Die soll er haben. Ich werde das übernehmen."

Wolf nickte und rief die Soldaten zu sich, um ihnen die nötigen Befehle zu erteilen. Die Gefangenen wurden hinter das Haus geführt, wo sie unter der Aufsicht Burkhart Fendrichs, Berthold Riesters und Kuno Helfrichs darauf warten sollten, verhört zu werden, während Wido Penzlein und Thomas zum Hauptweg hinüberritten, um den Pfad zu sichern, der zur Herberge abzweigte.

Derweil beschloss Wolf, nach dem Wirt zu sehen. Obwohl er die Tür weit öffnete, als er den Schankraum betrat, benötigten seine Augen erneut einige Augenblicke, um sich dem dämmrigen Zwielicht anzupassen. Der Platz hinter dem Tresen war leer. Tonscherben zu Bruch gegangener Krüge und ein zertrümmerter Stuhl lagen herum.

„Wirt, wo steckst du?", rief er.

„Hier, hoher Herr, bitte tut mir nichts. Glaubt mir, bei allen Heiligen: Ich bin unschuldig. Ich habe mit denen nichts zu tun. Ich kenne sie gar nicht", ertönte plötzlich ein kehliges Jammern. Es schien aus der Erde, aus Richtung des Tresens zu kommen. Jetzt erst bemerkte Wolf wieder das viereckige Loch, das in den Keller führte, der gegraben worden war, um dort all die wichtigen Dinge zu lagern, ohne die kein Wirt und keine Herberge auskamen: Speckseiten, Brot, Zwiebeln, Kohl und vor allem – Bier!

Langsam die kurze Leiter emporsteigend, tauchte der Wirt auf: zuerst der Kopf, dann die Schultern, schließlich der ganze Körper in seiner beeindruckenden Beleibtheit.

„Schon gut. Du brauchst dich nicht zu fürchten. Wir wollen nichts von dir. Das mit dem Ausräuchern war nicht so gemeint", beruhigte Wolf ihn. „Ich verspreche dir auch, dass wir dich für den Schrecken entschädigen werden. Aber vorher wirst du mir helfen, diesen Raum hier ein wenig heller zu machen. Hast du Talglampen oder ein paar Kerzen?"

„Aber ja doch, Herr. Wenn Ihr Euch ein wenig gedulden wollt." Erleichtert begab er sich hinter den Tresen und kramte einige dicke Talgkerzen sowie Feuerzeug aus einer Kiste hervor.

„Wo wollt Ihr, dass ich sie anzünde, Herr?"

„Stell die Kerzen dort auf den Tisch!" Wolf wies zur Rückseite des Raumes, wo unter der winzigen Fensteröffnung ein weiterer Tisch und eine Bank an der Wand standen. In diesem Bereich des Raumes stank es am wenigsten – durch das Fenster gelangte ein Hauch frischer Luft in den nach wie vor von Fäkaliendunst erfüllten Raum.

Nachdem er dem Wirt klargemacht hatte, dass der Schankraum vorübergehend als Verhörraum gebraucht werden würde und er sich deswegen für die nächste Zeit daraus zu entfernen habe, begab sich Wolf in den Hof hinaus. Es war Zeit, den Grafen und den Hallstatter hereinzubitten.

Sie konnten beginnen.

25

Blut rann dem Roten Peter den Bart hinunter, tropfte auf das schwarze Wams und von dort weiter auf den gestampften Lehmboden, wo es eine kleine dunkle Pfütze bildete.

Soeben war er von Kuno Helfrich in den Schankraum gebracht und unter großen Mühen auf einem Stuhl festgebunden worden. Trotz der Fesseln hatte er sich außerordentlich störrisch gezeigt. Erst ein ordentlicher Hieb auf die Nase hatte geholfen, ihn gefügig zu machen.

Wolf, der mit dem Grafen und dem Hallstatter am Tisch saß, entschloss sich, ohne große Umschweife sofort zur Sache zu kommen.

„Hör zu, Freundchen. Ich will mich nicht lange mit irgendwelchen Vorreden aufhalten. Um es kurz zu machen: Wir wissen, wer ihr seid. Du und du deine Kumpane, ihr gehört zu jenem verbrecherischen Gesindel, das sich der Orden vom Ring nennt und seit Jahren mordend und raubend durch die Gegend zieht. Allerdings wissen wir nicht alles. Doch diesem Mangel wirst du bestimmt abhelfen, nicht wahr?"

„Den Teufel werde ich tun. Ihr könnt mich mal. Der Orden wird euch vernichten. Er ist sehr mächtig, und er ist überall", zischte der Mann überheblich.

Wolf blieb ruhig. Er lächelte. „Oh, ich denke, da befindest du dich in einem gewaltigen Irrtum. Dein Orden steht kurz vor seiner Zerschlagung. Die Versammlung, die morgen um Mitternacht im Horst stattfindet – du weißt schon, euer Versteck bei Windischgarsten –, wird mit Sicherheit die Letzte ihrer Art sein."

Wolf hatte einen Volltreffer gelandet. Ein unartikulierter Ausruf des Schreckens entrang sich der Kehle des Rotbarts. Verzweifelt zerrte er an seinen Fesseln, die Augen traten ihm fast aus den Höhlen.

„Zur Hölle! ... Woher ... woher ... wisst ihr das? ... Ihr steht mit dem Teufel im Bund!“, schrie er. Seine Stimme hatte den volltönenden Bass verloren und sich in ein wüstes Kreischen verwandelt.

„Nein, mein Freund. Der Teufel ist euer Partner, nicht der unsrige“, entgegnete Wolf gelassen. „Du siehst, ihr seid verloren. Ich kann dir nur raten, dich kooperativ zu zeigen; vielleicht kannst du so wenigstes ein bisschen Gnade vor den Augen derer finden, die dich bald richten werden.“

Der Rote Peter schwieg. Den Mund halb geöffnet, stierte er in ohnmächtiger Wut auf den Boden.

„Also, zunächst einmal wirst du mir sagen, wohin ihr die Venezianer verschleppt habt, und vor allem, wie ihr Befinden ist?“, fuhr Wolf fort.

Langsam hob der Rotbärtige den Kopf. „Ich sagte es bereits: Von mir erfahrt ihr nichts. Zur Hölle mit euch allen!“

In diesem Moment sprang Arnim von Hallstatt auf. Zwei, drei Schritte um den Tisch herum brachten ihn an die Seite des Gefangenen.

„Hör zu, du Hurensohn“, stieß er voller Grimm hervor und packte den Mann beim Schopf. „Ich glaube, du verkennst deine Lage. Antworte gefälligst, oder willst du aus diesem Raum mit durchschnittener Kehle herausgeschleift werden?“ Mit diesen Worten zog er seinen Dolch hervor und drückte dessen Spitze dem Gefangenen gegen den Hals. Blutstropfen quollen zwischen den roten Barthaaren hervor.

„Tu es doch! Komm, stich zu! Glaubst du, dass ich den Tod fürchte, jetzt, nachdem ohnehin alles verloren ist?“, zischte der

Schnapphahn. Mit einem Ausdruck höhnischer Verachtung blickte er den Hallstatter aus den Augenwinkeln heraus an.

Es war der Moment, in dem Wolf begriff, dass sie so nicht weiterkamen. Den Mann mürbe zu machen würde Zeit erfordern, doch die hatten sie nicht. Sie mussten es mit den anderen versuchen. Sollten auch sie sich störrisch zeigen, bliebe allerdings nichts anderes übrig, als zu Mitteln zu greifen, die ihm verhasst waren. Doch die konnten erst auf Gallenstein zur Anwendung kommen. Er entschloss sich, vorerst auf eine weitere Befragung des Mannes zu verzichten und es stattdessen mit dem Boten aus Venedig zu versuchen.

„Lasst ihn, Arnim", sagte er. „Wir werden uns später mit ihm beschäftigen. – Hauptmann Helfrich, führt den Mann hinaus und bringt uns den Boten."

Das Erste, was Wolf an dem Mann wahrnahm, als dieser in den Schankraum geführt wurde, war die eigentümliche Veränderung in seiner Miene. Hatten vorhin noch Feindseligkeit und Misstrauen seine Züge verdüstert, wirkten sie nunmehr irgendwie erleichtert und gelassen.

„Dein Name?", begann Wolf kurz und bündig die Befragung.

„Engelbert. Engelbert Pötsch, hoher Herr."

Für die Dauer eines Lidschlags verharrten Wolf und die beiden Gallensteiner in völliger Verblüffung. Dann aber fuhren alle drei wie von einer Natter gebissen fast gleichzeitig von der Bank hoch.

„D-u-u-u bist Engelbert Pötsch, der Fuhrmann?", fragte Wolf heiser, während Arnim und dem Saurauer noch immer vor Überraschung der Mund offen stand.

Nicht minder erstaunt reagierte Engelbert Pötsch.

„Ja, Herr, Ihr habt richtig gehört. Ihr kennt mich?"

„Kannst du mir sagen, Engelbert Pötsch, wie du, der du doch im Dienst der Herren Polo, Lombardi und dal Pietra stehst, dazu kommst, mit diesem Mörder- und Diebsgesindel gemeinsame Sache zu machen?“, knurrte Wolf Unheil verkündend.

Pötsch sah entsetzt zu ihm hinüber.

„Nein ... das ist es ja gerade ... es ist nicht wahr, hoher Herr. Erlaubt ... erlaubt, dass ich das alles richtigstelle. Ich gehöre nicht zu diesem Mordgesindel, ich meine, zu diesem verdammten Orden. Dieser Teufel, den sie den Schwarzen nennen, zwang mich mit Drohungen in seinen Dienst. Ich sollte eine Botschaft nach Venedig bringen. Zum Kontor des Handelshauses der Schmelzer im *Fondaco dei Tedeschi*. Meinen Bruder Martin behielten sie als Geisel ...“ Die Stimme Engelberts begann zu zittern. „Aber bitte, Herr – wenn Ihr mich der Reihe nach erzählen lassen würdet ...“

Wenig später waren die letzten offenen Fragen, die es bezüglich des Verbrechens in der Buchau noch gegeben hatte, endgültig geklärt. Pötsch hatte die Verhörrunde so gut er es vermochte über alles informiert: den Überfall selbst, den anschließenden Marsch in die Berge bei Windischgarsten, die Nacht auf dem Plateau, in der Abt und Prior das schaurige, mummenschanzartige Spektakel abgezogen hatten, sowie seine Reise nach Venedig und zurück.

Wolf erhob sich von der Bank und ging langsam um den Tisch herum. Vor dem Fuhrmann blieb er stehen.

„Helfrich, nehmt dem Mann die Fesseln ab!“, befahl er dem Hauptmann, der die ganze Zeit über hinter dem Stuhl, auf dem Pötsch saß, Posten bezogen hatte.

Dann wandte er sich an den Fuhrmann: „Engelbert Pötsch, Ihr seid ab sofort wieder ein freier Mann. Aber beantwortet mir noch eine Frage. Dieser Abt und dieser Prior – Ihr konntet nichts an ihnen wahrnehmen, das uns wenigstens einen kleinen Hinweis auf ihre Identität gestatten würde?“

„Nein. Nicht einmal die anderen von dem Gesindel kennen sie.“

„Woher wisst Ihr das?“

„Nun, wir – mein Bruder und ich – konnten hören, was die Männer sprachen, die an den Feuern saßen. Alle hatten auf einmal fürchterliche Angst, als der Schwarze sagte, Abt und Prior würden kommen. Einmal hörte ich einen von ihnen sogar sagen: ‚Manchmal wünschte ich, ich wüsste, wer sie sind', worauf der andere sagte: ‚Red keinen Unsinn; du weißt, es wäre dein sicherer Tod.'"

„Seht Ihr Euch in der Lage, uns den Weg zum Schlupfwinkel der Bande zu weisen?"

Der Fuhrmann schüttelte bedauernd den Kopf.

„Ich fürchte nein, edler Herr. Auch wenn ich es brennend gern tun würde. Aber dieser verdammte Horst, wie die Halunken ihr Versteck nennen, liegt gut versteckt in einer Fels- und Waldwildnis."

„Dann werden wir einen von den drei Ganoven dazu zwingen müssen. Dennoch muss ich Euch bitten, mit uns zu kommen. Die Strecke wiederzuerkennen, die Ihr schon einmal zurückgelegt habt, wird Euch sicher nicht schwerfallen. So dürfte es dem Halunken, der uns führen wird, auch nicht möglich sein, uns zu täuschen."

„Aber ja, Herr. Ich stehe Euch gern zu Diensten", antwortete Engelbert erleichtert.

Wolf nickte. „Ach ja, noch etwas: Dieses Dokument, das Euch in Venedig ausgehändigt wurde, Ihr sagtet, es befindet sich in Eurer Satteltasche?"

„Ja, Herr. Soll ich es Euch bringen?"

„Später. Wenn wir hier fertig sind. Fürs Erste seid Ihr entlassen; Ihr könnt jetzt gehen", sagte Wolf.

Er war außerordentlich zufrieden.

Auch das Verhör Heiners verlief äußerst zufriedenstellend. Er zitterte vor Furcht und bettelte bereits um Gnade, noch bevor überhaupt die erste Frage an ihn gerichtet wurde – eine ideale Ausgangslage, die Wolf geschickt nutzte, um dem Mann weitere Informationen zu entlocken, die sie für ihren morgigen mitternächtlichen Schlag gegen den „Orden" gut gebrauchen konnten.

Auch die Forderung Wolfs, dem Trupp, der morgen in Richtung Windischgarsten aufbrechen würde, als Führer zu dienen, war von Heiner ohne Wenn und Aber akzeptiert worden. Insbesondere nachdem Wolf in Absprache mit dem Grafen und dem Hallstatter dem Schnapphahn zugesichert hatte, sich für eine Milderung seiner Strafe einzusetzen, wenn er mit ihnen zusammenarbeite.

Matthis war ebenfalls gewillt, die Seiten zu wechseln, nachdem man ihm klargemacht hatte, dass auch er Milde erwarten dürfe, fände er sich zur Mithilfe bereit. Und genau dies war unabdingbar notwendig, wenn der Plan, den Wolf zusammen mit den beiden Gallensteinern nun ausheckte, gelingen sollte.

Er sah vor, die Bande vorerst in Sicherheit zu wiegen; alles, was auch nur im Entferntesten Argwohn erwecken konnte, musste unterbleiben. Dies bedeutete, dass Engelbert Poetsch, entgegen der ursprünglichen Absicht Wolfs, nun doch am nächsten Tag wie vorgesehen zum sogenannten Horst reisen würde, um das Dokument zu überbringen. Allerdings sollte er nur von Matthis begleitet werden. Dass sowohl der Rotbärtige als auch Heiner nicht mit dabei waren, würde Matthis mit einem ebenso banalen wie glaubwürdigen Vorwand erklären: Der Rote Peter sei unglücklich vom Pferd gestürzt und dadurch nicht mehr in der Lage gewesen, weiterzureiten. Da er sich kaum rühren konnte, habe Heiner beschlossen, bei ihm zu bleiben und ihn in der „Weinhöhle" so lange zu pflegen, bis er einigermaßen wiederhergestellt sei. Die „Weinhöhle" war eine tiefe Erdhöhle in einem fast unzugänglich gelegenen Waldstück unterhalb der Admonter Höhe, die von der Bande genutzt wurde, um dort Wein zu lagern. Wolf hatte von Heiner erfahren, dass dies eines der zahlreichen Verstecke war, die der Bande als Zufluchts- und Lagerstätte dienten und nur einer Hand voll Eingeweihten bekannt waren.

Was den Roten Peter anging, sah Wolfs Plan vor, ihn vorerst in der Herberge festzuhalten. Das Erdloch, das die Vorratskammer bildete, war durchaus geeignet, vorübergehend auch als Kerker zu dienen. Dort unten würden sie ihn einsperren und drei der Waffenknechte des Grafen als Wachen zurücklassen: Bodo Penzlein, Thomas Münzer und Berthold Riester. Den Wirt würden sie als provisorischen „Kerkermeister" verpflichten – natürlich gegen einen ordentlichen Batzen Geld, denn schließlich musste die Herberge für zwei oder gar drei Tage geschlossen bleiben.

Nach dem – hoffentlich gelungenen – Schlag gegen die Bande, morgen um Mitternacht, würde der Rotbärtige dann wieder die Gesellschaft seiner Spießgesellen „genießen" können – allerdings in Ketten und sicher verwahrt in einer der unterirdischen Gefängniszellen auf Burg Gallenstein. Dort würde man sämtliche Gefangenen festhalten, bis sie der zuständigen Gerichtsbarkeit überstellt werden konnten.

Es ging schon stark auf Non zu, als sie beschlossen, den Heimritt anzutreten.

Zuvor jedoch hatte Wolf noch darauf bestanden, dass Heiner, Matthis und Engelbert ihr Aussehen veränderten. Zum einen sollten alle drei ihre Bärte abrasieren. Zum anderen sollten die beiden reumütigen Schnapphähne Kapuzen überziehen, während Engelbert einen alten, ausgedienten Pilgerhut verpasst bekam, den Wolf in der Schenke hatte herumliegen sehen. Ein Ansinnen, das ihm nicht nur die verblüfften Blicke der Betroffenen, sondern auch die der Gallensteiner einbrachte.

„Was, zum Teufel, soll denn das nun wieder?", fragte der Graf konsterniert.

„Nun, es könnte schließlich sein, dass wir zufällig anderen von der Bande begegnen. Was, glaubt Ihr, geschieht, wenn die ihre Komplizen und den Fuhrmann erkennen, noch dazu, wie sie schön brav in unserer Mitte reiten?"

„Aha, verstehe. Ihr denkt wirklich an alles“, gab der Saurauer anerkennend zu. „Bleibt nur zu hoffen, dass Eure List im Ernstfall auch funktioniert“, ergänzte er.

„Nein! Hoffen wir lieber, dass sie sich erst gar nicht zu bewähren braucht“, entgegnete Wolf grinsend.

Dann brachen sie endlich auf.

XVIII – Freitag / Samstag, 25. und 26. August im Jahr des Herrn 1385

26

Noch tat der Mond seine Schuldigkeit – er leuchtete. Die Frage war nur, wie lange noch. Besorgt blickte Wolf zu der glänzenden Scheibe empor, die im Abnehmen begriffen war. Sein Blick wanderte nach Osten. Dort zeigten sich erste schwarze Wolkenbänke, die langsam, aber stetig näher zogen. Ein leichter Wind hatte sich erhoben und ließ Äste und Blätter sanft erschauern. Irgendwann würde er die Wolken vor den Mond schieben, den Himmel zur Gänze verdunkeln und es ihnen noch schwerer machen, dem Verlauf des Pfades zu folgen. Denn Fackeln kamen nicht infrage; allzu leicht konnte das flackernde Licht sie verraten – ein unverzeihlicher Fehler, jetzt, da sie sich bald am Ziel wussten.

„Wie lange noch?“, fragte Wolf Heiner, der sie führte.

„Wir sind bald da, Herr. Weiter vorne macht der Pfad einen scharfen Knick. Dahinter zweigt der Hohlweg ab, der zum Horst führt“, antwortete der Schnapphahn.

Seit gut einer Stunde schritt die Schar der Männer, angeführt von Wolf, dem Grafen und Heiner, den steinigen Pfad empor. Zügig und diszipliniert bewegten sich die achtunddreißig Mann aus Gallenstein voran, wobei sie darauf achteten, jedes unnötige Geräusch zu vermeiden.

Die Pferde hatten sie zusammen mit sechs Männern, die die Tiere bewachten, in einer schmalen, von hohen Felswänden gesäumten Senke zurückgelassen. Es war ein ideales Versteck. Heiner hatte Wolf beizeiten darauf aufmerksam gemacht, und auch ab wann es geraten schien, den Rest der Strecke zu Fuß zu bewältigen. Überhaupt hatte er sich bis jetzt als zuverlässiger Führer erwiesen. Für das Gelingen ihres Unternehmens war auch eine genaue Kenntnis der Örtlichkeit des Schlupfwinkels vonnöten; vor allem was die Lage und Beschaffenheit der Höhle anging, in der die Venezianer gefangen gehalten wurden. Auch hier sollte sich Heiners Beschreibung als wertvolle Hilfe erweisen. Bisher war eigentlich alles ohne größere Probleme vor sich gegangen. Wolf hoffte inständig, dass dies auch bei Matthis und Engelbert der Fall war.

Wie vereinbart, hatten sich die beiden schon in aller Frühe in Richtung Windischgarsten aufgemacht. Wolf selbst war mit dem Grafen und seinen Mannen um Terz herum von Gallenstein aufgebrochen. Er hatte leichte Rüstung angeordnet: Plattenbrust, Hundsgugel und leichtes Beinzeug aus festem Leder. So waren sie einerseits vernünftig gerüstet, andererseits flexibel genug, um auch schwieriges Gelände bewältigen zu können. Natürlich hatte der Trupp keine geringe Aufmerksamkeit erregt, als er, in Richtung Buchau reitend, den Weg zur Admonter Höhe eingeschlagen hatte. Vierundvierzig gut bewaffnete Soldaten hoch zu Ross, das war auch für Sankt Gallen kein alltäglicher Anblick. Deshalb hatte Wolf bereits in den vergangenen Tagen überall die Kunde verbreiten lassen, dass man sich im Auftrag des Inquisitors aufmachen werde, ein gefährliches, zum Widerstand entschlossenes Ketzernest auszuheben, das sich angeblich in der Gegend um Windischgarsten herum festgesetzt hatte. Der Weg dorthin führte zunächst über die Admonter Höhe, dann über den Hengstpass.

„Wir sind fast da, Herr“, meinte Heiner und blieb stehen. „Dort vorne liegt die Abzweigung zum Hohlweg.“

Wolf nickte und hob die Hand, um dem Trupp, der ihm folgte, Halt zu gebieten. Nun war es also so weit. Bevor sie von Gallenstein aufgebrochen waren, hatte er sich mit dem Grafen und Arnim besprochen und anhand der Angaben des reuigen Schnapphahns seine Strategie festgelegt. Wolf hatte sich von Heiner das Gelände genau beschreiben lassen. Von ihm wusste er auch, dass am Eingang zum Hohlweg in aller Regel Posten standen, meistens zwei, die es auszuschalten galt. Wolfs Plan sah vor, Heiner mit zwei kampferprobten Männern vorzuschicken. Er würde sich den Posten schon von Weitem durch lautes Rufen zu erkennen geben. Diese würden zwar überrascht sein, wenn er sich in Begleitung zweier weiterer Männer befand. Doch sie würden keinen Alarm schlagen. Bis sie den wahren Sachverhalt erkannten, würden sie bereits überwältigt und zum Schweigen gebracht sein ...

„Hauptmann Helfrich, Ulrich Hutter?“, rief Wolf verhalten in die Reihe der Soldaten, die sich einige Schritte hinter ihm befanden.

Die zwei traten vor. Sie hatten das leichte Rüstzeug und die Schwerter abgelegt und Hüte aufgesetzt; ihre Gesichter lagen im Schatten der weit in die Stirn gezogenen Krempen. Dass sie zur Festungsmannschaft der Burg gehörten, war ihnen nicht mehr anzusehen.

„Ihr wisst, was ihr zu tun habt. Seht zu, dass ihr möglichst nahe an dic Wachen herankommt“, fuhr Wolf fort. Dann nickte er in Richtung Heiners, der ein Stück weiter vorn auf einem Stein am Rande des Pfades saß. „Gleich nachdem er sich zu erkennen gegeben hat und sie ablenkt, werft ihr euch auf sie. Stopft ihnen die Mäuler. Nicht der geringste Laut darf zu hören sein, habt ihr verstanden?“

„Keine Sorge Herr, im Stopfen von Mäulern haben wir Erfahrung.“ Helfrich lachte leise, während Hutter es vorzog, die Bemerkung seines Vorgesetzten allein durch ein breites Grinsen zu bestätigen.

Wolf schmunzelte; er wusste, dass auf die Männer Verlass war. „Nun denn, geh'n wir's an“, sagte er. Mit einer Bewegung seines

Kopfes bedeutete er ihnen, ihm zu folgen, und schritt zu Heiner hinüber.

„Du weißt, es gilt“, wandte sich Wolf an ihn. „Jetzt wirst du beweisen können, dass es dir ernst ist mit deiner Reue. Wehe dir, du versuchst uns zu täuschen; du wärst sofort ein toter Mann, verstanden?“

„Euch täuschen? Nein, Herr. Beim Leben meiner Mutter, ich müsste wahnsinnig sein. Ihr werdet Euch nicht über mich beklagen können.“ Heiner hatte sich erhoben und sah Helfrich und Riester an. „Sind das die Männer, die mit mir gehen?“

Wolf nickte und wandte sich an Kuno Helfrich. „Vergesst nicht das Signal zu geben, wenn ihr mit ihnen fertig seid, klar?“

„Aber ja doch, Herr von der Klause“, bestätigte Helfrich, „dreimal den Ruf des Käuzchens, wie vereinbart. Ihr könnt Euch darauf verlassen.“

Sie zogen los. Wolf sah ihnen nach. Das Licht des Mondes verlieh den Silhouetten der sich entfernenden Männer eine deutliche Kontur. Doch in dem Maße, in dem sie sich entfernten, wurden ihre Umrisse immer diffuser. Noch bevor sie die Stelle erreichten, wo der Pfad abknickte, waren sie zur Gänze mit der Dunkelheit verschmolzen.

Eng in den Schatten der Felswand gedrückt, wartete der Trupp auf das vereinbarte Signal, um weiter vorrücken zu können, als sich der Wind mit einem Mal legte. Die plötzlich entstandene Stille veranlasste Wolf zum wiederholten Mal zum Himmel emporzublicken. Die von Osten heranziehenden Wolken waren ins Stocken geraten. Einige Sterne funkelten zwischen ihnen hindurch, und obwohl es ganz nach Regen aussah, schien die Natur damit noch warten zu wollen. Im Gegensatz zu vorhin verriet kein noch so leises Blätterrauschen oder die geringste Bewegung eines Zweigleins den Hauch eines Lüftchens. Wolf fühlte sich unbehaglich, fragte sich, ob er den plötzlichen Wechsel als Ruhe vor dem Sturm deuten musste.

An den Fels gelehnt, rekapitulierte er die Ereignisse der vergangenen Tage. Mit Macht drängte sich der Besuch in Steyr in den Vordergrund seiner Überlegungen, bei dem er der Identität des Anführers der Schnapphähne auf die Spur gekommen war. Lediglich die des „roten Priors“ war noch nicht gelüftet, doch noch bevor die Nacht vorbei wäre, dürften sie auch ihm die Maske vom Gesicht gerissen haben.

Das dreimalige Rufen eines Käuzchens unterbrach seine Überlegungen und brachte ihn in die Gegenwart der mondbeschienenen Felswildnis zurück. Der Saurauer, der neben ihm am Boden hockte, schreckte hoch. Ebenso Arnim von Hallstatt, der die Nachhut anführte und sich vorübergehend zu ihnen gesellt hatte.

Auch die Soldaten hatten das Signal vernommen und sich, ohne dass Wolf erst den Befehl dazu erteilen musste, sofort neu formiert.

Mit Wolf und dem Saurauer an der Spitze begann die Schar, weiter vorzurücken, während der Hallstatter wieder das Kommando über die Nachhut übernahm. Noch immer eng in den Schatten der Felswand geduckt, die sich links neben ihnen auftürmte, liefen die Männer den Pfad entlang. Verhältnismäßig rasch kamen sie an die Stelle, wo er scharf nach rechts abknickte. Noch während sie um den Knick bogen, nahmen sie einen winkenden Schatten wahr. Es war Kuno Helfrich. Ein Stück weiter hinter ihm bemerkte Wolf die Umrisse Ulrich Hutters und Heiners.

„Es ist alles glattgegangen Herr. Wir haben sie – alle drei!“, rief der Hauptmann leise, als der von Wolf geführte Trupp herangekommen war.

„Drei?“, fragte Wolf verwundert.

„Ja, Herr. Wir waren auch überrascht. Der Glatzkopf musste sich um den dritten kümmern, aber er hat es verdammt gut gemacht. Seht selbst.“

Wolfs Blick streifte den Rand des Pfades. Jetzt erst bemerkte er die drei auf dem Boden reglos daliegenden Männer. Auf den ersten

Blick waren sie in der Dunkelheit kaum von den umherliegenden Steinen und Felsbrocken zu unterscheiden.

„Sind sie tot?“, fragte Wolf gepresst.

„Der, den der Glatzkopf sich vorgenommen hat, schon. Er hat ihn erwürgt. Die beiden anderen sind nur bewusstlos. Wie Ihr es befohlen habt. Wir haben ihnen eins übergebraten, sie gefesselt und ihnen Lumpen ins Maul gestopft; die schweigen wie ein Grab.“

„Sehr gut“, raunte Wolf, obwohl ihn das Verhalten Heiners ebenso verblüffte wie erschütterte; sein Ziel war es, so wenig Blut wie möglich zu vergießen. Allerdings musste er zugeben, dass der Schnapphahn seine Loyalität beeindruckend unter Beweis gestellt hatte.

In diesem Moment frischte plötzlich der Wind wieder auf. Eine kräftige Bö wehte über ihre Köpfe hinweg. Staub wirbelte empor und ließ das Blättermeer des Waldes, der sich zur Linken den steilen Graben hinunterzog, erschauern. Stirnrunzelnd blickte Wolf nach oben, die Wolken hatten sich wieder in Bewegung gesetzt und glitten drohend auf den Mond zu; nicht mehr lange, und undurchdringliche Dunkelheit würde die Sicht erschweren.

Wolf ging zu Ulrich und Heiner hinüber. Sie standen einige Schritte weiter vorn neben einem mächtigen Spalt. Er trennte zwei Felsmassive voneinander, die etwa zwanzig Klafter hoch aufragen mochten.

„Gut gemacht“, lobte er die Männer leise. An Heiner gewandt sagte er: „Wenn du so weitermachst, werde ich beim Richter mehr als nur ein gutes Wort für dich einlegen. – Ist das der Eingang zum ‚Horst‘?“ Wolf deutete mit dem Kopf in den Spalt hinein.

„Ja, Herr“, bestätigte Heiner.

„Wie weit ist es von hier bis zum Plateau, sagtest du?“

„So ziemlich genau sechshundert Schritt, Herr.“

„Du erwähntest gestern, dass es außer den Posten am Eingang zum Hohlweg keine weiteren Wachen gibt. Du sprachst von zwei.

Nun waren es aber doch drei. Was, wenn wir im Hohlweg überraschend auf weitere deiner Spießgesellen stoßen?"

„Mit Verlaub, Herr: meiner *ehemaligen* Spießgesellen", verbesserte Heiner ungeniert und fuhr fort: „Ihr könnt ohne Sorge sein. Wie ich gestern schon sagte: Alle, außer den Wachen, müssen sich noch vor Mitternacht auf dem Plateau versammelt haben. Keiner darf sich im Hohlweg aufhalten. Auch die Wachen dürfen ihren Posten nicht verlassen, es sei denn, es droht Gefahr."

„Hm. – Du sagtest auch, dass die beiden Oberschurken schon vor den anderen da sind?"

„Ja. Sie müssen ihren Auftritt vorbereiten. Darum kommen sie vorher."

„Aber das Plateau – oder den ‚Horst', wie du euer Versteck nennst – betreten sie erst dann, wenn die gesamte Bande dort versammelt ist?"

„Ja, Herr."

„Von woher kommen sie?"

„Sie treten aus dem Hohlweg aufs Plateau hinaus."

„Das heißt ja wohl, dass sie sich bis dahin irgendwo versteckt halten?"

„Ja. Es gibt da eine Höhle. Sie befindet sich noch im Hohlweg und führt rechter Hand in den Fels hinein. Noch bevor man auf das Plateau gelangt, kommt man daran vorbei. Sie haben eine schwere Tür davor anbringen lassen, die mit Eisen beschlagen ist und sich absperren lässt. Es ist jedem bei Todesstrafe untersagt, die Höhle zu betreten."

Wolf nickte. Was Heiner sagte, bestätigte einmal mehr, dass ihre Entscheidung, mit dem Trupp erst kurz vor Mitternacht hier einzutreffen, richtig gewesen war. So konnten sie einigermaßen sichergehen, auf dem Weg in den „Horst" niemandem von dem Gesindel zu begegnen; etwas, was ihrem Vorhaben leicht hätte gefährlich werden können.

Ein Tropfen, der auf seine Nase fiel, veranlasste Wolf, abermals prüfend nach oben zu sehen. Die mittlerweile wild dahintreibenden Wolken hatten sich inzwischen des Mondes bemächtigt und spielten Katz und Maus mit seinem Licht. Wolf nahm es mit einiger Sorge zur Kenntnis. Längst schon hatten auch die Böen an Intensität zugenommen.

Wolf wandte sich an Heiner. „Was meinst du. Wirst du uns auch führen können, wenn uns der da oben sein Licht verweigert?"

„Ja, Herr. Ohne Schwierigkeit."

„Wie sieht's aus, wenn wir auf dem Plateau angelangt sind? Du erzähltest, sie entzünden stets einige Feuer. Was ist, wenn es vom Himmel kübelt? Wird der Regen sie nicht löschen?"

„Keine Sorge, Herr. Wenn Regen droht, machen sie einige Feuer besonders groß. Und über die kleineren hängen sie nasse Decken, die sie an Stangen befestigen."

Wolf nickte zufrieden; damit schien auch diese Frage geklärt zu sein. Dann wandte er sich an den Trupp, um den Männern noch einmal mit leiser Stimme die wichtigsten Punkte des nächtlichen Unternehmens zu vergegenwärtigen. Ulrich Hutter würde, unter dem Befehl des Grafen, den Eingang zur Höhle sichern, in der die Venezianer gefangen saßen. Hauptmann Helfrich fiel die Aufgabe zu, mit seinen Männern auszuschwärmen und die an den Feuern sitzenden Schurken zu überwältigen, während Berthold Fendrich und seine Leute sowie Wolf selbst sich die beiden falschen Mönche schnappen würden. Arnim von Hallstatt schließlich sollte den Hohlweg sichern, um so jeglichen Versuch, vom Plateau fliehen zu wollen, zu unterbinden.

„Und denkt daran: Wir müssen sie völlig überraschen. Es muss alles sehr schnell geschehen. Jeder Handgriff muss sitzen, jeder Schritt gelingen", schloss Wolf eindringlich und blickte beschwörend in die Runde. „Und nun, lasst es uns angehen – Gott befohlen!"

Kaum waren sie in den Hohlweg eingedrungen, als der Mond zur Gänze hinter den Wolken verschwand.

Wolf, der zusammen mit Heiner und dem Grafen so etwas wie die Vorhut bildete, hatte zunächst beschlossen, die erste Hälfte der Strecke im Laufschritt zurückzulegen. Je schneller sie vorankamen, desto besser. Das war nun jedoch nicht mehr möglich. Trotz der Führung durch Heiner ging es nur quälend langsam vorwärts, denn es gelang ihnen kaum, die Hand vor Augen zu sehen, geschweige denn den Pfad zu ihren Füßen. Trotzdem verzichtete Wolf auch weiterhin darauf, Fackeln entzünden zu lassen.

Noch bevor sie den Knick des Weges erreichten, wurde ihr Vorhaben weiter erschwert. Regen setzte ein und verwandelte den felsigen Grund, auf dem sie liefen, stellenweise in eine Rutschbahn.

„Wie weit ist es noch bis zur Biegung?“, wandte sich Wolf an Heiner.

„Vielleicht noch fünfzig Schritte, Herr. Wenn wir dort sind, haben wir den halben Weg geschafft.“

Es war so, wie Heiner gesagt hatte. Nach etwa fünfzig Schritten beschrieb der Weg eine scharfe Kehre nach rechts. Doch kaum dass sie die Kurve passiert hatten, riss Wolf den Arm nach oben, um den Männern Halt zu gebieten. Aufgeregt gestikulierte er den Soldaten, einige Schritte zurückzuweichen und sich eng in die Ausbuchtung des Felshanges zu schmiegen, an der sie soeben vorbeigekommen waren. Am Wegrand blieb er stehen und spähte, zusammen mit Heiner und dem Grafen hinter einigen Büschen verborgen, nach vorne. Der felsige Pfad führte von hier an bolzengerade weiter und schien in einer schmalen, diffusen Lichtöffnung zu münden. Gleichzeitig war das weit entfernte Gemurmel von Stimmen wahrzunehmen, in das sich hin und wieder ein kurzes Lachen oder ein rauer Ruf mischte.

Heiner bemerkte seine Erregung.

„Dort mündet der Weg auf das Plateau, Herr“, raunte er. „Sie haben sich bereits alle versammelt und die Feuer entzündet. Deshalb der helle Schein."

Wolf nickte. Gebannt starrten er und der Graf auf das Leuchten. Es markierte nicht nur das Ende des Hohlwegs, sondern machte mit einem Mal auch die durchdringende Nässe sichtbar, von der die Nacht erfüllt war – feine, glitzernde Fäden, die der Regen dicht an dicht in das Dunkel hineinwob. Ein seltsames Gefühl begann in ihnen aufzukommen – gepaart mit der Erkenntnis, dass der matte Schein wohl so etwas wie ein letztes Signal der bevorstehenden Entscheidung bildete.

„Was ist mit den beiden Erzhalunken? Glaubst du, dass sie schon auf dem Plateau sind?", wisperte Wolf Heiner zu.

„Nein, Herr. Dann würden sich die Leute nicht so zwanglos unterhalten."

„Das heißt, sie werden bald aus dieser Höhle treten, die sich irgendwo da vorne, rechts des Pfades befindet, um aufs Plateau zu gelangen, nicht wahr?"

„Ja ... ich ... ich denke doch."

„Was heißt, du denkst? Bist du dir nicht sicher?"

„Ich ... ich kann es nicht genau sagen ... Ich ... ich vermute es, Herr", bemerkte Heiner stockend.

Wolf warf ihm von der Seite her einen langen Blick zu. Der Schnapphahn schien sich auf einmal zu fürchten.

Plötzlich stieß ihm der Graf den Ellbogen in die Seite. „Seht doch, dort!", flüsterte er und deutete nach vorn.

Wolfs Kopf fuhr herum.

„Sieh an, der weiße Abt und der rote Prior", murmelte er.

Zwei Gestalten in Mönchsgewändern schritten langsam in Richtung des hellen Lichtes, das vom Plateau her in den Hohlweg drang. Die gleißenden Fackeln, die sie in den Händen hielten, ließen unschwer Art und Farbe ihres makabren Habits erkennen. Plötzlich hielten sie inne. Sie schienen sich kurz zu unterhalten, woraufhin der Rote weiterschritt, während der Weiße stehen blieb. Schließlich verschwand die in Rot gekleidete Gestalt hinter der zur Rechten des Pfades aufragenden schwarzen Felssilhouette.

„Was soll das, was machen die jetzt?", flüsterte Wolf.

„Der Prior hat das Plateau betreten, um das Kommen des Gebieters anzukündigen", wisperte Heiner zurück.

„Aha! Und wann folgt ihm der Gebieter?"

„Das kann dauern. Meistens hält der Prior vorher eine kleine Rede, um die Männer einzustimmen. – Da fällt mir ein, Herr: Heute wird es noch länger dauern, weil einige Neue in den Orden aufgenommen werden und den Treueschwur leisten müssen. Die Zeremonie führt der Prior durch. Dann erst holt er den Gebieter, dem die Neuen dann huldigen müssen."

„Er holt ihn?"

„Ja, Herr. Er begibt sich wieder in den Hohlweg und kehrt dann mit dem Gebieter zurück."

Wolf nickte. Plötzlich durchzuckte ihn ein Gedanke. „Sagtest du nicht, dass die Wachen, die am Eingang des Hohlwegs Posten stehen, im Falle äußerster Gefahr die anderen warnen müssen?"

„Ja, Herr. Warum fragt Ihr?"

Wolf gab keine Antwort. Stattdessen forderte er Heiner und den Grafen mit einer kurzen Handbewegung auf, ihm die wenigen Schritte zur Ausbuchtung zurück zu folgen, wo der Rest des Trupps wartete.

Er winkte die Unterführer an seine Seite. „Es gibt da vielleicht eine Möglichkeit, die ganze Prozedur zu verkürzen. Indem wir nicht mehr länger warten, sondern uns den Kerl dort vorne gleich holen", unterbreitete Wolf dem Grafen sowie den Unterführern sein Vorhaben.

Sein Vorschlag löste grenzenlose Verblüffung aus.

Der Hallstatter war der Erste, der darauf reagierte. „Wie wollt Ihr denn das bewerkstelligen?"

„Wir locken ihn hierher, und wenn er nahe genug ist, greifen wir ihn uns.“

Völlig entgeistert starrte der Saurauer ihn an. „Seid Ihr des Wahnsinns? Wollt Ihr den Überraschungseffekt aufs Spiel setzen? Wenn dieser verdammte ‚Abt‘ nicht auf dem Plateau erscheint, merken die anderen von der Bande doch, dass etwas faul ist, und sind gewarnt.“

„Keine Sorge. Er wird kommen. Oder sagen wir besser: der, den sie dafür halten – und das werde ich sein. Vorher wird mir der Hundesohn nämlich seine Klamotten überlassen müssen – versteht Ihr jetzt?“

„I-h-r wollt Euch als er ausgeben? Warum denn das, in drei Teufelsnamen?“

„Ganz einfach: Wir wissen doch inzwischen, wie sehr das Gesindel dem Anführer ergeben ist. Es befolgt jede seiner Anweisungen – oder anders gesagt: die Anweisungen einer von oben bis unten in Weiß gekleideten Person, die eine silberne Maske trägt. Diesmal werde ich diese Person sein – wovon diejenigen, die vor mir stehen, natürlich keine Ahnung haben“, Wolf hielt kurz inne.

„Ja, und? Weshalb das Ganze? Nennt uns endlich den Grund!“, ließ der Saurauer ungeduldig vernehmen.

„Erinnert Ihr Euch, was Engelbert Poetsch und der Glatzkopf sagten? Das Pack wirft sich vor dem Gebieter nieder, sobald es von ihm verlangt wird. Also werde auch ich dem Gesindel befehlen, sich als Zeichen der besonderen Loyalität vor mir auf den Boden zu werfen“, fuhr Wolf fort. „Sobald sie es getan haben, stürmt Ihr mit den Männern das Plateau. Es dürfte bedeutend einfacher sein, die Satansbrut zu überwältigen, wenn sie bereits am Boden liegt, meint Ihr nicht auch?“

Schnell hatte der Graf den Vorteil des ausgefuchsten Plans erfasst. Dennoch machte er Einwände geltend.

„Ihr vergesst den Prior. Er steht neben Euch. Er kennt die Stimme seines Herrn. Was, wenn er Euch sofort durchschaut?"

„Den schalten wir aus. Ihr habt gehört, was der Schnapphahn gesagt hat." Wolf deutete mit dem Kopf auf Heiner, der bescheiden am Fels lehnte. „Der Rote holt den Weißen im Hohlweg ab – in diesem Fall also mich. Sobald er erscheint, schlage ich ihn zu Boden, worauf ihr, Arnim, mit einigen Männern vorrückt und ihn übernehmt. Erst danach begebe ich mich aufs Plateau. Die Tatsache, dass der Prior nicht bei mir ist, dürfte das Gelichter für den Moment nicht weiter irritieren."

„Zugegeben, eine raffinierte Strategie. Doch dazu müsst Ihr diesen verdammten ‚Abt' zunächst einmal heranlocken. Wie wollt Ihr das anstellen?", wandte der Hallstatter ein.

„Ich werde zu ihm hinüberlaufen. Dabei werde ich wie er eine Fackel tragen. Schließlich soll er mich ja sehen. Er wird denken, dass es sich um einen der Posten handelt, die den Eingang zum Hohlweg bewachen. Ich werde mir den Anschein geben, als ob ich schwer verletzt bin. Nach einigen Schritten lasse ich mich fallen und krümme mich am Boden. Er wird natürlich denken, dass irgendetwas Gravierendes geschehen ist. Also wird er herankommen. Und wenn er nahe genug ist, springe ich ihn an, ihr eilt herbei, und wir greifen ihn uns."

„Der Plan ist gut! Ich bin dafür", bemerkte der Saurauer.

Auch die anderen stimmten zu.

Ohne ein weiteres Wort zu verlieren legte Wolf Plattenbrust, Hundsgugel und Schwert ab; nur den Dolch behielt er bei sich. Dann setzte er sich einen Hut auf, wie ihn auch die Wachen, die am Eingang zum Hohlweg überwältigt worden waren, getragen hatten, und bat den Hauptmann, eine Fackel zu entzünden.

„Graf, ich schlage vor, dass Ihr jetzt den Befehl übernehmt. Ihr könnt das Ganze von dort vorn beobachten." Wolf deutete zu den Büschen, hinter denen sich der Hohlweg gut einsehen ließ. „Nehmt

Euren Neffen und einige Männer mit. Wenn ich den Schurken nahe genug herangelockt habe, eilt Ihr mir zu Hilfe.“

Der Hauptmann reichte ihm die brennende Fackel, Wolf trat aus der Einbuchtung heraus und blickte den Hohlweg entlang, der an dieser Stelle einen weiten Bogen nach links vollzog. Dreißig Schritte weiter vorn markierten die Büsche, hinter denen der Graf mit den Männern gleich Stellung beziehen würde, das Ende der Linkskehre.

Wieder schaute Wolf zum Himmel empor. Der Mond war noch immer hinter Wolken verborgen, und noch immer fiel die Nässe leise rauschend vom Himmel.

Noch wartete er. So lange, bis der kleine Trupp unter Führung des Saurauers die Büsche am Ende der Linkskurve erreicht hatte. Dann erst begann er, die Fackel in der Rechten, zu laufen.

Kaum hatte er die Kehre passiert, sah er den Mönch auch schon etwa fünfzig Schritt vor sich links des Pfades auf einem Felsvorsprung hocken. Er wandte ihm den Rücken zu und sah in Richtung des Plateaus, von dem aus die brennenden Feuer einen hellen Schimmer in den Hohlweg sandten. Noch hatte er Wolf nicht bemerkt.

Dann aber – sei es, dass das laute Klatschen von Wolfs Schritten an sein Ohr drang oder dass er den hellen Schein in seinem Rücken wahrnahm – fuhr er wie von der Tarantel gestochen plötzlich herum.

Der ungeheure Schreck, der ihn im ersten Moment lähmte, löste sich in einem lauten Fluch.

Die obskure Gestalt sprang auf.

Eine in Erz gegossene Fratze starrte Wolf entgegen.

Die silberne Maske gleißte im Licht der Fackel, die der falsche Mönch im Moment des Aufspringens wieder an sich gerissen hatte, während das grelle Weiß seines bizarren Habits die ganze Absurdität des Augenblicks in die Nacht hinauszuschreien schien.

Abrupt war Wolf stehen geblieben.

Unter der weit nach vorne gezogenen Hutkrempe starrte er auf die lächerliche Grimasse und vergaß für einige Augenblicke, warum er überhaupt hier war.

Dann aber kehrte sein Zeitgefühl wieder und holte ihn in die Gegenwart zurück.

Mit der Fackel in der Rechten, fasste er sich mit der Linken krampfhaft an die Brust und begann plötzlich hin und her zu schwanken. Schließlich ließ er die Fackel fahren, brach laut aufstöhnend in die Knie und ließ sich langsam zur Seite gleiten. Die Hände an die Hüfte gelegt – dort wo der Dolch im Gürtel steckte – krümmte er sich, als ob er Schmerzen litt, und blieb schließlich regungslos liegen.

Die Mönchsgestalt reagierte genau so, wie er es vorausgesehen hatte. Zunächst noch zögernd, dann aber immer weiter ausschreitend, kam sie näher. Als sie jedoch bis auf etwa zehn Schritte herangekommen war, hielt sie plötzlich inne.

Komm näher du Bastard, noch bist du zu weit weg ...

Als ob sie Wolfs Wunsch ahne, schritt die Gestalt weiter auf ihn zu. Zu seinen Füßen blieb sie schließlich stehen – eine schweigende, drohend aufragende weiße Säule, die sich keinen Zoll bewegte.

Die Entscheidung fiel, als Wolf die vor Nässe glänzenden Stiefelspitzen wahrnahm ...

Die Stiefel waren aus feinstem Leder, und sie waren schwarz ...

Mit einem einzigen federnden Sprung schnellte er unvermittelt hoch, wirbelte in einer schnellen Drehung um die weiße Gestalt herum und schlug ihr die Fackel aus der Hand. Danach umfasste er sie mit der Linken, während er mit der Rechten den Dolch an ihre Kehle setzte.

„Eine falsche Bewegung oder ein einziger Laut, und mein Dolch steckt in Eurem Hals!“, zischte er.

Noch hatte er nicht zu Ende gesprochen, kündigten das hektische Klatschen von Stiefeln auf dem regennassen Grund und der

Schein mehrerer Fackeln das Kommen des Grafen und seiner Männer an. Augenblicke später waren sie zur Stelle.

Schweigend, mit gezückten Schwertern, umringte ihn der Trupp; Wolf atmete auf.

Der Graf trat vor; in der Rechten eine Fackel.

Die Fackel knisterte leicht und rauchte.

Wolf ließ den „Mönch" los und trat an die Seite des Grafen.

Langsam schwenkte der Saurauer die Rechte und hielt das flackernde Licht dicht vor die metallene Maske – obwohl das Gleißen des Silbers ihm fast in den Augen schmerzte.

„Gestattet Ihr, Wolf, dass ich diesen räudigen Hund endlich von seiner hässlichen Fratze befreie?", fragte er mit vor Erregung bebender Stimme.

„Tut es, Graf – und seht Euch genau an, wie ein ehrenwerter Steyrer Bürger auszusehen hat", entgegnete Wolf sarkastisch.

Ruckartig fuhr der Kopf des Grafen herum.

„W-a-a-s sagt Ihr da?", fragte er verblüfft, um sich gleich darauf ebenso ruckartig wieder dem Abt zuzuwenden.

Rasch ließ er die Fackel in seine Linke wandern, während die frei gewordene Rechte nach vorne fuhr und den unteren Rand der Maske ergriff.

Mit einem gewaltigen Ruck riss er sie ab – um sie im nächsten Augenblick ungläubig und scheppernd zu Boden fallen zu lassen.

Friedrich von Saurau blickte in ein Gesicht, das genauso starr wirkte, wie die Maske, die es verhüllt hatte.

Ein ausdrucksloses Gesicht. Ein krankes Gesicht.

Jakob von Schmelzer wirkte bleich und alt!

27

Langsam begann Wolf ungeduldig zu werden. Etwa fünfzig Schritt von der Stelle entfernt, wo der Hohlweg auf das Plateau mündete, saß er auf einem Felsvorsprung und wartete auf das Erscheinen des roten „Priors". Die Fackel hatte er in eine schmale Ritze gesteckt, die sich zu seiner Linken den Fels hinaufzog. Angespannt horchte er, den Blick auf das rötliche Schimmern vor sich gerichtet, in die regengeschwängerte Nacht. Dumpf und verhalten drang, mal an-, mal abschwellend, eine Stimme an sein Ohr. Doch sie war zu weit entfernt, als dass er verstehen konnte, was sie sagte.

Er blickte an sich hinunter und kam sich auf einmal lächerlich vor. Das lange, weiße Mönchsgewand, das nicht ganz bis zum Boden reichte und die darunter getragenen Stiefel erkennen ließ sowie der Umstand, dass er seine Umgebung durch die Augenschlitze einer erzenen Maske hindurch musterte, brachten ihm mit einem Mal das Absurde seiner Lage zum Bewusstsein.

Er fuhr hoch.

Das entfernte Gemurmel war auf einmal verstummt. Die plötzliche Stille wirkte geradezu alarmierend – mehr als es ein dröhnender Trommelwirbel, der ein ultimatives Ereignis ankündigte, je vermocht hätte.

Steil aufgerichtet starrte Wolf konzentriert nach vorne.

Dann sah er ihn!

Urplötzlich war er hinter dem dunklen Schattenriss des Felsens am Ende des Hohlwegs aufgetaucht. Deutlich sich abhebend vor dem Hintergrund des rötlichen Scheins und umwoben von einer grellen Aura, die das Licht der gleißenden Fackel ihm verlieh.

Er holt den Abt, wenn es so weit ist.

Die Worte Heiners klangen Wolf im Ohr. Er erhob sich und ergriff die Fackel.

Langsam kam der „Prior" näher – und blieb dann mit einem Mal abrupt stehen.

Reglos blickte er zu Wolf hinüber.

Wolf hielt den Atem an und blickte zurück – warum war der Mann auf einmal stehen geblieben?

Dann aber begann der Rote die Fackel zu schwenken, die er in der Rechten hielt, und machte mit der Linken eine unmissverständliche, fast ungeduldige Geste.

Wolf verstand – der „Prior" bedeutete ihm, zu kommen. Es war Zeit, auf das Plateau zu treten.

Während er sich der roten Gestalt näherte, verspürte er ein eigentümliches Ziehen in der Magengegend. Er kannte das Gefühl. Es überkam ihn immer dann, wenn er kurz davorstand, Gewissheit über einen bestimmten Sachverhalt zu erlangen, über den er zwar schon einiges wusste, aber noch keine endgültige Klarheit besaß. Was den „Abt" anging, war ersichtlich gewesen, wer sich hinter der silbernen Maske verbarg, noch bevor der Saurauer sie ihm heruntergerissen hatte. Doch welches Gesicht hinter dem schwarzen Tuch des roten „Priors" steckte – davon hatte er nicht die leiseste Vorstellung.

Noch nicht!

Zügig schritt Wolf weiter. Noch trennten ihn etwa zwanzig Schritte von seinem Vorhaben.

Leicht beschleunigte er sein Tempo.

Zehn Schritte noch.

Noch fünf ...

Die Fackel des „Priors" traf ihn mit voller Wucht und im gleichen Moment, als er das unselige Geräusch herbeieilender Stiefel in seinem Rücken wahrnahm.

Trotz der silbernen Maske verspürte Wolf einen wütenden Schmerz im Gesicht und blieb schlagartig stehen.

Verblüfft und unfähig zu reagieren, verfolgte sein Blick den Schatten des fliehenden „Priors“. Vor dem Hintergrund des rötlich hellen Scheins hetzte dieser mitten auf dem Hohlweg entlang, wechselte plötzlich mit drei, vier gewaltigen Sätzen auf die rechte Seite hinüber und verschwand urplötzlich, als habe ihn der Fels verschluckt.

Jetzt erst wandte sich Wolf um.

Was er sah, veranlasste ihn, eine Folge von Verwünschungen vom Stapel zu lassen.

Arnim von Hallstatt hatte die Geduld verloren, seinem ungehemmten Jagdimpuls nachgegeben und seinen Männern deshalb viel zu früh den Befehl gegeben, nach vorne zu stürmen; noch ehe Wolf nahe genug an den „Prior“ herangekommen war, um ihn unschädlich machen zu können. Der hatte augenblicklich die Situation erfasst, sein Heil in der Flucht gesucht und sich wahrscheinlich in das Höhlenlabyrinth der Felswildnis abgesetzt. Nur so ließ sich sein plötzliches Verschwinden erklären.

Ein ungeheurer Zorn kochte in Wolf hoch. Doch es machte keinen Sinn, in diesen alles entscheidenden Augenblicken wertvolle Zeit mit Vorhaltungen totzuschlagen.

Inzwischen war nicht nur der Hallstatter mit seinen Mannen, sondern der gesamte Trupp herbeigeeilt.

„Mir nach! Aber haltet euch nah an der Felswand“, zischte Wolf den Männern wütend zu und lief voraus.

Noch bevor sie das eigentliche Ende des Hohlwegs erreicht hatten, gebot er ihnen jedoch Halt.

„Ich denke, hier solltet Ihr mit den Männern warten!“, raunte er dem Grafen hastig zu. Hinter der Maske klang seine Stimme hohl und dumpf. „Mal sehen, wie das Geschmeiß da draußen auf meinen Auftritt reagieren wird“, ergänzte er.

„Ist Euer Plan inzwischen nicht viel zu gefährlich geworden? Vielleicht erwartet Euch der rote Satan schon.“

„Das glaube ich nicht. Den Leuten da draußen klarzumachen, dass sie gerade dabei sind, einem falschen „Gebieter“ aufzusitzen, dürfte für den Prior so gut wie unmöglich sein. Er hält sich irgendwo versteckt und wartet ab, was geschieht. Ich mach mich jetzt zusammen mit dem Hauptmann auf den Weg. Während ich mich dem Gesindel nähere, wird er das Plateau von dort aus beobachten.“ Wolf nickte in Richtung des mächtigen, felsigen Schattenumrisses, der sich schwarz vor dem hellen Lichtschimmer abzeichnete. „Er wird Euch das Zeichen geben, wenn Ihr mit Euren Männern vorrücken sollt. Ansonsten bleibt alles, wie wir's besprochen haben. Und bläut Eurem Neffen ein, sich diesmal an die Verabredung zu halten. Er hat mit seinen Männern den Eingang zum Hohlweg zu sichern; ich will ihn nicht auf dem Plateau sehen. – Was ist übrigens mit dem Schmelzer?“

„Den haben wir natürlich in der Bucht zurückgelassen. Ich habe fünf zuverlässige Männer abgestellt, die ihn bewachen.“

„Gut. Dann also, voran! Die Zeit drängt. – Kommt, Helfrich!“

Rasch hatte Wolf zusammen mit dem Hauptmann das Ende des Hohlwegs erreicht. Das beidseits hochaufragende Felsmassiv verjüngte den Pfad an dieser Stelle zu einem schmalen Spalt. Verborgen hinter der steinernen Barriere, konnten sie nun das gesamte Versteck der Bande in seiner ganzen beeindruckenden Größe übersehen, und Wolf begriff, warum die Schnapphähne es ihren „Horst“ nannten.

Sie blickten auf eine fast kreisrunde Ebene, die von mehreren großen und einer Anzahl kleinerer heller Feuer ausgeleuchtet wurde. Zu etwa drei Vierteln von drohend aufragenden Felsen umschlossen, besaß sie die Form eines an einer Seite offen stehenden

Kessels. Direkt gegenüber der Stelle, wo der Hohlweg auf den Platz mündete, etwas über hundert Schritt weit entfernt, fiel das Plateau jäh ab – matt zeichnete der Schein der Feuer die Abrisskante in das nachtschwarze Dunkel und markierte so die Linie, an der der Fels schroff und steil dem dumpfen Rauschen des in der Tiefe schäumenden Wildbaches entgegenstürzte.

Dort, wo die emporstrebenden Felsen das Plateau begrenzten und der Feuerschein verebbte, säumten einige verkrüppelte Bäume sowie dichtes Buschwerk und Gräser den Rand. Ihr Schatten barg die schwarzen Silhouetten mehrerer massiger Körper, die sich bei näherem Hinsehen als Maultiere entpuppten.

Um die Feuer herum gruppierten sich, seltsam reglos, bestimmt mehr als zwei Dutzend Personen, die alle in Richtung Hohlweg zu starren schienen. Jetzt erst nahm Wolf wahr, dass sie nicht saßen, sondern knieten. Eine Bö, die sich plötzlich erhob, wehte einen eigenartig scharfen Geruch zu den beiden heimlichen Beobachtern herüber – offenbar verstärkten mit Pech getränkte Äste die Kraft der Flammen.

Wolfs Blick wanderte nach rechts. Ein großes, dunkles Loch klaffte dort im Fels; wahrscheinlich der Eingang zur Höhle, in der die Venezianer gefangen gehalten wurden. Allerdings standen keine Wachen davor.

Was ihn jedoch seltsam berührte, war die für ein Lagerleben unnatürliche Stille, die auf dem Plateau herrschte. Die obskuren Gestalten, die um die Feuer herumknieten, waren allesamt hellwach, und dennoch in Schweigen erstarrt. Erwartungsvoll sahen sie in Richtung Hohlweg.

„Sie blicken genau zu uns herüber“, flüsterte Helfrich.

Wolf nickte nur und beobachtete im selben Moment, wie einer der Banditen an einem der vordersten Feuer – es befand sich etwa vierzig Schritt entfernt – seinem Komplizen etwas zuflüsterte, woraufhin auch einige der anderen sich bewegten. Schließlich deutete einer mit der Hand in Richtung des Hohlwegs. Einige nickten daraufhin, andere schüttelten den Kopf.

Wolf begriff. Das Gesindel wartete darauf, dass endlich etwas geschah. Dass „Prior“ und „Abt“ so lange fernblieben, irritierte sie offensichtlich.

Es war an der Zeit, das Possenspiel zu beenden.

„Lasst es uns angehen, Hauptmann. Ihr wisst, was Ihr zu tun habt?“, vergewisserte sich Wolf wispernd.

„Jawohl, Herr! Sobald die Brut vor Euch auf der Erde liegt, gebe ich das Zeichen zum Sturm“, wisperte Helfrich zurück.

Wolf nickte. „Und denkt daran. Kein Geschrei, kein überflüssiges Lärmen!“

„Verlasst Euch drauf – wir kommen über sie wie ein Adler über die Lämmerherde. Ehe sie sich's versehen, liegen sie mit Stricken umwickelt am Boden“, grinste Kuno.

„Euer Wort in Gottes Ohr“, murmelte Wolf. Nochmals sandte er einen langen Blick auf das von flackernden Lichtern erfüllte Plateau. Dabei stellte er fest, dass in die Schatten, die um die Feuer lagerten, zunehmend Bewegung zu kommen schien; kein Zweifel: die Männer wurden unruhig. Eine neuerliche Bö wehte dumpfes Murmeln herüber.

Es war wie ein Signal.

Wolf griff die Fackel, zwang sich zur Ruhe und schritt dann bedächtig durch den Spalt.

Das Murmeln erstarb. Die Männer erstarrten.

Das Erste, was ihm auffiel, waren die versteinerten Gesichter, über die der zuckende Schein der Feuer huschte. Der Anblick der weißen Gestalt mit der silbernen Maske schien gleichermaßen Furcht und Erwartung, Bewunderung und Entsetzen in sie hineingemeißelt zu haben.

Unvermittelt blieb er stehen.

Aufmerksam musterte er die groteske Versammlung der am Boden knienden Männer.

Das also war der „Orden vom Ring“! Jene Bande aus Marodeuren, Dieben, Mördern und anderem landesschädlichen Gesindel, das in den letzten Jahren Angst und Entsetzen verbreitet hatte und nun selbst vor Furcht zu vergehen schien!

Welche Macht sich doch mit ein wenig Mummenschanz und ein paar simplen Tricks erringen ließ, dachte Wolf und spürte fast körperlich die suggestive Wirkung, die von der Maskerade ausging, in der er steckte.

Er trat einige weitere Schritte nach vorn und hielt dann abermals inne. Es war an der Zeit, zu den Männern zu sprechen.

Dumpf und hohl klang seine Stimme hinter der Maske hervor: „Ihr wisst, dass auch heute wieder ein besonderer Tag ist. Ein Tag, der dem Orden zur Ehre und euch zur Freude gereichen wird“, setzte er an und versuchte, die geschwollenen Worte und den schwülstigen Redestil von „Abt“ und „Prior“ nachzuahmen, über den ihn sowohl der Fuhrmann als auch Heiner ausführlich in Kenntnis gesetzt hatten.

„Matthis, Engelbert und Martin Poetsch, tretet her zu mir“, fuhr er fort.

Ein Raunen ging durch die Reihen der Schnapphähne.

Die Genannten traten langsam nach vorne – Wolf blickte in die ungläubigen, vor Angst starren Gesichter der drei Männer. Einer von ihnen, Martin Poetsch, den er bisher noch nicht gekannt hatte, zitterte wie Espenlaub.

Wieder wandte sich Wolf an die vor ihm Knienden; gebieterisch fuhr seine Linke vor und zeigte nach unten. „Und nun, huldigt eurem Gebieter. Werft euch flach auf den Boden und breitet die Hände aus!“, befahl er laut. „Ihr bleibt bei mir stehen“, raunte er Matthis und den beiden Poetsch-Brüdern leise zu.

Die Männer an den Feuern gehorchten augenblicklich. Sie warfen sich platt auf die Erde und breiteten die Hände aus, während Matthis und die beiden Fuhrmänner vor Furcht gelähmt stehen blieben.

Wolf drehte sich um. Die dunkle Öffnung des Hohlwegs gähnte ihm entgegen. Gleich musste der Graf mit seinen Männern erscheinen. Doch noch war nichts von ihnen zu sehen! Wo blieb der Saurauer? Hatte Helfrich etwa vergessen, ihm das Zeichen zu geben? Heftig schwenkte Wolf einige Male die Fackel hin und her. Ein Funkenregen stob auf, um gleich darauf wieder in der schwarzen Nässe zu verglimmen.

Da, endlich.

Dunkle Gestalten mit Pechfackeln quollen aus dem Spalt, ergossen sich auf das Plateau und bewegten sich lautlos auf die am Boden liegenden Männer zu. Die rasch näher kommenden Hundsgugeln und Plattenbrüste glänzten nass im Schein der Feuer.

Plötzlich erfüllte ein Prasseln die Luft; mit aller Macht pladderte der Regen herunter. Ein Geschenk des Himmels, dünkte es Wolf, – denn in dem tosenden Lärm ging das Geräusch der herbeieilenden Stiefel fast völlig unter.

Raubvögeln gleich, die mit lautlosen Flügelschlägen und ausgefahrenen Krallen über ihre Beute kommen, fielen die Soldaten des Saurauers über die ausgestreckt am Boden Liegenden her. Den Dolch zwischen die Zähne geklemmt, warfen sie sich auf sie, stießen ihnen die Knie in den Rücken und rissen ihnen die Arme nach hinten. Rasch lösten sie die an ihren Gürteln befestigten Stricke und fesselten ihnen mit fliegenden Fingern Hände und Füße.

Die Schnapphähne sahen sich völlig überrumpelt. Schreckensrufe und Flüche hallten durch die Nacht. Doch der Plan Wolfs, alle Mitglieder der Bande auf dem Boden liegend überwältigen zu wollen, schlug fehl. Einigen der Halunken gelang es nämlich wider Erwarten, ihre Angreifer abzuschütteln und sich in Kampfposition zu bringen. Andere wiederum hatten die heranstürmenden Soldaten noch in letzter Sekunde wahrgenommen, bevor es diesen gelungen war, sich auf sie zu werfen. Sie stießen laute Flüche und grässliche Verwünschungen aus, schnellten empor und liefen erst einmal konfus umher, ohne zunächst Freund und Feind auseinanderhalten zu können. Doch schnell gelang es ihnen auszumachen, von welchen der wie schwarze Furien umherspringenden Gestalten ihnen Gefahr drohte. Sie zogen ihre Schwerter, und ehe die Gallensteiner es sich versahen, sahen sie sich auch schon mehr als einem Dutzend Schnapphähnen gegenüber, die ihnen verzweifelt Paroli boten und wild um sich hieben. Erbittert prallten Klingen aufeinander; ein wilder Kampf begann zu toben. Fünf oder sechs der Halunken gelang es sogar, einigen ihrer am Boden liegenden Spießgesellen die Fesseln durchzuschneiden, die sofort aufsprangen und sich ebenfalls ins Kampfgetümmel mischten.

War es den Gallensteinern anfänglich gelungen, fast lautlos über die Bande zu kommen, hallte das Plateau mittlerweile von wildem Kampfeslärm wider. Hektische Rufe, Schreien, Stöhnen und Flüche mischten sich zusammen mit Schwerterklirren und dem dumpfen Klatschen hin- und herspringender Stiefel in das Tosen des Regens, während der Schein der Feuer die Szenerie auf eine faszinierend gespenstische Art erhellte.

Wenige Schritte vom Kampfgetümmel entfernt, stand – noch immer die alberne Maske vor dem Gesicht und in das mittlerweile klitschnasse Mönchshabit gehüllt – Wolf von der Klause auf einem Steinklotz und versuchte die Lage zu sondieren.

Mit zunehmender Besorgnis beobachtete er das um ihn herum tobende Chaos. Er blickte zum Eingang der Höhle hinüber, in der die Venezianer gefangen saßen, und suchte den Grafen, der sich eigentlich dort hätte befinden müssen; immerhin hatte er den Befehl über die Abteilung inne, welche die Venezianer schützen sollte. Doch er hatte offenbar seinen Posten verlassen; lediglich sechs oder sieben der Soldaten schienen sich vor der Höhle postiert zu haben.

Plötzlich entdeckte er ihn in der Nähe eines der kleineren Feuer, wo er mit einem wild aussehenden Kerl erbittert die Klinge kreuzte. Gerade war es dem Grafen gelungen, einen Stoß zu parieren, der auf seinen Hals gezielt hatte. Indem er seiner Parade einen mächtigen Hieb folgen ließ, schlug er seinem Gegner das Schwert aus der Hand, als auf einmal ein zweiter Schnapphahn in seinem Rücken auftauchte.

„Gebt Acht, Graf. Hinter Euch!", brüllte Wolf, der die Gefahr erkannte. Gleichzeitig zerrte er seinen Dolch unter der Kutte hervor, fasste ihn vorne an der Schneide und schleuderte ihn mit aller Kraft auf den Angreifer. Tief bohrte sich der Stahl in den Rücken des Mannes, der, wie von einer unsichtbaren Hand gestoppt, jäh innehielt und lautlos zusammen brach.

„Ich danke Euch!", rief der Saurauer, der sich nur kurz umgewandt hatte, um sich gleich darauf wieder einem neu aufgetauchten Gegner zuzuwenden. Doch dieser hatte, kaum dass er mitbekam, wie sein Spießgeselle das Zeitliche segnete, den Zwischenfall genutzt und Reißaus genommen.

„Ihr solltet doch mit Eurer Abteilung den Eingang zur Höhle sichern. Habt Ihr das vergessen?", brüllte Wolf wieder.

„Nein; aber jetzt werde ich hier gebraucht. Der Hutter ist bei der Höhle", brüllte der Graf zurück und rannte davon, um sich ein weiteres Betätigungsfeld zu suchen.

„Dieser Narr!", stieß Wolf ärgerlich hervor. Erneut eilte sein besorgter Blick zur Felswand mit der Gefängnishöhle hinüber. Er erschrak. Hatte soeben noch zumindest ein kleiner Trupp den Eingang zur Höhle gesichert, war der Platz davor nun auf einmal wie leergefegt. Offenbar hatten die Soldaten des Grafen sich vom Stech- und Haufieber ihrer Kameraden anstecken lassen und sich aktiv in das Kampfgeschehen eingemischt, das sich immer mehr zur Mitte des Plateaus hin verlagerte.

„Verdammt, sichert die Höhle", brüllte Wolf in das Chaos hinein und riss sich mit einem Ruck die Maske vom Gesicht. Vergeblich. Niemand reagierte. Wieder stieß Wolf eine Reihe von Verwünschungen aus. Er musste es selbst tun.

„Haltet ein, wir ergeben uns!“, schallte plötzlich ein verzweifelter Ruf über den Kampfplatz hinweg, genau in dem Moment, als Wolf vom Steinklotz sprang, um zur Höhle hinüberzurennen. Er hielt inne und bemerkte, dass die in der Mitte des Plateaus kämpfenden Schnapphähne – es war die überwältigende Mehrzahl – ihre Waffen hatten fallen lassen und zum Zeichen der Kapitulation die Arme emporreckten. Im Nu waren die Gallensteiner über ihnen, um sie zu Boden zu werfen und zu binden.

Erleichterung breitete sich in Wolf aus – mit einem Schlag schien sich die Situation zu ihren Gunsten zu klären. Gehetzt sah er sich um und bemerkte, dass der Kampf jetzt nur noch an zwei Stellen tobte. Rechts von ihm, etwa zwanzig Schritte entfernt, sah er, wie vier Gallensteiner zwei Schnapphähne zu überwältigen suchten. Und weiter zum Abgrund hin konnte er ebenfalls noch einige wenige hin- und herspringende schwarze Schatten erkennen; die Feuer dort waren fast niedergebrannt. Doch das entfernte Klirren von aufeinanderprallendem Stahl verriet, dass auch dort noch gekämpft wurde.

Plötzlich sah er, wie Ulrich Hutter mit gezückter Klinge seinen vier Kameraden zu Hilfe eilte, die immer noch mit den beiden Schnapphähnen beschäftigt waren. Diese schienen sich als besonders robuste Haudegen zu erweisen und verteidigten sich nicht nur mit dem Mut der Verzweiflung, sondern auch mit einigem Geschick. Groß und massig gebaut, kämpften sie Rücken an Rücken. Wütend hieben und stachen sie um sich, wobei einer von ihnen, ein schwarz gekleideter, baumlanger Kerl mit schwarzem Bart und ebensolchem Haar, grobe Verwünschungen ausstieß. „Verrat!“, schrie er immer wieder. „Verdammt, da ist Verrat mit im Spiel! ... Kämpft, kämpft! Haut sie nieder! ... Da, du Schwein ... nimm das ... und das ...!“

Mit drei wuchtigen Streichen gelang es dem Mann, die ihn umkreisenden Gallensteiner auseinanderzutreiben. Sein letzter Hieb hatte einen der Soldaten schwer getroffen. Als dieser taumelte und plötzlich stöhnend zu Boden stürzte, nutzte der Hüne die dadurch entstandene Lücke, sprang mit einem gewaltigen Satz über den Gestürzten hinweg und rannte in Richtung Hohlweg davon. Sein Komplize versuchte ihm zu folgen, wurde jedoch von Ulrich Hutter daran gehindert, der sich geistesgegenwärtig nach vorne warf, noch im Sprung die Beine des Mannes umfasste und ihn dadurch zu Fall brachte.

Der Flüchtende hatte inzwischen einen scharfen Haken nach links geschlagen und schien direkt auf die Felswand zuzulaufen.

Wolf erkannte als Einziger die Gefahr. Der Mann – dem Aussehen nach musste es sich bei ihm um den „Schwarzen" handeln – war eindeutig im Begriff, zu der Höhle hinüberzurennen, in der die Venezianer untergebracht waren. „Folgt ihm! Fasst den Mann! Er will zu den Geiseln!", brüllte Wolf und versuchte dem Manne mit weiten Sprüngen nachzusetzen.

Plötzlich hörte er hinter sich eine Stimme brüllen: „Herr von der Klause, gebt Acht! Seht hinter Euch!"

Noch bevor er der Aufforderung Folge leisten konnte, verspürte Wolf auch schon einen Schlag, verbunden mit einem stechenden Schmerz im linken Oberarm. Er wirbelte herum, und prallte auf einen einen Kerl, der ein Schlagholz schwang. Instinktiv stieß Wolf sein Schwert nach vorne – ein Reflex, der ihm wahrscheinlich das Leben rettete. Dem Mann entfuhr gerade noch ein gurgelndes Röcheln, dann kippte er zur Seite, während das Schlagholz vor Wolfs Füße rollte. Gleich darauf erblickte Wolf auch denjenigen, dem er den warnenden Zuruf zu verdanken hatte: Es war der glatzköpfige Heiner.

Es blieb ihm weder die Zeit, sich zu wundern, noch für ein Wort des Dankes, denn plötzlich drangen aufgeregte Schreie und entsetztes Rufen an sein Ohr.

Wolf fuhr herum.

Etwa zehn Schritt von ihm entfernt standen der Graf sowie der Hauptmann und einige der Soldaten wie vom Donner gerührt und starrten zum Eingang des Hohlwegs hinüber.

Wolf folgte ihrem Blick – und unterdrückte nur mühsam einen Fluch.

Unmittelbar neben dem schwarzen Spalt bildete eine Gruppe eng beieinanderstehender Männer ein dichtes Knäuel aus Leibern, aus dem zwei gleißende Pechfackeln emporragten. Hart und hell leuchteten sie die Szene aus. Wolf zählte acht Personen. Und inmitten der zusammengedrängten Leiber drei gefesselte, ausgemergelte Gestalten, in deren Augen nackte Angst brannte – Dolche schmiegten sich an ihre Kehlen. Wolf brauchte nur den Bruchteil eines Augenblicks, bis er begriff, dass es dem flüchtenden Schnapphahn tatsächlich gelungen war, unbehelligt in die Höhle zu gelangen und sich der Venezianer zu bemächtigen. Woher die anderen vier Halunken allerdings so schnell hergekommen waren, war ihm jedoch ein Rätsel.

„Jeder bleibt, wo er ist. Keinen Schritt näher. Sonst liegen hier drei verdammte Leichen mehr herum – Venezianerleichen!", hallte der heisere Schrei des „Schwarzen" über das Plateau.

Wolf versuchte, sich dennoch langsam auf die Gruppe zuzubewegen, was der Hüne aber sehr wohl bemerkte.

„He! Du hörst wohl schlecht! Bleib stehen, du verdammter Hundesohn. Noch ein Schritt, und ihr könnt den Ersten von den dreien hier beerdigen."

In diesem Moment verfluchte Wolf den Feuerschein, der trotz des unaufhörlich niedergehenden Regens nach wie vor weite Teile des Plateaus mit Licht erfüllte. Er blieb stehen.

„Hör zu, was ich dir zu sagen habe, du Ratte", schrie der Hüne weiter. „Ich schicke jetzt einen meiner Männer zu den Tieren hinüber. Er wird einige von ihnen holen. Ihr werdet uns bald los sein. Wir hauen ab. Natürlich mit den werten Herren hier“, er riss den Kopf eines der Gefangenen nach hinten, dessen Züge sich im Schein der Fackeln schmerzhaft verzerrten. „Bildet euch bloß nicht ein, uns zu folgen. Es wäre der Tod der Venezianer. Wir nehmen sie mit. Du wirst deinen Männern Befehl geben, stillzuhalten. In ein paar Tagen lassen wir die Geiseln frei – natürlich nur dann, wenn wir uns sicher fühlen. – Rutger, hol jetzt die Mulis, aber beeil dich!“

Während einer der Kumpane des „Schwarzen“ auf diesen Befehl hin zügig in den Schatten der Felswand eintauchte, um zu der Stelle hinüberzueilen, wo die Tiere lagerten, begann sich der Hüne zusammen mit seinen drei verbliebenen Spießgesellen und den Geiseln langsam rückwärtszubewegen. Unmittelbar vor dem schwarzen Spalt, der den Eingang zum Hohlweg kennzeichnete, blieb die Gruppe stehen.

Auf dem Plateau war, vom monotonen Rauschen des Regens und dem entsetzten Murmeln einiger Soldaten einmal abgesehen, betretene Stille eingekehrt. Nach dem Lärm des Kampfes wirkte sie fast bedrohlich. Bis auf die fünf Schurken, die die Venezianer in der Gewalt hatten, lagen inzwischen alle Schnapphähne am Boden. Die Meisten von ihnen gebunden, viele von ihnen verwundet, über ein Dutzend tot, wie sich später herausstellen sollte. Trotz ihres Sieges standen die Waffenknechte des Saurauers verstört herum. Sie hatten begriffen, in welch prekärer Lage sie steckten, und verhielten sich dementsprechend zurückhaltend.

Wolf kochte. Da war es ihnen nach vielen Wochen und unsäglichen Mühen gelungen, der Bande endlich habhaft zu werden, und nun das. Fieberhaft überlegte er. Seine vor Anstrengung brennenden Augen wichen keinen Augenblick von den Männern am Hohlweg, deren Gesichter maskenhaft im Schein der Fackeln leuchteten.

Obwohl es empfindlich kühl war, begann Wolf mit einem Mal zu schwitzen.

Dann aber: ein kurzes, stählernes Aufblitzen aus der Schwärze des Hohlwegs ...

Mit angehaltenem Atem starrte Wolf auf den dunklen Schlund. Die Nerven zum Zerreißen gespannt, wartete er. Plötzlich, ein erneutes Aufblitzen, diesmal unmittelbar hinter den Männern, die die Venezianer umfasst hielten. Wolfs Blick flatterte, seine Lider begannen zu zittern. Wieder blitzte Stahl. Obgleich Wolf es gehofft hatte, wagte er seinen Augen nicht zu trauen, als es nun tatsächlich geschah: Wie von Geisterhand gefällt und ohne einen einzigen Laut von sich zu geben, sackten die vier Banditen urplötzlich neben den Geiseln zu Boden, wo sie regungslos liegen blieben. Aus dem Schatten der Felsbarriere lösten sich die Silhouetten von vier Männern und traten in den von Lagerfeuern erhellten Bereich. Langsam kamen sie näher. Einer von ihnen hatte zuvor eine der nun am Boden liegenden Fackeln der Schnapphähne aufgehoben, die er jetzt heftig hin und her schwenkte.

„Es ist vorbei. Wir haben sie erledigt!“, rief er triumphierend.

Es war der Hallstatter.

Verblüfft hatten die Gallensteiner Soldaten schweigend die fast unwirklich erscheinende Szene verfolgt. Als sie nun jedoch des Neffen des Grafen ansichtig wurden, wandelte sich ihre Fassungslosigkeit in ein ungläubiges Raunen. Spontaner Beifall brandete auf; verhalten zuerst, so, als ob der Trupp immer noch Mühe habe, die überraschende Wende zur Kenntnis zu nehmen, dann aber schwoll er zu einem befreienden Jubel an, der das gesamte Plateau erfüllte.

Mit riesigen Sätzen sprangen sowohl Wolf als auch der Graf auf den Hallstatter und seine Männer zu.

„Fantastisch, mein Junge, das war einfach fantastisch!“, rief Friedrich begeistert und umarmte seinen Neffen. „Männer, das werde ich euch nicht vergessen“, wandte er sich an die anderen drei, die das Kompliment mit breitem Grinsen zur Kenntnis nahmen.

Auch Wolf trat nahe an den Hallstatter heran. Seine Miene war ernst; noch stand er ganz unter dem Eindruck des Geschehens. Doch dann glitt ein befreiendes Lächeln über seine Züge.

„Wo Euer Onkel Recht hat, hat er Recht", sagte er an den Hallstatter gewandt und streckte Arnim die Hand entgegen. „Wir sind Euch zu großem Dank verpflichtet. Das war Rettung in höchster Not."

Der ergriff sie und lächelte zurück. „Nun ja, ein wenig hoffe ich, damit den Fehler von vorhin wieder gutgemacht zu haben", gab er zurück.

Wolf nahm ihn beim Arm. „Kommt, gehen wir zu den venezianischen Herren hinüber – sie werden auf eine Erklärung warten ..."

Es war der Moment, in dem das prasselnde Tosen des Regens allmählich wieder in ein sanftes Rauschen überging, das immer leiser wurde und schließlich ganz aufhörte.

Und wie zum Zeichen, dass das Schlimmste überstanden war, wurden hier und da am Himmel erneut die ersten Sterne wieder sichtbar, und auch der Mond eroberte seinen Platz am nächtlichen Firmament zurück.

28

Noch glänzte alles vor Nässe. Überall reflektierten Milliarden von Tropfen glitzernd das erste Licht der heraufziehenden Sonne. Die Morgendämmerung war angebrochen.

Der Schlaf floh ihn zu früher Stunde. Kaum dass er wach geworden war, hatte Wolf beschlossen, ein wenig das Plateau zu erkunden. Dabei entdeckte er rechts des Eingangs zum Hohlweg plötzlich ein flaches Felsstück, das wie ein Brett aus der Steilwand herausragte. Es befand sich in etwa fünf Klaftern Höhe. Als er genauer hinsah, bemerkte er, dass einige grob in den Fels gehauene Stufen zu dem Brett hinaufführten. Kurzerhand erklomm er sie und ließ sich auf der steinernen Kanzel nieder. Sinnend blickte er auf das Lager der schlafenden Männer unter sich: dunkle, farblose Silhouetten auf einem ebenso farblos dunklen Boden. Lediglich dort, wo die Gefangenen, gut bewacht von einigen Waffenknechten, gebunden auf der Erde lagen, brannten noch einige Feuer herunter und spendeten ein wenig mehr Licht.

Sie waren erst spät zur Ruhe gegangen.

Gleich nachdem die Gefahr für die venezianischen Geiseln durch den beherzten Einsatz des Hallstatters und seiner Männer beseitigt worden war, hatten Wolf sowie der Graf und Arnim sich ihrer angenommen.

Polo, Lombardi und dal Pietra hatten die plötzliche Wendung der Ereignisse zunächst nicht fassen können. Erst allmählich begriffen sie, dass sie ihre Freiheit wiedergewonnen hatten. Danach aber kannten ihre Dankesbezeugungen keine Grenzen. Insbesondere, als ihnen klar wurde, dass es gelungen war, ihre Befreiung ohne Zahlung eines Lösegeldes zu bewerkstelligen.

Nachdem alles vorbei war, hatten sie noch kurze Zeit an den Feuern beisammengesessen. Der Saurauer hatte Wein reichen lassen, wobei sie sich des Vorrats bedienten, den die Bande in der Höhle mit dem erbeuteten Diebesgut lagerte. Zuvor war außerdem noch nach den fünf Soldaten geschickt worden, die Jakob von Schmelzer in der Felsbucht bewachten. Nachdem sie mit dem Steyrer eingetroffen waren, war dieser einem ersten Verhör unterzogen worden. Von der Befragung erhoffte sich Wolf nicht nur die entscheidende Antwort darauf, wer sich hinter der Maske des roten Priors verbarg, sondern auch, wo sich sein derzeitiger Aufenthaltsort befinden mochte.

Doch Schmelzer hatte eisern geschwiegen. Kein Wort hatten sie aus ihm herausgebracht. Wolf hatte darauf verzichtet, ihn mittels roher Gewalt zum Sprechen zu bringen; es war spät, alle waren müde, und es machte keinen Sinn, angesichts der weit vorgerückten Stunde noch weitere Kraftanstrengungen an den Verbrecher zu verschwenden. Nach Sonnenaufgang war immer noch Zeit, ihn einer zweiten Vernehmung zu unterziehen.

Die Venezianer hatten es sich nicht nehmen lassen, ihren Peiniger, mit dem sie schließlich über Jahre hinweg eine prosperierende Geschäftsbeziehung verband, zu demütigen. Als sie den am Boden Liegenden im Schein eines der Feuer gemustert hatten, hatte der seinen Blick abgewandt, eine Reaktion, die zumindest auf einen letzten Rest von Scham schließen ließ. Ohne auch nur ein Wort zu sagen waren Polo, Lombardi, und dal Pietra an ihn herangetreten und hatten ihm ins Gesicht gespuckt – kaum eine andere Geste hätte die Verachtung, die sie für ihn in diesem Augenblick empfanden, treffender ausdrücken können …

In einen der Männer, die am Boden ruhten, schien Bewegung zu kommen. Er erhob sich und streckte die Glieder. An der Art, wie er sich bewegte, erkannte Wolf den Grafen. Der Saurauer sah sich kurz um, und Wolf winkte ihm zu – ein sich bewegender, dunkler Schatten vor dem nackten Fels, der im fahlen Licht des Tages nass glänzte. Als der Graf ihn wahrnahm, winkte er zurück und begann zu ihm hinüberzugehen.

„Nun, Ihr könnt wohl auch nicht schlafen?“, fragte der Saurauer leise, nachdem er die Stufen erklommen hatte. Ächzend ließ er sich an der Seite Wolfs nieder.

„Offensichtlich genauso wenig wie Ihr“, antwortete Wolf lächelnd.

„Ja, nach all dem, was geschehen ist, vermag das ja wohl nur jemand, der ein genügend dickes Fell hat.“

„Wie etwa Euer Neffe, nicht wahr? Er scheint einen gesunden Schlaf zu haben.“ Wolf nickte grinsend zum Lager hinunter.

„Ja“, grinste der Saurauer zurück. „Aber Ihr müsst zugeben, er hat ihn sich redlich verdient. Immerhin hat er sich wacker geschlagen“, fügte er nicht ohne Stolz hinzu.

„In diesem Punkt stimme ich Euch gern zu“, bestätigte Wolf.

Sie schwiegen eine Weile und blickten zu den Feuern hinüber, die am Ende des Plateaus brannten, nahe der Kante, wo der Fels in die Schlucht abfiel. Verschnürten Bündeln gleich lagen dort die gefangenen Schnapphähne. Sie wurden von mehreren Waffenknechten bewacht, die ein wachsames Auge auf sie richteten. Jakob von Schmelzer befand sich etwas abseits von den anderen, für ihn allein waren drei Soldaten abgestellt, die ihn ständig im Blick behielten.

„Was meint Ihr, wird er reden?“, brach der Saurauer das Schweigen und nickte mit den Kopf in Richtung der Gefangenen.

„Ihr meint den Schmelzer? Wir werden ihn dazu zwingen“, gab Wolf grimmig zur Antwort.

Der Graf sah ihn nachdenklich an.

„Eines habt Ihr mir noch nicht verraten, Wolf ...“, meinte er und machte eine Pause.

„So, was denn?“

„Noch bevor ich ihm die Maske herunterriss, wusstet Ihr bereits, dass er es war. – Woher?“

Wolf schwieg einen kurzen Augenblick, bevor er antwortete.

„Erinnert Ihr Euch an jenen vierundzwanzigsten Juli, an dem die Steyrer auf Gallenstein ankamen? Es war der Montag nach dem Überfall“, fragte er.

„Aber ja“, gab der Saurauer erstaunt zurück.

„Es war während dieser Besprechung im großen Saal“, fuhr Wolf fort. „Nachdem Ihr den Steyrern offenbart hattet, was geschehen war, unterhielten wir uns darüber, was man tun könne. Jeder gab seine Meinung zum Besten. Auch der Schmelzer – und dabei verriet er sich. Allerdings hat es lange gedauert, bis ich dahinterkam.“

Der Graf schüttelte verständnislos den Kopf. „Das darf nicht wahr sein! Vor vier Wochen, an jenem Montag, kommt dieser Mensch auf meine Burg, und Ihr behauptet, ihn damals bereits durchschaut zu haben? Warum habt Ihr ihn dann überhaupt so lange gewähren lassen? Und vor allem: Warum habt Ihr niemandem etwas davon gesagt?“

„Ihr missversteht mich. Ich habe nicht behauptet, dass ich ihn an jenem Tag bereits durchschaut hätte. Ich habe lediglich gesagt, dass er sich während des Gesprächs verriet. Aber *dass* es so war, und vor allem, womit er sich verraten hatte, begriff ich erst viel später. Aber lasst mich der Reihe nach erzählen. Es war am Tag darauf, als sich ein unbestimmtes Gefühl in mir verdichtete. Ich wusste, dass es mit der Besprechung vom Vortag zusammenhängen musste. Ich glaubte, irgendeine Ungereimtheit im Verlaufe jenes Gesprächs wahrgenommen zu haben, konnte mich aber nicht erinnern, was es genau war. Am Nachmittag ritt ich mit Katharina ... äh ... ich meine, mit Fräulein von Klingfurth zur Buchau hinüber. Ich wollte mir den Ort des Überfalls noch einmal ansehen. Dort fanden wir den toten Fuhrknecht, diesen Bremser. Eigenartigerweise verstärkte der Leichenfund die Irritation in mir. Warum, wusste ich nicht ..."

„Mit anderen Worten: Die Leiche erinnerte Euch erneut an diese ... Ungereimtheit? Wusstet Ihr denn, dass es mit irgendeiner Äußerung Schmelzers zusammenhing?"

„Nein, eben nicht. Ich wusste lediglich, dass irgendjemand etwas gesagt hatte, was ... nun ja, was eben nicht zu passen schien."

„Verzeiht, aber das verstehe ich nicht ganz."

„Lasst es mich so erklären: Habt Ihr schon einmal geglaubt, etwas zu sehen, obwohl Ihr es nicht sehen konntet? Ihr habt das Gefühl, dass da etwas ist, das Ihr meint, fassen zu können – allein, Ihr wisst nicht was. Ihr versucht danach zu greifen – habt aber nichts in den Händen."

Der Saurauer nickte. „Ja, das Gefühl kenne ich. Ein fatales Gefühl – ich glaube, langsam verstehe ich, was Ihr meint", murmelte er. „Wann, konkret, wusstest Ihr, was Sache war?"

„Ich sagte es schon – verhältnismäßig spät. Erst als wir diese Besprechung im Hause Schmelzer hatten."

„Erst anlässlich unseres Besuchs in Steyr? Das war ja gerade erst einmal vor vier Tagen!"

„Ihr sagt es. Erinnert Ihr Euch, wie Giacomo Polo Euch bat, für das Sichern des Lösegeldtransportes Soldaten zur Verfügung zu stellen?"

Der Graf legte die Stirn in Falten. „Ja. Natürlich. Bei der Gelegenheit fragte er den Schmelzer, wie viele Tote der Überfall gekostet hatte."

„Seht Ihr. Und erinnert Ihr Euch auch an die Antwort, die der Schmelzer gab?"

„Nun, er verwies auf meine zehn toten Waffenknechte und auf den toten Fuhrmann, den Ihr mit der Klingfurtherin zusammen entdeckt habt."

„Richtig. Und genau diese Antwort war es, die meinem Erinnerungsvermögen auf die Sprünge half. Als der Schmelzer die Frage des Venezianers beantwortete und den Fuhrmann erwähnte, riss bei mir der Vorhang. Ich erinnerte mich plötzlich wieder an Einzelheiten des Gesprächs, das wir vor vier Wochen bei Euch auf der Burg hatten – und da fiel es mir wie Schuppen von den Augen!“

Wolf machte eine Pause.

„Macht es nicht so spannend. Was war es denn nun?“

„Ich komme noch einmal auf den Montag zurück, an dem die Steyrer nach Sankt Gallen kamen. Ihr wisst, dass, was die Anzahl der entführten Fuhrknechte angeht, wir zu diesem Zeitpunkt noch von dreien ausgehen mussten, das heißt, die Venezianer dazugerechnet, von insgesamt sechs Überlebenden. Das sagten wir auch den Steyrern, als wir sie über die Einzelheiten des Überfalls in Kenntnis setzten. Erst am Nachmittag des darauffolgenden Tages fanden Fräulein von Klingfurth und ich die Leiche des Bremsers, und erst ab diesem Zeitpunkt wussten wir, dass offenbar nur zwei Fuhrknechte überlebt hatten und zusammen mit den Venezianern entführt worden waren. Und nun gebt Acht, jetzt kommt es: Vielleicht erinnert Ihr Euch daran, wie der Schmelzer und auch die anderen im Laufe des Gesprächs immer mal wieder auf die entführten Personen Bezug nahmen. Was den Schmelzer angeht, unterlief ihm dabei ein gravierender Fehler. Wann immer er nämlich auf die Anzahl der entführten Personen zu sprechen kam, erwähnte er *zwei* Fuhrleute, obwohl er aufgrund dessen, was er von uns erfahren hatte, stets von *dreien* hätte sprechen müssen. Einmal sprach er von insgesamt fünf Überlebenden: sprich Entführten, anstatt von sechs. Und das, wie gesagt, am Tag bevor wir die Leiche des dritten Fuhrmanns fanden. Und nun meine Frage: Woher konnte er bereits zu diesem Zeitpunkt wissen, dass es nur noch *zwei Fuhrleute* gab beziehungsweise insgesamt nur *fünf Überlebende*, die Venezianer mitgerechnet? Die Antwort lautet: Weil er genau wusste, dass der dritte der Fuhrmänner ermordet worden war. Und diese Tatsache war so selbstverständlich in seinem Bewusstsein verankert, dass er gar nicht merkte, dass er sich verriet, indem er nur von zwei Fuhrleuten sprach."

Der Saurauer starrte ihn mit offenem Mund an. „Ich verstehe. Es muss ihm offensichtlich von jemandem gesteckt worden sein, der bei dem Überfall dabei war und ihn darüber unterrichtete – einem seiner Schergen."

„Richtig. Als mir anlässlich unseres Besuchs in Steyr klar wurde, dass der Schmelzer hinter allem stecken musste, begriff ich auch, wie die Bande in den letzten Jahren so erfolgreich sein konnte – sie verfügte über einen hervorragend organisierenden Strategen. Was den Plan angeht, der hinter der Entführung der Venezianer steckte – einfach genial! Überlegt einmal: Die Familien der Entführer werden aufgefordert, auf das Konto des Schmelzer'schen Handelshauses in Venedig eine ungeheure Summe Lösegeld einzuzahlen. Giacomo Polo reist nach Steyr und bestätigt höchstpersönlich die Einzahlung. Die betroffenen venezianischen Familien bitten Jakob von Schmelzer, dem sie vertrauen und zu dem sie über Jahre hinweg hervorragende Geschäftsverbindungen unterhalten haben, ihnen dabei behilflich zu sein, das Geld in Form barer Münze zur Verfügung zu stellen, um die drei Geiseln auslösen zu können. Jakob von Schmelzer braucht daraufhin nichts anderes tun, als den Geldtransport an einen ganz bestimmten Platz zu dirigieren, wo er unzählige Säcke mit Dukaten entgegennimmt und sie anschließend an einem sicheren Ort verschwinden lässt. Niemand kann es ihm verwehren, schließlich lässt er die Geiseln erst frei, wenn er sich absolut sicher wähnt."

„Dieser ausgekochte Hurensohn", murmelte der Graf. Verärgert schwieg er eine Weile, dann wandte er sich erneut an Wolf.

„Wo Ihr gerade dabei seid, meinem Verständnis auf die Sprünge zu helfen – eines würde mich noch brennend interessieren."

„So, was denn?"

„Es geht um Rupert Hauensteiner, meinen ehemaligen Diener. Und um diese ominöse Stiefelspur, die er hinterlassen hat. Ihr, ich, mein Neffe und Lisa waren die Einzigen, die um diese verräterische Einzelheit wussten. Jeder von uns hat ja angeblich Stillschweigen darüber bewahrt. Also frage ich mich, wie er das mit dem Stiefelabdruck wissen konnte, was ihn immerhin veranlasste, sich seines Schuhwerks zu entledigen?"

„Das habe ich mich anfänglich auch gefragt. Aber die Antwort ist, glaube ich, denkbar einfach. Erinnert Ihr Euch an jenen elften August, als Euer Neffe überfallen wurde? Es war ein Freitag."

„Ja, natürlich."

„Am Nachmittag jenes Tages unterhielten wir uns in Eurem Arbeitszimmer darüber, was Eurem Neffen zugestoßen war. Dabei kamen wir auch auf die Stiefelspur zu sprechen. Und nun gebt Acht! Als Euer Neffe den Raum verlassen wollte, stieß er fast mit Rupert zusammen. Er war angeblich in Bärndorf gewesen und ist kurz vor oder nach Eurem Neffen wieder auf der Burg eingetroffen. Ich bin sicher, dass er zumindest einiges von unserer Unterhaltung mitbekommen hat."

„Ihr meint, er hat an der Tür gelauscht?"

Wolf nickte.

„Dieser Hundesohn. Euch und dem Himmel sei Dank, dass wir ihm schließlich auf die Schliche kamen", murmelte der Graf gedankenverloren.

„Setzt den Himmel ruhig an die erste Stelle, Graf. Ich war nur sein Werkzeug", entgegnete Wolf und lächelte.

Der Saurauer lächelte zurück. „Was Eure Leistung nicht schmälert, mein Lieber. Das Stift und auch ich haben Euch viel zu verdanken. Der Sieg ist in erster Linie Euer."

„Der Sieg gehört uns allen zu gleichen Teilen. Abgesehen davon ist er leider noch nicht ganz vollständig."

„Da habt Ihr allerdings Recht. Dieser verdammte Prior, wo er wohl stecken mag?“

„Wahrscheinlich hält er sich irgendwo in diesem vermaledeiten Höhlenlabyrinth verborgen. Der Schmelzer ist der Einzige, der uns verraten kann, wo genau. Und vor allem, wer er ist. Darum will ich ihn so schnell wie möglich verhören. Schließlich kennt keiner die Schlupfwinkel hier oben besser als er.“

„Wann wollt Ihr ihn verhören?“

„Sobald die Sonne aufgegangen ist. Noch will ich den Männern ein wenig Schlaf gönnen; ich möchte, dass sie ausgeruht sind, wenn wir aufbrechen. Wir haben noch eine stramme Strecke Weges vor uns, die mit den Gefangenen kein Spaziergang werden wird. Ich denke, vierzehn Stunden werden wir bis Sankt Gallen wohl veranschlagen müssen.“

Es war hell geworden. Das stumpfgraue Dämmerlicht war zunehmend den glutvollen Farben gewichen, mit denen die aufgehende Sonne das Plateau übergoss. Das Lager war erwacht und die Meisten der Gallensteiner damit beschäftigt, ihr Frühmahl einzunehmen. Geschäftiges Summen erfüllte den Platz. Wolf, der Graf und Arnim hatten sich darauf geeinigt, so früh wie möglich den Rückweg anzutreten. Zuvor wollten sie sich jedoch noch das Plateau etwas näher ansehen. Für eine intensive Inaugenscheinnahme war zwar keine Zeit – das würde irgendwann in den nächsten Tagen geschehen müssen –, doch wollten sie zumindest einige der diversen Höhlen inspizieren. Es lag auf der Hand, dass sich vor allem dort unzählige Hinweise auf die Tätigkeit der Bande finden würden; insbesondere in jener, in der die Venezianer die letzten vier Wochen ihr Dasein gefristet hatten. Außerdem galt es, Jakob von Schmelzer zu verhören. Wolf war mit dem Grafen und seinem Neffen übereingekommen, ihn, falls notwendig, auch härter anzufassen, um ihn zum Sprechen zu bewegen.

Er hatte die Nacht über kein Auge zugetan.

Wenn er sie jetzt, da es hell geworden war, geschlossen hielt, dann einfach deswegen, weil er nicht wollte, dass sie die Scham in seinem Blick wahrnahmen. Nicht, dass er sich dessen schämte, was er in den vergangenen Jahren getan hatte. Nein, über die einfältige Kritik derer, die seine Taten als moralisch verwerflich bewerteten, fühlte er sich erhaben. Denn schließlich bestand der Sinn des Lebens darin, Erfolg zu haben. Und diesen musste man sich erkämpfen. Das ganze Leben war ein einziger Kampf; nur der, der ihn mit der nötigen Härte führte, konnte ihn gewinnen. Oft genug aber glich das Leben auch einem Spiel, das nur der gewann, der es mit Leidenschaft und vollem Einsatz spielte. Doch gleichgültig, ob Kampf oder Spiel – man musste der Gewinner sein.

Dass das letzte Spiel seines Lebens allerdings ein anderer gewinnen würde, damit hatte er nicht gerechnet.

Anfänglich, an jenem Montag vor vier Wochen, als er von der Absicht, den Klausner auf seine Fährte zu setzen, erfahren hatte, hatte ihn der Gedanke, dass er sein Gegner sein würde, noch amüsiert. Und als Wolf das Spiel eröffnet hatte, hatte er es angenommen. Natürlich hatte er schnell erkannt, dass er einen überaus fähigen Gegenspieler hatte. Was das Spiel jedoch nur noch spannender und erregender machte. Gerade das war ja das Faszinierende an einem solchen Spiel. Nichts ließ sich mit dem Triumph vergleichen, den man empfand, wenn es einem gelang, einen ebenbürtigen Gegner mittels kühner, taktischer Schachzüge strategisch geschickt an die Wand zu spielen. Diese Art des Sieges war ungleich erregender als ein vorzeitiges Beenden desselben durch das plumpe Beseitigen des Betreffenden mittels eines lautlosen Bolzens oder eines im Dunkeln geführten Dolchstoßes.

Diesmal aber hatte er seinen Gegner offenbar gründlich unterschätzt.

Nun gab es nur noch einen Ausweg, und den würde er nehmen.

Kompromisslos. So, wie er es sich für den Fall der Fälle vorgenommen hatte. Auch wenn er immer davon überzeugt gewesen war, dass dieser Fall niemals eintreten würde.

„Wollt Ihr nicht endlich antworten, Jakob von Schmelzer? Ihr wisst, dass Ihr einer Reihe schwerster Verbrechen überführt seid. Schweigen macht keinen Sinn – es erschwert Eure Lage nur noch mehr."

Wolf sowie der Graf und der Hallstatter standen unmittelbar vor dem Gefangenen und sahen auf ihn hinunter. Er lag noch immer mit geschlossenen Augen am Rand des Plateaus in der Nähe der anderen Gefangenen. Die drei Soldaten, die ihn bewachten, befanden sich zu seiner Linken. Die anderen Gallensteiner sowie die venezianischen Kaufherren und die beiden Poetsch-Brüder standen in einiger Entfernung in Gruppen beieinander und warteten gespannt darauf, was weiter geschehen würde.

Von Schmelzer öffnete die Augen und drehte den Kopf.

„Ich werde euch antworten. Aber ich verlange von Euch, dass Ihr mir die Fesseln löst und ich mich erheben darf", entgegnete er. Seine Stimme klang fest und klar, fast fordernd.

Wolf tauschte mit dem Grafen und dem Hallstatter einen kurzen Blick.

Beide gaben mit einem Nicken zu verstehen, dass sie mit der Forderung einverstanden waren.

„Gut. Wir wollen Eurer Forderung nachkommen", sagte Wolf. „Binde ihn los und hilf ihm auf die Beine!", wandte er sich an Berthold Fendrich, einen der drei Männer, die den Schmelzer bewachten.

Fendrich beugte sich zu dem Gefangenen hinunter, um ihn von den Stricken zu befreien. Es dauerte eine Weile bis der Steyrer sich mit der Hilfe des Soldaten erheben konnte; er war regelrecht mit Stricken verschnürt gewesen. Als er stand, reckte er zuerst einmal ausgiebig die Glieder.

„Nun?“, fragte er von oben herab, als er damit fertig war, und blickte herausfordernd in die Runde. Die freche Anmaßung, die sich in seiner Miene spiegelte, verschlug den Umstehenden fast den Atem.

Unwillkürlich ballte Wolf die Rechte zur Faust, doch er beherrschte sich.

„Zunächst wollen wir vor allem eines von Euch erfahren“, erwiderte er ruhig. „Wer ist Euer Mitverschworener, oder, um die Frage anders zu formulieren: Wer steckt hinter der Maskerade des roten Priors?“

Jakob von Schmelzer zog die Brauen nach oben. Er wirkte sichtlich überrascht. Das für ihn typische singende Räuspern verließ seine Lippen; dann strich er sich langsam den Bart.

„Oh“, meinte er hämisch lächelnd. „Mein Mitverschworener, wie Ihr ihn nennt, ist immer noch nicht aufgetaucht. Er konnte also entkommen? Und das auch noch, bevor Ihr seine Identität feststellen konntet? Respekt! Damit gelang ihm, was mir leider nicht vergönnt war.“ Sein Lächeln bekam einen wehmütigen Zug. „Seine Flucht macht Euren Sieg ... sagen wir ... etwas unvollständig, nicht wahr? Ihr habt das Spiel also nicht gänzlich gewonnen.“ Das wehmütige Lächeln verzog sich abermals zu einer hämischen Grimasse.

Wolf merkte, wie Wut in ihm hochzusteigen begann. Dennoch klang seine Stimme kühl und beherrscht, als er dem Verbrecher antwortete. „Wie Ihr die Sache seht, interessiert uns nicht. Und was die Identität Eures Komplizen angeht, die wir zugegebenermaßen noch nicht kennen, bin ich sicher, dass Ihr uns sogleich von dieser Unwissenheit befreien und auf sämtliche Fragen antworten werdet.“

Von Schmelzer bedachte ihn mit einem seltsamen Blick. „Sagte ich Euch nicht soeben, dass ich antworten werde? Ich pflege mich an meine Versprechen zu halten – was immer es auch kosten mag“, entgegnete er.

Vielleicht war es das leise Vibrieren in der Stimme des Steyrers, vielleicht aber auch der eigenartig flackernde Blick seiner Augen – auf jeden Fall hatte Wolf plötzlich das Gefühl, als ob Tausend Sturmglocken in seinem Inneren zu läuten anfingen.

Doch noch bevor er durchblickte, was der Kaufmann wohl im Sinn haben mochte, hatte dieser sein Vorhaben bereits so gut wie vollzogen.

Mit einer unvorhersehbar heftigen Bewegung wirbelte Schmelzer plötzlich herum und stieß Berthold Fendrich mit solcher Urgewalt vor die Brust, dass dieser, völlig überrumpelt, rückwärts taumelte und unmittelbar vor seinen Kameraden zu Boden ging.

„Das ist meine Antwort! Fahrt zur Hölle! Dort werde ich Euch erwarten!“, schrie er gellend und schnellte, indem er den Überraschungsmoment nutzte, mit weit ausholenden, federnden Sprüngen die wenigen Schritte bis zum Rand des Plateaus. Ohne auch nur einen Augenblick zu zögern, sprang er mit weit ausgebreiteten Armen und einem irren, schrillen Lachen in die Tiefe. Sein schauriges Gelächter brach sich an den Felswänden, hallte mehrfach zurück und verebbte schließlich richtungslos irgendwo im Abgrund.

Blankes Entsetzen. Gelähmtes Schweigen.

Arnim von Hallstatt war der Erste, der sich wieder fasste und langsam an den Rand des Plateaus trat. Nacheinander begaben sich Wolf, schließlich auch der Saurauer und die drei Venezianer an seine Seite. Stumm blickten sie in den Abgrund, während die in einiger Entfernung in kleinen Gruppen beieinanderstehenden Waffenknechte ihrer Überraschung mit verwirrten Rufen Ausdruck verliehen. Einige von ihnen bekreuzigten sich.

„Nun hat er sich also selbst gerichtet. Welch ein Abgang!“, bemerkte der Graf leise.

„Ja, und das Ärgerliche daran ist, dass dieser Teufel sein Wissen mit in die Hölle genommen hat“, ergänzte der Hallstatter trocken und fügte an Wolf gewandt hinzu: „Was machen wir jetzt?“

Wolf zuckte mit den Schultern. Er antwortete nicht sogleich.

Trotz der ungeheuerlichen Szene, die sich soeben vor ihrer aller Augen abgespielt hatte, versuchte er nach außen hin Gelassenheit zu zeigen, während er in seinem Inneren die ohnmächtige, von Frustration gespeiste Wut niederzuringen versuchte.

„Wir werden später aufbrechen", entgegnete er schließlich mit belegter Stimme. „Ich will, dass wir das ganze verfluchte Plateau bis in den letzten Winkel durchsuchen. Irgendein Hinweis muss sich, verdammt noch mal, doch finden lassen. Der Prior kann sich nicht einfach in Luft aufgelöst haben."

Stunden später, kurz vor Sext, musste sich Wolf eingestehen, dass seine Hoffnung vergebens gewesen war. Bereits in der vergangenen Nacht, gleich nach der erfolgreichen Einnahme des Plateaus, hatten sie die Höhle im Hohlweg, deren Betreten den Mitgliedern des Ordens bei Todesstrafe verboten war, erfolglos untersucht. Jetzt, nachdem sie weitere Winkel und Höhlen durchforstet hatten, ohne auch nur den geringsten Hinweis zu finden, konnten sie nur noch eines tun: einen Wachtrupp zurücklassen, der die nächsten Tage sowohl das Plateau als auch den Hohlweg im Auge behalten würde. Darüber hinaus, so hatten der Graf, der Hallstatter und Wolf beschlossen, würde man in vier bis fünf Tagen erneut eine größere Anzahl Soldaten und Hilfskräfte mit Saumtieren zum Plateau entsenden, um die geraubten Gegenstände und das Geld in Sicherheit zu bringen, das den Venezianern gehörte. Was den Rest der Beute anging, die in der riesigen Höhle gehortet wurde, würden weitere Expeditionen erforderlich sein, um sie zu bergen.

Die Sonne stand bereits im Zenit, als sich die Schlange aus Tier- und Menschenleibern endlich in Bewegung setzte. Sie hatten entschieden, einige der Mulis mitzunehmen, insgesamt zehn an der Zahl. Die anderen vier sollten bei der Wachmannschaft zurückbleiben. Friedrich von Saurau führte den Zug mit einigen Soldaten an. Ihnen folgten die an den Händen gefesselten und mittels Stricken miteinander verbundenen Gefangenen, denen wiederum weitere Soldaten folgten. Wolf, der Hallstatter, die drei Venezianer und die beiden Poetsch-Brüder bildeten den Schluss des Trecks. Neun der insgesamt neununddreißig Waffenknechte blieben als Wachtrupp zurück. Ebenso acht weitere, die bei den Kampfhandlungen verletzt worden waren und der Ruhe bedurften. Darunter waren auch zwei Schwerverletzte, die unter starken Schmerzen litten; ob sie durchkommen würden oder nicht, würden die nächsten Tage zeigen. Bis jetzt allerdings hatten die Gallensteiner, im Gegensatz zu den Schnapphähnen, keine Toten zu beklagen, was fast an ein Wunder grenzte.

Wolf wartete in einiger Entfernung zum Hohlweg, bis der letzte Mann des Trupps in dem dunklen Spalt verschwunden war. Bevor er der Karawane folgte, hob er noch die Hand, um sich von den zurückbleibenden Männern zu verabschieden, und blickte ein weiteres Mal zum Rand des Plateaus hinüber. In diesem Augenblick löste sich aus dem Schatten der Felswand ein Mauersegler. Wie ein schmalflügeliger, sichelförmiger Pfeil glitt er in einem eleganten Bogen über den fast kreisrunden felsigen Platz, drehte über dem daran angrenzenden Abgrund einige turbulente Runden und stürzte mit rasantem Schwung in die Tiefe.

Wolf sah ihm gedankenverloren nach. Dann glitt auch er in den Schatten des Hohlwegs.

29

In der schroffen Felswand, die steil zum Wildbach hinunterstürzte, befand sich, tief unterhalb der Stelle, von der aus Jakob von Schmelzer in den Tod gesprungen war, eine geräumige Höhle.

Dort, wo sie sich zum Abgrund hin öffnete, kauerte auf einem Felsvorsprung, der eine natürliche steinerne Brüstung bildete, ein Mann.

Er hatte die Nacht in einige moderige Decken und Schaffelle gewickelt verbracht, die ihn gegen die feuchte Kühle und die Zugluft schützten, welche die Höhle nicht gerade zu einem komfortablen Ruheort für einen Mann in den späten Vierzigern machten.

Zwar war es ihm mittels ihrer Hilfe gelungen, sich einigermaßen warm zu halten, dennoch hatte er kein Auge zugemacht. Schon als der Morgen graute, hatte er sich von seinem provisorischen Lager erhoben und sich auf die steinerne Brüstung gesetzt.

Noch immer war er von kalter Wut und ohnmächtigem Zorn erfüllt. Wie oft hatte er seinem Partner klarzumachen versucht, dass sie diesen elenden Bastard, Wolf von der Klause, beseitigen mussten. Aber der verdammte Steyrer hatte nicht auf ihn gehört – und dafür mit seinem Leben bezahlt.

Als vor wenigen Stunden plötzlich der schwarze, sich drehende Körper eines Mannes mit gespreizten Armen und Beinen und einem irren Lachen an ihm vorbei in den Schlund gestürzt war, war er zuerst zu Tode erschrocken aufgesprungen. Obwohl der Schmelzer blitzartig an ihm vorüber war, hatte er für die Dauer eines Lidschlags doch dessen seltsam verzerrtes Gesicht wahrgenommen.

Der Schreck war ihm so sehr in die Knochen gefahren, dass er unwillkürlich in die Tiefe der Höhle geflüchtet war. Es hatte eine Weile gedauert, bis er sich wieder gefasst und zu seiner ursprünglichen Kaltblütigkeit zurückgefunden hatte.

Dass es Wolf von der Klause tatsächlich gelingen würde, sie zu überlisten und dem Orden den Garaus zu machen, damit hatte er nicht gerechnet. Wie es dieser Mann bewerkstelligt hatte, ihnen auf die Spur zu kommen, war ihm nach wie vor ein Rätsel, doch er hatte es mittlerweile aufgegeben, darüber nachzugrübeln – es spielte letztlich keine Rolle mehr. Jetzt hatte er nur noch ein Ziel: endlich von diesem verdammten Plateau zu verschwinden und sich in Sicherheit zu bringen. Natürlich nicht, ohne wenigstens einige der im Laufe der Jahre sauer verdienten Früchte seiner Arbeit mitzunehmen, die sich in mehreren Kisten verwahrt an sicherer Stelle befanden – nämlich hier, in dieser Höhle, die niemand außer ihm kannte und die er sogar vor den Augen des Steyrers verborgen gehalten hatte.

Noch in der vergangenen Nacht, gleich nach seiner Flucht, hatte er sich hierher abgesetzt. Zum Glück war es ihm gelungen, die Täuschung, der er zum Opfer fallen sollte, schnell zu durchschauen.

Als er nämlich vom Plateau, wo die Männer auf das Erscheinen des Abtes warteten, in den Hohlweg zurückgekehrt war, um diesen zu holen, hatte er sofort gefühlt, dass irgendetwas nicht stimmte. Zuerst hatte er nicht zu sagen vermocht, was genau es war, das ihn beunruhigte. Dann aber, mit einem Mal, wurde ihm siedend heiß bewusst, dass die Person, die sich hinter der Maskerade des weißen Abtes verbarg, nie und nimmer der Schmelzer sein konnte. Zum einen war es die Art, wie sich die Gestalt bewegte, die ihn stutzig machte, zum anderen das eigenartige Schuhwerk, das unter der weißen Kutte hervorragte. Schmelzer trug stets schwarze, glänzende, elegante Stiefel, während die plumpen Stiefel desjenigen, der sich ihm im Licht der gleißenden Fackel näherte, ein stumpfes Hellbraun aufwiesen. Augenblicke später verdichteten das Klatschen mehrerer Stiefelpaare und der Schein heranstürmender Fackeln seinen Verdacht zur endgültigen Gewissheit.

Rasch schleuderte er dem falschen Abt die Fackel gegen die Maske und nutzte dann den Überraschungsmoment, um zur Höhle hinüberzurennen, zu der nur er und der Gebieter Zutritt hatten. Die Tür war nur angelehnt gewesen, und der Schlüssel steckte noch von innen, also hatte er sich kurzerhand eingeschlossen. Trotz des Dunkels bewegte er sich mit traumwandlerischer Sicherheit, was daher rührte, dass er jede Hand breit der Höhle wie seine Gürteltasche kannte. In der Mitte des felsigen Raumes stand ein Tisch, der von zwei aus porösem Sandstein bestehenden Steinquadern flankiert war. Ächzend hatte er einen von ihnen zur Seite geschoben, worauf ein Loch im Boden zum Vorschein gekommen war, dessen Durchmesser deutlich kleiner war als der des Steins, der es verschlossen hielt. Rasch zwängte er sich durch die schmale Öffnung in eine unter dem Höhlenboden befindliche Felsröhre; nur Kopf und Schultern ragten noch aus dem Loch. Mit aller Kraft stemmte er sich gegen den Quader und schob ihn mit knirschenden Geräuschen Stück für Stück wieder über die Öffnung. Danach war er durch das unterirdische Höhlenlabyrinth gelaufen. Da es dunkel war, musste er seine Schritte zählen, um nach mehreren Windungen und abknickenden Gängen in eine Art Kammer zu gelangen, von der aus verschiedene Gänge in unterschiedliche Richtungen führten. Als sich einer der Gänge schließlich zu einer Höhle weitete, von deren Ende her ihn ein Luftzug und das verhaltene Rauschen des Wildbaches erreichten, wusste er, dass er am Ziel angekommen und in Sicherheit war.

Vor Jahren schon hatte er die Höhle durch Zufall entdeckt. Doch er hatte ihre Entdeckung für sich behalten. Es war ein angenehmes Gefühl, sich im Besitz eines geheimen Versteckes zu wissen, von dem niemand sonst etwas wusste. Und in der vergangenen Nacht hatte ihm dieser Schlupfwinkel nun zumindest vorläufig das Leben gerettet.

Der Mann stand auf.

Er hatte sich entschlossen, die Lage zu sondieren, soweit dies möglich war. Das konnte er jedoch nur, wenn er es irgendwie schaffte, den Hohlweg oder das Plateau einzusehen.

Zielstrebig trat er an ein Regal heran, das an der Felswand lehnte, und entnahm ihm zwei Pechfackeln. Die eine steckte er in den Gürtel, die andere entzündete er sofort.

Sie würde es ihm ermöglichen, ohne im Dunkeln seine Schritte zählen zu müssen, dorthin zurückzukehren, von wo er vergangene Nacht gekommen war – in die Höhle am Hohlweg.

Mühsam nur unterdrückte er einen Fluch.

Er war mittlerweile unter der Höhle angekommen, musste jedoch erschrocken feststellen, dass durch die Risse und Spalten der Decke über seinem Haupt ein heller Lichtschimmer fiel. Offensichtlich stand die Tür der Höhle, die sich zum Hohlweg hin öffnete, weit auf, sodass Tageslicht hereinfiel. Dies bedeutete aber auch, dass sich dort zurzeit jemand aufhalten konnte. Sofort trat er die Fackel aus, um seine Anwesenheit nicht durch den durch die Ritzen dringenden Qualm zu verraten. An einer Stelle, wo sich die Felsdecke um etwa eine Hand breit hob und dadurch einen natürlichen Absatz bildete, befand sich ein ungefähr zwei Finger breiter Spalt, der einen beschränkten Blick in das Innere der Höhle gestattete. Vorsichtig blickte er hindurch – um sofort erschrocken zurückzufahren. Er hatte die Füße eines am Tisch sitzenden Mannes erblickt. Unruhig biss er sich auf die Lippen und dachte nach. Dann näherte er seine Augen erneut dem Spalt. Den Atem anhaltend, versuchte er weitere Einzelheiten zu erkennen, was ihm mit einiger Mühe auch gelang. Trotz des beschränkten Blickfeldes erkannte er, dass die Tür tatsächlich weit offen stand und der Mann, der am Tisch saß, unzweifelhaft einer der Soldaten war. Er wirkte groß und hager; die Scheide seines Kurzschwertes baumelte ihm von der Hüfte und warf einen langen Schatten auf den Boden. Plötzlich verdunkelte sich der Eingang und ein weiterer Mann betrat die Höhle. Er war klein und beleibt.

„Na endlich", ließ sich der, der am Tisch saß, vernehmen. „Hast du den Wein?"

„Aber ja doch. Und zwei Becher dazu", antwortete der andere und setzte sich ebenfalls an den Tisch. Das glucksende Geräusch, das gleich darauf folgte, verriet, dass die beiden Becher gefüllt wurden, während ein unmittelbar darauf folgendes lautes Rülpsen wohl so etwas wie Anerkennung ausdrücken sollte.

„Hm, nicht schlecht", bemerkte der kleine Dicke, der den Wein gebracht hatte, zufrieden.

„Ja, mal was anderes als immer nur Bier", ergänzte der andere und rülpste ebenfalls.

„So halten wir's in diesem verdammten Felsennest noch 'ne ganze Weile aus, meinst du nich' auch?"

„Du sagst es. Um die Weinfässer leer zu saufen, die hier rumstehen, würden wir wohl länger als die fünf Tage brauchen, die wir hier oben ausharren müssen."

Die Männer lachten.

„Übrigens ... glaubst du etwa daran, dass uns dieser verdammte Prior in der Zeit, wo wir hier Wache schieben, über den Weg laufen wird?", fragte der, der den Wein gebracht hatte.

„Was weiß ich. Wir sollen auf jeden Fall Augen und Ohren offen halten, hat uns der Graf eingebläut", erwiderte der andere.

Eine längere Pause entstand, während der die beiden Männer einen weiteren Becher leerten.

„Er hat uns ganz schön an der Nase herumgeführt", begann der Hagere das Gespräch unvermittelt fortzuführen.

„Wer?", fragte der Dicke.

„Na, dieser rote Teufel. Denk mal dran, wie er in der vergangenen Nacht, als wir ihn fassen wollten, plötzlich verschwunden ist! Auf einmal war er weg – als hätte er sich in Luft aufgelöst."

„Ach, den meinst du. Aber daran war eigentlich der Hallstatter schuld. Der hat die Sache verpatzt. Der Klausner war ganz schön sauer. Interessieren würd mich's allerdings schon, wohin der Halunke verschwunden is'."

„Da gibt's Tausend Möglichkeiten. Sieh dir doch dieses verdammte Plateau an. Überall, wohin du siehst: Winkel, Nischen, Höhlen. Und Bäume und dichtes Buschwerk, das die Steilwände hinaufwächst. Ich sag dir, wir fangen unten an zu suchen, und er sieht uns von oben aus zu und lacht sich einen ab. Und wenn wir schließlich oben angelangt sind, is' er wieder in einer dieser unterirdischen Höhlen und Gänge abgetaucht. Den kriegen wir nicht zu fassen – in hundert Jahren nich'!"

„Da hast du wohl Recht. Und weil kein Mensch weiß, wer er ist, kann man nich' mal nach ihm suchen. Der bleibt für immer verschwunden."

„Eben, sag ich's doch. Is' schon irgendwie unheimlich. Stell dir vor, da gibt's einen, der immer nur maskiert auftaucht, und außer einem weiß keiner, wer er ist. Und gerade der eine, von dem man's erfahren könnte, wird auf einmal wahnsinnig und stürzt sich in den Tod. Einfach so. Gibt dem Fendrich eins vor den Latz, schreit, lacht wie ein Irrer, rennt zum Abgrund und springt. Und das noch, bevor man an ihn dazu bringen kann, den Mund aufzumachen. Verrückt, sag ich dir, einfach verrückt! Manchmal frag ich mich, ob das alles noch mit rechten Dingen zugeht. Oder ob da nich' der Gottseibeiuns höchstpersönlich die Finger im Spiel hat."

„Ja, man könnt' es fast meinen. Verdammt seltsam, das alles. Aber vielleicht klärt sich die Sache ja trotzdem noch auf. Und dieser verfluchte Prior geht uns doch noch ins Netz."

„Ich glaub's nich'. Nie und nimmer. – Aber warten wir's ab.

Hauptsache, wir können in fünf Tagen von hier wieder verschwinden. Dann ist nämlich Donnerstag. Und am Tag drauf, am Freitag, bin ich mit Marie verabredet – du verstehst schon ...“

„Du meinst die Tochter vom Bäcker Arnold. Weißt du eigentlich, dass du sie mit einem Admonter Mönch teilst?“

„Na, wenn schon – so lernt sie von jedem etwas.“

Die Männer lachten obszön, während der Dicke sich anschickte, die Becher erneut zu füllen. Doch der Hagere verwehrte es ihm.

„Nein, Dicker, lass genug sein. Wenn uns das Zeug zu Kopf steigt und der Hauptmann was merkt, kriegen wir Ärger. Du weißt, da versteht er keinen Spaß. Heut Abend machen wir weiter. Bei einem schönen Spielchen läuft der Tropfen runter wie Öl. Außerdem ist's ohnehin Zeit, zu den anderen zu gehen. Fendrich hat 'ne Lagebesprechung angeordnet.“

„Na gut, dann lass uns gehen“, brummte der Dicke.

Und weil kein Mensch weiß, wer er is', kann man nich' mal nach ihm suchen.

Die Worte des Dicken klangen ihm noch in den Ohren. Soeben hatten die beiden Waffenknechte die Höhle verlassen, ohne die Tür hinter sich zu schließen, sodass das Licht des Nachmittags noch immer als breiter Streifen in die felsige Kammer fiel.

Er fühlte sich unendlich erleichtert.

Noch in den Morgenstunden war er davon ausgegangen, dass der Steyrer vor seinem Tod alles gestanden und damit auch seine Identität preisgegeben hätte. Jetzt aber hatte er erfahren, dass dem nicht so war. Offenbar war es dem Schmelzer gerade noch rechtzeitig gelungen, sich dem Verhör zu entziehen. Dass er dies um den Preis des eigenen Lebens getan und den Freitod gewählt hatte, jagte ihm allerdings einen Schauer über den Rücken. Trotzdem veränderte dieser Umstand natürlich die Situation zu seinen Gunsten. Vor allem versetzte er ihn in die Lage, vorerst in aller Ruhe nach Admont zurückkehren zu können. In den nächsten Wochen würde er dann immer noch genügend Zeit haben, um nach und nach das gesamte Vermögen in Sicherheit zu bringen, das in der Höhle in Kisten ruhte. Und anschließend würde er sich einen Plan zurechtlegen, mittels dessen er, ohne Argwohn zu erwecken, endlich sein Verschwinden in die Wege leiten konnte.

Der Gedanke daran ließ ein triumphierendes Lächeln auf sein Gesicht treten.

Stunden später, kurz vor Mitternacht und weit entfernt von der Stelle, an der der Hohlweg zum Plateau hin abbog, teilte sich leise raschelnd einer jener Büsche, die, an den Fels geschmiegt, unzählige Löcher und Spalten verbargen, und heraus trat ein Mann im schwarzen Habit des Benediktinerordens.

Ein verschnürtes Bündel auf dem Rücken und einen Stab in den Händen, betrat er den Pfad, der in eine der vielen Senken hinunterführte.

Der Mönch schritt recht zügig voran. Ein gewaltiges Stück Weges lag vor ihm. Er plante, am Sonntag um Non herum in Admont zu sein. Allein bis er das gerodete Waldstück erreichte, auf dem sich eine Hütte und der kleine Pferch befanden, in dem sein Pferd auf ihn wartete, würden einige Stunden vergehen.

Während er den Pfad bergab schritt, dachte er über den Einschnitt nach, den sein Leben in der vergangenen Nacht erfahren hatte. Und darüber, wie viele Einschnitte in sein Dasein es bereits gegeben hatte. Der gravierendste war ohne Zweifel der Zwist mit seinem Vater gewesen, der ihn sein Erbe gekostet hatte. Einfluss, Macht und Reichtum, über die er bis zu diesem Zeitpunkt verfügt hatte, waren mit einem Mal dahin gewesen. Kurz danach war er in einer Aufwallung von Frömmigkeit zu dem Entschluss gelangt, das Leben eines Mönchs führen zu wollen. Nach dem Noviziat hatte er dann im Benediktinerstift zu Seckau die endliche und schließlich die ewige Profess abgelegt und dort längere Zeit dem Herrn gedient, bevor er vor acht Jahren nach Admont gekommen war.

Dort aber war ihm allmählich bewusst geworden, dass das mönchische Dasein, das er führte, ihn immer weniger befriedigte. Das Verlangen, wie früher Macht, Einfluss und Luxus genießen zu wollen, etwas, das er vor vielen Jahren überwunden geglaubt hatte, kehrte mit elementarer Wucht zurück.

Es war der jahrelange, immer enger gewordene Kontakt zu Jakob von Schmelzer, der ihn schließlich veranlasste, seinem Leben eine Wende zu geben, um dieses Verlangen zu befriedigen. Der zündende Funke sprang über, als ihm der Steyrer eines Tages einen Plan schmackhaft machte, mittels dessen man gewisse Ziele würde erreichen können, die sich beiden als äußerst lohnenswert darstellten. Es war der Tag, an dem die Idee des „Ordens vom Ring“ geboren wurde. Nur wenig später begannen sie diesen gemeinsam aus der Taufe zu heben – mit dem Überfall auf einen ungarischen Kaufmannszug, der sehr erfolgreich verlief.

Plötzlich hielt er mitten im Gehen inne.

Ihm war soeben eingefallen, dass es heute auf den Tag genau vier Jahre her war.

Und ausgerechnet heute war alles zu Ende gegangen. Zufall? Vielleicht. Vielleicht aber auch nicht, und es steckte mehr dahinter! Eine unsichtbare Macht, die es auf ihn abgesehen hatte?!

Unwillkürlich blickte er zum Himmel empor. Kalt und spärlich leuchtete das unregelmäßige Halbrund des Mondes den Pfad vor ihm aus.

Obwohl es lau war, begann er auf einmal zu frieren.

Schneller ausschreitend, ging er weiter.

30

Ihm war, als habe ihn ein Hieb ihn aus dem Schlaf gerissen. Ruckartig richtete er sich auf und horchte angespannt auf den Gang hinaus. Da – wieder dieses Knarren. Obwohl es nur leise an sein Ohr drang, verlieh ihm die nächtliche Stille eine eigenartige Intensität. Etwas von der Gewalt eines Paukenschlags schien darin zu liegen.

Mit einer Behändigkeit, die seinen jugendlichen Schülern alle Ehre gemacht hätte, sprang Bruder Vitus vom Lager.

Barfuß, auf Zehenspitzen, schlich der Schulmeister zur Tür. Wieder horchte er. Er öffnete die Tür einen Spalt weit und blickte auf den Gang hinaus. Nichts schien das gewohnte Bild zu stören. In ihren Haltern an der Wand steckten wie immer zwei dicke, vor sich hin flackernde Talgkerzen. Und auch heute konnte sich Vitus des Eindrucks nicht erwehren, dass sie mehr rußten als leuchteten.

Vorsichtig trat er hinaus, nicht ohne sich vorher zu vergewissern, dass der kurze Knüppel auch wirklich in seinem Gürtel steckte. Leise zog er die Zellentür hinter sich zu, blieb ein weiteres Mal stehen und lauschte konzentriert in die Nacht hinein. Da, das Knarren – jetzt hörte es wieder. Deutlicher diesmal. Es schien vom Treppenhaus her zu kommen, und es entfernte sich. Kein Zweifel – jemand schlich die Stiegen hinunter. Einer der Schüler hatte das Dormitorium verlassen. Zorn brandete in dem Schulmeister hoch. Wer auch immer es war, der da glaubte, die Regeln verletzen zu können, es würde ihm nicht gut bekommen.

Vitus eilte den Flur entlang, wobei er darauf achtete, möglichst kein Geräusch zu verursachen. Am Ende des Ganges lag das Treppenhaus. Dort angekommen, blieb Vitus abermals stehen, um zu horchen. Plötzlich vernahm er das Quietschen der sich öffnenden Haustür, die auf den Hof hinaus ging. Weiter hastete Vitus die hölzernen Stiegen hinunter, wieder knarrte es, diesmal allerdings war er selbst der Verursacher des Geräusches. Doch der Übeltäter würde es nicht wahrnehmen, dem Quietschen nach zu schließen, hatte er das Gebäude bereits verlassen. Vitus hoffte inständig, ihn dennoch zu erwischen.

Soeben stand er im Begriff, die letzte Treppe zur Eingangshalle hinunterzuhasten, um in den Hof hinauszustürzen, da vernahm er plötzlich das Gemurmel von Stimmen. Abrupt hielt Vitus inne. Zum Glück waren einige der Kerzen in diesem Bereich des Treppenhauses schon heruntergebrannt. Und so blieb der Mönch im Finstern auf der Treppe stehen und versuchte zu sondieren, woher die Stimmen kamen. Vitus verfügte noch immer über scharfe Augen und ein hervorragendes Gehör. Als er nach unten blickte, erkannte er trotz der Dunkelheit, dass die Haustür einen winzigen Spalt offen stand. Draußen, unmittelbar vor dem Hauseingang, unterhielten sich zwei Personen unbekümmert miteinander. Vitus' Empörung wuchs; er überlegte. Hinter der Tür verborgen, würde er herausfinden können, wer die Regeln des Hauses auf diese unverschämte Weise brach.

Gerade wollte er zu diesem Zweck die restlichen Stufen hinunterschleichen, als ihm plötzlich einfiel, dass die Stiegen, die vor ihm lagen, ausgerechnet die waren, die am lautesten knarrten. Man würde das Knarzen bis nach draußen hören. Wieder überlegte Vitus. Es gab nur eine Möglichkeit, nach unten zu gelangen, ohne dabei verdächtige Geräusche zu verursachen. Er zögerte nur kurz. Dann schwang er sich entschlossen aufs Geländer. Mühelos rutschte er auf dem glatten Handlauf bäuchlings bis zum Erdgeschoss hinunter und schlich sich vorsichtig hinter die Tür.

Befriedigt stellte er fest, dass der Platz gut gewählt war. Deutlich konnte er nun die Stimmen der beiden Personen voneinander unterscheiden, und obwohl die Unterhaltung sehr leise geführt wurde, verstand er jedes Wort. Mehr noch. In einer der Stimmen erkannte er unzweifelhaft einen seiner Schüler, den krankhaft ehrgeizigen Benno von Freienberg, wieder, der, wie jedermann an der äußeren Schule wusste, nichts mehr hasste, als dass es jemanden gab, der besser war als er.

„Was willst du denn noch? Ich hab dir schon alles gesagt, was ich über ihn weiß. Ich hab mir sogar des Nachts seine Zehe angesehen, wie du es von mir verlangt hast. Obwohl damit ein großes Risiko verbunden war. Und du hast mir versprochen, dafür zu sorgen, dass er nicht wiederkehrt. Aber du hast dich nicht daran gehalten. Es hat ihn lediglich am Bein erwischt“, raunte Benno gerade.

„Ja, es ging schief. Aber verlass dich drauf: Ich werde mein Versprechen halten. Ich brauche nur noch einmal deine Hilfe.“ Die Stimme, die antwortete, war Vitus unbekannt. Es war die dunkle Stimme eines Mannes. Der Mann sprach etwas undeutlich, fast so, als habe er einen Sprachfehler.

„Meine Hilfe? Wie sollte ich dir helfen können?“

„Gib ihm einfach diesen versiegelten Brief.“

„Einen Brief? Was steht darin?“

„Etwas, das ihn veranlassen wird, zu einer bestimmten Zeit an einen bestimmten Ort zu kommen. Und zwar allein – du verstehst?“

„Warum sollte er von mir einen solchen Brief annehmen? Er wird misstrauisch sein. Er weiß, dass ich ihn nicht leiden kann.“

„Du sollst ihm den Brief ja auch anonym zukommen lassen. Das wird den Reiz, zu dem angegebenen Treffpunkt zu kommen, für ihn außerdem nur erhöhen. Leg den Brief zur Sext einfach auf den Tisch an seinem Platz im Refektorium. Und glaube mir – die Botschaft ist so verlockend, dass er alles tun wird, um zu kommen. Und dann ...“

Obwohl Bruder Vitus die unmissverständliche Geste, die der Sprecher in diesem Augenblick machte, nicht sehen konnte, lief es ihm eiskalt den Rücken hinunter.

„Nun, wenn das so ist, her mit dem Brief!“, antwortete Benno.

„Hier – und nun geh wieder nach oben. Es wird Zeit, dass wir verschwinden.“

Gerade noch rechtzeitig gelang es dem Schulmeister, sich hinter einer der Säulen zu verbergen, die die Decke der Eingangshalle stützten, als Benno vorsichtig wieder ins Innere des Gebäudes trat. Vorsichtig hastete er die Treppe hinauf und entschwand in Richtung Dormitorium.

Kaum dass der Schüler oben war, öffnete Bruder Vitus die Tür erneut einen winzigen Spalt und sah in den Hof hinaus. Sein Blick folgte dem Unbekannten, der gerade dabei war, in einem Durchgang zu verschwinden, durch den man zu den Ställen gelangte.

Kurz entschlossen trat der Schulmeister in den Hof und folgte ihm.

Es war etwa eine halbe Stunde nach Mitternacht.

Kühles, mattes Licht wob sich in die nächtliche Stille, flutete in den Kreuzgang und goss ein Muster toter Schatten auf den Boden.

Plötzlich aber drang das Läuten einer Glocke durch das Dunkel, und in das Geviert aus steinernen Säulen und Bögen kehrte mit einem Mal Leben ein – sich bewegende Schatten, die über ihre unbelebten Brüder hinweghuschten, begleitet von jenem rhythmisch klatschenden Geräusch sandalenbeschuhter Füße, das seit Jahrhunderten vom nächtlichen Gang der Mönche zur Matutin kündet.

Die Brüder des Stiftes zu Admont befanden sich auf dem Weg zum ersten Gottesdienst des neuen Tages. Pünktlich geweckt von den *Fratres vigilantes*, die, indem sie eine bestimmte Anzahl von Psalmen beteten und auf diese Weise die Zeit zählten, die Nacht über wachten, um dann zur gegebenen Stunde ihre schlafenden Mitbrüder zum Lob des Herrn zu rufen.

Ächzend öffnete sich die Tür zur Stiftskirche, und in den vom Schein der Kerzen spärlich erleuchteten Chorraum strömten Dutzende schwarzer Gestalten. Sie warfen sich nieder und rezitierten auf dem steinigen Boden ausgestreckt die ersten fünfzehn Psalmen. Dann traten, geleitet von Bruder Ansgar, die Novizen mit ihrem Meister herzu, um sich schließlich gemeinsam mit den Mönchen ins Chorgestühl zu begeben und den Eröffnungsvers aus dem fünfzigsten Psalm zu singen. Laut hallte das *Domine labia mea aperies et os meum adnuntiabit laudem tuam* durch den Chor, brandete zum Gewölbe empor, während sich der Klang vieler Kehlen zu einem einzigen zu vereinigen schien und die Kirche mit jenem mystischen Gesang füllte, der in den Klöstern des Abendlandes seit den Zeiten Benedikts von Nursia vom Beginn eines neuen Tages kündet.

Kaum war dieser Gesang verhallt, stiegen zwei Mönche auf die Kanzel und intonierten *Venite exultemus*, den vierundneunzigsten der Psalmen. Abermals erhoben sich die Stimmen aller, füllten das Gewölbe mit Macht, hallten die Mauern wider vom dunklen Klang eines gesungenen Gebets, dessen Text bereits weit über ein Jahrtausend alt war: *Venite adoremus et curvemur flectamus genua ante faciem Domini factoris nostri ...*

... non introirent in requiem meam ...

Die letzten Worte des Psalms waren noch nicht verhallt, als Bruder Franziskus, einer der Vigilanten, Prior Otto einen sorgenvollen Blick zuwarf, der mit einem verneinenden Schütteln seines grauen Hauptes verbunden war. Der Grund: Bruder Vitus, der Vorsteher der äußeren Schule, war immer noch nicht eingetroffen; sein Platz im Chorgestühl leer.

Das war an und für sich schon etwas Ungewöhnliches, galt doch Bruder Vitus als ein Muster an Disziplin und Zuverlässigkeit. Umso unerhörter war es, dass er unentschuldigt fehlte. Schon als Franziskus vor Beginn der Matutin zur äußeren Schule hinübergegangen war, um Vitus, wie jede Nacht, zu wecken, war er auf eine leere Zelle gestoßen. Obwohl der Schulmeister wie die anderen Mönche zum Konvent gehörte, schlief er nicht mit seinen Mitbrüdern im gemeinsamen Dormitorium. Schon seit Jahren verbrachte er die Nacht im Gebäude der äußeren Schule, unmittelbar in der Nähe des Schlafraums der ihm anvertrauten Schüler, damit er seiner Aufsichtspflicht besser nachkommen konnte.

Weitere Psalmen wurden gesungen. Nach ihrem Verklingen folgte die Lesung aus der Heiligen Schrift. Bruder Anselm las die mahnenden Worte. Er war einer der Brüder, die äußerst emphatisch zu lesen verstanden, dennoch kam es immer wieder vor, dass das Haupt des einen oder anderen während der nächtlichen Lesung vor lauter Müdigkeit nach vorne kippte. Aus diesem Grund ging einer der Vigilanten stets mit einer Lampe durch die Reihen, leuchtete sämtlichen im Chorgestühl Versammelten ins Gesicht und verhalf so denjenigen, die im Begriff standen einzunicken, dazu, sich ihrer Pflicht bewusst zu werden – auch wenn der Nachtdämon seine Krallenfinger noch so sehr auf die Augenlider drücken mochte.

... Te deum laudamus ...

Noch einmal vereinten sich die Stimmen im gesungenen Gebet und trafen gemeinsam jenen Ton, der die gläubige Seele zum Schwingen bringt. Erneut füllte er das Kircheninnere, um schließlich, Mauern und Türen überwindend, in die sternfunkelnde Stille zu entweichen und gedämpft im fernen Dunkel zu verhallen.

Eine Allegorie der Vergänglichkeit menschlichen Lebens.

Und ein letzter Gruß an einen sterbenden Mönch, der in einem verfallenen Brunnenschacht hinter den Klosterställen seinem Tod entgegendämmerte.

31

„Dem Herrn sei Dank, edle Dame, dass Ihr endlich da seid! Der Vater Prior sucht nach Euch. Das mit Bruder Vitus und Bertram – Ihr wisst schon, was geschehen ist?“

Remigius wirkte regelrecht verstört. Als ältester der Novizen in Admont vertrat er Theobald, den Pförtner, der bei der außerordentlichen Kapitelversammlung zugegen sein wollte, die in einer halben Stunde stattfinden würde. Schon von Weitem hatte Remigius Katharina kommen sehen und war ihr, heftig atmend ob seiner Leibesfülle, entgegengeeilt.

Hart brachte Katharina ihren Fuchs zum Stehen.

„Was geschehen ist? Nein. Aber es scheint nicht gerade etwas Erfreuliches zu sein, deiner Miene nach zu urteilen“, erwiderte sie, während sich ein flaues Gefühl in ihrer Magengrube ausbreitete.

„Bruder Vitus – er ist tot, ermordet. Und Bertram ist verschwunden.“ Remigius rang sichtlich um Fassung.

Katharina wurde schwindlig. Für die Dauer eines Herzschlags glaubte sie, den Himmel über sich einstürzen zu sehen.

Dann aber drosch sie dem Fuchs die Fersen in die Weichen, preschte in einem wilden Ritt dem Tor entgegen, passierte es staubwirbelnd und sprengte, ungeachtet einiger Brüder, die erschreckt zur Seite sprangen, geradewegs durch den Hof hinüber zum Abtshaus.

Dort öffnete sich in eben diesem Moment die Tür, und Prior Metschacher trat heraus.

Abrupt blieb er stehen.

„Den Heiligen sei Dank, da seid Ihr ja, edles Fräulein", rief Metschacher entgegen seiner Gewohnheit laut aus. Der Klang seiner Stimme und der Ausdruck in seiner Miene bestätigten Remigius' Botschaft.

Das Pferd war noch nicht einmal zum Stehen gekommen, als Katharina auch schon aus dem Sattel sprang und auf den Mönch zueilte.

„Es ist also wahr?", stieß sie tonlos hervor.

Metschacher nickte; in seinen Augen flackerte dumpfe Verzweiflung.

„Das mit Bruder Vitus, wann ist das geschehen – und seit wann ist Bertram verschwunden?"

„Man fand seine Leiche heute Vormittag, etwa um die vierte Stunde herum. In einem ausgedienten Brunnenschacht bei den Ställen. Er wurde erstochen", antwortete Metschacher mit der Stimme eines Greises. „Was Bertram angeht ..." – er machte eine unheilschwangere Pause – „... erhofften wir eigentlich von Euch Näheres zu erfahren, gnädiges Fräulein."

In Katharinas aufgelöster Miene mischte sich Erstaunen.

„Von mir?"

„Ja. Wart Ihr nicht heute Morgen noch mit ihm zusammen?"

„Ich? Nein, wie kommt Ihr darauf? Ich bin heute zwischen Prim und Terz nach Altenmarkt geritten."

„Einer von Bertrams Klassengefährten aus der äußeren Schule behauptete, Bertram habe sich mit Euch getroffen, weil Ihr ihm die Abschrift eines lateinischen Gedichtes geben wolltet."

Katharina nickte verstehend. „Das ist richtig, ich wollte mich deswegen mit ihm treffen. Aber gestern Abend habe ich ihm ausrichten lassen, dass ich unser Treffen verschieben muss. Wahrscheinlich hat Bertram mit seinem Kameraden gesprochen, bevor er von der Verschiebung Kenntnis hatte. Seit wann ist er denn verschwunden?"

Metschacher rieb sich am Kinn.

„Nun – so genau lässt sich das nicht sagen. Der Letzte, der mit ihm sprach, war anscheinend der Pförtner. Er sagte, Bertram sei kurz nach dem Morgenmahl zu ihm gekommen und habe ihn nach dem Weg zu den toten Meilern gefragt. Er habe ihm den Weg beschrieben, danach sei er wieder in den Hof zurückgegangen. Beim Gottesdienst zum Hochamt war der Junge, im Gegensatz zu seinen Kameraden, jedenfalls nicht anwesend. Seitdem wird er vermisst."

„Wann ging Bertram zum Pförtner, um ihn das zu fragen; bevor man Bruder Vitus fand oder danach?", hakte Katharina nach.

„Davor."

„Wenn er danach einfach verschwand, dann heißt das ja wohl, dass ihn niemand das Klostergelände verlassen sah. War die Pforte immer besetzt?"

„Ich glaube nicht. Zumindest nicht während des Aufruhrs, der hier herrschte, als man Bruder Vitus fand."

„Der Pförtner sagte, Bertram habe sich, nachdem er sich beim ihm nach dem Weg erkundigte, wieder in den Hof zurückbegeben?"

„Ja."

„Das bedeutet, der Junge hat die Aufregung, die kurz darauf entstand, dazu genutzt, unbemerkt das Stiftsgelände zu verlassen. Just zu dem Zeitpunkt, da die Pforte unbesetzt war. Es sei denn, er hätte einen anderen Weg gewählt. Gibt es einen solchen?"

Metschacher zögerte. „Wenn, dann höchstens den über die Mauer", meinte er.

„Herr Prior, was hat es eigentlich mit diesen toten Meilern auf sich?"

„Nun, es gibt da eine Stelle abseits des Weges nach Johnsbach. Mitten im Wald. Dort befinden sich einige ausgediente Grubenmeiler. Sie wurden schon vor vielen Jahren aufgegeben."

„Eigenartig. Was könnte der Junge dort wollen?"

Metschacher zuckte mit den Schultern. „Fragt mich etwas Leichteres, edles Fräulein", seufzte er. „Aber nun entschuldigt mich, ich muss zum Kapitel", brach er das Gespräch unvermittelt ab. „Ach, übrigens, ich habe einen Boten nach Sankt Gallen gesandt, um nach Herrn von der Klause zu schicken; vielleicht ist er ja inzwischen von seiner Expedition nach Windischgarsten zurückgekehrt. Es bleibt nur zu hoffen, dass ihm dort Erfolg beschieden war. Sollte er tatsächlich noch eintreffen, bitte ich Euch, die Informationen, die ich Euch übermittelt habe, an ihn weiterzureichen. Und sagt ihm, ich werde ihn erst am späten Abend empfangen können."

Langsam führte Katharina den Fuchs beim Halfter zu den Ställen hinüber. Sie versuchte, den Aufruhr in ihrem Inneren niederzukämpfen und nachzudenken. Ihre Unruhe war nicht so sehr auf das Entsetzen zurückzuführen, das sie wegen des Schulmeisters Tod empfand. Gewiss, sie hatte den intelligenten, nachsichtigen Lehrer gemocht und empfand aufrichtige Trauer über sein Ableben. Mehr bewegte sie jedoch, dass Bertram verschwunden war. Was war mit ihm geschehen? In welchem Zusammenhang stand sein Verschwinden mit dem Mord an Bruder Vitus? Obwohl Metschacher nichts dergleichen gesagt hatte, wurde sie das Gefühl nicht los, dass man im Stift an einen solchen Zusammenhang glaubte.

Katharina verhielt ihren Schritt.

Die toten Meiler. Was wollte Bertram dort? Sie hatten ihm eingebläut, die Mauern des Klosters nicht zu verlassen. Warum hatte er es dennoch getan?

Weil ihn jemand fortgelockt hatte! Mit was auch immer.

Die Erkenntnis traf sie wie ein Keulenschlag, und sie merkte, wie Panik sie zu überwältigen drohte.

Was aber konnte sie tun? Warten, bis Wolf kam?

Was, wenn er nicht sofort kommen konnte?

Sie musste es selbst tun!

Erneut schwang sie sich auf den Rücken des Fuchses, trabte langsam zurück zum Tor und sah sich suchend nach jemandem um, der ihr Auskunft darüber erteilen konnte, wie man zu diesen verdammten Meilern gelangte.

Da entdeckte sie Bruder Heinrich. Jenen Bruder des Gehorsams, auf dessen Karren sie das Leinen mit dem Wappen des Ebers entdeckt hatte.

„Verzeiht, Bruder Heinrich, aber könnt Ihr mir vielleicht den Weg zu den toten Meilern verraten?“

Ein Lächeln der Erinnerung huschte über die Miene des Mannes.

„Natürlich. Immer zu Euren Diensten, edle Dame.“

Nur wenige Augenblicke später preschte Katharina zum oberen Tor hinaus in Richtung Johnsbach.

Gut eine Stunde danach – der Weg war inzwischen deutlich steiler und der Fuchs beträchtlich langsamer geworden – sah sie ihn. Ein ziemliches Stück vor ihr stapfte Bertram mit kräftigen Schritten den Berg hinauf. Eine Last fiel von ihr ab; angespornt durch den Anblick des Jungen, gab sie dem Fuchs die Fersen.

Kaum dass er das Klappern von Hufen vernahm, blickte sich Bertram um – und erstarrte.

Schnell war sie heran und sprang erleichtert aus dem Sattel.

„Eigentlich müsstest du wissen, dass du im Begriff bist, eine große Dummheit zu begehen, mein Junge“, sagte sie ernst, aber ruhig.

„Oh! – Katharina – Ihr hier?“, fragte Bertram verblüfft. Tiefe Röte überzog sein Gesicht und ließ vermuten, dass er sich wegen seines unerlaubten Verschwindens schämte.

„Ja, ich hier! Und du kannst von Glück sagen, dass es so ist“, bemerkte Katharina trocken; sie spürte, wie sich Ärger in ihre Erleichterung mischte.

„Ich ... ich will ... ich bin ...“, begann Bertram verlegen herumzudrucksen.

„Du willst zu den toten Meilern, nicht wahr?“

„Wo...woher wisst Ihr das?“, fragte der Junge erstaunt.

„Es war kein Kunststück, das herauszubekommen. Du hast schließlich den Pförtner danach gefragt.“

„Ach ja ... richtig“, bestätigte Bertram; die Röte in seinem Gesicht wurde zusehends dunkler.

„Hatten wir dich nicht dringend darum gebeten, die Mauern vorerst nicht zu verlassen?“, fragte Katharina in scharfem Ton.

„Ja. Schon ... Aber ... aber ...“, entgegnete der Junge hilflos.

„Was aber?“

„Es ist ... es geht um eine wichtige Information, die mir jemand zukommen lassen will ... Und Wolf hat mir einmal gesagt, dass es Situationen geben kann, in denen man eine einmal getroffene Entscheidung revidieren muss“, entgegnete der Junge forsch. Katharina meinte eine Spur jugendlichen Trotzes in seiner Miene entdecken zu können.

„So? Auch wenn es das Leben kosten kann?“, konterte sie nochmals schärfer im Ton.

„Es ... es wird schon nicht gleich das Leben kosten, wenn ... wenn ich ... den treffe, der mir endlich die Wahrheit sagt über den Tod meiner Eltern und meiner Schwester!“, brach es verzweifelt aus Bertram hervor. Tränen schossen ihm plötzlich in die Augen.

Katharina schwieg erschüttert. Sie begann zu begreifen und legte den Arm um ihn.

„Bertram, wer ist derjenige, der dich bei den toten Meilern erwartet, angeblich, um dir die Wahrheit zu sagen?“, fragte sie ruhig.

„Ich kenne ihn nicht. Wahrscheinlich der, der mir auch diesen Brief zukommen ließ“, antwortete er leise, zog ein zusammengefaltetes Pergament aus dem Wams und gab es ihr.

Langsam entfaltete sie es. Es war ein schlecht abgeschabtes Palimpsest, die miserabelste Qualität eines Pergaments, doch die Worte darauf waren eindeutig und klar zu lesen:

„Sei heute kurz nach der Komplet bei den toten Meilern am Weg

nach Johnsbach. Ich weiß, wer deine Familie auf dem Gewissen hat und warum alle getötet wurden. Ein Freund."

„Das also ist es", sagte sie nur. Heißer Zorn stieg in ihr hoch.

„Danke Gott dafür, dass ich dich noch rechtzeitig gefunden habe", fuhr sie fort. „Der Mann, der diese Nachricht schrieb, ist dein Todfeind – und vermutlich derselbe, der auf dich schoss."

Entsetzt sah Bertram sie an. „Mein Todfeind? Der, der auf mich geschossen hat?"

Katharina nickte ernst. „Sagten wir dir nicht, dass jemand auf der Suche nach dir ist, den wir nicht kennen? Und dass du in Gefahr stehst, wenn du die Mauern des Stiftes verlässt? Der Schreiber dieses Briefes" – Katharina wedelte mit dem Pergament – „wollte dir eine Falle stellen – und du wärst beinahe, blind wie ein Maulwurf, hineingetappt."

Bertram sah beschämt zu Boden. „Es tut mir leid", murmelte er.

„Sag mal, Bertram – diese Nachricht" – wieder wedelte Katharina mit dem Pergamentfetzen – „wann fandest du sie und wo?"

„Der Brief lag zusammengefaltet und versiegelt auf dem Tisch im Refektorium. Dort, wo üblicherweise mein Platz ist. Ich fand ihn heute Morgen."

„Und du hast keine Vorstellung, wer ihn dort hingelegt haben könnte?"

„Nein. Aber es kann nur irgendeiner meiner Mitschüler gewesen sein oder einer der Bediensteten."

Katharina nickte. Was Bertram sagte, leuchtete ein. Fremde hatten im Refektorium der äußeren Schule nichts zu suchen.

„Wann hast du den Klosterbereich verlassen? Und vor allem wie? Schließlich sah dich Bruder Theobald nicht die Pforte passieren."

Erneut sah Bertram betreten zu Boden; die Frage schien ihm besonders peinlich zu sein.

„Ich ... ich ... bin einfach über die Mauer abgehauen. Nachdem mir Bruder Theobald den Weg erklärt hatte. Ich ging sofort nach dem Frühmahl zur Pforte hinüber, um ihn danach zu fragen", kam es schamhaft und leise über seine Lippen

„Und gleich darauf bist du über die Mauer?"

„Ja. Ich besorgte mir ein Seil mit einem Haken daran; Bruder Isidor, der Schmied, gab es mir. Damit bin ich über die Mauer. Bei der großen Eiche, neben dem Rüsthaus."

„Du sagtest, gleich nachdem du den Pförtner nach dem Weg gefragt hast, wärst du auf und davon. Was heißt gleich?", vergewisserte sich Katharina.

„Gleich heißt gleich. Sofort danach", entgegnete Bertram.

„Ohne zu zögern?"

„Ja. Ich bin erst in den Hof zurück und dann hinüber zum Rüsthaus."

„Und das Seil? Wann hast du das besorgt?"

„Das hab ich mir geholt, noch bevor ich zum Pförtner ging."

„Du bist mit dem Seil zu Bruder Theobald gegangen?"

„Natürlich nicht. Ich hab's vorher hinter der Eiche versteckt."

„Du bist also gleich nach dem Frühmahl über die Mauer verschwunden. Wir haben jetzt etwa Non. In dem Brief steht, dass dich der Halunke erst kurz nach der Komplet bei den toten Meilern erwartet, also sehr spät. Warum bist du eigentlich schon so früh abgehauen. Wo hast du dich in den vergangenen Stunden herumgetrieben? Übrigens – hast du dir nicht überlegt, dass du eine gehörige Tracht Prügel riskierst, wenn du nicht pünktlich zur Schlafenszeit im Dormitorium zurück bist, auch wenn du nicht zu den Novizen zählst? Du hättest ja erst mitten in der Nacht zurückkehren können."

„Nun, Ihr müsst wissen, Katharina, dass Bruder Vitus heute morgen nicht erschien, um uns zum Hochamt abzuholen. Einer der anderen Brüder vertrat ihn – Bruder Engelbert. Er sagte, dass wir uns, obwohl heute Sonntag ist, nach dem Gottesdienst im

Klassenzimmer aufhalten müssten, bis man uns erlauben würde, es wieder zu verlassen, und das könne dauern. Was das Ganze soll, hat er nicht gesagt. Also blieb mir gar nichts anderes übrig, als so schnell wie möglich zu verschwinden. Ich wollte aber auch nicht zu früh bei den Meilern sein; was sollte ich denn so lange im Wald machen? Am Ufer der Enns würde das Warten kurzweiliger sein, da kann man wenigstens baden. Also beschloss ich, mich so lange dort aufzuhalten. – Das mit den Prügeln ... na ja, das hätte ich in Kauf genommen; da wär mir schon was eingefallen."

„Hm", meinte Katharina nur. Sie dachte nach. Ihr fiel auf, dass Bertram lediglich den Umstand erwähnt hatte, dass Bruder Vitus nicht erschienen war, um seine Schüler zum Gottesdienst abzuholen. Offenbar hatte Bertram den Aufruhr um den Tod des Schulmeisters gar nicht mitbekommen. Was jedoch nicht verwundern konnte, war dessen Leiche doch erst um Terz herum entdeckt worden. Bertram hingegen hatte sich sofort nach dem Frühmahl auf und davon gemacht.

Dennoch, Katharina wollte sichergehen. Also musste sie ihn direkt danach fragen.

„Sag, Bertram! Die Sache mit Bruder Vitus – wie berührt sie dich?"

Der Junge sah sie mit großen Augen an. „Die Sache mit Bruder Vitus? Dass er nicht zum Unterricht erschien? Was soll ich dazu sagen? Vielleicht fühlte er sich nicht wohl."

Katharina maß ihn mit ernstem Blick. Sie beschloss, ihn aufzuklären. „Bruder Vitus ist tot, mein Junge. Er wurde ermordet. Man fand seine Leiche, kurz nachdem du verschwandest."

Ungläubig starrte Bertram sie an.

„Das ... das ist nicht wahr. Es ... es darf ... nicht wahr sein!", stammelte er flüsternd und wurde leichenblass.

„Doch, Bertram. Es ist wahr – leider! Und es kommt noch schlimmer: Es scheint, dass einige seinen Tod mit deinem Verschwinden in Verbindung bringen."

„Oh Gott ... Nein! ... Nein! ... Ich schwöre, Katharina: Ich weiß von nichts ... Wirklich ... Ihr wisst es ... Ihr kennt mich doch." Ein verzweifeltes Schluchzen entrang sich seiner Kehle.

Katharina fasste ihn bei den Schultern. „Beruhige dich. Natürlich glaube ich dir. Es wird sich alles aufklären. Doch jetzt ist es an der Zeit, dass wir ins Stift zurückkehren."

„Ich habe Angst, Katharina. Ich weiß, dass ich eine große Dummheit begangen habe. Ich will ja auch jede Strafe auf mich nehmen. Aber bitte, Katharina, legt zusammen mit Wolf ein gutes Wort für mich ein – und sorgt dafür, dass ich nicht von der Schule verwiesen werde", bat Bertram mit zitternder Stimme.

Katharina lächelte. „Du brauchst dich nicht zu sorgen. Wolf und ich werden mit dem Prior reden. Niemand wird dich bestrafen wollen, nur weil du dich von einem durchaus verständlichen Wunsch hast blenden lassen. Lass uns zurückkehren. Ich verspreche dir, niemand wird dich anklagen", versuchte sie ihn zu beruhigen.

Bertram biss sich auf die Lippen. „Gut", seufzte er. „Dann gehen wir also."

Katharina schmunzelte. „Gehen? Ich denke, dass der Fuchs uns beide das Stück Weg nach Admont tragen wird, meinst du nicht?"

Remigius, der noch immer den Pförtner vertrat, staunte nicht schlecht, als etwa eineinhalb Stunden später Katharina und Bertram auf dem Rücken des Fuchses durch das Tor der Abtei trabten.

Katharina lenkte das Pferd direkt zum Gästehaus hinüber, wo sie den Fuchs einem herbeieilenden Stallknecht übergab. Anschließend brachte sie den Mönch, der in einer Nische der Vorhalle Pförtnerdienste wahrnahm, ganz gegen seinen Willen dazu, Bertram für die Dauer einer Nacht eine kleine Kammer im Gästehaus zur Verfügung zu stellen; hier war der Junge vorerst am besten aufgehoben. Müde von seiner langen Wanderung, griff er sich eine grobe Wolldecke und ließ sich in einer Ecke der Kammer einfach darauf nieder.

Anfänglich beabsichtigte Katharina, als Erstes den Prior zu informieren. Dieser stand jedoch noch immer dem Kapitel vor, wie Remigius zu berichten gewusst hatte. Also war auch sie auf ihre Kammer gegangen, um sich von den Strapazen der vergangenen Stunden zu erholen. So, wie sie war, hatte sie sich auf ihre Bettstatt fallen lassen und war bald darauf in einen angenehmen Schlummer gefallen.

Ein Pochen. Laut und fordernd.

Sie schreckte hoch.

Erneutes Pochen.

Sie sprang auf, lief zur Tür und öffnete ...

„Wolf!“

„Katharina!“

„Komm“, wisperte Katharina und zog Wolf in ihre Kammer. Ohne ein weiteres Wort pressten sich ihre Leiber aufeinander, umschlangen und liebkosten sie sich. Aufgestautes Begehren brach sich Bahn, ließ ihre Münder einander finden, und versunken in jene leidenschaftliche Zweisamkeit, die niemals zu vergehen scheint, genossen sie das zärtliche Spiel ihrer Zungen.

Wolf hatte Mühe, jedem weiteren Verlangen zu trotzen und sich aus ihren Armen zu lösen.

„Bertram – du hast ihn gefunden; es geht ihm also gut?“, fragte er, noch ganz außer Atem vor Leidenschaft.

Katharina nickte. „Von wem weißt du es?“

„Von diesem Novizen, Remigius. Aber natürlich nicht alles.“

Wieder nickte Katharina. Und noch während sie Haar und Kleider ordnete, begann sie präzise zu erzählen.

Nur wenig später verließ Wolf Katharinas Kammer.

Noch drei Stunden bis zur Komplet, dachte er.

Es war um Vesper herum, als er die Mauern der Abtei hinter sich ließ, seinem Hengst die Haken in die Weichen stieß und in nördlicher Richtung seinem Ziel entgegenpreschte.

Dorthin, wo der Gesandte des Ebers auf einen fünfzehnjährigen Jungen wartete, um ihn zu töten.

32

Der Weg nach Johnsbach schlängelte sich größtenteils durch dichtes Waldgebiet den Berg hinauf. Wolf war bereits seit fast zwei Stunden unterwegs, als er anhielt und aus dem Sattel stieg. Er führte den Rappen in den Schatten der hochaufragenden Bäume am Wegesrand und band die Zügel an einem kräftigen Ast fest. Dann drang er in die Dämmernis des Waldes ein. Nach einer Weile sah er durch die dicht beieinanderstehenden Stämme hindurch die Lichtung, die sein Ziel bildete. Nur bei genauerem Hinsehen war zu erkennen, dass es sich dabei um einen Platz handelte, auf dem ehemals eine gut gehende Köhlerei betrieben worden war. Längst schon hatte der Wald begonnen, die Schneise zurückzuerobern. Sie barg nur noch ein paar kümmerliche Reste verkohlter Hölzer, während die einst mächtigen Gruben, überwuchert von Strauchwerk und umgeben von frisch aufschießendem Gehölz, kaum mehr als solche zu erkennen waren.

Vorsichtig bewegte er sich weiter voran.

Dann erblickte er den Mann!

In sich zusammengesunken, saß er auf einem der niedrigen Felsbrocken, die im ganzen Wald vereinzelt aus dem Boden ragten. Sein Gesicht lag im Schatten einer weit nach vorne gezogenen Kapuze. Plötzlich richtete er sich auf und zog sein Messer. Offenbar hatte er erst jetzt die durch das Heranschleichen Wolfs verursachten Geräusche wahrgenommen. Aufmerksam lauschte er in die Richtung, aus der sie an sein Ohr drangen.

Wolf blieb stehen; inzwischen hatte er den Rand der Lichtung erreicht. Hinter einem dicken Stamm verborgen, beobachtete er den Fremden. Im milden Licht des frühen Abends warf seine Gestalt einen langen Schatten auf den baumfreien Platz.

Plötzlich hatte Wolf eine Idee. Er nahm einen Ast und schlug diesen mehrmals kräftig gegen den Stamm; gleichzeitig stampfte er laut vernehmlich in dem Laubhaufen, der sich zu seinen Füßen befand.

Der Mann sprang auf. „Bist du das, Bertram?“, rief er.

Schweigen antwortete ihm.

Langsam trat der Mann bis unmittelbar an den Rand der von Strauchwerk und Bäumen umsäumten Lichtung. Noch immer lag sein Gesicht im Schatten der Kapuze. Angestrengt versuchte er, in den Wald hineinzublicken und drang, als sich nichts rührte, in das Dickicht ein.

Genau das hatte Wolf beabsichtigt. Kaum dass der Mann an ihm vorbei war, schnellte er mit einem Mal hinter dem Baum hervor, sprang ihn von hinten an und schlug ihm so kräftig auf den Arm, dass er mit einem Aufschrei das Messer fallen ließ. Während Wolf den Schurken mit der Linken umfasste, legte er ihm den rechten Arm wie eine Eisenzwinge um den Hals und begann fest zuzudrücken. Der Mann, vor Überraschung völlig gelähmt, ließ ein ersticktes Röcheln hören; gleich darauf spürte Wolf, wie sein Körper erschlaffte. Er packte den Bewusstlosen unter den Achseln, schleifte ihn die wenigen Schritte bis zur Lichtung, wo er ihn bäuchlings zu Boden warf, und fesselte ihm rasch Hände und Füße. Dann drehte er ihn auf den Rücken – und erstarrte! Jetzt erst nahm er die gewaltige blutrote Narbe wahr, die das Gesicht des Mannes in zwei Hälften teilte. Sie begann auf der linken Stirnseite und erstreckte sich quer vom Haaransatz bis unter das rechte Kinn.

Mercedes, schoss es Wolf durch den Kopf.

Der Mann, der da reglos auf dem Waldboden lag, musste derjenige sein, der die Tänzerin vor fünfzehn Jahren überfallen und das Medaillon erbeutet hatte; das Medaillon, das der Säugling trug!

Da er sich noch immer nicht bewegte, beschloss Wolf nachzuhelfen. Mit einigen kräftigen Backenstreichen holte er den ohnmächtig Daliegenden in die Gegenwart der vom Abendlicht erfüllten Schneise zurück.

Der Mann stöhnte leise und öffnete blinzelnd die Augen. Als er seinen Bezwinger wahrnahm, huschte für den Bruchteil eines Augenblicks panisches Erschrecken über seine Miene.

Wolf erhob sich und sah auf ihn hernieder. „Ich sehe, du bist überrascht. Du hattest einen Knaben erwartet, nicht wahr? Was wolltest du von ihm?“, begann er ihn zu befragen.

Der Mann antwortete nichts. Stattdessen funkelte er ihn aus schmalen Augenschlitzen mit einer Mischung aus Ohnmacht und Wut an. Unwillkürlich fühlte sich Wolf an eine gefangene Raubkatze erinnert.

„Ich sehe schon, was diesen Punkt angeht, ziehst du es vor, zu schweigen. Nun, vielleicht sollte ich dich erst einmal fragen, wer du überhaupt bist. Und was du hier in der Gegend zu suchen hast. Ich habe dich noch nie zuvor gesehen.“

„Das braucht Euch nicht zu wundern“, erwiderte der Mann prompt. „Ich bin erst seit zwei Wochen hier. Ich heiße Martin Söllner und stamme aus Graz. Ich bin vor einem halben Jahr von einer schweren Krankheit genesen und habe dem Herrn versprochen, ihm ein Jahr lang in besonderer Weise zu dienen. Seit meiner Ankunft hier im Tal verrichte ich als Bruder des Gehorsams im Stift zu Admont meinen Dienst. Ihr könnt gern dort nachfragen; ich diene unter Bruder Valentin.“

Wolf war überrascht. So einfach war es also gewesen, in Bertrams Nähe zu gelangen.

„Sieh an, du bist also einer der Brüder des Gehorsams. Was bewegt einen Bruder des Gehorsams dazu, ein Stelldichein mit einem Jungen aus der äußeren Schule zu vereinbaren?“, wollte er wissen.

Der Mann schwieg erneut.

„Nun, wird's bald? Heraus mit der Sprache, mein Freund! Was wolltest du von dem Jungen – und vor allem: Was weißt du über den Tod seiner Eltern?“, fuhr Wolf den Gefangenen an. Er beugte sich über ihn und setzte ihm die Spitze des Dolches an den Hals.

Erneut zeigte sich eisiger Schrecken in der Miene des „Luchses“. Nicht allein wegen des Dolches, der an seiner Kehle saß. Sondern auch, weil ihm erst jetzt bewusst wurde, dass der Mann, der über ihn gebeugt stand, den vollständigen Inhalt des Briefes kannte, den er dem Jungen hatte zukommen lassen. Langsam begann er zu begreifen, in welcher Gefahr er schwebte. Mit dem, der ihn zu Boden geschlagen hatte, war nicht zu spaßen. Bereits als er aus seiner Ohnmacht erwacht war und Wolf erblickt hatte, war ihm klar geworden, dass er sich in den Händen desjenigen befand, der seine schützende Hand über den Knaben hielt, den er hatte treffen wollen. In den zwei Wochen, in denen er nun im Kloster arbeitete, hatte er Wolf hin und wieder gesehen. Benno von Freienberg hatte ihm seinen Namen genannt und ihm alles erzählt, was er über ihn und Bertram wusste.

„Nun, willst du nicht endlich antworten?“, fragte Wolf.

Der „Luchs“ spürte, wie sich der Druck der Dolchspitze an seinem Hals zu verstärken begann. Fieberhaft überlegte er – und hatte plötzlich eine Idee. Er war nicht sicher, dass sie gelingen würde, doch er musste den Versuch wagen.

„Gut, ich will alles sagen. Aber nehmt den Dolch weg!“, krächzte er.

Sofort steckte Wolf den Dolch in den Gürtel zurück. „Also?“, hakte er nach.

„Viel weiß ich nicht über den Tod von Bertrams Familie. Und dass ich es überhaupt weiß, ist reiner Zufall“, begann der „Luchs“

drauflloszulügen. „Nur so viel weiß ich: dass es ein Akt der Rache gewesen sein muss. – Vor zwei Jahren erzählte mir ein Bekannter von einem Fall in Zwettl. Da habe es vor vielen Jahren einen Köhler gegeben, der einem anderen Köhler Geld schuldete. Aber er wollte es nicht zurückbezahlen und beschloss, den, dem er das Geld schuldete, zu beseitigen. Er brannte seine Hütte nieder. Dabei kam die Familie des Betreffenden ums Leben; er selbst aber konnte sich retten. Der Mörder floh und ward nicht mehr gesehen. Er habe Arnulf geheißen, sagte mein Bekannter. Der Geschädigte schwor Rache. Er werde so lange nach dem Mörder seiner Familie suchen, bis er ihn gefunden habe. – Vor zwei Wochen nun, als ich meine Arbeit im Kloster begann, lernte ich Benno kennen. Er ist ein Mitschüler Bertrams. Wir unterhielten uns über dies und jenes. Auch über die Schule und seine Kameraden. Dabei erzählte er mir auch einiges über Bertram und sagte, Bertram sei sowieso nur hier, weil seine Eltern ums Leben gekommen wären. – Ich fragte ihn, wer seine Eltern gewesen seien. Und dann erzählte er es mir. Auch wie sie ums Leben kamen. Nämlich, dass jemand sie umgebracht habe. – Da kam mir plötzlich in den Sinn, was mir der Freund, von dem ich eben sprach, erzählt hatte. – Wie gesagt: reiner Zufall. – Es ist doch seltsam, welche Zufälle es gibt, nicht wahr? – Ich wollte Bertram heute sagen, was ich darüber weiß. Dafür sollte er mir einen Gefallen erweisen. – Ich wollte ihn bitten, hin und wieder ein Stück Braten aus der Klosterküche für mich abzuzweigen, wie ihn die Gäste bekommen. – Ja, und das ist alles.“

Sprachlos sah Wolf auf seinen Gefangenen hinunter. Es verschlug ihm fast den Atem. Dass der Schurke sogar im Angesicht äußerster Gefahr noch die Fantasie aufbrachte, so zu lügen, verriet, wie ausgekocht und hartgesotten er war.

Eine ungeheure Wut stieg in Wolf hoch, doch er beherrschte sich und ließ sich stattdessen langsam an der Seite des Mannes nieder. Dann öffnete er seine Gürteltasche und entnahm ihr ein kleines

Messer und einen trockenen Kienspan. Bedächtig ging er daran, ihn mit dem Messer sorgfältig zuzuspitzen.

„Weißt du, was das ist?", fragte er, als er damit fertig war, und hielt dem Gebundenen das Hölzchen unter die Nase.

Der „Luchs" sah ihn mit einem Ausdruck äußersten Befremdens an.

„Ein ... ein Kienspan", entgegnete er mit belegter Stimme.

Wolf nickte. „Richtig. Ein Kienspan. Weißt du auch, was man damit alles machen kann?"

Der „Luchs" zog es vor zu schweigen. Seine Unruhe nahm zu, doch er bemühte sich, es nicht zu zeigen.

„Ich will dir sagen, was man in der Torturkammer mit einem solchen Kienspan macht. Du weißt schon, in jener Kammer, in der man Lügner dazu bringt, die Wahrheit zu sagen", fuhr Wolf in aller Ruhe fort. „Also gib Acht: Man nimmt den Kienspan, steckt ihn dem Lügner tief unter den Fingernagel und zündet das Hölzchen dann an. Das macht man mit einem Finger nach dem anderen. Kannst du dir vorstellen, was das für Schmerzen sind?"

Der Mann begann leichte Anzeichen von Panik zu zeigen; sein Adamsapfel hüpfte auf und nieder. Dennoch gelang es ihm, eine gleichgültige Miene aufzusetzen.

„Warum erzählt Ihr mir das?", fragte er betont kühl.

„Das fragst du noch, du Bastard?", zischte Wolf, der sich nicht länger beherrschen konnte, und packte den Mann plötzlich bei den Haaren. „Weil man genau das und noch anderes mit dir machen wird, wenn du nicht endlich die Wahrheit sagst", fuhr er fort. „Die Wahrheit über dich und den ‚Eber aus Rieden' zum Beispiel. Und wie es dazu kam, dass du vor fünfzehn Jahren die Tänzerin überfielst, um das Medaillon des Säuglings zu stehlen, den sie bei sich hatte. Und wie ihr, nämlich du und die anderen Schweine, die bei dir waren, in jener Nacht vor zwei Monaten in der Hütte Arnulfs eine unschuldige Familie ausgelöscht habt. Und wer genau dein

Auftraggeber ist und was es mit der Zehe auf sich hat, die ihr ihm als Trophäe bringen solltet. Vielleicht kannst du mir ja auch etwas über den Einarmigen sagen, oder über Randolph – du weißt doch bestimmt, wen ich meine, nicht wahr?“

Wolf hatte ins Schwarze getroffen. Der Mann starrte ihn an, als habe er einen Geist vor sich.

„Ihr ... Ihr müsst der Teufel persönlich sein. Nur er kann wissen, was Ihr wisst“, brach es entsetzt aus ihm heraus – wofür er sich im selben Augenblick einen verdammten Narren schalt, doch es war zu spät.

„Sieh an. Du gibst also alles zu. Das erleichtert die Sache ungemein“, bemerkte Wolf grimmig, aber zufrieden.

„Zugeben? Was sollte ich denn zugeben? Etwa das, was Ihr da soeben zusammenfantasiert habt?“, versuchte der „Luchs“ verzweifelt die Scharte auszuwetzen, die er gerade selbst geschlagen hatte.

Wolf erhob sich. „Gib dir keine Mühe. Du hast dich soeben selbst verraten. Glaube mir, deine Tage sind ebenso gezählt wie deine Schandtaten. Es gibt da allerdings ein Geschäft, das ich dir vorschlagen möchte.“

„Ein Geschäft?“ Hoffnung schien in der Frage des „Luchses“ auf.

Doch die Antwort Wolfs zerstörte sie sogleich wieder: „Ja, ein Geschäft. Du weißt, wie hierzulande gemeine Mörder deines Schlages bestraft werden. Kein Richter, der von deinen Schandtaten erfährt, wird dir die Gnade eines schnellen Todes gewähren. Wenn du dich allerdings dazu entschließen solltest, mir wahrheitsgemäß alles zu sagen, was ich von dir wissen will, werde ich mich dafür verwenden, dass deine Hinrichtungsart eine schnelle sein wird.“

„Das also nennt Ihr ein Geschäft? Den Teufel werde ich tun! Lieber verrecke ich unter tausend Schmerzen“, zischte der „Luchs“.

„Glaube mir, du überschätzt dich, Freundchen. Ich weiß, dass du sprechen wirst. – Doch nun genug der Plauderei. Es wird Zeit, dass du dorthin kommst, wo du hingehörst: hinter die Gitter des Klostergefängnisses. Also, hoch mit dir!“

Wolf beugte sich nieder und zog den Gefangenen an seinen auf dem Rücken gefesselten Armen grob nach oben.

„Vorwärts! Den Pfad entlang. Du gehst vor mir her!“, kommandierte er.

Wolf hatte die Füße des Gefangenen so gefesselt, das dieser einerseits zügig voranschreiten, andererseits jedoch nicht die geringste Möglichkeit zur Flucht hatte. Verhältnismäßig bald hatten sie den Rand des Waldes und damit die Stelle erreicht, an der Wolf sein Pferd zurückgelassen hatte.

„Wir beide werden nun eine kleine Reise antreten. Du zu Fuß, ich zu Pferd“, verkündete Wolf und löste einen Strick vom Sattel, dessen eines Ende er dem Gefangenen um die gefesselten Hände schlang. Danach wandte er ihm kurz den Rücken zu, um das andere Ende am Sattelknauf festzumachen, als etwas geschah, womit er nicht gerechnet hatte. Blitzschnell hob der Gefesselte beide Arme, um sie seinem Bezwinger ins Genick zu schlagen. Aus den Augenwinkeln heraus nahm Wolf jedoch in letzter Sekunde seine Bewegung wahr und konnte gerade noch zur Seite ausweichen. Der Mann, vom Schwung seiner eigenen Bewegung mitgerissen, strauchelte und schlug schwer zu Boden. Er schrie kurz auf und blieb stöhnend liegen. Als Wolf sich neben ihm niederkniete, bemerkte er auch den Grund dafür. Das spitze Ende einer aus dem Boden ragenden Wurzel hatte den rechten Schenkel des Fliehenden durchbohrt, war abgebrochen und steckte nun tief im Fleisch.

Wolf sah sofort, dass sich der Mann schwer verletzt haben musste, und verzichtete darauf, irgendetwas zu sagen. Stattdessen riss er das Beinkleid des Mannes in Streifen und zog das abgebrochene, mit Erde und Schmutz behaftete Stück Holz aus dem Fleisch. Blut schoss aus der Wunde. Rasch zupfte Wolf ein paar saubere Blätter von einem Strauch, legte sie auf die Wunde und band einige straffe Lagen des in Streifen gerissenen Stoffes darum, um die Blutung zu stillen. Anschließend half er dem Gefangenen auf die Beine und dann in den Sattel.

Als Wolf mit dem Gefangenen im Schlepptau Stunden später unter den erstaunten Augen des Pförtners die Klosterpforte passierte, hatte sich tiefe Dunkelheit über das Tal gebreitet.

XXX – *Montag, 28. August im Jahr des Herrn 1385*

33

Das Licht der Morgensonne flutete durch das schmale Fenster des Klostergefängnisses und warf die Gitterstäbe in harten Schatten auf den sauber gefegten Lehmfußboden.

Dem Gefangenen, der auf der mit frischem Stroh gepolsterten Holzpritsche lag, stand kalter Schweiß auf der Stirn. Unruhig wälzte er sich hin und her; ab und zu stöhnte er laut auf vor Schmerz. Besorgt, aber mit einem Gefühl zunehmenden Ekels, betrachtete Bruder Magnus, der am Lager des Kranken wachte, die Wunde am Oberschenkel des Mannes. Sie hatte sich binnen weniger Stunden gelbbraun verfärbt und begann an einigen Stellen bereits schwarz zu werden. Ein übel riechendes, schmutzig aussehendes Sekret trat aus dem Spalt, den die spitze Wurzel in das Bein des Meuchlers getrieben hatte. Vor Kurzem erst hatte der Mönch begonnen, ihm in regelmäßigen Abständen eine dunkelgrüne Flüssigkeit einzuflößen; einen Sud aus verschiedenen Kräutern, von dem Magnus hoffte, dass er dem Mann Linderung verschaffe. Natürlich war dies eine ungewöhnliche Fürsorge für einen Gefangenen, dem mehrere Morde zur Last gelegt wurden. Doch das hatte seine guten Gründe ...

Unmittelbar nachdem Wolf gestern mit dem Gefangenen im Stift eingetroffen war, war er vom Prior trotz der überaus späten Stunde ins Abtshaus bestellt worden. Kaum dass er das Scriptorium betreten hatte, war ihm Metschacher mit ausgebreiteten Armen entgegengeeilt und hatte ihn umarmt – ein ungewöhnlich herzlicher Empfang, der Wolf fast peinlich berührte. Die Kunde vom Sieg der Gallensteiner Truppe habe ihn noch während der Konventsversammlung erreicht, so Metschacher. Dennoch war dem Prior anzumerken, dass die gute Nachricht nicht vermocht hatte, die sorgenvollen Furchen, die der gewaltsame Tod Bruder Vitus' in seine Stirn gegraben hatten, wieder zu glätten. Als Wolf ihn über die Gefangennahme des narbengesichtigen Meuchlers in Kenntnis setzte, der sich als Bruder des Gehorsams im Stift verdingt hatte, und den Verdacht äußerte, dass es sich bei ihm auch um den Mörder Bruder Vitus' handeln könnte, war es mit Metschachers letztem Rest Ruhe vorbei. Erregt schickte er nach Bruder Siegbert und befahl ihm, den Gefangenen, den Wolf vorläufig in die Obhut Bruder Theobalds gegeben hatte, sofort unter Bewachung ins Klostergefängnis sperren zu lassen.

Als für den Prior die Zeit gekommen war, sich auf die Matutin vorzubereiten, verabschiedete sich Wolf und ging ins Gästehaus hinüber, um sich zur Ruhe zu begeben. Kurz bevor die Sonne aufging, wurde er jedoch von einem der Vigilanten, der zugleich seinen Wachdienst als Pförtner des Gästehauses versah, wieder geweckt. Dem Gefangenen gehe es nicht gut, so hatte der Mönch berichtet; die Wache habe ihn darüber informiert und bitte Wolf von der Klause, nach dem Rechten zu sehen.

Wolf war daraufhin ohne zu zögern zum Gefängnis hinübergeeilt. In der Tat hatte sich der Zustand des Gefangenen drastisch verschlechtert. Als Folge der Verletzung, die sich der Meuchelmörder bei seinem Fluchtversuch zugezogen hatte, zeigte er eine eigenartige Unruhe, die mit einem schnellen Pulsschlag einherging. Das graugelb verfärbte Gesicht sah eingefallen aus, außerdem klagte er über zunehmende Schmerzen. Wolf sah sich die Wunde an und erschrak. Sie hatte eine seltsame Farbe angenommen, zu schwären begonnen und sonderte eine absonderlich stinkende Flüssigkeit ab.

Der Oberschenkel des Mannes wirkte aufgedunsen; betastete man ihn, knisterte die Haut. Wolf erkannte sofort, dass, wenn es nicht gelang, die in Aufruhr geratenen Körpersäfte vorübergehend zu beruhigen, der Mann, noch bevor er aussagen konnte, seinen letzten Atemzug getan haben würde. Darum hatte Wolf unverzüglich Bruder Magnus rufen lassen. Der war sogleich herbeigeeilt, um sich des Kranken anzunehmen. Als erfahrener Heilkundiger wusste der Mönch jedoch, dass alle ihre Bemühungen zum Scheitern verurteilt waren und das Ende des Mannes nur noch eine Frage von Stunden sein würde.

Gleich nach der Prim war denn auch ein anderer Mönch erschienen und hatte den schwer kranken Meuchler aufgefordert, die Beichte abzulegen; es werde nicht mehr lange dauern, und er werde vor seinen himmlischen Richter treten, hatte er ihm eröffnet und ihm plastisch die ewigen Schrecken der Hölle vor Augen geführt, die jeden erwarteten, der seine Sünden nicht bereute. Da sei es doch besser, dem Fegefeuer anheimzufallen; aus dem käme man schließlich wieder heraus, nachdem man seine Strafe abgebüßt habe. Ins reinigende *Purgatorium* aber kämen nur die, die vorher echte Reue gezeigt hätten, und dazu gehöre in seinem Fall auch, sich geständig zu zeigen.

Sei es, dass der Mönch über die außergewöhnliche Gabe verfügte, das Furchtbare der Hölle in den lebhaftesten Farben zu schildern, sei es, dass der „Luchs" tatsächlich sein Gewissen erleichtern wollte – das Bewusstsein des nahenden Todes schien ihn jedenfalls zu verändern. Er erklärte sich nicht nur zur Ablegung eines vollen Geständnisses bereit, sondern offenbarte zudem auch seinen wirklichen Namen: Heinrich Mautner. Mit diesem Wissen ausgestattet, eilte der Mönch sofort zu Wolf, um ihn davon zu unterrichten, dass die Zeit reif sei und der Beschuldigte gestehen wolle.

Knarrend öffnete sich die schwere Tür. Bruder Magnus drehte sich um und sah einige Knechte den Raum betreten, die ächzend einen großen Tisch und eine lange Bank hereinschleppten. Ihnen folgten Wolf, Prior Metschacher, Bruder Basilius, der Cellerar, Ferdinand Teuschner, der Stiftsrichter – der erst vor einigen Tagen von seiner viermonatigen Reise zurückgekehrt war –, und Sebaldus, einer der versiertesten und vor allem schnellsten Schreiber des Konvents; er hatte Tinte, einige Federkiele sowie Pergament, Wachs und Siegel bei sich und sollte die Vernehmung protokollieren.

Nachdem die Knechte Tisch und Bank zurechtgerückt und die geräumige Zelle wieder verlassen hatten, setzte man sich, um das Verhör zu beginnen. Metschacher war mit Wolf übereingekommen, Stiftsrichter Teuschner die Befragung eröffnen zu lassen. Er war etwa um die sechzig, hatte schlohweißes Haar und einen ebensolchen Bart und wirkte routiniert und sachlich. Nach einigen einleitenden Bemerkungen, die der Form und Legitimation Genüge tun sollten, kam er denn auch ohne große Umschweife sofort auf den Punkt.

„Ihr behauptet also, Heinrich Mautner zu sein. Ist das Euer richtiger Name?", stellte er dem Beschuldigten die erste Frage.

Der Angesprochene nickte.

„Ich erinnere mich eines Heinrich Mautner, der vor vielen Jahren in Pürgschachen lebte", fuhr Teuschner fort. „Ein übler Bursche, der bereits in jungen Jahren auf die schiefe Bahn geriet und bei einem Diebstahl auf handhafter Tat erwischt wurde. Allerdings gelang es ihm zu fliehen, und man sah ihn nie wieder. Seid Ihr dieser Mautner?"

Wieder nickte der Angesprochene matt.

„Wo habt Ihr Euch denn die ganzen Jahre über herumgetrieben, Heinrich Mautner?"

„Vorwiegend im Bayrischen ... zwischen Lech und Donau ... wenn Ihr's ... genau wissen wollt", erwiderte Mautner schwer atmend. Sein Zustand ließ ihn nur stockend und leise antworten.

„Und wie kamt Ihr dazu, hier wieder aufzutauchen und Euch als Bruder des Gehorsams bei uns im Stift zu verdingen?“

Mautner schwieg. Sein Blick begann zu flackern; Wolf bemerkte, wie Angst in dem Manne hochkroch.

„Nun, wird’s bald? Was Euch wieder hierher getrieben hat, wollen wir wissen! Antwortet!“

„Es war ... es war ... ein Befehl“, presste der Befragte heraus.

„Aha, ein Befehl. Würdet Ihr die Güte haben zu erläutern, was für ein Befehl?“, fragte Teuschner, das Wort „Befehl“ dabei ironisch betonend.

„Ich sollte ... ich sollte mir diesen Jungen vornehmen – den Sohn dieses Köhlers.“

„Aha, Ihr gebt die Verbindung zu dem Jungen also zu. Ihr solltet ihn Euch vornehmen. Was heißt ‚vornehmen?‘“, fuhr der Richter fort.

Wieder schwieg Mautner; es fiel ihm offenbar schwer zu antworten.

Bruder Magnus, der nach wie vor neben dem Schwerkranken saß, flößte ihm behutsam einige Löffel grüner Flüssigkeit ein, um seine Schmerzen zu lindern.

„Ich ... ich sollte ihn töten“, sagte Mautner schließlich.

Wolf stieß mit hörbarem Zischen einen langen Atemzug aus. Teuschners Miene wurde hart wie Stein. Auch im Gesicht des Priors wetterleuchtete es, während Bruder Basilius durch ein heiseres Hüsteln seine Erregung verriet. Einzig Sebaldus schien sich nichts anmerken zu lassen. Ohne Unterlass jagte seine rechte Hand über einen matt glänzenden Pergamentbogen, um den genauen Wortlaut von Fragen und Antworten mit Federkiel und Tinte festzuhalten.

„Wer gab Euch den Befehl? In wessen Auftrag solltet Ihr den Jungen töten?“ In der Frage des Stiftsrichters lag etwas Endgültiges.

Wolf hielt den Atem an, beugte sich weit nach vorne über den Tisch und bohrte seinen Blick tief in den Mautners.

„Graf ... Graf Hanno von Rieden“, antwortete der Gefangene leise, aber bestimmt.

Erneut verließ für alle hörbar ein Atemstoß die Lunge Wolfs. Der „Eber von Rieden“: ein Graf! Wolf hatte geahnt, dass es sich um eine höhergestellte Persönlichkeit handelte, doch dass ein leibhaftiger Graf dem Leben Bertrams nachstellte, verlieh dem Ganzen eine noch erschreckendere Dimension.

„Warum solltet Ihr den Jungen töten?“

„Ich weiß es nicht ... Man hat mir ... man hat mir den Grund dafür nicht genannt.“

„Ihr wisst es nicht? Ihr solltet jemanden töten, und Ihr wusstet nicht warum? Und das sollen wir Euch abnehmen?“ Teuschner schlug ärgerlich mit der Hand auf den Tisch.

Mautner schwieg. Wieder stöhnte er auf.

„Es ist so ... Ich wusste es wirklich nicht ... und ich weiß es bis heute noch nicht“, wiederholte er unter Schmerzen.

In diesem Augenblick fühlte Teuschner, dass der Mann, der da mit dem Tod ringend auf der Pritsche lag, die Wahrheit sagte. Gleichzeitig bemerkte er auch, dass dieser immer matter wurde. Er beschloss, die Befragung zu beschleunigen.

„Heinrich Mautner, Ihr wisst, dass Ihr bald vor den höchsten Richter treten werdet. Angesichts dessen fordere ich Euch auf, mir wahrheitsgemäß auf die folgenden Fragen zu antworten und Euer Gewissen zu erleichtern: Kanntet Ihr Bruder Vitus, den Schulmeister der äußeren Schule?“

Wieder nickte der Angesprochene.

„Und seit wann kanntet Ihr ihn?“

„Seit ich ... seit ich vor wenigen Wochen ... als Bruder des Gehorsams ... in Euer Kloster kam.“

„Habt Ihr Bruder Vitus getötet?“

Diesmal dauerte es ein wenig länger, bis Mautner reagierte. Dann aber nickte er erneut. Wolf sah zu Metschacher hinüber und bemerkte, wie Empörung, gepaart mit einer ungeheuren Spannung sich seiner bemächtigte.

„Und warum?“

„Es war ... er hatte mich erwischt.“

„Erwischt? Wobei?“

Wie ich mit einem seiner Schüler sprach ... Mit ... mit Benno von Freienberg ... Es war mitten in der Nacht. Er muss uns belauscht haben. Als ich ... als ich mich entfernte, folgte er mir und stellte mich zur Rede ... Da ... da tötete ich ihn ... Es wäre alles herausgekommen, wenn ich ... wenn ich ihn am Leben gelassen hätte.“

„Was wäre herausgekommen?“

„Dass ich ... dass ich es auf Bertram abgesehen hatte. Und dass ... dass Benno ihm den Brief zukommen ließ.“

Eisiges Schweigen breitete sich in der Zelle aus.

Wolf erkannte, dass es höchste Zeit wurde, Mautner nach einigen anderen Dingen zu fragen; das fürchterliche Gift, das die schwärende Wunde in sämtliche Regionen seines Körper aussandte, würde es ihm bald unmöglich machen, zu sprechen.

Mit einem kurzen Hinweis darauf erbat sich Wolf die Erlaubnis, das Verhör selbst weiterführen zu dürfen, was ihm vom Prior auch gewährt wurde.

„Heinrich Mautner, wir wissen, dass Ihr bereits zweimal versucht habt, den Jungen zu töten. Ihr behauptet, ein Graf von Rieden habe Euch den Auftrag dazu erteilt. Wie kam es dazu?“, wandte er sich an den Gefangenen.

Mautner schwieg eine Weile, bevor er zur Antwort ansetzte.

„Ich ... ich will von Anfang an erzählen ... Es ... war vor über fünfzehn Jahren ... Ich hatte einen Überfall auf einen Steyrer Kaufmann begangen ... wurde aber auf handhafter Tat erwischt ... Doch es gelang mir, in die Wälder zu fliehen ... In derselben Nacht lernte ich Ingolf kennen ... Er war stumm und hatte nur einen Arm ... Auch er war einer von denen, die Zuflucht in den Wäldern gefunden hatten ... Ein paar Tage später ... überfiel ich zusammen mit Ingolf jene Frau ... Ihr wisst schon, die mit dem Säugling ... der Knabe trug ein Medaillon, das ich an mich nahm ... Kurz darauf verließ ich die Gegend ... Ingolf kam mit, und irgendwann kamen wir ins Bayrische ... Dort fristeten wir über mehrere Jahre hinweg unser Leben in den Wäldern zwischen Lech und Donau ... Heuer nun – es war in diesem Februar – überfielen wir in der Gegend um Landsberg einen Ritter ... Wir glaubten, dass er allein unterwegs wäre und wir leichtes Spiel mit ihm hätten ... Aber wir hatten uns getäuscht ... Ihm folgte ein ganzer Tross von Bewaffneten ... Wir wurden überwältigt ... man schleppte uns auf eine Burg und warf uns in ein Verlies ... Am selben Tag noch erfuhren wir ... dass wir uns mit dem Grafen von Rieden angelegt hatten ..."

Mautner machte eine Pause und rang nach Luft. Das Sprechen kostete ihn ungeheure Anstrengung, kalter Schweiß perlte auf seiner Stirn.

„Ein paar Tage später, es war Anfang März ... sollte uns der Prozess gemacht werden – ich erinnere mich noch genau daran", fuhr er schließlich fort. „Der Graf höchstpersönlich führte den Vorsitz ... Er saß mit sechs anderen am Richtertisch ... Man führte uns in die Schrannen ... und ich kam genau vor den Grafen zu stehen ... Dann geschah es ... Der Graf sah mich an ... und bekam auf einmal einen starren Blick ... Ich sah, wie er regelrecht blass wurde. Er ... er stand langsam auf, und stierte ... stierte auf meinen Hals. Da erst bekam ich mit, dass er ... dass er auf dieses Medaillon starrte – das Medaillon, das ich seinerzeit der Frau abgeknöpft hatte ... ich trug es seitdem stets um den Hals – an einer Kette ... Plötzlich stürzte er hinter dem Tisch hervor und ... und packte mich bei den Schultern ... Er war ... er war völlig entsetzt ... Auf einmal griff er nach dem Medaillon und riss es mir vom Hals .... Dann schrie er mich an und fragte mich, woher ich es hätte ... dieses Medaillon ... Schließlich trage es sein Wappen ... das Wappen derer von Rieden ... Ich war völlig verdutzt ... außerdem ... hatte ich unglaubliche Angst ... Ich sagte, ich habe es von einer ... einer Frau, die einen Säugling bei sich gehabt habe ... und ich würde es schon seit fünfzehn Jahren bei mir tragen ... Da sah er mich wieder ganz seltsam an. Er ... er wirkte auf mich, als ob er ... als ob er nicht ganz bei Verstand sei, und seine Hand, in der er das Medaillon hielt, fing auf einmal fürchterlich an zu zittern ... Aber dann wurde er wieder ganz ruhig ... Er sagte zu den anderen vom Gericht, man müsse die Verhandlung vertagen ... es seien noch weitere Dinge zu klären ... Daraufhin sperrte man Ingolf und mich wieder ein. Am nächsten Tag ließ uns der Graf wieder holen ... Er saß in einer Halle an einem riesengroßen Tisch ... Diesmal wirkte er ganz normal ... und war ganz ruhig ... Er sagte zu mir, ich solle ihm alles erzählen ... über das Medaillon ... und die Frau ... und den Säugling ... Und wie sie ausgesehen habe, die Frau ... Und wo genau wir ihr begegnet wären ... Und wer wir seien, Ingolf und ich ... und wo wir zu Hause wären ..."

Der „Luchs" stöhnte und hielt erneut inne. Wieder flößte Bruder Magnus dem Schwerkranken Medizin ein. Und wieder verging Zeit, bis Mautner weitererzählen konnte.

„Nachdem er mich ausgefragt hatte – Ingolf kann ja nicht sprechen –, ließ er uns wieder einsperren. Diesmal für sehr lange ... Es vergingen nicht nur Tage, sondern Wochen ... Wir hatten schon jede Hoffnung aufgegeben, aus dem verdammten Kerkerloch wieder rauszukommen ... da ließ er uns eines Tages denn doch wieder holen ... Und dann eröffnete er uns, dass wir frei kommen könnten, wenn wir ... wenn wir uns in seinen Dienst stellten ... Und er sagte, dass er einen besonderen Auftrag für uns habe ... Und wenn wir den ordentlich erledigen würden, spränge sogar ... noch eine dicke Belohnung dabei heraus ..." Aufs Neue hielt Mautner inne, diesmal für länger.

Wolf erhob sich und trat an das Lager des Kranken. Mautner hatte die Augen geschlossen; sein Mund stand offen, nach wie vor atmete er nur schwach. Schon befürchtete Wolf, dass der geständige Meuchler die Grenzen seiner Kraft erreicht habe, als dieser die Augen wieder aufschlug und mit seiner Schilderung erneut fortfuhr. „Natürlich ... natürlich zögerten wir nicht einen einzigen Augenblick ... das Angebot anzunehmen ... Daraufhin fragte mich der Graf ... wie gut ... wie gut ich mich im Ennstal auskennen würde ... Ich antwortete ihm, ich sei schließlich aus Pürgschachen ... und ich kenne die Gegend wie meine Gürteltasche ... Dann ... dann sagte er uns ... was ich – was wir – zu tun hätten." Mautner schwieg abermals. Diesmal jedoch nicht vor Erschöpfung. Ein flackernder Blick voller Furcht und Scham traf Wolf, der dies sehr wohl bemerkte.

„Und was war das?", hakte Wolf nach.

Wieder sah Mautner ihn mit einem eigenartigen Blick an. „Das ... das wisst Ihr doch bereits", flüsterte er.

„Ich will dennoch, dass du es sagst. Hier und jetzt!", entgegnete Wolf bestimmt; unversehens war er zum „Du" übergewechselt.

Der Gefangene blickte zur Decke und bleckte die Lippen.

„Ich ... einige Wochen später ... sollte ich ... sollte ich mich mit Ingolf und drei anderen, die schon länger im Dienst des Grafen standen, ins Ennstal begeben ... in die Buchau, bei Admont ... Dort gäbe es einen Köhler namens Arnulf ... wir sollten ihn töten ... ihn ... seinen Bruder ... seine Frau ... und den Jungen ... Dass es ... dass es da noch dieses Mädchen gab ... wussten wir erst, als wir ... als wir in jener Nacht in die Hütte eindrangen", sagte er leise und schwieg abermals.

„Und den Grund, warum ihr die Familie töten solltet, hat er dir wirklich nicht genannt?"

„Nein ... wie ich schon sagte."

„Wer waren die anderen, die dabei waren? Nenne mir die Namen!"

„Ulrich ... Leuthold ... und Randolph."

„So, so, Ulrich, Leuthold und Randolph", wiederholte Wolf zornig. „Und wer sind Ulrich, Leuthold und Randolph?"

„Ehemalige Landesschädliche ... so wie ich ... Davon gibt's noch ein paar andere ... auf der Burg in Rieden."

„Heißt das, dass der Graf von Rieden noch Weitere von Eurer Sorte beschäftigt hält?"

„Ja ... er braucht sie ... für die Drecksarbeit, die er ... die er manchmal zu vergeben hat."

Wolf nickte grimmig; er hatte verstanden. Hanno von Rieden schien eines jener skrupellosen Exemplare von Landadligen zu sein, wie sie im Reich leider nicht selten waren.

Er dachte nach und versuchte, die Aussagen Mautners zu verifizieren. Was der Mann bisher gesagt hatte, erhärtete den Schluss, den er schon längst gezogen hatte: dass der „Eber", wie er den Grafen in Gedanken immer noch nannte, irgendwie hinter das Geheimnis Wiltruds gekommen war, jener Magd aus Rieden, die der Tänzerin Mercedes den Säugling anvertraut hatte, damit sie ihn in die Obhut Arnulfs und seiner Frau gäbe. Die Frage lautete nur: wie?

Wolf beschloss, Mautner direkt nach der Magd zu fragen.

„Sagt dir der Name Wiltrud etwas?"

Obwohl er durch das Verhör geschwächt war, horchte Mautner erstaunt auf.

„Woher ... woher wisst Ihr das mit Wiltrud?", flüsterte er.

Also doch!, dachte Wolf.

„Ich stelle hier die Fragen. Du kennst sie also?", entgegnete er eisig.

Mautner nickte. „Ja. Aber ich ... ich kannte sie nur flüchtig ... Sie war ... sie war seine Obermagd ... Bevor sie ... bevor er sie ... umbringen ließ..."

Wolf fuhr entsetzt hoch. „Der Graf ließ sie umbringen? Weshalb? Und wann?"

Einmal mehr zögerte Mautner, bis er mit der Antwort herausrückte.

„Warum, weiß ich nicht ... Ich weiß nur ... dass Randolph ... es erledigt hat ... etwa zwei Tage, bevor wir aufbrachen ... Randolph selbst hat es mir erzählt ... Warum er sie töten sollte, wusste er auch nicht ... Wenn der Graf einen Befehl gab ... hatte man ihn einfach auszuführen ... und nicht lange nach dem Grund zu fragen ... Außerdem ... außerdem hat Randolph mir erzählt, dass ... dass sie vorher vom Grafen ... gefoltert worden war ...“

Wolf merkte, wie ohnmächtige Wut und Abscheu in ihm hochkamen. Schlagartig fiel es ihm wie Schuppen von den Augen. Der Mann, der da vom Tod gezeichnet auf der Pritsche lag, hatte, wenn auch ungewollt, Hanno von Rieden erst auf die Spur Wiltruds gebracht – jener Magd, der es offenbar gelungen war, seinen mörderischen Plan zu durchkreuzen oder zumindest an seiner Vereitelung mitzuwirken. Durch den Bericht Mautners aufgeschreckt, hatte der Graf Wiltrud so sehr in die Mangel genommen, dass sie ihm schließlich gestanden hatte, was vor fünfzehn Jahren mit dem Säugling, den umzubringen er beabsichtigt hatte, in Wirklichkeit geschehen war. Von diesem Augenblick an war das Leben der Magd keinen Pfifferling mehr wert gewesen.

Ekel und Zorn drohten Wolfs Stimme zu ersticken, als er mit der Vernehmung fortfuhr. „Kommen wir noch einmal auf deinen Auftrag zurück. Der Befehl lautete ja nicht nur, die Familie zu töten. Du und deine Kumpane, ihr hattet ja noch andere ... Anweisungen, nicht wahr?“, zwang er sich zu fragen. Seine Stimme klang frostig und unnahbar.

Wieder nickte Mautner unter Stöhnen.

„Welche?“, bohrte Wolf weiter.

„Wir ... wir sollten dem Jungen ... die große Zehe am rechten Fuß abschneiden ... Und dann sollten wir sie ... in ein Säckchen geben, das uns der Graf mitgegeben hatte. Es enthielt Salz ... damit sie nicht so schnell faulte ... die Zehe."

„Wer besorgte das Abschneiden?"

Mautner stierte zur Decke empor, dann schloss er die Augen wieder. „Ich", murmelte er heiser.

„Du schnittest der Leiche des Jungen also die Zehe ab, gabst sie in das Säckchen und dieses dann Randolph, richtig?"

Mautner nickte.

„Warum wollte der Graf, dass ihr dem Jungen die Zehe nehmt?"

„Das hat er uns nicht gesagt ... und ich hab ihn auch nicht danach gefragt."

„Du und deine Kumpane – ihr wusstet also nichts von einem Feuermal an der Zehe?"

„Nein ... damals ... wusste ich es noch nicht."

Wolf zog die Stirn kraus. „Damals? Heißt das, dass du irgendwann später davon wusstest?"

„Ja ... bevor ich ... bevor ich das zweite Mal nach hierher aufbrach, vor einigen Wochen ... da ... da hat er es mir gesagt ... Damit ich ... damit ich diesmal nicht wieder den Falschen erwische, sollte ich mich vergewissern, ob der Junge ... das Feuermal hat ... Das war auch einer der Gründe, warum ich ... warum ich mich mit Benno von Freienberg zusammentat. Er sollte ... auskundschaften, ob dieser Bertram das Mal hat."

Aufs Neue verzog sich Wolfs Miene vor Abscheu.

„Darauf kommen wir noch. Jetzt wirst du mir erst einmal sagen, was in jener Nacht geschah, als ihr Arnulfs Familie massakriert habt", fuhr er mit rauer Stimme fort.

Mautner hob zitternd die Rechte und fuhr sich mit einer fahrigen Bewegung über die Stirn, bevor er mit geschlossenen Augen und leise bebender Stimme weiter Auskunft gab.

„Wir ... wir kamen über die Nordseite des Hanges in das Tal, in dem er wohnte ... Es ... es regnete in jener Nacht ... und es war stockdunkel ... Wir hatten zwar Fackeln ... aber die löschten wir, als wir aus dem Wald in die Senke hinaustraten ... Sie hätten uns verraten können ... Aber da war die Glut ... die Glut in der Feuerstelle ... Sie wies uns dann den Weg ... zur Hütte ... Als wir endlich da waren, schlich ich zur Tür und horchte ... sie schliefen alle ... Dann ... dann entzündete ich wieder eine der Fackeln ... und dann schlichen wir hinein ..." Abermals hielt Mautner inne.

„Weiter! Ihr wart also in der Hütte; was geschah dann?", drängte Wolf.

„Ich ... ich hielt die Fackel ... um den anderen zu leuchten. Der Köhler und seine Alte ... schliefen ganz vorne ... Weiter hinten der Junge und das Mädchen ... Und hinter einem Bretterverschlag ... da war der andere ... der Bruder des Köhlers." Mautner schwieg erneut, ob aus Scham oder Erschöpfung, ließ sich nicht sagen.

„Erzähl! Was geschah weiter?", bellte Wolf.

Mautner öffnete die Augen und sah ihn mit glasigem Blick an.

„Ulrich und Leuthold nahmen sich ... nahmen sich den Bruder des Köhlers vor ... Randolph kümmerte sich um die Kinder ... Es ging alles ... sehr schnell ... und es ging ganz geräuschlos ab ... Aber als wir fertig waren, wachte auf einmal der Köhler auf ... und gleich darauf auch seine Alte ... Aber es spielte keine Rolle mehr ...wir hätten ... wir hätten sie ohnehin wach kriegen müssen ..."

„Ihr hättet sie wach kriegen müssen? Weshalb?"

„Weil sie ... weil sie uns sagen mussten ... wo sie die ganzen Sachen versteckt hielten."

„Welche Sachen?"

„Na, die Sachen ... die dem Grafen gehörten."

„Sie besaßen Dinge, die dem Grafen von Rieden gehörten?"

Mautner nickte. „Ja ... der Graf sagte ... sie hätten sie bestimmt versteckt ... die Sachen, die ihm gehörten ... und wir sollten ... wir sollten das Versteck aus ihnen herauskriegen ... aus dem Köhler und seiner Alten, meine ich ... Und er sagte, wenn wir ihm die Sachen bringen würden ... gäbe es noch eine zusätzliche Belohung."

„Was waren das für ... Sachen?"

„Ich glaube ... Schmuck ... 'ne ganze Menge Schmuck ... und Münzen."

„Du glaubst es? Du weißt es also nicht bestimmt?"

„Ich bin ... mir ziemlich sicher ... Als wir ... die Sachen aus dem Versteck holten – es waren zwei dick verschnürte Ballen –, da ... da zogen wir auch eine Gürtelschließe mit heraus ... sie war aus Silber ... das Wappen des Grafen war darauf, dieser Eber ... Die Schließe haben wir dann ... verloren ... Aber die Ballen ... die haben wir dem ‚Eber' ... ich meine, dem Grafen ... gebracht ... Immer, wenn man die Ballen schüttelte ... dann ... dann schepperte und klirrte es ein wenig ... Und so nahm ich an ... dass Schmuck drin war, vielleicht auch Münzen."

„Ihr habt die Ballen nicht geöffnet?"

„Nein."

„Du kannst also nicht sagen, ob sie irgendwelche Schriftstücke enthielten?"

„Sie enthielten keine Schriftstücke ... Das weiß ich genau."

Wolf horchte auf. „Und woher willst du das wissen – wenn ihr die Ballen doch nicht geöffnet habt?"

„Weil der Graf ... es mir sagte ... Er sagte ... er vermisse irgendwelche Dokumente, die darin hätten enthalten gewesen sein oder bei ihnen gelegen haben müssten ... Er war sehr wütend deswegen. Und es ... es bleibe ihm wohl jetzt nichts anderes übrig ... als selbst danach zu suchen ... sagte er."

„Er will selbst danach suchen?", unterbrach ihn Wolf.

Diesmal nickte Mautner nur.

„Wo?"

„Natürlich dort ... wo der Köhler wohnte."

Wolf sprang auf und sah Mautner ungläubig über den Tisch hinweg an. „Willst Du damit etwa sagen, dass der Graf höchstpersönlich hierher kommen will?“

Wieder nickte Mautner schwach. „Ja ... es war ausgemacht ... dass ich ihn treffe ... um ihm dann den Weg in die Buchau zu zeigen.“

Langsam ging Wolf ein Licht auf. Er umrundete den Tisch und trat ganz nah an das Lager Mautners heran.

„Du hast also einen Treffpunkt mit ihm ausgemacht? Wo? Und wann?“, fragte er gepresst.

„Er wird ... er wird mit einigen Begleitern ... zu einer alten Ruine kommen ... Sie liegt direkt am Phyrnpass, bei Spital ... Im September, am Tag des Neumondes ... Da sollte ich ihm dann auch ... die Zehe überbringen ... die richtige, diesmal.“

Erstarrt stand Wolf am Lager des todkranken Meuchlers und blickte fassungslos auf ihn hinunter. Dann aber verdichteten sich die soeben gewonnenen Informationen blitzartig zu der Erkenntnis, dass ihm nicht mehr viel Zeit blieb, um sich für die Begegnung mit dem Mörder Arnulfs und seiner Familie zu wappnen.

Acht volle Tage!

Er ging einige Schritte hin und her, um seiner Erregung Herr zu werden, bevor er dic nächste Frage stellte.

„Kommen wir noch einmal auf das Versteck zu sprechen, das diese Ballen enthielt – wo befand es sich?“

„Der Köhler hatte ... ein Loch gegraben. Bei den Erdmeilern.“

„Und das hat er euch verraten? Einfach so?“

Erneut trat ein Flackern in Mautners Blick.

„Nein ... Zuerst hat er sich geweigert. Wir ... wir haben versucht, es aus ihm ... herauszuprügeln ... Als er sich immer noch weigerte, da, da haben wir ... da hat sich Randolph ... die Frau vorgenommen ... Er riss ihr das Hemd vom Leib und ... und drohte damit ... es ihr mit Gewalt zu besorgen ... wenn ... wenn ihr Alter nicht endlich reden würde ...“ Mautner hielt inne.

Wolfs Miene hatte eine eigenartige Starre angenommen, der etwas Steinernes, Trauerndes innewohnte. In seinen Augen aber glühte der Hass.

Dennoch klang seine Stimme beherrscht, als er mit der Befragung fortfuhr. „Und dann redete Arnulf schließlich, nicht wahr?"

„Ja ... woher wisst Ihr das?", fragte Mautner erstaunt.

Wolf tat so, als ob er die seltsame Frage nicht gehört habe. In seinen Fäusten zuckte es, doch es gelang ihm, sich zu beherrschen.

„Arnulf sagte euch also, wo das Versteck war. Und wie ging es dann weiter?"

„Wir zwangen ihn und die Alte mitzukommen ... und es uns zu zeigen ... das Versteck ... Wir sagten ihm, er solle einen Spaten mitnehmen ... um zu graben. Dann fesselten wir ihn ... damit ... damit er uns keine Schwierigkeiten machen konnte ... Als wir ... als wir bei den Meilern waren ... nahmen wir ihm die Stricke wieder ab ... und ich forderte ihn auf ... die Sachen auszugraben ..."

„Anschließend habt ihr alles an euch genommen und seid mit Arnulf und seiner Frau wieder in die Hüte zurück, nicht wahr?"

Mautner nickte bestätigend. Wolf wartete, dass er mit seiner Schilderung fortfuhr, doch er schwieg.

„Meinst du nicht, du solltest uns nun auch noch den Rest erzählen? Was habt ihr mit Arnulf und seiner Frau gemacht?", drang Wolf in ihn.

Zum wiederholten Mal fuhr sich Mautner mit der Zunge über die Lippen, bevor er antwortete. „Der Rest! ... Ja, Ihr habt Recht ... Wenn ich schon dabei bin, alles zu gestehen ... dann auch noch den Rest ... Doch den kennt Ihr ohnehin ... Wir haben sie in die Hütte zurückgebracht ... und ich habe sie erschlagen ... Mit einer Spitzaxt."

Eine Spitzaxt.

Scharf sog Wolf den Atem durch die Nase. Die tiefen keilförmigen Kerben in der Stirn von Agnes und Arnulf. Das verkrustete Blut über den ins Leere starrenden toten Augen. Die blutunterlaufenen

Striemen an den Handgelenken Arnulfs. Und das Hemd ... Das Hemd, das neben Agnes lag ...

„Gott wird ihn richten", hörte Wolf plötzlich eine leise Stimme sagen. Im gleichen Augenblick spürte er, wie sich eine Hand auf seine Schulter legte. Langsam wandte er sich um. Otto Metschacher war hinter ihn getreten.

Mit einem Blick, der aus unendlichen Weiten zu kommen schien, starrte Wolf den Prior an. „Ja", erwiderte er tonlos, „Ihr sagt es. Er wird ihn richten. Ich glaube ... er hat schon damit begonnen."

Mit unnachgiebigem Fordern klopfte um die Stunde der Vesper herum eine knöcherne Hand an die Tür des Klostergefängnisses zu Admont. Der Tod war gekommen. Verzweifeltes Stöhnen und schrille Schreie drangen in immer kürzer werdenden Abständen aus dem vergitterten Fenster und verrieten, dass das Leben des Heinrich Mautner nicht mehr lange währen würde. Längst hatte Bruder Magnus es aufgegeben, das Leiden des Mannes lindern zu wollen; die Kraft des Schmerzes war stärker, als die betäubende Wirkung jedes Kräutersudes es hätte sein können. Der fürchterliche Gestank des faulig-süßlichen Sekretes, das aus der schwarzbraun verfärbten Wunde sickerte, hatte ein Übriges getan und ihn schon vor Stunden aus der Zelle vertrieben.

Erst als die Schreie um Komplet herum schwächer wurden, um schließlich nach einer weiteren Stunde ganz zu verebben, traute sich Magnus wieder in die Zelle hinein. Eine Blendlaterne in der Rechten und ein feuchtes wollenes Tuch um Mund und Nase geschlungen, näherte er sich dem Todkranken, der in tiefer Ohnmacht auf der Pritsche lag. Trotz des bestialischen Gestanks, der von dem Lager ausging, ergriff Magnus noch einmal seine Hand, um den Schlag seines Herzens zu prüfen. Obwohl dieser kaum mehr tastbar war, fühlte der Mönch, wie das Herz Mautners dem Tod geradezu entgegenjagte. Leise begann er ein Vaterunser zu beten. Es war der

Augenblick, da ein letzter Seufzer die Lippen des Schwerkranken verließ. Kaum dass der Mönch mit dem Gebet zu Ende war, spürte er, wie die Hand, die er hielt, erschlaffte – Heinrich Mautner, genannt „der Luchs“, hatte aufgehört zu atmen.

34

„Gut, dass ich Euch treffe, Herr von der Klause. Ihr sollt schnellstens zur Pforte kommen. Bruder Theobald hat eine brandeilige Nachricht des Priors für Euch."

Remigius, der Novize, machte eine Miene, als ob es sich bei der „brandeiligen Nachricht" um das ultimative Datum des Jüngsten Gerichts handle. Er war ganz außer Atem und gerade im Begriff gewesen, sich zu Wolf ins Gästehaus hinüberzubegeben, als er diesen plötzlich aus der Richtung der Ställe über den Hof hatte kommen sehen. Seine Richtung wechselnd, war er ihm mit wehender Kutte entgegengeeilt.

„So? Um was für eine eilige Nachricht es sich handelt, hat er dir nicht gesagt?"

Remigius schüttelte den pausbäckigen Kopf. „Nein. Das müsst Ihr ihn schon selbst fragen", gab er schnaufend zurück.

„Ich danke dir, Remigius. Ich werde gleich zu ihm gehen."

Als Wolf zum oberen Tor hinüberging, fand er statt Theobald Bruder Siegbert im Pförtnerhäuschen vor. Der aber wusste nichts von einer wichtigen Botschaft des Priors.

„Der Bruder Pförtner hat mich gebeten, ihn kurz zu vertreten. Er ist gerade beim Cellerar im Weinkeller", antwortete Siegbert auf Wolfs diesbezügliche Frage. „Er soll ihm beim Weinverkosten helfen. Vielleicht solltet Ihr ihn dort aufsuchen", fügte er grinsend hinzu.

Wolf grinste verstehend zurück. Jedermann kannte die Schwäche Theobalds für einen guten Tropfen.

„Dann werde ich mich wohl in den Weinkeller bemühen müssen. Vielleicht kann ich Bruder Basilius dort ja auch ein wenig helfen", antwortete er augenzwinkernd.

Wolf wunderte sich. Die breite Tür zum Vorraum, über den man in den Weinkeller gelangte, stand sperrangelweit offen. Als er den zu ebener Erde gelegenen Raum betrat, wäre er fast gestolpert. Er hatte die neu im Boden eingelassene Eichenschwelle übersehen, die ein klein wenig höher war als die alte. An einer der Wände bemerkte er eine dicke, qualmende Talgkerze in einer eisernen Halterung und unmittelbar hinter der Tür einen mit Fackeln gefüllten Weidenkorb. Er nahm einen der Stäbe heraus und entzündete ihn an der brennenden Kerze. Dann schritt er die dunkle, gewendelte Steintreppe hinunter, die sich in das unterirdische Gewölbe hinabschraubte.

Unten angekommen, wich das Dunkel einem schummrigen Zwielicht. Rechter Hand von ihm durchbrach ein Lichtschacht die Gewölbedecke. Er führte schräg nach oben und mündete in eine vergitterte Fensteröffnung, durch die als breiter Streifen das Licht der Morgensonne fiel; Milliarden von Staubteilchen tanzten darin.

Im Keller herrschte Stille.

„Bruder Basilius? Bruder Theobald?", rief Wolf.

Keine Antwort.

„Bruder Basilius! Bruder Theobald!", rief er erneut, lauter diesmal.

Nichts rührte sich.

Wolf zuckte mit den Schultern und ging langsam weiter.

Suchend sah er sich um.

Zu seiner Linken, an der dem Lichtschacht gegenüberliegenden Wand, reihten sich riesige Fässer aus Eichenholz. Auf einem Regal, zwischen zwei Fässern, befanden sich mehrere Becher, Schöpfkellen und diverse Werkzeuge, unentbehrliches Zubehör für Bruder Basilius, den Cellerar und Kellermeister, der in regelmäßigen Abständen den wertvollen Rebensaft verkostete, um ihn auf Reife und Geschmack zu prüfen. In einer Ecke, unmittelbar an die Wand anschließend, befand sich ein Bretterverschlag; gleich daneben entdeckte Wolf einen Tisch sowie einen Schemel. Auf dem Tisch brannte eine Kerze, außerdem lagen Pergamente und Schreibzeug herum. Wolf lächelte: Basilius führte akribisch genau Buch über die Schätze seines unterirdischen Reiches.

Plötzlich zuckte er zusammen, und ein eisiger Schauer jagte über seinen Rücken.

Wie hypnotisiert starrte er auf einen Haken in der Wand.

An dem Haken hing eine Kutte.

Ungläubig trat er näher.

Der Haken selbst war wahrscheinlich schon vor Generationen in die mit modriger Feuchte behaftete Ziegelwand getrieben worden. Er ragte ungewöhnlich weit heraus und war mit dickem Rost überzogen.

Was seinen Blick jedoch magisch anzog, war nicht der rostige Haken an sich, sondern die daran hängende Kutte.

D i e Kutte!

Wolf trat ganz nah an sie heran, um sich zu vergewissern, ob das, was er da zu sehen glaubte, auch wirklich keine Täuschung war.

Nein, er hatte sich nicht getäuscht!

Die Kutte war grau und wies einen riesigen rostbraunen Flecken auf.

An der rechten Schulter war ein großes Stück herausgerissen.

Wolfs Hand zitterte leicht, als er aus seiner Gürteltasche den Stofffetzen herauszog, den er in der Höhle im Johnsbachtal geborgen hatte. In jener Nacht, als Rupert Hauensteiner den Tod gefunden hatte.

Wolf nahm die Kutte vom Haken und begab sich an die Stelle, wo das durch den Schacht einsickernde Tageslicht einen großen, hellen Fleck auf den gestampften Lehmboden warf. Als er das Kleidungsstück darauf ausbreitete, nahm er wahr, dass das Loch an seiner Schulter in etwa die Form eines Dreiecks besaß. Mit angehaltenem Atem und fliegenden Fingern faltete er den Stofffetzen auseinander und legte ihn sorgfältig auf das Loch.

Er passte haargenau!

Eine der Kutten des roten Priors lag vor ihm.

Und zwar genau jene Kutte, die er getragen hatte, als er in der Mordnacht die Höhle im Johnsbachtal verlassen und auf seinem Pferd davongeritten war.

Hastig schob Wolf den Stofffetzen in seine Gürteltasche zurück. Als er die Kutte vom Boden aufhob, um sie wieder an den Haken zu hängen, nahm er plötzlich ein dumpfes Klirren wahr und ertastete etwas Hartes unter dem Stoff. Darauf nahm er das Kleidungsstück noch einmal etwas näher in Augenschein und entdeckte dabei im unteren Bereich des Saumes eine eingenähte Tasche. Er griff hinein und förderte zwei Schlüssel zutage. Nachdenklich musterte er sie. Das durch den Fensterschacht eindringende Licht ließ das stumpfe Metall matt glänzen.

Aufgeregt blickte sich Wolf erneut in dem Gewölbe um. Der Bretterverschlag stach ihm ins Auge. Und die Tür, die in ihn hineinführte. Sie bestand ebenfalls aus Brettern, war mit mehreren Flacheisen verstärkt und verfügte über ein Schloss. Er ließ die graue Kutte einfach fallen und ging rasch zu dem Verschlag hinüber. Instinktiv wusste er, dass einer der beiden Schlüssel, die seine Hand barg, ihm Zutritt zu dem künstlich abgeteilten Raum verschaffen würde.

Der erste Versuch misslang. Hastig probierte Wolf den zweiten Schlüssel. Diesmal mit Erfolg. Knarrend öffnete sich die Tür – und Wolf bekam ein prosaisch anmutendes Durcheinander von allerlei nützlichen und weniger nützlichen Gegenständen zu sehen: geborstene Tonkrüge, rostiges Eisenzeug, Werkzeuge, Holzlatten, Kisten und anderes Gerümpel. Angestrengt suchte sein Blick das Chaos zu ordnen, bis er, unter einem Stapel Bretter und einigen alten, schmutzigen Wolldecken verborgen, eine stabile Truhe erspähte. Ungeachtet des Lärms, den er dabei verursachte, stieg er über das sperrige Durcheinander hinweg und beugte sich zu der Truhe hinunter. Sie war mit einem zweigeteilten eisernen Band versehen, das von einem Schloss zusammengehalten wurde. Verheißungsvoll schimmerte ihm das Metall entgegen.

Gleich der erste der beiden Schlüssel ließ das eiserne Band federnd auseinanderspringen. Vorsichtig hob Wolf den Deckel – und hatte den Eindruck, ein verkleinertes Abbild des chaotischen Durcheinanders vor sich zu haben, das ihn bereits beim Betreten des Verschlags empfangen hatte: Einige kleinere Werkzeuge, ein zerrissenes Tuch, etwas, das aussah wie ein dicker Wollschal, ein hölzerner Becher und anderes Kleingerümpel, ja sogar einige handgeschnitzte Schachfiguren und ein eiserner Ring, an dem einige verrostete Schlüssel hingen, stachen ihm ins Auge. Er steckte den Schlüsselring in seine Gürteltasche, danach räumte er sämtliche obenauf liegenden Gegenstände beiseite und stieß auf einen Stapel ordentlich zusammengelegter Kleidungsstücke: Unterwäsche, Strümpfe, wollene Gugeln, Beinkleider, Gürtel und anderes.

Noch tiefer griff er in die Truhe, zerrte an einem Stück Leinen, zog es hervor – um gleich darauf wie von der Tarantel gestochen zurückzufahren; seine Ahnung hatte ihn nicht getrogen.

Vor ihm lag die blutrote Kutte des roten Priors!

Wolf verließ den Verschlag, stieg erneut über den sperrigen Krempel hinweg, wobei er abermals Lärm machte, den er jedoch, wie bereits zuvor, ignorierte.

Rasch ging er mit dem obskuren Kleidungsstück auf die andere Seite des Gewölbes hinüber, um es unter dem Lichtschacht einer eingehenden Prüfung zu unterziehen. Wie zuvor die graue Kutte, breitete er das Gewand so auf dem Boden aus, dass die durch den Schacht einsickernden Sonnenstrahlen darauffallen konnten. Dabei fiel ihm der Schlüsselring aus der Gürteltasche und schlug dumpf klirrend auf dem Lehmboden auf. Als er in die Hocke ging, um ihn aufzuheben, sah er mit einer Mischung aus Triumph und Grimm auf das rote Leinen zu seinen Füßen, das in der von Staubschleiern durchwirkten Lichtsäule geradezu zu schreien schien.

Plötzlich raubte ein durch den Schacht einfallender dunkler Schatten dem Rot die Leuchtkraft.

Wolf sprang erschrocken auf. Sein Blick schnellte zu dem vergitterten Fenster empor – durch die hölzernen Gitterstäbe starrte ungläubig und hasserfüllt das von tödlichem Schreck gezeichnete Gesicht eines Mönchs auf ihn herunter.

Wolf reagierte augenblicklich und rannte mit weit ausholenden Sätzen zur Treppe zurück. Zwei, drei der im Dunkeln liegenden Stufen auf einmal nehmend, jagte er die immer heller werdenden Stiegen zum Vorraum hinauf. Offenbar stand die Tür, die sich zum Hof hin öffnete, noch immer sperrangelweit auf. Doch gerade als er die letzten Stufen zum Vorraum erklommen hatte, hörte er einen lauten Knall, und es wurde schlagartig dunkel. Irgendjemand hatte die Tür von außen zugeschlagen, und Wolf konnte hören, wie ein Riegel vorgeschoben wurde.

Er fluchte und begann mit den Fäusten gegen die Tür zu trommeln. Dann aber begriff er, wie unsinnig sein Verhalten war. Die Tür bestand aus dicken Bohlen, sodass draußen kaum jemand das schwache Geräusch wahrnehmen würde.

Gehetzt sah er sich nach einem schweren Gegenstand um. Im spärlichen Licht der dicken Talgkerze, die nach wie vor an der Wand vor sich hin blakte, erblickte er schließlich einen kurzen, massiven Balken neben dem Weidenkorb, der die Fackeln enthielt. Wolf griff sich den Balken und wog ihn prüfend in den Händen. Dann donnerte er das schwere Holz mit wuchtigen Schlägen und lauten Rufen gegen die verriegelte Tür.

Bruder Theobald war der Bitte des Cellerars liebend gerne gefolgt, dem er beim Verkosten einer neuen Sorte Wein behilflich sein sollte, die heute Abend beim Besuch des hohen Gastes, den der Prior erwartete, kredenzt werden sollte. Basilius hatte sich nämlich vor zwei Tagen eine ordentliche *influenza* geholt, was in der Folge zu einer Beeinträchtigung seines Geschmackssinns geführt hatte und damit auch zu der vorübergehenden Unfähigkeit, seiner Verpflichtung als Kellermeister nachkommen zu können.

Theobalds Leidenschaft für gute Weine hatte ihn die Aufgabe, die ihm von Basilius gestellt worden war, mit Bravour meistern lassen. Gut gelaunt – „der Wein erfreut des Menschen Herz“ – hatte er danach beschlossen, zur Pforte zurückzukehren, allerdings nicht ohne vorher bei Bruder Firmin, dem Koch, vorbeigeschaut zu haben. Basilius hatte ihn ein Stück weit begleitet, da er sowieso aufgrund eines heftigen Drängens seiner Blase schnellstens die Latrinen aufsuchen wollte, die sich bei den Pferdeställen befanden. Dort hatte Basilius Bruder Magnus getroffen und sich mit ihm noch ein wenig über Heinrich Mautner unterhalten, der in der Nacht zuvor gestorben war.

Als der Cellerar schließlich von seinem Gang zurückkehrte und um die Ecke des Schaffnereigebäudes bog, um sich erneut in den Weinkeller zu begeben, hörte er plötzlich ein Geräusch; ein Umstand, der ihn sofort in höchste Erregung versetzte. Denn das Geräusch kam aus dem zu ebener Erde gelegenen Fenster, an dem er gerade im Begriff stand, vorbeizugehen, das Fenster, in das der Lichtschacht des Weinkellers mündete.

Misstrauisch hielt Basilius inne, um zu horchen. Eine ganze Weile lang hörte er nichts. Schon glaubte er, sich getäuscht zu haben, als er das Geräusch erneut vernahm. Irgendjemand musste sich dort unten zu schaffen machen. Jemand, der dort nichts zu suchen hatte. Der Weinkeller war das ureigene Reich des Cellerars; jedermann im Stift wusste, dass das eigenmächtige Eindringen in das Gewölbe schwerste Strafen nach sich zog.

Auf einmal fiel ihm siedend heiß ein, dass er die Tür, die in den Keller führte, sperrangelweit hatte offen stehen lassen. Fieberhaft überlegte er, ob er zum Eingang des Weinkellers hinüberlaufen sollte, um den Eindringling auf frischer Tat zu stellen, als erneut ein Geräusch aus dem Gewölbe heraufdrang – diesmal war es ein dumpfes Klirren.

Unchristlich vor sich hin fluchend, ging Basilius in die Hocke, beugte sich nach vorne, und versuchte, durch das vergitterte Fenster hindurch in das Gewölbe hinunterzuschauen.

Was er sah, ließ ihm das Blut in den Adern gefrieren.

Das durch den Schacht eindringende Licht verwandelte ein viereckiges Stück des dunklen Lehmbodens in einen taghellen Flecken und ließ die darauf ausgebreitete Kutte geradezu gespenstisch leuchten. Ein grässlich schreiendes Rot stach Basilius in die Augen.

Und noch bevor der Mann, der vor dem Leinen hockte, aufsprang und seinen Blick zu ihm erhob, wusste der Cellerar und Subprior des Stiftes zu Admont, dass ihm von jetzt an nur noch die Flucht blieb, wenn er sein nacktes Leben retten wollte.

Es gab Augenblicke, in denen Bruder Theobald mit seinem Los ganz besonders zufrieden war. Augenblicke wie dieser. Mit vor dem Bauch gefalteten Händen und geschlossenen Augen saß er vor dem Pförtnerhäuschen und ergötzte sich an der vormittäglichen Augustsonne. Er liebte es, die wärmenden Strahlen auf der kreisrunden kahlen Stelle zwischen dem üppig schwarzen Haar auf seinem Haupt zu spüren – das äußere Zeichen dafür, dass er sein Leben dem Herrn geweiht hatte. Die einzige Person, der dieser erhabene Schmuck missfiel, war Marie, die Tochter des Bäckers Arnold. Sie war der Meinung, dass das Haupt Theobalds– von oben betrachtet – aussähe wie der gerupfte Hintern einer Henne. Theobald seufzte, als er daran dachte.

Das Geräusch galoppierender Hufe riss ihn unsanft aus seinen Gedanken. Erstaunt registrierte der Pförtner, wie einer der Brüder von den Ställen her in halsbrecherischem Tempo auf das Tor zu jagte.

Als er Pferd und Reiter erkannte, glaubte er, seinen Augen nicht zu trauen. Wie von Furien gehetzt preschte Bruder Basilius auf Brutus, einem kostbaren Hengst, der dem Abt des Klosters, Wilhelm von Reisperg, gehörte, heran. Von den Schultern des Cellerars wehte ein schwarzer Mantel.

Theobald sprang auf und trat mitten auf den Torweg hinaus. Mit offenem Mund starrte er dem Cellerar entgegen, der sich mit rasender Geschwindigkeit näherte.

„Aus dem Weg, du verdammter Narr!", brüllte Basilius seinen Bruder in Christo völlig unchristlich an. Der Hengst wieherte. Staub stob auf.

Mit einem gewaltigen Satz zur Seite brachte sich der beleibte Pförtner vor den wirbelnden Hufen in Sicherheit.

Verblüfft rieb er sich die tränenden Augen und sah dem Reiter hinterher, der sich inmitten einer Wolke aus Staub rasch entfernte. Theobald bekreuzigte sich.

„Bei allen Heiligen, er muss verrückt geworden sein", murmelte er und schüttelte ungläubig den Kopf.

Dann lief er so schnell er konnte zum Abtshaus hinüber, um den Prior zu verständigen.

„Wartet, ich öffne Euch!"

Bruder Isidor, einer der Laienbrüder, schob mit einem Ruck den schweren Eichenriegel zur Seite; gleich darauf stieß jemand von innen die Tür zum Weinkeller auf.

„Ihr, Herr von der Klause? Was ist geschehen?“, fragte Isidor erstaunt.

Ein flüchtiges „Ich danke dir, Bruder“, war das Einzige, was Isidor zu hören bekam. Dann rannte Wolf, ohne den Mönch noch weiter zu beachten, in weiten Sätzen über den Hof; sein Ziel war die am oberen Tor gelegene Pforte.

Plötzlich bemerkte er Theobald, der ebenfalls ungewöhnlich eilig und mit hochrotem Kopf den Hof querte. In diesem Moment wusste Wolf, dass irgendetwas Außergewöhnliches geschehen war.

Als auch der Pförtner seiner ansichtig wurde, änderte er sofort die Richtung und kam aufgeregt mit den Händen rudernd auf ihn zu.

„Habt Ihr das gesehen? Er muss wahnsinnig geworden sein!“, rief der Mönch, noch bevor er bei ihm angelangt war. Seine Stimme bebte vor Entrüstung und Anstrengung.

Wolf lief ihm entgegen. „Was? Wen meint Ihr?“, fragte er, als er bei ihm anlangte, obwohl er sich denken konnte, wer gemeint war.

„Bruder Basilius ... Er muss ... er muss wahnsinnig geworden sein!“, wiederholte der Pförtner keuchend.

„Basilius? Wo ist er?“

Bruder Theobald wandte den Kopf und zeigte mit der Hand in Richtung des Tores. „Dort ... dort hinaus ist er ... Auf dem Hengst des Abtes“, stieß er nach Luft ringend hervor.

Wolf sah ihn entsetzt an.

„Brutus? Er ist mit Brutus davon?“, vergewisserte er sich.

Theobald nickte heftig. „Ich muss ... ich muss es dem Vater Prior sagen. Entschuldigt mich, Wolf.“

„Ich begleite Euch. Ich denke, den Prior werden noch einige andere Dinge interessieren“, entgegnete Wolf finster.

Gemeinsam eilten sie zum Abtshaus hinüber.

35

Hoch aufgerichtet stand Otto Metschacher an einem der Fenster seines Scriptoriums. Starr ruhte sein Blick auf den im Sonnenlicht gleißenden Haller Mauern. Wolf, der schweigend an dem großen Eichentisch saß und den Prior in seinem Mönchshabit musterte, zog unwillkürlich den Vergleich zu einer schwarzen Marmorsäule. Doch die steinerne Unbeugsamkeit, die von ihm auszugehen schien, täuschte.

In seinem tiefsten Innern war Metschacher, zumindest in diesem Augenblick, ein gebrochener Mann.

Obwohl der Prior eine äußerst schnelle Auffassungsgabe besaß, hatte es eine gute Weile gedauert, bis er imstande gewesen war, die Ungeheuerlichkeit dessen, was Wolf und der Pförtner ihm offeriert hatten, zu akzeptieren.

Bruder Basilius, Cellerar und Subprior zu Admont, einer der angesehensten und gebildetsten Brüder im Konvent – ein gemeiner, skrupelloser Verbrecher?

Ein Dieb? Ein Schnapphahn? Ein Mörder?

Ja! Es half alles nichts – man musste den Tatsachen ins Auge sehen!

Nachdem Theobald gegangen war, hatten Wolf und der Prior versucht, das Leben des Cellerars, das dieser in den vergangenen Jahren geführt hatte, zu rekonstruieren. Die Art seiner Tätigkeit, seine Kontakte zur Außenwelt, seine Reisen, die er im Auftrag des Stiftes durchgeführt hatte.

Sie waren zu dem Ergebnis gelangt, dass vor allem Letztere es dem Cellerar ermöglicht hatten, sein Doppelleben erfolgreich aufzubauen. Basilius hatte eine Art Sonderstatus in Admont innegehabt. Wann immer es galt, eine Mission zu übernehmen, die die Interessen des Stiftes nach außen hin wahren sollte, hatte man Basilius gebeten, diesen Auftrag zu erledigen. Dazu hatte es immer wieder kürzerer und längerer Reisen bedurft. Über seine damit verbundene Abwesenheit im Kloster hatte er im Laufe der Jahre nur noch oberflächlich Rechenschaft ablegen müssen. Denn nur das Endergebnis zählte. Und an diesem gab es, weiß Gott, niemals etwas auszusetzen.

Zudem oblagen Basilius als verantwortlichem Cellerar eine Reihe von Aufgaben, die mit der Bewirtschaftung des Klosters und den damit verbundenen Aufsichtspflichten zusammenhingen. So kam es nicht selten vor, dass Basilius darum bat, einen oder mehrere Tage von den obligatorischen Stundengebeten und Gottesdiensten befreit zu werden mit dem Hinweis, dass eine „dringende Angelegenheit" seiner Aufmerksamkeit bedürfe. Und in der Tat erstreckte sich sein Aufgabenbereich auf viele Angelegenheiten – das Kloster verfügte über einen immensen Besitz. So war es nicht zuletzt auch Basilius' ökonomischen Fähigkeiten zu verdanken, dass die Geschäfte des Stiftes wohlbestellt waren.

Hatte man sich davon blenden lassen? Und ihm aufgrund seines Geschicks mehr Verantwortung übertragen, als ihm guttat?

An diesem Punkt ihrer Überlegungen angelangt, war es Wolf und dem Prior gelungen, eine Reihe eindeutiger Indizien zutage zu fördern, welche die Abwesenheitszeiten Basilius' vom Kloster betrafen.

So hatte sich der Cellerar am vergangenen Donnerstag spätnachmittags aufgemacht, um angeblich ein Waldstück nördlich der Laussa in Augenschein zu nehmen, in dem es angeblich wieder einmal zu Unregelmäßigkeiten durch Angehörige des Klosters Sankt Lambrecht gekommen war. Erst vorgestern, am Sonntag, dem Siebenundzwanzigsten, war er gegen die Non wieder zurückgekehrt. So hatte er gut als „roter Prior“ verkleidet in der Nacht vom Fünfundzwanzigsten auf den Sechsundzwanzigsten zusammen mit Jakob von Schmelzer an dem Treffen der Bande im „Horst“ teilnehmen können – jener regengeschwängerten Nacht vor drei Tagen, in der er unerkannt entkommen und nur um Haaresbreite seiner Festnahme entronnen war.

Tage vorher, am neunzehnten August, einem Samstag, hatte sich Basilius gegen Nachmittag verabschiedet, um erst gegen Sext des darauffolgenden Sonntags wieder zurückzukehren. Vornehmlich, um einen bewaldeten Hang zu inspizieren, der an der Straße nach Johnsbach lag und bei einem der nächsten Unwetter ins Rutschen zu kommen drohte. Die Nacht vom Neunzehnten auf den Zwanzigsten aber war jene Nacht gewesen, in der der „rote Prior“ unter den entsetzten Blicken Wolfs und des Grafen Rupert Hauensteiner im Johnsbachtal getroffen und getötet hatte.

Die Spur seiner vermeintlich „dienstlich“ bedingten Abwesenheit ließ sich noch weiter zurückverfolgen.

Am Donnerstag, dem zwanzigsten Juli, hatte er wegen des alten Streites mit dem Kloster Gaming, bei dem es wieder einmal um Jagd- und Fischrechte gegangen war, eine Reise zur dortigen Kartause angetreten. Tatsächlich war er am Montag darauf mit einem Schreiben des dortigen Priors zurückgekehrt, in dem dieser das Gaminger Fehlverhalten zugegeben, sich entschuldigt und Schadenersatz zugesichert hatte. Dazwischen aber, am Samstag, dem zweiundzwanzigsten Juli, hatte es den Überfall auf die Venezianer gegeben, und in der darauffolgenden Nacht hatten „Abt“ und „Prior“ jener obskuren, mitternächtlichen Versammlung vorgestanden, während der zwei Mitglieder der Bande als „Verräter“ hingerichtet worden waren.

Außer der überstürzten Flucht des Cellerars und den Kleidungsstücken, die Wolf im Weinkeller sichergestellt hatte, bildeten somit auch diese zeitlichen Übereinstimmungen weitere Glieder in der Beweiskette, die Basilius als skrupellosen Verbrecher entlarvten.

„Warum nur, Wolf?“

Metschacher hatte sich umgedreht. Mit dem Rücken zum Fenster blickte er seinen Besucher aus grauen, fragenden Augen an.

Wolf blickte auf. Er wusste, dass es dem Wesen des Priors fremd war, sich zu wiederholen. Und doch hatten sie diese Frage bereits vorhin erörtert, ohne eine Antwort darauf gefunden zu haben: die Frage, was Basilius, den von jedermann geachteten Cellerar des Klosters zu Admont, dazu bewogen hatte, zu einem gemeinen Verbrecher zu werden.

Wolf erhob sich. „Wie ich bereits sagte, Otto: Wenn sich selbst Euch die Antwort entzieht ...“ Er brachte den Satz nicht zu Ende und zuckte nur hilflos mit den Schultern.

Langsam, mit hinter dem Rücken verschränkten Armen ging Metschacher auf Wolf zu. Hochaufgerichtet blieb er vor ihm stehen. „Ihr habt Recht. Wenn nicht ich, wer sollte es sonst wissen. Ich bin ein schlechter Hirte. Ich müsste meine Schafe besser kennen, nicht wahr?“, bemerkte er leise, wobei ein bitterer, ironischer Zug die Falten um seine Mundwinkel noch verstärkte. Es war einer jener äußerst seltenen Momente, in denen er sich selbstkritisch gegenüber anderen zeigte und für einen kurzen Augenblick Einblick in sein Innerstes gewährte.

Wolf zog es vor, nichts darauf zu erwidern. Jeder, der Metschacher kannte, wusste, dass der Prior die Geschäftsinteressen des Stiftes stets als vorrangig betrachtete; das Wohl und Wehe des Einzelnen interessierte ihn nicht sonderlich. In dieser Hinsicht war er in der Tat mehr Ökonom als Hirte.

„Übrigens: Ein Segen, dass wir die Ergebnisse Eurer Ermittlungen stets nur unter uns besprochen haben“, fuhr Metschacher, das Thema wechselnd, fort.

Wolf nickte nur. Ihn schauderte, wenn er daran dachte, was geschehen wäre, hätte er sich dem Prior gegenüber nicht durchsetzen können, der ihm anfänglich Basilius an die Seite hatte stellen wollen. Doch dies war von Wolf mit der lapidaren, aber massiv vorgebrachten Bemerkung, viele Köche verdürben den Brei, strikt abgelehnt worden.

„Was, schlagt Ihr vor, sollten wir nun weiter unternehmen?", fragte der Prior.

„Wir sollten schnellstens nach ihm suchen. Ein Mönch, der auf einem teuren Hengst durch die Gegend galoppiert, als ob der Teufel hinter ihm her ist, erregt schließlich Aufsehen. Seine Spur dürfte sich verhältnismäßig leicht verfolgen lassen. Wir werden ihn finden", gab sich Wolf zuversichtlich.

„Euer Wort in Gottes Ohr", murmelte der Prior.

„Wenn Ihr nichts dagegen habt, würde ich gern aufbrechen, Otto. Wir sollten ihm nicht allzu viel Zeit geben. Er hat durch das schnelle Pferd ohnehin schon einen gewaltigen Vorteil – zumindest ein Stück weit."

Metschacher nickte. „Ja. Nehmt Euch der Sache an. Viel Glück und ...", der Prior machte eine Pause, „der Herr möge Euch vergelten, was Ihr für das Kloster getan habt, Wolf. Gott sei mit Euch."

„Mit Euch ebenso, Otto." Er nickte einen Gruß und wandte sich zum Gehen, als ihn der Prior noch einmal anrief. „Ach, übrigens, Wolf – seht zu, dass Ihr heute Abend wieder pünktlich zurück seid! Ihr wisst, Ihr seid an meinen Tisch geladen."

Verblüfft wandte sich Wolf um. „An Euren Tisch? Heute Abend?"

„Aber ja. Wisst Ihr etwa nicht Bescheid?"

Wolf schüttelte den Kopf. „Nein, Ihr habt mir nichts dergleichen gesagt."

„Hat Euch der Pförtner nicht informiert? Ich bat ihn, es Euch auszurichten."

„Er ... er wird es in der ganzen Aufregung vergessen haben. Darf ich fragen, was mir diese Ehre verschafft?"

„Gestern vor der Komplet erreichte mich die Nachricht, dass Heinrich von Olmütz uns einen Besuch abstatten wird. Er ist heute Abend mein Gast. Ebenso Graf Saurau. Ich habe ihn durch einen Boten benachrichtigen lassen. Pfarrer Schinopl wird außerdem dabei sein. Ich möchte, dass auch Ihr an meinem Tisch sitzt."

Wolf stand wie angewurzelt da. Natürlich wusste er, dass an den Tisch des Abtes oder seines Vertreters geladen zu werden in jedem Kloster als hohe Auszeichnung galt, insbesondere, wenn noch eine andere hochstehende Persönlichkeit anwesend war. Und Heinrich von Olmütz, der Inquisitor, stellte ohne jeden Zweifel eine solche Persönlichkeit dar.

Doch Wolf sah die Sache völlig anders.

„Verzeiht, Otto ... Ich will nicht unhöflich erscheinen ... Es ist mir eine große Ehre ... aber muss ich unbedingt dabei sein?", fragte Wolf stockend; die fehlende Begeisterung in seiner Stimme sprach Bände.

Der Prior hob erstaunt die Brauen. „Das fragt Ihr noch? Dank Eurer Hilfe ist es gelungen, die Gegend von einer schlimmen Pest zu befreien. Ihr habt dem Stift einen unschätzbaren Dienst erwiesen. Ist es da verwunderlich, wenn ich Euch gerne dabeihaben möchte?"

Wolf bedachte ihn mit einem nachdenklichen Blick. „Ich sagte es bereits, Otto: Ich sehe es durchaus als eine Ehre an. Allein, Ihr wisst, welches Begehren der Inquisitor an mich richten wird. Und es dürfte Euch nicht entgangen sein, dass ich diesem Begehren ... nun, sagen wir, nicht gerade sehr aufgeschlossen gegenüberstehe."

Metschacher sah stirnrunzelnd zu Boden und fuhr sich über den Kopf. „Ja. Ja, ich erinnere mich. Allerdings hat sich das Blatt ja nun gewendet." Er hob den Blick und mühte sich, ein Lächeln hervorzubringen. „Die Venezianer sind frei, die Mörderbande ist zerschlagen – Ihr habt auf der ganzen Linie Erfolg gehabt. Ich denke, dass es an der Zeit ist, Eure Fähigkeiten von nun auch in den Dienst der Mutter Kirche zu stellen, meint Ihr nicht auch?"

Eine Woge der Bitterkeit schwappte in Wolf hoch. Solange er damit beschäftigt gewesen war, jene anonym agierende Mörderbande ausfindig zu machen, die die Interessen des Stiftes bedrohte, hatte der Prior dem Ansinnen des Inquisitors eine Abfuhr erteilt. Aber nun, da der Fall aufgeklärt und die Gefahr beseitigt war, zog er seine schützende Hand zurück und überließ ihn der Verfügungsgewalt des Dominikaners, obwohl Metschacher wusste, dass er, Wolf, sich unverzüglich um die Aufklärung jener rätselhaften Umstände kümmern wollte, die das Geständnis Mautners an den Tag gebracht hatte, um so endlich den Schleier, der über der Identität Bertrams lag, lüften zu können.

Ärger über das opportunistische Verhalten Metschachers begann in Wolf zu lodern. Doch er versuchte, sich nichts anmerken zu lassen – zu groß war die Gefahr, dass der Prior die wahren Beweggründe für seine Verweigerung erkennen würde.

„Und was ist mit Basilius? Wir waren soeben übereingekommen, dass ich nach ihm suchen soll. Hat dies nicht Vorrang?“, kam er auf den entflohenen Cellerar zu sprechen.

Erneut runzelte der Benediktiner die Stirn und begann, unentschlossen hin- und herzugehen. Dann aber blieb er abrupt stehen. „Nein, Wolf! In diesem Fall muss ich die Bitte des Inquisitors vorrangig behandeln. Ich kann es mir nicht noch einmal leisten, ihm zu widersprechen. Ihr versteht das doch sicher, nicht wahr?“, erwiderte er bestimmt.

Ein bitterer Zug legte sich um Wolfs Mundwinkel. Dennoch beschloss er, einen weiteren Versuch zu wagen, den Prior umzustimmen. „Otto, Ihr wisst, wie sehr mich die Sorge um Bertram umtreibt. Ihr selbst habt mir dazu geraten, die Mörder der Familie Arnulfs ausfindig zu machen – um Bertrams willen, wie Ihr damals sagtet. Es ist höchste Zeit, dass ich mich intensiver darum kümmere. Und genau das werde ich auch tun. Mit oder ohne Euren Segen.“

„Aber Wolf, ich begreife nicht, warum nicht beides unter einen

Hut gehen sollte. Ihr kommt dem Inquisitor entgegen, und wenn der seinen Auftrag erledigt hat, kümmert Ihr euch um diesen Grafen von Rieden. Wo ist das Problem?", entgegnete der Prior ärgerlich.

Wolf trat näher an ihn heran; er merkte, wie er langsam die Geduld verlor. „Das will ich Euch sagen. Die Zeit drängt. Nur noch wenige Tage, und dieser Verbrecher taucht persönlich hier auf, wie Ihr wisst. Er wird nicht eher ruhen, bis er den Jungen beseitigt hat. Glaubt Ihr etwa, dass ich so lange warte?", bellte er Metschacher an.

Gerade wollte der Prior zu einer scharfen Erwiderung ansetzen, als ein Pochen an der Tür ein weiteres Eskalieren der Auseinandersetzung unterbrach.

„Ja, was gibt es!", rief Metschacher unwirsch.

Die schwere Eichentür öffnete sich ein Stück weit, und Theobald streckte den Kopf herein.

„Ein Bote, ehrwürdiger Vater Prior. Aus Rottenmann. Vom hochehrwürdigen Inquisitor."

Metschacher zog fragend die Brauen nach oben. „Ein Bote des Inquisitors? Seltsam. Bitte ihn herein!"

Die Tür schloss sich, um sich gleich darauf wieder zu öffnen. Der Bote trat ein. Es war einer der beiden Mönche, die Olmütz als persönliche Adjutanten dienten.

Näher tretend, verbeugte sich der Dominikaner und legte die Rechte auf die Brust. *„Pax tecum*, ehrwürdiger Vater. Verzeiht die Störung. Ich komme im Auftrag des hochehrwürdigen Inquisitors, Heinrich von Olmütz. Mein Herr lässt Euch ausrichten, dass er Eure Einladung für den heutigen Abend ausschlagen muss; es tut ihm sehr leid; aber dringende Geschäfte fordern seine Anwesenheit in Salzburg. Er wird noch heute abreisen."

Wolf hatte alle Mühe, sich seine Erleichterung nicht allzu deutlich anmerken zu lassen, während Metschacher einen deutlich konsternierten Eindruck machte.

„Es ist gut, Bruder", antwortete er mit spröder Stimme, „ich danke Euch für die Nachricht. Ihr seid schon seit einigen Stunden unterwegs und sicher müde. Ruht Euch ein wenig aus. Der Bruder Pförtner wird Euch ins Refektorium hinüberbegleiten, wo Ihr Euch erfrischen könnt." Metschacher griff nach dem silbernen Glöckchen auf dem Tisch und bimmelte nach Bruder Theobald.

Noch einmal verbeugte sich der Dominikaner. „Der Herr sei mit Euch, ehrwürdiger Vater Prior", verabschiedete er sich und verließ zusammen mit dem Pförtner das Scriptorium.

Wolf stand noch immer in der Nähe des Tisches. Schweigend, mit auf dem Rücken verschränkten Armen, schritt Metschacher erneut zum Fenster. Gedankenverloren wanderte sein Blick zum gewaltigen Felsmassiv der Haller Mauern hinüber und strebte dann zum Himmel empor. An einem schwarzen, majestätisch dahingleitenden Schatten blieb er haften – hoch oben in der herrlichen Bläue zog, schwerelos und in beneidenswerter Freiheit, ein Steinadler seine kühnen Kreise.

„Wir alle haben unsere Verpflichtungen, Wolf. Vor dem Herrn und vor den Menschen. Niemand ist wirklich frei. Die einzig wirkliche Freiheit gehört vielleicht nur den Vögeln über uns", bemerkte Metschacher plötzlich. Seine ansonsten kräftige Stimme klang leise und brüchig. Langsam drehte er sich wieder zu Wolf um. „Manchmal allerdings erlaubt uns das Schicksal, über unsere Verpflichtungen hinwegzufliegen. Ja, es stellt uns sogar die Flügel dafür zur Verfügung. So ergeht es jetzt Euch und mir. Und glaubt mir, auch diese Gelegenheiten sollte man nützen." Ein dünnes Lächeln stahl sich auf seine Lippen. „Darum, kümmert Euch nun um Bertram und seht zu, dass Ihr die Gefahr für den Jungen beseitigt. Ich gewähre Euch jegliche Unterstützung dabei."

Wolf schwieg einige Augenblicke nachdenklich. „Und Basilius?", fragte er nach einer Weile.

„Ich werde den Saurauer auffordern, Soldaten nach ihm auszuschicken. Außerdem setze ich eine hohe Belohnung auf seinen Kopf aus. Er wird entweder ergriffen oder gänzlich aus der Gegend verschwinden. Auf jeden Fall kann er uns nicht mehr gefährlich werden. Die Vergeltung für seine Taten überlasse ich dem Herrn. – Was die Einladung für heute Abend angeht“, wechselte der Prior wieder einmal abrupt das Thema, „würdet Ihr mir die Güte erweisen, mein Gast zu sein?“

Wolf verbeugte sich.

„Es wird mir eine Ehre sein“, entgegnete er.

36

Wenn man vom Stift aus in Richtung Osten wanderte, gelangte man sehr bald an die Stelle, wo die Enns, immer schneller fließend, in einen fürchterlich dunklen Schlund mündete. Gleich einem weit aufgerissenen Maul verschlang eine aus schroffen Felswänden und bewaldeten Steilhängen gebildete Schlucht ihre Fluten. Als wollte sie gegen das drohende Dunkel, das sie rasch umfing, aufbegehren, begann sie auf einmal, panisch zu tosen und weiß zu gischten. Gepeinigt von steinernen Trümmern, die ihr den Weg zu versperren suchten, quälte sie sich in zahllosen Katarakten durch die drangvolle Enge der höhnisch aufragenden Felsen und schäumte an schroffen Waldhängen und Gräben voller Geröll, Sand und toter Hölzer vorbei. Schmolz im Frühjahr der Schnee, oder gingen heftige Regenfälle nieder, verwandelten sich die staubigen, trockenen Schotterbette in reißende Gewässer. Mit höllischem Getöse stürzten die Fluten die Steilhänge hinunter und rissen Grus, Felsbrocken und ganze Baumstämme mit sich, zermalmten und fraßen alles, was sich ihnen in den Weg stellte, um das solcherart Vertilgte schließlich auf dem Grund der Täler wieder auszuspeien.

Es gab nicht viele, die den Mut aufbrachten, dieses von Trümmern übersäte Reich des Grauens zu betreten: Jäger, Köhler, Holzschläger und der eine oder andere Bauer. Doch wer aus welchem Grund auch immer es tat, vergaß nie, bevor er dort eindrang, sich des Segens des Himmels zu versichern, indem er sich bekreuzigte.

Zu den Wenigen, die sich ungeachtet all dieser Schrecknisse zumindest ein Stück weit in diese von ewiger Dämmerung erfüllte Schlucht hineinwagten, zählte auch Bruder Magnus, der wohl heilkundigste unter den Benediktinermönchen Admonts.

Wie jeden Mittwochnachmittag in diesem Sommer, hatte er sich auch heute wieder guten Mutes aufgemacht, um am Eingang der Schlucht nach einigen Heilung spendenden Blättern und Blüten Ausschau zu halten. Die Augen aufmerksam auf den Boden geheftet und einen Weidenkorb in der Rechten, drang er, vergnügt vor sich hin pfeifend, auf einem schmalen, leidlich ausgetretenen Pfad in die Wildnis ein. Mit einem Mal blieb er stehen und ging in die Hocke. Er hatte gefunden, was er suchte. Aus dem Dickicht links von ihm leuchteten ihm die roten Blüten des Rupprechtskrautes entgegen. Magnus beabsichtigte, noch heute einen Aufguss aus dem Kraut herzustellen, denn Bruder Theodor, einer der wenigen Mönche im Greisenalter, litt unter Blutharn, und ein frischer Aufguss aus einer wohldosierten Menge an Rupprechtskrautblättern würde ihm deutlich Linderung verschaffen.

Soeben hatte sich Magnus wieder aus der Hocke erhoben, als er auf einmal ein seltsames Geräusch wahrnahm, das ganz aus der Nähe zu kommen schien. Überrascht hielt er inne und lauschte. Da, da war es wieder – ein eigenartiges Schnauben drang an sein Ohr.

Magnus war, als ob eine eisige Hand über seinen Rücken strich. Unwillkürlich erinnerte er sich einer Stelle aus dem berühmten *Tractatus de providentia Dei* des hochgelehrten Abtes Engelbert von Admont, in dem dieser viele der seltsamen Zwitterwesen beschrieb, welche die einsamen Orte der Welt bevölkern: Satyrn etwa, Ungeheuer, die mit Hörnern und Ziegenfüßen versehen sind. Konnte es nicht durchaus sein, dass sich einige von ihnen in diese von wilder Einsamkeit und Chaos erfüllte Schlucht verirrt hatten?

Noch während Magnus unbeweglich dastand und überlegte, drang erneut ein Laut an sein Ohr. Diesmal jedoch konnte er ihn genau bestimmen. Was er da hörte, war, über jeden Zweifel erhaben, das Wiehern eines Pferdes. Ein Pferd, hier am Eingang zur Schlucht? Er stellte seinen Korb auf dem Boden ab und hastete weiter den Pfad entlang, der an dieser Stelle eine scharfe Kehre beschrieb. Als er um die Kurve bog, sah er plötzlich einen langsam trabenden Schatten auf sich zukommen. Schnaubend kam er näher. Magnus erkannte ihn auf Anhieb: Brutus, der Hengst des Abtes stand vor ihm.

„Schscht ... ruhig, Brutus. Ist ja schon gut. Komm her Schwarzer“, versuchte der Mönch das Pferd zu beruhigen. Behutsam klopfte er ihm den Hals.

Magnus blickte sich argwöhnisch um. Er spürte, wie sich sein Puls beschleunigte. Basilius, der verbrecherische Cellerar. War er etwa hierher geflüchtet? Offensichtlich! Die Anwesenheit von Brutus ließ keinen anderen Schluss zu. Gestern, während einer außerordentlichen Kapitelversammlung, hatte Magnus das Ungeheuerliche erfahren. Mit Entsetzen hatten er und die anderen Brüder die Nachricht zur Kenntnis genommen, die Prior Metschacher verkündet hatte.

Angestrengt versuchten die Augen des Mönchs das Dickicht um ihn herum zu durchdringen, doch er konnte nichts erkennen. Kurz entschlossen löste er den Gürtel, den er um die Hüften trug, und band den Hengst damit an einen der Bäume. Hastig zog er seine Kutte aus und schnürte die Tunika hoch. Danach sah er prüfend an sich hinunter – gut, dass er seine Sandalen vor dem Aufbruch noch durch festeres Schuhwerk ersetzt hatte. Noch einmal klopfte er Brutus beruhigend den Hals, dann ging er so rasch er konnte weiter. Kurze Zeit später endete der mittlerweile kaum wahrnehmbare Pfad in dichtem Wald, in den sich nur hier und dort noch ein vereinzelter Sonnenstrahl verirrte.

Unschlüssig, was er weiter tun sollte, drang plötzlich lautes Knacken an Magnus' Ohr, das sofort wieder erstarb. Magnus lauschte in den Wald hinein und wartete. Gleich darauf wiederholte sich das

Geräusch, und er nahm einen durch das Dickicht huschenden Schatten wahr. Der Schatten verschwand, doch das Knacken blieb. Es entfernte sich flussabwärts.

Verbissen beschloss Magnus, dem Phantom nachzusetzen. Ungeachtet des wild wuchernden Gestrüpps, das ihm Gesicht und Hände zerkratzte, schlug er sich stolpernd und springend durch den Wald und hangelte sich an Ästen und Stämmen Stück um Stück den abschüssigen Hang hinunter. Ein stetig lauter werdendes Tosen verriet, dass er dabei dem Fluss immer näher kam.

Endlich sah er durch das Dickicht Licht schimmern. Der Wald wurde lichter und machte schließlich einem breiten Geröllgürtel Platz, welcher zum Fluss hin abfiel und in einen felsbewehrten Uferstreifen überging, unterhalb dem die Enns weiß schäumend in ihrem Bett wogte. Noch hatte Magnus das Dickicht nicht verlassen, als er plötzlich wie versteinert innehielt.

Weit von der Stelle entfernt, wo er sich befand, unmittelbar am Rand des Ufers, auf einem erhöhten Felsstück, ragte, die Arme zur Seite ausgestreckt, die schwarze bewegungslose Gestalt eines Benediktiners empor. Er wandte seinem Verfolger den Rücken zu und hatte die Kapuze über das Haupt gestülpt.

Basilius! Was hatte er vor? War er wahnsinnig geworden?

Noch während die Gedanken durch seinen Kopf wirbelten, beschloss Magnus, die Initiative zu ergreifen. Er nahm seinen ganzen Mut zusammen und trat langsam hinter dem Dickicht hervor. Die Hände zu einem Trichter geformt, rief er mit lauter Stimme über das Geröllfeld hinweg: „Basilius, gib auf! Um deines ewigen Heils willen – bereue vor dem Angesicht des Herrn und stelle dich der irdischen Gerechtigkeit!“

Der Mönch, der immer noch völlig reglos auf dem Felsen verharrte und Magnus den Rücken zuwandte, antwortete zunächst mit einem höhnischen Lachen. Dann ertönte, umtost vom Brausen des Flusses, seine Stimme.

„Ich habe dich erwartet, Bruder Magnus. Ich wusste, dass dich die Suche nach Kräutern heute hierher führen würde. Doch nun hör gut zu und berichte deinem Prior das, was du nun sehen wirst. Ich weiß, dass mein Leben verwirkt ist. Und ich weiß auch, dass man mich jagen wird wie einen räudigen Hund. Doch niemandem wird die Genugtuung zuteil werden, den Prior des Ordens vom Ring gedemütigt zu haben. Über mein Leben habe ich selbst bestimmt. Und über meinen Tod werde ich es ebenso tun. Sieh her, Bruder Magnus! Und erkenne, was wahre Freiheit bedeutet."

Ungläubig und mit vor Entsetzten geweiteten Augen nahm Magnus zur Kenntnis, wie der Cellerar sich auf diese Worte hin mit seitlich ausgebreiteten Armen in die weiß schäumenden Fluten fallen ließ.

Für einige Lidschläge war er wie gelähmt. Dann aber stürzte Magnus über den breiten Geröllgürtel zum felsigen Rand des Ufers hinunter. Obwohl ihm der Schreck noch in den Knochen saß, erklomm er mit geübten Bewegungen den Felsen, von dem aus sein ehemaliger Mitbruder in den Tod gestürzt war. Schaudernd blickte er auf die tosende Flut hinab, die einen feinen Nebel aus Nässe zu ihm emporschickte. Durch den Nebel hindurch nahm er wahr, wie der schwarz gekleidete Körper des Basilius zwischen den umtosten Felstrümmern zuerst eine Weile hin und her geschleudert und dann von den wütenden Wassern flussabwärts gerissen wurde.

Magnus bekreuzigte sich. „Der Herr sei deiner Seele gnädig", murmelte er, bevor er hastig vom Felsen stieg, um sich über das Geröllfeld und durch den Wald so schnell wie möglich wieder zu Brutus zurückzubegeben.

Und zu seinem Korb, der die frisch gepflückten Blätter des Rupprechtskrautes barg.

37

Es war gegen die Stunde der Terz, als Wolf und Katharina sich am letzten Tag des Augusts auf den Weg zu Arnulfs Hütte machten. Sie hatten beschlossen, gemeinsam nach dem Versteck der Dokumente zu suchen, auf das es der geheimnisvolle Graf von Rieden abgesehen hatte. So es diese Dokumente überhaupt gab – welche Einzelheiten würden sie wohl über die Herkunft Bertrams enthüllen? Und welche über seinen Feind, der nach wie vor darauf aus war, ihn zu töten? Da sich darüber nur mutmaßen ließ, bildete bald wieder die überraschende Wende, die sich im Fall des Basilius ergeben hatte, den Gegenstand ihrer Unterhaltung.

„Bei allem Schrecken: Mit seinem Tod dürfte ja endlich Ruhe in Admont einkehren", stellte Katharina fest.

„Davon darf man ausgehen. Auch wenn es noch eine gute Weile dauern wird, bis bei Kaufleuten und anderen Reisenden das Vertrauen in die Strecke über die Buchau wiederhergestellt ist", bestätigte Wolf und setzte damit den vorläufigen Schlusspunkt unter ihre Unterhaltung.

Mittlerweile waren sie auf den schmalen Weg eingebogen, der in das Tal führte, das die Heimat Arnulfs und seiner Familie gewesen war.

Vor ihnen öffnete sich die auf drei Seiten von bewaldeten Hängen umgebene Senke, an deren östlicher Begrenzung eine verwaiste Hütte am Fels lehnte. Unmittelbar rechts neben der Hütte befand sich die offene Feuerstelle, die von Agnes den Sommer über als Kochstelle genutzt worden war. Davor bezeichneten fünf auf dem Gemeinschaftsgrab aufgeworfene Erdhügel, aus denen jeweils ein schlichtes Holzkreuz ragte, die Stelle, an der Agnes, Arnulf, Tassilo sowie Anna und Paul ihre letzte Ruhestätte gefunden hatten.

Wolf und Katharina gaben den Pferden die Fersen und ritten langsam weiter. Nachdem sie die Mitte der Senke passiert hatten, machten sie abermals Halt und saßen ab. Sie überließen die Tiere sich selbst und schritten nebeneinander durch das hohe Gras bis an den Rand der Gräber. Ergriffen sahen sie auf die erdigen Hügel hinunter, stumme Zeugen einer erst kurz zurückliegenden Tragödie, der fünf unschuldige Menschen auf bestialische Weise zum Opfer gefallen waren.

Unwillkürlich taten Wolf und Katharina das, was sie glaubten, tun zu müssen: Einem inneren Impuls folgend, fielen sie gemeinsam auf die Knie, falteten die Hände und begannen stumm zu beten.

„Komm, lass uns anfangen, gehen wir zur Hütte hinüber!", meinte Wolf, nachdem sie sich wieder erhoben hatten. Seine Stimme klang heiser, aber bestimmt und erinnerte an die Aufgabe, die vor ihnen lag. Offensichtlich hatte ihn das kurze Verweilen an den Gräbern in seiner Entschlossenheit bestärkt.

„Und wenn wir nichts finden?", fragte Katharina.

„Wir werden etwas finden. Wir müssen nur aufmerksam genug suchen", entgegnete Wolf.

„Was macht dich so sicher?"

„Ich sagte es gestern schon: Dieser Hanno von Rieden erwartete, dass Mautner und seine Spießgesellen nicht nur Bertram beseitigen, sondern auch irgendwelche Dokumente sicherstellen würden, die sich im Besitz von Arnulf und Agnes befanden. Aber das gelang ihnen offenbar nicht. Auch Mercedes, die Tänzerin, von der ich dir erzählt habe, hat von solchen Schriftstücken gesprochen. Wenn es sie noch gibt, wovon ich nach wie vor überzeugt bin, dann müssen sie in irgendeinem Versteck lagern, das Arnulf und Agnes nicht preisgegeben haben."

„So gesehen hast du Recht. Es klingt auf jeden Fall logisch", sagte Katharina und blickte nachdenklich vor sich hin, während sie durch das hohe Gras zur Hütte hinübergingen.

Mit einem klagenden Laut bewegte sich die Tür in den Angeln. So wie damals, dachte Wolf bitter, als er mit Katharina über die Schwelle trat.

Diffuses Halbdunkel empfing sie.

Und ein eigenartig abgestandener Geruch nach Moder.

Wolf fackelte nicht lange, ging mit schnellen Schritten zum Fenster hinüber, stieß den Riegel zurück und riss den Laden auf.

Ein breiter Streifen hellen Lichtes flutete in die Hütte.

Stumm sahen sie sich um.

Nur wenige Schritte vom Eingang entfernt stand der niedrige, aus rohen Brettern gezimmerte Kasten, der Arnulfs und Agnes' Bettstatt gewesen war; noch immer lagen Strohsäcke darauf. Dahinter ein weiterer Kasten, die Schlafstelle der Kinder. In der Mitte des Raumes die gemauerte Feuerstelle. Links davon die Bretter des Verschlages, hinter dem einst Tassilos Ruhestätte gelegen hatte.

Katharina fröstelte. Unwillkürlich fragte sie sich, was sie hier noch zu finden hofften. Das Leblose des Raumes, seine Kargheit und Verlassenheit berührten sie fast körperlich.

„Du glaubst nicht, dass hier noch etwas versteckt sein könnte, nicht wahr?", fragte Wolf, der ihren Blick richtig deutete.

„Du kannst Gedanken lesen", murmelte Katharina und nickte.

„Nun, das, wonach wir suchen, könnte zum Beispiel in der Hütte vergraben worden sein", gab Wolf zu bedenken.

„Ja, gut ... aber willst du etwa den ganzen Boden hier drin umpflügen?"

„Nein, natürlich nicht. Aber ich will ihn mir noch einmal genau ansehen. Manchmal verrät einem die Oberfläche ja, was sich unter ihr befindet.“

Sie nickte und musterte aufmerksam den gestampften Lehmboden unter ihren Füßen.

„Warte, ich will noch etwas holen!“, sagte Wolf und ging nach draußen. Nach einer Weile kehrte er mit dem kurzen Stück eines dicken Fichtenstammes zurück, an dem sich zwei kräftige Äste befanden.

Katharina sah ihn erstaunt an.

„Was willst du denn damit?“, fragte sie.

„Den Boden abklopfen“, entgegnete Wolf. „Befindet sich eine Höhlung oder ein Loch darunter oder weist er sonst eine Unregelmäßigkeit auf, wird das Geräusch es mir verraten.“

Er ergriff den Stamm bei den Ästen und rammte das Holz, während er Schritt um Schritt voranging, immer wieder kräftig auf den Boden. Gleichzeitig konzentrierte er sich darauf, auch nicht einen einzigen Schrittbreit auszulassen. Sogar die Betten rückte er zur Seite, wobei Katharina mit Hand anlegte. Bald hatte er so den gesamten Fußboden abgeklopft, ohne jedoch eine einzige auffällige Stelle zu entdecken.

Resigniert ließ er sich auf dem Strohsack nieder, der einst Tassilo als Lager gedient hatte, und wischte sich mit dem Handrücken über die Stirn; die Suche war nicht nur vergeblich, sondern auch schweißtreibend gewesen.

„Und nun?“, wollte Katharina etwas mutlos wissen und setzte sich neben ihn. Dabei mühte sie sich einmal mehr, die Spuren von getrocknetem Blut um sich herum zu ignorieren.

Wolf zuckte die Achseln. „Wir werden es woanders versuchen. Vielleicht bei den Meilern. Womöglich gibt’s dort noch ein weiteres Versteck.“

Als sie die Hütte verließen, um zu den Grubenmeilern hinüberzugehen, tat Katharina es mit dem dumpfen Gefühl, dass sie dort eine neuerliche Enttäuschung erwarten würde.

Sie blickte zu den Pferden hinüber, die am Ufer eines winzigen Baches grasten, der als schmales glitzerndes Band die Senke in südlicher Richtung durchschnitt.

„Gibt es hier eine Quelle?“, fragte sie beiläufig.

„Ja. Sie entspringt dort hinter der Hütte“, antwortete er und deutete mit der Hand hinter sich.

Schweigend schritten sie ein Stück weiter, als sich Wolf plötzlich unsanft am Arm gepackt fühlte. Abrupt verhielt er im Schritt – und sah in die weit aufgerissenen Augen Katharinas, in denen ein seltsamer Ausdruck lag.

Und als ob sie ihr seltsames Verhalten noch steigern wollte, begann sie auf einmal einen lateinischen Spruch aufzusagen: *„Aqua profunda verba ex ore viri et torrens redundans fons sapientiae – Tiefes Wasser sind die Reden aus dem Munde eines Mannes; ein strömender Bach ist die Quelle der Weisheit“*, rezitierte sie mit flüsternder Stimme den Vers aus dem Buch *Proverbia.*

Wolf sah sie an, als habe sie den Verstand verloren. „Was ... was ist mit dir, Liebes?“, fragte er besorgt und umfasste ihre Schultern.

„Erinnerst du dich nicht? Der Spruch, der Agnes so gut gefiel, dass sie ihn auswendig lernte. Sie hatte ihn von dir. Und sie zitierte ihn Bertram gegenüber, der ihn daraufhin auch auswendig lernte. Als er gerade einmal sechs Jahre alt war. Er hat uns davon erzählt, an jenem Abend, als wir im Weißen Hirschen beisammensaßen“, entgegnete sie aufgeregt.

„Ja, natürlich, jetzt erinnere ich mich. Aber was soll damit sein?“

„Kannst du dich auch daran erinnern, was Agnes noch zu Bertram sagte? Ich meine, das mit dem Geheimnis“, drang sie weiter in ihn.

„Ja ... ich glaube schon", sagte Wolf zögernd. Sein wenig überzeugter Blick verriet allerdings etwas anderes.

„Sie sagte, Bertram solle sich den Spruch gut merken, er berge ein Geheimnis, das für sein künftiges Leben wichtig sei", half Katharina seinem Gedächtnis auf die Sprünge. „Auf meine Frage, was es denn mit dem Geheimnis auf sich habe, sagtest du, sie habe damit zum Ausdruck bringen wollen, dass man im Leben möglichst viel lernen soll. Doch was, wenn das, was Agnes sagte, sich gar nicht auf das Lernen, sondern auf das Versteck bezogen hat?"

„Auf das Versteck? Was meinst du damit?"

„Aber denk doch mal nach, Liebster. ... *ein strömender Bach ist die Quelle der Weisheit.* Mit anderen Worten: Weisheit, oder auch die Wahrheit, findet sich in einem Bach – oder an seiner Quelle ..."

Diesmal sah Wolf sie an, als sei sie ein Engel aus der Offenbarung des Johannes.

„Ja, vielleicht hast du Recht. Es könnte immerhin sein", murmelte er verblüfft. „Komm, lass uns zur Quelle gehen!", fuhr er fort, wobei neuer Elan in seiner Stimme lag. Er machte kehrt und strebte mit langen Schritten den Weg zurück, den sie gekommen waren, sodass Katharina Mühe hatte, ihm zu folgen.

Sie brauchten nicht lange, bis sie an die Quelle des Wasserlaufs gelangten – eine mit Kies und Steinen gefüllten Mulde unmittelbar am Fuß des Steilhangs, aus deren Mitte zaghaft, aber stetig Wasser aus dem Boden hervorsprudelte. Als schmales Rinnsaal speiste es nur einige Schritte entfernt einen Tümpel, der nicht mehr als ein drei Ellen tiefes Loch war, das einen Durchmesser von vielleicht vier Ellen haben mochte und dessen Grund ebenfalls von Kies, Sand und Steinen gebildet wurde. Von hier aus floss das Wasser in einem schmalen Bett als glitzerndes Band die Anhöhe hinunter, durchquerte die Senke und verließ diese schließlich in südlicher Richtung.

Langsam schritt Wolf prüfend den Quellort ab. Einige Schritte unterhalb der Mulde, unmittelbar am Rand des Tümpels blieb er plötzlich stehen und ging in die Hocke.

„Siehst du, hier, wo der Bach beginnt, hat er auch schon seine tiefste Stelle“, wandte er sich an Katharina. Sie hatte sich inzwischen zu ihm gesellt und war ebenfalls in der Hocke gegangen. Einer plötzlichen Eingebung folgend, zog Wolf die Stiefel aus und stieg mitsamt den Beinlingen kurz entschlossen in das kühle Nass hinein, das ihm bis zur Hüfte reichte. Er beugte sich nach unten und begann Kies, Sand und Schlick auf dem Grund vorsichtig beiseitezuräumen, wobei er darauf achtete, so wenig Schmutz wie möglich aufzuwirbeln, um das Wasser nicht allzu sehr zu trüben. In gespannter Erwartung und mit zusammengepressten Lippen sah Katharina ihm dabei zu.

Plötzlich entfuhr Wolf ein Ausruf der Überraschung. Mit funkelnden Augen sah er zu Katharina hinüber, die erregt aus der Hocke aufsprang.

„Was ist? Hast du etwas gefunden?“, fragte sie aufgeregt.

Wolf nickte. „Ich glaube ja. Einen eisernen Haken. Ich glaube, es ist ein eiserner Haken. Oder eine Art Griff“, antwortete er mit heiserer Stimme und mühte sich, durch die aufsteigenden schmutzigbraunen Schleier hindurch den Blick auf den Grund des Wasserlochs zu richten. Gleichzeitig versuchte er, an dem, was er ertastet hatte, zu zerren. Vergeblich. Was immer dort unten auch sein mochte, es ließ sich nicht bewegen.

„Das Ding steckt zu tief. So bekomme ich es nicht heraus. Wir brauchen irgendetwas zum Graben“, sagte er.

„Ja, aber was?“, fragte sie.

„Unten, neben der Hütte, bei der Feuerstelle, da liegt ein Spaten. Außerdem benötige ich das Seil, das an meinem Sattel befestigt ist. Wenn du mir das holen könntest“, bat er. „Ich mache derweil mit den Händen weiter.“

Noch hatte er den Satz nicht zu Ende gesprochen, als sie bereits den Pfad hinuntereilte.

Als sie mit Seil und Spaten zurückkehrte, fand sie Wolf noch immer bis zur Hüfte im Wasser vor; inzwischen allerdings nicht mehr in gebückter Haltung, sondern hoch aufgerichtet und mit in die Seite gestemmten Armen. Er sah aus, als genieße er einen Sieg.

„Es ist eine hölzerne Truhe!", rief er triumphierend, kaum dass sie herangekommen war. Mit vor Erregung glänzenden Augen starrte Katharina in das Loch hinab. Tatsächlich. Trotz des schmutzig trüben Wassers konnte sie auf dem Grund den Deckel einer Truhe ausmachen, aus dem ein eiserner Haken ragte.

„Na endlich", sagte Katharina zutiefst befriedigt und reichte ihm Seil und Spaten.

Rasch schlang Wolf das eine Ende des Seils um den Haken. „Hier, fang!", forderte er Katharina auf und warf ihr das andere Ende zu. Dann rammte er den Spaten unmittelbar neben der Truhe tief in den Grund des Tümpels. „Und nun, zieh! So kräftig du kannst!", wies er sie an. Gleichzeitig versuchte er den Spaten als Hebel einzusetzen, indem er den Stiel mit aller Kraft nach unten drückte.

Aber nichts rührte sich. Die Truhe saß fest und ließ sich nicht einen Fingerbreit bewegen.

„Noch einmal! Ich zähle bis drei. Eins ... zwei ... jetzt!", befahl Wolf.

Abermals zog Katharina kräftig an, während Wolf ein zweites Mal sein ganzes Gewicht gegen den Spaten stemmte.

Diesmal wurden ihre Anstrengungen von einem dumpfen Knirschen belohnt. Wieder waberten schmutzigbraune Schlieren an die Oberfläche, begleitet vom Blubbern mehrerer Luftblasen – ein deutliches Zeichen, dass sich auf dem Grund etwas zu bewegen begann.

„Und noch einmal! Gleich haben wir's. – Zieh!", wiederholte

Wolf seinen Befehl, presste unter Aufbietung all seiner Kräfte erneut den Stiel des Spatens nach unten – und merkte auf einmal, wie dieser nachzugeben begann. Gleichzeitig spürte auch Katharina, dass sich der Widerstand verringerte. Unmittelbar darauf verriet ein dumpf schmatzendes Geräusch, dass Schlick und Kies auf dem Grund des Tümpels ihre Beute endgültig frei gaben. Wolf warf den Spaten achtlos neben den Tümpel, griff mit beiden Händen in die dunkelbraune Brühe – und nur wenige Augenblicke später erblickte eine seit fünfzehn Jahren in einem unscheinbaren Tümpel verborgene eichene Truhe das Licht des Tages.

„Wie Arnulf es wohl geschafft hat, sie auf dem Grund des Tümpels zu vergraben?“, meinte Katharina, die dicht neben Wolf kauerte. Nachdem sie mitgeholfen hatte, die Truhe an den Rand des Wasserlochs zu wuchten, sah sie nun gespannt dabei zu, wie Wolf die rostigen Beschläge einer Prüfung unterzog.

„Er wird das Rinnsal vorübergehend künstlich umgeleitet und das Wasser aus dem Loch herausgeschöpft haben“, antwortete Wolf. „Das dürfte keine große Schwierigkeit gewesen sein. Nachdem er die Truhe vergraben hatte, leitete er den Bach wieder in sein ursprüngliches Bett zurück, und der Tümpel füllte sich wieder.“

„Besonders groß ist das gute Stück nicht gerade“, bemerkte Katharina mit einem skeptischen Blick auf die Truhe.

„Aber für ihre Größe ganz schön schwer“, entgegnete Wolf und klopfte mit einem Stein das Bandeisen ab, das um die Truhe herumlief.

„Verrostet, aber noch nicht durchgerostet, nicht wahr?“, stellte Katharina fest.

„Ja, aber ich brauche irgendetwas, um das Schloss zu knacken. Oder das Band, je nachdem“, antwortete er.

„Wie wär’s, wenn du den Spaten nimmst.“

„Natürlich, so könnte es gehen“, entgegnete er. Er griff sich das Werkzeug, klemmte das Spatenblatt unter das Bandeisen und stemmte es mit einem kräftigen Ruck nach oben. Mit einem dumpfen Knall barst das eiserne Band auseinander.

„Der Augenblick der Wahrheit ...“, murmelte Wolf und sah Katharina an. Dann ergriff er plötzlich ihre Hand, um sie auf den hölzernen Deckel zu legen.

„Wenn es jemand verdient sie zu öffnen, dann du, Liebes“, sagte er leise.

Zuerst zögerte Katharina, dann aber klappte sie voller Erwartung und mit einer einzigen schnellen Bewegung den Deckel zurück – um schließlich verblüfft und maßlos enttäuscht auf das zu starren, was ihr da im Licht der Vormittagssonne feucht entgegenglänzte.

„Deshalb also war sie so schwer“, bemerkte Wolf, der mindestens ebenso überrascht war wie Katharina.

Die Kiste war bis zum Rand mit Kies gefüllt!

Sie sahen sich an – und als ob einer die Gedanken des anderen erraten hätte, begannen sie fast gleichzeitig damit, die Truhe in fieberhafter Eile zu leeren. Mit beiden Händen schaufelten sie den Kies aus der Truhe und warfen ihn hinter sich, um gleich darauf auf eine Schicht puren, feinsten Sandes zu stoßen, der naturgemäß ebenfalls völlig durchnässt war.

„Lass uns weitermachen! Es muss einfach noch mehr darin sein“, orakelte Wolf.

Kaum dass sie den Sand zur Hälfte aus der Truhe entfernt hatten, bestätigte Katharina auch schon seine Vermutung.

„Da! Da ist etwas!“, rief sie. Ihre Stimme überschlug sich geradezu vor Aufregung.

Tatsächlich war sie auf einen dunklen Gegenstand gestoßen, dessen Oberfläche im Licht der Sonne glitzerte.

„Wir müssen achtgeben! Es scheint ein Tongefäß zu sein“, mahnte Wolf, nachdem er den Fund kurz in Augenschein genommen hatte.

Behutsam schaufelten sie weiter und legten so schließlich nicht nur einen, sondern gleich zwei ungewöhnlich geformte irdene Behälter frei; runde, tönerne Köcher, die sich an einem Ende zu einer stumpfen Spitze verjüngten. Sie waren ungefähr eine Elle lang und maßen im Durchmesser etwa eine Hand breit. Vorsichtig hob Wolf sie heraus und sah sofort, dass sie sorgfältig gebrannt und glasiert worden waren. Verschlossen waren die seltsamen Behältnisse mit einem exakt angepassten hölzernen Pfropfen, den man in die Öffnung der Köcher gesteckt und danach dick mit Wachs versiegelt hatte.

„Absolut wasserdicht", stellte Wolf anerkennend fest. „Ich fresse einen Besen, wenn hier nicht das drin ist, wonach wir suchen."

„Willst du sie gleich hier öffnen?"

„Nein, das machen wir in Admont. Aber lass uns die Truhe noch einmal genauer untersuchen. Am besten, wir drehen sie um."

Sie kippten die Truhe und holten mit den Händen den restlichen Sand heraus. Dabei machten sie tatsächlich einen weiteren Fund: ein dickes Paket, das offenbar aus mehreren Lagen gewachster Tücher bestand und um das herum man eine Schnur gewickelt hatte, die ebenfalls durch Wachs gezogen worden war.

Wolf zückte seinen Dolch, durchschnitt damit die Verschnürung und faltete die Tücher auseinander. Zum Vorschein kam ein sorgfältig vernähtes und prall gefülltes Mäppchen aus Leder, dessen Nahtstelle ebenfalls mit Wachs abgedichtet worden war.

Stumm besah er sich den Fund. „Das hat Agnes gefertigt", erklärte er nach kurzem Schweigen. „Ich kann es an der Art der Naht erkennen. Solch ein Täschchen hat sie auch einmal für mich gemacht", fuhr er mit dumpfer Stimme fort und reichte das Mäppchen an Katharina weiter.

Sie schüttelte es, woraufhin ein verhaltenes Klirren ertönte. „Wollen wir es nicht öffnen?", fragte sie leise.

Wolf nickte und gab ihr seinen Dolch.

Vorsichtig kratzte Katharina die Wachsschicht ab, trennte die Naht auf und sah hinein.

„Münzen“, sagte sie. Dann drehte sie das Mäppchen um und schüttete den Inhalt vor sich auf den Boden. Tatsächlich bestand der Inhalt vorwiegend aus Münzen, doch auch ein Ring und ein Armband kamen zum Vorschein. Die Schmuckstücke zierte unübersehbar ein Motiv, das sie bereits zur Genüge kannten – ein blattumrankter Eber – das Zeichen der Grafen von Rieden.

Nochmals besah sie sich das Mäppchen – um mit einem Ausruf der Verblüffung hineinzugreifen und ein zusammengefaltetes Stück Pergament herauszuziehen, das dank der wasserdichten Ummantelung völlig trocken geblieben war und das sie sogleich an Wolf weiterreichte.

Überrascht faltete er es auseinander, und schon der erste Blick auf den eng beschriebenen Bogen genügte, um ihn ungestüm aufspringen zu lassen.

„Das ist der Brief, den Wiltrud an Agnes schrieb!“, rief er.

Wachsende Unruhe malte sich auf seinen Zügen, während er die offensichtlich mit ungelenker Hand geschriebenen Zeilen zu Ende zu las. Als er damit fertig war, lag ein Ausdruck grimmigen Verstehens in seinen Blick.

„Endlich! Wie lange habe ich auf diesen Augenblick gewartet. Aber lies selbst“, sagte er leise und reichte das Pergament an Katharina weiter.

Sie folgte seiner Aufforderung, und bereits die ersten Zeilen jagten ihr kalte Schauer über den Rücken. Der Brief war zwar voller Fehler und verriet den naiven Schreibstil einer einfachen Magd, die nur notdürftig Schreiben und Lesen gelernt hatte, doch dafür war sein Inhalt umso klarer. Er ließ nicht nur die hoffungslose Verzweiflung der Verfasserin erahnen, sondern brachte auch endlich die Wahrheit ans Licht.

Die Wahrheit um die Identität Bertrams und seines Todfeindes, des „Ebers“ von Rieden.

Libe Schwester,

verzweivelt und foller Furrcht schreibe ich dir dise Zeilen. Wie gut, dass du und ich schreiben und lehsen gelernt hast, damals bei unserer Tante, die wo eine Nonne im Kloster ist. Ich hab grose Angtst und meine Herrin auch. Sie ist die Frau von Hanno von Rieden und soll ein Knäblein töten. Das Knäblein ist der Son vom Graf Gunter von Rieden, der aber schon tot ist. Er starb ein par Taage vor die Gepurt seines Sones. Auch Gräfin Gisela von Rieden, die wo seine Frau war, ist tot. Sie starb bei die Gepurt des Knäbleins. Und nun will, was Gott verhindern soll, Hanno von Rieden, der nur der Halbbruder des verstorbenen Grafen ist, und der nur sein Verwalter war und dem gar nichts gehört, alles an sich reissen. Dazu muss er aber das Knäblein umbringen, denn das ist der reechtmäsige Erbe. Es wurde auf den Namen Bertram von Rieden getauft und ist erst ein paar Wochen alt. Herr Hanno hat seiner Frau, die ja meine Herrin ist, befohlen das Kind heimlich zu töten. Sie hat ihrem Mann aber gesagt, dass sie das nicht will und da hat er sie geschlagen, und gesagt, dass er sie noch mehr schlägt, wenn sie nicht gehorcht. Meine Herrin ist selbst schwer krank und wird bald sterben. Aber das Kind will sie unbedingt retten. Darum hat sie beschlosen, dass sie nur so tut, als ob sie das Kind wird töten lassen. Aber sie hat mich gefragt ob ich ihr dabei helfe, das Kind wegzubringen, dass es niemand merkt. Ich habe ja gesagt. Der Kleine ist so süs und unschuldig und ist auch so arm dran, weil er keine richtigen Eltern mehr hat und weil man ihm ans Leben wil. Ich hab eine Freundin und die ist eine Fahrende. Sie heißt Mersedes und tanzt in einer Trupe. Und sie will auch mithelfen, das Knäblein retten. Ich habe ihr das Knäblein gebracht und sie gebittet, das sie es dir bringt. Sie hat Geld dafür gekriegt. Sie hat Gepäck dabei, dass sie dir auch gibt. In dem kleinen Paket ist Schmuck und Geld eingewickelt. Das soll dir und Arnulf gehören, wenn ihr den Kleinen nehmen tut. Ales andere soll dem Kind gehören. Auch da sind wehrtvole Sachen drin. Auserdem sind zwei Rollen dabei, in der Perkamente stecken. Es sind Dokumentte, die wo wichtig sind, weil sie die Abstamung von dem kleinen Bertram beweisen und die sind so versigelt, dass kein Wasser rankomen kann. Wenn er einmal älter ist, sollt ihr ihm die Dokumentte zeigen und ihm sagen, wer er ist. Vileicht kan er dann ja trozdehm noch sein Erbe krigen wenn er will. Damit du und Arnulf sicher sein könt, dass ihr auch das richtige Knäblein habt, das euch Mersedes bringt, nenne ich euch ein Erkennungsmerkmahl. Der Kleine ist blond und hat ein Feuermahl unter der rechten Zehe. Um Christi willen, nehmt das Kind auf und sorgt für es. Ich weiß ja libe Agnes, dass du gern ein Kind haben wilst, aber es hat bei euch nie geklapt. Jetzt habt ihr eins und noch ein schönes dazu.

Der Herr sekne euch.

In ein par Jahren will ich einmal zu euch komen.

Deine Schwester Wiltrud

Rieden, im Julei, im Jahr des Herrn 1370.

Langsam ließ Katharina die Hand mit dem Brief sinken. Ihr Blick verriet gleichermaßen Verstehen und Empörung und verband sich mit dem Wolfs, in dem Zorn, Schmerz und Zärtlichkeit zu liegen schienen.

„Nun wissen wir's also“, sagte sie leise zu ihm.

Er nickte. „Ja, nun wissen wir's“, stimmte er ihr mit spröder Stimme zu.

„Wann werden wir es Bertram sagen?“, fragte sie.

„So bald wie möglich. Die Zeit ist reif. Jetzt, wo wir alles über seine Herkunft erfahren haben, haben wir kein Recht, ihm dieses Wissen länger vorzuenthalten.“

„Der arme Junge. Wie er wohl damit umgehen wird?“

Er zuckte mit den Schultern. „Ich weiß es nicht. Einerseits wird es ein Schock für ihn sein. Andererseits dürfte er durch all das, was in den letzten Wochen geschehen ist, schon ein wenig darauf vorbereitet sein."

„Ja, ich denke auch, dass es so sein wird. Wann wollen wir uns die Tonköcher vornehmen, in denen die Dokumente stecken?"

„Ich denke, es macht Sinn, ins Stift zurückzukehren und sie in Gegenwart Bertrams und einiger Zeugen zu öffnen, die dieses dann auch schriftlich bestätigen. Der Prior und der Stiftsrichter sollten auf jeden Fall zugegen sein. Und vielleicht noch ein paar andere. Ihnen sollten wir auch den Brief Wiltruds zeigen", schlug Wolf vor.

„Eine gute Idee", stimmte Katharina zu, „so sind wir auf der sicheren Seite, und niemand kann den Vorwurf erheben, wir hätten die Dinge manipuliert."

Um die neunte Stunde herum waren sie endlich so weit, sich auf den Rückweg nach Admont machen zu können. Wolf war inzwischen fest davon überzeugt, dass sich nun auch die andere der beiden Schachpartien, die ihm das Schicksal zu spielen auferlegt hatte, dem Ende zuneigte.

Bald würde er den letzten, entscheidenden Zug machen.

In nur noch fünf Tagen. Wenn Neumond war.

38

Mattes Sternfunkeln regierte den Himmel im Westen, während im Osten schüchtern der Tag heraufzog. Mit fahler Hand begann der nahende Morgen, sein spärliches Licht wie Asche über die Landschaft zu streuen und alles in dunkles, stumpfes Grau zu tauchen. Noch atmete die Erde die kühle Luft der Nacht, ohne dass man ihren Atem wahrnahm. Weder verhüllten Nebelschwaden die Konturen der Berge und Wipfel, noch perlte Tau von den Blättern und Halmen.

Alles ruhte. Alles schlief.

Bis auf jenes schwarze, unförmige Etwas, in dem ein Paar großer, runder Augen glühte.

Auf einem Haufen zerborstener alter Ziegel sitzend, blickte ein Uhu über eine halb verfallene, steinerne Brüstung hinweg in Richtung Osten. Unmittelbar neben dem mächtigen Vogel ragte, dunkel und drohend, das marode Gemäuer eines alten Burgfrieds in die Höhe. Längst schon war ihm das Dach abhanden gekommen. Gleich einem wunden Zeigefinger, dem das letzte Glied fehlt, schien er an die Verletzlichkeit des Seins und die Vergänglichkeit alles Irdischen gemahnen zu wollen. Die mächtige Burganlage, über die er einst wachte, war schon vor vielen Jahrzehnten von ihren Besitzern aufgegeben worden. Nur selten setzten Menschen ihren Fuß hierher, schien doch in jedem Winkel der Hauch des Todes wie ein stummer Fluch zu nisten.

Ein Rascheln. Ein Knacken.

Der Kopf des Eulenvogels fuhr zur Seite, drehte sich wie eine Kugel, und kaum dass seine Augen die Silhouette des Mannes, der sich plötzlich auf ihn zubewegte, wahrgenommen hatten, öffnete er auch schon seine Schwingen und schwebte lautlos in Richtung Westen davon, dorthin, wo noch ungestört die Nacht regierte.

Langsam trat Basilius, der ehemalige Cellerar des Stiftes zu Admont, hinter dem Burgfried hervor. Noch saß ihm der Schreck im Nacken: das rot glühende Augenpaar des Vogels hatte ihn für die Dauer eines Lidschlags so sehr irritiert, dass ihm unwillkürlich ein Fluch entglitten war.

Er ließ sich auf dem Haufen alter Ziegel nieder und blickte sinnend nach Osten, wo der Tag als fahler Streifen heraufdämmerte. Es würde sein Tag werden. Gewiss, der Feind würde erst morgen auftauchen. Doch heute schon würden sie die entscheidenden Vorbereitungen treffen, um ihm den Empfang bereiten zu können, der ihm gebührte. Diesmal würde dem Klausner niemand helfen ...

Das Vorgefühl des Sieges ließ ein hämisches Lächeln über die Züge von Basilius huschen. Er wandte den Kopf und sah zum Burghof hinüber, dorthin, wo innerhalb eines verfallenen, halbkreisförmigen Mauerstücks Hanno von Rieden mit seinen Mannen schlief.

Basilius' Lächeln wurde breiter; er dachte an den Plan, mittels dessen er seine Ziele zu erreichen gedachte.

Es war ein verdammt guter Plan, und er war bereits weit gedie hen.

Zweifelsohne gründete er auf eine gütige Fügung des Schicksals: auf die Tatsache nämlich, dass er, Basilius, bei dem Verhör Mautners zugegen gewesen war. Und dies einen Tag, bevor der verfluchte Klausner seine Identität herausbekommen hatte.

Zugegeben, an jenem Tag, an dem er Hals über Kopf auf Brutus, dem schnellen Pferd des Abtes, die Flucht antreten musste, hatte Panik sein Handeln bestimmt. Dann aber, nachdem seine Kaltblütigkeit wieder zurückgekehrt war, hatte er sich einen regelrechten Schlachtplan zurechtgelegt.

Zuerst war er skeptisch gewesen, ob sich sein Plan verwirklichen lassen würde. Aber bald war es ihm gelungen, den ersten Schritt seines Vorhabens erfolgreich umzusetzen. Ein triumphierendes Grinsen glitt über das Gesicht von Basilius, während er daran dachte, wie leicht es gewesen war, dem Kräuter sammelnden Bruder Magnus seinen „Freitod" mittels einer einfachen Strohpuppe vorzutäuschen. Schon Stunden bevor er den Mönch zur Enns gelockt hatte, hatte er das mit dem Gewand eines Benediktiners umhüllte Gestell aus Holz und Stroh auf dem Felsen aufgestellt gehabt. Täuschend echt musste der „Strohmönch" auf Magnus gewirkt haben. Es war zwar nicht ganz ungefährlich gewesen, sich auf einem von tosender Gischt umspülten Stein unterhalb der Stelle aufzuhalten, an der die Puppe stand und sie mittels eines Strickes dann schließlich in den Fluss zu befördern, doch der Einsatz hatte sich gelohnt. Nun galt es, die zweite Phase seines Planes zu verwirklichen. Sie würde es ihm gestatten, sowohl seine Rache zu vollziehen als auch einen ordentlichen Nutzen aus den Erkenntnissen zu schlagen, die das Geständnis Heinrich Mautners zutage gefördert hatte.

Vor drei Tagen bereits hatte sich Basilius guten Mutes auf den Weg gemacht, um dem Grafen entgegenzureiten. In einer Herberge bei Spital hatte er ihn dann tatsächlich ausfindig gemacht. Ihn zu einem Gespräch unter vier Augen zu bewegen war ebenfalls recht schnell gelungen – es hatte nur eines Hinweises auf die Zehe mit dem Feuermal und des Namens Heinrich Mautner bedurft, um sich seiner sofortigen Aufmerksamkeit zu versichern. Daraufhin war die Unterhaltung genau so verlaufen, wie er es sich erhofft hatte. Mit starrer Miene hatte der Graf den Verrat Mautners zur Kenntnis genommen sowie die Gefahr, die vonseiten Wolfs von der Klause drohte. Doch es gebe einen sicheren Weg, sich dieser Gefahr zu entledigen, hatte Basilius behauptet. Da man wisse, dass der Klausner anstelle Mautners zu dem vereinbarten Treffpunkt kommen werde, könne man ihn in genau die Falle tappen lassen, die er selbst zu stellen beabsichtigte. Bemächtigte man sich seiner, käme man über ihn sogar an die Dokumente heran, die Hanno von Rieden so sehr am Herzen lägen. Denn schließlich sei davon auszugehen, dass sich diese bereits im Besitz des Klausners befänden. Schnell war es Basilius gelungen, den Riedener trotz anfänglicher Bedenken von seinem Plan zu überzeugen; es gab schließlich keine Alternative dazu. Und überhaupt, gelänge es, sich Wolfs von der Klause zu versichern, könne man auch seines Schützlings habhaft werden und so das „Problem Bertram" ein für alle Mal lösen.

Natürlich hatte Basilius nicht versäumt, am Schluss seiner Darlegungen darauf hinzuweisen, dass er sehr wohl wisse, wie wertvoll seine Dienste für den Grafen seien und die Entlohnung entsprechend ausfallen müsse; eine Einschätzung, die Hanno von Rieden ohne Wenn und Aber geteilt hatte.

Der Lichtschein im Osten wurde kräftiger. Ebenso wie der Atem der Erde, der mittlerweile in Form weißer, durchsichtiger Nebelschwaden gemächlich emporstieg.

Basilius erhob sich gähnend und streckte die Glieder. Sein Wachdienst näherte sich dem Ende. Gleich würde er zu dem halbkreisförmigen Mauerstück hinübergehen, innerhalb dessen sich das Lager der Männer befand. Dort würde er Randolph wecken, der für die nächste Wache eingeteilt war. Sinnend blickte er über die marode Mauerbrüstung hinweg hinunter ins Tal, wo sich die Passstraße wie ein unendlicher Lindwurm bergauf und bergab wand. Spätestens übermorgen würde er auf ihr mit Hanno von Rieden und seinen Begleitern nach Süden in Richtung Lietzen weiterreisen, um sich von dort aus – seitlich der Hauptstraße und möglichst bei Nacht – an Admont vorbei in Richtung Buchau durchzuschlagen.

Lichter!

Zuckende, gelbrote Zungen inmitten der Nebelschleier!

Fackeln!

Gespenstisch tanzte ihr Schein im Grau des Zwielichts, das der heranbrechende Morgen wie Asche über das Tal gestreut hatte.

Basilius erstarrte.

Eins, zwei, drei ... fünf ... sieben Fackeln zählte er. Noch waren sie ein gutes Stück weit entfernt. Noch hoffte er, dass der irrlichternde Schein an dem hochaufragenden Felsen vorbeiziehen möge.

Doch er hoffte vergeblich. Als er das rötliche Zucken und die schemenhaften Konturen auf den schmalen Pfad zur Ruine einbiegen sah, wusste Basilius, was die Stunde geschlagen hatte.

Er zitterte. Ihm wurde heiß und kalt.

Er hatte mit allem gerechnet.

Nur nicht damit, dass der verdammte Klausner bereits heute und auch noch in aller Herrgottsfrühe hier auftauchen würde.

So schnell, wie es ihm nur möglich war, hastete er zu dem halbkreisförmigen Mauerstück hinüber.

An Schlaf war nicht mehr zu denken.

39

Trotz der frühen Stunde fühlten sich die sieben Reiter ausgeruht und frisch.

An der Spitze ritten Wolf und Katharina, gefolgt von Hauptmann Helfrich, Ulrich Hutter und Burkhart Fendrich sowie Wido Penzlein und Thomas Münzer. An den Sätteln hatten sie Fackeln befestigt. Ein gutes Stück weit waren sie ohne das künstliche Licht ausgekommen. Dann aber, als die Passstraße dichtes Waldgebiet durchschnitt, hatte Wolf angeordnet, die Fackeln zu entzünden.

Bereits am Abend zuvor hatten sie, von Süden kommend, die erste Etappe ihres Ziels erreicht gehabt: ein kleines, an der Passstraße gelegenes Waldstück. Dort hatten sie eine Mütze voll Schlaf genommen, bevor sie dann vor etwa einer Stunde wieder weiter in Richtung der Ruine gezogen waren.

Dass sie schon so zeitig aufgebrochen waren, hatte seinen guten Grund: Wolf hielt es für ratsam, ihr Ziel zum frühestmöglichen Zeitpunkt zu erreichen, damit möglichst noch niemand auf dem Pass unterwegs war und mitbekommen konnte, dass ihr kleiner Trupp, bestehend aus sieben Reitern, den einsamen Pfad zur Ruine eingeschlagen hatte.

„Bist du sicher, dass der Schurke nicht doch mit einer größeren Eskorte auftauchen wird?“, fragte Katharina, die neben Wolf einherritt.

Er schüttelte den Kopf. „Nein. Das würde zu großes Aufsehen erregen. Er muss darauf achten, so unauffällig wie möglich zu reisen. Außerdem, je weniger Männer er dabeihat, desto verschwiegener kann er sein Vorhaben durchführen und desto schneller kann er im Fall von Gefahr reagieren."

„Dein Wort in Gottes Ohr, Liebster", seufzte sie leise.

Wolf betrachtete ihr zartes Profil von der Seite. Erneut wurde ihm bewusst, wie sehr er diese Frau liebte. So sehr, dass er sein bisher gewohntes Leben einer einschneidenden Zäsur zu unterwerfen bereit war: Er hatte beschlossen, seine Zukunft in den Dienst der ihrigen zu stellen.

In Gedanken rekapitulierte er die Ereignisse des Tages, an dem dieser Entschluss feste Gestalt in ihm gewonnen hatte – es war am vergangenen Freitag gewesen.

Wieder einmal hatten sie zu vorgerückter Stunde ihren Lieblingshügel weit vor den Toren des Klosters erklommen und sich ihrer Leidenschaft und Zärtlichkeit hingegeben. Dabei hatten sie sich auch ausführlich über ihre Zukunft unterhalten. Auf Drängen Wolfs hatte Katharina nach anfänglichem Zögern schließlich einer Entscheidung zugestimmt, die nicht nur ihrer beider Leben, sondern auch dem Bertrams eine völlig neue Richtung geben würde: Sie waren übereingekommen, zusammen mit dem Jungen nach Salerno zu gehen, um Katharina ein Medizinstudium an der dortigen Universität zu ermöglichen.

Wolf war davon überzeugt, sich in Salerno ein neues Tätigkeitsfeld erschließen zu können. Und Bertram würden sie ohne Schwierigkeit an einer dort ansässigen Schule unterbringen – jetzt, nachdem klar war, dass er nicht nach Rieden gehen, sondern unter allen Umständen bei ihnen bleiben würde.

Unwillkürlich erinnerte sich Wolf an die Reaktion des Jungen, als sie ihm in Gegenwart von Prior Metschacher und Stiftsrichter Teuschner seine wahre Herkunft offenbart hatten.

Überraschend gleichgültig und unbeeindruckt hatte er darauf reagiert und damit die erstaunten Blicke aller auf sich gezogen. Mit einer eigenartigen Distanz hatte er den Inhalt von Wiltruds Brief zur Kenntnis genommen. Teilnahmslos, fast ohne jegliche Regung. Auch beim Öffnen der tönernen Köcher war er zugegen gewesen. Die darin befindlichen Dokumente bezeugten über jeden Zweifel erhaben seine eigentliche Identität und damit auch seinen rechtmäßigen Anspruch auf das Erbe derer von Rieden. Doch auch bei dieser Gelegenheit hatte er einen fast unnatürlichen Gleichmut an den Tag gelegt. Kein Wort war ihm zu entlocken gewesen. Und so konnte sich Wolf des Eindrucks nicht erwehren, dass Bertram das Ausmaß dessen, was ihm da enthüllt worden war, nicht begreifen *wollte*, geschweige denn nachzuvollziehen bereit war, was dies in Konsequenz für ihn bedeutete.

Erst Stunden später sollte sich dies ändern. Und zwar, als Wolf und Katharina zwischen Sext und Non noch einmal mit ihm über seine Zukunft sprechen wollten – und damit auch über seine Rolle als künftiger Graf von Rieden.

Da waren seine wahren Empfindungen endlich durchgebrochen.

Er denke nicht daran, dieses vermaledeite Erbe anzutreten, hatte er heftig hervorgestoßen und zornig mit dem Fuß gestampft!

Er sei nie ein Graf gewesen, und er wolle auch nie einer sein! Arnulf und Agnes betrachte er als seine Eltern und sonst niemanden!

Und ob Wolf ihn auf einmal los sein wolle, hatte er hinzugefügt – und war mit Tränen in den Augen plötzlich auf und davon gestürzt.

Zwar war er kurze Zeit später wieder mit rotgeränderten Augen aufgetaucht und hatte sich für sein Verhalten entschuldigt, aber im gleichen Atemzug noch einmal bekräftigt, der bleiben zu wollen, der er war. Wenngleich er diesmal seinen Entschluss in aller Ruhe vorzutragen suchte – die Verzweiflung in seiner Stimme vermochte er nicht zu unterdrücken. Tatsächlich stellte sich im weiteren Verlauf des Gesprächs heraus, dass er allen Ernstes glaubte, dass Wolf sich des Versprechens, sich um ihn zu kümmern, entledigen wollte

– jetzt, da offensichtlich war, was sich zwischen ihm und Katharina anbahnte! Furcht davor, plötzlich ohne den väterlichen Freund zurechtkommen zu müssen und dessen Zuneigung zu verlieren, stand in den Augen des Jungen.

Wolf hatte ihm daraufhin den Arm um die Schulter gelegt und ihm klargemacht, dass seine Sorgen unbegründet seien. Niemand würde ihn zwingen, in eine Rolle zu schlüpfen, die er nicht übernehmen wolle. Allerdings müsse er sich darüber im Klaren sein, dass, wenn er einmal auf das Erbe verzichtet habe, dieses unwiederbringlich für ihn verloren war.

Prior Metschacher war es, der, als er von dem Entschluss des Jungen erfuhr, eine Kompromisslösung vorschlug. Sei der Anspruch Bertrams erst einmal erfolgreich durchgesetzt, könne er seinen Besitz ja dem Kloster zu Admont überschreiben; natürlich gegen eine ordentliche jährliche Leibrente. So brauche er sich um nichts zu kümmern, sei materiell abgesichert und könne ein Leben führen, wie es ihm behage. Ein spöttisches Lächeln war um Wolfs Mundwinkel gezuckt, als Metschacher den Vorschlag unterbreitet hatte. Es war immer das Gleiche. Sobald der Prior auch nur den Anflug einer Möglichkeit witterte, dem Stift weitere Reichtümer einzuverleiben, suchte er auch schon nach geeigneten Maßnahmen, um diese Möglichkeit in die Realität überführen zu können. Ungeachtet dessen musste Wolf zugeben, dass der Vorschlag Metschachers Bertrams Problem äußerst elegant und vor allem im Sinne des Jungen zu lösen imstande war.

Und so war denn letztendlich der Tag doch noch zur Zufriedenheit aller zu Ende gegangen.

„Verzeiht, Herr von der Klause. Aber sagtet Ihr nicht, dass Ihr an geeigneter Stelle das Lager aufzuschlagen wünscht?"

Die Frage Helfrichs katapultierte Wolf unsanft in die Gegenwart zurück. Er verhielt den Rappen und drehte sich im Sattel um.

Einige Schritte hinter ihm hatte der Hauptmann seinen Falben gezügelt; sein ausgestreckter Arm wies nach rechts. „Wenn man sich hier in den Wald schlägt, gelangt man an den Fuß des Felsens, auf dem das alte Gemäuer da oben steht. Darin klafft ein breiter Spalt, ein ideales Versteck, sage ich Euch. Ihr wisst, ich kenne die Gegend."

„Wenn Ihr es sagt, Hauptmann ...", entgegnete Wolf und nickte.

Sie drangen in den Wald ein, wobei ihnen der Schein der Fackeln wertvolle Hilfe leistete, und gelangten bald darauf zu dem Spalt, der sich unmittelbar am Fuß des Felsens auftat. Er schnitt sich ein gutes Stück in den Felsen hinein und war breit genug, um dem gesamten Trupp samt den Pferden bequem Platz zu bieten.

„In der Tat, ein hervorragendes Versteck", lobte Wolf.

Bis auf ihn selbst schnallten alle die Sättel ab, um sie als Kopflehnen herzunehmen, und breiteten Decken auf dem felsigen Boden aus. Die Fackeln klemmten sie in eine Ritze, die in Kopfhöhe die Felswand querte. Schnell hatten sie so ein passables Lager bereitet, das ihnen für einige Stunden Schutz und Ruhe bieten würde.

„Wollt Ihr die erste Wache übernehmen, Hauptmann?", fragte Wolf.

„Ja, Herr. Hutter und Fendrich werden mir folgen. Danach sind Penzlein und Münzer an der Reihe. Ihr selbst braucht keine Wache zu übernehmen", entgegnete Helfrich.

„Gut von Euch gemeint, Hauptmann. Aber das hatte ich ohnehin nicht vor. Ich will mir nämlich schon mal in aller Ruhe das Gemäuer da oben ansehen", deutete Wolf mit dem Kopf nach oben in Richtung der Ruine.

„Ihr wollt jetzt schon dorthin? Soll ich Euch begleiten?"

„Nein, nicht nötig. Ruht Euch ruhig aus."

„Aber es ist noch dunkel. Ihr werdet nicht sehr viel erkennen können."

„Wenn schon. Ich werde dort oben die Sonne erwarten. Um Terz herum bin ich zurück."

„Ich komme mit!", ließ sich Katharina plötzlich vernehmen.

„Du? Bist du denn nicht müde?", fragte Wolf überrascht.

„So wenig wie du", antwortete sie. Längst schon war das förmliche „Ihr", das sie eine Zeit lang in Gegenwart anderer gepflegt hatten, dem vertrauten „Du" gewichen; es machte keinen Sinn, ihre Beziehung noch länger nach außen hin zu verbergen.

Mit geübten Handgriffen legte sie das Reitzeug wieder auf, befestigte die Fackel erneut am Sattel und stieg auf.

Sie ritten den gewundenen Weg zur Ruine hinauf und hatten etwa eineinhalb Stunden später den Scheitelpunkt der Anhöhe passiert, als der Wald lichter wurde und schließlich ganz zurücktrat. Sie verhielten die Pferde.

Unmittelbar vor ihnen stach nun, vor dem aschefarbenen Hintergrund des morgendlichen Horizonts, eine unscharf konturierte Masse in den Himmel.

Dunkel. Drohend. Starr.

Durchsichtige weiße Schleier waberten darüber hinweg – Nebel, der den Eindruck von Rauchschwaden, wie sie aus verkohlten Trümmern aufsteigen, hervorrief.

Aus der formlosen Masse selbst gähnte ihnen ein riesiges, aufgerissenes schwarzes Maul entgegen – der Eingang zur Burg.

Sie ritten weiter.

Das schwarze Maul kam näher.

Nach und nach traten die Konturen des Gemäuers schärfer hervor, und mühsam und zäh begann das Licht des Morgens Einzelheiten wie Quader, Zinnen, Steine und Balken der maroden, unregelmäßig gezackten Umfassungsmauer aufzuzeigen.

Als er sich dem Toreingang bis auf wenige Schritte genähert hatte, hielt Wolf sein Pferd erneut an. Er wunderte sich über die penetrante Dunkelheit, die ihm aus der mächtigen Öffnung entgegenschlug. Schnell aber erkannte er im Schein der Fackel, dass der Weg ins Innere der Ruine offenbar durch ein lang gestrecktes, seltsamerweise noch verhältnismäßig intaktes Torgewölbe führte. Entschlossen gab er dem Rappen die Fersen und tauchte in den schwarzen Tunnel ein. Wenige Augenblicke später langte er – gefolgt von Katharina – in dem vom Dämmergrau erfüllten Burghof an.

Der Anblick, der sich ihm bot, ließ ihn abermals den Rappen zügeln.

Vor ihm, etwa dreihundert Schritte von ihm entfernt, strebte der Burgfried empor. Schon vor vielen Jahrzehnten seines Daches beraubt, erweckte er den Eindruck eines alten Mannes, dem der Kopf abgetrennt worden war. Auch die anderen Gebäudereste – Stallungen, Herrschafts- und Gesindehäuser – wirkten tot, geradezu skelettiert. Im Burghof selbst überall Trümmer: abgebrochene Säulen, Mauerreste, geborstene, dicht mit Moos überzogene Steinplatten; sogar die Torsi zertrümmerter Skulpturen nahm er wahr. Dazwischen wild wucherndes Strauchwerk, Büsche und einige wenige Bäume.

„Wolf?" Dumpf und irgendwie verloren drang der Ruf Katharinas durch die graue Luft des Morgens.

Wolf wandte sich um und bemerkte überrascht, dass sie neben einem übermannshohen Mauerrest aus dem Sattel gestiegen war.

„Was gibts? Willst du etwa hier rasten?", rief er ihr zu.

„Nein, ich muss nur mal kurz anhalten. Du verstehst schon", entgegnete sie mit einem entschuldigenden Lächeln und sah sich nach einem geeigneten Platz um. „Du kannst ja vorausreiten. Ich komme gleich nach."

Wolf verstand und ritt weiter.

Nur wenige Schritte später schwang auch er sich vom Pferd. Den Rappen hinter sich her führend, bog er um ein etwa doppelt mannshohes Mauerstück, zu dessen Füßen die Reste eines alten Pflasters erhalten geblieben waren. Als der Rappe darüberschritt, erfüllte das Klappern seiner Hufe den ansonsten von morbider Schweigsamkeit erfüllten Platz vorübergehend mit Leben.

Doch plötzlich war da noch ein anderes Geräusch! Ein Rufen? Ein Schrei?

Wie angewurzelt blieb er stehen, um zu horchen.

Nichts! Stille!

Offenbar hatte er sich getäuscht.

Gerade wollte er weitergehen – als etwas anderes unvermittelt seinen Schritt bannte.

Ein Hauch hatte ihn berührt, eine Andeutung von Kälte.

Eine winzige Bewegung der Luft, verbunden mit einem kaum vernehmbaren Flüstern.

Er blickte nach oben.

Zu seiner Rechten ragten die Äste eines Baumes über das marode Mauerstück. Für den Bruchteil eines Augenblicks erzitterte leise wispernd sein Laub – ein Wispern, das ihn warnen wollte? Ohne dass er hätte sagen können warum, überfiel Wolf mit einem Mal die Ahnung nahenden Unheils. Dann ein leises Schnauben in seinem Rücken.

Er wirbelte herum ...

... und erblickte dort, wo die Mauer begann, um die er selbst gerade erst gebogen war, den schemenhaften Umriss eines Pferdes ohne Reiter.

Katharinas Stute!

Wolf merkte, wie sein Herz wild zu hämmern begann. Er überließ den Rappen sich selbst, rannte zurück und langte Augenblicke später bei der Stute an.

Was er sah, ließ die Angst in ihm hochsteigen.

Ein Riss klaffte am Hals des Pferdes. Blut lief als schmales Rinnsaal daran herab und tropfte auf den Boden. Das Rohr am Sattel, in dem die Fackel gesteckt hatte, war leer.

Seine Angst nahm zu, schärfte jedoch auch gleichzeitig seine Sinne. Aufmerksam blickte er sich um.

Nichts! Außer ihm selbst, der verletzten Stute und dem Rappen, der ihm inzwischen gefolgt war, keine Spur von Leben. Geschweige denn von Katharina!

Nur Trümmer, Sträucher, Nebelschwaden.

Und das schattenlose Grau des frühen Morgens.

„Katharina? Wo steckst du? Was ist geschehen?“, brüllte er – und erschrak vor dem hohlen Klang seiner eigenen Stimme.

Keine Antwort!

Stattdessen nach wie vor Stille.

Wolf rannte ein Stück den Weg zurück, den er mit Katharina gekommen war.

Bis er begriff, dass ihn das kopflose Dahinjagen nicht weiterbringen würde.

Heftig atmend hielt er inne und versuchte, seine Gedanken zu ordnen.

Sie waren nicht allein. Das war sicher. Trotz des toten Schweigens um ihn herum. Irgendetwas war hier. Oder irgendjemand. Irgendetwas oder irgendjemand hatte sich Katharinas bemächtigt.

Ein Tier? ... Ein Mensch? ... Oder gar Dämonen?

Sofort schalt er sich in Gedanken einen Narren. Oh nein, Dämonen waren es ganz bestimmt nicht. Er gehörte nicht zu denjenigen, die alles, was an Unerklärlichem geschah, dem Wirken dieser gefallenen Engel zuschrieben.

Nein, was immer sich hier, auf diesem verdammten Felsen, im diffusen Licht der Morgendämmerung auch abspielte, gehörte der Wirklichkeit des Irdischen an. Und dem, was irdisch war, konnte man auch mit den Mitteln des Irdischen begegnen: mit Mut, mit Kraft, mit List – und vor allem mit der Ratio!

Plötzlich spürte Wolf, wie seine Angst nachließ, kalter Entschlossenheit Platz machte und er wieder einen klaren Kopf bekam.

Er zog sein Schwert und ging vorsichtig, aber zielstrebig weiter, wobei er stets versuchte, sich in Deckung irgendwelcher Mauerreste zu halten. Prüfend musterte er die schweigende Ödnis um sich herum.

Vor ihm, ein gutes Stück weit entfernt, der gewaltige Toreingang, durch den sie gekommen waren. Links von ihm, in der Mitte des Burghofs, eine halbkreisförmige Wand aus Ziegeln, vielleicht die Reste eines zweiten Turmes. Etwas weiter hinten, und seltsam verwinkelt in den Hof hineinragend, diverse Gebäudereste – ehemalige Stallungen, Wirtschaftsgebäude oder dergleichen. Dann die Umfassungsmauer, die das gesamte Areal umrundete und an einigen Stellen sogar noch über ihre ursprüngliche Höhe verfügte. Von der Position aus gesehen, an der er sich gerade befand, konnte er eine Treppe ausmachen, die zu einem überdachten Wehrgang hinaufführte. Zum Teil noch gut erhalten, zog sich dieser ein ziemliches Stück weit nach Westen, wo er in die Tiefe abbrach. Ansonsten fiel sein Blick genau auf das, was man an einem gottverlassenen Ort wie diesem erwartete: Mauerreste und Steinhaufen, dazwischen Strauchwerk und Büsche und hie und da sogar der eine oder andere Baum.

Gefolgt von den beiden Pferden, die in größerem Abstand zögernd hinter ihm hertrotteten, strebte Wolf vorsichtig und zügig weiter voran.

Rasch hatte er die Stelle erreicht, an der Katharina vom Pferd gestiegen war, um ihrem Bedürfnis nachzugeben. Erneut hielt er inne und musterte zum wiederholten Mal mit Argusaugen die unmittelbare Umgebung.

Als er sie plötzlich wahrnahm, fragte er sich, warum er sie nicht schon vorher bemerkt hatte: Spuren!

Oder besser: ein ganzer Spurenteppich im Sand direkt zu seinen Füßen. Hufabdrücke eines Pferdes sowie Abdrücke von Stiefeln.

Und von zwei Körpern, die sich offenbar wild auf dem Boden

hin- und hergewälzt hatten – Spuren eines Kampfes, der von einer der beiden Personen mit der Kraft der Verzweiflung geführt worden sein musste.

Der Mund wurde Wolf trocken, sein Puls raste. Trotz des spärlichen Lichtes konnte er die Abdrücke verhältnismäßig klar erkennen. Große, massige Abdrücke von Stiefeln, die ohne Zweifel einem Mann gehörten. Und die Abdrücke eines Stiefelpaares, die einen kleinen Fuß erkennen ließen. Den Fuß einer Frau.

Dann nahm er auch den Stein wahr. Groß und kantig lag er etwa zwei Schritte von ihm entfernt im Sand. Ein eigenartig dunkler Glanz lag auf dem Stein, und noch bevor er zu ihm hinüberging und mit dem Finger die dunkel glänzende Stelle berührte, wusste er, dass es Blut war.

Jetzt sah er auch die Flecken. Dunkle Flecken unterschiedlicher Größe, die, unregelmäßig verteilt, den sandigen Grund bedeckten ...

... Blutspritzer!

Der Kloß in seiner Brust ließ ihn fast ersticken, während er die Spuren aufs Neue in Augenschein nahm – um dann in grimmigem Verstehen mit dem Kopf zu nicken. Unübersehbar zog sich eine Schleifspur durch den Sand: zwei parallel verlaufende, etwa drei fingerbreite Linien, verursacht von Katharinas Stiefelabsätzen. Offensichtlich hatte der Unbekannte sie am Oberkörper oder an den Armen gepackt und fortgeschleift. Die Spur führte ein kurzes Stück weit bis zu einer Stelle, an der der sandige Untergrund in Felsgestein überging. Dort endete sie abrupt. Wolfs Blick schweifte in sämtliche Richtungen. Wohin konnte der Mann in dieser kurzen Zeit mit Katharina verschwunden sein?

Eine Mischung aus kalter Wut und ohnmächtiger Verzweiflung bemächtigte sich seiner. Seine erzwungene Selbstbeherrschung wich Selbstvorwürfen und einem lähmenden Schmerz in seiner Brust. Warum nur hatte er sie mitgenommen auf diesen gottverdammten Felsen, in diesen von düsterem Grau erfüllten Vorhof der

Hölle? Welch sträflicher Leichtsinn hatte ihn nur geritten, dass er sie, wenn auch nur für eine kurze Weile, allein gelassen hatte?

Dann aber, mit einem Mal, wurde ihm bewusst, dass er mit seinen Selbstvorwürfen nur kostbare Zeit und Kraft vergeudete; Zeit und Kraft, die er dringend anderweitig benötigte.

An die bröckelnde Mauer gelehnt dachte Wolf nach – und spürte, wie seine Überlegungen seine Verzweiflung erneut in kalte Entschlossenheit verwandelte.

Und während sich seine Rechte fester um den Knauf seiner Waffe schloss, wusste er mit einem Mal, was er zu tun hatte. Er würde zu den anderen zurückreiten, um sie zu holen. Sie mussten ihm helfen. Auch wenn es ihn unsäglich schmerzte, Katharina vorübergehend ihrem Schicksal überlassen zu müssen – es machte einfach keinen Sinn, weiterhin allein nach ihr zu fahnden, wusste er doch noch nicht einmal ansatzweise, wo er nach ihr suchen sollte.

Gerade wollte er die Finger zum Mund führen, um nach dem Rappen zu pfeifen, als er mit einem Mal in seiner Bewegung innehielt.

Zufällig hatte sein Blick die dunklen Fensteröffnungen im hoch emporragenden Burgfried gestreift – und für einen Augenblick in einer von ihnen ein rötliches Leuchten wahrgenommen!

Gebannt starrte Wolf zum Turm hinüber.

Da! Tatsächlich! Wieder glomm ein rötlich flackernder Schein in dem toten Mauerauge auf – und verlosch dann erneut.

Irgendjemand war dort oben.

Jemand, der ihn die ganze Zeit über beobachtet hatte?

Jemand, der mit seiner Verzweiflung spielte und ihn zum Narren hielt?

Wieder schwappte eine Woge kalter Wut in Wolf hoch. Der Mann, der Katharina überfallen hatte?

Nein. Diesen Gedanken konnte er getrost verwerfen. Der Burgfried lag gut dreihundert Schritt von der Stelle entfernt, an der der Überfall stattgefunden hatte. Um ihn zu erreichen, hätte der Unbekannte – zumal mit einer Gefangenen im Schlepptau – deutlich mehr Zeit benötigt, als seit dem Angriff auf Katharina vergangen war.

Die Erkenntnis, die sich daraus ergab, traf Wolf völlig unvorbereitet: Der Mann war nicht allein!

Ein Grund mehr, endlich die anderen zu Hilfe zu holen.

Er wandte sich um, um dem Rappen zu pfeifen – und erstarrte.

Der Rappe war verschwunden. Ebenso die Stute.

Stattdessen erblickte er die Umrisse zweier Männer, die sich durch das Aschgrau der Morgendämmerung hindurch zügig auf ihn zubewegten.

Wolf spürte, wie ihm der Mund trocken wurde. Dann wurde er gewahr, wie die beiden Schatten fast gleichzeitig eine jähe Bewegung vollzogen – und damit an ihrer Absicht keinen Zweifel ließen.

Wolf zog ebenfalls sein Schwert.

Die Schatten kamen näher.

Wolf machte sich bereit.

Die Schatten waren noch etwa sechzig Schritte von ihm entfernt – als er einen leisen, unbestimmbaren Laut in seinem Rücken hörte.

Er fuhr herum – und erstarrte abermals, als er von dort zwei weitere Schatten auf sich zukommen sah.

Seine Gedanken begannen sich zu überschlagen. Während er fieberhaft überlegte, welche Verteidigungsmöglichkeiten ihm blieben, fragte er sich gleichzeitig, wer die Männer waren. Und was sie mit Katharina gemacht hatten. Er wagte nicht, den Gedanken zu Ende zu bringen. Er musste sich jetzt ganz auf seine eigene Situation konzentrieren. Katharina würde er nur helfen können, wenn es ihm gelang, sich selbst zu helfen.

Sein Blick richtete sich direkt nach vorn – und ließ ihn plötzlich die vermutlich einzige Chance erkennen, die er hatte.

Das marode Mauerstück im Rücken, die Rechte wie eine eiserne Zwinge um den Griff seines Schwertes geschlossen, zuckte sein Kopf abwechselnd nach rechts und nach links.

Unaufhaltsam kamen die Schatten näher.

Noch dreißig Schritte, und sie hatten ihn erreicht.

Warten! Du musst warten!, hämmerte er sich ein. *Noch nicht!*

Plötzlich, mit einem Mal, fielen die Männer in einen Laufschritt.

Außer einem scharfen Atemlaut, der Wolfs Lungen zischend verließ, verriet nichts die ungeheure Anspannung, unter der er stand. Er ließ die sich schnell nähernden Schatten nicht aus den Augen, gleichzeitig schätzte er abermals ihre Entfernung – noch etwa zwanzig Schritte.

Wolf spannte die Muskeln an

Noch fünfzehn Schritte ...

... jetzt!

Urplötzlich stieß er sich von der Mauer ab und begann mit weit ausholenden Sprüngen nach Südosten zu jagen.

Sein Ziel war die an der Umfassungsmauer gelegene steinerne Treppe, die zum dortigen, allerdings nach wenigen Schritten eingestürzten Wehrgang hinaufführte. Soweit Wolf erkennen konnte, war die Treppe steil und schmal und verfügte über eine Brüstung. Er hoffte nur, dass sie noch einigermaßen gut erhalten war. Gelänge es ihm, sie zu erreichen und zu erklimmen, würde er im Kampf mit den Männern die bessere Verteidigungsstellung innehaben. Da es auf der Treppe sehr eng herging, würde es nämlich nur jeweils einem der Angreifer gelingen können, sich vor ihm aufzubauen, während er selbst den Rücken frei hatte. Außerdem konnte er dadurch seine Schläge von einer erhöhten Position aus führen, was ihm in dem zu erwartenden Zweikampf einen weiteren nicht zu unterschätzenden Vorteil einbrachte.

Wolf vernahm einen ärgerlichen Ausruf in seinem Rücken und wusste, dass es ihm gelungen war, die Männer zu überraschen, auch wenn ihm das gleich darauf einsetzende dumpfe Geräusch von Schritten verriet, dass sie die Verfolgung aufgenommen hatten.

Ohne sich umzusehen, rannte Wolf weiter. Und noch während er über geborstene Säulen hinwegsetzte, Mauerreste umrundete und Trümmerstücke übersprang, tauchte es plötzlich wieder vor seinem inneren Auge auf: das Bild aus seinem Traum, das ihn schon seit vielen Wochen verfolgte, die über das Schachbrett des Schicksals gebeugte knöcherne Fratze des höhnisch lächelnden Schnitters! Spätestens in diesem Augenblick wusste Wolf, dass das Spiel um eine schreckliche Dimension erweitert worden war. Und dass er es ab sofort nicht nur um Bertrams, sondern auch um Katharinas willen spielte.

Die Treppe kam näher. Wolf registrierte es mit Erleichterung.

Ein letzter gewaltiger Satz – dann hatte er sie erreicht. Zwei, drei Stufen auf einmal nehmend sprang er sie empor – und wirbelte mit gezücktem Schwert herum.

Keuchend und völlig außer Atem langten gleich darauf auch seine Verfolger am Fuß der Treppe an. Unschlüssig, wie sie sich verhalten sollten, sahen sie schweigend zu ihm empor ...

... und zum ersten Mal konnte Wolf, zumindest bruchstückhaft, ihr Aussehen wahrnehmen.

Unmittelbar vor ihm, der Treppe am nächsten stand ein hochgewachsener Kerl mit schulterlangem, schwarzem Haar und bartlosem Gesicht. Seitlich der ungewöhnlich stark gebogenen Nase sah er ein aus schmalen Schlitzen bestehendes dunkles Augenpaar. Ebenso schmal war der Mund, ein von blutleeren Lippen gebildeter, nach unten gebogener Strich.

Der neben ihm stand, war stämmig, von eher gedrungener Statur. Seine Gesichtszüge waren nicht erkennbar, sie gingen in einem wild wuchernden silbergrauen Bart unter, der eine verfilzte Einheit mit dem dichten, ebenfalls grauen Haupthaar bildete. Auffällig an ihm war allein die schwarze, mit einer silbernen Kordel verzierte und zu einem Turban geschlungene Gugel, die sein Haupt bedeckte, sowie ein schwarzer Umhang, unter dem ein Paar silberbeschlagener Stiefel hervorlugte – teure Stiefel.

Die beiden anderen, ein Stück weiter hinten, waren zwei hagere, schwarzbärtige Gestalten, ausgestattet mit ungewöhnlich breitkrempigen Hüten, in deren Schatten sich ihre Gesichtszüge verloren. Brüder vielleicht?

Trotz aller äußerlichen Unterschiede hatten die in seltsamer Bewegungslosigkeit begriffenen Männer eines gemeinsam – etwas Raubtierhaftes ging von ihnen aus.

„Kommt nur ... ihr feigen Hunde ... Oder traut ihr euch etwa nicht?", keuchte Wolf, während sein herausfordernder Blick von einem zum anderen glitt.

Schweigen antwortete ihm – das Schweigen eines Rudels blutrünstiger Hunde, das lechzend um seine Beute kreist.

Dann aber, plötzlich, ergriff einer von ihnen das Wort. Es war der Graubart.

„Oho, der Wolf zeigt seine Zähne! Seid Ihr angesichts der Situation, in der Ihr Euch befindet, wirklich auf einen Kampf erpicht – *Herr von der Klause?*", entgegnete er, wobei er sich die Anrede förmlich auf der Zunge zergehen ließ. Der Hohn in seiner tiefen Bassstimme war nicht zu überhören.

„Eines müsst Ihr mir unbedingt erklären", fuhr der Graubart spöttisch fort und trat einen Schritt nach vorne. „Weshalb seid Ihr eigentlich nur in Begleitung der hübschen Dame hier aufgekreuzt? Was ist mit den anderen? Ich meine die fünf, die irgendwo dort unten im Tal auf Eure Rückkehr warten? Hat sie etwa der Mut verlassen?" Er lachte spöttisch, bevor er fortfuhr: „Woher ich das weiß, fragt Ihr Euch? Nun, ganz einfach. Unser Wachtposten zählte sieben Fackeln, die von der Passstraße auf den Weg zur Ruine abbogen. Er stand dort, neben dem Turm", der Graubart nickte mit dem Kopf in Richtung Burgfried, „von wo aus man einen fantastischen

Blick auf die Straße genießt – nicht wahr, Randolph?", wandte er sich mit vor Spott triefender Stimme an den langhaarigen Mann neben sich.

Randolph!

Der Name schlug in Wolfs Bewusstsein wie der Blitz in eine Baumkrone. Nun wusste er, wen er vor sich hatte. Sein Blick bohrte sich in die schmalen Augen des Langhaarigen, der seine dünnen Lippen zu einem böse grinsenden Strich verzogen hatte. Das also war Randolph – einer jener Schlächter, die Arnulf und seine Familie auf dem Gewissen hatten. Gleichzeitig wurde Wolf auch klar, wer ihm da in unverhohlener Genugtuung triumphierend gegenüberstand: *Hanno von Rieden!* Doch woher wusste der Eber, wer er war und dass er hierherkommen würde?

„Euer Gesicht spricht Bände", freute sich der Graf diebisch. „Mit wem Ihr es zu tun habt, dürfte Euch ja mittlerweile klar geworden sein. Und dass Ihr es vom Jäger zum Hasen gebracht habt, wohl ebenso. Jetzt, da Ihr und Eure Dame ganz unverhofft in unsere Gewalt geraten seid, sehe ich mich in die glückliche Lage versetzt, meinen ursprünglichen Plan gegen eine weitaus bessere Variante einzutauschen. – Aber verzeiht meine Unhöflichkeit. Ich hatte vergessen zu erwähnen, wer uns über Euer Kommen informiert hat. Es interessiert Euch sicher brennend, nicht wahr? Gebt Acht; ich werde ihn Euch vorstellen."

Der Graf steckte beide Zeigefinger in den Mund und sandte dreimal hintereinander einen scharfen Pfiff in Richtung des Burgfrieds.

„Gleich werdet Ihr einem alten Bekannten wiederbegegnen", kommentierte der Graf Wolfs fragende Blicke, der es noch immer vorzog zu schweigen. „Er brennt geradezu darauf, Euch wiederzusehen. Bevor Ihr ihm vor lauter Rührung um den Hals fallt, muss ich Euch jedoch bitten, mir Euer Schwert zu überlassen. Es könnte der innigen Umarmung abträglich sein", spottete der Riedener aufs

Neue und streckte fordernd die Hand aus. „Also, her damit – mit dem Griff voran, wenn ich bitten darf!"

Ein verächtliches Lächeln glitt über Wolfs Züge; erst jetzt fand er sich zu einer Entgegnung bereit.

„Glaubt Ihr tatsächlich im Ernst, dass ich Euch mein Schwert übergebe? Ihr müsst wahnsinnig sein – *Eber!*"

„Nicht so wahnsinnig wie Ihr, wenn Ihr glaubt, uns Widerstand leisten zu können. Also – wird's bald? Her mit der Waffe!"

Wolf hob den Stahl. Die Spitze zielte schräg nach unten, genau auf den Grafen.

„Holt sie Euch doch!", entgegnete er, gefährlich ruhig.

„Verdammt, Ihr verkennt wohl noch immer Eure Lage." Der Graf ließ ein ärgerliches Lachen vernehmen. „Ihr seid von kampferprobten Männern umgeben. Einer gegen vier – das schafft selbst Ihr nicht. Außerdem ..." – er warf Wolf einen lauernden Blick zu – „solltet Ihr nicht vielleicht auch an das Wohlergehen der jungen Dame denken? Was, glaubt Ihr, wird mit ihr geschehen, wenn ich sie meinen Männern überlasse?", drohte er.

Wolf spürte, wie ihn ohnmächtige Wut zu überkommen drohte. Doch er versuchte, sich nichts anmerken zu lassen.

„Woher weiß ich denn, ob Katharina von Klingfurth überhaupt noch am Leben ist?", fragte er mit heiserer Stimme.

Hanno von Rieden zögerte einen Moment, bevor er antwortete. Dann nickte er.

„Gut. Ihr sollt sie sehen", entgegnete er und lächelte verschlagen. „Leuthold, hol Ingolf und die Frau!", wandte er sich an einen der beiden Schwarzbärte, die hinter ihm standen.

Der Mann nickte und machte sich augenblicklich auf den Weg.

Leuthold! ... Ingolf!

Wieder schloss sich ein Kreis für Wolf. Das Geständnis Mautners schoss ihm in den Sinn. Und das, was Rudlin, der Waldenserprediger, ihm in jener Julinacht, als er von ihm auf Gallenstein vernommen worden war, offenbart hatte. Sowohl Mautner als auch Rudlin hatten Namen genannt. Die Namen derer, die an dem Massaker an der Köhlerfamilie beteiligt gewesen waren: Randolph, Leuthold, Ingolf! Unwillkürlich suchte Wolfs Blick den anderen der beiden Schwarzbärte, der noch immer regungslos hinter dem Grafen und Randolph stand. Ulrich? Ja, das musste Ulrich sein.

In diesem Moment wurde der Fluss seiner Gedanken jedoch jäh unterbrochen; eine Person, die sich ihnen vom Burgfried aus näherte, war mittlerweile bis auf wenige Schritte herangekommen. Erstaunt registrierte Wolf, dass es sich dabei offenbar um einen Mönch handelte, denn der Mann war in eine Benediktinerkutte gekleidet. Allerdings verbarg eine weit nach vorne gezogene Kapuze sein Gesicht.

Dann aber – vielleicht lag es an der Art, wie der Mönch sich bewegte – wusste Wolf plötzlich, noch bevor der Mann an die Seite des Grafen trat und mit einer heftigen Bewegung die Kapuze nach hinten streifte, wen er vor sich hatte – Basilius, den totgeglaubten „roten Prior" des „Ordens vom Ring" und ehemaligen Cellerar des Stiftes zu Admont! Magnus, der Mönch, hatte entweder gelogen oder war, wie auch immer, getäuscht worden!

„Der Herr sei mit Euch, Herr von der Klause. Ja, da wundert Ihr Euch, nicht wahr? So schnell ersteht man von den Toten wieder auf", grüßte Basilius höhnisch. „Ihr wisst sicherlich, dass Tote, die zurückkehren, über große Macht verfügen. Und glaubt mir: Ihr werdet schnell feststellen, dass dies zutrifft." Basilius trat einen Schritt nach vorne; den letzten Satz hatte er mit unverhohlenem Hass hervorgestoßen.

Hatte er jedoch geglaubt, sein plötzliches Wiederauftauchen würde seinen Gegner überraschen oder gar überrumpeln, sah er sich gründlich getäuscht.

„Sieh an, sieh an, der ‚rote Prior'. Ihr behauptet also, von den Toten auferstanden zu sein. Dafür habt Ihr Ort und Zeitpunkt aber schlecht gewählt", entgegnete Wolf ruhig. „In dieser wüsten Gegend und dazu noch an einem solch tristen Morgen von den Toten aufzuerstehen – welch ein Unglück. Aber seid versichert: Wenn Euch mein Schwert erst wieder in die Gefilde des Jenseits befördert hat, wird Euch das Missgeschick einer solchen Auferstehung nicht noch einmal zuteil werden."

Basilius antwortete mit einem schallenden Lachen.

„Oho, welch starke Worte. Ihr wollt Euch wohl selbst Mut machen. Und merkt dabei gar nicht, wie lächerlich Eure maßlose Selbstüberschätzung wirkt. Im Übrigen: Wisst Ihr noch wie ..."

„Er hat Recht. Ihr überschätzt Euch. Das Spiel ist aus, Wolf von der Klause!", fiel Hanno von Rieden Basilius ungeduldig ins Wort. Die Konversation, die der ehemalige Benediktiner zu führen gedachte, interessierte ihn nicht. „Wenn Ihr ausreichend Verstand habt, müsst Ihr das erkennen. Nehmt endlich Vernunft an. Ihr werdet mir jetzt Euer Schwert übergeben und mir dann verraten, wo die Dokumente sind, die dieser verdammte Köhler versteckt hat. Ich gehe davon aus, dass Ihr sie inzwischen an Euch gebracht habt."

Jetzt begriff Wolf endgültig.

„Ich sage es noch einmal: Ihr müsst verrückt sein, wenn Ihr annehmt, dass ich Euch mein Schwert übergebe. Aber noch wahnsinniger müsst ihr sein, wenn Ihr glaubt, an die Dokumente gelangen zu können, die unwiderlegbar Eure Verbrechen bloßlegen", sagte Wolf.

„Da irrt Ihr Euch! Es ist nicht Wahnsinn, der mich das glauben lässt. Sondern die Gewissheit, dass Euch sehr viel an Fräulein von Klingfurth liegen dürfte. Ihr selbst werdet die Dokumente holen und sie mir überbringen", entgegnete der Graf selbstsicher.

„Ich selbst? Das heißt, Ihr wollt mich gehen lassen?", erwiderte Wolf verblüfft.

„So ist es. Das Fräulein bleibt währenddessen natürlich bei mir. Sie wird mich, Basilius und zwei meiner Diener derweil an einen Ort begleiten, an dem ich ein wachsames Auge auf sie haben kann. Wo sich dieser Ort befindet, bleibt natürlich vorerst unser Geheimnis. Was Euch betrifft: Ihr werdet nachher von hier verschwinden. Zusammen mit Euren Begleitern, die Euch unterhalb des Felsens bestimmt schon sehnsüchtig zurückerwarten. Ihr werdet die Dokumente beschaffen und spätestens übermorgen um die Sext herum wieder zurück sein. Leuthold und Ulrich, meine Diener, werden Euch erwarten und Euch zu dem Ort geleiten, an dem ich mich mit Fräulein von Klingfurth befinde. Sie werden auch dafür Sorge tragen, dass Euch niemand folgt. Dass Ihr alles vermeiden solltet, was auch nur den Anschein erweckt, mich hintergehen zu wollen, versteht sich von selbst. Schon allein im Interesse Fräuleins von Klingfurth. Die Dame wird erst dann unversehrt wieder frei gelassen, wenn Ihr mir die Dokumente überbracht habt."

Wolf musste unwillkürlich lachen. „Für wie einfältig haltet Ihr mich eigentlich? Ihr wisst, dass Ihr die Dame unverzüglich wieder frei lassen müsst. Und zwar bedingungslos. Das müsste Euch doch das bisschen Verstand, das Ihr noch besitzt, sagen. Wenn Fräulein von Klingfurth auch nur ein Haar gekrümmt wird, wird man Euch jagen bis ans Ende der Welt. Der Klingfurther und andere werden nicht eher ruhen, bis Ihr und Eure erbärmlichen Spießgesellen aufs Rad geflochten seid."

Verhaltene Wut trat in den Blick des Riedeners. „Was bildet Ihr Euch eigentlich ein, Ihr verdammter Narr", zischte er. „Glaubt Ihr tatsächlich, dass ich mir das alles nicht gut überlegt habe? Ich sage Euch: Lieber fahre ich zur Hölle, als mir Besitz und Titel derer zu Rieden wieder entreißen zu lassen. Nehmt endlich zur Kenntnis: Ihr könnt mir nicht gefährlich werden. Und dieser Klingfurther auch nicht. Ich will Euch auch sagen, warum: Ich verfüge über hervorragende Beziehungen nach Prag. Ich habe einst König Wenzel einen Dienst erwiesen, für den er mir unendlich dankbar ist. Ein Wort von mir genügt, und meine Ankläger werden sehr schnell zu Angeklagten – solange sie keine Beweise haben. Das Einzige, was mir gefährlich werden kann, sind besagte Dokumente. Ich will sie! Und ich werde sie bekommen. Ihr habt das Spiel verloren, Wolf von der Klause. Aber das wollt Ihr offenbar nicht einsehen. Offensichtlich muss Euch Fräulein von Klingfurth höchstpersönlich von dieser Tatsache überzeugen." Ein Ausdruck von Verschlagenheit blitzte in den Augen des Grafen auf. „Nun denn, Ihr werdet sie gleich zu sehen bekommen. Was haltet Ihr davon, wenn meine Männer sie ein wenig ... nun, sagen wir ... verwöhnen? Hier vor Euren Augen? Eine Dame reagiert da sehr empfindlich, wie Ihr wisst. Ich könnte mir vorstellen, dass Euch ein solcher Anblick sehr schnell dazu bringen wird, Euren lächerlichen Widerstand aufzugeben, meint Ihr nicht auch?"

Eine Woge unbändigen Zorns brandete in Wolf hoch. Abermals sprang sein Blick zwischen den vor ihm stehenden Männern hin und her. Die perfide Androhung des Grafen hatte ihm überdeutlich vor Augen geführt, wie aussichtslos es war, ihm in Anbetracht der Situation Widerstand leisten zu wollen.

„Du widerlicher Dreckskerl", stieß er leise zwischen den Zähnen hervor; eine verbale Kapitulation, die der Graf mit dröhnendem Gelächter quittierte.

„Ich sehe schon, allein der Gedanke, einer solchen Vorstellung beiwohnen zu müssen, hat Euch davon überzeugt, dass es besser ist, Euch zu fügen, nicht wahr?", höhnte der Riedener. „Nun denn, zum allerletzten Mal: Her mit der Waffe!"

Just in diesem Augenblick begann sich das Blatt jedoch zu wenden.

Das plötzliche Schlagen von Pferdehufen ließ Wolf unwillkürlich seinen Blick nach Norden richten und seine am Fuß der Treppe verharrenden Widersacher herumfahren. Was sie sahen, jagte – mit Ausnahme Wolfs – eine Woge ungläubigen Entsetzens durch ihre Glieder und veranlasste Hanno von Rieden zu einem grässlichen Fluch.

Durch die weißen Nebelschwaden hindurch war, im fahlen Morgenlicht, deutlich die Gestalt eines nach Westen stürmenden Reiters zu erkennen!

Eines Reiters mit langer, blonder Mähne.

Katharina von Klingfurth!

Sie jagte in Richtung der Toranlage – und damit der Freiheit entgegen!

Fast gleichzeitig nahmen die Männer auch die Gestalt wahr, die sich rasch von Norden her näherte und dabei wild mit den Armen fuchtelte. Es war Leuthold, den der Graf geschickt hatte, Ingolf und Katharina zu holen. Er schien sich die Lunge aus dem Leib zu rennen.

„Sie ist ... sie ist geflohen ... Herr! ... Sie hat ... sie hat Euer Pferd genommen“, rief er im Näherkommen.

„Das seh ich selbst, du Narr! Wie konnte das geschehen? Was ist mit Ingolf? Er sollte sie doch bewachen!“, brüllte der Graf, rot vor Wut, zurück.

„Ingolf? ... Ingolf ... ist ... er ist tot, Herr!“, antwortete Leuthold und rang nach Atem. Er war mittlerweile fast ganz herangekommen – nur noch etwa fünfzehn Schritte trennten ihn von seinen Kumpanen und der Treppe, auf der Wolf stand. Erregt eilten der Graf sowie Ulrich und Basilius ihm entgegen. „Was sagst du da?“, schrie Hanno und packte Leuthold bei den Schultern. Nur Randolph war am Fuß der Treppe stehen geblieben und hielt noch immer seinen Blick ungläubig auf die Reiterin gerichtet, die in diesem Moment auch schon im Torgewölbe verschwand.

Es war das Chaos dieses Augenblicks, dem Wolf seine Chance verdankte. Blitzartig registrierte er, dass die völlig überraschten Männer ganz mit sich selbst beschäftigt waren und ihm allesamt den Rücken zuwendeten.

Mit einem Satz sprang er die Stufen hinunter, hob entschlossen sein Schwert und stieß es Randolph mit einer einzigen Bewegung in den Rücken. Ein leiser gurgelnder Laut, ein Blutschwall, der aus dem leicht geöffneten Mund drang – und Randolph ging in die Knie, um gleich darauf vornüber auf den Boden zu kippen.

Blitzschnell rannte Wolf nun auf die beiden Schwarzbärte, Basilius und den Grafen zu, dem der nächste Stoß zugedacht war. Doch er hatte nicht mit der Reaktion von Basilius gerechnet. Dieser hatte als Einziger das Geräusch des auf die Erde aufschlagenden Körpers gehört und sich erschrocken umgedreht. Entsetzt hatte er den an ihm vorbeistürmenden Klausner wahrgenommen und stieß nun geistesgegenwärtig einen Warnschrei aus.

Der Graf fuhr herum und sprang reflexartig zur Seite – Wolfs Stoß ging ins Leere.

Dem Riedener entfuhr ein fürchterlicher Fluch, dann wich er einen weiteren Schritt zurück – aber nur, um seinerseits die Waffe zu zücken und sich in eine günstigere Verteidigungsposition zu bringen. Dabei rempelte er gegen Leuthold und Ulrich. Der Stoß war so heftig, dass Leuthold davon zu Boden ging, während Ulrich geistesgegenwärtig versuchte, einen Hieb gegen Wolf anzubringen, unter dem dieser gerade noch hinwegtauchen konnte. Angesichts der schnellen Reaktion seiner Gegner erkannte Wolf, dass er es in der Tat mit geübten Kämpfern zu tun hatte, und verzichtete vorerst darauf, die Attacke weiterzuführen. Er wirbelte um den am Boden liegenden Leuthold herum, rannte zurück zur Treppe, schnellte einige Stufen empor und hielt, indem er den Schwung zu einer Drehung nutzte, inne. Mit federnden Knien und in geduckter Haltung erwartete er den Angriff des Riedeners. Der war, zusammen mit den beiden Schwarzbärten, unter wütenden Rufen und derben Flüchen hinter ihm hergejagt. Auch Basilius war zum Treppenaufgang gestürzt und hielt ein Schlagholz in den Händen, das er zuvor offenbar unter der Kutte verborgen gehalten hatte. Doch erst jetzt, unmittelbar am Fuß der Treppe, schienen Hanno von Rieden sowie Leuthold und Ulrich zu bemerken, was mit Randolph geschehen war – Bestürzung trat in ihre Gesichter, als sie ihren Spießgesellen reglos in seinem Blut liegen sahen.

„Beim Satan – das wirst du büßen, Klausner!“, schrie der Graf mit heiserer Stimme.

„Ja, ruf ihn ruhig an, deinen Freund, den Satan. Aber glaube nur nicht, dass er dir wird helfen können. Dein Plan ist gescheitert – Eber“, entgegnete Wolf finster.

Der Graf erwiderte nichts. Doch in seinen Augen stand tödlicher Hass, während seine Lippen vor Wut zitterten. Dann wandte er den Kopf und sah Leuthold an, der neben ihm stand. Es war nur ein kurzer Blick, doch er genügte, um Wolf zu alarmieren.

Unmerklich nur nickte Leuthold – und stürzte plötzlich über den Leichnam Randolphs hinweg mit gezücktem Schwert nach vorne. Er sprang auf die erste der Treppenstufen, von wo aus er einen gezielten Hieb gegen Wolfs Schienbein zu führen versuchte, der drei Stufen über ihm stand. Dieser hatte jedoch mit einer Attacke gerechnet und parierte den Angriff einfach, indem er sich seitlich mit nach unten gestreckter Klinge in Richtung Mauer bewegte, wodurch er einen entscheidenden Vorteil gewann. Denn für die Dauer eines Lidschlags nur hatte sich Leuthold bei seinem Angriff zu weit nach vorne gebeugt. Blitzschnell zog Wolf daher im gleichen Moment, in dem ihre Schwerter aufeinandertrafen, das seine mit einem kräftigen Ruck von unten nach oben zurück.

Ein Blutschwall spritzte auf. Ein maßlos verblüffter Ausdruck war in den Augen des Schwarzbärtigen zu sehen – dann brach sein Blick, und rückwärts kippend fiel er langsam auf die Leiche Randolphs, die hinter ihm lag. Wolfs Klinge hatte ihm das Gesicht in zwei Hälften gespalten.

Fassungsloses Entsetzen malte sich in den Zügen Ulrichs und des Grafen. Basilius stand, den Knüppel in der Hand, ebenfalls wie erstarrt neben dem Grafen und glotzte ungläubig. Wolf selbst verspürte ein Gefühl schrecklicher Leere. Während der Graf um die beiden Leichen herumtrat, um sich unmittelbar am Aufgang zur Treppe zu postieren, warf sich Ulrich mit einem Aufschrei auf die Knie und barg das gespaltene Gesicht des Getöteten in seinen Händen.

„Leuthold, Bruder“, schrie er auf, während ein Schluchzen seinen Körper schüttelte. „Ich werde dich rächen. Bei Gott, das werde ich. Ich schwöre es!“

Dann erhob er sich mit einem Ruck, stürzte mit einem grässlichen Aufschrei an die Seite des Grafen und sah mit stierem Blick zu Wolf hinauf.

„Du hast ihn umgebracht ... Du hast meinen Bruder getötet. Dafür wirst du bezahlen“, zischte er so leise, dass Wolf Mühe hatte, seine Worte zu verstehen. Umso deutlicher spiegelte sich die Absicht des Mannes in der jähen Bewegung, die er plötzlich vollzog.

„Halt ein, Ulrich!“, rief der Riedener scharf und packte ihn am Arm. „Solange der Hurensohn nicht von der Treppe herunterkommt, kriegen wir ihn nicht. Er ist ein verdammt guter Kämpfer. Also werden wir warten. Bis Alfric und Odo kommen. Alfric hat die Armbrust. Das wird den Hund dazu bewegen, sich zu ergeben. Ich schätze, die beiden werden jeden Moment hier auftauchen. Sie werden die Frau bemerken, wenn sie an ihnen vorbei ins Tal hinunterreitet, und schnell begreifen, was geschehen ist. Vielleicht gelingt es ihnen ja sogar, sie wieder einzufangen.“

„Und wenn nicht, Herr? Bis auf Eure Stute, die dort hinten im Hof stand, sollen sie doch die Pferde bewachen, mit denen wir gekommen sind. Ihr habt ihnen Order gegeben, ihren Posten auf keinen Fall zu verlassen. Es sei denn, einer von uns holt sie“, bemerkte Ulrich zweifelnd.

„Sie werden dennoch kommen. Sie haben gesehen, wie dieser verlauste Hundsfott und seine Gefährtin den Weg hinaufritten. Und sie werden sich einen Reim darauf machen, wenn die Frau nun ganz allein wieder nach unten jagt, als ob der Leibhaftige hinter ihr her sei. Sie werden merken, dass etwas schiefgelaufen ist, und nachsehen, was los ist. Und wenn nicht, schicken wir Basilius los, um sie zu holen, während wir beide den Mistkerl auf der Treppe in Schach halten."

Wolf hatte mit Schaudern gehört, dass noch zwei weitere Halunken zum Trupp des Grafen gehörten, die sich offenbar außerhalb der Mauern in einem Versteck neben dem Weg aufhielten. Nichtsahnend war er mit Katharina an den beiden Männern vorbeigeritten, ohne sie zu bemerken. Ein bitteres Gefühl des Versagens stieg in ihm auf, das sich plötzlich in ohnmächtige Verzweiflung verwandelte, als sich von Westen das Trommeln von Hufen näherte. Gleich darauf stürmten zwei Pferde durch das Torgewölbe. Vorneweg ein Rappe mit einem Mann und einer Frau, dem in kurzem Abstand eine Falbe folgte, auf dem ein dritter Reiter saß. Triumphierendes Gelächter schallte durch den frühen Morgen; Hanno von Rieden maß die Neuankömmlinge mit anerkennendem Blick.

Im Nu hatte der Rappe die bei der Treppe befindliche Gruppe der Männer erreicht – und Wolf blickte mit Schrecken in das mit Blut verkrustete und schmutzverschmierte Gesicht Katharinas. An beiden Händen gebunden, saß sie zuvorderst im Sattel und sah ihn aus weit geöffneten Augen angstvoll an.

„Sie ist Euch wohl entwischt, gnädiger Herr. Aber wir haben das Vögelchen wieder eingefangen", ertönte die Stimme des Mannes, der hinter Katharina im Sattel saß und soeben dabei war, vom Pferd zu springen. Er wirkte klein und schmächtig.

„Ja. Es hat ganz schön laut gezwitschert und mit den Flügeln wild um sich geschlagen. Aber wir haben es schnell gezähmt", ließ sich lachend der zweite Reiter vernehmen, der im Gegensatz zum ersten ein wahrer Hüne war. Auch er hatte sein Pferd mit einem heftigen Ruck nahe der Treppe verhalten und saß nun ab.

Jetzt erst nahmen die beiden Neuankömmlinge die Leichen wahr, die am Fuß der Treppe lagen. Vorübergehend malte sich Bestürzung auf ihren Zügen.

„Zum Teufel! Was ist das? Leuthold und Randolph sind tot?“, fragte der Schmächtige.

„Verflucht, was ist geschehen?“, entfuhr es dem Hünen.

„Das haben wir diesem Hurensohn dort auf der Treppe zu verdanken“, antwortete der Graf wütend. „Abcr cr wird dafür bezahlen. Und ihr dürft kassieren. Das mit der Frau habt ihr gut gemacht. Ihr habt euch eine besondere Belohnung verdient.“

„Eine besondere Belohnung?“, fragte der Schmächtige; Gier spiegelte sich in seinen Zügen.

„Ja, eine Belohnung, Odo“, bestätigte der Graf. Er nickte bedeutsam und ließ einen vielsagenden Blick über Katharina gleiten. „Aber meinst du nicht, dass es eine ritterliche Geste wäre, der Dame zuerst einmal aus dem Sattel zu helfen?“

Odo verstand. Er grinste. „Wie Ihr meint, gnädiger Herr.“ Schnell hatte er sich mit dem Tod seiner beiden Spießgesellen abgefunden. Er packte Katharina am Arm und zog sie roh nach unten. Sie kam ins Gleiten, doch bevor sie vom Pferd stürzte, fing er sie auf und stellte sie mit einem kräftigen Ruck neben den Rappen auf die Erde, wobei er sie mit lüsternen Blicken taxierte.

„Sehr gut. – Und nun zu Euch, gnädiges Fräulein“, wandte sich der Graf süffisant an Katharina. „Es wird euch nicht entgangen sein, dass Euer Freund da oben auf der Treppe mit schmachtendem Blick an Euch hängt. Ich würde euch beide gerne zusammenbringen. Leider weigert er sich, von der Treppe herunterzukommen und Euch in seine Arme zu nehmen. Dafür müsste er mir nämlich sein Schwert überlassen. Aber ich denke, ich kann Euch einen gleichwertigen Ersatz bieten. Alfric und Odo werden euch statt seiner ein wenig liebkosen. Vielleicht bewegt dies Euren ... Gatten ja dazu, herunterzukommen. – Fühlt ihr euch dazu in der Lage, Männer?“, richtete er sich mit dem letzten Satz an die beiden Neuankömmlinge.

Ein zustimmendes Grölen antwortete ihm, in das selbst Basilius mit einstimmte. „Alfric, willst du nicht den Anfang machen?“, forderte der Riedener den Hünen auf. Der hämische Tonfall und der Blick, mit dem er Katharina maß, sprachen Bände.

„Aber mit Freuden, gnädiger Herr“, bekräftigte Alfric begeistert und ließ ein rohes Lachen hören. Unter dem zustimmenden Gelächter der anderen ging er langsam auf Katharina zu, während sich Odo in erwartungsvoller Vorfreude zwischen Ulrich und dem Grafen postierte.

Wolf spürte, wie sein Herz zu rasen begann. Feucht vor Schweiß, krampfte sich seine Rechte um den Griff des Schwertes. Sein Blick streifte Katharina, die mit gefesselten Händen und mit vor Schreck geweiteten Augen neben dem Rappen stand.

In diesem Moment nahm Wolf den Falben Alfrics wahr.

Etwa drei Ellen von der Treppe entfernt zupfte das Tier mit dem Maul eine Handvoll Blätter von einem Strauch.

Blitzartig bemerkte Wolf, dass der Rücken des Pferdes etwa auf gleicher Höhe lag wie die Stufe, auf der er sich befand.

Fast gleichzeitig registrierte er, dass am Sattel eine Armbrust samt Geißfuß hing und aus dem daneben hängenden Köcher einige Bolzen ragten.

Aus den Augenwinkeln heraus schätzte Wolf noch einmal die Entfernung zwischen sich und dem Tier. Er schluckte heftig, als ihm bewusst wurde, wie viel von dem Sprung, den er gleich wagen würde, abhing.

„Nun, mein Vögelchen, gleich werden wir sehen, wie lange Euer Freund da oben Eurem Zwitschern widerstehen kann“, rief in diesem Moment der Graf. Inzwischen war Alfric bei Katharina angelangt. Den Rücken Wolf zugewandt, baute er sich vor ihr auf.

Wieder lachten die Männer, begehrlich und ganz in Erwartung dessen, was sich gleich vor ihren Augen abspielen würde. Mit einer heftigen Bewegung entledigte sich Alfric seines Wamses – und begann dann betont langsam sein Hemd aufzuknüpfen.

Ein Sprung aus dem Stand heraus auf die Brüstung der Treppe ...

... und ein weiterer mit erhobenem Schwert – schon landete Wolf mit traumwandlerischer Sicherheit auf dem Rücken des Falben.

Das Tier machte einen erschrockenen Satz nach vorn, warf den Kopf zurück und begann laut wiehernd mit den Vorderhufen zu steigen. Wolf versicherte sich jedoch mit festem Griff der Zügel und presste seine Schenkel so fest gegen den Pferdeleib, dass er den Falben rasch wieder in seine Gewalt bekam.

Zu Tode erschrocken war Alfric herumgewirbelt. Völlig entgeistert hatte er das Steigen des Pferdes registriert. Doch erst in dem Moment, in dem der Falbe niederging, nahm er auch den flirrenden Schatten über sich wahr: die Bewegung eines länglichen, durch die Luft sausenden Gegenstandes, der ihm, noch bevor er seinen Hals traf, bewusst machte, dass seine letzte Stunde geschlagen hatte. Mit einem dumpf knirschenden Geräusch durchtrennte Wolfs Schwert die Nackenwirbel Alfrics, sodass sein Kopf, nur noch von wenigen Muskeln und Sehnen gehalten, vornüberkippte und seine Leiche gleich darauf schwer zu Füßen des Falben aufschlug.

Erschüttertes Schweigen aufseiten der Männer am Fuß der Treppe.

Dann Schreie und Flüche.

Kaum dass Wolf Alfric zu Boden gestreckt hatte, nahm er aus den Augenwinkeln heraus wahr, wie der Graf und die anderen mit wütenden Rufen auf ihn zurannten. Sein Blick suchte Katharina, die, als der Falbe emporstieg, geistesgegenwärtig weggerannt war und nun etwa zwölf Schritte von ihm entfernt stand. Wolf sprengte auf sie zu, drängte das Pferd an ihre Seite und ließ kurz die Zügel fahren. Er beugte sich tief hinab, umfasste mit der frei gewordenen Linken ihre Taille und zog sie zu sich aufs Pferd. Danach gab er dem Falben die Fersen und preschte auf den Rappen Odos zu, der sich ein Stück weiter entfernt befand. Noch immer das Schwert in der Rechten, klatschte er mit der flachen Seite der blutverschmierten

Schneide kräftig gegen den Hals des Rappen. Das Tier wieherte erschreckt auf, machte einen Satz und floh in gestrecktem Galopp davon.

„Verdammt, tut etwas, fangt sie ein!“, hörte Wolf den Grafen brüllen; eine schwachsinnige Aufforderung angesichts des nicht mehr aufzuholenden Vorsprungs, den die Flüchtenden herausgeschlagen hatten. Plötzlich entdeckte Wolf zu seiner rechten Seite hinter einigen hochgewachsenen Büschen seinen Rappen und Katharinas Stute. Sofort hielt er auf sie zu, brachte den Falben hart neben ihnen zum Stehen und durchtrennte mit einem einzigen Schwerthieb die Stricke, mit denen die Tiere festgebunden waren. Dann sprang er aus dem Sattel und hob Katharina so behutsam wie nur möglich vom Pferd; denn auch wenn sie infolge des anstrengenden Rittes bislang noch kein einziges Wort an ihn gerichtet hatte, bemerkte er doch, dass sie Schmerzen litt.

„Tut es sehr weh?“, fragte er sie und musterte besorgt die Platzwunde, die sie am Kopf davongetragen hatte.

Sie schüttelte den Kopf und lächelte. Und trotz der dramatischen Situation, in der sie sich befanden, zog Wolf sie an sich und strich ihr zärtlich übers Haar.

Dann aber glitt sein Blick nach hinten, zum Graf und seinen Männern, die im Laufschritt hinter ihnen dreingerannt kamen.

„Sie kommen. Wir müssen uns beeilen, Liebes“, murmelte er hastig. Entschlossen zog er seinen Dolch aus dem Gürtel, um ihre Fesseln entzweizuschneiden – und starrte plötzlich erschrocken auf ihre Handgelenke. Erst jetzt bemerkte er, dass sie tiefrot und aufgedunsen waren, Blasen waren zu erkennen.

„Mein Gott, Katharina, was ist geschehen, was haben sie mit dir gemacht?“, entfuhr es ihm.

„Ach, es ist nichts weiter, ich erklär’s dir später. Mach schnell, schneid die Fesseln durch“, drängte sie ungeduldig und hielt ihm die Hände hin.

Abermals blickte sich Wolf nach ihren Verfolgern um und bemerkte, dass sie sich inzwischen bis auf etwa zwei Steinwürfe genähert hatten – sie hatten in der Tat keine Zeit mehr zu verlieren.

Mit nur wenigen Schnitten durchtrennte er die Stricke.

„Und jetzt schnell, hinter den Steinhaufen da vorne! Nimm deine Stute mit!“, forderte er Katharina auf, während er selbst seinen Rappen und den Falben beim Halfter nahm. Kaum waren sie hinter dem Hügel aus geborstenen Mauerresten angekommen, als Wolf auch schon Armbrust, Geißfuß und Köcher vom Sattel des Falben löste, die Waffe kurz in der Hand wog, prüfte und dann zufrieden nickte.

Hastig wandte er sich an Katharina. „Hör zu, Liebes. Du wirst jetzt sofort losreiten und Hilfe holen, während ich von da oben aus das Pack in Schach halte“; er deutet mit dem Kopf zu dem Trümmerhügel empor. „Sag den Leuten, sie sollen sich sputen. In zwei Stunden könnt ihr wieder zurück sein.“

Dann sprang er, ohne ihre Antwort abzuwarten den Hügel hinauf.

Oben angekommen, nahm er befriedigt zur Kenntnis, dass der Platz für sein Vorhaben nicht günstiger hätte sein können. Das Fragment eines ehemaligen Torbogens krönte die Erhebung; ein ideales Versteck, das ihn vor den Blicken der Männer verbarg und ihm selbst eine ausgiebige Rundumsicht über das zu seinen Füßen liegende Gelände gewährte. Von hier aus ließ es sich trefflich zielen.

Wolf bemerkte, dass seine Verfolger plötzlich stehen geblieben waren. Nur noch einen Steinwurf von ihm entfernt, unterhielten sie sich wild gestikulierend. Schwach drang das Geräusch ihrer Stimmen zu ihm empor, und befriedigt nahm er wahr, dass sie nahe beieinander standen. Sehr nahe sogar.

Entschlossen nahm er die Armbrust in die Linke, hakte mit der Rechten die Gabel des stählernen Geißfußes in die Knebel ein - zwei Eisenstifte, von denen einer links und einer rechts aus dem Schaft ragte - und spannte die Sehne mit einer kräftigen Bewegung. Danach griff er sich mit fliegenden Fingern einen Bolzen aus dem Köcher, um ihn in die Rinne vor die Nuss zu legen. Er atmete noch einmal tief ein, zielte – und noch während sein Atem die Lungen verließ, drückte er ruhig den Hebel nach oben.

Ein kurzer Schnalzlaut – und mit leisem Sirren verließ der gefiederte Tod die Waffe, schnitt durch die Morgenluft und bohrte sich mit einem dumpfen Aufschlag in den Rücken eines der Männer.

Es war Odo.

Ein Aufschrei entrang sich den Kehlen der anderen, als sie Odo wie von unsichtbarer Hand gefällt plötzlich zu Boden stürzen sahen. In panischer Hast stoben sie auseinander, um Schutz zu suchen.

Schnell spannte Wolf die Waffe erneut und gab einen weiteren Bolzen vor die Nuss. Diesmal allerdings suchte er vergeblich nach einem Ziel – denn den dreien war es gelungen, sich irgendwo hinter die zuhauf umher liegenden Trümmer zurückzuziehen.

Mit äußerster Anspannung wartete Wolf auf den Augenblick, da einer der Männer seine Deckung verlassen würde. Plötzlich – ein unterdrückter Laut: eine Stimme, die irgendetwas rief. Wolf glaubte zwar, den Bass des Grafen vernehmen zu können, verstand jedoch nicht, was er sagte. Dann – eine Bewegung.

Aus einem der herumliegenden Trümmerstücke löste sich ein Schatten. Sofort erkannte Wolf, dass es sich dabei um Ulrich handelte, der sich mit einigen schnellen Sprüngen und Haken in Richtung des Burgfrieds abzusetzen versuchte. Seine unberechenbaren, mal nach links, mal nach rechts setzenden Sprünge machten es Wolf jedoch unmöglich, ihn im Visier zu behalten. Unverhofft aber stolperte Ulrich und schlug der Länge nach auf die Erde; ein Sturz, der ihn das Leben kosten sollte. Nur einen Lidschlag später spaltete ein von sicherer Hand abgeschossener Bolzen sein Herz – Wolf hatte in aller Ruhe den Augenblick abgewartet, in dem sich sein

Gegner aufrappelte und dann den Abschusshebel der Armbrust zum zweiten Mal betätigt.

Nummer fünf, dachte er grimmig und blickte auf den Köcher, der neben ihm lag und nur noch zwei Bolzen barg.

Auch wenn er es jetzt nur noch mit dem Grafen und Basilius zu tun hatte – er durfte sich auf keinen Fall einen Fehlschuß leisten!

Plötzlich wurde ihm bewusst, dass er etwas vermisste – das Klopfen galoppierender Hufe, das ihm verriet, dass Katharina zum Tor hinaus preschte, um Hilfe zu holen. Im gleichen Moment hörte er ein Geräusch hinter sich und fuhr herum – Katharina kraxelte den Hügel hinauf.

„Ich weiß schon, was du sagen willst", kam sie seinem Tadel zuvor und ging neben ihm in die Hocke. „Aber ich will nicht ohne dich reiten. Wir reiten beide."

Ärgerlich schüttelte Wolf den Kopf. „Wir beide? Nein, Liebes! *Du* wirst reiten und die Männer holen; ich bleibe hier und halte die Stellung."

„Ich sagte es schon. Ich gehe auf keinen Fall ohne dich", erwiderte sie störrisch.

„Katharina, sei vernünftig. Was, glaubst du, wird geschehen, wenn die beiden Hundesöhne merken, dass keiner mehr da ist? Sie werden versuchen zu fliehen. Also werde ich hier bleiben und sie aus sicherer Entfernung in Schach halten."

„Wie willst du sie auf diesem weitläufigen Gelände denn in Schach halten?"

Wolf schüttelte den Kopf. „Du missverstehst mich. Ich postiere mich mit dem Rappen außerhalb der Ruine, direkt am Eingang des Tores. Es sind nur noch zwei. Wollen sie fliehen, müssen sie es durch das Torgewölbe hindurch. Und das ist verhältnismäßig schmal und lang. Dort bilden sie ein leichtes Ziel. Darum glaube ich auch nicht, dass sie einen Ausbruch wagen werden. Sie sind zu Fuß und haben nur ihr Schwert. Ich dagegen bin im Besitz des Rappen und verfüge über eine Armbrust. Deshalb werden sie sich, sobald sie sehen, dass ihnen der Weg versperrt ist, wieder zurückziehen. Glaube mir, sie sitzen in der Falle, und können nichts dagegen unternehmen. – Und nun, komm!“

Schweren Herzens gab Katharina ihren Widerstand auf, und ohne ein weiteres Wort sprangen sie eilig den Hügel hinunter. Unten angekommen, saßen sie unverzüglich auf, und sprengten, den Falben im Schlepptau, in Richtung des Tores davon. Kaum dass sie das Dunkel des Gewölbes passiert und die Burg hinter sich gelassen hatten, durchströmte sie auch schon ein Gefühl der Befreiung; die Luft schien plötzlich von belebender Frische erfüllt und das Licht des frühen Morgens mit einemmal klar und rein zu sein.

Sie verhielten die Pferde und saßen ab. Auf dem Weg, der ins Tal hinunterführte, nahmen sie auf einmal ein anderes Pferd wahr. Es war der Rappe Odos, den Wolf davongejagt hatte. Kaum dreißig Schritt von ihnen entfernt, mahlte sein Gebiss in aller Ruhe auf einem Grasbüschel herum.

„Hierher also ist er geflohen. Kluges Tier. Er scheint sich von deinem Schlag recht schnell erholt zu haben“, meinte Katharina lächelnd.

Wolf schmunzelte. „So wie deine Stute. Die Wunde an ihrem Hals scheint glücklicherweise nicht sehr tief zu sein. Meinst du nicht, dass du mir endlich verraten solltest, was geschehen ist?“, fragte er sie.

Katharina sandte einen besorgten Blick in das hinter ihnen befindliche Torgewölbe, der Wolf nicht entging.

„Keine Sorge, Liebes. So viel Zeit haben wir. Die beiden Halunken sitzen in der Falle. Von denen droht keine Gefahr“, beruhigte er sie.

„Also gut, eigentlich ist es schnell erzählt“, antwortete sie ihm. „Wie du ja weißt, hatte ich mich in einer Mauernische niedergelassen, um mich zu erleichtern. Gerade als ich mich wieder erhob, um die Stute zu besteigen, warf sich ein Mann auf mich. Natürlich versuchte ich mich zu wehren, aber dann knallte ich mit dem Kopf gegen irgendetwas Hartes. Von da an muss ich vorübergehend das Bewusstsein verloren haben, und ..."

„Wer war der Mann. Konntest du ihn erkennen?", unterbrach Wolf die Schilderung Katharinas.

„Ja, es war der Langhaarige, dieser Randolph. Ob er mich allein in das Gewölbe schleppte oder ob ihm jemand dabei half, weiß ich nicht ..."

„Du wurdest in ein Gewölbe geschleppt?"

„Ja. Das ist auf jeden Fall das, woran ich mich als Nächstes erinnern kann. Der Raum war niedrig, und ich saß an eine Wand gelehnt auf dem Boden. Man hatte mir Hände und Füße gebunden ... Aber ich war nicht allein. Ein Mann saß mir gegenüber auf einer Art steinerner Bank – allerdings nicht der, der mich überfallen hatte. Neben ihm brannte eine Fackel in einer Mauerritze ... Der Mann grinste und zog mich die ganze Zeit über mit den Augen aus. Am Anfang, nachdem ich aus meiner Ohnmacht erwacht war, schrie und tobte ich. Aber dann wurde ich ruhiger, und ich fragte ihn, was das Ganze zu bedeuten habe. Aber er grinste nur immerzu und deutete mit der Hand auf seinen Mund. Dabei schüttelte er ständig den Kopf. Da wurde mir klar, dass er stumm war. Danach sah ich auch, dass ihm ein Arm fehlte – und von da an wusste ich, das ich es mit den Leuten des ‚Ebers' zu tun hatte. Der da vor mir saß, konnte nur jener Ingolf sein, den Rudlin und auch dieser Mautner dir gegenüber erwähnt hatten. Jetzt machte ich mir natürlich Sorgen um dich; schließlich war mir klar, dass du den anderen da draußen ahnungslos in die Arme laufen würdest. Doch dann geschah etwas, was mir mit einem Schlag ermöglichte, zu fliehen ... Der Einarmige stand nämlich plötzlich auf und trat vor mich hin, wobei er das Messer zog. Ich bekam fürchterliche Angst. Er ging vor mir in die Hocke, schnitt mir die Fußfesseln entzwei ... und kniete sich zwischen meine Beine ... Ich versuchte sie anzuziehen, um ihn wegzustoßen. Aber er bemerkte meine Absicht und packte mich fest bei den Schenkeln ... Er rutschte immer näher und beugte sich langsam über mich; ich roch schon seinen scheußlichen Atem ...“, Katharina stockte kurz, ihre Stimme schwankte.

Wolf merkte, wie sie sichtlich um Fassung rang, und legte sanft den Arm um sie. „Ruhig, es ist vorbei; alles ist vorbei. Erzähl weiter“, murmelte er beruhigend.

„Du kannst ... du kannst dir sicher vorstellen, dass ich in Panik geriet“, fuhr sie gleich darauf, wieder etwas gefasster, fort. „Ich versuchte also, mich zur Seite zu werfen. Dabei bemerkte ich einen faustgroßen Stein, der neben mir lag. Zum Glück hatten sie mir die Hände nach vorne und nicht hinter den Rücken gebunden. Ich packte also den Stein mit gefesselten Händen – und schlug ihn dem Kerl mit aller Kraft gegen die Schläfe ... Er kippte sofort zur Seite und blieb reglos liegen. Trotz des schummrigen Lichtes sah ich, dass er am Kopf blutete. Seine Augen waren geöffnet, aber starr. Da wusste ich, dass ich ihn getötet hatte, aber das war mir gleichgültig – Gott möge mir verzeihen ... Ich wälzte mich zur Seite und sprang auf. Ich suchte auf dem Boden nach dem Messer des Kerls, konnte es aber nicht finden ... Da lief ich zur Fackel hinüber, hielt meine Handgelenke über sie und brannte so die Fesseln durch ... Es tat höllisch weh; ich musste mich immer wieder dazu zwingen, meine Hände nicht wegzuziehen. Aber dann war es endlich geschafft ... Ich lief einen kurzen Gang entlang, an dessen Ende eine Treppe nach oben führte ... Ich sprang die Treppen empor und befand mich gleich darauf im Hof, unmittelbar neben der Umfassungsmauer ... Dort versuchte ich meinen Standort ungefähr herauszubekommen. Als ich den Burgfried sah, wusste ich, dass ich mich irgendwo nördlich befand; südwestlich von mir musste das Tor liegen ... Plötzlich sah ich auch das Pferd. Es war zwar nicht gesattelt, trug aber Zaumzeug. Man hatte es an einem eisernen Ring festgemacht, der aus der Umfassungsmauer ragte. Ich band es los, schwang mich auf seinen Rücken und ... nun ja, den Rest kennst du ja."

Wolf war ihrem Bericht mit zunehmender Erregung gefolgt und umfasste sie nun wortlos. Fest presste er sie an sich, zärtlich ihr Haar streichelnd. Obwohl er nichts sagte, spürte sie deutlich, wie aufgewühlt er war. Rasch löste sie sich wieder aus seiner Umarmung.

„Sagtest du nicht, dass wir keine Zeit verlieren dürfen? Ich denke, ich muss los. Ich habe erst Ruhe, wenn ich mit den anderen wieder zurück bin."

Wolf lächelte. „Ich versichere dir nochmals, die beiden Ratten da drinnen können keinen Schaden mehr anrichten. Vergiss nicht, ich habe die Pferde und das hier", er wog die Armbrust in den Händen. „Du kannst also ohne Sorge reiten", beruhigte er sie und schloss sie noch einmal in die Arme.

„Dein Wort in Gottes Ohr. Also, bis bald", flüsterte sie und drückte ihm einen hastigen Kuss auf die Lippen. Dann riss sie sich aus seiner Umarmung, schwang sich in den Sattel und sprengte, ohne sich auch nur noch ein einziges Mal umzusehen, in fliegender Eile davon.

Die Sonne war schon vor geraumer Zeit als weißglühende Scheibe und umkränzt von rötlichgelben Wolken aufgegangen.

Wolf spürte Müdigkeit in sich emporsteigen und gähnte. Doch das Gähnen alarmierte ihn und mahnte ihn zur Wachsamkeit. Mit dem Rücken gegen die Mauer gelehnt, die gespannte Armbrust in der Rechten, verharrte er nun schon seit über einer Stunde im Torgewölbe. Sowohl den Rappen als auch den Falben hatte er unmittelbar neben dem Eingang an einem Gesträuch festgebunden, das an der Umfassungsmauer entlangwucherte. Aufmerksam beobachtete er, ob sich vor dem Gewölbe etwas regte. Er ging davon aus, dass der Graf und Basilius zwischenzeitlich bemerkt hatten, dass er mit Katharina zusammen das Innere der Ruine verlassen hatte. Wolf versuchte sich in ihre Situation hineinzuversetzen und fragte sich zum wiederholten Mal, was er wohl an ihrer Stelle unternehmen würde. Zuversichtlich lächelte er in sich hinein. Denn er kam immer wieder zum gleichen Schluss: Sie hatten keine Chance!

Ein Geräusch!

Eine Bewegung!

Unmittelbar dort, wo das Torgewölbe auf den Innenhof mündete!

Mit einem Satz sprang Wolf in die Mitte des Durchgangs, legte einen Bolzen auf die Armbrust und brachte die Waffe in Anschlag.

Dann wartete er – die Sinne zum Zerreißen gespannt.

Doch da war nichts mehr.

Keine Bewegung. Kein Geräusch.

Stattdessen erfüllte wieder jungfräuliche Ruhe den Morgen!

Und jungfräuliches Licht, das, gespendet vom jungen Tag, ein Stück weit das Gewölbe erhellte.

Dann ertönte jedoch plötzlich eine Stimme!

„Ich soll Euch im Namen Hannos von Rieden ein Abkommen vorschlagen, Herr von der Klause. Ihr lasst uns ziehen, gewährt uns freies Geleit, und Graf Hanno verpflichtet sich, Besitz und Titel derer zu Rieden mit Bertram, dem eigentlichen Erben, zu teilen."

Basilius!

Offenbar war es ihm gelungen, sich seitlich des Torausganges zu postieren, nachdem sein Rufen auch von dorther in das Gewölbe gedrungen war.

Verblüfft und ratlos zugleich blickte Wolf in Richtung der Toröffnung. Auch wenn er nicht im Entferntesten damit gerechnet hatte, dass die beiden Schergen des Teufels auf diese Weise ihren Standort zu erkennen geben würden, irritierte ihn diese Tatsache weit weniger als die Unverfrorenheit des vorgebrachten Ansinnens. Ein Ansinnen, das angesichts der aussichtslosen Situation, in der sich die beiden Schurken befanden, irgendwie lächerlich wirkte und ihn geradezu verwirrte.

Und genau diese Verwirrung wurde ihm zum Verhängnis.

Denn er konzentrierte sich so sehr auf den vor ihm liegenden Gewölbeausgang, dass er die Gestalt, die sich ihm von hinten näherte, erst bemerkte, als er ein Geräusch in seinem Rücken wahrnahm.

Erschrocken sprang er zur Seite – fast gleichzeitig schwirrte ein Schatten an seinem Gesicht vorbei und er vernahm ein stählernes Klirren. Das Schwert hatte ihn nur um Haaresbreite verfehlt und mit voller Wucht den steinigen Boden getroffen. Funken stoben auf.

Hanno von Rieden!

Wie es dem Grafen gelungen war, in seinen Rücken zu kommen, war Wolf ein Rätsel. Doch im Moment machte es keinen Sinn, darüber nachzudenken ...

... denn schon drohte der nächste Hieb.

Instinktiv riss Wolf die Armbrust nach oben, hörte ein hartes und trockenes Knacken, sah durch die Luft wirbelnde Splitter aus Horn und Holz ... und spürte einen brennenden Schmerz in der linken Schulter! Das Schwert des Riedeners hatte das eine Ende der Armbrust durchschlagen und war mit voller Wucht, wenn auch glücklicherweise mit der flachen Seite des Stahls, gegen seine linke Schulter geprallt.

Wolf spürte, wie ihm der Arm schwer wurde und ihm den Dienst zu versagen drohte. Seine Rechte fuhr zum Gürtel, um das Schwert zu ziehen. Vergeblich. Es gelang ihm nicht. Schuld daran war der stählerne Geißfuß, den er über der Scheide eingehängt hatte. Geistesgegenwärtig wich er einem erneuten Hieb des Riedeners aus. Dann packte er den Bügel des Spannwerkzeugs und riss es aus dem Gürtel. Wieder fetzte die Waffe des Grafen um Haaresbreite an ihm vorbei, wobei dieser, vom Schwung des Hiebes mitgerissen, allerdings kurz strauchelte. Wolf nutzte die kurze Unsicherheit seines Gegners, um den Abstand zwischen sich und ihm zu vergrößern. Im selben Moment nahm er aus den Augenwinkeln heraus jedoch eine neue Gefahr wahr – vom Ausgang des Gewölbes her stürmte Basilius heran; seine Rechte schwang das Schlagholz. Wolf überlegte nur kurz, welchem seiner Gegner er sich zuerst zuwenden sollte – dann fiel seine Entscheidung. Er riss den stählernen Geißfuß, den er noch immer in der Hand hielt, nach oben, schwang ihn über seinem Haupt und schleuderte ihn aus der Drehung heraus mit aller Kraft dem Riedener entgegen.

Ein dumpfes Knirschen, das Geräusch splitternder Zähne und ein schriller Schrei.

Als sei er gegen eine unsichtbare Mauer geprallt, hielt der Graf mitten im Ansturm inne. Er ließ sein Schwert fallen, brach in die Knie und schlug beide Hände vors Gesicht. Blut quoll zwischen seinen Fingern hervor. Er rappelte sich wieder auf, machte sogar noch einige Schritte, dann stolperte er jedoch und ging erneut zu Boden.

Wolf wollte die Chance nutzen, doch dazu blieb ihm keine Zeit mehr. Denn schneller als gedacht, war auch schon Basilius herangekommen und holte aus. Wie zuvor beim Grafen konnte Wolf dem Schlag des Mönchs gerade noch rechtzeitig ausweichen mit dem Ergebnis, dass die Wucht des fehlgeschlagenen Hiebs Basilius taumeln ließ. Gleichzeitig wurde er gewahr, wie der Riedener wieder auf die Beine zu kommen suchte und nach der neben ihm liegenden Waffe griff. Wolf reagierte instinktiv. Blitzschnell rollte er sich ab und brachte sich dadurch in den Rücken des knüppelschwingenden Mönchs. Noch im Drehen zog er sein

Schwert und ließ es mit furchtbarer Wucht auf Basilius' Hinterkopf niedersausen, der wie ein gefällter Baum auf die Erde stürzte.

Der Anblick des zu Boden gestreckten Mönchs steigerte die verzweifelte Wut des Riedeners ins Unermessliche und ließ ihn seine Kräfte noch einmal bündeln. Mit gezückter Klinge und einem tierischen Schrei trat er um die Leiche von Basilius herum, bückte sich und griff sich den am Boden liegenden Knüppel. In der Rechten das Schwert, in der Linken das Schlagholz, ging er langsam in gebückter Haltung und humpelnd auf Wolf zu. Dabei ächzte und stöhnte er vor Wut und Schmerz. Tödlicher Hass brannte in seinen Augen, Blut troff an ihm herab. Der Geißfuß hatte ihn grausam zugerichtet. Seine Kinn- und Mundpartie bestand nur noch aus rohem Fleisch, zertrümmerten Knochen und blutig gefärbtem Barthaar. Außerdem musste er sich bei seinem Sturz zusätzlich auch noch eine Verletzung am Bein zugezogen haben.

Ganz gegen seinen Willen rang seine Zähigkeit Wolf eine gewisse Bewunderung ab, doch in diesem Zustand stellte der Graf keinen Gegner mehr für ihn dar.

„Bleib stehen und lass die Waffe fallen!", befahl er.

„Warum sollte ich es dir erleichtern, mich abzuschlachten? Wenn du mein Schwert haben willst, dann hol es dir", stieß Hanno hervor, wobei seine Worte aufgrund der schweren Verletzung im Gesicht kaum zu verstehen waren.

„Du irrst. Ich werde dich nicht abschlachten. Jetzt nicht mehr. Du wirst nicht einfach so aus dem Leben scheiden. Du wirst dich vor einem Richter verantworten. Und sei gewiss: Bevor man dir das Leben nimmt, wird man dir noch die Grafenehre nehmen, an der du so sehr hängst."

„Tatsächlich? Du willst mich einem Richter überantworten? Oh, welch ein Ausbund an Gerechtigkeit du doch bist. Aber gut, gut, sei's drum. Ich nehme dich beim Wort und ergebe mich dir. Ich will ein ordentliches Gericht“, sagte er, wobei für den Bruchteil eines Moments ein tückischer Ausdruck in seine Augen trat.

Langsam hob er die Hand, mit der er das Schwert hielt und warf die Waffe mit einer kurzen Bewegung zur Seite. Dumpf schlug der Stahl auf der Erde auf. Im selben Moment ging er mit einem schmerzhaften Stöhnen zu Boden.

Wolf ließ seinerseits das Schwert sinken und trat vorsichtig an seinen Widersacher heran. Dabei trat er auf die zerstörte Armbrust, die am Boden lag; achtlos schob er sie mit dem Fuß beiseite.

„Siehst du, so ist es schon besser! Und nun wirst du dich flach auf den Bauch legen, Arme und Beine ausgestreckt, verstanden?“, forderte er den Grafen mit erleichterter Stimme auf.

Sei es, dass Wolf angesichts des wehrlosen Anblicks, den sein Gegner bot, eine Spur zu sorglos war, sei es, dass ihm das kurze tückische Aufblitzen in seinen Augen entgangen war – auf das, was nun geschah, war er in keiner Weise vorbereitet.

Mit der Unberechenbarkeit eines tödlich verwundeten Raubtiers schnellte der Oberkörper des Riedeners plötzlich nach vorne. Während er seinen Mund weit aufriss, packte er gleichzeitig mit einem kräftigen Griff seiner Rechten Wolfs Hand, die das Schwert nur noch locker umfasste – und stieß sie sich, ungeachtet der damit verbundenen Schmerzen, so tief es ging in den wunden Rachen. Dann presste er mit seiner Linke seine gebrochene Kinnlade nach oben und biss, so kräftig er nur konnte, zu.

Der Schrei Wolfs drang markerschütternd durch das Gewölbe und auch der Graf bäumte sich ob des sich selbst zugefügten Schmerzes auf, doch die im Rachen steckende Faust seines Gegners dämpfte sein Gebrüll zu einem dumpfen Stöhnen. Wie unzählige kleine Messer gruben sich die spitzen, scharfkantigen Trümmer seines zerstörten Gebisses in die Hand seines Feindes, der, vor Schmerzen rasend, sein Schwert fahren ließ und in die Knie brach.

Genau das hatte Hanno beabsichtigt.

Der Graf nutzte die Gunst des Augenblicks, um sein Opfer gänzlich zu Boden zu reißen, und Wolf schlug hart bäuchlings auf der Erde auf. Schmerz und Überraschung lähmten ihn. Unfähig, sich zur Wehr zu setzen, spürte er, wie sich der stämmige Riedener auf seinen Rücken schwang. Gleichzeitig spürte er etwas Hartes unter seinem Oberkörper, ohne dass er jedoch hätte sagen können, worum es sich handelte. Plötzlich nahm er wahr, wie der Graf mit einer Hand in seinen Haarschopf griff und ihm den Kopf auf den Boden presste. Seine andere Hand griff derweil nach einem Gegenstand, der sich links von ihm befand; Wolf erkannte in ihm ein Stück der zerstörten Armbrust, an deren einem Ende noch die Sehne hing. Mit einem heftigen Ruck riss der Graf Wolfs Kopf empor und schlang ihm die Sehne um den Hals.

Mehrmals bäumte Wolf sich auf und versuchte, den Riedener abzuwerfen – aber es war ein vergebliches Unterfangen, denn sein Gegner war kräftig und von schwerem Körperbau. Wolf spürte, wie die Sehne immer tiefer in seinen Hals schnitt und ihm den Atem raubte, und zum ersten Mal brandete Todesangst in ihm hoch. In Panik versuchte er Luft zu holen; reflexartig glitt seine Zunge aus dem weit aufgerissenen Mund, während er über sich den keuchenden Atem des Grafen vernahm; ein letztes, hässliches Geräusch, das ihn gleich in die Welt ewigen Schweigens hinüberbegleiten würde.

Da registrierte er unter Auferbietung seiner letzten Kräfte und mit hervorquellenden Augen, wie unter seinem rechten Rippenbogen die Spitze eines Bolzens hervorlugte ...

... der Bolzen einer Armbrust.

Der plötzliche Anblick schien ihn augenblicklich neu zu beleben. Es gelang ihm, seine ausgestreckte Rechte an den Oberkörper heranzuziehen und die vom Biss des Riedeners malträtierte Hand unter seinen Oberkörper zu schieben. Trotz der Schmerzen krallten sich seine blutigen Fingern um das gefiederte Ende des Geschosses, schnellten, indem er seine Brust anhob und sich leicht drehte, zur Faust geballt unter dem Brustkorb hervor und führten einen kräftigen Stoß nach oben.

Jäh endete das Keuchen über seinem Haupt – und während sich ein Schwall warmen Blutes in seinen Nacken ergoss, spürte Wolf, wie der Riedener mit einem kurzen, erstickten Röcheln kraftlos zur Seite kippte. Sowohl die tödliche Enge um seinen Hals als auch der auf seinem Rücken lastende Druck waren auf einen Schlag gewichen, doch Wolf gelang es nur mühsam, sich langsam aufzurichten. Eine Weile rang er hustend und würgend nach Atem, dann spürte er endlich, wie wieder ausreichend Luft in seine Lungen strömte. Langsam stand er auf, machte einige unsichere Schritte nach vorne, und während er sich keuchend und an allen Gliedern zitternd an die Gewölbemauer lehnte, fiel sein Blick auf den Riedener.

In einer großen Blutlache liegend, starrten seine weit aufgerissenen Augen ins Leere. Aus seinem Hals ragte das gefiederte Ende des Bolzens, dessen restlicher Teil tief ins Innere seines Hauptes eingedrungen war und ihn auf der Stelle getötet haben musste.

Erschöpft stieß sich Wolf von der Mauer ab. Obwohl er allen Grund gehabt hätte, sich über seinen Sieg zu freuen, fühlte er sich leer und unsäglich müde. Mit noch immer unsicheren Schritten strebte er langsam schlurfend dem Ausgang des Torgewölbes zu. Seine rechte Hand brannte noch immer vor Schmerz, während der linke Arm mittlerweile taub an seiner Seite herabbaumelte.

Er trat aus dem schattigen Torgewölbe auf den breiten sonnenbeschienenen Zufahrtsweg hinaus und sah sich um.

Links von ihm standen friedlich grasend die beiden Pferde, die er an den Sträuchern festgebunden hatte. Als er sie sah, stahl sich ein leises Lächeln auf seine Züge. Er machte einige Schritte auf die Tiere zu, bis sein Blick, unweit der Stelle, wo die Pferde standen, auf einen Teil der Umfassungsmauer fiel. Von der Mauer hing ein Seil herunter, und weiter oben machte er einen Balken aus, der ein Stück weit aus dem Mauerwerk ragte. Der daran befestigte Strick endete etwa drei Ellen über dem Boden.

Plötzlich begriff Wolf, wie es dem Riedener möglich gewesen war, das Innere der Ruine zu verlassen. Nur hatte er es schlicht für unmöglich gehalten, dass er diesen Weg nehmen könnte, denn auf der Mauer entlangzukriechen war ein gefährliches Unterfangen, verlängerte das baufällige Gemäuer doch noch zusätzlich den Felsen, der auf drei Seiten gefährlich schroff in die Tiefe stürzte. Dennoch hatte der Riedener die Gefahr nicht gescheut. Offensichtlich hatte er irgendwo im Burghof die Umfassungsmauer erklommen und sich dann dort, wo das Seil von der Mauer hing, wieder hinuntergelassen. Doch weder das mit Basilius verabredete Ablenkungsmanöver noch sein eigener Wagemut hatten dem Grafen genützt. Am Ende war es doch an ihm, Wolf, gewesen, den letzten Spielzug auf dem Schachbrett des Schicksals zu tun. Und, weiß Gott, er hatte die Gelegenheit genutzt.

Das Spiel war entschieden, der Schnitter geschlagen.

Endgültig!

Wolf holte tief Atem und ließ die herrliche Luft des jungen Morgens in seine Lungen strömen. Reine, frische, würzige Luft, die nach Sommer und Leben duftete.

Und während er noch immer zu dem Balken blickte, an dem das Seil herabhing, bemerkte er auf einmal, wie ein Bündel Sonnenstrahlen das obere Mauerstück mit einer Aura gleißenden Lichtes umgab.

Es war wie eine Verheißung, dass das Leben zurückkehrte.

Kurz darauf erreichte ihn die Bestätigung dafür in Form eines rhythmisch klopfenden Geräusches, das plötzlich hinter ihm ertönte.

Als er sich umdrehte, sah er, wie sich von Westen her eine Schar Berittener näherte.

Allen voran eine Reiterin, in deren blondes Haar die Sonne golddurchwirkte Strähnen hineinwob.

Katharina.

Sie winkte ihm zu.

In diesem Augenblick erkannte Wolf, dass das Leben nicht *zurückkehrte …*

… sondern erst *begann!*

Er hob seine Rechte, winkte zurück – und fing dann an zu laufen.

Der Zukunft entgegen.

Und dem Leben.

NACHWORT DES AUTORS

Fiktion und Realität

Wie viele historische Romane ist auch »Der Seelenhändler« eine Mischung aus Fiktion und realem Geschehen. Den Rahmen für die frei erfundene Handlung bildet die politische, gesellschaftliche sowie die geistig-religiöse Situation, wie sie sich im Spätmittelalter gegen Ende des 14. Jahrhunderts im Herzogtum der Steiermark darstellte. Einige der in diesem Roman erwähnten Personen haben wirklich gelebt, andere, so auch die beiden Hauptfiguren Wolf von der Klause und Katharina von Klingfurth, sind meiner Fantasie entsprungen. Und wenngleich auch die in diesem Roman agierenden historischen Persönlichkeiten wirklich gelebt haben, so ist natürlich die Art und Weise, wie sie denken, sprechen und handeln, auf die Mentalität und die Charakterzüge zurückzuführen, die ich mir erlaubt habe, ihnen zu verleihen.

Fast alle Orte und Lokalitäten sind authentisch; nur bei einigen wenigen habe ich die geografische Wirklichkeit zugunsten der Dramaturgie geopfert (dazu gehören z.B. der Ort Rieden bei Landsberg und die Burg am Pyhrnpass).

Der akribisch forschende Historiker wird daher vielleicht das eine oder andere innerhalb des Romans mit kritischem Stirnrunzeln zur Kenntnis nehmen. Ihn darf ich – augenzwinkernd einen Ausspruch des Plinius zitierend – um Nachsicht bitten: „Poetis mentiri licet – Es sei den Dichtern gestattet zu lügen.“ Dennoch hoffe ich, dort, wo sich Fiktion und historische Fakten kreuzen, des Dichters Wort nicht über Gebühr strapaziert zu haben.

GLOSSAR

I. Geografische Hinweise und Bezeichnungen

Admont – (Ort und Benediktinerstift in der Steiermark/Österreich). Der Ort Admont (heute Marktgemeinde Admont) geht auf eine der ältesten Siedlungen der Steiermark zurück (erste Erwähnung 859 als *Ademundi vallis*). Admont liegt in einem Talbecken der Enns, am Eingang zum Nationalpark Gesäuse mitten in den Ennstaler Alpen. Mit den Besitztümern Hemma von Gurks gründete Erzbischof Gebhard von Salzburg im Jahre 1074 das Benediktinerkloster gleichen Namens. Bereits damals mit enormem Grundbesitz ausgestattet, war es über das gesamte Mittelalter hinweg eines der bedeutendsten geistlichen, kulturellen, wissenschaftlichen und wirtschaftlichen Zentren der Steiermark mit weitreichenden Beziehungen.

Burg Gallenstein – Unmittelbar bei dem Markt Sankt Gallen gelegen und zwischen 1278 und 1291 erbaut. Im Besitz des Stiftes Admont befindlich, diente sie den Äbten und Klosterinsassen als Rückzugsort und Fluchtburg. Der Gallensteiner Herrschaft stand ein Burggraf bzw. Pfleger vor.

Enns – Südlicher Nebenfluss der Donau. Zwischen Admont und Hieflau durchbricht die Enns eine ca. 15 km lange Schlucht, das so genannte Gesäuse, früher auch Johnsbacher Gebirg genannt. Sie mündet bei Mauthausen in die Donau.

Johnsbach – Südöstlich von Admot gelegenes Bergdorf, umgeben von einer ursprünglichen Gebirgslandschaft. Der Bergbach gleichen Namens mündet in die Enns.

Pyhrnpass (Pyhrnstraße) – Stellt mit 945 m den niedrigsten Übergang durch die Ostalpen dar. Der Weg über den Pyhrn wurde schon seit der Steinzeit genutzt.

Sankt Gallen – Nordöstlich von Admont gelegene, in einen eirunden Talkessel eingebettete Ortschaft (Markt Sankt Gallen), umgeben von Waldbergen und den Bergriesen des Gesäuses. Schon in alter Zeit führte der Weg von Admont nach Sankt Gallen über den Buchauer Sattel und stellte so eine wichtige Verbindung zur so genannten Eisenstraße her.

Steyr – Im Mittelalter bedeutende Stadt in Österreich, im Mündungswinkel von Enns und Steyr gelegen. Eisenniederlage und Verarbeitungsplatz für Eisenwaren, die in ganz Europa gefragt waren. Stark ausgeprägt auch der Handel mit Venedig. Galt nach Wien als vornehmste Stadt Österreichs.

Stadt Rottenmann – In den Rottenmanner Tauern südwestlich von Admont gelegene Kleinstadt. Im Jahre 1279 von König Rudolf von Habsburg zur Stadt erhoben; das Stadtrecht wurde 1320 von König Friedrich dem Schönen bestätigt. Die erste Nennung eines Stadtrichters stammt aus dem Jahre 1296.

Windischgarsten – Nordnordwestlich von Admont am Pyhrnpass gelegener Ort, umgeben von den Haller Mauern und dem Sensengebirge.

II. Im Roman erwähnte historische Persönlichkeiten:

Albrecht III. – Herzog von Österreich. Erließ am 30. November 1370 die im vorliegenden Roman genannte Verfügung, welche den Steyrer Kaufleuten untersagte, die von Venedig kommenden Waren über den Pyhrn zu führen. Hatte zusammen mit seinem Bruder Leopold III. die Herrschaftsgewalt über Österreich, die Steiermark und andere Gebiete inne. 1379 kam es zur Teilung und damit zur Begründung der albertinischen und leopoldinischen Linie der Habsburger. Albrecht fiel Nieder- und Oberösterreich zu, Leopold erhielt Steiermark, Kärnten, Tirol und andere Gebiete.

Friedrich von Saurau – Burggraf zu Gallenstein, 1388 bis 1395. Wer 1385, also in dem Jahr, in dem die Handlung des Romans spielt, Burggraf auf Gallenstein war, lässt sich meinen Recherchen zufolge (die sicherlich unvollkommen sein mögen) nicht genau ermitteln. Der letzte vor Friedrich von Saurau genannte Burggraf soll Conrad von Petersdorf (1353) oder Ulrich der Gleusser (1354) gewesen sein. Zwar gibt es noch einen Hinweis darauf, dass vor 1388 ein gewisser Heinrich von Rohr die Stellung des Burggrafen innehatte, doch habe ich aus dramaturgischen Gründen den „Saurauer" bereits 1385 seines Amtes walten lassen.
Otto Metschacher – Zum Zeitpunkt der Handlung des Romans Stiftspriester und Prior des Klosters zu Admont. Bekannt für seine ökonomische Tüchtigkeit. Der Überlieferung zufolge soll er in späteren Jahren erblindet sein.
Wilhelm von Reissberg – Abt von Admont von 1384 bis 1391. Wird im Roman nur namentlich erwähnt, da er sich zum Zeitpunkt der Handlung auf Reisen befindet.
Niklas Schinopl – Pfarrer von Sankt Gallen (wahrscheinlich identisch mit dem Pfarrer Niklas von Admont). Niklas Schinopl scheint großes Ansehen genossen zu haben; der Admonter Konvent bestimmte ihn dazu, der Wahl des Abtes Wilhelm von Reissberg die „oberhirtliche Genehmigung" aus Salzburg zu verschaffen.
Heinrich von Olmütz – Dominikanerpater und Inquisitor. Wirkte zwischen 1365 und 1380 als Inquisitor zwischen Steyr, Enns und Wien. Im vorliegenden Roman „taucht" er allerdings auch im Jahre 1385 auf.
Pernolt von Klingfurth – Adliger Ritter und Nachfahre des Geschlechts derer zu Klingfurth. Um 1300 kam die Feste Lanzenkirchen in den Besitz der Klingfurther. Der Ort Lanzenkirchen liegt im südöstlichen Niederösterreich, ca. 7 km von Wiener Neustadt entfernt. Im 14. Jahrhundert gerieten die Klingfurther wie manch anderes Rittergeschlecht in Geldnot, und so verkaufte Pernolt

schließlich 1377 die Feste zusammen mit dem dazugehörigen Grundbesitz einschließlich des Dorfgerichtes an Michael Prenner, einen reichen Bürger aus Wiener Neustadt.

Seine Tochter Katharina habe ich Pernolt „angedichtet". Hätte es sie tatsächlich gegeben – ich bin überzeugt, er wäre stolz auf sie gewesen ...

III. Anmerkungen zur Verfolgung der Waldenser durch die katholische Inquisition

Im 13. und 14. Jahrhundert stieß die Inquisition im gesamten Gebiet des Herzogtums Österreich auf zahlreiche Häretiker. Von ihren Gegnern als „Waldenser" beschimpft – (so benannt nach ihrem Gründer, dem lyonesischen Kaufmann Pierre Vaudès. Vorname auch: Petrus oder Peter; der Vorname ist nicht historisch überliefert; Nachname auch Valdès, verdeutscht: Waldes) –, nannten sie sich selbst die „Armen Christi" oder auch „Arme von Lyon". Die Anhänger dieser einzigartigen religiösen Bewegung fühlten sich einem strengen Biblizismus sowie hohen moralischen Grundsätzen verpflichtet. So verweigerten sie etwa den Eid und lehnten die Lehre vom Fegefeuer ebenso ab wie die Verehrung von Heiligen, die Fürbittgebete und die Bilder- und Reliquienverehrung. Darüber hinaus verfügten sie über eine erstaunliche Bibelkenntnis. Es wird berichtet, dass um die Zeit des Baus einer Dorfkirche in Weng bei Admont in den 1390er Jahren (der Ort wird im Roman des Öfteren erwähnt) das „Sektentum" der Waldenser entlang der Eisenstraße auch ins Ennstal eingesickert war. 1397 übergab der Inquisitor Peter Zwicker – Cölestinerprovinzial von Deutschland – dem „weltlichen Arm" etwa hundert Waldenser, die dann im Kraxental bei Garsten, in der Nähe von Steyr, auf dem Scheiterhaufen verbrannt wurden.

IV. Weitere in diesem Roman erwähnte vorkommende Begrifflichkeiten:

Abt – Geistlicher Vorsteher eines Klosters, mit großer Autorität ausgestattet; Anrede: Vater Abt, Herr Abt, Hochwürdiger Abt. Bewohnte oft ein separates Gebäude oder einen speziellen Trakt, wo er die repräsentativen Pflichten seines Amtes – zum Beispiel hochgestellten Gästen gegenüber – besser wahrnehmen konnte.
Armarius – Bibliothekar eines Klosters.
Armbrust – Neben dem Bogen die gebräuchlichste Schusswaffe im Mittelalter; später verdrängt durch die neu aufgekommenen Feuerwaffen. Die „Munition" der Armbrust waren Bolzen (im Gegensatz zu den meist längeren Pfeilen beim Bogen). Für das Spannen einer Armbrust gab es verschiedene Möglichkeiten. Eines der im Spätmittelalter verwendeten Spannwerkzeuge war der Geißfuß.
Benediktiner – Angehöriger des Benediktinerordens.
Benedikt von Nursia – Verfasser der Regula Benedicti (Mönchsregel); gründete 529 das Kloster bei Montecassino. Nach B v. N. ist der Benediktinerorden benannt.
Bruche – Mittelalterliche Unterhose
Brüder des Gehorsams – Im Kloster zu Admont Männer, die sich freiwillig den Regeln des Hauses unterwarfen und ihre Arbeit dort verrichteten, ohne jedoch ein Gelübde abgelegt zu haben. Sie behielten ihre weltliche Tracht bei und verblieben im Besitz ihrer Güter.
Bruder – Anrede eines Mönchs.
Cellerar – Der Wirtschaftsleiter eines Klosters, zuständig für sämtliche ökonomischen und finanztechnischen Belange. Ihm unterstand die Vorratshaltung und in manchen Klöstern auch der Weinkeller.
Cotte – Ein der Tunika ähnelndes, langes Schlupfkleid, das im Mittelalter in unterschiedlicher Ausprägung von Männern und Frauen

getragen wurde. Tailliert geschnitten und mit angeschrägten, eingepassten Ärmeln versehen, betonte diese Art von Cotte die weiblichen Reize in besonderer Weise.

Dormitorium – Gemeinsamer Schlafsaal der Mönche (bzw. der Nonnen in einem Frauenkloster). Gemäß der Benediktinerregel (Regula Benedicti) hatte nur der Abt Anspruch auf einen separaten Schlafraum

Geißfuß – Spannwerkzeug zum Spannen einer Armbrust

Gugel – Seit dem Hochmittelalter nachweisbares Kleidungsstück, das fast ausschließlich von Männern getragen wurde. Dabei handelt es sich im Prinzip um eine Kapuze mit angeschnittenem Kragenstück. Sie verfügte über einen Zipfel, der in einem langen Schwanz endete, welcher manchmal auch um den Hals geschlungen wurde. Daneben gab es jedoch auch offene Frauengugeln, meist aus schwarzem Wolltuch. Wenn Katharina von Klingfurth im vorliegenden Roman eine Männergugel (oder auch andere typisch männliche Kleidungsstücke) trägt, ist das ihrem ausgeprägten Selbstbewusstsein zuzuschreiben und der Tatsache, dass ihre Kleidung oftmals – wie sie selbst sagt – „eher praktischer als damenhafter Natur" ist. Es gab im Mittelalter immer wieder mal Frauen, die sich um die offizielle Kleiderordnung wenig scherten.

Hospitarius – Gästepfleger und Vorsteher des hospitariums (Gästehauses) eines Klosters. Er hatte sich der Belange der Gäste anzunehmen und war auch Vorsteher des Pilgerhauses.

Horen – Auch Stundengebete genannt; siehe Vorbemerkung dieses Romans: „Anmerkungen zur mittelalterlichen Tageszeiteinteilung".

Infirmarius – Der für die Krankenpflege im Kloster zuständige Mönch.

Infirmarium – Krankenstation eines Klosters.

Kapitel – Die Versammlung aller stimmberechtigten Mönche eines Klosters. Den Versammlungsraum nannte man Kapitelsaal; er lag meistens im Ostflügel des Klausurbereiches.

Klausur bzw. Klausurbereich – Die speziell für Klosterangehörige (Mönche/Nonnen) bestimmten Räumlichkeiten und Bezirke. Dieser Bereich durfte von Nichtangehörigen nicht betreten werden.

Konvent – Die Gesamtheit der zum Kloster gehörenden Mönche.

Konventuale – Angehörige eines Konvents.

Meister – Wanderprediger der Waldenser (Armen Christi), die von Mitgliedern der Gemeinden, die sie besuchten, mit dieser Anrede bedacht wurden.

Meisterin – Anrede der Vorsteherin (Priorin) des Frauenklosters zu Admont.

Novize – Gewissermaßen ein „Mönchsschüler"; jemand der in einen Orden eingetreten ist und sich dort in der Vorbereitung (Ausbildung) auf die einfache Profess befindet.

Parlatorium – Sprechzimmer; Aufenthaltsort der Mönche, an dem für eine bestimmte Zeit des Tages unterhaltsame Gespräche geführt werden durften. Hier konnte auch mit Gästen und Angehörigen gesprochen werden. Im Frauenkloster zu Admont der Raum, der durch ein Fenster mit dem Chor verbunden war und den Nonnen gestattete, in Anwesenheit eines oder mehrerer Zeugen mit dem Abt, mit Angehörigen oder anderen Personen zu sprechen.

Prior – Stellvertreter des Abtes in einem Benediktinerkloster; nach diesem die ranghöchste Person.

Priorin – Die Vorsteherin des Frauenklosters zu Admont wurde nicht als Äbtissin, sondern als Priorin bezeichnet. Angeredet wurde sie mit dem Titel „Meisterin".

Profess – Ordensgelübde. Das öffentliche Gelübde des Novizen, in einer Ordensgemeinschaft nach den Regeln des Ordens zu leben. Man unterscheidet die „einfache" (zeitlich begrenzte) von der „feierlichen" auch „ewigen" genannte (auf Lebenszeit gewählte) Profess.

Regula Benedicti – Von Benedikt von Nursia im 6. Jahrhundert verfasste Mönchsregel, die seit dem Mittelalter die Grundlage des Bene-

diktinerordens ist. Zur Zeit der Handlung des vorliegenden Romans dürfte die Regel in vielen Klöstern vernachlässigt worden sein.
Responsorium – Antwortgesang.
Salerno – Hafenstadt am Golf von Salerno in Süditalien. Im Mittelalter war die Universität von Salerno mit ihrer berühmten Ärzteschule dafür bekannt, dass sie auch Frauen das Studium der Medizin gestattete. Noch um 1400 sollen dort Frauen studiert haben.
Trota – (auch Trotula genannt) – Berühmteste Vertreterin der salersianischen Schule (lebte im 11. bzw. 12. Jahrhundert). Trotula wird als die erste Gynäkologin des Abendlandes bezeichnet und war als praktizierende Ärztin sogar Mitglied der Fakultät von Salerno.

Quellen- und Literaturverzeichnis

P. Jakob Wichner, *Geschichte des Stiftes Admont*, Band I – IV, 1874–1880

Dr. Odilo Haberleitner und Hermann Brandauer, *St. Gallen und das St. Gallener Tal*, 2. Aufl. 1977, Fremdenverkehrsverein St. Gallen
Rudolf List, *Stift Admont*, 1074–1974, 1974, O Ö. Landesverlag, Ried im Innkreis

Ulrich Lehnart, *Kleidung und Waffen der Spätgotik*, 2 Bände, Karfunkel-Verlag

Lexikon des Mittelalters, 9 Bände, 2003, DTV

Martin Mannewitz, *Stift Admont, Untersuchungen zu Entwicklungsgeschichte, Ausstattung und Ikonographie der Klosteranlage*, München: scaneg, 1989

Gabriel Audisio, *Die Waldenser, Die Geschichte einer religiösen Bewegung*, 1989 Gabriel Audisio, 1996 Verlag C. H. Beck, München, 2001 Bechtermünz

Malcolm Lambert, *Ketzerei im Mittelalter, Häresien von Bogumil bis Hus*, 2002 Bechtermünz; Titel der Originalausgabe: *Medieval Heresy – Popular Movements from Bogumil to Hus*, 1977 Edward Arnold Ltd., London

Bibelzitate

Die im Roman zitierten lateinischen Textstellen der Bibel entstammen der *Vulgata des Hieronymus*, der während des Mittelalters einzig anerkannten Übersetzung des Alten und Neuen Testaments. Um dem modernen Leser eine möglichst „altertümliche" und dennoch verständliche Diktion zu bieten, habe ich die in Deutsch zitierten Stellen der katholischen *Van-Eß-Übersetzung* aus dem 19. Jahrhundert entnommen.

DANK

Ohne die aufgeschlossenen, verständnisvollen und netten Menschen, die mich mit wertvollen Informationen versorgt und mir geholfen haben, Zusammenhänge zu verstehen, hätte es diesen Roman nicht gegeben. Herzlicher Dank gebührt folgenden Personen, die großzügig ihre profunde Sachkenntnis zur Verfügung gestellt haben und mir so dabei behilflich waren, Licht ins Dunkel meiner Recherchen zu bringen:

Hubert Walter, pensionierter Hauptförster, leidenschaftlicher Geschichtsforscher und Geschichtenerzähler sowie Verfasser mehrerer Werke über Geografie, Topografie und Historie des Ennstals rund um Admont. Seine historische und topografische Unterweisung, die er mir zum Teil direkt an den Schauplätzen des Romans zuteil werden ließ, war mir eine gewaltige Hilfe. So hat er mich unter anderem davor bewahrt, die Bande des „Ordens vom Ring" einen Fluchtweg nehmen zu lassen, den es so gar nicht hätte geben können.

Dr. Johann Tomaschek, seines Zeichens Archivar und Bibliothekar im Stift zu Admont. Ihm verdanke ich eine Fülle detaillierter Informationen und Literaturhinweise zu Leben und Wirken der Mönche im Kloster Admont. Einem seiner vielen wertvollen Tipps folgend, ist es mir gelungen, die Person des Priors Otto Metschacher wiedererstehen zu lassen.

Prof. Dr. Andrea Berzlanovich vom Department für Gerichtliche Medizin der Medizinischen Universität Wien. Welche Merkmale weist eine Leiche auf, die während des Sommers zweiundsiebzig Stunden lang im Wald liegt? Wann beginnt und wann endet die Leichenstarre? In einem historischen Kriminalroman bedürfen auch solche und ähnliche Fragen einer Klärung. Frau Prof. Berzlanovich hat sie mir alle geduldig beantwortet.

Hermann Josef Nitterl, Spezialist in Sachen Köhlerei und Mitbegründer des historischen Köhlerzentrums in Hieflau. Er hat mich mit wertvollen Details über die mittelalterliche Köhlerei versorgt und dafür gesorgt, dass in »Der Seelenhändler« Grubenmeiler und nicht stehende Rundmeiler vorkommen. Letztere wären für die Darstellung der Köhlerei im Ennstal des 14. Jahrhunderts nicht zutreffend gewesen.

Des Weiteren geht mein Dank an diejenigen, die sich bereit erklärt haben, als Probeleser zu fungieren, und mir danach sowohl wertvolle Anregungen als auch Mut vermittelt haben, als da wären: Frau Tomaschek, Frau Hochstrate, ferner die Freunde Susi, Daniel, Martin, Reinhold, Horst und Rosie, mein Schwager Rolf, meine Schwester Roswitha, meine Söhne Oliver und Marcel sowie mein Vater. Ein spezieller Dank geht auch an meinen Freund Max, der mich bei den Recherchen vor Ort trefflich unterstützt hat, und – last but not least – an meine Frau, die mir während der vielen Stunden des Schreibens sowohl manches Störende vom Hals gehalten hat als auch während meiner Rechercheireisen stets an meiner Seite war.

Dass das Manuskript zu „Der Seelenhändler" nicht irgendwo im Dunkel einer Schublade verstaubt, verdanke ich vor allem zwei Personen, die an die Geschichte um Wolf von der Klause und Katharina von Klingfurth unbeirrbar geglaubt haben:

Thomas Montasser, meinem Literaturagenten, der das Wagnis auf sich genommen und mich als Debütanten in den Kreis der von ihm vertretenen Autoren aufgenommen hat. Von Anfang an hat er mich mit der für ihn typischen fachlichen Souveränität und der ihm eigenen sympathisch-motivierenden Art auf Schwächen aufmerksam gemacht und diese auszumerzen geholfen. Es ist ein gutes Gefühl, von ihm betreut zu sein!

Dr. Heike Fischer, meiner Lektorin bei fredeboldundfischer. Behutsam, mit sicherem Gespür für das Machbare und Notwendige, konsequent und dabei immer freundlich und partnerschaftlich, hat sie mir im Sinne einer stringenten Entwicklung des Plots vor allem eines klargemacht – dass „Kürzen“ nicht nur ein schweißtreibender, sondern auch ein äußerst kreativer und lohnender Prozess sein kann. Herzlichen Dank auch dafür!

Dank auch allen Mitarbeiterinnen und Mitarbeitern des Verlages, speziell Werner Fredebold für sein engagiertes Bemühen, den Buchmarkt für neue deutsche Autoren zu begeistern.

Franziska Steinhauer:
ANGST

fredeboldundfischer
ISBN: 978-3-939674-37-5
Thriller
Originalausgabe
Preis: 16,95 €
608 Seiten

Was haben Satanisten in einer kleinen, bigotten Gemeinde im Südtiroler Ultental zu suchen? Maja Klapproth, Kriminalhauptkommissarin in Köln, die die Sekte schon lange im Visier hat und im Entführungsfall zweier Jugendlicher gegen sie ermittelt, folgt ihr in das verschlafen wirkende St. Gertraud. Ein kleine, eingeschworene Gemeinschaft, die der satanistischen Sekte jedoch einen mehr als geeigneten Hintergrund bietet, wie Klapproth schon bald feststellen muss.

Denn seit dreißig Jahren schwebt ein unaufgeklärter Mord über den Dörflern. Auch der Mord an einer schwerkranken Frau, zehn Jahre später, wurde niemals gelöst. Und ausgerechnet jetzt kehrt Jakob Gumper, der damals von der Gemeinde für den Tod seiner Frau verantwortlich gemacht wurde, in sein Heimatdorf zurück.

Klapproth sucht nach Zusammenhängen zwischen ihren eigenen Ermittlungen und den beiden zurückliegenden Fällen, wird aber von den Ereignissen eingeholt. Denn die Situation vor Ort nimmt schon bald ungeahnte Dimensionen an.

Ulrich Magnus Hammer:
Die Akte Serkassow

fredeboldundfischer
ISBN: 978-3-939674-09-2
Thriller
Originalausgabe
Preis: 15,95 €
416 Seiten

Der ehemalige russische Geheimdienstagent Alexander Serkassow wird mit Polonium 210 vergiftet, einer seltenen radioaktiven Substanz, die über eine halbe Million Euro gekostet hat. Was kann er nur gewusst haben, das es wert war, den bislang teuersten Mord der Geschichte anzuordnen?

Serkassow selbst beschuldigt kurz vor seinem Tod den russischen Präsidenten Romanow, den Mord an ihm höchstpersönlich in Auftrag gegeben zu haben.

Der Fall erhält eine weltpolitische Dimension, und schon kurz darauf erhält Michail Dostojewski, ein ehemaliger KGB-Analytiker, von unbekannter Seite den Auftrag, die wahren Hintergründe und Verantwortlichen hinter dem Anschlag aufzudecken. Schon bald tut sich ein erschreckender Abgrund aus politischen Intrigen, Mord und Machtspielen vor Dostojewski auf, und ihm wird klar, dass niemand, der in die Aufklärung des Falles Serkassow verwickelt ist, überleben wird.

Hildegard Burri-Bayer:
Die Thronfolgerin

fredeboldundfischer
ISBN: 978-3-939674-15-3
Historischer Roman
Originalausgabe
Preis: 16,95 €
528 Seiten

Gent 1472: Maria, die fünfzehnjährige Tochter Karls des Kühnen und einzige Erbin des Herzogtums von Burgund, wächst wohlbehütet und von den Menschen ihrer Umgebung geliebt und verehrt im Schloss ihres Vaters auf.

Die Bewerber um ihre Hand kommen und gehen, aber Maria will sich einer Ehe aus politischen Gründen nicht fügen. Das ändert sich jedoch, als ihr Vater eine Verlobung mit Maximilian, dem Sohn Kaiser Friedrich III., in Erwägung zieht. Die beiden verlieben sich ineinander, tauschen glühende Liebesbriefe aus und wollen so schnell wie möglich heiraten.

Doch dann stirbt Karl der Kühne unerwartet auf dem Schlachtfeld, und Maria muss nicht nur das schwere Erbe ihres Vaters antreten, sondern auch um ihre Liebe kämpfen. Denn ihren politischen Gegnern ist jedes Mittel recht, um die bevorstehende Hochzeit mit Maximilian zu hintertreiben und die junge Herzogin und damit Burgund doch noch in ihre Gewalt zu bringen.

Katrin Burseg:
Das Königsmal

fredeboldundfischer
ISBN: 978-3-939674-06-1
Historischer Roman
Originalausgabe
Preis: 16,95 €
448 Seiten

Eine große Liebe und ihr Schicksal vor dem Hintergrund des Dreißigjährigen Krieges!

Drohend ziehen die ersten Auseinandersetzungen zwischen Protestanten und Katholiken als Vorboten des Dreißigjährigen Krieges über Holstein hinweg. Da wird einem neugeborenen Mädchen mit einem C-förmigen Mal auf der Stirn von einer Zigeunerin prophezeit, dass es weite Wege gehen müsse, bis es schließlich sein Glück an der Seite eines älteren Mannes finden würde.

Jahre später begegnet die zu einer schönen jungen Frau herangewachsene Wiebke König Christian IV. von Dänemark. Der ist von ihr bezaubert. Als Hofdame für seine Frau Kerstin Munk nimmt er sie mit sich an den Hof, wo Wiebke ihm nicht nur das Leben rettet, sondern ihm in den Wirren des Krieges auch eine kluge Beraterin ist. Der König verliebt sich leidenschaftlich in sie. Doch als er seine Frau verstößt und Wiebke als illegitime Frau an seine Seite holt, spricht er damit ihr Todesurteil aus. Denn von diesem Tage an hat sie in Kerstin eine unversöhnliche Feindin, die nur noch ein Ziel kennt: Rache.